mtb

Alle handelnden Personen dieser Ausgabe sind frei erfunden.
Ähnlichkeiten mit lebenden oder verstorbenen Personen wären rein zufällig.

Der Preis dieses Bandes versteht sich einschließlich
der gesetzlichen Mehrwertsteuer.

Umwelthinweis:
Dieses Buch wurde auf chlor- und säurefreiem Papier gedruckt.

Suzanne Brockmann

Mission Hero:
Ian – Im Herzen der Gefahr

Roman

Aus dem Amerikanischen von
Christian Trautmann

mtb

MIRA® TASCHENBUCH
Band 25842
1. Auflage: Juli 2015

MIRA® TASCHENBÜCHER
erscheinen in der HarperCollins Germany GmbH,
Valentinskamp 24, 20354 Hamburg
Geschäftsführer: Thomas Beckmann

Titel der nordamerikanischen Originalausgabe:
Do Or Die

erschienen bei: Ballantine Books,
an imprint of Random House, a division of Random House LLC,
a Penguin Random House Company, New York

Published by arrangement with Ballantine Books,
an imprint of Random House,
a division of Random House LLC

Konzeption/Reihengestaltung: fredebold&partner GmbH, Köln
Umschlaggestaltung: pecher und soiron, Köln
Redaktion: Mareike Müller
Titelabbildung: Thinkstock/Getty Images, München; Hot Damn Stock
Autorenfoto: © Shirin Tinati; Harlequin Enterprises S.A., Schweiz;
Satz: GGP Media GmbH, Pößneck
Druck und Bindearbeiten: CPI books GmbH, Leck – Germany
Printed in Germany
Dieses Buch wurde auf FSC®-zertifiziertem Papier gedruckt.
ISBN 978-3-95649-188-7

www.mira-taschenbuch.de

Für meine Mutter und meinen Vater, Lee und Fred Brockmann, die mir beigebracht haben, dass Liebe die stärkste Kraft auf der Welt ist, dass wir nur mit Liebe wachsen und lernen können und dass im ewigen Kampf gegen die Ungerechtigkeit, Ignoranz und Furcht die Liebe immer triumphiert.

DANKSAGUNG

Danke an alle, die bei der Entstehung dieses Buches mitgeholfen haben.

Danke an meine ersten Leser der Rohfassung, Lee Brockmann, Ed Gaffney, Deede Bergeron und Patricia McMahon.

Danke auch an meinen Agenten Steve Axelrod und Lori Antonson.

Danke an meine Lektorin Shauna Summers und den Rest des Teams bei Ballantine und Random House, einschließlich Crystal Velasquez und Gina Wachtel. Ein dickes Dankeschön auch an die Grafikabteilung für das tolle Cover!

Vor allem aber geht mein Dank an meine extrem geduldige Familie: meinen Zen-Meister-Ehemann Ed, meinen begnadeten Sohn Jason und seinen wundervollen Freund Matt, meine erstaunliche Tochter Melanie, meinen brillanten Enkel Aidan, meine mich stets unterstützenden Eltern Lee und Fred (oder besser Mom und Dad, wie ich sie nenne!), meine treuen und verlässlichen Freunde Bill, Jodie und Elizabeth sowie meine Schnauzer-betriebenen Lieferanten bedingungsloser Liebe, CK Dexter-Haven und Little Joe.

Nicht zuletzt möchte ich natürlich auch euch danken, liebe Leser, die ihr mir genug vertraut, um euch von mir auf die Reise mitnehmen zu lassen, und es mir ermöglicht, die Geschichten zu schreiben, die mir am Herzen liegen.

Wie immer bin allein ich für eventuelle Fehler oder Ungenauigkeiten verantwortlich.

PROLOG

29. August

Einige Jahre zuvor …
Istanbul, Türkei

Ian Dunns Aufgabe bei diesem Auftrag war einfach. Umgarnen und ablenken.

Und dafür sorgen, dass Prinz Stefan hierblieb, in der Botschaft Kazbekistans in Istanbul, während Ians ehemaliger SEAL-Chef und rechte Hand John Murray seine Spezialausbildung nutzte, um in das Hotelzimmer des Prinzen einzubrechen und die Daten auf dem Laptop auf ein externes Laufwerk herunterzuladen.

Irgendwer glaubte irgendwo – wahrscheinlich an einem Schreibtisch in einem fensterlosen Raum im Keller des Pentagons –, dass der Prinz Informationen über eine Person besaß, die im Zusammenhang mit dem Diebstahl einer gewissen Menge des Nervengases Sarin stand. Und weil der Laptop des Prinzen technisch zu simpel war, um ihn vernünftig zu hacken, hatte sich dieser unbekannte Jemand an Ian gewandt: Er sollte die gewünschten Informationen auf die altmodische, praktische und persönliche Art und Weise besorgen.

Das hatte Ian und seine bunte Truppe in die Türkei gebracht. An diesem Abend hatte er für die hoffentlich letzte ermüdende Zusammenkunft mit dem Prinzen einen Smoking angezogen, damit Johnny sich dem Laptop widmen konnte.

In den vergangenen Tagen, in denen Ian und Prinz Stefan unzertrennliche Freunde geworden waren, hatte er festgestellt, dass nicht nur der Titel erkauft war; der Prinz war außerdem noch genauso bösartig und seelenlos wie kleinkariert und dumm.

Seine Familie stammte aus Osteuropa, mit echtem adeligen Einschlag durch eine Verbindung zu Vlad dem Pfähler, besser bekannt als Graf Dracula – ein Zweig der Familie, den Ian lieber geheim gehalten hätte, wenn es sein Stammbaum gewesen wäre.

Der Prinz prahlte damit ebenso gern wie mit der Tatsache, dass sein Großvater und Vater mit fast dem gesamten Familienvermögen nach Südamerika geflohen waren, als sich abgezeichnet hatte, dass der Zweite Weltkrieg für sie „böse enden" würde.

Und ja, inzwischen hatte Ian herausgefunden, dass das „Familienvermögen" aus Großvaters Kollaboration mit den Nazis entsprungen war. Einige Beutestücke waren zurückgelassen worden, versteckt auf dem Bauernhof in Polen, auf dem der Großvater und der Vater gewohnt hatten – nicht weit entfernt von Auschwitz.

Ungefähr vor einer Woche war Prinz Stefan einer der Schatzkarten seines Großvaters gefolgt und hatte antike Juwelen im Wert von knapp drei Millionen Dollar gefunden, unter dem mit Stroh bedeckten unbefestigten Fußboden einer zerfallenen Scheune. Genau wie Grampy es versprochen hatte.

Ein geduldigerer Mann hätte das Metall der Schmuckfassungen eingeschmolzen, um noch mehr Gewinn zu erzielen. Doch Prinz Stefan brauchte dringend Geld, was bedeutete, dass er nach einem Käufer suchte, dem die Herkunft seines schändlichen Schatzes egal war.

Auftritt Ian mit seinem hart erkämpften Ruf, ganz genau zu wissen, wie man gestohlene Juwelen zu Geld machte.

Viel war nicht nötig, um in Erfahrung zu bringen, dass der kazbekische Botschafter ein möglicher Käufer war. Der extrem reiche Mann besaß nicht nur ein erfolgreiches Unternehmen, das Edelmetalle und Edelsteine kaufte und verkaufte – sein Diplomatenstatus erlaubte es ihm, Diebesgut problemlos zu transportieren; er selbst war auch jemand, den man einen „Holocaust-Sammler" nannte. Das war so grauenhaft, wie es sich anhörte. Den Mann faszinierte alles: von antisemitischer Propaganda über SS-Uniformen bis zu Waffen und Lampenschirmen aus Menschenhaut. Schmuck, der Menschen weggenommen worden war, die man verhaftet und vernichtet hatte, passte genau in sein hässliches Schema.

Ian kannte den Diplomaten nicht persönlich, sondern nur über Dritte. Also hatte er ein paar Anrufe getätigt.

Die hatten ihn zum heutigen Treffen mit dem Prinzen geführt, bei dem dieser seine Beutekunst zeigen konnte, gefolgt von einem vermutlich schrecklich steifen Botschaftsdinner mit einigen Dutzend weiteren Gästen, die die beschränkte Weltanschauung des Botschafters und des Prinzen teilten.

Doch dieses Dinner sorgte dafür, dass der Prinz sich außerhalb seines Hotelzimmers aufhielt, lange genug, damit Johnny M. die Daten auf dem Laptop des Prinzen herunterladen konnte.

Ian musste dieses Treffen nicht gefallen – er musste einfach nur daran teilnehmen.

Aber als der Prinz liebevoll seine Sammlung gestohlener Halsketten, Broschen, Ringe und Armbänder auf mehreren Metern dunkelbraunem Samt auslegte, war Ian klar, dass das Essen für ihn erledigt war. Er würde nichts herunterbekommen, und zwar nicht nur, weil er die Hände hinterm Rücken behalten musste, damit er dem Prinzen keinen Kinnhaken verpasste, als dieser Idiot ein besonders edles Diamantenhalsband hochhielt und jovial verkündete: „Nette Sammlerstücke, habe ich recht oder habe ich recht?"

Nein, das Essen war gelaufen. Glücklicherweise verspätete sich der Botschafter nämlich, sodass Ian und der Prinz noch im Wohnzimmer der Botschaft warteten, als sich Ians verstecktes Bluetooth-Headset mit einem Klicken einschaltete.

„Download abgeschlossen." Johnny M.s raue Stimme war in Ians Ohrstöpsel zu hören, laut und deutlich.

Auf einmal hatte Ian Optionen. Er hatte Möglichkeiten. Und er wusste – augenblicklich –, was er jetzt tun würde.

Er befand sich in der Nähe der Tür, öffnete diese und spähte hinaus auf den immer noch leeren Korridor. Das Glück war auf seiner Seite – es *konnte* klappen. Er schloss die Tür wieder.

Der Prinz schenkte sich gerade an der provisorischen Bar etwas ein und palaverte darüber, wie aufregend es für ihn gewesen sei, den Bauernhof persönlich zu sehen, auf dem sein Vater und sein Großvater die meiste Zeit des Krieges verbracht hatten.

„Die Scheune sah genauso aus, wie sie sie beschrieben haben", berichtete er, während Ian sich ihm näherte. Er drehte sich um und machte ein abschätziges Gesicht. „Ich fürchte, es gibt hier keine harten Spirituosen, nur diesen albernen süßen Wein."

„Das ist ein traditioneller Wein, wie man ihn in Kazbekistan serviert", erklärte Ian und vernahm erneut Johns Stimme in seinem Ohr.

„Ich bin raus aus dem Hotel. Alles klar", meinte Johnny. „Wiederhole: Bin draußen, alles klar."

Das waren die Worte, auf die Ian gewartet hatte. Er legte all seine Wut und seinen Abscheu in den Kinnhaken, den er dem Prinzen versetzte.

Bumm!

Diesem Idioten eins zu verpassen tat so gut, wie er es sich vorgestellt hatte.

Seiner Hoheit blieb keine Zeit für königliches Überraschtsein. Wahrscheinlich kriegte er nicht einmal mit, dass Ian ihn geschlagen hatte. Er ging einfach k. o. Seine Augen rollten nach hinten, sowie er auf eine mit roter Seide bezogene Chaiselongue sank – die sich damit als gar nicht so blödes Möbelstück für das Wohnzimmer einer Botschaft erwies, wie Ian beim Hereinkommen gedacht hatte.

Während der Prinz fiel, flog sein Weinglas durch die Luft, landete allerdings auf dem Teppich und zerbrach nicht. Dafür sorgte dann Ian, indem er es mit dem Absatz eines seiner glänzenden gemieteten Schuhe zu Scherben zertrat. Schuhe, in denen er nun würde rennen müssen, und das war Mist.

Sei's drum.

Er kippte mehrere Stühle um, als er zum Fenster in diesem vierten Stockwerk eilte, von dem man einen Blick auf die funkelnden Lichter der alten Stadt hatte. Die kazbekische Botschaft war in einem Gebäude untergebracht, das aus dem frühen neunzehnten Jahrhundert stammte und eine entsprechend vielfältig verzierte Fassade aufwies. Deshalb würde es zwar schwierig werden, nach unten zu klettern, allerdings nicht unmöglich sein.

Ian entriegelte und riss das Fenster auf, ehe er sein Headset-Mikrofon aktivierte, um mit seinem Team zu sprechen. „Kleine Planänderung, Leute."

Drei seiner vier Teammitglieder redeten gleichzeitig drauflos. Sie stöhnten und seufzten, während sich der Vorhang in der warmen Abendbrise bewegte. Dies war einer der großen Unterschiede zwischen der Führung eines SEAL-Teams und einer Gruppe aus Familienmitgliedern und Freunden: SEALs zickten nicht herum und stöhnten, wenn ihr Kommandant einen Befehl gab. Zumindest nicht so, dass der Chef es mitbekam.

„Willst du mich verarschen?" Die Stimme seines Bruders Aaron hob sich um eine ganze Oktave.

Shelly, der zusammen mit Aaron in den Staaten war und ihn auf eine Distanz von Tausenden Meilen unterstützte, formulierte es diplomatischer. „Ist das wirklich nötig, Sir?"

„Definiere ‚kleine Planänderung'", verlangte Aaron.

Grimmig schaltete Francine sich ein: „Ich sitze in der Limo vor der Botschaft. Da John das Laufwerk hat, ist der Job erledigt. Wir sind fertig. Ian, marschier durch die Tür und steig in diesen Wagen."

„Bieg in die Straße auf der Westseite des Gebäudes, France", befahl Ian der Frau, die sowohl die beste Fahrerin war, mit der er je zusammengearbeitet hatte, als auch seine Schwägerin. Er schritt zum Tisch, auf dem der Schmuck ausgebreitet lag. „Park in nördlicher Richtung. Ich werde rennen, vermutlich, so schnell ich kann, wenn ich bei dir ankomme. Sei also bereit, sofort Gas zu geben, sobald ich im Wagen bin."

„Ach, ehrlich?", hörte er seinen Bruder, während Francine seine Anweisung fluchend bestätigte.

„Vor wem fliehen wir?", wollte sie wissen.

„Da bin ich mir noch nicht sicher", räumte Ian ein. „Kommt drauf an, wie sich die nächsten Minuten entwickeln. Sei einfach auf alles gefasst."

Selbst Johnny, für gewöhnlich eher wortkarg, konnte sich einen Kommentar nicht verkneifen. „Sir, wir haben, weshalb wir hergekommen sind. Francine hat ausnahmsweise mal recht. Ich weiß auch, dass der Typ ein Arsch ist, aber jetzt atme tief durch und verschwinde von dort."

„Geht leider nicht", erwiderte Ian. Rasch rollte er dabei den Schmuck zu zwei großen, aber verstaubaren Päckchen zusammen, die er in sein Hemd schob, über dem er anschließend das Jackett zuknöpfte.

Shelly war der Einzige, der ihm Unterstützung anbot. „Ich habe dich nach wie vor im vierten Stock der Botschaft, im nordöstlichen Winkel des Gebäudes. Die Infrarot-Satellitenbilder zeigen nur eine weitere Quelle von Körperwärme bei dir, die momentan reglos ist. Doch da sind sechs, ich wiederhole, sechs vermutlich feindliche Personen, die gerade in deinem Stockwerk aus dem Fahrstuhl treten. Was immer du vorhast, die sind auf dem Weg zu dir. Dir bleiben höchstens zwanzig Sekunden ..."

Ian war noch nicht ganz fertig, also beeilte er sich.

In dem Raum waren keine Spiegel. Daher musste er das Glas eines gerahmten Bildes benutzen – Mondaufgang über rauer kazbekischer Landschaft –, um sich betrachten zu können, während er sich die Haare zerzauste. Das genügte nicht, um ihn aussehen zu lassen, als habe er mit einem fassadenkletternden Dieb gekämpft – einer reichte ohnehin nicht, es mussten zwei sein. Einer würde nicht in der Lage sein, einen ehemaligen Navy-SEAL zu überwältigen.

Als er dem guten alten Stefan eine verpasst hatte, hatte er ein Reißen im rechten Jackettärmel gespürt. Er tastete danach, fand die Stelle in der Schulternaht ... und riss den gesamten Ärmel ab.

Aber das genügte auch noch nicht.

Blut.

Blut half immer.

Ian ging schnell zu dem Weinglas, das er zertreten hatte, und hob eine Scherbe auf. Kopfwunden bluteten stark; er würde sich lediglich einen Kratzer zufügen müssen, allerdings über dem Ohr, damit seine Sicht nicht beeinträchtigt wurde und ...

„Shit", stieß er hervor, denn es tat verdammt weh.

Inzwischen hatte Shelly angefangen, einen Countdown runterzuzählen. Bei eins würden vermutlich der Botschafter und seine fünf Wachleute hereinkommen. „Zehn ... neun ... acht ..."

„Johnny, begib dich zum Evakuierungsort", befahl Ian seinem früheren Chef leise, während er die Scherbe abwischte und wegwarf, bevor er das Blut in seinem Gesicht verteilte. Dabei beschmierte er auch seine Hände, was den gewünschten Effekt noch verstärkte.

„Bin schon unterwegs", entgegnete der andere.

„Sieben … sechs …"

„Wagen in Position." Francine klang verärgert. Allerdings war sie chronisch genervt.

Ian hatte nur noch eine Sache zu erledigen. Als er sich ein letztes Mal in der Glasscheibe des Gemäldes anschaute, machte er ein zerknirschtes Gesicht und zog die Schultern hoch. Dann schwankte er leicht, als wäre er benommen von dem Schlag eines stumpfen Gegenstandes auf seinen Kopf.

Ja, das Blut brachte es.

„Fünf … vier …"

Ian torkelte durch den Raum und lief zum Feuermelder hinüber. Mit der Schulter ließ er sich gegen die Wand fallen, als Shelly bei drei war. Er hinterließ eine hübsche Blutspur, ehe er den Alarmknopf fand. Shelly war bei zwei.

Der Alarm – eine Mischung aus altmodischem Klingeln und einem modernen elektronischen Kreischen – ging auf eins los. Und wie aufs Stichwort flog die Tür auf.

„Es waren zwei", rief Ian und stützte sich an der Wand ab. „Sie haben die Juwelen des Prinzen gestohlen und sind durchs Fenster verschwunden!" In einer oscarreifen Vorstellung zeigte er mit der blutigen Hand in die Richtung.

Der Botschafter wich zurück und machte seinen Sicherheitsleuten Platz. Zwei stürmten zum Fenster, die anderen beiden eilten zu Ian und dem Prinzen.

„Mit mir ist alles in Ordnung, doch der Prinz ist verletzt. Helft ihm", meinte Ian, denn er wollte verhindern, dass die Sicherheitsleute die Päckchen unter seinem Hemd bemerkten. Er richtete sich auf und tat so, als müsste er erst zu sich kommen, bevor er am Botschafter vorbeilief, der nach wie vor im Türrahmen stand. „Die Diebe sind gerade erst verschwunden. Vielleicht erwischen wir sie, bevor sie die Straße erreichen!"

Er hörte den Befehl an die Sicherheitsleute am Eingang zum

Botschaftsgebäude, jeden aufzuhalten, der hinein- oder herauszukommen versuchte. Ian rannte dennoch zum Treppenhaus, den Flur entlang und nach links …

Als er die Tür zum Treppenhaus aufriss, registrierte er, dass mehrere Sicherheitsleute ihn verfolgten – einschließlich dem, den er als Chef des Sicherheitsdienstes der Botschaft identifiziert hatte.

Das war nicht gut … oder eventuell doch. Wenn dieser Typ bei Ian war, würden ihn die Wachleute am Eingang unten bestimmt nicht aufhalten.

Hoffte er zumindest.

Der Security-Chef hob die Stimme, um sich gegen den schrillenden Alarm und das Getrappel der Schuhe auf dem Marmorfußboden Gehör zu verschaffen. „Können Sie die Angreifer beschreiben?“ Er sprach ohne jeden Akzent, was für manche ein Nachteil gewesen wäre. Für Ian nicht.

Kommunikation war stets eine seiner Stärken gewesen.

„Sie waren ganz in Schwarz gekleidet.“ Während sie die Treppe hinunterliefen, die sich abwärts wand – ein halbes Stockwerk, dann ein Absatz, gefolgt von einem weiteren halben Stockwerk und dem nächsten Treppenabsatz –, beschrieb Ian, was er selbst getragen hätte, wenn er einen Diebstahl am frühen Abend in Istanbul hätte durchführen wollen. „Sie trugen Masken aus Nylon, aber so dick, dass ich Ihnen nicht mal die Hautfarbe verraten könnte. Einer hatte dunkles Haar, das weiß ich. Der andere könnte glatzköpfig gewesen sein, allerdings ist das nur so eine Vermutung. Vielleicht hatte er blonde kurze Haare, ich habe wirklich keine Ahnung.“

Die Miene des Sicherheitschefs war schwer zu deuten, möglicherweise lag es auch bloß an der schlechten Treppenhausbeleuchtung, in der sein Gesicht ausdruckslos wirkte.

Dennoch war Ian klar, dass er dem Mann mehr Informationen liefern musste. Er hob die rechte Hand. Seine Knöchel waren aufgeschürft und geprellt von dem Haken, den er Prinz Stefan versetzt hatte. „Außerdem vermute ich, dass sie Schutzwesten trugen: Als ich gegen sie gekämpft habe, war es, als würde ich gegen eine Mauer schlagen. Und dann verpassten sie mir eins, schnappten sich den Schmuck und verschwanden durchs Fenster."

Das Blut floss weiterhin aus seiner Kopfwunde. Um seine Worte zu unterstreichen, ließ er etwas davon aufs Geländer tropfen.

Die Miene des Sicherheitschefs ließ nach wie vor keine Regung erkennen. Es war nicht auszumachen, ob der Mann Ian glaubte oder eher nicht.

Also ging Ian noch ein bisschen weiter, indem er sagte: „Wenn wir diese Typen nicht aufhalten, wird der Prinz mich kreuzigen. Ich habe ihm geschworen, dass Ihre Botschaft sicher ist."

Das brachte ihm wenigstens ein Aufflackern in den Augen des Security-Bosses ein. „Ist sie auch. Wir verfügen über ein hochmodernes Überwachungssystem – Kameras, drinnen und draußen. Wir haben das Geschehen auf jeden Fall auf Band."

Oh-oh.

Ian hatte sein Mikrofon eingeschaltet gelassen, sodass sein Team alles mithören konnte. Aaron meldete sich über das Headset. „Shelly hat sich bereits in die Computer der Botschaft gehackt und …"

„Hoppla", meinte Shelly. „Anscheinend wurde das gefilmte Material der Sicherheitskameras, drinnen wie draußen, auf mysteriöse Weise gelöscht. Ist so was nicht ärgerlich?"

„Danke", gab Ian zurück und sprang die letzten Treppenstufen hinunter. Natürlich warf ihm der Security-Boss jetzt einen verwunderten Seitenblick zu, deshalb fügte er hinzu: „Danke, dass Sie mir versichert haben, dass wir diese Typen erwischen – weil wir sie auf Band haben, meine ich."

Er stieß die Tür im Erdgeschoss auf. Wegen des Feueralarms herrschte in der Eingangshalle das reinste Chaos.

Draußen waren bereits Feuerwehrwagen vorgefahren. Die Wachen am Eingang waren nicht in der Lage gewesen, die Polizisten und Feuerwehrleute draußen zu halten, die nun bereits an der Evakuierung des Gebäudes arbeiteten.

Dies wäre ein wirklich guter Zeitpunkt, dass Ian und der Security-Chef mit seinen Leuten getrennte Wege gingen.

Doch der Security-Boss blieb Ian auf den Fersen, als der hinaus in den warmen Abend trat.

Ian verlangsamte sein Tempo. „Wo entlang?“, rief er dem Security-Chef zu.

„Da lang!“ Der Mann zeigte zur Ostseite des Gebäudes, genau wie Ian erwartet hatte. Das Wohnzimmer befand sich in der nordöstlichen Ecke, und das Fenster, durch das die angeblichen Diebe geflohen waren, lag nach Osten.

Die beiden Sicherheitsmänner rannten in die angezeigte Richtung.

„Ich gehe andersherum“, meinte Ian. „Wir treffen uns in der Mitte.“

Er wartete nicht erst auf die Erlaubnis, sondern rannte sofort zur Westseite – wo Francine hinter dem Steuer der Limousine wartete, die sie gemietet hatten, um Prinz Stefan zur Botschaft zu fahren.

Dummerweise folgte der Security-Chef ihm weiterhin.

Die Bürgersteige in dieser Gegend waren aus Kopfsteinpflaster und sehr rutschig. Diese Tatsache machte er sich zunutze und wich auf die Straße aus, als er um die Ecke bog und … Ja, da vorn stand Francine, neben dem Wagen.

Sie hatte den Motor laufen lassen, die Scheinwerfer eingeschaltet. Allerdings war sie ausgestiegen und stand neben dem Auto; ihrer war nicht der einzige Wagen, der am Straßenrand wartete, und sie wollte sichergehen, dass Ian sie entdeckte.

Die enge, normalerweise wenig befahrene Straße war nicht so leer, wie er gehofft hatte.

Die anderen Gäste des Botschaftsdinners, die in ihren Limos und Rolls-Royces eingetroffen waren, hatte man hierhergelotst, um den Feuerwehr- und Polizeifahrzeugen nicht im Weg zu sein. Einige waren ausgestiegen und tummelten sich in ihren Smokings und Paillettenkleidern auf dem Gehsteig – und blockierten dadurch Francine.

Na schön, das war nicht das, womit er gerechnet hatte. Aber Ian würde damit klarkommen.

Der Security-Chef war erwartungsgemäß nicht begeistert. „Räumen Sie diesen Abschnitt!“, rief er in mehreren Sprachen.

„Vielleicht können die uns helfen“, wandte Ian ein und kam vor Francine schlitternd zum Stehen. „Entschuldigen Sie bitte, Sir …“, sprach er sie an. Mit dem tief ins Gesicht gezogenen Hut, der ihr Haar versteckte, konnte sie durchaus als ein etwas zu klein geratener junger Mann durchgehen. „Haben Sie zwei Männer gesehen, ganz in Schwarz gekleidet …?“ Er wiederholte seine Frage in mehreren Sprachen, unter anderem auch in seinem schlechten Französisch.

Francine schüttelte den Kopf und stieg in den Wagen.

Eigentlich hätte der Sicherheitschef ebenfalls anfangen müssen, die potenziellen Zeugen zu befragen, ehe er sie erneut aufforderte, den Bereich zu räumen.

Doch aus dem Augenwinkel registrierte Ian, dass der Security-Boss in seine Jacke griff, in der vermutlich seine Handfeuerwaffe steckte.

Anscheinend hatten Ian seine Kommunikationsfähigkeiten verlassen.

Also bekam der Security-Chef die gleiche Nachricht wie Prinz Stefan oben in der Botschaft – in Form eines beherzten Kinnhakens.

Der Mann ging zu Boden, und Ian nahm ihm die Waffe ab, bevor er ins Auto sprang.

„Fahr!“, rief er überflüssigerweise, denn Francine gab bereits Gas.

Sie bedeckte ihr Headset-Mikro und stellte fest: „Du blutest.“

„Mir fehlt nichts“, erwiderte er. „Hab ich mir selbst beigebracht.“ Er schaute hinaus und erkannte, dass einige der Smoking- und Paillettenkleidträger seinen Kinnhaken beobachtet hatten. Ein paar rannten zu dem Sicherheitsmann und riefen nach der Polizei – die ihnen wegen des Gewirrs aus Limos und Rolls-Royces jedoch nicht folgen konnte.

Trotzdem steuerte Francine den Wagen wie der Profi, der sie war, während Ian nach Verfolgern Ausschau hielt. Rasch verschwanden sie im Straßenlabyrinth und waren bald weit weg vom Geschehen vor der Botschaft.

Niemand fuhr hinter ihnen her. Endlich fühlte Ian sich sicher genug, um Druck auf den Schnitt am Haaransatz auszuüben.

„Alles klar", sagte Francine ins Mikrofon. „Wir sind unterwegs zum Evakuierungspunkt."

Sie würden das Land mit einem Privatjet verlassen, der von einem kleinen Flughafen außerhalb der Stadt startete. Der Klient hatte den Flug arrangiert, was bedeutete, dass sie ohne großen Kontakt zum Zoll an Bord gehen konnten. Das war sehr angenehm.

„Johnny, sag dem Piloten, er soll die Maschine startklar haben, wenn wir eintreffen", befahl Ian.

„Aye, aye, Sir."

Francine bedeckte ihr Mikrofon erneut und fragte: „Hast du das getan, was ich vermute?"

„Jap", antwortete Ian knapp.

Er zog das Päckchen hervor, das er links im Hemd verstaut hatte, und wickelte die Schmuckstücke aus, um sich eins davon genauer anzusehen: ein silbernes Medaillon.

Die filigrane Kette hatte sich in einem Diamanthalsband verfangen. Vorsichtig löste er sie voneinander.

Das Medaillon war ihm in der Botschaft gleich ins Auge gefallen. Zum einen wegen seiner faszinierenden Schlichtheit, zum anderen, weil er sich sofort gefragt hatte, ob man es öffnen konnte und …

Ja, tatsächlich. Im Innern befanden sich Miniaturfotos; auf jeder Seite eines. Links waren ein junger Mann und eine junge Frau an ihrem Hochzeitstag zu sehen, ungefähr Ende der 1930er-Jahre. Rechts steckte das Foto eines kleinen Mädchens, etwa vier Jahre alt, das die leuchtenden Augen und das fröhliche Lächeln seiner Mutter geerbt hatte.

Da wusste Ian, dass er die richtige Entscheidung getroffen hatte.

Denn vielleicht, nur vielleicht, hatte das Mädchen überlebt.

Heute müsste sie um die achtzig sein. Und dieses Medaillon würde für sie von unschätzbarem Wert sein. So wie jedes dieser

Schmuckstücke, das irgendjemandes Mutter oder Großmutter getragen hatte.

Francine warf ihm einen Blick zu, nachdem er alles wieder eingewickelt hatte. „Drei Millionen sind ein ziemlich guter Fang für einen Abend Arbeit“, bemerkte sie und lenkte die Limousine auf die Startbahn, wo der Jet wartete.

Ian verstaute das Päckchen in seinem Hemd. „Ja.“

Sie stiegen aus dem Wagen und waren halb die Gangway hinaufgegangen, als Francine fragte: „Also bist du jetzt ein Juwelendieb?“

Das konnte er kaum bestreiten.

Johnny erwartete sie in der Kabine und übergab Ian das externe Laufwerk, auf dem sich der Inhalt von Prinz Stefans Computer befand. Danach half er dem Kopiloten, die Tür zu schließen.

Ian schnallte sich an. Seine beiden Teammitglieder saßen links und rechts von ihm und machten es sich für ein transatlantisches Nickerchen bequem. Währenddessen raste der Jet schon mit aufheulendem Triebwerk die Startbahn entlang und trug sie sicher davon, hinein in die Nacht.

TEIL EINS

TEAM HERO

1. KAPITEL

Montag

Ian Dunn war nicht das, was sie nach der Lektüre seiner Akte erwartet hatte.

Phoebe schaute zu Martell Griffin, der am Befragungstisch neben ihr saß. Obwohl er kaum merklich nickte, um ihr zu zeigen, dass er ihre Überraschung bemerkt hatte, ließ er Ian, der von einem Wachmann in den kleinen Raum geführt wurde, keine Sekunde aus den Augen. Schließlich durften sie nicht vergessen, dass dieser Mann, der Gefangene, gefährlich war.

Auf dem Papier schien Dunn eine skrupellose Mischung aus Captain America und James Bond zu sein: zu fast allem fähig. Er war ehemaliger Navy-SEAL, der sich zum internationalen Juwelendieb gewandelt hatte – angeblich, denn man hatte ihn wegen eines solchen Verbrechens nie angeklagt.

Trotzdem hatte Phoebe nach der Lektüre der Akte, die sie erst heute Morgen erhalten hatte, eher jemanden erwartet, der wie Cary Grant aussah. Einen schlanken, leichtfüßigen Mann. Jemanden, der sich unsichtbar machen konnte in seiner schwarzen Fassadenkletterkluft.

Dieser Mann jedoch, der Gefängniskleidung trug, besaß die Statur eines Boxers. Er war kompakt und massiv, das reinste Muskelpaket.

Der würde sich höchstens in einer stockfinsteren Nacht unsichtbar machen können. Und wenn alle, die nach ihm suchten, betrunken waren.

Er war größer als Martell, was schon etwas heißen wollte, da der Afroamerikaner, Excop und jetzige Anwalt Phoebe deutlich überragte. Und dabei war sie selbst seit der fünften Klasse so hochgewachsen wie eine Amazone.

Neben Ian Dunn wirkte Martell allerdings beinah unterernährt, und Phoebe kam sich zierlich vor.

Abgesehen davon, dass er ein Hüne war, schwitzte Dunn auch noch. Sein Gefängnis-T-Shirt war vom Kragen bis hinunter zur

Brust schweißnass, ebenso unter den Achseln. Es klebte an seinem mächtigen Oberkörper. Die Tätowierungen glänzten auf seinen massiven Bizepsen, die die ausgefransten und ausgeblichenen orangefarbenen Ärmel dehnten.

Sein zu langes dunkelbraunes Haar fiel ihm ins Gesicht, und während Phoebe ihn beobachtete, benutzte er den Saum seines Shirts, um sich den Schweiß abzuwischen. Dabei entblößte er beeindruckende Bauchmuskeln und den Bund von Sportshorts, ebenfalls in tristem Orange, die aufreizend tief auf seinen Hüften saßen.

Und fabelhaft: Als er das T-Shirt wieder herunterließ, ertappte er sie dabei, wie sie auf seinen Schritt starrte. Irgendwie war ihr Blick weiter abwärtsgewandert, dem schmalen Pfad dunkler Härchen folgend, der von seinem nahezu vollkommenen Nabel wie ein Signalpfeil in die Richtung zu weisen schien.

Phoebe schob ihre Brille hoch, hob den Blick und zwang sich zu einem, wie sie hoffte, höflichen, professionellen Lächeln, obwohl er sie angrinste. Seine blauen Augen funkelten in einem Gesicht, das breit war und heiter, mit sehr markanten Zügen und einer zu großen Nase und zu dichten Brauen, um als gut aussehend zu gelten.

Eigentlich. Aber das stimmte nicht.

Denn trotz der Tatsache, dass sein gewinnendes Lächeln der Hälfte der Bevölkerung Herzflattern verursachen konnte, wirkte Ian Dunn eher wie ein Mann, der auf dem Dorffest Ochsen warf.

Jedenfalls nicht wie das kriminelle Superhirn, das er angeblich war.

Während er sie amüsiert betrachtete, lag nicht bloß ein Mix aus Humor und ironischer Anerkennung in seinen Augen. Als er den Stuhl heranzog und sich darauffallen ließ, erschien er so entspannt und locker, als träfen sie sich hier beim Picknick oder am Rand eines Softballfeldes, wo er gerade eine Pause einlegte – statt in einem Befragungsraum im Staatsgefängnis von Florida, in dem er bereits fünfzig Prozent einer achtzehnmonatigen Haftstrafe abgesessen hatte.

Aber Dunns Augen verrieten auch einen scharfen Verstand.

Phoebe beobachtete, wie er sich umdrehte und dem Wachmann beruhigend zunickte, dessen Bewegungen entschuldigend wirkten, als er Dunns Fessel am linken Knöchel mittels einer kurzen Plastikarretierung mit einer Metallverankerung im Boden verband.

Auch die Hände des Gefangenen waren gefesselt, doch er legte sie auf den Tisch, als bemerke er die Handschellen gar nicht oder als seien sie ihm einfach egal.

„Freut mich, Sie einmal persönlich kennenzulernen“, sagte er schließlich mit ruhiger akzentfreier Stimme. Seine Worte waren seltsam, da weder Phoebe noch Martell ihm einen Brief geschickt oder mit ihm telefoniert hatten. Die Zeit dafür war gar nicht da gewesen. Bis vor einer knappen, chaotischen Stunde hatte Phoebe nicht gewusst, dass sie hier sein würde. „Tja, wenn Sie vorher angerufen hätten, wäre ich noch schnell unter die Dusche gesprungen und hätte mich dem Anlass entsprechend gekleidet.“

Er grinste, während er langsam den Kopf drehte, um über seine breite Schulter zur Tür zu blicken, die sich mit einem schweren dumpfen Geräusch hinter dem Wachmann schloss.

In diesem Moment verhärtete sich seine Miene kaum merklich, während er abwechselnd Martell und Phoebe ansah, als durchschaue er mit seinem kriminellen Superverstand, dass Martell die Leitung dieses kleinen Meetings oblag. Sein Lächeln blieb unverändert, als er sich leicht vorbeugte und leise fragte: „Sind Sie ein Freund von Conrad?“

Phoebe schaute Martell an, der seine dunklen Brauen ein wenig zusammenzog und erwiderte: „Wer ist Conrad?“

Die Intensität – falls sie da war und nicht bloß auf Phoebes überaktive Einbildungskraft zurückzuführen – verschwand aus Dunns Augen und Gesicht so rasch, wie sie aufgetaucht war.

„Offenbar nicht.“ Dunn zuckte die Schultern und lehnte sich zurück. „Niemand Besonderes. Nur jemand, von dem ich glaubte, er sei ein gemeinsamer Bekannter.“ Er faltete die Hände über dem Bauch. Die Handschellen schränkten seine Bewegungsfreiheit jedoch ein. „Also, was wollen Sie mir hier verkaufen? Allerdings ist es wohl das Beste, wenn Sie mit Ihren Namen anfangen, damit ich Sie für mich nicht mehr Anwalt Nummer eins nenne und …“ Erneut schenkte er Phoebe sein sonniges Lächeln. „Anwalt Nummer zwei.“

„Ich bin Martell Griffin“, stellte Martell sich vor. „Es stimmt, Miss Kruger und ich sind Anwälte, aber nur sie ist *Ihre* Anwältin. Sie arbeitet für Bryant, Hill und Stoneham.“

„Wow. Moment mal. Ehrlich?“ Dunn lachte, doch dann hielt er inne und fragte Phoebe: „Ist das …? Das ist doch nicht …?“ Er setzte noch einmal an: „Wo ist Onkel Jerry?“

Onkel wer? Die Frage war so rätselhaft wie die über Conrad. Phoebe sah schnell zu Martell, aber der schüttelte bloß stumm den Kopf: *Ich habe keine Ahnung.*

„J. Quincy Bryant. Das B in B, H und S“, erläuterte Dunn, obwohl Phoebe noch gar nicht so lange geschwiegen hatte. So unbeschwert er sich auch gab, allzu große Geduld besaß dieser Mann nicht. „Das J steht für Jerry, zumindest für diejenigen von uns, deren Großväter ihn kannten, bevor er ein seelenloses Arschloch wurde.“ Seine Worte wurden von einem freundlichen Lächeln kontrastiert.

Tatsächlich könnte dieser Mann verkünden: „Ich bin hier, um Ihr Haus auszurauben!“; wenn er das mit einem solchen Lächeln vortrüge, würde die Reaktion der meisten Leute sein: „Oh, wie nett. Kommen Sie rein.“

Phoebe starrte bestürzt auf ihre Akte und überlegte, wie ihr entgehen konnte, dass einer der Seniorpartner der Kanzlei der Onkel dieses Mannes war. Das erklärte jedenfalls, warum die Spitzenkanzlei ihn vertrat. Sie wünschte nur, irgendwer hätte ihr gesagt, dass sie einem Familienmitglied eine sehr schlechte Nachricht übermitteln musste.

„Er ist kein echter Onkel. Wir sind nicht blutsverwandt.“ Dunn registrierte ihr Erstaunen und fügte schnell hinzu: „Keine Sorge: Es ist Ihnen nicht entgangen, weil es gar nicht da drinsteht.“

Na schön, das war gut. Aber was genau sollte sie ihm jetzt sagen? Sollte sie überhaupt irgendetwas sagen?

„Die Beziehung war eher so eine Mein-Großvater-starb-als-er-ihm-das-Leben-in-Vietnam-rettete-Sache", fuhr Dunn beinah gut gelaunt fort. „Onkel Jerry hatte das Gefühl, in seiner Schuld zu stehen. Dabei hätte ich die Unterstützung ein bisschen früher gebrauchen können. Lebensmittel und Miete, als ich noch ein Kind gewesen bin, statt Rechtsbeistand, nachdem ich die Grenze überschritten hatte. Verstehen Sie, was ich meine? Aber was soll's. Lieber spät als nie, stimmt's?"

Phoebe wusste aus einer kurzen Familiengeschichte, dass Dunns Großvater John in Vietnam gefallen war, als Ians Vater George sehr jung gewesen war. George, der vor vier Jahren an Hepatitis gestorben war, hatte eine lebenslange Haft in Concord, Massachusetts, verbüßt. Er war wegen Beteiligung an einem Raub verurteilt worden, bei dem ein Wachmann getötet worden war – wenn auch nur aus Versehen. Und obwohl es nie bewiesen werden konnte, glaubte man, Ian habe zumindest einen Teil seiner Fähigkeiten als Einbrecher schon in früher Jugend von Dunn senior erworben, der es wiederum von einem Onkel gelernt hatte. Einem echten. *Diese* Information stand in Phoebes Akte, zusammen mit einer langen Liste weiterer *angeblicher* Taten. Manche geradezu beeindruckend verrückt.

Der gegenwärtige und lebendige Dunn hatte ihr jedoch eine Frage gestellt. *Wo ist Onkel Jerry?* Sie räusperte sich und entschied, am besten vage zu antworten. „Mr Bryant ist zurzeit nicht verfügbar."

„Nichts für ungut", meinte Dunn leichthin. „Ich bin sicher, Sie sind eine mindestens ebenso gute Anwältin. Aber aus welchem Grund auch immer Sie hier sein mögen, Miss Kruger: Ich würde doch gern warten, bis Onkel Jerry aus dem Urlaub zurück ist. Sie könnten auch die Kanzlei bitten, seinen Schwiegersohn zu schicken, Bob den Unfähigen, falls es wirklich nicht warten kann."

Jetzt sahen beide sie an.

Martell Griffin war ebenfalls überrascht gewesen, als Phoebe heute Morgen vor den Gefängnistoren auf ihn gewartet hatte. Er hatte augenscheinlich nicht erwartet, dass Dunn bei diesem

Treffen einen Rechtsbeistand haben würde. Möglicherweise war er auch bloß überrascht gewesen, dass sie nicht Mr Bryant oder sein Schwiegersohn Bob Middleworth war. Besonders in Anbetracht der Tragweite seines Angebots.

Also änderte Phoebe ihre Meinung. Beide Männer brauchten eine Erklärung, und außerhalb der Gefängnismauern hatte sich die Nachricht vermutlich ohnehin längst verbreitet. „Mr Bryant und Mr Middleworth wurden gestern Abend bei einem Autounfall verletzt. Ich muss Ihnen bedauerlicherweise mitteilen, dass Maureen Middleworth – Mr Bryants Tochter – bei dem Unfall getötet wurde."

„Oh, verdammt", murmelte Dunn.

„In der Kanzlei geht es gerade ein bisschen drunter und drüber", sagte Phoebe und fügte hinzu: „Wie Sie sich bestimmt vorstellen können."

„Das tut mir leid", entgegnete Dunn mit echtem Bedauern. „Der arme Jerry, er muss am Boden zerstört sein. Bobby auch." Er schüttelte den Kopf, atmete tief ein und wieder aus. „Wow. Ich weiß es zu schätzen, dass Sie eingesprungen sind, Miss Kruger, aber … ich kann durchaus ein paar Wochen warten – Monate, falls es sein muss –, bis Jerry wieder da ist."

Martell meldete sich zu Wort: „Ich befürchte, die Situation duldet leider keinen Aufschub."

„Muss sie aber", gab Dunn zurück und musterte Martell. Er taxierte den gut sitzenden Anzug des Anwalts, sein gestärktes weißes Hemd, die bunte Krawatte sowie das markante, ernste Gesicht zum glänzenden rasierten Schädel. Er taxierte – und verwarf. Dunns Körpersprache war so deutlich, als werfe er ein benutztes Taschentuch weg. „Nicht wahr." Seine Worte waren nicht als Frage formuliert, und der Testosteronlevel im Raum stieg erheblich, als Martell gereizt seinerseits Dunn betrachtete.

Zwielichtige Figur, Sträfling, Knastabschaum, lautete die stumme Botschaft, die Martell ihm als Reaktion auf die abschätzigen Blicke sandte. Dunn quittierte es mit einem traurigen Lächeln. Was den Anwalt noch zorniger machte.

„Mr Dunn, mir ist bewusst, dass dies nicht der beste Zeitpunkt ist, wenn man die Umstände berücksichtigt. Aber sind Sie denn nicht neugierig?“, wollte Phoebe wissen. Den beiden Männern dabei zuzusehen, wie sie einander feindselig anstarrten, brachte dieses Meeting auch nicht voran. Außerdem hatte sie heute noch andere Dinge zu erledigen.

Dunn richtete den Blick auf sie, und sie konnte förmlich sehen, wie es in seinem Kopf arbeitete, während er überlegte, wie er sie am besten aus der Reserve locken konnte. War das nicht interessant? Ihn interessierte gar nicht der Grund dieser Zusammenkunft. Dieses Meeting war bloß ein kleines Spiel für ihn.

Während Phoebe ihn beobachtete, entschied er sich offenbar für Überheblichkeit und erwiderte: „Schätzchen, ich bin sehr neugierig – allerdings nur auf Dinge, die wirklich wichtig sind.“ Tja, und dem Ganzen setzte er die Krone auf, indem er sie mit den Augen auszuziehen begann.

„Ich bevorzuge es, Miss Kruger genannt zu werden“, erklärte sie und zwang sich so gut wie möglich, sich nichts anmerken zu lassen. Trotzdem musste sie schlucken, denn ärgerlicherweise besaß dieser Mann eine animalische Anziehungskraft, die ihn zu einer Art Naturgewalt machte.

Natürlich entging ihm ihr dezentes Schlucken nicht, und sein Grinsen wurde breiter.

Na fein. Sollte er ruhig denken, er besäße die Macht, ihr weiche Knie zu verursachen. Sie wusste es schließlich besser.

„Diese Sache ist aber wichtig“, informierte sie ihn brüsk. „Der Grund, weshalb Mr Griffin dieses Treffen angeregt und Ihr Onkel Jerry mich hierhergeschickt hat, ist durchaus ein wichtiger. Sehr sogar. Hier stehen Leben auf dem Spiel – nicht zuletzt die von zwei unschuldigen Kindern.“

Er lachte überrascht. „Und ich allein bin im Besitz des Geheimcodes. Oder so etwas in der Art. Richtig?“

„So in der Art“, bestätigte sie und wandte sich an Martell. Sie selbst kannte die Lage nur in groben Zügen. Eines war ihr jedoch völlig klar: nämlich, dass der Deal, den der andere Anwalt anzubieten hatte, ein Geschenk von höherer Stelle war. „Ich glaube, das ist Ihr Stichwort, Mr Griffin."

Doch Dunn schüttelte bereits den Kopf und sagte zu Martell: „Welches Wissen auch immer Sie mir unterstellen mögen, Sie irren sich."

„Egal, was Sie uns erzählen", mischte Phoebe sich ein, auch wenn sie Martell stumm zu verstehen gegeben hatte, dass er nun das Reden übernehmen sollte. „Egal, was Sie uns verraten, egal, ob es legal ist oder nicht, wird weder jetzt noch in Zukunft gegen Sie verwendet werden. Sie erhalten Immunität. Absolute. Dafür habe ich gesorgt."

Martell fuhr fort: „Wenn Sie Ihre Karten richtig ausspielen, Mr Dunn, dann verlassen Sie den Raum heute mit uns zusammen, als freier Mann."

Dunn lachte erneut, doch sein Lachen erstarb, als er von Martell zu Phoebe sah. „Moment mal. Er nimmt mich auf den Arm, oder?"

Sie schüttelte den Kopf.

Dunn musterte Martell. „Wer sind Sie?"

„Ich vertrete hier gewissermaßen die Regierung. Darauf läuft es in etwa hinaus", antwortete Martell. „Obwohl ich nicht direkt für sie arbeite und keine Details über die Organisation verraten darf, die für diese Mission verantwortlich ist. Sie müssen lediglich wissen, dass ich hier bin, um Ihnen die Freiheit anzubieten. Und zwar die sofortige Freiheit, im Austausch für Ihre Kooperationsbereitschaft ..."

„Nein", schnitt Dunn ihm das Wort ab und drehte seinen Stuhl so weit, wie es mit dem Haltegurt ging. „Auf gar keinen Fall. Kein Deal. Vielen Dank. Ich bin nicht interessiert." Richtung Tür rief er: „He, Roger, wir sind hier drin fertig!"

Diesmal war Martell dermaßen überrascht, dass er laut loslachte. „Machen Sie Witze?" Er schaute zu Phoebe, als könne sie ihm helfen. „Macht er Witze? Will er etwa im Gefängnis bleiben?"

Sie schüttelte den Kopf, denn sie hatte keine Ahnung.

Was kein ungewöhnlicher Zustand war für sie in ihrer ersten Woche, die sie für die angesehene Kanzlei arbeitete. Gleich zu

Anfang hatte man sie ins kalte Wasser geschubst und ihr die Fälle von drei Anwälten aufgehalst, die vor Kurzem entlassen worden waren. Den Großteil der Woche hatte sie damit zugebracht, verzweifelt zu paddeln, um den Kopf über Wasser zu halten.

Und jetzt kam dieser Tag dazu und vergrößerte das Chaos noch.

Da sie zu den wenigen Anwälten gehörte, die der verunglückten Tochter des Chefs nie begegnet waren, hatte man ihr rasch Ian Dunns Akte zukommen lassen, auf der der Vermerk *Oberste Priorität* prangte. Die Wellen, die ihr schon entgegengeschlagen waren, schienen winzig angesichts dieses jüngsten Tsunamis, dem sie sich stellen musste. Das wurde allmählich zu ihrer neuen Normalität.

Und es stellte eine komplette Veränderung ihrer Realität dar. Eigentlich hatte sie sich stets voller Stolz zu der kleinen Gruppe von Menschen gezählt, die in jeder Situation den Durchblick behielten.

Nun wurde allerdings sehr deutlich, dass Ian Dunns Akte unvollständig war. Phoebe würde tiefer graben müssen, um aus ihm schlau zu werden. Das würde sie tun, sobald sie ein wenig Zeit und einen Internetanschluss hatte.

„Roger!“, rief Dunn erneut. „Wo zur Hölle stecken Sie?“

Martell stand auf und klopfte direkt vor Dunn auf den Tisch. „Der kommt erst herein, wenn *ich* ihm sage, dass wir fertig sind. Und wir sind nicht eher fertig, bis Sie sich mein Angebot angehört haben und anschließend mit mir den Raum verlassen. Denn genau das ist es, was vernünftige Leute tun, wenn sie die Möglichkeit bekommen, aus dem Knast entlassen zu werden.“

Dunn sah von Martell zu Phoebe, und in seinen Augen lag kein freundlicher Ausdruck mehr. Jetzt wirkte sein Blick stahlhart. „Ich bin seit fast einem Jahr im Gefängnis, also ist es durchaus möglich, dass sich die Dinge außerhalb dieser Mauern verändert haben. Ist so etwas mittlerweile legal?“, fragte er sie. „Mich zu etwas zu zwingen, was ich gar nicht will?“

Sie räusperte sich. „Hier liegen ungewöhnliche Umstände vor. Es steht nicht nur das Leben dieser Kinder auf dem Spiel, sondern wohl auch, so wie ich es verstanden habe, die nationale Sicherheit. Und Mr Griffin unterbreitet Ihnen da wirklich ein gutes …"

„Mich interessiert aber nicht, was er mir anbietet. Ich wünsche Ihnen viel Glück bei der Suche nach jemandem, der Ihnen bei der Rettung der Welt hilft. Ich werde es jedenfalls nicht machen. Diesmal nicht."

Phoebe stutzte. „Als Ihre Anwältin, Mr Dunn, empfehle ich Ihnen dringend, dass Sie …"

„Sie sind nicht meine Anwältin", unterbrach Dunn sie ruhig, beinah sanft. „Und es ist mir herzlich egal, was Sie mir empfehlen. Kein Deal. Bringen Sie mich weg, und zwar sofort."

Tja, war das nicht ein hübscher Schlamassel?

Ian Dunn kannte seinen Anwalt Jerry Bryant nicht sehr gut, und den Schwiegersohn Bob hatte er nie kennengelernt. Der sollte eigentlich auftauchen, wenn Jerry es zu einem Gefängnistermin nicht schaffte. Und von denen hatte es bereits einige gegeben. Die Story, die Ian über seinen Großvater in Vietnam erzählt hatte, war genau das: bloß eine Geschichte. Sie diente als offizielle Begründung dafür, dass Bryant persönlich ihn vertrat.

Ms Kruger hatte es nicht nur versäumt, richtig auf seine codierte Frage nach dem fiktiven Conrad zu antworten. Nein, man hatte Ian auch immer wieder erklärt, dass lediglich Jerry oder Bob als Verbindung zu seinem aktuellen Armleuchter von Arbeitgeber fungieren würden. In der Verwirrung, die durch den tödlichen Unfall entstanden war, hatte man eine der jüngeren Anwältinnen der Kanzlei zu ihm geschickt. Wahrscheinlich ein Versehen.

„Wir haben den Mann gefunden, der die Welt retten kann – und diese Kinder", erklärte der Anwalt Martell Griffin. Weder er noch Miss Kruger machten Anstalten, den Gefängniswärter zu rufen. „Und das sind Sie."

Ian schüttelte stumm den Kopf und betrachtete die Anwältin, die aussah, als käme sie frisch vom College, so jung war sie noch.

Doch von Bryant, Hill und Stoneham wusste er, dass sie niemanden direkt von der Uni einstellten. Also musste sie älter sein, Ende zwanzig, vielleicht Anfang dreißig. Ihr vollkommen makelloses Gesicht und den porzellanhellen Teint hatte sie vermutlich den zahlreichen Stunden in einem fensterlosen Büro der Anwaltskanzlei zu verdanken.

Das braune Haar hatte sie zu einem Knoten zusammengebunden, und mit dem dunklen Brillengestell und dem weit geschnittenen Hosenanzug, der ihre Kurven dennoch nicht verbergen konnte, wirkte sie wie eine sexy Bibliothekarin.

Sie war hübsch, aber das kümmerte sie nicht. Tatsächlich schien sie darum bemüht, ihr gutes Aussehen zu verstecken – auch die Augen, was die klobige Brille bewies.

Ian hätte erwartet, dass eine Frau mit so heller Haut blaue oder grüne Augen hatte. Ihre waren jedoch von einem dunklen, tiefen Braun. Ihrem Blick zu begegnen war, als fiele man rückwärts in eine warme, mondlose Nacht.

Und ja, es stimmte, Ian hatte schon viel zu lange ohne weibliche Gesellschaft auskommen müssen. Es würde auch noch lange dauern, bis es so weit war: Er hatte nämlich nicht die Absicht, mit den beiden hier herauszumarschieren. Ganz egal, was sie ihm anboten, damit er das dritte Mitglied in ihrem Kinderrettungsteam wurde.

Das Leben seines kleinen Bruders hing davon ab, dass Ian genau dort blieb, wo er war. Und dabei spielte es keine Rolle, dass Aaron längst nicht mehr klein war. Tot war tot, und Ian war entschlossen, dafür zu sorgen, dass Aaron bis ins hohe Alter lebte. Außerdem hatte der Junge inzwischen selbst ein Kind. Und das bedeutete, es stand noch mehr auf dem Spiel.

„Ich werde bis zehn zählen, Julie“, wandte er sich jetzt an Miss Kruger, deren Vorname vermutlich nicht Julie war. Doch auch das fiel in die Rubrik der Dinge, die ihm egal waren. „Wenn Sie nicht auf der Stelle Roger kommen und mich hier wegbringen lassen, werde ich den Nachmittag damit verbringen, einen Beschwerdebrief an die Gefängnisverwaltung zu schreiben. Das wird zwar nicht viel nützen, aber Sie werden mit bürokratischem

Scheiß überschwemmt werden, und zwar monatelang. Sie sehen aus wie ein Mädchen, das Besseres zu tun hat."

Sie verzog keine Miene, sondern hob angesichts seiner kämpferischen Worte nur das Kinn. „Erstens bin ich schon seit Jahren kein Mädchen mehr. Zweitens kann und werde ich argumentieren, dass es in Ihrem besten Interesse ist, sich Mr Griffins Vorschlag anzuhören. Und drittens, ich heiße Phoebe, nicht Julie. Ms Kruger wäre mir allerdings lieber."

„Eins", begann Ian mit seinem Countdown und hielt ihrem Blick mühelos stand. Phoebe, ja? Der Name passte zu ihr. Sicher wünschte sie sich trotzdem einen Namen, der sich leichter abkürzen ließ, wie Kate, Jenn oder Meg. Andererseits gefiel es ihr vielleicht, einen Namen zu haben, der zu ihrem sanften Äußeren passte und zugleich ihre Entschlossenheit verbarg, sozusagen als Geheimwaffe gegen ihre Gegner.

„Zwei", fuhr er fort und zeigte in diesem Wettkampf des gegenseitigen Anstarrens den Anflug eines Lächelns, damit sie glaubte, er stelle sie sich gerade nackt vor. Was er wirklich tat, denn das machte diesen Schlamassel ein wenig erträglicher.

Am anderen Ende des Tisches atmete Martell Griffin hörbar frustriert aus.

Phoebe ergriff die Gelegenheit, den wortlosen Wettstreit zu beenden, indem sie zu Griffin schaute, als dieser meinte: „Lassen Sie uns mal über den Raub in der kazbekischen Botschaft reden. In Istanbul, am neunundzwanzigsten August ..."

„Ah, darum geht es." Ian verdrehte die Augen. Ging es tatsächlich darum? Mann, das war Jahre her! Außerdem war er dank Shellys schneller Arbeit mit den Überwachungskameras der Botschaft deswegen nie angeklagt worden. „Drei", sagte er zu Phoebe, ehe er sich Griffin zuwandte. „Ob Sie es glauben oder nicht: Selbst ich bin nicht so verrückt, vier Stockwerke hinaufzuklettern und durch ein Fenster in ein Gebäude einzusteigen – noch dazu während einer Dinnerparty –, und das für eine Beute von drei Millionen. Wie oft muss ich das denn noch wiederholen?"

„So oft Sie wollen", entgegnete Griffin. „Wir wissen doch alle, dass Sie lügen."

„Ich weiß es nicht", schaltete Phoebe sich ein. „Ich meine, ich bin nicht hundertprozentig davon überzeugt, dass er lügt. Die Fakten …"

„Die Fakten besagen, dass er zum Zeitpunkt des Raubs in Istanbul war", vervollständigte Griffin den Satz für sie.

„Das ist bestenfalls ein Indizienbeweis", konterte sie.

„Hören Sie", unterbrach Ian sie. „Süße, wenn Sie mir wirklich helfen wollen, dann holen Sie Roger und …"

„Das kazbekische Konsulat, diesmal in Miami", schnitt Phoebe ihm das Wort ab. „Mr Griffins Klienten vermuten, dass die Kinder dort festgehalten werden. Sie und Mr Griffin scheinen außerdem der Ansicht zu sein, dass Sie, Mr Dunn, genau deswegen besonders dafür qualifiziert sind, ihnen zu helfen. Diese Klienten behaupten, Sie seien mit dem Sicherheitssystem des Konsulats vertraut."

„Das behaupten sie", wiederholte er trocken und fügte hinzu: „Vier, fünf, sechs dafür, dass Sie deren Märchenmist glauben."

„Was ich ohne den geringsten Zweifel glaube", erwiderte sie, „ist, dass Leo Vaszko, sieben Jahre alt, und Katrina Vaszko, dreizehn Jahre alt, gegen ihren Willen im Konsulat in Miami festgehalten werden. Wenn sie nicht befreit werden, wird man sie außer Landes bringen, zurück zu ihrem Vater – einem berüchtigten und gefährlichen kazbekischen Warlord. Dann werden sie ihre Mutter niemals wiedersehen."

Ian kniff die Augen zu schmalen Schlitzen zusammen. „Seit wann befasst sich die Regierung in diesem Ausmaß mit der Befreiung gekidnappter Kinder?"

Phoebe sah zu Griffin, denn das war in der Tat eine gute Frage. Oder? Der Anwalt räusperte sich und wurde sichtlich nervös.

„Wer ist denn die Mutter der Kinder?", wollte Ian wissen, da hinter dieser Sache offensichtlich noch viel mehr steckte.

„Dr. Lusa Vaszko", antwortete Griffin.

Ian sagte der Name nichts. „Doktor worin?", fragte er.

Der Anwalt räusperte sich erneut. „Sie ist, äh, Atomphysikerin."

Aha.

„Mein Klient“, fuhr Griffin fort, „möchte sicherstellen, dass Dr. Vaszko nicht gezwungenermaßen nach Kazbekistan zurückkehren muss. Dort könnte man sie nämlich wiederum zwingen, am wachsenden Atomprogramm mitzuarbeiten.“

Ja, das passte schon eher. Ian begriff. „Ich soll also was tun? Ihnen einen detaillierten Bericht über die Sicherheitsprozeduren und -standards der kazbekischen Botschaft und Konsulate liefern? Selbst wenn ich damals Zugang zu derartigen Informationen gehabt hätte: Es ist bereits Jahre her. Inzwischen ist das gesamte Sicherheitssystem überholt worden, und ein neuer Botschafter ist da. Seit damals ist der Posten zweimal neu besetzt worden. Sie brauchen mich nicht. Jedes Team aus Navy-SEALs, das sein Millionen teures Training wert ist, kann unbemerkt in dieses Konsulat gelangen und die Kinder retten.“ Noch während er sprach, fiel ihm der Haken an der Sache auf.

„Wir können die Navy-SEALs aus naheliegenden Gründen nicht einsetzen“, erklärte Griffin. „Oder ehemalige SEALs. Jedenfalls niemanden, der nicht im Gefängnis gesessen hat.“

Ein SEAL-Team, das heimlich in eine ausländische Vertretung eindrang, würde die US-Regierung in diplomatische Schwierigkeiten stürzen, wenn etwas schiefging und die Sache aufflog. Es könnte sogar als ein kriegerischer Akt ausgelegt werden.

„Ebenso wenig können wir das FBI oder die CIA einsetzen, ja nicht einmal die örtliche Polizei“, erklärte Griffin weiter.

Und da Ians Lebenslauf den Vermerk *verurteilter Verbrecher* enthielt, sowie *mutmaßlicher internationaler Juwelendieb* und *ehemaliger Navy-SEAL …* Ihm dämmerte endlich, worauf dieses Treffen hinauslaufen sollte. „Sie wollen mehr als nur diese Informationen von mir“, sagte er und sah dabei von Griffin zu Phoebe. „Darum geht es also. O nein. Das kann ich nicht machen. Außerdem dürfte Ihnen bewusst sein, dass Sie selbst eingreifen und dem Botschafter in den Hintern treten können, falls er ein Verbrechen begangen hat …“

„Wir denken, dass der Botschafter über den genauen Zusammenhang im Unklaren gelassen wurde“, meinte Griffin. „Die momentanen Beziehungen zwischen den Vereinigten Staaten und Kazbekistan sind so angespannt, dass wir uns keinerlei Risiko erlauben können. Türen einzutreten ist jedenfalls keine Option. Die Befreiungsaktion muss absolut im Geheimen stattfinden."

Ian schüttelte erneut den Kopf. „Ich kann Ihnen nicht helfen."

„Das ist noch nicht alles", sagte Griffin. „Das FBI hat einen der Kidnapper als jemanden identifiziert, der angeblich mit Ihnen bekannt ist. George Vanderzee. Sein Spitzname lautet …"

„Der Holländer", beendete Ian den Satz lachend. Oh, Mann. Ja, er kannte Vanderzee gut. Halb Kazbeke und halb Niederländer, sah er sehr europäisch aus, hatte jedoch Kultur und Tradition seiner kazbekischen Mutter angenommen. Er verdiente sein Geld mit dem Unglück anderer. Ian hatte ihn vor einigen Jahren bei einer verdeckten Operation benutzt, bei der es um Waffenschmuggel gegangen war, kurz nachdem er selbst die Navy verlassen hatte. „Fantastisch. Er ist ein verdammter Irrer. Und nur zu Ihrer Information: Er heißt Georg und nicht George. Das spricht man ‚Gay-org' aus, und es schreibt sich ohne das E am Ende."

„In meiner Akte steht es anders", bemerkte Griffin.

„Ihre Akte ist fehlerhaft", informierte Ian ihn. „Ihnen ist schon klar, dass der Job durch seine Beteiligung nicht gerade leichter wird?"

„Mr Griffins Klienten glauben, dass seine Beteiligung Sie erst recht für diesen Job qualifiziert", erklärte Phoebe. „Sie gewinnen Ihre sofortige Freiheit ebenso wie totale Immunität …"

„Die will ich nicht. Ich akzeptiere diesen Deal nicht, ganz egal, was für mich dabei herausspringt", gab Ian zurück und setzte hinzu: „Sieben, acht, neun …"

Phoebe ignorierte ihn einfach und richtete ihre Aufmerksamkeit auf Griffin, der seine Akte zugeklappt hatte und sie beinah aggressiv in seine Tasche stopfte, während er sich erhob.

„Das Meeting ist beendet", verkündete der Anwalt. „Ich habe genug Zeit vergeudet. In diesem Spiel hänge ich persönlich mit drin. Mein allerbester Freund liegt im Krankenhaus und ringt mit dem Tod, während wir hier diskutieren. Er kam bei dem

Versuch, diese Kinder zu verteidigen, fast ums Leben. Die zu finden ich nun helfen werde. Also Schluss mit dem Bullshit – ich wechsle direkt zu Plan B."

Was immer er vorhatte: Phoebe war jedenfalls nicht eingeweiht. Sie stand ebenfalls auf und rief Griffin sichtlich erschrocken hinterher, als dieser den Raum durchquerte: „Plan B ...?"

Griffin ergriff den Hörer, mit dem er Kontakt zu den Wärtern aufnehmen konnte, trommelte jedoch gleichzeitig ungeduldig gegen die Tür. „Hallo! Wir sind hier drinnen fertig."

Ian schob seinen Stuhl zurück, soweit seine Fesseln es zuließen, um der hübschen Phoebe nachzuschauen.

„Plan B?", wiederholte sie und senkte ihre Stimme. „Wir haben über einen Plan B nicht gesprochen."

„Ich hole Dunn hier raus, auch ohne Abmachung", sagte Griffin und sprach kurz in den Hörer. „Ja, öffnen Sie bitte die Tür. Sofort." Dann legte er auf und wandte sich an Phoebe: „Wir machen diesen Deal, wenn er frei ist."

„Mit welchem Druckmittel?" Phoebe sprach genau die Frage aus, die Ian gerade beschäftigte.

„Mit der Drohung, seinen erbärmlichen Hintern wieder hierherzuverfrachten, nachdem er die Freiheit gekostet hat, die er angeblich gar nicht will", erklärte Griffin. „Zusammen mit einem Haufen Geld. Jeder hat seinen Preis. Dunn hat seinen, und da so viel auf dem Spiel steht, wird mein Klient bereit sein, ihn zu zahlen."

„Sie wollen mich aus einem Hochsicherheitsgefängnis holen, als wäre es ein Wellnesshotel oder so was?", rief Ian und lachte. „Wenn Sie das machen, wird jeder auf diesem Planeten wissen, dass ich ab sofort für das FBI arbeite. Oder für die CIA oder welchem finsteren Herrscher Sie sonst dienen. Dadurch werde ich auf der Stelle unbrauchbar. Hallo?"

Martell Griffin lächelte, doch sein Blick war kalt. „Wir wissen eine ganze Menge über Sie, Mr Dunn. Wir werden es so aussehen lassen, als hätten Sie den Deal auf einer unteren Ebene gemacht."

Ian lachte von Neuem auf. „Das ist verrückt."

Dieser Ansicht war Phoebe offenbar auch. Sie gab sich Mühe, leise zu sprechen. Der Raum war allerdings so klein, dass Ian unweigerlich mithörte. „Wenn Dunn wirklich hinter dem Raub in der Botschaft in Istanbul steckt“, sagte sie zu Griffin, „dann hat er mehr Geld auf einem Konto in Übersee, als wir uns vorstellen können.“

„Alles Unsinn“, versicherte Ian, aber die beiden würdigten ihn keines Blickes.

„Mag sein“, antwortete Griffin auf Phoebes Einwand und wirkte dabei besonders grimmig. „Geld ist jedoch nicht das Einzige, was wir anzubieten haben.“ Die Tür ging auf. „Jeder hat seinen Preis“, wiederholte er. „Auch Ian Dunn.“

Und nach diesen Worten marschierte er hinaus, dicht gefolgt von Phoebe.

„Mist“, sagte Ian in den leeren Raum hinein, als die Tür schwer zufiel. Wenn dieser Clown ihn hier herausholen würde, wären nicht nur neun Monate harter Arbeit umsonst gewesen; Aaron würde außerdem in unmittelbarer Gefahr schweben.

Ja, Ian hatte tatsächlich einen Preis, doch Phoebe lag vollkommen richtig mit ihrer Einschätzung: Mit Geld hatte das alles nichts zu tun. Genau genommen drehte es sich bloß um zwei Dinge: die Sicherheit seines Bruders Aaron und dessen Familie.

Aaron hatte Rory gerade zum Mittagsschlaf hingelegt, als das Telefon klingelte.

„Schei…“ Er verkniff sich den Rest für den Fall, dass der schrille Klingelton seinen Sohn aufgeweckt haben sollte. Mit seinen elf Monaten gab Rory schon nach Worten klingende Laute von sich, und „Scheiße“ sollte nicht so schnell zu seinem Vokabular gehören. Das hatte Zeit, bis er zur Schule kam und es von Kids mit schlechteren Eltern aufschnappte.

Ihn heute zum Mittagsschlaf hinzulegen war ein Kampf für sich gewesen. Rory hatte geschluchzt, als ginge es um sein Leben – was stets eine beunruhigende Erinnerung war an die ersten anstrengenden Monate im Leben des Babys. Aber die Zeit war auf Aarons Seite gewesen: Der Junge war müde gewesen und durch das Geschrei noch müder geworden. Es hatte nicht lange gedauert, bis ihm die Augen in dem kleinen, brillanten, wundervoll duftenden Kopf zugefallen waren.

Aaron meldete sich flüsternd: „Ja? Was gibt es?“ Das würde ihm nicht unbedingt Pluspunkte einbringen, sollte der Anrufer jemand von der Kinderkrippe sein, in die Shelly den Jungen unter allen Umständen schicken wollte.

Als würde es für Rorys Zukunft als Präsident der Vereinigten Staaten darauf ankommen, in welche Krippe er gegangen war – oder was Shel sich für ihn vorstellte.

Aaron selbst hatte nie eine Krippe oder einen Kindergarten besucht, auch keine Vorschule oder wie auch immer das heutzutage genannt wurde.

Was genau genommen Shels Argumentation untermauerte, da Aaron jetzt als Hausmann dasaß, der per Haftbefehl gesucht wurde.

Ach ja, und sein einziger Familienangehöriger war dieser Armleuchter von einem Bruder, der vor fast einem Jahr verschwunden war. Wahrscheinlich war Ian irgendwo unterwegs, um die Welt zu retten. Dieser Blödmann.

Ian hatte zu Rorys Geburt eine mickrige Karte ohne Unterschrift geschickt. Eine Karte und hunderttausend Dollar in Sparobligationen. Seine Großzügigkeit war eine schlecht getarnte Erinnerung daran, dass Ian die Familie weit weg sehen wollte. Zumindest sollten sie Florida verlassen. Er wollte, dass sie alle wegzogen: Aaron, Shelly und Shels ältere Schwester Francine. Doch Ian würde sie nicht ewig unterstützen können, seine Geldmittel waren nicht unbegrenzt. Außerdem hatte Shelly einen gut bezahlten Job in Sarasota und war Teilhaber einer florierenden Softwarefirma. Es bestand die begründete Hoffnung, dass die Firma in einigen Jahren an die Börse ging und Shelly sich auszahlen ließ. Damit wären sie finanziell abgesichert – und konnten für immer fortgehen. Sarasota war eine große Stadt, fast eine Stunde entfernt von Clearwater. Solange sie auf der Hut waren und sich unauffällig benahmen, hatten sie nichts zu befürchten. Den Streit darüber hatten sie mit Ian ausgefochten – und gewonnen –, lange bevor er untergetaucht war. Unter falschen Namen in Florida zu leben war sicherer, als unter ihrem echten Namen in Alaska. Wenige Tage vor seinem Verschwinden hatte Ian das auch eingeräumt.

Seitdem waren monatlich Postkarten eingetroffen, auf denen in Ians krakeliger Handschrift stets das Gleiche zu lesen war: *Hab euch lieb. Vermisse euch. Passt auf euch auf. Macht keine Dummheiten.*

Am anderen Ende der Leitung herrschte Schweigen, und Aaron hörte sich selbst fragen: „Ian?“ Er hegte nun mal diese dumme Hoffnung, die sofort beim kleinsten Fünkchen aufloderte. Zum Beispiel dachte er in diesem Moment daran, dass Ian möglicherweise von irgendwo in Übersee anrief, wo er einen geheimnisvollen Auftrag zu erledigen hatte. Deshalb die schlechte Verbindung.

Tja, von wegen.

Wer immer dort am anderen Ende war, sagte kein Wort. Dann wurde die Verbindung mit einem leisen Klicken einfach unterbrochen.

Aaron schaute auf das Telefon, aber natürlich wurde die Nummer des Anrufers auf dem Display nicht angezeigt.

„Arsch“, flüsterte Aaron in den Apparat, und das galt auch seinem Bruder, wo immer dieser Depp sich aufhalten mochte. Er ging die Treppe hinunter und schaltete das Babyfon in der Küche ein. Danach begab er sich an die Arbeit, indem er das Geschirr wusch und die Arbeitsflächen abwischte, bis der Marmor glänzte. Mit etwas Glück würde er dafür ein bisschen mehr als ein dankbares Lächeln bekommen, sobald Shelly von seinem Job zurückkehrte, mit dem er das viele Geld verdiente, das ihre wunderbare kleine Familie über Wasser hielt.

2. KAPITEL

Phoebe lernte einiges in der Zeit unmittelbar nach dem Treffen im Gefängnis mit Martell Griffin und Ian Dunn.

Erstens entdeckte sie, dass die Entlassung eines Häftlings mehrere Stunden in Anspruch nahm – was allerdings schneller war, als sie vermutet hatte.

Zweitens erfuhr sie, dass Martells Wunsch, diese Kinder zu befreien, tatsächlich persönlicher Natur war und aus tiefstem Herzen kam.

Er hatte ihr erzählt, er sei gut befreundet mit einem Mann, der in Sarasota ein Security-Unternehmen namens Troubleshooter Incorporated führe. Dieser Mann habe zwar nicht den Auftrag gehabt, die Kinder zu schützen, habe aber eine Analyse über das Sicherheitsteam erstellen sollen, das momentan für den Schutz der Kinder zuständig war. Ironischerweise war er in Miami gewesen und hatte mit den Kindern und ihren Bodyguards eine Fahrt im Streifenwagen unternommen, als die Kids am helllichten Tag entführt worden waren. Die beiden Bodyguards waren bei dem dreisten Angriff ums Leben gekommen, und Martells Freund Ric war schwer verletzt worden.

Ein Schuss in die Brust, hatte Martell Phoebe berichtet, als sie das erste Mal den Befragungsraum des Gefängnisses verlassen hatten. Vergeblich hatte er sein Handy nach einer Nachricht über Rics Zustand gecheckt. Er hatte Phoebe daraufhin erzählt, er hoffe, eine Voicemail oder eine Textnachricht von Rics Frau zu erhalten, aber es sei nichts angekommen.

Kein Wort.

Das war kein gutes Zeichen.

Martell war tief in seiner eigenen unglücklichen Welt gefangen gewesen, deshalb hatte Phoebe ihn auf dem Parkplatz des Gefängnisses zurückgelassen, wo er ruhelos auf und ab gelaufen war. Die meiste Zeit, während sie auf Dunns Entlassung warteten, hatte sie mit Nachforschungen über den ehemaligen SEAL im klimatisierten North Port Coffee Shack verbracht.

Dort erfuhr sie weitere interessante Dinge, vor allem viel über Navy-SEALs.

Phoebe hatte seit dem Tod Osama bin Ladens viele Gerüchte über die SEALs gehört. Sie hatte angenommen, die SEALs wären nur die Navy-Version der Green Berets oder der Delta Force. Aber SEALs stellten keine gewöhnlichen Kommandotruppen, sondern Supertruppen. Anscheinend war ihre Ausbildung die härteste und strengste beim gesamten Militär. Sie war so intensiv, dass der Großteil der Anwärter das Handtuch warf. Nur die Besten schafften es, das ganze Programm durchzustehen.

Und zu denen hatte Ian Dunn einst gehört.

Er war freiwillig zur Navy gegangen und hatte während seiner zehnjährigen Dienstzeit nicht nur seinen Collegeabschluss gemacht, sondern auch die Offizierslaufbahn eingeschlagen, im Zuge einer Maßnahme, die sich OCS nannte – Officers Candidate School. Als er die Marine verlassen hatte, war er Lieutenant und SEAL-Teamleiter gewesen.

Das war noch etwas, was sie herausgefunden hatte: SEALs arbeiteten immer, unter allen Umständen, in Teams. Was die Frage nach Ians Team aufwarf. Wo war es? Sollte er nach seiner Zeit bei der Navy tatsächlich ein Dieb von internationalem Ruf geworden sein, dann bestimmt nicht über Nacht. Und schon gar nicht würde er im Alleingang arbeiten.

Phoebe musste also noch tiefer graben und gründlicher recherchieren.

Über Ians geheimnisvolle Teamkameraden hatte sie nichts gefunden, aber sie war bei ihrer Suche des Öfteren auf die Legende gestoßen, die sich um ihn rankte.

Das Gerücht unter den Soldaten der Spezialeinheiten und den SEALs, die sich in Internetforen austauschten, besagte, dass Ian Dunn den Großteil dessen, was er auf seinen regelmäßigen Raubzügen erbeutete, weggab. Er behielt nur so viel, wie zur Deckung der Kosten nötig war. Angeblich handelte es sich bei den Juwelen und Kunstwerken, die er „befreite“, um bereits gestohlene oder unrechtmäßig erworbene Dinge. Nazischätze, zum Beispiel. Vermögen aus Kriegsprofiten oder aus dem Blut und den Tränen von verwaisten Sklaven.

Doch nicht jeder in diesen Internetforen hielt Dunn für einen Helden. Ein anonymer Schreiber behauptete, Dunn habe mit dem Verlassen der SEALs alle alten Verbindungen und Kontakte gekappt.

Dieselbe anonyme Person, die sich im Netz jackal99 nannte, wies darauf hin, dass es den Sondereinheiten stets äußerst unangenehm sei, wenn ein SEAL mit Spezialausbildung zum aggressiven Einzelgänger wurde. Es kam zwar sehr selten vor, aber es geschah eben.

Wir alle zucken zusammen und fangen ein bisschen an zu schwitzen, schrieb dieser angebliche ehemalige SEAL. *Denn wir wissen, wozu Dunn fähig ist. Also tun wir so, als arbeite er für die Guten, damit wir besser mit unserem Unbehagen klarkommen.*

Es war faszinierend.

Das mit Abstand Interessanteste aber fand Phoebe in einem winzig kleinen Artikel per Zufall bei einer Google-Suche zu Dunns legendärem – und angeblichem – Raub in der Botschaft, als sie Jahr und Monat des Raubs zusammen mit dem Begriff „Nazischatz“ eingab.

Laut diesem Artikel hatte das in Los Angeles beheimatete Simon-Wiesenthal-Zentrum wenige Tage nach dem Raub in der kazbekischen Botschaft in Istanbul ein mysteriöses Paket erhalten, in dem sich die kostbaren Juwelen befunden hatten, die vermutlich während des Holocaust von den Nazis gestohlen worden waren. Die Organisation arbeitete daran, die Stücke zu identifizieren, um die ursprünglichen Besitzer aufzuspüren oder in Erfahrung zu bringen, ob noch Familienangehörige oder Nachkommen lebten.

Ja, allerdings, das waren für Phoebe sehr aufschlussreiche Stunden gewesen.

Doch dann hatte Martell eine SMS geschrieben und sie darüber unterrichtet, dass Dunns Entlassung unmittelbar bevorstehe. Daraufhin hatte sie ihren Computer eingepackt und sich auf den Rückweg zum Gefängnis gemacht.

Martell empfing sie nun genau dort, wo sie ihn verlassen hatte. Er lief sich aus Sorge um seinen Freund immer noch die Sohlen ab.

Als Phoebe ihren neuen Wagen auf dem fast leeren Parkplatz abstellte, hielt Martell sich gerade das Handy ans Ohr. Um ihn nicht zu stören, warf sie ihm lediglich einen fragenden Blick zu, während sie in die Hitze des Tages trat.

Als Antwort schüttelte er mit grimmiger Miene den Kopf und formte mit den Lippen die Worte „Noch nichts Neues".

Auf keinen Fall würde er anders als auf direktem Weg vom Tod seines Freundes erfahren. Keine Neuigkeiten bedeuteten in diesem Fall also schlechte Neuigkeiten.

Zu ihrem Entsetzen beobachtete sie, wie Martell die Schultern hängen ließ und sich an seinen Wagen lehnte, die Hand über den Augen. Mit seinen langen eleganten Fingern massierte er seine Stirn und murmelte etwas Unhörbares ins Telefon.

Phoebe näherte sich ihm vorsichtig ... *Gott sei Dank?*

Ja, das hatte er definitiv gesagt. Dann folgte: „Gib ihm einen dicken fetten Kuss von mir und richte dem Dickschädel aus, dass ich mir den Hintern aufreiße, um sein Chaos wieder in Ordnung zu bringen." Martell brachte ein Lachen zustande, obwohl er sich die Augen wischte, und fuhr fort: „Nein, im Ernst, Annie. Sag Ric, er soll sich keine Sorgen machen. Ich kann dir nicht verraten, mit wem ich zusammenarbeite, aber wir sind auf dem besten Weg, diese Kinder zu finden. Richte ihm aus, dass wir sie befreien werden. Er soll sich inzwischen auf seine Genesung konzentrieren. Ja." Er beendete das Gespräch mit einem „Alles klar", gefolgt von einem „Ja, weiß ich alles. Glaub mir, ich werde vorsichtig sein. Ich hab dich auch lieb".

„Deinem Freund geht es also besser", vermutete Phoebe.

„Er wird wieder", bestätigte Martell, während er seine Textnachrichten ein weiteres Mal überprüfte, bevor er sein Telefon einsteckte. „Es wird ein langer Weg werden für ihn. Aber wenn ich das kann, schafft er das auch."

Hatte sie richtig gehört? „Du wurdest schon mal angeschossen?"

„Ganz genau wie Ric, direkt in die Brust." Er legte die Hand auf seine Krawatte. „Vor ein paar Jahren. Es hat mich ziemlich überrascht."

„Du meine Güte."

„Wenn man plötzlich in den Lauf einer Pistole blickt, hat es meistens irgendein Vorspiel gegeben – wenn du diesen Ausdruck entschuldigst. Wenigstens einen Wortwechsel, ein kleines ‚Hallo, wie geht's? Ja, stimmt, das hier ist eine geladene Waffe. Danke, dass du es bemerkt hast'. Allerdings ging es nicht um einen gewöhnlichen Raub. Ich störte eine Entführung."

„Hast du eine Uniform getragen?", fragte Phoebe, denn jemand, der auf einen Cop schoss …

„Ich war kein uniformierter Polizist", beantwortete Martell ihre Frage. „Ich war Detective. Aber es geschah, nachdem ich die Polizei verlassen hatte. Tatsächlich passierte es, als ich gerade mein Abschlussexamen bestanden hatte. Die meisten Leute denken, ich hätte deswegen die Polizei verlassen, aber das stimmt nicht."

„Ich habe das nicht gedacht", sagte Phoebe.

„Doch, hast du", widersprach er. „Aber es ist in Ordnung. Wie gesagt, alle glauben es."

Was sie über Martell gedacht hatte, war, dass er so … gesund wirkte. Groß, gut aussehend und selbstsicher. Ach ja, und unerschrocken. Phoebe hätte es ihm nicht verdenken können, wenn er nach einem solchen Anschlag auf sein Leben den gefährlichen Dienst als Polizist quittiert hätte und bei jedem lauten Geräusch zusammenzucken würde.

Vielleicht war er wie sie: trainiert in Selbstverteidigung und stets bewaffnet. Nach Verlassen des Gefängnisses hatte sie als Erstes die Glock aus dem Verschlussfach ihres Kofferraums geholt und sie wieder in dem Schulterhalfter verstaut.

Auf der anderen Seite des staubigen Schotterparkplatzes öffnete sich langsam und quietschend das innere, oben mit Stacheldraht gesicherte Gefängnistor. Phoebe hob die Hand über die Augen, um besser sehen zu können. Das äußere Tor blieb jedoch geschlossen, was ja auch sinnvoll war.

Die Eingänge zum Gefängnis, sogar die für Besucher auf der anderen Seite des Gebäudekomplexes, waren wie die Türen in *Mini-Max,* der alten TV-Serie um den Superagenten Maxwell Smart. Ehe sich die zweite Tür öffnete, musste die erste wieder geschlossen sein. Damit war gewährleistet, dass es niemals einen Massenandrang in die Freiheit geben würde; selbst in dem unwahrscheinlichen Fall nicht, sollten die Gefangenen die Wachleute überwältigt und die Kontrolle übernommen haben.

Dieses Tor diente hauptsächlich als Lieferanteneingang. Hier verließen die Häftlinge das Gefängnis, wenn sie zu Gerichtsterminen gebracht wurden oder wenn sie ihre Zeit abgesessen und ihre Schuld an der Gesellschaft beglichen hatten – falls das überhaupt möglich war. Hier wurden sie ausgespuckt, auf diesen heißen, staubigen Schotterparkplatz in der wirklichen Welt.

„Bist du bereit?“, fragte Martell Phoebe. „Er wird keine gute Laune haben, aber es ist absolut wichtig, dass wir ihn nicht verlieren.“

Sie starrte ihn erschrocken an. „Er kommt ohne elektronische Fußfessel raus?“

„Ja.“ Ein angespanntes Lächeln huschte über Martells Gesicht. „Das können wir nicht riskieren.“

„Wow“, sagte sie. „Du gehst ein größeres Risiko ein, als ich dir zugetraut hätte.“

Er lachte trocken. „Tja, ich setze gewissermaßen alles auf eine Karte.“

Phoebe wählte ihre Worte mit Bedacht. „Es könnte allerdings durchaus sein, dass Dunn nicht bereit ist, diesen Job zu machen. Vielleicht beschließt er, einfach zu verschwinden“, erklärte sie, als sich das innere Tor quietschend schloss und mit einem Knall zufiel, der den ganzen Platz zu erschüttern schien. „Meiner Erfahrung nach sind Entfremdung, Wut und Verrat selten die Grundlage für den Beginn einer wundervollen Freundschaft.“

„Ich brauche Dunn nicht als Freund“, konterte Martell. „Es wäre sogar sehr hilfreich, wenn er bei der Rettung der Vaszko-

Kinder auch gleich noch das Konsulat beraubt. Das wäre ein weiterer Beweis dafür, dass die US-Regierung nichts mit der Befreiungsaktion zu tun hat."

„Ich glaube nicht, dass er wirklich ein Juwelendieb ist." Phoebe berichtete ihrem Anwaltskollegen einiges von dem, was sie in Erfahrung gebracht hatte. „Sicher, das meiste von dem, was ich herausgefunden habe, ist Teil der Legende, die sich um ihn rankt. Trotzdem halte ich es für eine gute Idee, wenn wir einige der sogenannten Fakten als die potenziellen Falschinformationen betrachten, die sie vermutlich sind."

Martells Gesichtsausdruck wäre lustig gewesen, wenn hier nicht Menschenleben auf dem Spiel gestanden hätten. „Was willst du mir damit sagen? Dass Ian Dunn wie Batman ist?"

„Eher wie Robin Hood."

Martell war nicht beeindruckt. Er lachte spöttisch. „Ich bin mir sicher, dass Robin Hood nicht zögern würde, zwei kleine Kinder zu retten."

„Es sei denn, er hätte im Gefängnis etwas Wichtigeres zu erledigen", wandte Phoebe ein. „Unter Umständen werden durch seine jüngste Mission noch viel mehr Leben gerettet. Wer weiß, Tausende möglicherweise."

Jetzt sah Martell sie an, als hätte sie den Verstand verloren. „Seine derzeitige Mission im Gefängnis ist es, für den Schaden zu bezahlen, den er betrunken und rasend vor Wut auf einem Parkplatz vor einer Bar angerichtet hat."

Phoebe schüttelte den Kopf. „Tut mir leid, aber das ist kein Mann, der in betrunkenem Zustand ausrastet. Soweit ich das beurteilen kann, rührt Ian Dunn Alkohol nicht einmal an."

„Denn wenn er es tut, randaliert er am Ende herum", argumentierte Martell. „Und verursacht einen Schaden von mehreren Hunderttausend Dollar."

„Du hast ihn doch kennengelernt", meinte Phoebe. „Ist das ein Mann, der aus einer Bar torkelt, sich in seinen Wagen setzt und absichtlich ein Dutzend geparkter Autos rammt? Nur weil eine Frau sich geweigert hat, mit ihm zu tanzen? Das kann ich mir einfach nicht vorstellen."

„Alkohol verführt manche Menschen dazu, seltsame Dinge zu tun. Und er hat sich jedenfalls schuldig bekannt."

„Ganz recht. Ich glaube, er saß im Gefängnis, weil er dort sein wollte", mutmaßte Phoebe. „Und ich glaube außerdem, dass es ein großer Fehler ist, ihn auf diese Weise herauszuholen. Ich befürchte, eine Menge Leute werden verärgert sein – besonders, sobald dein Klient von der Regierung seinen Aha-Moment hat und seine rechte Hand merkt, was seine linke getan hat."

Er musterte sie skeptisch. „Denkst du, Dunn arbeitet längst fürs FBI?"

Phoebe nickte. „Das ist absolut möglich."

Martell wirkte noch nicht überzeugt. „Ich tue, was ich tun muss, damit diese Sache erledigt wird. Wenn Dunn wirklich ein so toller Held ist, wie du behauptest, wird er uns helfen, diese Kids zu retten. Und wenn er es nicht ist … Tja, er wird uns helfen, ob er will oder nicht."

„Na schön", erwiderte Phoebe. „Angenommen, ich liege falsch, und er ist ein Krimineller, der nur ein Motiv kennt – sich zu bereichern. Dann verstehe ich immer noch nicht, wie du dir so sicher sein kannst, dass er seine Meinung innerhalb von wenigen Stunden geändert hat und nun doch mitspielt."

Martell grinste. „Ich behaupte ja nicht, dass er es freiwillig macht."

Sie stutzte. „Was hast du mir verschwiegen? Was stand denn nicht in meiner Akte über Dunn, was ich daher ebenfalls nicht im Internet finden konnte?"

„Hast du schon mal von Manny Dellarosa gehört?"

Phoebe blinzelte. „Ganz unbekannt kommt mir der Name nicht vor."

„Die Dellarosas sind eine Mafiafamilie aus der Gegend. Sie handeln mit Drogen, von Clearwater aus, nördlich von Tampa", erklärte Martell. „Sie versuchen sich außerdem in Prostitution, Menschenhandel, Glücksspiel und hier und da einer Werkstatt, in der gestohlene Autos umgemodelt werden. Sie besitzen zwei legale Unternehmen: eine Speditionsfirma und eine Kaufhauskette, deren Filialen im gesamten Bundesstaat verstreut sind. Die dienen in erster Linie zur Geldwäsche."

„Manny ist der Boss", fuhr er fort. „Sein Bruder Davio ist sein Stellvertreter; Davios Sohn Berto steckt auch mit drin. Es gibt noch einen vierten Dellarosa: Vincent, Mannys Sohn. Er ist das schwarze Schaf der Familie. Seine Aufgabe scheint darin zu bestehen, das Geld der Familie auf den Kopf zu hauen, in Schwierigkeiten zu geraten und anschließend Daddy um Hilfe zu bitten."

„Und welche Verbindung gibt es da zwischen Ian Dunn und den Dellarosas?", wollte Phoebe wissen.

„Vor einem Jahr versuchte Dunn, diesen Vincent dranzukriegen – für genau jenes Vergehen, für das Dunn nun sitzt. Das kann Daddy Dellarosa nicht gefreut haben, und am Ende – offenbar nachdem Druck ausgeübt worden war – hat Dunn sich schuldig bekannt."

Deshalb kam ihr der Name Dellarosa bekannt vor. Vincent Dellarosa stand auf der langen Liste der Leute, deren Wagen von Dunn vor dieser Bar demoliert worden waren.

„Ich habe nichts davon in der Polizeiakte gelesen", gestand Phoebe. „Soweit ich das beurteilen kann, wollte Dunn sich von dem Moment an, in dem unsere Kanzlei involviert war, schuldig bekennen, den Schaden wiedergutmachen und die ganze Verantwortung übernehmen. Alles für ein geringes Strafmaß."

„Was immer da vorgefallen ist", meinte Martell, „es muss zu Spannungen zwischen Dunn und Dellarosa geführt haben, oder? Zurück zur Gegenwart, in der Vince, das schwarze Schaf der Familie, drüben in Orlando bald wegen Mordes vor Gericht stehen wird."

„Im Ernst?", fragte Phoebe.

„‚Ärger' ist der zweite Vorname dieses jungen Mannes", bestätigte Martell. „Und genau an diesem Punkt wird die Sache zu unserem Vorteil: Daddy und Onkel Davio Dellarosa werden von Ian Dunns vorzeitiger Entlassung hören und glauben, dass er im Austausch für seine Freiheit Informationen preisgegeben hat." Er lächelte angespannt. Eine Alarmglocke ertönte, und das äußere Tor öffnete sich endlich. „Vor allem, weil wir durchsickern lassen, dass Dunn als Kronzeuge bei Vincents bevorstehender Gerichtsverhandlung auftreten wird."

„Aber ... Moment mal. Bedeutet das nicht, dass Dunn für die Dellarosas zur Zielscheibe wird?", erkundigte sich Phoebe.

„Theoretisch schon", antwortete Martell gut gelaunt. „Ich weiß es nicht, aber wenn es einen Gott gibt, dann werden sich die Dellarosas mit gezückten Waffen auf Dunn stürzen wollen. Denn das, meine liebe Miss Kruger, ist der Grund, weshalb er uns helfen wird. Wir werden nämlich für seine Sicherheit sorgen und ihn verstecken, bis Vincents Verhandlung vorbei ist. Sollte er sich weigern, uns zu helfen, ist er auf sich allein gestellt."

Na, das würde interessant werden.

Phoebe mochte Martell, wirklich. Er war intelligent und unterhaltsam, sah auch noch gut aus, mit breiten Schultern, einem attraktiven Gesicht und einem gewinnenden Lächeln. Allerdings vermutete sie, dass er die Situation falsch einschätzte, wenn er tatsächlich annahm, dass jemand wie Ian Dunn Hilfe brauchen und es nicht vorziehen würde, die Sache allein in die Hand zu nehmen. Er würde sich selbst um ein Versteck kümmern, bis die Bedrohung durch die Dellarosas vorbei war – falls es überhaupt eine gab.

Und da kam er bereits, der frisch entlassene Häftling. Er trug Jeans und T-Shirt, dazu schwere schwarze Stiefel. Unter dem Arm hatte er einen Kapuzenpullover und eine Plastiktüte, in der sich vermutlich seine persönlichen Sachen befanden.

Er stand da, sah die beiden an, noch lange nachdem sich das Tor weit für ihn geöffnet hatte.

Er rührte sich nicht.

Und rührte sich nicht.

Er taxierte Phoebe und Martell, dann schüttelte er den Kopf, ganz leicht, als wären sie ungezogene Kinder, die ihn bitter enttäuscht hätten.

Wenn nur die Hälfte dessen stimmte, was Phoebe in den vergangenen zwei Stunden entdeckt hatte ... dann hatten sie ihn in ernste Gefahr gebracht. Ganz zu schweigen davon, dass sie vermutlich auch die geheime Mission, auf der er sich im Gefängnis befand, zunichtegemacht hatten.

Martell ergriff als Erster das Wort, während er sich halb umdrehte und seinen Wagen mit einem Klick und einem kurzen Aufheulen des Diebstahlalarms entriegelte. „Kommen Sie, Dunn. Ich fahre Sie zu einem Hotel. Dort werden Sie sicher sein. Sie können duschen und sich etwas zu essen kommen lassen, während wir uns unterhalten."

Martells Stimme schien Dunns Füße vom staubigen Boden zu lösen, denn endlich lief er durch das Tor. Sein Gang war lässig, ebenso wie zuvor beim Betreten des Befragungsraumes. „Na ja, nein. Ich glaube, ich werde lieber mit meiner hübschen neuen Anwältin fahren."

Martell lachte und imitierte Dunns Antwort. „Na ja, nein, das glaube ich nicht."

„Ach, weißt du, vielleicht ist das gar keine so schlechte Idee", wandte Phoebe sich an Martell. Damit würde sie Dunn nicht nur zeigen, dass sie keine Angst vor ihm hatte; es würde ihnen auch die Gelegenheit bieten, sich in Ruhe zu unterhalten. Nicht, dass sie irgendetwas von dem, was sie unter Umständen erfuhr, unbedingt an Martell weitergeben konnte, wegen des Anwalt-Klient-Privilegs. Aber möglicherweise würde sie herausfinden, was genau eigentlich vor sich ging. Zum Beispiel, wer dieser Conrad war, nach dem Dunn sich gleich zu Beginn ihres Treffens erkundigt hatte. Dass es sich um einen „gemeinsamen Bekannten" handelte, hatte sie keine Sekunde lang geglaubt.

„Sie können uns ja gern folgen", bot Dunn Martell an. „Nachdem Pheebs und ich gesprochen haben, machen wir irgendwo halt und essen etwas."

Das war der Moment, in dem Phoebe hätte begreifen müssen, dass hier irgendetwas lief. Es war einfach lächerlich, dass er sich zunächst standhaft geweigert hatte, einen Deal anzunehmen, und nun quasi eine Einladung zum Lunch aussprach.

Doch die Harmlosigkeit, mit der Dunn diese Worte aussprach, täuschte sie. Sie öffnete die Fahrertür ihres neuen Wagens.

Phoebes nagelneues Auto, das sie sich zur Belohnung für den Job bei BH&S selbst geschenkt hatte, musste nicht per Schlüssel geöffnet werden. Sie musste nicht länger in ihrer Handtasche kramen; eine Berührung des Griffs genügte, und die Tür entriegelte sich automatisch. Ebenso musste sie bloß ihre Handtasche auf den Beifahrersitz werfen, und das Auto registrierte die Nähe des Schlüssels und ließ sich prompt auf Knopfdruck starten.

Es war fantastisch.

Nachdem sie aufgeschlossen hatte, setzte sie sich ans Steuer. Die Tür blieb offen, während sie sich darauf konzentrierte, ihre Tasche auf der Armlehne zwischen den beiden Vordersitzen zu balancieren und das Einwickelpapier eines schnell gekauften Frühstücks vom Beifahrersitz zu entfernen, damit ihr neuer Klient Platz nehmen konnte.

Umso überraschter war sie von dem, was Dunn als Nächstes tat.

Er beugte sich zur offenen Tür hinein, und dann spürte sie mehr, als dass sie es sah, wie er sein Sweatshirt und die Plastiktüte, die wer weiß was enthielt, nach hinten auf den Rücksitz warf. Beinah gleichzeitig schob er eine Hand unter ihren Oberschenkel und die andere hinter ihren Rücken.

„Hey!“, rief Phoebe, als er sie anscheinend mühelos hochhob und über die Mittelkonsole warf, sodass sie mit dem Po voran auf dem Beifahrersitz landete. Ihre Füße verfingen sich kurz im Lenkrad, woraufhin er ihr half, sie daraus zu befreien.

Auch Martell war offenbar verblüfft, denn er rief: „He, Dunn! Was machen Sie denn da? Hören Sie auf!“

Doch da saß Ian Dunn bereits hinter dem Steuer, hatte die Tür zugeworfen und verriegelt und den Motor gestartet.

„Ich werde fahren, einverstanden?“, sagte er ganz freundlich, während er aufs Gaspedal trat und eine Wolke aus Staub und Steinchen aufwirbelte. Martell musste sich schnell abwenden, um seine Augen zu schützen.

„Nein, ich bin absolut nicht einverstanden!“ Phoebe schaute aus dem Heckfenster. Martell rannte zu seinem Wagen, zweifellos, um die Verfolgung aufzunehmen.

„Sie sollten sich lieber anschnallen“, riet Dunn ihr ruhig, während er vom Parkplatz raste und in die kleine mit Schlaglöchern übersäte Straße bog.

„Ich bin auf gar keinen Fall einverstanden“, wiederholte Phoebe. Dabei schnallte sie sich an und bückte sich nach ihrer Tasche, die auf den Boden gefallen war, als sie vom Fahrersitz vertrieben worden war. „Genau genommen kommt das, was Sie hier tun, einer Entführung gleich!“

„Nicht, wenn Sie sagen, dass es okay ist, wenn ich fahre“, konterte Dunn und warf ihr einen Blick zu, während er seinen Sitz so weit wie möglich zurückschob. Trotz allem waren seine Beine noch zu lang, aber er bemühte sich, eine einigermaßen bequeme Position zu finden.

„Ich werde nicht sagen, dass es in Ordnung ist, wenn Sie fahren“, versicherte sie ihm und griff in ihre Handtasche, auf der Suche nach … „Das ist mein Wagen, und ich wollte fahren. Sie haben mich praktisch angegriffen, und das macht es zu einer …“

„Entführung“, beendete er den Satz für sie. „Habe ich schon begriffen. Dann lassen Sie mich doch verhaften und schicken Sie mich zurück ins Gefängnis. Ach, ich vergaß: Das ist ja genau das, was Sie nicht wollen.“

„Halten Sie sofort den Wagen an!“, forderte sie ihn auf und zielte mit ihrer Pistole auf ihn, direkt durch das Leder ihrer Handtasche hindurch. „Und zwar auf der Stelle, Mr Dunn, sonst schieße ich.“

Sie musste zugeben, dass es vermutlich lächerlich aussah; wahrscheinlich wirkte es so, als würde sie bloß vorgeben, eine Waffe zu haben, und in Wirklichkeit mit dem Zeigefinger auf ihn zielen. Doch wenn sie die Glock aus der Tasche nahm, wäre der Lauf zumindest für einen kurzen Moment nicht auf ihn gerichtet. Dunn würde diese Chance nutzen. Er würde sie leicht überwältigen und ihr die Pistole abnehmen können. Immerhin war er ein ehemaliger Navy-SEAL.

Dunn schaute von ihrem Gesicht auf die Tasche und dann wieder in ihre Augen, ehe er seine Aufmerksamkeit zurück auf die Straße lenkte. Dabei schüttelte er den Kopf. „Ach was", sagte er. „Sie schießen nicht auf mich. Im Ernst, Pheebs, wenn Sie das wirklich wollten, hätten Sie es getan, bevor ich Gas geben konnte. Wenn Sie jetzt schießen, sterben Sie höchstwahrscheinlich auch, weil es einen fürchterlichen Unfall geben wird. Doch wenn Sie sich dadurch besser fühlen und glauben, Sie hätten alles unter Kontrolle, zielen Sie ruhig weiter mit Ihrer Waffe auf mich." Bei dem Wort „Waffe" deutete er mit den Fingern Gänsefüßchen an, ohne die Hände ganz vom Lenkrad zu nehmen.

„Was stimmt eigentlich nicht mit Ihnen?"

Dunn seufzte. „Na schön. Meine Mutter war sechzehn, als ich geboren wurde, mein Vater war kaum älter. Er hatte zu dem Zeitpunkt bereits ein Vorstrafenregister, das es ihm unmöglich machte, einen Job zu finden. Also ließ er sich mit einer Gang von lauter Arschlöchern ein. Entschuldigen Sie meine Ausdrucksweise, aber es gibt kein besseres Wort für diese Typen. Wie dem auch sei, es kostete ihn beinah das Leben. Er stand auf einmal als einbeiniger Exsträfling da, ohne Hoffnung auf Arbeit. Mit drei Jahren trainierte er mich dann darauf, durch die Hundeklappen in Häuser einzudringen ..."

„Das meinte ich nicht", unterbrach sie ihn, hakte dennoch sofort nach: „Als Sie drei waren?"

„Na ja, dreieinhalb", korrigierte Dunn, als mache das die Sache irgendwie besser.

„Du meine Güte, das ist ja Kindesmisshandlung." Sie fing sich wieder. Er wollte sie bloß ablenken. „Was ich eigentlich meinte ..." Sie holte tief Luft und setzte erneut an: „Es ist einfach vollkommen unsinnig, dass jemand in Ihrer Lage nicht froh darüber sein sollte, vorzeitig aus der Haft entlassen zu werden. Sie müssen also einen Grund dafür haben, weshalb Sie unbedingt drinbleiben wollten. Ich hoffe wirklich, Sie vertrauen mir diesen Grund noch an; nur so kann ich mit Ihnen – und dieser Agency, für die Sie tätig sind – zusammen daran arbeiten, eine Lösung für das Problem von Mr Griffin zu finden."

Dunn hatte den Rückspiegel eingestellt und widmete sich gerade den Außenspiegeln. Er schien ein sehr guter Fahrer zu sein, mal abgesehen von der Tatsache, dass er viel zu schnell fuhr.

„Ich arbeite für keine Agency", erklärte er, ohne dass es klang, als müsse er sich dafür entschuldigen. „Nicht schlecht geraten, aber nein. Sie irren sich. Mehr kann ich Ihnen allerdings nicht verraten. Andernfalls müsste ich Sie töten."

Er sagte das so leichthin, als würde er einen Scherz machen, und hatte den Blick weiter auf die Straße vor ihnen gerichtet. Doch Phoebe wusste, dass es zumindest teilweise als Drohung gemeint war. Eine beiläufige Erinnerung daran, dass er ein gefährlicher Mann war und es keine Rolle spielte, dass sie diejenige mit der Waffe war.

„Nein, das müssten Sie nicht", gab sie zurück, um seine Worte nicht einfach so stehen zu lassen. „Da ich Ihre Anwältin bin, können Sie mir alles anvertrauen."

Erneut schaute er sie an. „Sie sind nicht meine Anwältin."

„Doch."

„Nein, sind Sie nicht."

Das war kleinlich. Und kindisch. „Doch, Mr Dunn, das bin ich."

„Ernsthaft? Wollen wir etwa so weitermachen? Denn Sie sind nicht meine Anwältin. Jerry ist mein Anwalt."

„Ich habe ja nichts weiter zu tun, während ich entführt werde", erwiderte sie. „Außer die Tatsache zu verteidigen, dass ich Ihre Anwältin bin, solange Mr Bryant nicht zur Verfügung steht. Und jetzt fahren Sie wenigstens langsamer, damit Mr Griffin uns leichter folgen kann."

„Es ist keine Tatsache, weil ich nie zugestimmt habe." Dunn dachte nicht daran, das Tempo zu drosseln.

„Doch, haben Sie", widersprach sie. „Auf dem Parkplatz haben Sie mich Ihre ‚hübsche neue Anwältin' genannt."

„Das war Bullshit", sagte er und bedachte sie mit einem weiteren Blick. „Nicht das, was ich über Ihr Aussehen gesagt habe. Sie sind sehr hübsch. Aber Bullshit zählt nicht. Übrigens muss ich noch etwas erledigen, und dazu brauche ich mal Ihr Handy."

Sie hielt ihre Handtasche fest an die Brust gepresst. „Bin ich nun Ihre Anwältin oder nicht?“, fragte sie und fügte hinzu: „Kein Bullshit diesmal.“

Dunn lachte tatsächlich. „Sie machen Witze.“

„Wenn Sie mein Klient sind, Mr Dunn, dann dürfen Sie auch mein Telefon benutzen“, eröffnete sie ihm so gelassen wie nur irgend möglich. „Sind Sie mein Kidnapper, geht das leider nicht.“

„Das ist keinesfalls okay!“, schrie Martell dem Heck von Phoebes nagelneuem Auto hinterher, während er Dunn und ihr in seiner alten schwächelnden Karre zu folgen versuchte.

Er hatte das Geld für einen neuen Wagen gehabt und schon ein schickes neues Modell ausgesucht. Aber dann war der jüngste Sohn seiner Schwester krank geworden. Die Krankenhauskosten waren zwar gedeckt gewesen, doch hatte Denise ihren Job verloren, weil sie so viel Zeit an Jamies Krankenbett verbracht hatte. Martells Schwager wollte einen Zweitjob annehmen, um über die Runden zu kommen; allerdings hätte das bedeutet, dass er seinen Sohn kaum gesehen hätte – in einer Zeit, in der unklar gewesen war, ob es sich um dessen letzte Monate auf Erden handeln würde. Also hatte Martell ihnen geholfen. Sein neues Auto konnte warten.

Das Schicksal belohnte ihn durch die sich bessernde Gesundheit des Jungen. Obwohl Jamie noch immer nicht über den Berg war, hatte sich der Krebs im Verlauf der Behandlung zurückgebildet. Martell dachte an ihn und betete für ihn, wann immer er in seinem alten Wagen irgendwohin unterwegs war. Und er war viel unterwegs. Weil er allein arbeitete, benutzte er das Auto als mobiles Büro. Er lebte fast in dem Ding.

Aber die Karre erfüllte ihren Zweck, brachte ihn dorthin, wo er hinwollte. Er war jetzt Anwalt, und da gehörten Verfolgungsjagden wie diese eigentlich nicht mehr zu seinem Job.

So hätte es zumindest sein sollen.

„Verdammter Mist!“

Das alles war Rics Schuld. Nachdem sein Freund inzwischen nicht mehr mit dem Tod rang, konnte Martell ihm ruhig die Schuld geben.

Die Wahrheit lautete allerdings: Er hatte sich diese Situation selbst zuzuschreiben.

„Sag einfach mal Nein!“, schrie er frustriert, als Ian Dunn scharf links abbog und Phoebes Auto außer Sicht war. „Wieso lerne ich nicht, auch mal Nein zu sagen?“

Als er ebenfalls abbog, war der andere Wagen natürlich längst verschwunden. Aber dies war der Weg zur Interstate – zweifellos war Dunn dorthin unterwegs. Die Frage war nur, ob er Richtung Norden oder Süden fahren würde.

Martell fuhr rechts heran. Die Klimaanlage keuchte bei dem Versuch, die Temperatur im Wagen unter dreißig Grad zu halten. Sie schaffte es nicht. Er nahm sein Handy und scrollte durch die Liste seiner Kontakte. Er fand Phoebes Handynummer und wählte.

Es klingelte einmal, zweimal, dreimal, aber sie meldete sich nicht. Schließlich sprang die Voicemail an.

„Hier spricht Martell Griffin. Ruf mich bitte zurück“, sagte er, wobei ihm das „Bitte“ schwer über die Lippen kam. *Was soll's.* Die ganze Sache war nicht ihre Schuld.

Außerdem war sie wirklich die Anwältin von diesem Typen. Er würde ihr nichts tun. Zumindest hoffte Martell das. Er probierte es auf ihrem Festnetzanschluss; Phoebe hatte ihm diese Nummer ebenfalls gegeben, als sie überraschend heute Morgen im Gefängnis aufgetaucht war. Auf ihrem Anrufbeantworter hinterließ er die gleiche Nachricht und schloss anschließend für einen Moment die Augen, während er sich zwang, ruhig durchzuatmen. Er rief sich ins Gedächtnis, dass Ian Dunn ja nicht wegen eines Gewaltverbrechens verurteilt worden war. Auch wenn er die vor der Bar geparkten Autos demoliert hatte, war er nicht für Wutausbrüche bekannt. Ganz im Gegenteil: Er hatte den Ruf, ein extrem gelassener und zurückhaltender Zeitgenosse zu sein. Jedenfalls, wenn er nicht trank.

Andererseits war der Mann ein ehemaliger Navy-SEAL, und das hieß, er konnte schnell und effizient töten. Auf Arten, die Martell sich höchstens vorzustellen vermochte.

Und wie er sie sich vorstellen konnte …

Martell hatte viele SEALs und ehemalige SEALs kennengelernt, während er gelegentlich einen Job für Ric erledigt hatte. Jeder einzelne von ihnen war verrückt.

Angefangen mit der Tatsache, dass die Ausbildung zum Navy-SEAL die reinste Folter war: Diese Typen mussten Telefonmasten den Strand rauf- und runterschleppen und hinein in die eiskalte Brandung; sie mussten rennen, ständig und andauernd rennen, in voller Kampfmontur und im weichen Sand; sie mussten aus Flugzeugen springen und mit dem Öffnen des Fallschirms warten, bis sie fast auf den Boden aufschlugen; und wenn sie mal nicht wie die Irren durch die Gegend rannten, mussten sie schwimmen, meilenweit; sie mussten durch die Torpedoluke aus U-Booten aussteigen. Lauter solche komplett verrückten Sachen. Und das alles noch vor dem Mittagessen.

Die Ausbildung endete nicht etwa damit, dass die Männer durch und durch SEALs waren und ihre kleine adlerförmige Anstecknadel erworben hatten, der sie den äußerst respektlosen Namen Budweiser gaben, obwohl sie ihnen doch alles bedeutete. Nein, danach wurde alles noch viel härter für sie. Sie wurden in die „reale Welt" entlassen und retteten Menschen vor Piraten oder beendeten die Herrschaft von Terroristen wie Osama bin Laden.

So sah ihr Job an einem gewöhnlichen Tag aus. Nichts Besonderes.

Ja, das alles taten sie ohne Fanfaren, es war für sie selbstverständlich. Sie riskierten ihre Gesundheit und ihr Leben, arbeiteten eng miteinander in kleinen Teams, auch wenn sie einander hassten, und gaben Blödsinn von sich wie: „Der einzige leichte Tag war gestern."

Das machte es ziemlich unmöglich, sich in ihrer Gegenwart über Dinge zu beschweren wie lauwarmes Essen zum Lunch oder diesen langweiligen juristischen Antrag, an dem er bis in die Nacht feilen musste, weil er ihn so lange wie möglich vor sich hergeschoben hatte, und der nun am nächsten Morgen fertig sein musste.

Und nun stand er wieder einmal kurz davor, heulend zu seinem finsteren Herrscher zu rennen, wie Dunn Martells Kontakt genannt hatte, weil ihm gerade wieder ein SEAL in den Hintern trat.

Martell kochte und war auf sich selbst mindestens so sauer wie auf Dunn, während er erneut die Liste seiner Kontakte durchsah. Er wählte die Nummer, die FBI-Teamleader Jules Cassidy ihm heute Morgen gegeben hatte, als Martell sich einverstanden erklärt hatte, diesen Fall zu übernehmen.

Der eigentlich schnell erledigt sein sollte, weil die Sache, Zitat, „so verdammt leicht", Zitatende, zu erledigen war.

Martell hatte bereits in der Vergangenheit mit Jules zusammengearbeitet, deshalb zögerte er, die Taste zu drücken. Er war sich nicht sicher, ob die Freundschaft zu seinem finsteren Herrscher die Sache für ihn einfacher machte.

Härter auf jeden Fall.

Er konnte die Enttäuschung des FBI-Agenten bereits hören. *Du hast ihn verloren. Jetzt schon.* Das würde Jules nicht einmal als Frage formulieren, und dann würde er seufzen. Es wäre ein leises Ausatmen, kaum hörbar. Und das würde es noch schlimmer machen.

Trotzdem drückte Martell die Ruftaste, denn er wusste, dass Zeit jetzt der entscheidende Faktor war. Das FBI würde seine hochmodernen Computer einsetzen können, um das Nummernschild von Phoebes Wagen zu finden. Wahrscheinlich würden sie sogar Satellitenbilder liefern können, um das Auto und seine Insassen aufzuspüren.

Es läutete am anderen Ende, dann ein zweites Mal, dann piepte es leise – und die Leitung war tot.

Er wählte von Neuem.

Das Gleiche.

Das war eigenartig. Martell bekam nicht einmal die Möglichkeit, eine Nachricht zu hinterlassen. Aber vielleicht musste er das auch gar nicht. Vielleicht merkte diese supergeheime Leitung sich seine Nummer. Und Jules oder einer seiner FBI-Untertanen rief ihn schnell zurück.

Das hoffte er zumindest.

Er saß in seinem Wagen, starrte auf sein Handy und versuchte es per Gedankenübertragung zum Klingeln zu bringen.

Es schwieg.

Und … schwieg.

„Mist." Na schön. Natürlich konnte er hier weiterhin mit laufendem Motor sinnlos am Straßenrand warten. Oder er nahm die Fährte auf und fuhr zu dem billigen Motel, das als Unterschlupf geplant war. Dorthin sollte Martell Dunn ursprünglich bringen, ihm ein Zimmer besorgen, die Tür abschließen und auf weitere Instruktionen warten.

In diese Richtung zu fahren war eine so gute Idee wie jede andere, während er auf den Rückruf vom FBI wartete – und betete, dass Ian Dunn kein psychotischer ehemaliger Navy-SEAL war, der sich in einen Serienkiller verwandelt hatte und Phoebe Kruger kochen und essen wollte.

Martell legte den Gang ein und bewegte sich ruckelnd in Richtung Interstate.

3. KAPITEL

Der Staat Florida war riesig, doch durch pures Glück hatte es Ian in die North Port Correctional Facility verschlagen, nur wenige Meilen von Sarasota entfernt, wo die Familie seines Bruders lebte.

Auf dem Weg über die Interstate trat er das Gaspedal durch, dankbar, dass er nicht die ganze Strecke vom Gefängnis in Starke fahren musste. Als er Aarons Nummer in das Handy seiner hübschen neuen Anwältin tippte, hoffte er, dass sein Glück anhielt.

Zu Hause nahm jedoch niemand ab. Stattdessen meldete sich die Voicemail ohne jede persönliche Begrüßung, was gut war. Vielleicht hatte Aaron endlich gelernt, wie man sich unsichtbar machte. Ian tippte mit den Fingern auf dem Lenkrad, während er auf den Piepton wartete.

„Zwei sieben Zebra Foxtrott", sagte er. „D. A., hier spricht Eee." Zusätzlich zu dem Code, den sie vor über einem Jahr vereinbart hatten, benutzte Ian die Spitznamen aus ihrer Kindheit, damit Aaron nicht den geringsten Zweifel an der Identität des Anrufers haben konnte. „Falls du deine Anrufe filterst – es handelt sich um einen Code eins, ich wiederhole: Code eins. Begib dich zu Contact Point Charlie, ich wiederhole: CP Charlie."

Er legte auf und wählte Shellys Dienstnummer. Dort meldete sich allerdings sofort eine automatische Ansage, mit ziemlicher Lautstärke, die wie ein zusätzliches *Pech gehabt* wirkte. „Die Nummer, die Sie gewählt haben, wurde deaktiviert …"

Das klang nicht gut.

Ian hasste Überraschungen jeglicher Art, und dies war eine unerfreuliche. Der Hauptgrund, aus dem Aarons Familie in Sarasota geblieben war, keine zwei Stunden südlich von Clearwater, wo die Dellarosas lebten, war Shels Job. Wenn sich daran etwas geändert hätte, wüsste Ian es durch seine Telefonate alle zwei Wochen mit Shellys Schwester Francine.

Doch es blieb keine Zeit, um sich zu ärgern. Er wählte die Nummer, die er für Francines nächsten Kontaktanruf erhalten hatte, da ihm klar war, dass sie Aaron oder Shelly auf deren Handys erreichen konnte. Diese Nummern hatte Ian nicht, weil die beiden sie vorsichtshalber in unregelmäßigen Abständen änderten. Aber auch hier hatte er kein Glück: Es klingelte und klingelte, vermutlich, weil die Nummer noch nicht freigeschaltet war. „Verdammt."

Ian sah zu Phoebe, die ihn beobachtete.

„Rufen Sie die Mitglieder Ihres Teams an?", erkundigte sie sich.

Nur weil Phoebe Kruger ihm erzählt hatte, sein Anwalt Jerry Bryant habe eine persönliche Tragödie erlitten, musste es noch lange nicht wahr sein.

„Ich habe kein Team." Das war keine Lüge. Er hatte wirklich keines – nicht mehr. Ian wählte Jerrys Privatnummer in der Kanzlei.

Phoebe war unbeeindruckt. Und äußerst scharfsinnig. „Dann eben die ehemaligen Mitglieder Ihres Teams?"

Ian antwortete nicht, denn eine Frau mit einem britischen Akzent meldete sich. „J. Quincy Bryants Leitung. Hier spricht Susan."

Der Name war so gewöhnlich, dass Ian eigentlich nicht beunruhigt hätte sein müssen. Dennoch war er es. Denn wer immer diese Susan sein mochte, sie war nicht die Susan, mit der er sich gewünscht hätte, sprechen zu können. Diese Susan nämlich – seine Susan – war so etwas wie eine Ersatzmutter für ihn gewesen. Und sie war seit vier Jahren tot. Außerdem hatte man ihrem Akzent deutlich angehört, dass sie aus New Jersey stammte.

„Hallo?", fragte diese Susan ungeduldig.

„Ja. Verzeihung. Ich würde gern Mr Bryant sprechen."

Ian hörte Phoebe neben sich seufzen und Susan antworten: „Tut mir leid, er befindet sich wegen eines Todesfalls in der Familie nicht im Büro. Darf ich fragen, um was es geht?"

„Was ist mit Miss Kruger?", fragte Ian und schaute zu Phoebe, die nur den Kopf schüttelte. „Können Sie mich mit Phoebe Kruger verbinden?"

„Mit wem bitte?", fragte Susan.

„Ich bin ganz neu in der Kanzlei", meldete Phoebe sich zu Wort, und Ian gab diese Information durchs Telefon weiter.

„Ah, natürlich", sagte Susan. „Warten Sie bitte einen Moment …"

Es gab ein Klicken in der Leitung, gefolgt von einem Piepen und der Voicemail. „Hier spricht Phoebe Kruger …"

Ian legte auf und sah sie erneut an.

„Wow, Sie sind gründlich, das muss ich Ihnen lassen", erklärte sie.

„Wie neu sind Sie in der Kanzlei?", wollte er wissen.

„Das ist meine erste Woche."

„Und wer hat Ihnen meine Akte zukommen lassen?"

„Die Büroleiterin", erwiderte Phoebe. „Sie war ziemlich aufgebracht. Sie meinte, es sei dringend und sie wüsste nicht, was sie tun sollte. Also nahm ich die Akte von ihr entgegen und versicherte ihr, ich würde mich darum kümmern."

„Was Sie auch getan haben", sagte er. „Das haben Sie jetzt davon, dass Sie nett waren. Nächstes Mal halten Sie sich lieber zurück, statt sich gleich freiwillig zu melden."

Sie lachte ungläubig, und Ian widmete sich wieder dem Handy.

Der Nächste auf seiner Anrufliste war Manny Dellarosa persönlich. Wenn Ian dem Mafiaboss alles erzählte und ihn dazu brachte, seine Geschichte zu glauben, konnte Manny die Katastrophe möglicherweise noch aufhalten. Ian erinnerte sich vage an die Nummer, wählte und wartete.

Eine männliche Stimme meldete sich – allerdings klang sie viel zu jung, um Manny zu gehören. „Hallo?"

„Ist er da?", fragte Ian, der unausgesprochenen paranoiden Regel folgend, während eines Telefonats oder eines Gesprächs innerhalb geschlossener Räume niemals Dellarosas Namen zu nennen. Das konnte verwirrend sein, aber in diesem Fall hatte Ian ja Mannys Privatanschluss gewählt.

„Wer ist da?" Es war auch nicht Mannys trotteliger Bruder. Davio war zwar zehn Jahre jünger, aber immer noch zu alt, um sich so jugendlich anzuhören.

„Ein alter Freund“, antwortete Ian. „Er wird mit mir sprechen wollen.“

„Kann schon sein“, gab der andere zurück, „aber es ist ihm nicht möglich. Anscheinend stehen Sie sich nicht sonderlich nahe. Er ist im Krankenhaus. Herzattacke.“ Es war auch nicht Mannys Sohn Vince, der Versager, oder der verrückte Berto, Davios Sohn.

„Mist“, sagte Ian und blickte Phoebe an, die ihn genau beobachtete. „Wie schlimm ist es?“

„Sein Zustand ist stabil“, erklärte der Mann. „Er bleibt zur Beobachtung im Krankenhaus.“

Ja, was sollte er auch sonst sagen? Dass Manny in den Siebzigern war und seine Gesundheit durch Alkohol und Zigaretten ruiniert hatte?

„Im Tampa General?“, erkundigte Ian sich.

„Nein, im Sarasota Memorial. Er war zum Lunch in Siesta, als er einfach umgekippt ist.“

Okay, das war nicht gut. Es bedeutete, dass Manny Dellarosas Armee hier in Sarasota herumlief, statt in Ruhe kriminelle Taten in Clearwater zu begehen.

„Sie wollen ihn nicht verlegen“, fügte der junge Mann hinzu.

Es war durchaus möglich, dass Manny an der Schwelle des Todes stand. Trotzdem war Ian nicht so blöd, zu fragen, wer in der Zwischenzeit das Kommando hatte.

Die Antwort war klar: Davio, Mannys psychotischer Bruder.

„Ich muss ihm eine Nachricht zukommen lassen“, meinte Ian stattdessen. „Im Krankenhaus. Sie müssen ihm ausrichten, dass Ian Dunn angerufen hat. Sagen Sie ihm, es hat ein Missverständnis gegeben. Mr Bryant und Mr Middleworth sind beide nicht zu erreichen, aber es hat sich nichts geändert. Können Sie das weitergeben? Es ist sehr dringend.“

„Es ist bei allen sehr dringend. Sie werden sich anstellen müssen“, sagte die Stimme und beendete das Gespräch.

„So ein Mist.“

Diesmal hob Phoebe kaum merklich fragend die Brauen, als ihm auffiel, dass das Telefon in seiner Hand schwach einen angenehmen Duft verströmte. Falls er von Phoebe stammte, hatte sie das Parfum sehr dezent aufgetragen. Sie sah ihn unverwandt an.

„Kann ich irgendetwas tun?", fragte sie und setzte hinzu: „Etwas, was sich innerhalb der Grenzen der Legalität bewegt?"

„Gut, dass Sie das klargestellt haben", erwiderte Ian, während er mit dem Daumen Johnny M.s Nummer wählte, die Straße im Auge behielt und gleichzeitig im Rückspiegel Ausschau nach Streifenwagen und Zivilfahrzeugen der Polizei hielt. Das Letzte, was er gebrauchen konnte, war, wegen überhöhter Geschwindigkeit angehalten zu werden. „Andernfalls hätte ich Sie gebeten, den Lebensmittelladen bei der nächsten Ausfahrt auszurauben. Ich könnte nämlich ein bisschen Bargeld gebrauchen, verstehen Sie?"

„Es besteht kein Grund, gleich schnippisch zu werden", gab Phoebe zurück, als Johnnys Handy klingelte.

Und klingelte.

„Komm schon, komm schon", murmelte Ian. Es wurde Zeit, dass sich das Blatt für ihn wendete.

„'lo?"

Zumindest glaubte Ian, dass es das zum Markenzeichen gewordene einsilbige „Hallo" seines früheren SEAL-Chefs war. Aber Phoebe sprach zur gleichen Zeit und fragte: „Für wen arbeiten Sie eigentlich wirklich?"

Er signalisierte ihr mit einem Blick, still zu sein, und hob warnend den Zeigefinger. Dann sagte er ins Telefon: „Johnny? Hier ist Eee. Ich könnte ein bisschen Hilfe gebrauchen."

Am anderen Ende der Leitung herrschte Schweigen. Ian wusste, dass John auf die Identifizierung wartete.

„Nine", sagte Ian.

„Zed four", antwortete Johnny und gab sich damit zu erkennen. Abgesehen von der Tatsache, dass er den Code kannte – nur John Murray würde „zed" statt „zero" sagen.

„Queen alpha four", sagte Ian.

Und Johnny vervollständigte die Sequenz mit: „Queen bravo eighty-four. Im Übrigen mache ich diesen gespenstischen Mist nicht mehr. Kath ist gestorben, und ich habe das volle Sorgerecht für mein Kind."

„Ich habe davon gehört", antwortete Ian. „Tut mir leid."

„Es ist beschissen, aber ich rette mich von Tag zu Tag."

„Tja, ich rette mich momentan von einer Minute zur nächsten", erklärte Ian. „Ich rufe nicht an, um dich zur Rückkehr zu überreden, sosehr mir das auch gefallen würde. Ich wollte nur ein paar Informationen an dich weitergeben."

„Ich bin seit fast einem Jahr raus aus dem Geschäft. Genau wie du, nehme ich an."

„D. A. und Shel." Ian kam direkt zur Sache. „Hast du in letzter Zeit was von denen gehört?"

„Unser letzter Kontakt war …" Johnny seufzte schwer. „Weihnachten? Ja, ich habe eine dieser Grußkarten via verschlüsselter E-Mail bekommen. Dieser verdammte Shel, kriegt keinen normalen Ton raus."

Was du nicht sagst, dachte Ian. „Hat er einen neuen Job erwähnt? Oder vielleicht einen bevorstehenden Umzug?"

„Nein, es ging hauptsächlich um das Kind. Das Einzige, was die beiden betraf, war irgendein Rennen, ein Halbmarathon, den sie in diesem Frühjahr absolvieren wollten. Sie haben einen von diesen Kinderwagen gekauft, einen Jogger, damit sie dabei das Kind schieben können."

Ian zog allmählich die Möglichkeit in Betracht, dass sich die Familie seines Bruders in Sicherheit außerhalb der Stadt aufhielt. Andererseits wäre das viel zu einfach gewesen. „Kannst du mir die Nachricht senden, die Shelly dir geschickt hat?"

„Tut mir leid, sie war mit einem Code versehen: Fünfzehn Minuten, nachdem ich sie geöffnet habe, hat sie sich selbst vom Rechner gelöscht. Dieser Shel." Johnny lachte. „Gut, dass ich schnell gelesen habe."

„Erinnerst du dich an Einzelheiten über den Marathon?", fragte Ian. „Sollte er in der Gegend stattfinden oder …?"

Johnny seufzte erneut. „Das weiß ich nicht. Um ehrlich zu sein, ich bin mir ziemlich sicher, dass Shel es nicht erwähnt hat. Ich erinnere mich an den Teil, in dem es um das Kind ging, das einen Magen-Darm-Virus zu Thanksgiving bekommen hat und sich schwallartig vom Esszimmer bis auf die Couch im Wohnzimmer übergeben musste. Als würde es sich für irgendeine olympische Disziplin qualifizieren wollen. Ich weiß noch, wie ich mich gefragt habe, warum das unbedingt alle Welt erfahren muss. Heiliger Strohsack."

John Murray war einer der besten Agenten, mit denen Ian je zusammengearbeitet hatte – sowohl innerhalb des SEAL-Teams als auch außerhalb. Sein Gedächtnis war nach wie vor enorm. Daran zweifelte Ian keine Sekunde.

„Wie steht's mit Francine?", erkundigte er sich nach Shels Schwester, obwohl ihm klar war, dass sie und Johnny sich nie sonderlich gut verstanden hatten. „Hast du von ihr gehört?"

„Nein."

„Hast du noch eine Nummer, unter der Shelly bei der Arbeit zu erreichen ist?"

„Ja", erwiderte John, nannte dann jedoch dieselbe Nummer, unter der Ian die Falsch-verbunden-Ansage gehört hatte.

„Tust du mir einen großen Gefallen und schickst mir alle drei E-Mail-Anhänge, die du erhalten hast?", bat Ian. „Ich falle nur ungern zur Last, aber ich brauche sie sofort, weil das hier nicht mein Telefon ist."

„Geht klar", willigte Johnny ein. „Tut mir leid, dass ich nicht mehr tun kann."

„Viel Glück mit dem Kind", sagte Ian. „Vielleicht solltest du dich in nächster Zeit unauffällig verhalten. Einige Leute werden nach mir suchen."

„Fabelhaft", meinte Johnny ungerührt. „Aber ich bin sauber. Ich bin Lagerist in einem Baustoffhandel. Was nicht so schlecht ist, wie es sich anhört."

„Du warst schon immer ein schlechter Lügner."

„Ja." Erneut seufzte er schwer. „Es ist ein Scheißjob, aber das Kind braucht was zu essen – was soll man machen? Ich wünsch dir viel Glück, Lieutenant", verabschiedete Johnny sich und unterbrach die Verbindung.

Phoebe, Ians hübsche neue Anwältin, beobachtete ihn noch

immer und lauschte zumindest seinem Teil des Gesprächs. Als er fertig war, streckte sie die Hand aus, damit er ihr das Telefon zurückgab. Doch er schüttelte den Kopf und schob das Handy zwischen seine Beine, und zwar nah am Schritt, damit sie nicht in Versuchung kam, es ihm wegzunehmen, bevor Johns Textnachricht ankam.

Sie hielt einen kleinen Notizblock und einen Stift hoch. „Eigentlich wollte ich bloß die E-Mail-Adressen für Sie aufschreiben."

Sein erster Gedanke war, dass sie keine Hand mehr in ihrer gigantischen Handtasche hatte, die allerdings noch auf ihrem Schoß stand. Dies war der perfekte Zeitpunkt, um sie ihr wegzunehmen und Phoebe zu entwaffnen – vorausgesetzt, in der Tasche befand sich wirklich eine Pistole.

Allerdings drückte sie die Tasche weiterhin fest an ihren Bauch. Ian würde ihr einen Schlag mit dem Ellbogen ins Gesicht verpassen müssen, damit sie losließ. Und eine solche Tat würde das mittlerweile halb freundliche Verhältnis, das sich zwischen ihnen entwickelt hatte, zerstören.

Und selbst wenn sie eine Waffe besaß, würde sie bestimmt nicht auf ihn schießen und damit eine Sauerei in ihrem neuen Wagen anrichten. Jedenfalls nicht, solange er sie nicht bedrohte. Oder versuchte, ihr den Ellbogen ins Gesicht zu rammen.

„Danke", sagte er stattdessen. „Aber falls es etwas gibt, was ich noch nicht weiß, speichere ich es gleich ab."

Offensichtlich begriff sie den Grund dafür sofort – ihre Miene war nie schwer zu deuten. „Sie wollen keine Spur von schriftlichen Beweisen hinterlassen. Andererseits existieren Textnachrichten bis in alle Ewigkeit. Wenn Sie nicht wollen, dass jemand diese Informationen mitbekommt …"

„Er wird einen Code benutzen", unterbrach Ian sie.

„Dieses ganze Spionagezeug ist schon ziemlich beeindruckend", gestand sie. „Ich meine, wie Sie mit Ihren ehemaligen Teamkollegen sprechen. Ist das Standard bei der Agency?"

Sie sah so sanft und hübsch aus, dass er sich rasch ins Gedächtnis rufen musste, dass sie Anwältin bei BH&S war. Was sie in der Nahrungskette etwa auf die gleiche Stufe mit einem Säbelzahntiger stellte. Sie erwiderte seinen Blick voller Erwartung und Zuversicht, während sie auf seine Antwort wartete.

„Wenn ich zugebe, dass ich bei der CIA bin, werden Sie dann mit mir schlafen wollen?“, fragte er.

Sie lachte überrascht, konnte jedoch nicht verhindern, dass sie ein wenig errötete. Na, war das nicht interessant? „Nein“, antwortete sie sehr bestimmt und achtete darauf, ihn wissen zu lassen, wie wenig der Blickkontakt sie aus dem Konzept brachte.

„Dann werde ich keine Probleme damit haben, zu lügen“, erwiderte Ian schulterzuckend und lächelte. „Tut mir leid, Süße. Ich arbeite auf eigene Faust und habe kein Team.“

„Genau das würden Sie behaupten, wenn Sie für die Agency arbeiten. Und falls Sie es nicht mitbekommen haben: Ich sitze hier direkt neben Ihnen und höre zu, wie Sie versuchen, Kontakt mit Ihrem Team aufzunehmen.“

„Wow, jetzt habe ich eher den Eindruck, dass Sie für die Agency arbeiten“, konterte er. Obwohl er nur scherzte, wurde ihm bereits beim Aussprechen der Worte etwas klar: Es war durchaus möglich, dass sie eine gut ausgebildete Agentin war, die jeden seiner Schritte überwachen sollte. Ihre Entführung schien sie jedenfalls nicht mehr sonderlich zu beeindrucken. Dann war da noch die Tatsache, dass sie statt Jerry Bryant im Gefängnis aufgetaucht war. Eine ganz neue Mitarbeiterin? Das sah nach einem typischen Schachzug der Agency aus. Sicher, sie hatte behauptet, seine Akte von einer zerstreuten Büroleiterin bekommen zu haben, aber auch das konnte Blödsinn gewesen sein.

„Wo haben Sie eigentlich gearbeitet, bevor Sie bei BH&S angefangen haben?“, wollte Ian wissen.

Sie lachte, denn sie durchschaute die scheinbar beiläufige Frage als Verhör. „Im Ernst?“

„Ja, sicher. Erzählen Sie mir Ihre Tarngeschichte, Agent Kruger.“

„Wie wäre es, wenn ich Ihnen einfach die Wahrheit über meine berufliche Vergangenheit erzähle?“

„Sie nennen es so, ich nenne es so."

„Watkins Associates", sagte Phoebe. „Eine große Kanzlei in Jacksonville. Ich bekam den Job gleich nach dem Studium an der Boston University. Davor habe ich an der University of Tampa studiert. Wollen Sie noch mehr wissen?"

„Bitte."

Sie gab einen abschätzigen Laut von sich, erzählte jedoch weiter. „Ich wuchs auf in Spring Valley, New York, oberhalb der Grenze zu Jersey. Einzelkind, Eltern geschieden. Meine Mutter hat vor drei Jahren wieder geheiratet, mein Dad lebt in Seattle, wo er nach wie vor versucht, sich selbst zu finden – was immer das bedeuten mag. Ich habe dort in dem Sommer vor meinem Abschluss ein Praktikum absolviert. Der viele Regen plus drei Winter in Boston waren genug, um mich davon zu überzeugen, nach dem Studium den Sunshine State Florida anzusteuern und die Anwaltsprüfung hier zu machen."

Ian zog von der linken Spur auf die rechte hinüber, sodass er die Ausfahrt Clark Road nehmen konnte, ohne dabei den Blinker zu benutzen oder das Tempo zu verlangsamen. Er warf Phoebe einen Blick zu. „Nur weiter."

„Was gibt es sonst noch zu berichten?" Sie überlegte, während er an der Ampel am Ende der Ausfahrt hielt. „Oh, die Schwester meiner Großmutter, meine Großtante Alice, besaß ein Strandhaus in Sarasota. Das ist der Grund, weswegen ich überhaupt hergekommen bin. Mom, Grandma und ich haben hier regelmäßig Ferien gemacht, das fing gleich nach der Scheidung meiner Eltern an. Da war ich drei. Wir sind jeden Februar hergefahren und dann noch einmal im Sommer. Wir haben zwei Monate im Jahr hier gelebt, denn Mom war Lehrerin und hatte lange Sommerferien. Sie suchte sich einen Teilzeitjob, und ich verbrachte meine Zeit mit Grandma und Alice. Das war ziemlich toll. Ich war hier sehr glücklich und bin froh, wieder da zu sein."

Ian glaubte ihr. Aber wenn sie tatsächlich bei der CIA war, musste ihre Tarnung natürlich glaubwürdig klingen. „Warum", fragte er, „haben Sie eine Waffe bei sich?"

Phoebe stutzte. „Das geht Sie nichts an."

Ian nickte. Das war eine bessere Antwort, als wenn sie ihm irgendeine Geschichte darüber aufgetischt hätte, wie sie einmal ausgeraubt oder bestohlen worden sei. Falls sie wirklich für die Agency arbeitete, war sie verdammt gut, denn sie ließ sich nichts anmerken und hielt seinem Blick stand.

Das Handy signalisierte mit einem Piepton, dass die Textnachricht da war, und Ian entzifferte Johnnys Code. Verdammt, das waren dieselben E-Mail-Adressen, die er schon kannte.

Die Ampel sprang endlich auf Grün. Er nahm den Akku aus dem Telefon und schob ihn in seine Tasche. Danach gab er ihr das funktionsuntüchtige und somit GPS-freie Handy zurück. Dabei nutzte er die Gelegenheit und berührte ihre Handfläche, um so viel Hautkontakt wie möglich herzustellen, obwohl er gerade in die Clark Road einbog. Er wusste, es würde sie beunruhigen – ganz gleich, für wen sie arbeitete. Und solange sie bei ihm war, hielt er es für das Beste, sie ein wenig zu verunsichern. Abgesehen davon war sie klug und unterhaltsam und sehr attraktiv, selbst wenn sie eine CIA-Agentin sein sollte. Wenn sie tatsächlich miteinander im Bett landen sollten, würde er sich nicht beklagen.

„Danke", sagte er. „Zu Ihrer Information: Ihr Kumpel Martell hat mehrmals angerufen und ein paar Nachrichten hinterlassen. Sie sollten ihn später zurückrufen. Ach ja, und Sie sind übrigens gefeuert."

Phoebe war nicht überrascht, als Ian Dunn seine Keinen-Bullshit-Regel brach.

Er hatte sie nur deshalb als seine Anwältin anerkannt, damit er ihr Handy benutzen konnte, um seine Juwelendiebkomplizen zu kontaktieren: D. A., Shelly, Francine, Johnny und einen geheimnisvollen Mann, der sich im Krankenhaus befand. Einen Mann, der die Anwälte aus ihrer Kanzlei kannte und zu dem Ian unbedingt Kontakt aufnehmen musste. Es sei äußerst dringend, hatte er am Telefon gesagt.

Was hatte das zu bedeuten?

Doch diesmal widersprach sie nicht oder warf Dunn vor, ein Lügner zu sein, als er sie erneut feuerte. Sie nickte bloß und erwiderte: „Das brauche ich schriftlich." Sie schenkte ihm ihr bestes falsches entschuldigendes Lächeln. „Das gehört zur Firmenpolitik. Sicherlich wissen Sie das. Wir machen viele Kriminalsachen, und Kriminelle neigen zur Unberechenbarkeit. Sie drehen schnell mal durch und geben Dinge von sich, die sie gar nicht meinen. Kennen Sie das alte Gebet der Anwälte? ‚Ist das Vergehen nur leicht, ist der Täter sehr seicht; dem Ersttäter ist das Jammern nicht fern. Also gebt mir lieber einen Schwerverbrecher, der füllt wenigstens den Becher; allerdings lügt dieser Armleuchter gern. Deshalb lasst es euch schriftlich geben, wenn er beteuert: Ihr seid gefeuert!'"

Dunn lachte. „Nicht schlecht."

„Das Gebet der Anwälte als Kinderreim", erklärte sie.

„Bitte sagen Sie mir, dass Sie sich das nicht spontan ausgedacht haben", meinte er. „Denn falls doch, muss ich es mir noch überlegen, Sie als Geisel freizulassen. Sie könnten mir ziemlich nützlich sein."

„Ich bin keine Geisel, ebenso wenig wie ich eine CIA-Agentin bin. Ich bin Anwältin, und zwar Ihre Anwältin. Zumindest, bis ich ein Kündigungsschreiben erhalten habe."

„Geben Sie mir was zu schreiben", forderte er sie auf. „Sie haben sicher Schreibzeug in Ihrer Handtasche. Die ist groß genug für einen Packen Papier. Oder für einen ganzen Karton."

„Haha, Sie sind ja so clever und witzig! Aber nein, tut mir leid." Sie beherrschte dieses Spiel ebenfalls. „Es muss ein Schriftstück mit Ihrem Briefkopf darauf sein, auf 120-Gramm-Papier, mit Leinenanteil und vorzugsweise Wasserzeichen. Das gehört zur Firmenpolitik. Schriftgröße zwölf übrigens. Na ja, gut, was den Punkt angeht, sind wir etwas flexibler. Größe elf akzeptieren wir auch, vielleicht sogar zehn, wenn es Times New Roman ist."

Er sah nur kurz zu ihr. Dabei verlangsamte er das Tempo ein wenig, weil er auf der Clark Road auf die linke Spur wechselte, als wüsste er nicht genau, wo er abbiegen sollte, und müsste nach den Straßenschildern Ausschau halten. „Ich mag Sie. Sie sind witzig und lassen sich nichts gefallen. Aber damit das klar ist, ich arbeite wirklich nicht für die Agency oder die CIA oder das

FBI, nicht mal für die französische Fremdenlegion." Er kniff die Augen wegen der Nachmittagssonne zusammen. „Ich weiß, dass Sie das gern glauben wollen. Es sei denn, Ihre Frage, ob ich bei der Agency bin, sollte mich bloß davon ablenken, dass Sie selbst zur Agency gehören."

„So supercool das auch wäre", sagte sie, „ich bin hier nicht diejenige, die codierte Anrufe tätigt und Checkpoint-Charlie-queen-alpha-forty-Zeug von sich gibt."

„Es heißt ‚Contact Point Charlie'", verbesserte er sie. „Und wenn Sie es unbedingt wissen müssen: Dieses ganze Spionagezeug, wie Sie es nennen, ist nötig, weil es ein paar richtig böse Leute da draußen gibt, die meiner Familie etwas antun wollen."

Und wie aufs Stichwort: die Geigen.

Ihrer Recherche zufolge war Ian unverheiratet und kinderlos. Seine Eltern waren schon tot. Sein Bruder Aaron wurde im Zusammenhang mit einem ungelösten Mordfall gesucht – offenbar war in seiner Wohnung jemand getötet worden – und war wahrscheinlich längst nach Südamerika oder Thailand geflohen.

„Ihre Familie", wiederholte Phoebe und ließ ihre Skepsis ruhig mitklingen.

Sie hatte ihre Computerkenntnisse genutzt, um in dunkle Ecken vorzudringen, aber keinerlei Erwähnung einer Ehe oder eheähnlichen Beziehung gefunden. Allerdings hatte sie auch keine Hinweise auf berufliche oder geschäftliche Partnerschaften entdeckt. Kein Mitinhaber bei irgendeinem der Bankkonten, die ziemlich mager aussahen für jemanden, der angeblich Juwelen und Kunstwerke im Wert von zehn Millionen Dollar gestohlen hatte. Ihm gehörten keine Grundstücke, ebenso wenig hatte er eine Wohnung gemietet. Es gab lediglich einen Lagerraum auf seinen Namen, der kleinste verfügbare, in einer Stadt nördlich von Gainesville. Der wurde jährlich bezahlt, per Dauerauftrag von seinem Konto.

Wichtiger war möglicherweise die Entdeckung, dass ihn niemand besucht hatte; kein einziges Mal innerhalb der neun Monate, die er in Haft verbracht hatte. Nicht einmal dieser D. A. oder Shelly, um die er sich so viele Sorgen machte. Natürlich konnte er telefonischen Kontakt mit jemandem gehabt haben – die Telefonverbindungen hatte sie noch nicht überprüfen können.

Als Dunn sie anschaute und sagte: „Ja, meine Familie", kamen ihr Zweifel. Hauptsächlich wegen der Recherche, die sie über SEALs und ihre Teams angestellt hatte. Ian Dunn mochte keine Familie im üblichen Sinn haben, aber obwohl er es bestritt, hatte er doch ein Team.

Er war gerade in eine Seitenstraße abgebogen, in eine ruhige Gegend, in der bescheidene einstöckige Häuser standen mit hübschen winzigen, gepflegten Vorgärten. Es war der perfekte Ort für die perfekte kleine Familie.

Na schön. Bloß weil Phoebe bei ihrer Recherche auf nichts gestoßen war, hieß das nicht, dass dieser Mann keine Frau und zehn Kinder haben konnte, die alle unter falschem Namen lebten.

Dunn bog erneut ab, diesmal in eine Sackgasse namens Monteblanc Circle. Er hielt vor einem reizenden kleinen Haus, dem einzigen mit zwei Etagen in der Gegend. Es war in einem kräftigen goldenen Beige gestrichen, wodurch das Haus in Verbindung mit den orange- und pinkfarbenen Dachziegeln aussah wie eine spanische Hazienda. Im Gegensatz zu den grünen Vorgärten der benachbarten Gebäude war dieser Garten im typischen Florida-Stil mit nicht bewässerungsintensiven Pflanzen bestückt: Es gab Palmen und einige wenige blühende Gewächse in Mulchbeeten, die mit strahlend weißen zerstoßenen Muschelschalen eingefasst waren. Die Nummer 24 prangte in schwarzen Ziffern auf der Stuckwand neben der Haustür.

Ian Dunn hatte vielleicht nicht viel Geld auf seinen Konten, weil sich alles auf dem Konto seiner Lebensgefährtin befand. Francine? Oder Shelly? Oder D. A. …?

Als könnte er ihre Gedanken lesen, erklärte er: „Familie muss nicht durch eine Heiratsurkunde, eine Geburtsurkunde oder durch Blutsverwandtschaft definiert sein. Obwohl es in diesem Fall zutrifft." Er seufzte, stellte den Automatikhebel auf *Parken* und fügte hinzu: „In einer vollkommenen Welt würde ich jetzt aussteigen und Sie in Ihr früheres geordnetes Leben zurückkehren lassen. Nur ist diese Welt nicht vollkommen."

„Das passt mir ganz gut", erwiderte Phoebe, „denn es steht zu viel auf dem Spiel, um einfach auszusteigen und zum Abschied zu winken."

„Sie haben wirklich keine Angst vor mir, oder?" Er wirkte amüsiert.

„Ich habe nach wie vor meine Glock auf Sie gerichtet", erinnerte sie ihn.

„Was denn für eine Glock?", fragte er.

„Eine große glänzende", lautete ihre Antwort.

„Ha! Fehler! Glocks glänzen nicht."

Er hatte recht. Ihre war mattschwarz, damit sie das Licht nicht reflektierte.

„Ich meine ‚glänzend' im Sinne von ‚wundervoll' oder auch ‚cool'", erläuterte Phoebe seelenruhig. „Nicht buchstäblich glänzend. Und zu Ihrer Information: Ich habe die Variante für Damen, die Glock 19. Die ist etwas kleiner und leichter, aber trotzdem eine Neun-Millimeter-Pistole und sehr effektiv, besonders auf kurze Distanz."

„Meine Anwältin ist stark, leider redet sie Quark", spottete er. „Hab ich mir gerade ausgedacht."

„Ja, so klingt es auch", meinte sie verächtlich. „Ziemlich schwach."

„Auch nicht schlimmer als Ihr komischer Vers", konterte er. „Und jetzt müssen Sie aussteigen. Nehmen Sie Ihre Tasche mit und was Sie sonst noch haben. Einschließlich Ihrer magischen Autoschlüssel."

„Sie wollen also tatsächlich nicht, dass ich wegfahre", stellte Phoebe fest. „Allerdings sollten Sie das Ganze noch einmal überdenken: Solange Sie in meinem neuen Auto sitzen, schieße ich nicht auf Sie, aus offensichtlichen hygienischen Gründen. Aber sobald wir ausgestiegen sind …" Sie zuckte demonstrativ die Schultern. „… ist alles wieder möglich."

Dunn öffnete die Fahrertür, setzte den Fuß jedoch erst auf den Boden, als Phoebe das auch getan hatte. „Das bezweifle ich.

Ich wette, dass Sie als meine Anwältin nicht auf mich schießen werden. Ich bin mir sogar ziemlich sicher, deshalb bedanke ich mich im Voraus. Danke."

„Jetzt bin ich also wieder Ihre Anwältin", sagte Phoebe, während sie langsam und vorsichtig aus dem Wagen stiegen; Ian machte dabei jede ihrer Bewegungen nach. Sie sah ihn über das Wagendach hinweg an. Fast hatte sie vergessen, wie groß er war. „Sie machen es sich leicht."

„Werfen Sie die Tür nicht zu", befahl er, fügte aber schnell hinzu: „Bitte. Schließen Sie die Tür so leise wie möglich."

„An wen schleichen wir uns hier eigentlich heran?", wollte sie wissen, während sie seiner Aufforderung nachkam. Dann streifte sie sich den Riemen ihrer Handtasche über den Kopf, sodass diese vor ihrer Brust hing. Ihre Hand blieb in der Tasche, der Finger am Abzug der Glock. Nicht weil sie vorhatte, die Waffe zu benutzen – sie bezweifelte, dass er ihr einen Grund dafür liefern würde. Doch wenn sie die Finger aus der Tasche nahm, würde er vermutlich probieren, ihr die Pistole zu entwenden. Und höchstwahrscheinlich Erfolg damit haben. „An D. A., weil Shelly bei der Arbeit ist?"

„Wir schleichen uns an sehr wütende Leute heran, die versuchen werden, mich umzubringen", gab er leichthin zurück, während er über die marmorierten Gehwegplatten in der Auffahrt voranging. Er lief zur Seite des Hauses, vorbei an der angebauten Einzelgarage, und blieb vor dem Tor in einem hohen weißen Holzzaun stehen. „Die Leute, die einen aufgeregten Anruf erhalten haben, keine Sekunde nachdem meine Entlassungspapiere in der Gefängnisverwaltung bearbeitet worden sind. Die wohnen hier nicht, da haben Sie recht. D. A. und Shelly wohnen hier. Doch es ist durchaus möglich, dass die wütenden Leute vor uns hier gewesen sind. Vielleicht sind sie aber auch noch unterwegs."

„Haben diese wütenden Leute auch Namen?", wollte Phoebe wissen. Das Tor im Zaun war mit einem Kombinationsschloss gesichert. Es sah klein und billig aus, wie Phoebes Fahrradschloss, als sie noch zur Schule gegangen war.

„Ja, haben sie“, antwortete Dunn und öffnete das Schloss mühelos. Anscheinend kannte er die Zahlenkombination. Er drehte sich zu ihr um, und erneut war sie verblüfft von seiner Größe.

Als hochgewachsene Frau war sie es nicht gewohnt, bei einer Unterhaltung mit einem Mann aufsehen zu müssen. Schwer zu sagen, was entnervender war: das oder die Tatsache, dass seine Augen von einem so hellen Blau waren.

Er ging zuerst durch das Tor. Durch dicke Federn an den Scharnieren würde es sich automatisch schließen. Deshalb hielt er ihr das Tor auf und wartete, bis er sicher war, dass ihre Hand darauflag und es ihr nicht vor den Kopf knallen konnte.

„Lautet einer der Namen vielleicht Conrad?“, fragte Phoebe und folgte ihm über einen Pfad aus pinkfarbenen Gehwegplatten, die gleichen wie die in der Auffahrt. Der Weg führte um das Gebäude herum, vorbei an einigen unberührt aussehenden Müllcontainern und einem leise brummenden Kasten, unter dem sich die Klimaanlage verbarg, vorbei an der etwas lauter brummenden in den Boden eingelassenen Poolpumpe. „Oder war die Frage, die Sie im Gefängnis gestellt haben, eher so was wie ein Code? Sie fragen: ‚Sind Sie ein Freund von Conrad?‘ Und wenn wir antworten: ‚Der Tiefkühlsnack ist in der Mikrowelle‘, dann wissen Sie, dass Sie uns trauen können … oder was?“

Der gleiche weiße Muschelkies wie im Vorgarten säumte hier den Pfad zu beiden Seiten. Alles war unglaublich sauber und gepflegt, es gab weder Spinnweben noch unordentliche Palmblätter. Wer immer hier wohnte – Cousin D. A. und seine Frau Shelly? Geliebte Shelly und ihr Sohn D. A.? – war sehr penibel, um nicht zu sagen pingelig.

Erneut antwortete Dunn ihr einfach nicht. Stattdessen legte er den Zeigefinger an die Lippen, bevor er die Hand hob und ihr zu verstehen gab, dass sie warten solle.

Also warteten sie. Ian Dunn lauschte. Worauf, das wusste Phoebe nicht. Vielleicht auf Bewegungen im Garten oder im Haus selbst. Vielleicht wollte er überprüfen, ob es irgendeinen Alarm gab, den sie möglicherweise ausgelöst hatten …

Was auch immer zutreffen mochte: Sie standen ziemlich lange da, bis Dunn sich endlich wieder in Bewegung setzte. Er öffnete die Tür zum Pool, der sich in einem Fliegengitterkäfig befand, der sich an der gesamten Hinterseite des Hauses entlangzog. Auch hier hielt er Phoebe die Tür auf, damit sie ihm folgen konnte.

Und von Neuem hob er den Finger an die Lippen. Phoebe achtete darauf, die Fliegentür nicht zufallen zu lassen.

Es war hübsch dort drinnen. Weitere pinkfarbene Steinplatten umrahmten einen großen nierenförmigen Pool mit glitzerndem blauen Wasser, das tief genug für ein Sprungbrett war. Ein Doppelliegestuhl mit sehr bequem aussehenden Kissen und ein Gartentisch standen unter zwei Sonnenschirmen in zueinanderpassenden Blautönen. Es war kühl und friedlich hier – und abgeschieden. Das Fliegengitter um den Pool war vor Blicken durch den hohen weißen Zaun geschützt, der teilweise hinter der üppigen Vegetation in dem tropischen Garten verschwand.

Niemand war hier draußen. Der Pool war verlassen.

Die hintere Wand des Hauses bestand aus einer Reihe hoher Glasschiebetüren. Dunn versuchte, eine zu öffnen, doch sie waren verschlossen.

„Oder ist der Name der gefährlichen Leute, die Sie umbringen wollen, zufällig Dellarosa?“, fragte Phoebe leise.

Sie probierte auf gut Glück alle Möglichkeiten, doch diesmal reagierte Dunn, kaum hatte sie den Namen ausgesprochen. Und er war schnell.

In der einen Sekunde spähte er durch die Glasscheiben ins Haus, die Hände um sein Gesicht gelegt, um etwas erkennen zu können. Im nächsten Moment drängte er Phoebe gegen die Hauswand, presste sich gegen sie. Er schob die linke Hand in die Handtasche, seine Finger schlossen sich um ihr Handgelenk, fest genug, dass sie den Griff um ihre Glock lockerte.

„Wer zur Hölle sind Sie?“, flüsterte er schroff.

Na schön, jetzt hatte sie doch ein wenig Angst. Nicht viel, denn immerhin drückte er ihr nicht die Luft ab. Er hielt sie nicht an der Kehle gepackt; stattdessen befand sich sein Ellbogen auf

Höhe ihrer Brust, am Schlüsselbein, und presste auf diese Weise ihre Schultern gegen die Wand. Aber er war groß und stark und strahlte eine Intensität aus, die seine Augen aufleuchten und seine Gesichtszüge noch markanter wirken ließ.

Er hatte zwei Narben, wie ihr auffiel, als sein Gesicht nun wenige Zentimeter von ihrem entfernt war. Die eine in der Nähe seiner linken Augenbraue, die andere am Kinn. Beide waren nicht sehr groß oder besonders auffallend, doch verliehen sie ihm ein seltsam reales Aussehen. Sie verliehen ihm die Aura eines Mannes, dessen Leben recht bewegt war oder zumindest mit besonderer Hingabe geführt wurde.

Was interessant war in Anbetracht der Tatsache, wie gut er sich ihr gegenüber – und allgemein – beherrschen konnte. Er war ein Mann, der sich stets absolut unter Kontrolle hatte.

Selbst als sie ihn mit ihrer Erwähnung der Dellarosas provoziert hatte.

Das machte ihr allerdings klar, dass Martell möglicherweise richtig damit lag, die Bedrohung durch den Mafiaboss als Druckmittel einzusetzen.

„Was wissen Sie über meine Verbindung zu den Dellarosas?“, fragte Dunn. „Können Sie oder jemand aus Ihrer Kanzlei für mich Kontakt zu Manny Dellarosa herstellen? Oder hat sein Bruder Davio Sie geschickt?“

4. KAPITEL

Aaron kam vom Supermarkt zurück und entdeckte ein fremdes Auto, das vor seinem Haus parkte. Es handelte sich um einen schicken Wagen. Dunkle Farbe – nicht ganz schwarz und nicht richtig grau. Sparsam im Verbrauch, aber schnell, wenn es sein musste. Ein brandneues Modell, auf dessen Heckscheibe noch Klebstoffreste vom Aufkleber zu sehen waren.

Aaron verlangsamte sein Tempo nicht, zögerte noch. Er wendete am Ende der Sackgasse und fuhr den Weg zurück, den er gekommen war, Richtung Hauptstraße.

In dem Fahrzeug hatte niemand gesessen, also konnte ihn auch niemand sehen. Zumindest das war gut.

Aaron hatte außerdem registriert, dass der Fahrer auch nicht auf den Stufen vor dem Eingang saß und auf seine Rückkehr wartete.

Zweifellos hatten derjenige und seine Begleiter bereits das Alarmsystem des Hauses überwunden und waren durch den Hintereingang eingedrungen.

Er war ganz ruhig und dachte klar, obwohl die Konturen der Welt um ihn herum schon sehr scharf hervortraten – ein Zeichen dafür, dass sein Körper große Mengen Adrenalin ausschüttete. Er sah in den Rückspiegel zu Rory, der tief und fest in seinem Kindersitz schlief, ein zufriedenes Lächeln auf seinem Gesichtchen. Offenbar hatte er angenehme Träume, vermutlich von Cornflakes oder Süßkartoffeln. Eis hatte er von ihnen noch nicht bekommen, weil sie behutsam sein wollten wegen möglicher Allergene, denn Shelly war als Kind beinah gegen alles allergisch gewesen. Lebensmittelallergien wurden in ihrer Familie vererbt.

Aaron bog rechts in die Clark Road und wusste bereits, wohin er fahren und was er tun würde. Zuerst würde er den kleinen Mann bei Shellys Schwester Francine abgeben und anschließend zu Fuß zurückgehen, um den Besitzer des mafiaschwarzen Wagens genauer unter die Lupe zu nehmen.

Wenn Davio Dellarosa oder seine Gangster allerdings Aarons und Shellys Zuhause ausfindig gemacht hatten, dann war es durchaus möglich, dass sie auch Francines Wohnung kannten. Deshalb rief er sie vorsichtshalber an.

Es klingelte einmal. Zweimal.

„Komm schon, komm schon", murmelte er. Seine Schwägerin arbeitete im Augenblick nachts in einem Restaurant, das direkt an der Interstate lag und rund um die Uhr geöffnet hatte. Trotzdem müsste sie inzwischen längst wach sein … oder?

„Hallo?"

„France", sagte er. „Ich bin's, Aaron. Ist alles in Ordnung bei dir?" Kaum hatte er es ausgesprochen, wurde ihm klar, weshalb Ian so penibel war mit seiner Heimlichtuerei und seinen Codewörtern. Denn wie sollte Francine diese Frage beantworten, wenn ihr Telefon auf Mithören geschaltet war und irgendein Mistkerl ihr eine Pistole an den Kopf hielt? *Nein, du Genie, hier ist überhaupt nicht alles in Ordnung …?*

So wie er Francine kannte, würde sie die Wahrheit herausschreien, um ihn zu retten – und sich dadurch umbringen lassen.

Rasch wechselte er daher in Ians Code. „Hast du immer noch Interesse an einer Nebentätigkeit als Hundesitter? Ich habe nämlich gerade jemanden im Fitnesscenter getroffen, der verreisen muss."

Zur selben Zeit stellte sie bereits eine Gegenfrage. „Was ist passiert?" Als ihr schließlich klar wurde, was er gesagt hatte, fügte sie hinzu: „Ja, ich muss dann Ja sagen, oder? Wenn ich allein bin und in Sicherheit, heißt die Antwort Ja. Oder muss ich fragen: ‚Zu welcher Rasse gehört sein Hund? Denn ich kümmere mich nicht um …' Ich habe vergessen, welche Rasse … Ach ja, Pitbulls. Was dämlich ist, denn ich mag Pitbulls. Die haben bloß ein schlechtes Image, das ihnen überhaupt nicht gerecht wird."

„Du bist nahe dran", erwiderte Aaron. „Ich biege in diesem Moment in deine Auffahrt ein. Beweg deinen Hintern nach unten und bring dein Notgepäck mit."

„Scheiße!“, rutschte es ihr heraus. Dies war eine der Gelegenheiten, bei denen Shelly sich nicht über Francines Ausdrucksweise beschwert hätte, denn die war vollkommen angebracht. „Das geht nicht! Nicht jetzt! Das ergibt doch gar keinen Sinn. Ich habe gerade …“ Sie hielt inne und setzte noch einmal neu an: „Was ist passiert? Was ist los?“

Aaron erzählte ihr von dem geparkten Wagen vor seinem Haus. „Außerdem bekam ich heute Morgen einen Anruf von jemandem, der gleich wieder aufgelegt hat.“

„Verdammter Mist!“ Sie trat aus ihrer Wohnung im zweiten Stock mit einer Tasche, die kaum größer war als eine Brotdose. Allerdings war das keine Überraschung. Shelly war derjenige, dessen Notfalltasche die Ausmaße eines Überseekoffers hatte, obwohl nur das Nötigste darin Platz finden sollte. „Eigentlich dürfte nichts passieren.“

„Tja, das war wohl Wunschdenken.“ Aaron stieg aus und beendete das Telefonat, als sie die Stufen herunterkam und in normaler Sprechweite war.

Sie trug … Was zur Hölle hatte sie denn da an? Pinkfarbene Boxershorts und ein fast durchsichtiges Tanktop, unter dem sie nicht einmal einen BH trug. Jedenfalls nicht auf die herkömmliche Weise. Stattdessen hatte sie sich einen um den Hals gehängt, wie ein Stethoskop. Von ihrem Arm baumelten ein Paar Jeans und ein T-Shirt. Es war ihr gelungen, noch schnell Socken und Turnschuhe anzuziehen, aber sie hatte es nicht mehr geschafft, sie zuzubinden.

Kein Zweifel: Mit diesem Aussehen – trotz der nachlässig zusammengebundenen blonden Haare und ohne Make-up in ihrem unfassbar schönen Gesicht – hätte sie in Hollywood ein Vermögen verdienen können.

Tatsächlich war Shellys Schwester die beste Fahrerin, der Aaron je begegnet war, und das schloss sogar seinen Navy-SEAL-Bruder mit ein. Auch wenn es um Sicherheit ging, war sie keine Niete. In ihren fähigen Händen war Rory gut aufgehoben.

„Ich habe noch nicht einmal geduscht“, murrte sie und warf ihre Tasche neben Rorys Kindersitz auf die Rückbank. „Ich rieche nach Füßen, Hintern und Zwiebelringen." Sie sah, dass er ihr die Fahrertür aufhielt. „Und wohin willst du?"

„Erinnerst du dich daran, wo das Safe House ist?", fragte Aaron.

„Der geheime Unterschlupf? Ja, aber ich werde es nicht laut aussprechen", entgegnete sie und musterte ihn mit zusammengekniffenen Augen. „Vor allem, da wir ja zusammen dorthin fahren, oder?"

Er schüttelte den Kopf. „Ich gehe zurück und schaue mir die Sache mal näher an." Ehe sie protestieren konnte, fuhr er fort: „Keine Sorge, ich bin nicht blöd."

„Darüber lässt sich streiten. Trotzdem werde ich dir nicht vorschreiben, was du tun sollst. Ich sage dir nur, was ich tun würde. Und was dein Bruder von uns erwarten würde. Nämlich, dass wir schleunigst von hier verschwinden."

„Tja, aber Ian ist nun mal nicht hier, oder?"

„Der gesunde Menschenverstand sagt dasselbe. Wir sollten uns in Sicherheit bringen und uns neu formieren."

„Und was geschieht, wenn der Wagen verschwunden ist, bis wir uns neu formiert und angefangen haben, Nachforschungen anzustellen?", hielt Aaron dagegen. „Halten wir uns einfach fern und kehren nicht mehr in unser Zuhause zurück, nur für den Fall, dass es Davio war? Kann doch sein, dass bloß jemand vor dem falschen Haus geparkt hat." Im Grunde glaubte er das jedoch selbst nicht. „Ich werde mir die Sache ansehen. Wir treffen uns bald wieder."

„Wie du willst." Francine winkte verständnislos ab und warf ihre Kleidungsstücke ebenfalls auf den Rücksitz – mit Ausnahme des BHs, den sie sich nun um die Taille schlang und zumachte. Danach drehte sie ihn so, dass die Körbchen vorn waren, und versuchte, ihn irgendwie unter ihr Tanktop zu bekommen. Oder vielleicht gab sie sich auch gar keine so große Mühe, ihre Blöße vollständig zu verbergen. Bei Shellys Schwester war alles möglich.

Ob es ein Versehen war oder nicht: Aaron bekam bei ihren Versuchen jedenfalls eindeutig eine Brustwarze zu sehen und musste lachen, was allerdings nach einem erstickten Laut klang.

„Weißt du, du hättest *mich* heiraten können", zog sie ihn auf und setzte sich hinter das Steuer.

Aaron sagte das, was er immer sagte, wenn sie unausstehlich wurde: „Träum weiter, mein Engel." Er warf die Tür zu, und Francine verdrehte die Augen. Sie lachte spöttisch durch das offene Fenster, so wie sie es jedes Mal tat.

Heute jedoch konnte ihr übermütiges Geplänkel nicht über die Besorgnis in ihrem Blick hinwegtäuschen. „Ich liebe dich. Sei vorsichtig."

„Bin ich. Schreib Shel eine Nachricht. Drei Worte: *Code eins. Charlie.* Anschließend schalte dein Handy aus. Ganz aus. Du weißt ja, wie das läuft, France."

Sie nickte. „Besser als du, Schatz."

Aaron schaute zu Rory, der nach wie vor tief und fest in seinem Kindersitz schlief. Und er träumte anscheinend noch immer von Dingen, die ihm ein Lächeln entlockten.

„Wir kommen schon zurecht", versicherte Francine ihm. Als er nickte und sich zum Gehen wandte, hielt sie ihn am Handgelenk fest. „Keine unnötigen Risiken. Und nur zu deiner Information: Das Auto könnte auch zur Polizei gehören, die auf der Suche nach dir ist."

Dessen war Aaron sich sehr wohl bewusst. Fast wäre er schwach geworden und zu ihr in den Wagen gestiegen. Aber nur fast. Er musste zurück zum Haus und nachsehen. Er brauchte Gewissheit.

„Wenn wir verschwinden müssen, dann verschwinden wir eben", meinte Francine. „Ein volles Jahr ist doch gar nicht so schlecht. Besonders, wenn man bedenkt, dass wir praktisch in unmittelbarer Nachbarschaft mit dem Scheißkerl gewohnt haben. Das ist dir hoffentlich klar."

„Ja", gab Aaron zurück. „Das ist mir klar. Schreib Shel, dann mach dich auf den Weg."

Sie nickte noch einmal und nahm ihr Handy, während Aaron sich umdrehte und zurück zu seinem Haus joggte. So gern er es auch getan hätte, rennen konnte er nicht. Von der Polizei angehalten zu werden, weil er recht groß war und ohne Laufschuhe durch die Gegend rannte, konnte er jetzt wirklich nicht gebrauchen.

Er kannte sämtliche Abkürzungen – die Gärten ohne Zäune oder Poolkäfige –, denn er hatte darauf geachtet, die Strecke alle paar Wochen abzulaufen. Manchmal hatte er es im Schutz der Nacht getan, manchmal am Tag. Daher kannte er alle Hindernisse und alle Alternativen, sodass er sich schon nach kurzer Zeit hinter dem sehr stabilen weißen Zaun befand, der für Shellys, Rorys und seine Privatsphäre sorgte. Es gab einen Grund dafür, dass sein Haus das einzige in der Straße mit einem zweiten Stockwerk war. Von dort oben konnten sie die Gegend über den Zaun hinweg beobachten, ohne dass die Nachbarn zu ihnen hereinsehen konnten.

Zu diesem Zweck hatte Aaron ein Guckloch in die Plastikwand gebohrt, obwohl er nie auf die Terrasse hinaustrat, ohne zu überprüfen, ob das Loch auch ordentlich verkorkt war.

Denn ein großer Mann konnte auf der anderen Seite des Zauns stehen, komplett verborgen hinter Büschen und tropischen Pflanzen, die in ihrem Garten wuchsen.

Genau an der Stelle, wo Aaron jetzt stand.

Er hoffte, dass sich keine Spinne auf sein T-Shirt abseilte und dass zur üppigen Vegetation hinter dem Zaun kein Giftefeu oder einer seiner tropischen Verwandten gehörte. Vorsichtig drückte er den winzigen Korken durch das Loch. Vermutlich fiel der Stopfen still in die blühenden Büsche in seinem Garten, der sich rechts neben dem Haus direkt vor dem mit Fliegengittern eingefassten Pool befand. Die Vorbesitzer hatten die umzäunte Fläche als Auslauf für ihren Hund benutzt. Aaron und Shelly wollten sich auch einen Hund anschaffen, sobald Rory etwas größer war. Genauer gesagt zwei, sie sollten Butch und Sundance heißen. Die Namen hatte Shelly ausgesucht.

Sie wollten bleiben, ruhig für ein paar Jahrzehnte.

Rory sollte hier aufwachsen, sie wollten alt werden, gemeinsam in ihrem schönen Zuhause.

Verdammt, dies war sein *Zuhause.* Zum ersten Mal in seinem Leben hatte Aaron eins gehabt, das ihm tatsächlich gehörte.

Ihm fielen Francines Worte ein. *Wenn wir verschwinden müssen, dann verschwinden wir eben.*

Ein Jahr war wirklich nicht so schlecht, wenn man bedachte, wie lange er und Shel ein Nomadenleben geführt hatten. Zuerst bei den Marines, dann durch die Arbeit für Ian. Aber Aaron hatte mehr gewollt. Er hatte ein echtes Happy End gewollt.

Jetzt schloss er ein Auge und spähte mit dem anderen durch das kleine Loch. Eigentlich rechnete er nicht damit, mehr zu entdecken als eine offene oder aufgebrochene Tür; er vermutete, dass der Besitzer des Wagens längst ins Haus gelangt war.

Stattdessen sah er direkt vor sich eine Frau, die vor der Schiebetür zur Küche herumschlich. Obwohl sie nicht wie ein Mafiakiller wirkte, gab es keinerlei Zweifel an dem, was sie da vor sich trug. Ihre Hand steckte in ihrer Handtasche, und die Frau schien in Alarmbereitschaft zu sein. Ihre Kleidung war dunkel, die Art von Outfit, das eine Geschäftsfrau trug. Und ideal, um nach einer kleinen Hinrichtung in der Menge unterzutauchen.

Ihre Schuhe hingegen waren … sehr dumm gewählt. Sie sahen hübsch aus und extrem teuer, doch zum Rennen oder für schnelle Bewegungen taugten sie nichts. Es war diese Tatsache, die dafür sorgte, dass sich Aarons Nackenhaare noch mehr aufrichteten.

Wer immer diese Frau war: Sie dachte offenbar nicht, in eine Situation zu geraten, in der sie rennen musste. Kein bisschen.

Sie kam, sie killte, sie schlenderte davon.

Während er seinen nächsten Zug plante – sie würde ihn hören, wenn er sie mit dem Handy fotografierte, deshalb stellte er sämtliche Funktionen des Gerätes auf lautlos –, sagte sie etwas. Ihre Stimme war zu leise, um die Worte verstehen zu können. Aaron schaute erneut durch das Guckloch. Anscheinend war sie nicht allein, denn sie telefonierte nicht: Er konnte weder ein Bluetooth-Headset noch irgendeine andere Art von Freisprecheinrichtung ausmachen. Mit Schrecken sah er nun, dass Ian bei ihr war. Sein Bruder war hier! Offenbar hielt sie ihn mit ihrer Waffe in Schach.

Nur bewegte Ian sich plötzlich so schnell auf sie zu, dass ihr keine Zeit blieb, die Waffe zu heben und abzudrücken. Er drängte sie hart gegen die Wand, so fest, dass Aaron Mitleid hatte. Er wusste genau, wie sich das anfühlte. Allzu groß war sein Mitgefühl jedoch auch nicht, da sein Bruder die Frau dadurch wirkungsvoll entwaffnete.

Ian sagte: „Wer zur Hölle sind Sie?" Diese Worte waren deutlich zu hören. Das Nächste war schwerer zu verstehen, irgendetwas mit „Was haben Sie", dann: „Oder hat sein Bruder Davio Sie geschickt?"

Diese Frage ließ Aaron das Blut in den Adern gefrieren.

„Nein!" Die Stimme der Frau war leise, aber ihr Ton bestimmt. „Um Himmels willen, nein! Ich habe nur so drauflosgeraten und deshalb die Dellarosas erwähnt. Offensichtlich habe ich gut geraten. Ich hatte ja keine Ahnung ..."

Im nächsten Moment war Aaron über den Zaun gesprungen; auch das übte er jede Woche. Doch noch im Sprung, ehe seine Stiefel auf dem Kies landeten, begriff er, dass sein überraschendes Auftauchen von seinem Bruder als Angriff gedeutet werden würde, nicht als die Rettung, als die es eigentlich gedacht war.

Natürlich bemerkte Ian ihn, bevor seine Füße den Kies berührten, und er vollführte eine seiner Navy-SEAL-Ninja-Bewegungen: Kurz lenkte er die geheimnisvolle Frau ab, während er linkshändig eine tödlich aussehende Glock zog. Ob mit der linken oder der rechten Hand, spielte keine Rolle: Eee konnte einer Wespe den Stachel auf hundert Meter Entfernung in völliger Dunkelheit abschießen. Was Aaron jedoch überraschte, war die Tatsache, dass sein Bruder die von Dellarosa beauftragte Killerin nicht als Schutzschild benutzte. Stattdessen baute er sich vor ihr auf, als wollte er sie beschützen.

Das ergab keinen Sinn. Allerdings hatte Aaron gerade andere Dinge im Kopf – zum Beispiel, dafür zu sorgen, dass sein älterer Bruder ihn nicht aus Versehen erschoss. Noch im Sprung musste er sich entscheiden. Sollte er sich ducken, um ein möglichst kleines Ziel abzugeben? Oder sollte er das Gegenteil tun, sich groß machen und zu erkennen geben? Vielleicht sollte er dabei einen der Erkennungscodes brüllen, auf deren Benutzung Ian so penibel achtete – wenn man mal von all den Monaten absah, in denen er sich gar nicht mehr gemeldet hatte.

Aaron bekam jedoch keine Chance, mehr als „He, Eee!" zu rufen. Er vermurkste die Landung, sein Knöchel knickte schmerzhaft um. Während er umfiel, hob er trotzdem die Hände, zum Zeichen dafür, dass er unbewaffnet war.

Die Steine im Hundegarten waren bräunlich oder gelb, die meisten rund und glatt. Allerdings nicht rund und glatt genug, um seinen Ellbogen nicht heftig zu zerschrammen, als er sich mehrmals überschlug, bevor er zum Liegen kam.

Ian hatte sich mit ihm bewegt und die ganze Zeit die Pistole auf ihn gerichtet. Immerhin schoss er nicht, obwohl seine Miene sich kein bisschen veränderte. Er blinzelte nicht, er lächelte nicht. Kein Muskel regte sich in seinem Gesicht, so konzentriert war er.

Aber Aaron wusste, dass Ian ihn erkannt hatte. Sein Bruder hob den Lauf der Waffe an und widmete seine Aufmerksamkeit wieder der Frau, die diese paar Sekunden des Durcheinanders genutzt hatte, um zur Tür zu stürzen, die auf der anderen Seite des Hauses aus dem Poolkäfig herausführte.

Ian steckte die Glock hinten in den Hosenbund seiner Jeans. Im Vergleich zur Panik der Frau wirkten seine Bewegungen ruhig und entschlossen. Mit wenigen Schritten war er bei ihr, hielt sie am Handgelenk fest und schwang sie zu sich herum.

Ihre Schuhe waren wirklich nicht zum Rennen gemacht. Während Aaron sich aufrichtete – wobei ihn von seinem Fuß aus ein Schmerz durchzuckte –, stolperte die Frau. Möglicherweise rutschte sie auch auf den Gehwegplatten um den Pool aus.

Statt sie aufzufangen oder sie zu stützen, legte Ian die andere Hand auf ihren gut geformten Po und gab ihr einen Schubs – sodass sie sich um die eigene Achse drehte und mit rudernden Armen und mitsamt ihrer Handtasche in den Pool flog.

Platsch!

Erst da wandte Ian sich an Aaron und sagte: „Hey, D. A. Schön, dich zu sehen."

Er hatte sie hineingeschubst.

Ian Dunn hatte Phoebe in den Swimmingpool geschubst.

Sie prustete und hustete, als sie endlich zurück an die Wasseroberfläche kam. Ihre nassen Sachen wogen schwer, sodass sie nur kurz Luft schnappen konnte, ehe die Wogen wieder über ihrem Kopf zusammenschlugen.

Da sie sich am tiefen Ende befand, das wirklich sehr tief war, hatte sie große Mühe, den Riemen ihrer Tasche, deren Gewicht sie zusätzlich nach unten zog, über den Kopf zu bekommen. Sie war ohnehin nicht die beste Schwimmerin, und der Schnitt ihrer Jacke schränkte ihre Bewegungsfreiheit zusätzlich ein, weshalb sie vor allem Beinschläge machte. Deren Wirkung bestand hauptsächlich darin, dass sie ihre Schuhe verlor. Trotzdem gelang es ihr irgendwie, erneut an die Oberfläche zu kommen. Sie versuchte zu erkennen, in welche Richtung sie schwimmen musste, um ans flache Ende des Pools zu gelangen. Erneut schluckte sie Wasser, statt Luft einzuatmen, was nicht so gut war.

„Ach, verdammter Mist", hörte sie Dunns Stimme, ehe sie wieder unterging.

Auf keinen Fall würde sie im Gartenpool irgendwelcher Leute ertrinken. Anderseits verschluckte sie sich ständig, und ihre Lungen brannten, weil sie zurück an die Oberfläche musste, aber es nicht schaffte.

Ihre Fassungslosigkeit und Verärgerung wandelten sich rasch in nackte Panik. Um Himmels willen, würde sie etwa doch in irgendeinem Gartenpool ertrinken? Aber plötzlich war Dunn mit einem machtvollen, Blasen aufwirbelnden Sprung bei ihr.

Sie fühlte, wie er die Arme um sie legte und sie wie beiläufig aus dem Wasser zog, damit sie atmen konnte. Luft, richtige Luft! Um sich schlagend, hustend und spuckend kam sie nach oben. Der Schrecken ließ nicht nach, weil sie immer noch keinen Boden unter den Füßen hatte und sich kaum an Dunn festklammern konnte, der sie von hinten mit einem Rettungsgriff umfasste. Er zog sie durch den Pool. Sehen konnte sie nicht viel, da ihre Augen vom Chlor brannten und vom Husten tränten. Trotzdem versuchte sie sich nicht allzu heftig zu wehren, denn er musste sie an den Beckenrand bringen. Mit einem Arm hielt er sie fest, die andere Hand legte er auf den Rand des Pools, damit sie beide nicht untergingen.

Noch immer konnte Phoebe wenig mehr tun, als zu prusten und zu keuchen und zu strampeln, während ihre Lungen weiterhin brannten, bis sie endlich, statt Wasser zu schlucken, wieder Sauerstoff einatmete. Dunn schob seinen muskulösen Oberschenkel unter ihren Po, um sie zu stützen, als wöge sie nicht mehr als ein Kind.

Es brachte sie ein Stückchen weiter aus dem Wasser heraus, was gut war, bis er seinen Griff lockerte und sie sich in erneuter Panik an ihn klammerte.

Bevor er zu ihrer Rettung in den Pool gesprungen war, hatte er sein T-Shirt und seine Jeans ausgezogen, vermutlich auch seine Stiefel. Jedenfalls spürte sie jetzt unter ihren Fingern die nasse glatte Haut seiner starken Schultern und seines Rückens. Er war ein großer Mann, deshalb fühlte sie viel nackte Haut, unter der sich seine Muskeln wölbten.

„Ich habe Sie“, sagte Dunn ihr ins Ohr. „Du bist gut.“ Bei diesen Worten hatte sich sein Ton geändert, denn sie waren an den Mann gerichtet, der über den Gartenzaun gesprungen war. An den Mann, auf den Dunn zuvor mit ihrer Glock gezielt hatte, ehe er Phoebe in den Pool geschubst hatte. Warum um alles in der Welt hatte er das getan? „Wer lebt denn in Florida und kann nicht schwimmen?“

„Ich kann schwimmen“, protestierte sie. „Nur nicht besonders gut.“ Ihre Stimme war kraftlos.

„Und wer kauft sich ein Haus in Florida, mit Bargeld, wohnt einige Tage darin und verschwindet dann einfach?“, gab der andere Mann mit gehässigem Unterton zurück.

„Mir geht’s gut. Danke der Nachfrage“, erwiderte Dunn. „Und wie geht es dir so?“ Er wartete die Antwort nicht ab. „Hilf mir mal lieber hier raus.“ Danach wandte er sich wieder an Phoebe und flüsterte ihr zu: „Kommen Sie, Schätzchen. Lockern Sie Ihren Todesgriff und halten Sie sich an meinem Bruder Aaron fest.“

Sein Bruder?

Phoebe sah zu dem Mann am Beckenrand auf. Aus der Nähe erkannte sie auch ohne ihre Brille, die jetzt am Boden des Pools lag, dass er ein paar Jahre jünger war als Dunn. Sein Haar war kürzer und heller, die Augen waren eher grün als blau. Außerdem war er groß, aber nicht so imposant wie sein älterer Bruder. Er wirkte ein bisschen wie modelliert und eleganter, nicht so grobknochig. Er war schmaler und weniger muskelbepackt – weniger Steinzeit, mehr Bronzezeit, fand Phoebe. Dennoch ein Mann, dem das Höhlenleben gefiel. Keine Frage, er war absolut Ian Dunns Bruder.

„Aaron, Phoebe", stellte Dunn sie einander knapp vor. „Phoebe, Aaron."

Mit kaum verhohlener Abneigung streckte Aaron die Hände aus, und Phoebe ließ Dunn los, um sie zu ergreifen. Er umfasste ihre Handgelenke, sie seine. Dunn schob, während Aaron zog, und im nächsten Moment war sie aus dem Wasser. Ein wenig unelegant sackte sie auf den Fliesen zusammen und spuckte das restliche gechlorte Wasser aus. Aus den Haaren liefen ihr Tropfen übers Gesicht, das vermutlich von Make-up-Streifen durchzogen war.

Als ehemaliger SEAL brauchte Dunn natürlich keine Hilfe, um aus dem Pool zu klettern. Aaron bot seine Unterstützung gar nicht erst an, sondern wich zurück, um nicht nass gespritzt zu werden. Doch zunächst tauchte Dunn, um ihre Brille heraufzuholen, anschließend ihre Schuhe und ihre Tasche. Er stellte die Schuhe ordentlich neben sie, so als wären sie nicht vollkommen ruiniert und nutzlos. Ihr Handy, ihre Brieftasche, die Akten eines anderen Falles, an dem sie zeitgleich arbeiten sollte …

„Sie haben mich hineingestoßen", warf sie ihm heiser vor, während sie mit zitternden Fingern die Brille aufsetzte. Dunn stützte sich am Beckenrand ab und schoss mit einem Ruck aus dem Wasser, das in Rinnsalen an seinem beeindruckenden Körper hinunterlief.

Sie erwartete, dass er seine Tat bestritt oder zumindest zu rechtfertigen versuchte. *Es war ein Versehen; ich bin gestolpert;*

ich wollte es nicht … Stattdessen sagte er: „Ja, stimmt. Tut mir leid. Es musste sein." Mit den Händen wischte er sich das Gesicht und strich die nassen Haare zurück.

Von ihrem Platz aus betrachtet, als sie nun durch ihre mit Wassertropfen gesprenkelten Brillengläser zu ihm aufschaute, wirkte er überlebensgroß. In diesem Moment – mit den Händen am Kopf, der nackten muskulösen Brust und den an seiner Haut klebenden Boxershorts, den feuchten Brust- und Beinhaaren und Wimpern – sah er unfassbar gut aus. Selbst neben seinem auf konventionelle Weise attraktiveren jüngeren Bruder.

Sicherlich konnte es etwas damit zu tun haben, dass Aaron mit einem Ausdruck deutlichen Missfallens in seinen hübschen Augen auf sie herabblickte. Er musterte intensiv sie, als wäre sie keine Person, sondern ein Haufen, den ein warziger Troll mit Darmbeschwerden auf seiner Poolterrasse hinterlassen hatte.

„Phoebe wer?", fragte er Dunn. „Wer zur Hölle ist sie?"

„Phoebe Kruger." Dunn schaute auf sie herunter. „Sie behauptet, meine Anwältin zu sein."

„Ich *bin* Ihre Anwältin", entgegnete sie, noch immer mit dieser rauen Stimme. Da der Blickkontakt gerade hergestellt war, nutzte sie die Gelegenheit und fragte: „Was meinen Sie damit, dass es sein musste?"

Aarons Fassungslosigkeit war jedoch größer als ihre. „Deine Anwältin arbeitet für Davio Dellarosa?"

„Nein", antwortete Dunn. Einschränkend fügte er gleich hinzu: „Das heißt, es könnte durchaus sein. Wahrscheinlicher ist aber, dass sie für Manny arbeitet. Wir haben uns erst heute Morgen kennengelernt, deshalb …"

„Ich arbeite nicht für Manny", schaltete Phoebe sich ein. „Oder für Davio. Oder sonst irgendeinen Dellarosa." Da sie wieder einigermaßen atmen konnte, streifte sie sich die nasse Jacke von den Schultern – bis sie bemerkte, dass ihre weiße Bluse durch das Wasser durchsichtig geworden war. Keiner der Männer registrierte diese Tatsache, da Aaron sich vor seinem Bruder aufgebaut hatte. Rasch zog sie die Jacke wieder hoch.

„Was soll das, Eee?“, wollte er wissen. Phoebe sah, dass nun er die Glock in der Hand hielt. Dunn hatte sie offenbar abgelegt, als er Jeans, Stiefel und Shirt ausgezogen hatte. Jetzt hielt Aaron die Waffe in der Hand, und zwar auf eine Weise, die darauf schließen ließ, dass er damit umzugehen verstand. Das war kein beruhigender Gedanke. „Du glaubst, sie arbeitet für die Dellarosas, und bringst sie ausgerechnet hierher?“

„Es spielt keine Rolle, für wen sie arbeitet oder wer sie ist“, erwiderte Dunn und wrang seine Shorts so gut wie möglich aus.

„Verdammt richtig, es spielt keine Rolle“, meinte Aaron. „Sie könnte ebenso gut Mutter Teresa sein; du hättest sie trotzdem nicht mitbringen dürfen. Je mehr Leute unseren Aufenthaltsort kennen, desto wahrscheinlicher ist es, dass es sich bis zu diesem beschissenen Irren herumspricht …“

„Der vermutlich längst weiß, wo du und Shelly wohnt“, unterbrach Dunn ihn ruhig. „Aaron, es ist unwichtig, wer Phoebe ist und zu wem sie gehört. Es ist egal, ob sie juristische Angelegenheiten für Manny Dellarosa erledigt, seinen Abwasch macht oder ihm einen bläst. Oder alles gleichzeitig. Denn Manny weiß Bescheid. Er weiß es, weil ich einen Deal mit ihm eingegangen bin, um für deine Sicherheit zu garantieren. Er sorgt dafür, dass Davio schön brav bleibt.“

Aaron schwieg und starrte Dunn an.

Phoebe hob die Hand. Ihr Bedürfnis, die Fakten klarzustellen, siegte über den Wunsch, den Mann, der ihre Waffe hatte, nicht gegen sich aufzubringen. „Um das mal festzuhalten“, begann sie. „Ich habe weder Manny noch Davio Dellarosa jemals kennengelernt, ganz zu schweigen davon …“

„Seit wann?“, fragte Aaron seinen Bruder und schnitt ihr damit erneut das Wort ab. Der Ausdruck auf seinem Gesicht war schrecklich, sodass Phoebe den Mund schloss und sich darauf konzentrierte, sich klein, am besten unsichtbar zu machen. So wenig Lust sie verspürt hatte, im Swimmingpool irgendwelcher Leute zu ertrinken, sosehr missfiel ihr die bittere Ironie, mit ihrer eigenen Pistole erschossen zu werden. „Dieser Deal, den du abgeschlossen hast …?“

„Ich habe vor einem Jahr Kontakt zu Manny aufgenommen", berichtete Dunn seinem Bruder ruhig. „Als uns klar war, dass Pauline sterben würde. Ich wusste, dass Davio sie durch ihre Sterbeurkunde oder ihre Krankenakte ausfindig machen würde. Und wenn er sie finden würde, hätte er auch dich gefunden."

Na schön, Moment mal, wer war Pauline? Dunn hatte bei seinen Versuchen, mit seinen ehemaligen Teamkollegen in Kontakt zu treten, eine Francine erwähnt. Aber Phoebe beschloss, dass dies vielleicht nicht der geeignete Zeitpunkt für diese Frage war.

Aaron starrte seinen Bruder wütend an. „Verdammt", flüsterte er. „Was hast du getan? Arbeitest du tatsächlich für Manny Dellarosa?"

„Ja, das tue ich", bestätigte Dunn und hielt dem Blick seines Bruders stand. „Jedenfalls habe ich es getan. Bis mir heute alles um die Ohren geflogen ist."

„Um Himmels willen, Eee", sagte Aaron.

„Ich habe getan, was ich tun musste. Und der Deal hat funktioniert. Aber heute ist alles grandios den Bach runtergegangen."

Und zwar, als Martell Griffin ihn aus dem Gefängnis herausgeholt hatte. Alles hatte eben seinen Preis. Vor allem, wenn Manny und Davio Dellarosa jetzt glaubten, dass Ian über Informationen verfügte, die ihrer Familie schaden könnten.

„Wie dem auch sei, wir müssen erst mal verschwinden", fuhr Dunn fort. „Du musst Shel anrufen und dein Kind abholen. Wir treffen uns dann am vereinbarten Ort. Ich werde die Sache in Ordnung bringen, keine Sorge. Ich schaffe das, ich brauche bloß ein wenig Zeit. Und die Chance, mit Manny zu sprechen." Er sah zu Phoebe, und sie schüttelte den Kopf.

Entgegen seiner Vermutung hatte sie wirklich keinen Zugang zu Manny Dellarosa. Aber vielleicht ihre Kanzlei? War das nicht eine beunruhigende Vorstellung?

„Alles, was wir getan haben und was du veranlasst hast, damit wir in Sicherheit und unsichtbar sind, war also was?", fragte Aaron seinen Bruder. „Nur eine deiner Schwindeleien, damit du uns an der kurzen Leine hattest und deine Seele an den Teufel verkaufen konntest? Verdammt, ich hab's gewusst! Ich wusste es die ganze Zeit."

„Nein", sagte Dunn und zog seine nassen Boxershorts aus. Offenbar hatte er sich entschlossen, damit nicht in seine trockenen Jeans zu steigen. Nun stand er völlig nackt da, was ihn nicht im Geringsten zu stören schien. „Euer geheimer Aufenthaltsort diente der Sicherheit. Ich wollte, dass ihr euch unauffällig benehmt. Die Dellarosas sind nicht die Einzigen, die nach euch suchen. Ich nehme an, das habt ihr nicht vergessen. Und nur zu deiner Information: Ich habe meine Seele nicht verkauft, sondern bloß einen Teil meiner Zeit."

Verstohlen beobachtete Phoebe, wie Dunn seine Hose anzog. Keine Unterwäsche.

„Geh rein, aber sei vorsichtig", wies er Aaron an. „Ich bezweifle, dass sie vor mir hier waren. Trotzdem ... Hol dein Notgepäck, und wenn du schon dabei bist, bring ein paar Sachen für Phoebe mit." Er warf ihr erneut einen Blick zu.

Sie gab sich die allergrößte Mühe, sich nicht anmerken zu lassen, dass sie seinen nackten Po gesehen hatte. Aaron humpelte über die Terrasse zur abgeschlossenen Glasschiebetür.

Mit grimmiger Miene öffnete er das Schloss. Ehe er das Haus betrat, drehte er sich jedoch noch einmal um und sagte: „Es war genauso *meine* Zeit, die du an Manny verkauft hast. Aber vielleicht hast du ja gedacht, ich würde es gar nicht merken, wenn du einfach wie vom Erdboden verschwindest, du Armleuchter."

Er wartete nicht auf Dunns Erwiderung, die ohnehin nur in einem gemurmelten „Shit" bestand.

Phoebe räusperte sich, zweimal, dreimal. Dennoch klang ihre Stimme noch so, als hätte sie einen Frosch im Hals. „Ich könnte jetzt ganz gut eine Toilette gebrauchen", meinte sie. „Sie wissen schon ... bevor wir wieder ins Auto steigen."

„Dafür haben wir keine Zeit. Das hätten Sie besser vorhin im Pool erledigen sollen", erwiderte er.

Sie lachte ungläubig. „Haben Sie mich deshalb hineingeworfen?"

„Nein“, antwortete er. „Ich musste sichergehen, dass Ihr verstecktes Mikrofon unbrauchbar ist, falls Sie denn eins tragen.“

Ein verstecktes Mikrofon, dachte sie.

„Im Gegensatz zu Ihnen arbeite ich nicht für Manny Dellarosa“, stellte sie klar. „Auch nicht für seinen Bruder Davio oder seinen Sohn Vincent.“ Sie zählte sie an den Fingern auf. „Das Gleiche gilt für seinen Neffen – wie hieß er noch gleich? – Berto und alle übrigen Dellarosas.“

„Genau das würden Sie behaupten, wenn Sie für sie arbeiten“, konterte er trocken und lag damit gar nicht so falsch.

„Ja, das stimmt“, räumte sie ein und überraschte ihn damit ein wenig, das konnte sie sehen. „Ihr Bruder sagte … Okay, ich weiche jetzt vom Thema ab. Gegen Ihren Bruder liegt ein Haftbefehl im Zusammenhang mit einem ungelösten Mordfall vor. Als Ihre Anwältin muss ich Ihnen dringend dazu raten, Ihren Bruder davon zu überzeugen, sich der Polizei zu stellen …“

„Das wird nicht passieren“, fiel Dunn ihr ins Wort. „Davio Dellarosa will seinen Tod. Wenn D. A. aus welchem Grund auch immer in den Knast geht, kommen die Dellarosas leicht an ihn heran. Die haben die Macht und die Möglichkeiten dazu, und dann ist er verloren.“

Sie stutzte. „Aarons Spitzname ist D. A.?“

„Double a“, erklärte er und setzte sich auf den Liegestuhl, um seine Stiefel zuzubinden. „Doppeltes A wie in Aaron, kapiert?“

„Ah. Dann ist Shelly …“

„Sein Ehepartner“, bestätigte Dunn, was eine seltsame Wortwahl war, ähnlich wie „Vehikel“ für „Auto“.

„Und wer ist Pauline?“

„Eine von Shellys Halbschwestern“, sagte er.

„Und die ist gestorben?“, fragte sie.

„Ja, letztes Jahr“, bestätigte Dunn.

„Wer ist Francine?“, wollte Phoebe wissen.

„Shels andere Halbschwester. Die jüngere, noch lebende.“

„Ziemlich große Familie“, bemerkte Phoebe.

„Eigentlich nicht.“

„Ich bin ein Einzelkind“, erinnerte sie ihn. „Kommen wir mal zurück zu Ihrem Bruder Aaron. Davio Dellarosa will seinen Tod … Warum?“

„Das ist eine lange, hässliche Geschichte“, gab Dunn zurück. „Und wir müssen uns auf den Weg machen. Außerdem habe ich mich schon darum gekümmert.“

„Indem Sie einen Deal mit Manny abgeschlossen haben“, sagte Phoebe. „Sie sind ins Gefängnis gegangen; dafür hat Manny sichergestellt, dass sich sein Bruder Davio von Ihrem Bruder Aaron fernhält.“

„So war es vereinbart.“

„Dadurch wurden Sie was?“, fragte Phoebe. „Manny Dellarosas Gefängnis-Insider?“

„Nein“, widersprach Dunn entschieden. „Für so etwas würde ich mich nicht hergeben. Ich habe für Mannys verkorksten Sohn Vincent gesessen.“

Wow. Auf einmal ergab alles einen Sinn. Es war Vincent Dellarosa, der betrunken die Autos auf dem Parkplatz vor der Bar demoliert hatte. Im Zuge eines Deals, durch den Aaron und dessen Familie geschützt waren, hatte Ian Dunn ein Geständnis abgelegt und die Gefängnisstrafe in Kauf genommen.

Aber dann ergab das alles wieder keinen Sinn. „Wenn Sie bloß für Vincent gesessen haben, hätten Sie sich doch freuen müssen, früher rauszukommen“, sagte sie.

„Tja, ganz so einfach ist die Sache nicht.“

„Versuchen Sie ruhig, es mir zu erklären“, ermutigte sie ihn.

Seine Augen verrieten, dass viel mehr dahintersteckte. Trotzdem schüttelte er den Kopf. „Stellen Sie sich vor, Sie seien Manny Dellarosa und hätten einen Deal mit mir. Einen illegalen Deal …“

„Mir ist der illegale Charakter dieser Abmachung voll bewusst“, versicherte Phoebe ihm. „Und als Ihre Anwältin muss ich Ihnen dringend raten …“

„Psst“, unterbrach Dunn sie. „Sie sind Manny. Und ich bin ich. Ich kontaktiere Sie nicht, sondern marschiere plötzlich aus dem Gefängnis, als freier Mann. Fragen Sie sich da nicht, was genau ich über Sie und Ihren Sohn, den Versager Vincent, weiß? Welcher Deal da wohl geschlossen wurde zwischen mir und der Polizei? Nur zu Ihrer Information: Vincent muss sich demnächst wegen Mordes vor Gericht verantworten. Ich wette, diesmal findet Manny niemanden, der sich an Vincents Stelle schuldig bekennt. Das verhindert die Todesstrafe."

„Sie glauben also, die Dellarosas denken, dass Sie belastende Informationen über Vincent haben", fasste Phoebe zusammen. „Und deshalb sind sie hinter Ihnen her." Wie Martell es prophezeit hatte. Sie räusperte sich. „Dann wäre es doch das Beste, Ihre Familie in Sicherheit zu bringen."

„Das ist genau das, was ich tue."

„Ich kann Ihnen helfen", bot sie an. „Ich kann Kontakt zu Martell aufnehmen …"

Dunn lachte auf. „Meinen Bruder ans FBI ausliefern? Die werden ihn umgehend verhaften und wegen Mord oder Totschlag anklagen. Vergessen Sie's."

„Hat er es denn getan?", fragte sie.

„Ob er den Typen umgebracht hat? Ja, sicher. Er hat sich und Shelly geschützt – Davio hat einen Killer geschickt, der sie aus dem Weg räumen sollte."

„Wenn es Notwehr war …", begann Phoebe.

„War es."

„Das müsste doch leicht zu beweisen sein", fuhr sie fort.

„Eigentlich schon", stimmte er ihr zu. „Nur ist es das nicht. Denn die Polizei kann ihren Hintern nicht von ihrem Ellbogen unterscheiden. Während die damit beschäftigt ist, die Fakten des Falles zusammenzusetzen, wird Aaron im Gefängnis sitzen, wo Davio Dellarosa ihn erwischen wird. Also noch mal, nein. Einer solchen Gefahr werde ich Aaron nicht ausliefern."

Als sie etwas erwidern wollte, hob er die Hand.

„Geben Sie auf", sagte Dunn. „Ich vertraue weder Ihnen noch Martell. Und dem FBI traue ich erst recht nicht. Also werde ich mich auf meine Weise um meinen Bruder kümmern. So wie ich es mache, seit er zwei war und unsere Mutter eine Überdosis nahm. Ich werde nicht jetzt damit aufhören."

Wow, dachte Phoebe wieder. Mit gesenkter Stimme fragte sie: „Aaron weiß nicht, dass Sie im Gefängnis waren, oder?“ Nach Aarons Worten zu urteilen, war Dunn auf mysteriöse Weise verschwunden.

Dunn sah zum Haus, als wollte er sichergehen, dass Aaron sich außer Hörweite befand, ehe er schwer seufzte. Die Ellbogen auf die Knie gestützt, die Hände am Nacken saß er da, als hätte er schlimme Kopfschmerzen. „Nein.“

Offenbar war Dunn verschwunden, gleich nachdem er Kontakt zu Manny hergestellt hatte. Von dem Moment an hatte er sich anscheinend von seiner Familie ferngehalten – möglicherweise, damit sie nicht versuchten, ihn zur Vernunft zu bringen, vielleicht aber auch, weil er sie in Sicherheit wissen wollte. Phoebe konnte sich vorstellen, dass es mehrere Monate und etliche Meetings gedauert hatte, bis der Deal zustande gekommen war. Nicht nur die Fakten hatten dahingehend manipuliert werden müssen, dass Dunn an Vincents Stelle ein glaubwürdiges Geständnis ablegen konnte. Er hatte auch Anwälte gebraucht, die ihn durch das Dickicht des Rechtssystems Floridas lotsten. Es musste mindestens eine Aussage gegeben haben und ein Meeting, um den Deal für das Schuldbekenntnis auszuarbeiten. All das, bevor er die achtzehnmonatige Haftstrafe angetreten hatte.

„Hätten Sie was dagegen, ihm meine Glock wegzunehmen, bevor Sie ihm erklären, was Sache ist?“, bat sie.

Der Anflug eines Lächelns huschte über sein Gesicht, das jedoch sofort wieder ernst wurde. „Tun Sie mir einen Gefallen“, gab er zurück. „Wenn Sie für die Dellarosas arbeiten, geben Sie es einfach zu. Helfen Sie mir, Kontakt zu Manny aufzunehmen, damit ich diese vertrackte Situation aufklären kann.“

„Ich arbeite nicht für die Dellarosas“, erklärte Phoebe zum, wie es ihr vorkam, hundertsten Mal. „Noch arbeite ich für die Regierungsbehörde, die Martell Griffin engagiert hat, um Sie davon zu überzeugen, diese Kids zu retten. Ich bin Ihre Anwältin.“

Schweigend betrachtete er sie. Schließlich sagte er: „Ich wäre sehr enttäuscht, wenn ich feststellen müsste, dass sich unter Ihrer Kleidung doch ein verstecktes Mikrofon befindet.“

„Wenn Sie glauben, dass ich mich hier vor Ihren Augen um- oder ausziehe, haben Sie sich geschnitten“, stellte sie klar.

Dunn zuckte die breiten Schultern. „Das liegt ganz bei Ihnen. Ich habe Aaron gebeten, Ihnen trockene Sachen mitzubringen, weil ich dachte, Sie wollen bestimmt die teure Lederausstattung Ihres neuen Autos nicht ruinieren. Sollte Ihnen das allerdings egal sein …“

„Ich brauche ein Badezimmer“, erinnerte sie ihn.

„Und ich hätte gern eine Mangolimonade mit einem kleinen Schirmchen im Glas, während ich drei Wochen lang die Füße am Strand von Coki Point auf Saint Thomas hochlege und auf das Karibische Meer blicke.“

„Ich meine es ernst.“

„Ich auch“, entgegnete er. „Ich werde Sie nicht in Shellys und Aarons Bad lassen, damit Sie dort Ihr verstecktes Mikrofon in der Toilette herunterspülen können oder es sonst wie verstecken oder aufessen …“

„Wenn ich ein verstecktes Mikrofon tragen würde, essbar oder nicht“, konterte sie, „dann hätte, wer immer mithörte, den Kontakt zu mir verloren, als Sie mich in den Pool geschubst haben. Aber wo sind die anderen? Wo ist meine Verstärkung, die längst hier sein müsste?“

Dunn erwiderte nichts. Offenbar hatte er darauf keine Antwort. Die Stille des Nachmittags unterstrich ihre Worte wunderbar. Noch vor wenigen Augenblicken hatten Vögel in dem Feigenbaum gezwitschert, doch selbst die waren jetzt verstummt. Nichts regte sich, nichts bewegte sich.

Dunn schaute den Baum hinauf und kniff die Augen zusammen.

„Ich meine, entweder bin ich ein Gewinn, oder ich bin es nicht, was?“, fuhr Phoebe fort. „Oder – hier kommt's, passen Sie auf – ich sage die Wahrheit, wenn ich behaupte, dass ich nie ein verstecktes Mikrofon getragen habe.“

In diesem Moment sprang Dunn auf und warf sich mit der ganzen Wucht seines muskulösen Körpers auf sie, sodass sie beide zurück in den Pool stürzten.

Phoebe schrie erschrocken auf, aber ihre Schreie wurden von einer Art Donner und Getöse übertönt. Dann schlugen erneut die Wogen über ihrem Kopf zusammen. Kurz vorher sah sie so etwas wie Staubfontänen von der Terrasse und der Hauswand aufstieben. Sie begriff sofort, was das zu bedeuten hatte.

Jemand schoss auf sie.

Die Vögel waren verstummt, weil irgendwer dort herumschlich. Dunn hatte es gemerkt und ihr das Leben gerettet, denn die lauten Geräusche waren nichts anderes als Schüsse. Die kleinen Staubfontänen wurden ausgelöst durch die Kugeln, die in die Steinplatten und in die Fassade einschlugen.

Phoebe riss sich die Brille herunter und hielt den Atem an, so gut es ging, während Dunn sie mit sich zog, auf die andere Seite des funkelnden Wassers, wo sie vor den Kugeln durch die Poolwand geschützt waren. Er hielt sie fest an sich gedrückt, als er sie kurz an die Oberfläche hob, nur so weit, dass sie mit in den Nacken gelegtem Kopf nach Luft schnappen konnte.

Ihre Jacke war zu schwer, ihr Gewicht zog sie wieder hinab. Phoebe kämpfte mit der Jacke, um sie loszuwerden, wobei sie weiterhin die Brille umklammert hielt. Dunn half ihr und zerrte dabei auch an ihrer Bluse. Wahrscheinlich nutzte er die Gelegenheit, um sich persönlich davon zu überzeugen, dass sie kein Mikrofon trug, ob defekt oder nicht.

Es sei denn, sie hatte es in ihrem Slip versteckt. Immerhin versuchte er nicht, ihr den auch noch auszuziehen.

„Aaron!“, schrie er. „Ich brauche Deckung! Mindestens ein Schütze im Baum auf zehn Uhr!“ Er presste Phoebe weiterhin an sich, strich sich mit der anderen Hand die Haare aus dem Gesicht. Wassertropfen trafen sie, als er zwar ruhiger, aber nicht weniger eindringlich zu ihr sagte: „Sobald er feuert, holen Sie tief Luft und tauchen unter. Wenn wir auf der anderen Seite sind, helfe ich Ihnen aus dem Pool. Dann rennen wir zum Haus, zu der Tür, die Aaron benutzt hat. Bleiben Sie nicht stehen, wenn Sie drin sind, sondern laufen Sie von den Glasscheiben weg, zur Vorderseite des Hauses. Und halten Sie sich die ganze Zeit geduckt, verstanden?“

Phoebe nickte und setzte ihre Brille wieder auf. „Ich will meine Glock zurück."

Dunn grinste, allerdings nur kurz. „Ja, die hätte ich jetzt auch gern. *Aaron!*"

„Eee", kam die Antwort seines Bruders aus dem Haus. „Los!"

Tief Luft holen und untertauchen – dummerweise konnte Phoebe bloß einen kurzen Atemzug machen und dabei ihre Brille festhalten. Im nächsten Augenblick stieß Dunn sich bereits mit seinen kraftvollen Beinen von der Poolwand ab und tauchte, Phoebe mit sich ziehend, zurück in Richtung Haus.

Als sie an die Oberfläche kamen, hörte sie Aaron Feuerschutz geben. Das bedeutete, dass derjenige, der zuvor auf sie geschossen hatte, jetzt damit beschäftigt war, sich zu ducken und selbst nicht getötet zu werden. In diesen Sekunden konnte der Schütze also das Feuer nicht erwidern.

Zumindest hoffte Phoebe das, denn gleich würde sie ein gut sichtbares Ziel abgeben.

Dunn war zuerst aus dem Pool, packte sie mit beiden Armen und hob sie heraus. Er hätte sie dort zurücklassen können, dessen war sie sich sehr wohl bewusst, aber er tat es nicht. Sie stand kaum, da rannten sie auch schon so schnell wie möglich auf das Haus zu. Dunn schützte Phoebe dabei mit seinem Körper, so gut er konnte.

Es war nicht nur ihre Glock, die den Lärm machte: Dunns Bruder schoss außerdem mit einer zweiten Waffe, und zwar aus dem Fenster im ersten Stock. Wahrscheinlich feuerte er beidhändig, was perfekt zu seiner Supermacho-Ausstrahlung passte.

Dunn schubste sie durch die Schiebetür, und prompt rutschte Phoebe mit ihren nassen Füßen auf dem gefliesten Boden aus – was keine Rolle spielte, da Dunn sie zur gleichen Zeit ohnehin zu Boden riss. Irgendwie gelang es ihm dabei, sowohl unter als auch über ihr zu sein, während sie über die Fliesen rutschten, weil der Schütze draußen wieder zu schießen begonnen hatte.

Diesmal durchschlugen die Kugeln das Glas der Schiebetüren, das sich in einen Splitterregen auflöste.

Phoebe und Dunn schlitterten noch ein Stück, dann rappelte er sich hoch auf alle viere und zerrte sie hinter sich her, weiter ins Haus hinein, vorbei an der Kücheninsel und hinein in den Hauptteil des Wohnzimmers, dann in Richtung Haustür – zumindest vermutete Phoebe das.

Irgendwie hatte er es geschafft, ihre Tasche von der Poolterrasse mitzunehmen, was gut war, weil sich darin ihre Autoschlüssel befanden. Aber verdammt! „Der Transponder ist nass geworden", sagte Phoebe.

Dunns Miene wäre unter anderen Umständen komisch gewesen. Offensichtlich hatte er keine Ahnung, warum sie das erwähnte.

„Mein elektronischer Autoschlüssel", versuchte sie zu erklären. „Er ist in den Pool gefallen. Ich weiß nicht, ob er wasserdicht ist und ob er noch funktioniert."

Dorthin wollten sie doch, oder? Durch die Vordertür nach draußen und zu ihrem Wagen?

Aber Dunn öffnete die Tür nicht. Stattdessen sagte er: „Macht nichts." Er richtete sich kniend auf und machte einen Schrank auf, der sich im rechten Winkel zur Eingangstür befand. Er schob ein paar Regenmäntel zur Seite; einer war feuerwehrrot, der andere hellgelb.

„Kommen Sie", forderte er Phoebe auf und ergriff ihre Hand, als wollte er mit ihr … in diesen Schrank hinein?

In diesem Moment kam Aaron die Treppe heruntergepoltert, während zeitgleich das Wohnzimmerfenster zerbarst, zerschossen von den Schützen, die sich offenbar auch vorn auf der Straße befanden.

Sie konnten also auf keinen Fall vorne hinaus. Anscheinend waren sie umzingelt. Deshalb ließ Phoebe sich von Dunn in den begehbaren Schrank schieben, während Aaron die restlichen Treppenstufen hinabhechtete. Dunn packte seinen Bruder und stieß ihn ebenfalls in den Schrank, wodurch Phoebe weiter ins Innere gedrängt wurde. Sie stolperte über Stiefel und mindestens zwei Paar Baseball-Stollenschuhe sowie einen Teil einer Angelrute, ehe sie begriff: Hier handelte es sich nicht um einen gewöhnlichen begehbaren Schrank, in dem sie sich verstecken würden, bis die Gangster sie fanden und hinrichteten.

Denn es gab eine weitere, eine kleinere Tür, durch die Phoebe in geduckter Haltung in einen Raum gelangte.

Tatsächlich verfügte dieses Haus, das Ian Dunn vor einem Jahr gekauft hatte, damit sein Bruder hier sicher war, über einen sogenannten Panikraum, ein einbruchsicheres Zimmer.

5. KAPITEL

Martell bemerkte auf halbem Weg zum vorgesehenen sicheren Unterschlupf-Schrägstrich-Motel, dass er verfolgt wurde.

Das Auto hinter ihm war unauffällig: eine weiße viertürige Limousine mit Florida-Kennzeichen.

Wer immer ihm da folgte, machte keinen guten Job. Unbeholfen hielt sich der Fahrer direkt hinter ihm, statt darauf zu achten, dass mehrere Wagenlängen zwischen ihnen lagen. Sie rasten über mehrere gelbe Ampeln und schnitten andere Autos, sodass laut hupend protestiert wurde.

Martell hätte also tot sein müssen, um die Verfolgung nicht zu bemerken.

Er testete seine Theorie, indem er in letzter Minute nach links abbog. Der weiße Wagen folgte.

Er fuhr über den Parkplatz vor einer Drogerie, und der weiße Wagen folgte.

Er fuhr einmal um den ganzen Block: rechts abbiegen, rechts abbiegen, rechts abbiegen, rechts abbiegen. Und der weiße Wagen folgte ihm weiter.

Martell verlangsamte das Tempo und schaute in den Rückspiegel. Er konnte nicht erkennen, ob ein Mann oder eine Frau am Steuer saß, weil der Fahrer einen tief ins Gesicht gezogenen Hut auf dem Kopf trug.

Erneut wählte er die Nummer, die sein FBI-Kontakt ihm gegeben hatte, doch wieder hörte das Klingeln am anderen Ende auf, und die Verbindung wurde getrennt.

Seine Möglichkeiten waren überschaubar. Er konnte versuchen, den Verfolger abzuschütteln – was nicht allzu schwer sein dürfte, angesichts des mangelnden Beschattungstalents des anderen. Oder er konnte an einem belebten Ort anhalten und sich den Fahrer vornehmen.

An der nächsten Ecke war ein McDonald's, und im Drive-in stand ein Streifenwagen der Polizei, also bog Martell dort ab. Das weiße Auto verschwand. Plötzlich war es weg, als hätte es sich in Luft aufgelöst.

Na gut.

Das war die dritte Möglichkeit: den anderen verscheuchen.

Sein Magen knurrte laut, ein Zeichen, das er nicht übersehen konnte. Martell parkte, um hineinzugehen und sich einen Hamburger zu holen. Die Schlange vor dem Tresen war nicht lang, außerdem war es an der Zeit, einen weiteren Versuch zu starten, Phoebe auf einem ihrer Telefone zu erreichen.

Es klingelte am anderen Ende der Leitung, aber dann sprang die Voicemail an, und er hinterließ eine weitere Nachricht. „Ich wollte nur hören, wie's aussieht. Hoffe, es geht dir gut. Melde dich." Das Gleiche wiederholte er bei ihrem Festnetzanschluss, während er seinen doppelten Cheeseburger mit Pommes frites zum Mitnehmen bekam.

Es waren höchstens dreieinhalb Minuten vergangen, als er schließlich bezahlte und das Schnellrestaurant mit seiner Tüte voller Herzinfarktessen verließ. Doch als er in den warmen sonnigen Nachmittag hinaustrat, hatte er sich bereits ein schräges gedankliches Konstrukt gebaut. Er fragte sich nämlich, ob der andere Fahrer ihn nur hatte glauben lassen wollen, dass dessen Verfolgungskünste miserabel waren. Was, wenn der Fahrer des weißen Wagens im Gegenteil geradezu begnadet war in der Beschattung anderer? In dem Fall würde Martell sich jetzt befreit fühlen und den Verfolger nichts ahnend zum sicheren Unterschlupf in diesem Motel führen, denn der weiße Wagen war ja nirgends mehr zu sehen. Und zwar deshalb, weil die weiße Limousine Martell nun superunauffällig folgen würde, während er nach einem schlecht getarnten Verfolger Ausschau hielt.

Obwohl ... Was, wenn der andere Fahrer Martell all das denken lassen wollte, damit er sich am Ende absichtlich von dem Unterschlupf fernhielt und so auf die Hilfe verzichtete, die dort auf ihn wartete? Oder was, wenn ...?

„Her mit den Autoschlüsseln." Die Stimme war tief und schroff, aber eindeutig weiblich.

Die Frau hatte eine Hand auf seine Schulter gelegt und drückte ihm etwas Hartes und Kaltes in die Seite. Den Lauf einer Pistole?

Ja, das war eindeutig irgendeine Waffe, die sie ihm da in die Rippen stieß.

Er warf einen Blick über die Schulter, aber da sie kleiner war als er, schaute er nur auf ihren Kopf. Auf dem sie den Hut trug, den er vorhin gesehen hatte.

Er sah außerdem Haut. Blasse Haut. Schultern und Brustansatz im Ausschnitt. Wer auch immer sie war: Sie trug ein trägerloses, schwarzes, hautenges Outfit, als wäre sie eine Gaunerin aus einem Comic oder ein Bond-Girl.

Sie nutzte die Gelegenheit, um ihm kurz die Waffe zu zeigen – eine kleine, aber tödliche .22er –, während sie weitere Befehle gab: „Nicht umdrehen, nicht stehen bleiben. Geben Sie mir einfach Ihren Schlüssel und setzen Sie sich hinters Steuer."

Er betrachtete den Streifenwagen, der gerade aus dem Drive-in herausfuhr.

Die Frau stieß ihm noch einmal die Pistole in die Rippen. „Hübsche Idee, aber denken Sie nicht einmal dran. Schlüssel her, Martell. Sofort."

Sie kannte seinen Namen. Das konnte kein gutes Zeichen sein.

Er erhaschte einen kurzen Blick auf pechschwarze Strähnen, die ein glattes, blasses Kinn umrahmten, und einen mit dunkelviolettem, vielleicht sogar schwarzem Lippenstift geschminkten Mund – Gothic-Style –, als er ihr den Schlüssel übergab. Eine kleine Waffe wie die der Frau verlor einen Großteil ihrer Wirkungskraft, wenn sie nicht aus sehr kurzer Distanz zum Einsatz kam. Sein Plan bestand also darin, wie der Teufel zurück zum Restaurant zu rennen, sobald sie ihm den Lauf nicht mehr gegen die Rippen drückte, weil sie um den Wagen herumgehen musste, um auf der Beifahrerseite einzusteigen.

Martell spürte das Adrenalin durch seine Adern rauschen, während er darauf wartete und sich innerlich auf den bevorstehenden Sprint vorbereitete.

Sie benutzte den Infrarotsender, um die Türen des Fahrzeugs zu entriegeln – alle, nicht nur die Fahrertür. „Aufmachen", befahl sie, und er gehorchte.

„Reinsetzen."

Verdammter Mist. Auch diesen Befehl befolgte er, langsam und wohl wissend, dass es aus dieser Position viel schwieriger werden würde, einfach loszurennen. Und dann machte sie es ihm noch schwieriger, indem sie die Tür zuwarf.

Bevor er sich einen Plan B einfallen lassen konnte – das Auto von innen zu verriegeln hatte keinen Zweck, da sie ja den Schlüssel besaß –, öffnete sie schon die Tür und nahm hinter statt neben ihm Platz.

„Meine Waffe ist nach wie vor auf Sie gerichtet", verkündete sie. „Und ich weiß, dass Sie wissen, dass es sich um ein kleines Kaliber handelt. Aber auf diese Distanz, selbst durch die Sitzlehne hindurch, hat sie die Kraft, Ihre Wirbelsäule zu durchtrennen. Machen Sie also keine Dummheiten. Fahren Sie einfach. Langsam und gleichmäßig." Sie warf den Schlüssel über seine Schulter in seinen Schoß.

Martell nahm ihn mit zitternden Fingern und schaffte es, ihn ins Zündschloss zu stecken. Er legte den Rückwärtsgang ein, während sein Verstand fieberhaft arbeitete, auf der Suche nach einem neuen Plan. Er musste raus aus dem Wagen. Als er vom Parkplatz herunterfuhr, bog er links in die Seitenstraße ein, weg vom dichten Verkehr und den hohen Geschwindigkeiten auf der Route 41. Er entdeckte den Wagen der Frau; die weiße Limousine stand am anderen Ende des McDonald's-Parkplatzes. Es war dumm von ihm gewesen, das Auto zu übersehen, als er aus dem Restaurant gekommen war. Aber na schön. Er kannte diese Gegend, und er würde entkommen. Die Wohnstraßen waren gitterförmig angeordnet, und sämtliche Kreuzungen hatten Stoppschilder auf allen vier Seiten. Daher würde er nicht schnell fahren können, sodass die Chance bestand, während der Fahrt herauszuspringen und sich abzurollen.

Als er vor dem ersten Stoppschild langsamer wurde, fiel ihm auf, dass die Frau die Pistole nicht mehr auf ihn gerichtet hielt. Offenbar hatte sie sie sinken lassen, denn sie benutzte beide Hände, um die Tasten auf einem Ding zu drücken, das sie aus ihrer ledernen Kuriertasche genommen hatte. Der schwarze

Lederriemen der Tasche hing quer über ihr schwarzes Lederbustier.

Sie war muskulös – ihre Arme und Schultern waren wohldefiniert –, aber schlank. Wie bei einem Marathonläufer oder Triathleten, nur dass sie auf einem Laufband in einem Fitnessstudio im Keller trainiert haben musste. Ihre glatte Haut war beinah leuchtend weiß, außerdem musste sie eine Art extragepolsterten Wonderbra tragen, um dieses bombastische Dekolleté zu bekommen, das ihren Busen wie auf einem Tablett präsentierte. Tatsächlich schien es so, als würden ihre Brustwarzen jeden Moment herausspringen, so tief ausgeschnitten war das trägerlose Domina-Mieder.

Der ganze Look wäre ziemlich aufregend gewesen, wenn sie nicht gerade damit gedroht hätte, ihn in den Rücken zu schießen.

Doch dann fiel ihm etwas ein. Es war ein vages Wiedererkennen, noch ehe sie aufschaute und ihre Blicke sich im Rückspiegel trafen, noch ehe sie in jetzt sachlichem, geschäftsmäßigem Ton sagte: „Alles in Ordnung, wir können reden. Sie haben übrigens gut mitgespielt. Fahren Sie trotzdem weiter. Wir müssen sichergehen, dass uns niemand folgt."

Was war das für ein Ding, das sie aus ihrer Umhängetasche genommen hatte? Es erinnerte an eine Fliegenklatsche – anscheinend handelte es sich um ein Gerät, mit dem man elektronische Überwachungsgeräte ausfindig machen konnte. Was hatte das alles zu bedeuten?

Als Martell vor einem Stoppschild bremste, sah er erneut in den Rückspiegel. Sie musste seine Verwirrung bemerkt haben, denn sie erklärte: „Ich bin's, Deb."

Deb? Kannte er irgendwelche Debs? Er ging in Gedanken die Frauen in seinem Leben durch. Da war keine Deb. Auch keine Debbies oder Deborahs.

Sie nahm den Hut ab, als würde das helfen. Doch alles, was zum Vorschein kam, war noch mehr offenbar schwarz gefärbtes Haar, kinnlang, strähnig und feucht von der Hitze und dem Hut. Ihr Gesicht war blass und schmal. Es war schwer zu sagen, welche Farbe ihre Augen hatten, die dick mit schwarzem Eyeliner geschminkt waren.

Na schön, es war auch deshalb schwierig, ihre Augenfarbe zu bestimmen, weil er ständig auf diesen Ausschnitt starren musste.

Er kannte sie, er kannte sie … aber woher kannte er sie?

„Deb Erlanger“, klärte sie ihn auf und fügte hinzu: „Ich arbeite mit Jules Cassidy zusammen.“

Aha, jetzt war alles klar. Deb Erlanger, FBI-Agentin, die er, um genau zu sein, höchstens ein paarmal getroffen hatte. Und die seinem finsteren Herrscher von der Regierung direkt unterstellt war.

„Fahren Sie“, forderte Deb ihn auf. Diesmal war es jedoch kein Befehl, sondern eine mit Nachdruck vorgetragene Bitte.

Er trat aufs Gaspedal und warf erneut einen Blick in den Rückspiegel.

Die Deb, die er in der Vergangenheit getroffen hatte, war beinah unsichtbar gewesen. Sie hatte hellbraunes Haar, das sie meistens zu einem Pferdeschwanz zusammengebunden hatte, auf dem Kopf eine Baseballkappe, deren Schirm ihr stets ungeschminktes Gesicht halb verbarg, und an den Füßen Turnschuhe. Ihre Standardkleidung bestand aus Jeans und T-Shirt, über dem sie stets eine leichte Jacke getragen hatte, um ihr Schulterhalfter zu verdecken. Sie war tough, effizient und machte ihren Job mit Hingabe.

Kein einziges Mal war Martell in Versuchung gewesen, sie sich im Bett vorzustellen.

Bis zum heutigen Tag.

Normalerweise machten ihm diese Gothic-Typen eher Angst, doch bei ihr fand er diesen Stil faszinierend. Aber für Faszination und Fantasien war später noch Zeit.

Er riss sich zusammen. „Was ist denn los?“, erkundigte er sich und gestand: „Ich habe Sie wirklich nicht erkannt.“

„Ja, die Aufmachung ist ein bisschen extrem. Wenn ich an Verkleidung denke, schwebt mir normalerweise etwas absolut Unauffälliges vor.“ Sie klang ein wenig verärgert, während sie nach vorn auf den Beifahrersitz kletterte. Er zwang sich, den

Blick auf die Straße zu richten, als genau das passierte, was er vorausgesehen hatte: Bei der Aktion verrutschte ihr Mieder und gab gleich alles preis, was es verstecken sollte. Deb musste ihre Brüste erst einmal wieder verstauen.

„Mann, ich brauche ein T-Shirt", murmelte sie. „Sie haben nicht zufällig eins …?"

„Tut mir leid." Martell schüttelte den Kopf und bemühte sich, aufrichtig zu klingen. „In dem Aufzug würden Sie gut in die Ringling School of Design passen."

„Das hat Yashi auch gesagt." Sie deutete auf ihr Outfit. „Das ist sein Werk – Joe Hirabayashi, er arbeitet mit mir zusammen. Das ist wohl seine Art der Rache für einen Auftrag, bei dem er einen Kilt tragen musste. Als wäre es meine Schuld, dass ich kein Mann bin. Ich konnte den Job nicht übernehmen, es hätte einfach nicht funktioniert. Mit einem Kilt sehe ich aus wie ein katholisches Schulmädchen."

Martell sah das sehr lebhaft vor sich, was nicht so gut war. „Also, was ist los?", wiederholte er seine Frage.

„Das sollte ich eher Sie fragen", entgegnete sie. „Eigentlich sollte Ian Dunn bei Ihnen sein. Und eine Anwältin namens Phoebe Kruger. Was ist passiert?"

„Tja, äh, die haben beschlossen, nicht mit mir zu fahren", antwortete Martell.

„Die beiden haben Sie abgehängt", verbesserte sie ihn.

„Ja, mehr oder weniger."

Sie seufzte – ein viel tieferer Seufzer, als ihr FBI-Boss ihn sich gestattet hätte. „Na großartig. Wie lautet Ihr Plan?"

„Zum Safe House fahren und dort auf Kontaktaufnahme warten. Was ich mir jetzt schenken kann, da Sie bereits Kontakt mit mir aufgenommen haben. Ich hoffe bloß, Phoebe ruft mich bald zurück."

Sie schaute auf seine McDonald's-Tüte. „Wollten Sie ein bisschen was zu Mittag essen?"

„Das auch, ja. Aber nachdem Sie mir eine Heidenangst eingejagt haben, wird es eine Weile dauern, bis mein Verdauungsapparat wieder funktioniert."

„Tut mir leid." Sie bedauerte es höchstens so sehr, wie er bedauerte, dass er kein Ersatz-T-Shirt dabeihatte. „Ich musste sichergehen, dass Ihr Fahrzeug nicht verwanzt ist. Na ja, und ich sollte Sie abfangen, bevor Sie Dunn zum Motel bringen. Das ist nämlich nicht mehr sicher. Irgendwo in der Abteilung gab es ein Leck. Es muss nichts mit diesem Job zu tun haben, aber es gibt eine Sicherheitslücke, die das ganze System betrifft. Deshalb sind wir besonders vorsichtig mit allen Undercover-Agenten. Die Kontaktnummer, die Sie erhalten haben, wurde geändert. Alles hat sich geändert."

„Einschließlich der Tatsache, dass Sie Dunn dafür gewinnen wollen, diese Kinder zu befreien?", fragte Martell und konnte dabei seinen hoffnungsvollen Unterton nicht unterdrücken.

„Nein, das nicht", erwiderte sie und mopste ein paar Fritten aus seiner Tüte.

„Bedienen Sie sich ruhig", sagte er.

„Danke." Sie nahm noch mehr.

Eine Frau, die Pommes frites aß, ohne sich entweder dafür zu rechtfertigen oder eine umfassende Erklärung abzugeben, weshalb sie sie eigentlich nicht essen sollte. Wie aufregend.

„Biegen Sie dort links ab", befahl sie und zeigte mit einer Fritte in die Richtung. „Wir fahren zum Hafen. Yashi hat eine Art Ferienhaus als neuen Unterschlupf gemietet. Sobald er den Schlüssel hat, schickt er mir per SMS die Adresse. In der Zwischenzeit rufe ich im Hauptquartier an und frage, ob die Phoebe Krugers Auto aufspüren können. Vielleicht finden wir auf diese Weise auch Dunn – falls er sie mittlerweile nicht ebenfalls abgehängt hat."

Sie kramte in ihrer Tasche nach ihrem Handy, und diese kleine Bewegung bewirkte …

„Äh, soll ich Ihnen Bescheid sagen, wenn mal wieder einer rausflutscht?", fragte Martell. „Zum Beispiel: ‚Hallo, Nippel!' Oder wäre es Ihnen lieber, wenn ich es ignoriere …?"

„Mist!" Sie stopfte und zupfte und brachte es fertig, unter dem Untoten-Make-up zu erröten, während sie ihre Bestürzung mit einem Lachen zu überspielen versuchte. „Sorry! Nein! Nicht ignorieren! Bitte. Du liebe Zeit. Danke. Tut mir wirklich leid. Aber vielleicht rufen Sie lieber nicht ‚Achtung, Nippel', ja?"

„Lieber ‚Möpse'?", schlug er vor.

Deb lachte erneut. „Ist das besser?"

„Wir könnten ein Codewort benutzen", meinte Martell. „Xylofon."

Sie musste wieder lachen, und ihre Wangen waren immer noch gerötet, als sie eine Nummer in ihr Handy tippte. „Sobald wir beim Safe House sind, werde ich mich umziehen ..." Sie hielt sich das Telefon ans Ohr und verzog das Gesicht, ehe sie eine Nachricht hinterließ. „Hier ist Deb. Unsere kleine Panne mit dem Anwalt ist ein bisschen größer geworden. Ruf mich so schnell wie möglich zurück."

Noch ehe Martell etwas dazu bemerken konnte, wandte sie sich in dem gleichen brüsken Tonfall an ihn: „Ich weiß, dass Sie Phoebe Kruger eben erst kennengelernt haben, aber schildern Sie mir mal Ihren Eindruck. Vertrauen Sie ihr?"

„In welcher Hinsicht?", erkundigte er sich.

„Glauben Sie zum Beispiel, dass sie die ist, für die sie sich ausgibt?"

Seine Stimme hob sich um eine Oktave. „Soll das ein Witz sein?"

Deb seufzte. „Nein, wir sind uns nicht sicher, wieso Bryant, Hill und Stoneham ausgerechnet sie zum Gefängnis geschickt haben. Das überprüfen wir noch. Waren Sie zufällig derjenige, der Kontakt zur Kanzlei aufgenommen hat?"

„Nein, Ma'am", sagte Martell. „Um ehrlich zu sein, wollte ich mich bei Ihrem Boss über sie beschweren. Aber dann dachte ich mir, dass ihr FBI-Leute das absichtlich arrangiert habt, um einen möglichen Deal zu beschleunigen."

„Nein", gab sie zurück. „Haben wir nicht. Sie tauchte einfach auf, ohne jede Überprüfung. Obwohl wir ihre Herkunft und Vergangenheit gerade unter die Lupe nehmen."

Martell sah sie im Rückspiegel an, als er an einer roten Ampel hielt. „Und warum hat man mich vorher nicht darüber informiert, ehe ich sie mit Dunn entwischen ließ?"

Sie erwiderte seinen Blick, während sie noch mehr von seinen Fritten aß. „Sie haben Dunn entwischen lassen? Soll das heißen, Sie hätten ihn aufhalten können?“

Martell schwieg, bis das Auto hinter ihm hupte. Die Ampel war grün. Während er sich auf die Straße konzentrierte und anfuhr, räumte er ein: „Nein.“

„Fehler passieren.“ Deb klang nicht unfreundlich. „Immer und überall. Wir müssen diesen hier nur wieder in Ordnung bringen. Und wir fangen damit an, indem Sie mir erzählen, ob Phoebe Kruger Ihrer Einschätzung nach ein potenzielles Problem darstellt.“

Ian Dunns Bruder Aaron besaß ein Haus mit Panikraum – was gut war, denn Phoebe stand kurz davor, in Panik auszubrechen, als sie hineingeschubst wurde.

Aaron schaltete die Deckenbeleuchtung ein, und Phoebe schaute sich um.

Das Zimmer war winzig, hatte etwa die Größe einer Gefängniszelle, war aber mit modernster Technik und Vorräten gut ausgestattet. Eine Toilette sowie ein Miniaturwaschbecken befanden sich offen in einer Ecke; an der einen Wand waren Regale angebracht, während auf der anderen Seite Etagenbetten standen. Neben der Tür hing ein großer Flachbildschirm, der anscheinend mit einem komplexen Computerüberwachungssystem verbunden war. An derselben Wand waren außerdem ein Telefon und eine Uhr angebracht.

Dunn kam als Letzter herein und warf die schwere Stahltür hinter sich zu. Aaron half ihm, die Riegel vorzuschieben.

Die plötzliche Stille war gewöhnungsbedürftig, hielt jedoch nicht lange an.

„Ist jemand verletzt?“, fragte Dunn und ging zu den Regalen, die Vorräte wie Kleidung, Decken, Wasserflaschen und Konserven enthielten, ebenso wie einen Erste-Hilfe-Kasten.

„Ich nicht“, antwortete Aaron trotz der Tatsache, dass Blut von seinem aufgeschrammten Ellbogen an seinem Arm herunterlief. Er machte sich bereits am Computer zu schaffen, schaltete den Monitor ein und klappte die in die Wand eingebaute Tastatur mit Maus herunter. „Mein wunderschönes Zuhause ist gerade von den verdammten Dellarosas verwüstet worden.“

„Mir fehlt nichts“, sagte Phoebe, doch als Dunn sie skeptisch musterte, fiel ihr ein, dass sie nach wie vor triefnass und mit kaum mehr als mit BH und Hose bekleidet dastand.

Auch er war nass, und dennoch reichte er zuerst ihr ein Handtuch aus dem Regal, ehe er sich selbst eines nahm. „Ihr Bein“, meinte er, und da erst erkannte sie, dass sie blutete. Ihre Hose war zerrissen, und ihr Knie zerschrammt, aber nicht sehr schlimm. Und wenn das schon alles war …

Ihr kam in den Sinn, dass Martell vollkommen recht gehabt hatte. Offenbar hatte Ian Dunns Entlassung aus dem Gefängnis tatsächlich zur Folge, dass die Dellarosas hinter ihm her waren. Wie hatte Martell das ausgedrückt? *Mit gezückten Waffen.*

„Meine größte Sorge ist: Was passiert jetzt?“, sagte Phoebe. Währenddessen trocknete sie sich das Gesicht, die Brille und die Haare ab, so gut es ging, bevor sie sich das Handtuch, das nun Flecken von ihrem verschmierten Mascara aufwies, als T-Shirt-Ersatz um die Schultern legte. „Überall in der Nachbarschaft greifen die Leute in diesem Moment zum Telefon und rufen die Polizei, um die Schießerei zu melden. Was machen wir, wenn die Polizei auftaucht?“

„Verdammt!“ Der Computerbildschirm war angegangen, und was immer Aaron darauf sah, verhieß anscheinend nichts Gutes.

Phoebe trat zu ihm. Das Überwachungssystem war nicht nur modern, sondern auch ausgeklügelt: Es gab neun verschiedene Kameras dort draußen, die Bilder lieferten. Dazu war der Monitor in neun hochauflösende Vierecke unterteilt.

Vier Kameras waren außerhalb des Hauses positioniert, drei zeigten das Innere des Hauses – den Eingangsbereich, die Küche mit Blick auf die Glasschiebetüren und den oberen Flur. Die letzten beiden Bildschirmvierecke übertrugen Szenen, die von zwei irgendwie angezapften Verkehrskameras stammten. Die eine befand sich an der Ecke Clark und Beneva, die andere an einer Kreuzung, die Phoebe nicht kannte.

Es war die Kamera auf dem Dach des Hauses, der Aarons grimmige Aufmerksamkeit galt. Sie war so platziert, dass die Straße hinter dem Pool seines reizenden Hauses zu sehen war.

„Verdammter Mist", bemerkte Dunn, als auch er näher an den Monitor trat. „Ich dachte, Shelly wäre klüger als du."

Die meisten Schützen entfernten sich bereits in mehreren Fahrzeugen, da die Polizei angesichts der wilden Schießerei längst unterwegs sein musste. Doch ein Wagen, eine große schwarze Limousine, war in Sichtweite der Dachkamera auf der Straße stehen geblieben.

„Nein, nein, nein, nein, nein, nein!", murmelte Aaron, als die Übertragung zeigte, wie ein stämmiger kahlköpfiger Mann in einem dunklen Anzug ausstieg.

Phoebe beobachtete, wie sich ihm drei andere Männer näherten. Zwei von ihnen trugen seltsamerweise Golfkleidung – karierte Shorts und Poloshirts. Sie wirkten, als hätte man sie von einem Spiel weggeholt. Der dritte hatte eine Kakihose und ein Hemd mit Krawatte an. Sein dunkelbraunes Haar glänzte in der Nachmittagssonne. Kaki wurde von den beiden Golfern gehalten, und obwohl er sich wehrte, konnte er sie nicht abschütteln. Sie zerrten ihn zu dem stämmigen Mann herüber.

„Berto wird ihm nicht wehtun. Jedenfalls nicht schlimm." Dunn sprach die Worte schnell und mit leiser Stimme aus, und Phoebe bemerkte, dass er Aaron festhielt, als müsste er ihn daran hindern, die Sicherheit dieses kleinen Raumes zu verlassen.

Um was ging es? War Berto – Dellarosa – der Name des stämmigen Mannes? Und was hatte das alles mit Shelly zu tun? Entging Phoebe hier etwas Wesentliches?

Auf dem Bildschirm war jetzt zu sehen, wie der Stämmige den Kofferraum seines Wagens öffnete. Der Mann bewegte sich ruckartig, und obwohl Phoebe nichts hören konnte, war klar ersichtlich, dass er wütende Worte von sich gab.

Kaki, der nach wie vor von den beiden Golfern festgehalten wurde, gab die Gegenwehr auf und stand nun dem Stämmigen gegenüber, den er überragte. Trotzig hob Kaki das Kinn – das zu einem so attraktiven Gesicht gehörte, als wäre es das eines Filmstars.

„Er wird aber dir wehtun", erklärte Dunn, ohne die Schulter seines Bruders loszulassen. „Wenn du da rausgehst, Aaron, bist du tot, und Shelly wird es mit ansehen müssen. Tu ihm das nicht an."

Erstaunt schaute Phoebe wieder auf den Bildschirm, und die Worte waren heraus, ehe sie sich beherrschen konnte: „Shelly ist ein …" Mann, wollte sie sagen.

Ehepartner.

Es war offenkundig, dass Aarons Ehepartner Shelly der gut aussehende Mann in den Kakihosen war, dem der Stämmige gerade hart in den Bauch boxte.

Aaron gab einen Laut von sich, als sei er selbst getroffen worden, während Shelly sich krümmte.

„Das ist Berto, Davios verrückter ältester Sohn", erklärte Dunn und tippte auf den Bildschirm, damit Phoebe wusste, wen er meinte. Danach wandte er sich an seinen Bruder: „Manny liegt hier in Sarasota im Krankenhaus. Er hat sich zum Lunch in der Stadt aufgehalten und einen Herzinfarkt bekommen."

Dass der Mafiaboss einen Herzinfarkt erlitten hatte, war neu für Phoebe. Dunn hatte das wahrscheinlich bei einem seiner Telefonate, die er mit ihrem Handy getätigt hatte, in Erfahrung gebracht. *Wie schlimm steht es um ihn?* Jetzt ergaben seine Worte einen Sinn.

„Ich habe keine Ahnung, wie sein Zustand ist", fuhr Dunn fort. „Aber es würde mich nicht überraschen, wenn Davio nach der Macht greift. Sollte er das tun, weiß ich beim besten Willen nicht, auf welche Seite sich Berto in dem Streit zwischen seinem Vater und seinem Onkel Manny schlagen wird."

Auf dem Monitor war zu erkennen, wie Berto die Hand ausstreckte und Shelly beinah sanft seitlich am Kopf berührte.

„Ich bringe ihn um", flüsterte Aaron.

Phoebe sah das Aufblitzen von Metall, und Shelly ging, offenbar bewusstlos, zu Boden. Da wurde ihr klar, dass Berto Shelly mit der Pistole auf den Kopf geschlagen hatte.

Die beiden Golfer verfrachteten Shelly in den Kofferraum von Bertos Wagen und machten ihn zu.

„Ja, ich glaube, diesmal werde ich es dir gestatten", sagte Dunn fast beiläufig zu seinem Bruder, während Berto Dellarosa und seine zwei Karos tragenden Untergebenen zurück zur Limousine eilten und davonfuhren. „Aber nicht jetzt. Davio hat es auf dich abgesehen. Sobald du diesen Raum verlässt, bist du tot, und das wird Shel nicht weiterhelfen. Das weißt du, D. A. Also werden wir stattdessen warten und herausfinden, wohin sie ihn bringen. Und dann befreien wir ihn. Berto wird Shelly nicht umbringen. Du *weißt*, dass er ihn nicht umbringen wird."

Eine andere Kamera zeigte eine Flotte von Streifenwagen und einen SWAT-Truck, die über die Kreuzung Clark und Beneva rasten. Wegen der dicken Wände des Sicherheitsraumes konnte man die Sirenen nicht hören, aber es bestand kein Zweifel daran, dass Sarasotas Einsatzkräfte im Anmarsch waren.

„Berto wird Shel nicht umbringen", wiederholte Dunn.

Phoebe schaute ihn an und verspürte nicht den Wunsch, ihm zu widersprechen, denn seine Worte waren dazu gedacht, Aaron zu beruhigen. Wie er jedoch so sicher sein konnte, dass der „verrückte" Sohn Davio Dellarosas Aarons Lebenspartner nichts antun würde, war ihr schleierhaft.

Dunns Blick begegnete ihrem, und es war klar, dass ihm vollkommen klar war, was sie dachte, denn er sagte: „Aaron hat Shel – Sheldon – in der Schule kennengelernt, als sie beide noch Kinder gewesen sind. Es war eine private Highschool. D. A. konnte sie mithilfe eines Stipendiums besuchen, während ich in der Navy war. Nach dem Abschluss meldete Shelly sich dann zu den Marines. Hauptsächlich, um Aaron zu folgen, aber auch, um von zu Hause wegzukommen: Auf ihm lastete enormer Druck, weil er in das Familienunternehmen einsteigen sollte."

„O nein", stieß Phoebe hervor, denn sie ahnte, worauf die Geschichte hinauslief.

„O doch", meinte Dunn. „Shels Nachname ist Dellarosa. Berto ist Shels Bruder, und Davio ihr Vater."

Da war es also, das fehlende Puzzleteil. Das erklärte die Verbindung zwischen Dunn und den Dellarosas. Das war also der Grund, weshalb Dunn für Manny gearbeitet, ja sogar für ihn im Knast gesessen hatte. Alles zu Aarons Schutz vor einem mörderischen Schwiegervater, der seinen Tod wollte – vermutlich wegen seiner Homosexualität.

Ich werde mich auf meine Weise um meinen Bruder kümmern. So wie ich es mache, seit er zwei war und unsere Mutter eine Überdosis nahm …

Das war unglaublich süß und romantisch.

„Eee, ich muss hier weg", erklärte Aaron jetzt. „Bevor die Polizei eintrifft."

„Ich denke nicht, dass ich das zulassen kann", sagte Ian. „Wenn ich Davio wäre, würde ich einige Leute zurücklassen und die Situation nutzen, um das Problem, das du darstellst, zu beseitigen."

„Auf diese Weise habe ich wenigstens eine Chance", hielt Aaron dagegen. „Die Polizei wird unsere Fingerabdrücke nicht überprüfen, die sind ja überall im Haus. Schließlich wohne ich hier. Und wenn ich verhaftet werde und im Knast lande, bin ich auch so gut wie tot." Er sah zu Phoebe. „Wie gut sind Sie eigentlich als Anwältin? Ich werde nämlich wegen Mordes gesucht. Ich bin unschuldig, es war Notwehr. Aber das behaupten wahrscheinlich alle, was?"

Da hatte er recht. Phoebe schaute zu Ian, der inzwischen vor den Regalen stand und die Größen von ein paar nagelneuen stonewashed Jeans überprüfte.

Er drehte sich zu Phoebe und Aaron um. „Ich habe ihr erzählt, dass Davio einen Killer auf dich angesetzt hat und wie leicht es für ihn wäre, dich im Gefängnis umbringen zu lassen."

„Da bin ich nach wie vor skeptisch", meinte Phoebe. „Es fällt mir schwer, zu glauben, dass die Polizei nicht für angemessenen Schutz sorgen würde. Aber, na schön, sobald die Polizei eingetroffen ist, werden wir mit Ihrem Handy Kontakt aufnehmen und verhandeln. Ich werde darum bitten, dass wir auf direktem Weg in ein Krankenhaus gebracht werden. Was Sie tun, sobald wir dort sind, ist … Nun, verraten Sie es mir nicht. Ich darf es nicht wissen. Und Aaron, wenn ich Sie wirklich vertreten soll, empfehle ich Ihnen, sich zu stellen. Ich werde dafür sorgen, dass Sie in Sicherheit sind, und werde Sie bestmöglich verteidigen …"

„Tja, das werde ich ebenfalls nicht zulassen können", meldete Ian sich zu Wort, der sich zum zweiten Mal die nassen Sachen aus- und trockene anzog.

Phoebe drehte sich schnell wieder zum Monitor um, auf dem ein SWAT-Team in Mylar-Spezialmontur zu sehen war, das mit Waffen im Anschlag das Haus stürmte.

„Davios Arm reicht sehr weit", fuhr Ian fort. „Ein Fehler würde genügen, und irgendein Lebenslänglicher, der nichts zu verlieren hat, würde ihn mit dem Messer ausschalten." Er atmete schwer aus. „Nein, bringen Sie uns ins Krankenhaus, den Rest erledigen wir."

„Es gibt allerdings keine Garantie dafür, dass es mir gelingt, uns dorthin zu bringen", warnte Phoebe und sah zu Ian, sobald sie das Geräusch des Reißverschlusses hörte. Sie gestattete es sich, ihn dabei zu mustern, als er ein schlichtes weißes T-Shirt überstreifte. Seine Bewegungen waren geschmeidig und effizient. „Ich bin gern bereit, es zu versuchen, aber … Ich kenne nur einen einzigen absolut sicheren Weg, wie Sie beide als freie Männer aus dieser Sache herauskommen."

Ian Dunn war nicht blöd. Sie sah ihm an, dass er genau wusste, was sie sagen würde, noch ehe sie es ausgesprochen hatte.

Sie sprach es trotzdem aus. „Ich rufe Martell Griffin an."

„Na klar, der war uns bisher ja auch eine echt große Hilfe."

„Wer ist Martell Griffin?", fragte Aaron verwirrt.

„Ich fürchte, dass Sie keine Wahl haben", sagte Phoebe zu Ian. „Momentan haben Sie die Möglichkeit, aus Ihrer relativ starken Position heraus mit ihm zu verhandeln. Zumindest noch in den nächsten Minuten. Das wird sich dramatisch ändern, wenn Aaron sich erst in Polizeigewahrsam befindet."

Ian starrte sie eine Weile lang schweigend an.

„Wer ist Martell Griffin?", wiederholte Aaron, woraufhin Ian nicht antwortete, sondern kurz die Augen schloss.

Phoebe würde nicht klein beigeben. Sie stand ebenfalls einfach da und wartete darauf, dass er sie wieder ansah. In Wahrheit pochte ihr Herz. Es war fast unglaublich, dass Martells Plan funktioniert hatte. „Betrachten Sie es als Win-win-Situation. Besonders für die gekidnappten Kinder."

Während Ian einen Laut von sich gab, der nach rauem Gelächter klang, ließ Aaron sich hinter ihm auf das Etagenbett sinken und meinte entsetzt: „Heiliger Strohsack. Haben Sie gerade wirklich von gekidnappten Kindern gesprochen?"

Ian wandte sich nicht zu seinem Bruder um, sondern nickte nur. „Na schön", sagte er dann. „Allerdings glaube ich, dass Sie bei der Sache besser abschneiden. Rufen Sie Martell an. Aber sagen Sie ihm, er soll schon mal Stift und Papier bereithalten, denn die Liste meiner Forderungen wird lang."

Er holte Luft und wollte anscheinend schon loslegen, doch Phoebe bremste ihn. „Zuerst hören Sie sich mal meine Forderungen an", erklärte sie. „Ein T-Shirt und trockene Jeans. Die im Regal werden mir zu groß sein, aber das ist unwichtig. Außerdem will ich, dass Sie beide sich umdrehen und singen, und zwar laut, während ich mich umziehe und die Toilette benutze."

„Ich bin schwul", erinnerte Aaron sie.

Sie bedachte ihn mit einem angespannten Lächeln. „Das ist mir herzlich egal. Ach, und bevor ich es vergesse: Ich will meine Glock zurückhaben. Sofort."

Stellte Phoebe ein potenzielles Problem dar?

Martell hätte die Frage der FBI-Agentin Deb Erlanger vor fünfzehn Minuten noch anders beantwortet – bevor sein Telefon geklingelt und er Phoebe am anderen Ende der Leitung gehabt hatte.

Freude und Erleichterung hatten sich rasch in Ärger darüber verwandelt, dass sie ihn nicht früher angerufen hatte. Schließlich hatte Ian Dunn sie ja offensichtlich nicht umgebracht.

Doch nachdem er die Mithörfunktion eingeschaltet und Phoebe ihm versichert hatte, es gehe ihr gut – und sie sich geweigert hatte, ihr und Dunns Versteck preiszugeben, was Martell jedoch nicht anders erwartet hatte –, war sie sofort zum vollen Anwaltsmodus übergegangen. Der erste Satz hatte gelautet: „Ian Dunn wird helfen, die gekidnappten Kinder zu befreien, aber nur wenn …“

Und dann hatte sie eine ziemlich lange Aufzählung folgen lassen.

Die Frau war beängstigend gut. Martell schaute nun auf die Liste der Forderungen und musste zugeben, dass sie an alles gedacht hatte – und sogar an einige Dinge, die ihm niemals eingefallen wären. Hightech-Equipment und Waffen, ein Budget, um ein Team befreundeter „Sicherheitsspezialisten“ zu engagieren, das Dunn unterstützen sollte. Außerdem Zugang zu Informationen, völlige Autonomie in allen Stadien der Operation und obendrein Bargeld, jede Menge davon.

Deb hatte die Liste bereits an ihre Vorgesetzten beim FBI weitergegeben.

„Abgesehen davon, dass sie eine knallharte Anwältin ist, sehe ich Phoebe nicht als Problem“, erklärte Martell der FBI-Agentin, während sie auf dem Parkplatz vor einem Pizzaladen warteten und ein richtiges Mittagessen zu sich nahmen. „Jedenfalls nicht so, wie Sie es meinten. Ich glaube, sie ist genau die Person, die sie zu sein behauptet.“

Als Martell Phoebe zum ersten Mal begegnet war, hatte er Sachen gedacht wie: *Na klasse, die ist nur über Beziehungen an den Job gekommen und wird hoffnungslos überfordert sein.* Dazu vielleicht noch ein frauenfeindliches, abschätziges Lachen und das abschließende Fazit: *Armes Ding.*

Aber dann hatten sie ein Gespräch geführt, in dessen Verlauf er seinen ersten Eindruck gründlich korrigieren musste. Plötzlich hatte er sie für scharfsinnig gehalten, wenn auch ein wenig unerfahren und eingeschüchtert.

Das Eingeschüchtertsein, worauf auch immer es zurückzuführen gewesen war, hatte sie inzwischen komplett abgelegt, wie dieses Telefonat bewies, bei dem sie Zähne gezeigt hatte und das Wort Angst nicht einmal zu kennen schien.

Kein Zweifel, Martell war gerade nach allen Regeln der Kunst von ihr auseinandergenommen worden. Diesen ersten Teil der Verhandlungen-Schrägstrich-Erpressungen hatte sie damit beendet, indem sie ihn darüber informiert hatte, dass Ian Dunn selbst einen sicheren Unterschlupf wählen würde und sie daher auf das, was das FBI anzubieten hatte, verzichteten. Auf jeden Fall würden sie mehr personelle Unterstützung brauchen, auch Martells, die darin bestehen würde, auf jemandes Schwester und ihr kleines Kind aufzupassen und für deren Schutz zu sorgen. Was nichts anderes hieß als: *Egal, welches Juraexamen Sie gemacht haben, mein Junge, ab sofort werden Sie als Babysitter tätig sein.*

Und kein Zweifel, das Leben rächte sich für seine sexistische Arroganz. Er war besser als der durchschnittliche Kleinstadtanwalt, der Leuten mit kleineren juristischen Problemen half. Oder auch größeren, aber simplen Problemen, wie die der genialen Klienten, die „irgendwie in eine Sache hineingeraten" waren, indem sie in einen Schnapsladen mit einer Pistole in der Hand marschiert waren und den Inhalt der Registrierkasse verlangt hatten.

Eine Verteidigung, die in einem solchen Fall darauf aufbaute, dass es sich lediglich um eine Art Missverständnis gehandelt hatte, funktionierte nie. Aber davon musste man solche Typen und ihre weitreichende Sippe erst mal überzeugen. Und in solchen Dingen war Martell gut. Seine „He, Mann, wir können den Fall so nicht gewinnen, also lass uns den großzügigen Deal annehmen und dich auf Entzug schicken, wenn wir schon dabei sind"-Ansprache war wirklich gelungen.

Schon früher war er ein überdurchschnittlich guter Kleinstadt-Detective gewesen. Sicher, Sarasota war eine richtige Stadt, doch die Probleme waren meistens Kleinstadtprobleme. Das gefiel ihm. Auch wenn er ein- oder zweimal daran gedacht hatte, wollte er nicht bei der CIA oder beim FBI mitmachen.

Was bedeutete, dass er jetzt selbst ins kalte Wasser geworfen wurde und ziemlich genau nachvollziehen konnte, wie Phoebe sich noch vor Kurzem gefühlt haben musste.

Deb hingegen war von Phoebes erstklassigem Auftreten als Anwältin nicht besonders beeindruckt. „Sehen Sie sich diese Forderungen an. Das ist verrückt. Fünf Millionen Dollar? Das wird niemand genehmigen. Ausgeschlossen. Und einige der anderen Punkte – Immunität plus eine saubere Akte, nicht nur für Dunn, sondern für all die Leute, deren Namen er Ihnen durchgegeben hat … Aaron Dunn, das muss sein Bruder sein. Ja, *das* können wir machen, vorausgesetzt, er ist kein Serienkiller oder Terrorist." Sie sah zu Martell und tippte mit dem Zeigefinger auf den Notizblock. „Das ist übrigens das, was Ian Dunn wirklich will. Das Geld dient nur der Ablenkung oder gehört zur Verhandlungstaktik. Damit er ablehnen kann." Lächelnd fügte sie hinzu: „Es hängt alles davon ab, wie übel Dunns momentane Lage ist."

Momentane Lage? Von einem Parkplatz vor einem netten Restaurant aus zu telefonieren, während er neben seiner attraktiven Anwältin saß und den Geruch des neuen Autos einatmete? „Ich bin mir ziemlich sicher, dass er die Oberhand hat", sagte Martell und sammelte den Müll ein.

„Die Tatsache, dass er die Verhandlungen begonnen hat, beweist, dass da irgendetwas im Busch ist", gab Deb zu bedenken. „Ich wette, es ist eine große Sache."

„Tja, Sie sind die FBI-Agentin", bemerkte Martell, ohne seine Skepsis zu verbergen.

Sie schaute ihn an. „Ja, bin ich."

Wenn sie so wortkarg und angespannt wurde wie jetzt, fand er sie tatsächlich ein wenig beängstigend. Trotz des Mieders, aus dem ihre Brüste zu hüpfen drohten.

„Ich werfe das mal eben in den Müll", verkündete er einen Tick zu gut gelaunt und gab sich Mühe, beim Aussteigen aus dem Wagen nicht zu stolpern.

Als er zurückkam, kaute Deb auf ihrer Unterlippe und deutete auf ihr Handy. „Das FBI-Hauptquartier hat mir gerade per SMS eine Adresse geschickt", erklärte sie und klickte ihr GPS an.

„Nur eine Adresse?", fragte Martell. „Sonst nichts? Zum Beispiel ein Bild des Lagerhauses, in dem Dunn seine Frauenleichen stapelt, und ein Stichwort für das SWAT-Team?"

„Mein Boss erlebt selbst einen ziemlich verrückten Tag“, informierte Deb ihn. „Für mich sieht das nach einer Wohngegend aus. Monteblanc Circle vierundzwanzig?“

Martell beugte sich herüber, um einen Blick auf die winzige Landkarte auf ihrem Handydisplay zu erhaschen. Dabei wurden ihm gleich drei Dinge bewusst.

Erstens: Sie duftete wie ein Mann, nicht unangenehm – vielleicht lag es am Deo oder am Haargel. Martell kannte den Geruch, weil einige Typen im Fitnessstudio ihn benutzten, allerdings in zu großen Mengen. Das hieß vermutlich, dass sie einen Freund hatte. Besser gesagt einen Liebhaber. Sie war keine Frau, die bloß einen Freund hatte; sie hatte einen Lover – echt, erwachsen, sehr männlich. Dessen Pflegeprodukte hatte sie vermutlich nach einer Nacht kreativer, athletischer, inspirierender Liebesspiele ausgeliehen.

War das nicht enttäuschend?

Zweitens: Sein Gesicht befand sich nur wenige Zentimeter von diesem üppigen, wie in einer Auslage präsentierten Dekolleté entfernt, sodass er sich stark darauf konzentrieren musste, die Straßenkarte auf dem Display zu betrachten …

Und drittens lag die Adresse, die man ihr geschickt hatte, nicht weit entfernt von der Kreuzung Clark und Beneva. Und somit auch in annehmbarer Entfernung zu Martells und Debs augenblicklichem Standort.

Martell richtete sich wieder auf und ging auf Abstand zu diesen halb nackten Brüsten und den Enttäuschung weckenden maskulinen Düften. Dann legte er in seinem klapprigen Wagen den Gang ein.

„Ich bin mir ziemlich sicher, dass Ian Dunn vor allem deshalb Phoebe verhandeln ließ, weil er Geld will“, meinte Martell, während er den Wagen vom Parkplatz und zurück auf die 41 Richtung Süden lenkte.

„Ich wette um Ihr Hemd, da liegen Sie falsch“, erwiderte Deb und nahm sein Handy aus dem Becherhalter. „Wie lautet Ihr Code?“

Er starrte sie ungläubig an.

Sie hielt ihm das Handy hin. „Machen Sie es selbst. Ich muss Ihre Internetverbindung benutzen. Ich will die Adresse googeln, damit wir wissen, was uns erwartet. Wer weiß, vielleicht gehört das Haus einem der Dellarosas."

Martell tippte seinen Code ein. „Warum sollte Dunn die Dellarosas aufsuchen? Und was bekomme ich, falls *ich* recht habe und die Wette gewinne?"

„In dem Fall dürfen Sie Ihr Hemd behalten", antwortete Deb und betrachtete skeptisch das Display. „Das Grundstück ist eingetragen auf jemanden namens S. Jackson. Klingt für meine Ohren nach einem falschen Namen. Die Besitzer haben vor einem Jahr gewechselt. Es ist ein Haus mit vier Zimmern auf einem Doppelgrundstück." Sie schaute auf. „Nehmen Sie die nächste Abfahrt."

„Bilde ich mir das ein", fragte Martell, während er ihrer Aufforderung nachkam, „oder herrscht hier tatsächlich ein hohes Aufkommen an Polizeiautos?"

Die Streifenwagen standen nicht nur mit laufendem Motor am Straßenrand, sondern parkten ordentlich. Sogar ein SWAT-Team war bereits vor Ort.

Uniformierte Polizisten hatten ihre Wagen verlassen und waren nahezu überall in Stellung gegangen.

Einer von ihnen, der zu jung aussah, um während Martells Dienstzeit dabei gewesen zu sein, trat auf die Straße und signalisierte ihnen, dass sie anhalten sollten.

Deb hatte ihren FBI-Ausweis schon gezückt und beugte sich vor, um mit dem Officer durch Martells geöffnetes Fenster zu sprechen. Aber dann hielt sie inne und dachte wahrscheinlich *Xylofon*.

Nein, sie dachte ganz bestimmt *Xylofon*. Sie sah Martell an und reichte ihm lächelnd ihren Ausweis. „Sagen Sie ihm, er soll auf meine Seite kommen."

„Guter Plan." Er würde den Officer allerdings höflich bitten. „Ich werde Ihr Hemd gewinnen."

„Ich bin mir nicht sicher, ob ich die Wette überhaupt angenommen habe."

„Ihr Schweigen hat Zustimmung angedeutet.“

„Ich glaube nicht, dass ich geschwiegen habe. Guten Tag, Officer.“

Ein Blick auf Debs Ausweis, und der Officer stammelte etwas, ehe er sich rasch zurückzog. Statt mit Deb zu sprechen, wollte er lieber seinen Boss holen.

Martell parkte, da sie ohnehin nicht weiterfahren konnten: Alle möglichen Einsatz- und Rettungsfahrzeuge blockierten die Straße.

Deb stieg aus, und Martell folgte ihr, als der junge Polizist mit dem neuesten Lieutenant Sarasotas zurückkam, der glücklicherweise ein alter Freund von Martell war.

Martell raunte Deb zu: „Das ist Lieutenant Lora Newsom. Hierher nach Florida versetzt, stammt ursprünglich aus einer Gegend, in der sehr viel Mais wächst. Die ist schwer in Ordnung. Hat sich auf die harte Tour hochgearbeitet. Seien Sie so aufrichtig wie möglich zu ihr, dann haben Sie sie auf Ihrer Seite.“

Deb nickte.

Die Augen des blonden weiblichen Lieutenants weiteten sich in Anbetracht von Debs Aufzug kurz, aber ansonsten ließ Lora sich nichts anmerken. Sie nickte Martell zu, als sei sie nicht überrascht, ihn zusammen mit einer FBI-Agentin zu sehen, und gab Deb den Ausweis zurück. „Warum gefällt mir diese ganze Angelegenheit jetzt schon nicht? Das ist eine rhetorische Frage, Martell. Du musst also nicht versuchen, sie zu beantworten.“

„Freut mich auch, dich wiederzusehen, Lora.“

Deb mischte sich ein: „Monteblanc vierundzwanzig?“

Newsom seufzte und führte sie vorbei an einigen Rettungswagen. „Das ist unser Tatort. Eine Schießerei wie im Wilden Westen.“

„Gab es Tote?“, erkundigte Deb sich.

„Erstaunlicherweise nicht“, erwiderte Newsom. „Aber wir befinden uns in einer Pattsituation. Eine unbekannte Anzahl an Tätern hat in einem einbruchsicheren Raum in dem Haus Zuflucht gesucht. Wir sind überzeugt, dass sie uns per Überwachungskamera beobachten können. Meine Leute halten

Schilder mit einer Telefonnummer vor die Kameras, außerdem steht ein Vermittler bereit. Bis jetzt gab es jedoch keinen Kontakt. Wir wissen nicht, ob sich dort drin Geiseln befinden. Das Auto vor dem Haus gehört einer Anwältin namens Phoebe Kruger. Wir haben ihre Handynummer in Erfahrung gebracht, aber sie meldet sich nicht." Lieutenant Lora Newsom kniff die blauen Augen ein wenig zusammen. „Was können Sie mir denn berichten?"

„Wir sind uns ziemlich sicher, dass dieser Vorfall mit einer wichtigen die nationale Sicherheit betreffenden Sache zusammenhängt, an der ich arbeite", antwortete Deb. „Ich fürchte, mehr kann ich Ihnen nicht mitteilen. Ich hoffe, die Leute in dem Sicherheitsraum sind die, die ich meine. Wenn es so ist, sollten sie vorerst anonym bleiben."

Sichtlich unglücklich über diese Entwicklung nickte Lieutenant Newsom und warf Martell einen Blick zu. Vermutlich fragte sie sich, in welchen Schlamassel er sich diesmal gebracht hatte.

Was soll's, dachte er.

Sie umrundeten den letzten SWAT-Truck, und das Haus Monteblanc Circle Nummer vierundzwanzig kam in Sicht.

Martell hatte gedacht, Lieutenant Newsom habe übertrieben, als sie von einer regelrechten Wild-West-Schießerei gesprochen hatte. Nun sah er, dass das Gebäude übel zugerichtet war. Nahezu sämtliche Fenster waren zersplittert und die Wände von Kugeln durchsiebt. Linien von Einschusslöchern zogen sich über die Mauern. Teile der Stuckfassade waren abgebrochen.

Dann erblickte er Phoebes neues Auto. Auch das war ziemlich ramponiert worden. Die Scheiben waren zerborsten, die Reifen platt, die Karosserie war eingebeult, der Lack durchlöchert in dem gleichen verräterischen Muster, das halb automatische Feuerwaffen hinterließen.

Martell konnte die Überwachungskamera neben der Haustür erkennen. Sie schien intakt zu sein, daher nahm er sein Handy aus der Tasche, während er darauf zuging. Und dann zog er sein teures Button-down-Anwaltshemd aus und gab es Deb.

Sie war direkt hinter ihm und versuchte vergeblich, ein Grinsen zu verbergen. „Danke“, sagte sie, steckte die Hände in die Ärmel und knöpfte das Hemd bis zum Hals zu.

Martell hob das Mobiltelefon und zeigte darauf, während er im weißen Unterhemd dastand und fröhlich zur Kamera hinauflächelte.

Jeden Moment würde sein Handy klingeln.

6. KAPITEL

„Ah, verdammt“, stieß Ian stöhnend hervor.

Phoebe sah Martell Griffin draußen vor der Überwachungskamera neben der Eingangstür stehen – und lächeln.

„Wir wussten, dass das passieren könnte“, erklärte sie Ian, obwohl ihr Mut sank. „Ich meine, das FBI ist sein Klient. Im Grunde gibt mir das ein Gefühl von neuer Hoffnung und Sicherheit, weil die uns gefunden haben.“ Sie hob triumphierend die Faust. „Yeah, Team America.“

Er starrte sie leicht genervt an.

Aaron hatte bis jetzt auf dem unteren Etagenbett gesessen, den Kopf in die Hände gestützt. Seit sein Bruder ihm eröffnet hatte, dass Martell Griffin die Verbindung zu einer Regierungs-Agency war, die Ian für eine Befreiungsaktion gewinnen wollte, hatte er grimmig geschwiegen.

„Gekidnappte Kinder“, hatte er fassungslos wiederholt. „Wie viele gekidnappte Kinder? Und sag bloß nicht, ein ganzer Bus voll.“

„Zwei“, informierte Ian ihn. „Die Mutter ist Atomphysikerin und vermutlich das eigentliche Ziel. Laut unseren Informationen befinden sie sich in einem ausländischen Konsulat in Miami. Jemand ohne Verbindungen zur Regierung muss sie da herausholen.“

Aaron nahm die Neuigkeiten einigermaßen gelassen auf. „Was ist denn überhaupt passiert? Du hattest heute dieses Treffen mit Griffin, und nachdem Manny mit einem Herzanfall im Krankenhaus gelandet war, hatte der irre Davio plötzlich das Kommando. Und er war sofort der Meinung, du spielst ein doppeltes Spiel?“

„Das kommt ziemlich genau hin“, meinte Ian und unterschlug offenbar bewusst, dass man im Gefängnis schon wegen dieses „Jobs“ an ihn herangetreten war.

Er verschwieg seinem Bruder außerdem, dass er eine Verbindung zum angeblich gefährlichen Entführer Georg Vanderzee alias „der Holländer“ hatte. Auch das fiel Phoebe auf. Behielt er es für sich, weil Aaron den Mann nicht kannte – oder gerade weil er ihn kannte und angesichts dieser Nachricht explodiert wäre?

Da sie nach wie vor in dem winzigen Panikraum gefangen waren, wo es keine Privatsphäre gab, hatte Phoebe Ian bisher nicht danach fragen können.

Nach dem ersten Anruf bei Martell hatten sie einfach abgewartet. Die beiden Brüder hatten jeder für sich ihren düsteren Gedanken nachgehangen.

Phoebe hatte versucht, mit Aaron ein Gespräch anzufangen – „Sie und Shelly waren also schon auf der Highschool ein Paar?“ Aber seine Antwort war einsilbig gewesen, weshalb sie keine weiteren Versuche unternommen hatte, irgendwelche Informationen aus ihm herauszubekommen.

Trotzdem, da war eine Geschichte, und Phoebe vermutete, dass es eine gute war.

Doch jetzt gesellte Aaron sich zu ihnen an den Monitor und blickte über Phoebes Schulter auf Martell Griffin, der immer noch erwartungsvoll in die Kamera lächelte.

„Wer ist das?“, wollte Aaron wissen und deutete auf eine Frau mit pechschwarzen Haaren – offensichtlich gefärbt –, die ein Stück hinter Martell stand.

„Ich weiß nicht“, sagte Ian. „Aber sie sieht interessant aus.“

Die Frau, wer sie auch sein mochte, verbarg jedenfalls einen Teil ihres interessanten Äußeren unter Martells Hemd.

„Wir haben weiterhin gute Karten“, erinnerte Phoebe Ian. „Die brauchen Ihre Hilfe, um diese Kids zu befreien. Und zwar sofort, nicht erst in einer Woche oder zwei. Hier drin haben wir genug zu essen. Wir können warten …“

„Wir werden aber nicht warten“, unterbrach Aaron sie. „Wir müssen Shel finden, und zwar schnell …“

„Das weiß ich“, schnitt Ian seinem Bruder das Wort ab.

Draußen vor dem Haus schaute Martell unbeirrt in die Kamera, weiterhin das erwartungsvolle kleine Lächeln auf den Lippen.

„Verdammt, der wird mir mit Freude in den Hintern treten", meinte Ian schließlich. Er wandte sich an Phoebe: „Na los, rufen Sie ihn an. Sie wissen ja, was ich brauche."

Sie tippte Martells Nummer in das Telefon des Panikraumes. „Brauchen im Gegensatz zu wollen", stellte sie klar. Ja, sie wusste genau, was er wollte: das Geld, die Ausrüstung, die Hightech-Unterstützung.

Aber was er brauchte, war garantierte Sicherheit auf dem Niveau eines Zeugenschutzprogramms, und zwar für seinen Bruder und die Familie seines Bruders. Er brauchte die vollständige Amnestie für seinen Bruder Aaron, was dem eine saubere Akte bescheren würde. Außerdem musste das FBI von möglichen Klagen wegen Beihilfe gegen Sheldon und dessen Schwester Francine absehen, weil sie geholfen hatten, Aaron die ganze Zeit vor der Polizei zu verstecken.

Und Phoebe wusste inzwischen, dass sie recht gehabt hatte mit ihrer Vermutung, dass alle drei, Aaron, Shelly und Francine, mit Ian zusammenarbeiteten und tatsächlich zu seinem Team gehörten. Worin dessen Tätigkeit auch bestehen mochte – da war alles denkbar. Sie konnten für die CIA und das FBI arbeiten oder tatsächlich eine Bande internationaler Juwelendiebe sein. Wie dem auch sei, Ian hatte für alle Immunität verlangt im Gegenzug für die bevorstehende Befreiungsaktion.

Mit anderen Worten: Sämtliche Klagen der Vergangenheit würden gelöscht werden, und man würde sie nicht dafür belangen können, dass sie Ian beim Raubzug in der kazbekischen Botschaft geholfen hatten.

Ian selbst bestand nicht auf Immunität, das hatte er deutlich klargemacht. Sowohl seine Immunität als auch seine Sicherheit waren verhandelbar.

Ian hielt Phoebes Arm fest, bevor sie die Taste drücken konnte, mit der sie die Telefonverbindung herstellen würde.

„Über eines sollten Sie sich im Klaren sein: Wir müssen hier rauskommen, Aaron und ich. Nichts und niemand darf uns aufhalten. Wir legen uns Handtücher um den Kopf, damit die Cops da draußen uns nicht sehen. Wir brauchen einen Wagen, und ich will Sie als Fahrerin. Niemand folgt uns, keine Peilsender, keine Überwachung.“

„Hm.“ Sie versuchte, ihre Worte sorgfältig zu wählen. „Was ist, wenn ich nicht die Fahrerin sein will?“

„Dann ist der Deal gestorben“, antwortete er lächelnd. „Ich hätte wohl hinzufügen sollen, dass auch das nicht verhandelbar ist. Und dass ich Sie nicht als Fahrerin *will*, sondern Sie *brauche*. Was ganz gut passt, finden Sie nicht? Schließlich brauchen Sie mich, wenn Sie unbedingt diese armen unglücklichen, verängstigten kleinen Kinder retten wollen. Win-win.“

Phoebe musterte ihn mit ausdrucksloser Miene. „Verzweifelt“, sagte sie. „Sie haben ‚verzweifelt‘ auf der Liste Ihrer Adjektive vergessen. Und verloren. Bedroht. Verschreckt.“ Eigentlich hatte sie ihn verspotten wollen, aber sie merkte, dass sie sich hineinsteigerte.

Ian fiel es ebenfalls auf. „Ganz genau“, erwiderte er knapp.

Sie seufzte und drückte die Taste, rollte die Schultern vor und zurück und bewegte den Kopf von einer Seite zur anderen zur Vorbereitung auf das juristische Gefecht mit Martell, das ihr bevorstand.

„Na, hallo“, meldete sich der Anwalt, der nach wie vor auf dem Monitor zu sehen war, einen Tick zu gut gelaunt für ihren Geschmack. „Tja, dann lassen Sie uns mal einen Deal machen.“

Clearwater, Florida
Zehn Jahre früher

„Aber du wirst dein Stipendium verlieren“, erklärte Sheldon seinem Freund Aaron, als sie in dieser Nacht bibbernd im Schatten der Mauer standen, die ihre private Highschool umgab.

Aaron hatte sich aus dem Schlafsaal von Brentwood geschlichen; Shelly, der die Schule nur tagsüber besuchte, war den ganzen Weg vom Haus seines Vaters, das am anderen Ende der Stadt lag, zu Fuß gegangen. Er hatte sich nicht getraut, mit dem Auto zu fahren, weil er befürchtete, dass jemand es wiedererkennen würde.

Es war spät, und es war kalt – für Florida –, doch Aaron hatte darauf bestanden, dass sie sich zu diesem Gespräch trafen. Heute Abend. Und Shel war nie besonders gut darin gewesen, zu Aaron Nein zu sagen.

„Ich pfeife auf mein Stipendium.“ Der Wind, der vom Golf herüberwehte, war scharf und feucht. Aaron hatte die Schultern hochgezogen und die Hände tief in den Hosentaschen vergraben. Er besaß keine Handschuhe, und hätte er welche besessen, hätte er sie nicht angezogen. Nicht einmal in den eisigsten Winternächten. „Was ist mit dir? Was passiert, wenn dein Vater es herausfindet?“

Der Albtraum hatte in der vergangenen Woche begonnen, als ihnen klar geworden war, dass jemand sie zusammen gesehen hatte.

Zusammen nicht im Sinne von freundschaftlichem Beisammensein – sondern richtig *zusammen. Als Liebespaar.*

Plötzlich hatte sich einer der wundervollsten Abende in Shels bisher kurzem Leben – mit Picknickdecke, einsamem Plätzchen in den Dünen, herrlichem Sonnenuntergang sowie Liebesgeflüster mit seinem wunderschönen Freund Aaron – in einen echten Grund zur Panik verwandelt.

Dabei hatte es einfach passieren müssen, früher oder später.

Er hätte wissen müssen, dass es nicht halten würde, dieses überschwängliche Glück und dieses Gefühl, endlich zu jemandem zu gehören. Tatsächlich kam es ihm immer noch unwirklich vor.

Es hatte erst vor wenigen Monaten begonnen, als Shel als Mathe-Tutor abgestellt worden war, extra für Aaron Dunn, einen der Footballstars von Brentwood. Shel hatte damit gerechnet, einem Gorilla gestohlene Testantworten beibringen zu müssen. Stattdessen war er einem klugen, redegewandten Mann begegnet.

Er und Aaron mochten dieselben Filme und dieselben TV-Shows. Sie mochten dieselben Bücher. Aaron mochte keine große Leuchte in Mathe sein; dafür konnte er sehr gut schreiben und las mehr als jeder andere auf dem Campus. Möglicherweise sogar mehr als Sheldon.

Sie hatten angefangen, Zeit außerhalb des Unterrichts miteinander zu verbringen, und hatten geredet und geredet. Und geredet.

Eines Tages, vor ein paar Monaten, hatte Aaron ihn dann einfach geküsst.

Wie sich gezeigt hatte, war Shel nicht der einzige Junge in Brentwood, der seine sexuelle Orientierung geheim hielt.

Denn wie sich herausgestellt hatte, war Aaron bereits seit einiger Zeit in Shel verliebt.

Das Ganze war wie in Der Zauberer von Oz: *Shel hatte gar nicht gemerkt, wie schwarz-weiß seine Welt gewesen war, bis sie in bunten Farben explodierte.*

Aber am vergangenen Wochenende am Strand waren sie leichtsinnig geworden, und heute war ihnen alles um die Ohren geflogen.

Heute hatten sie erfahren, dass irgendwer sie nicht nur beobachtet, sondern ein Video gefilmt hatte. Von ihnen. Zusammen.

Er und Aaron hatten davon zeitgleich mit den anderen Schülern in Brentwood erfahren – nämlich als das Video im Netzwerk des Internats veröffentlicht worden war.

Sicher, das Video war schlecht gemacht. Es bestand aus einem Dutzend Einzelbilder von Sheldon und Aaron auf dem Campus, manche verschwommen, kein einziges verfänglich. Es handelte sich um schlichte Fotos, die sie gemeinsam zeigten. Diese Aufnahmen waren allerdings bearbeitet worden, eingefügt in eine Montage aus illegal kopierten Clips von billigen Schwulenpornos aus den 1980ern. Allein schon die Frisuren waren grauenvoll.

Man hätte das leicht als üblen Scherz abtun können oder als Versuch, die beiden zu terrorisieren – damit hatte Shel reichlich Erfahrung. Nur dass am Ende dieser Montage verfängliches Filmmaterial von ihrem Zusammensein auf der Picknickdecke in den Dünen zu sehen war.

Ja, auch das war grobkörnig und verschwommen und beinah farblos. Aber Aaron war eindeutig zu erkennen. Shel dagegen war schwieriger zu identifizieren: Es hätte jeder in T-Shirt und Jeans sein können, Mann oder Frau, blond oder brünett oder gar rothaarig. Irgendwer mit kurzen Haaren, denn die Kamera hatte bloß seinen schlecht beleuchteten Hinterkopf und Nacken gefilmt.

Aber wer immer auch diese Bilder gemacht hatte, war zurückgeschlichen und hatte am Schluss noch Shels Wagen aufgenommen. Sehr deutlich war sein Nummernschild zu sehen, während er sich im Hintergrund über seinen Freund hermachte.

Aaron wollte sich nun in die Schusslinie werfen. Er wollte vortreten und in aller Öffentlichkeit gestehen, dass er in diesem Video zu sehen war. Sein Plan sah vor, sich zu seiner Homosexualität zu bekennen und zu erklären, er habe sich Shels Wagen geliehen, um sich mit seinem Freund treffen zu können.

Er wollte, dass Shel so tat, als wisse er von nichts, ja sogar, als verurteile er Aarons Verhalten.

Was ist, wenn dein Vater es herausfindet? *Aaron wartete noch auf Shels Antwort.*

„Das weiß ich nicht“, erwiderte Shel schließlich, und es war nicht bloß die Reaktion seines Vaters, deretwegen er besorgt war. Niemand kannte sein Geheimnis, nicht einmal seine Schwester Francine.

Doch wenn Aaron alles auf seine Kappe nahm, würde er nicht nur das Stipendium verlieren, sondern auch der Schule verwiesen werden. Dann hätte er ab sofort keine Unterkunft mehr, da seine Mutter tot war und sein Vater im Gefängnis saß. Sein älterer Bruder diente bei der Navy in Übersee.

„Ich kann nicht zulassen, dass du das tust“, sagte Shel. „Das kann ich einfach nicht.“

„Doch, das kannst du“, erklärte Aaron leise, beinah sanft, mit einem zärtlichen Ausdruck in seinen Augen. „Es war mein Ernst, als ich sagte, ich liebe dich.“

„Ich liebe dich auch“, flüsterte Shel mit pochendem Herzen. „Und genau aus diesem Grund kann ich nicht …“

„Mir wird niemand einen Strick aus der Sache drehen“, unterbrach Aaron ihn. „Ian weiß Bescheid. Wirklich. Ich weiß, du glaubst es nicht, aber er wusste es schon immer. Ich bin, wie ich bin, und er kennt mich und akzeptiert mich. Aber uns ist doch

beiden klar, dass dein Vater ein verdammter Irrer ist. Keiner kann voraussehen, was er dir antun, wohin er dich schicken wird. Nein, Shel, du musst es mich tun lassen." Er berührte Shels Wange und strich mit dem Daumen über seine Lippen. „Es sind nur ein paar Monate bis zu deinem Abschluss, und ein paar Monate danach wirst du aufs MIT gehen. Dort treffen wir uns. Wir werden es schon schaffen. Und jetzt sag, dass ich mir an jenem Abend deinen Wagen geliehen habe. Na los", forderte Aaron ihn auf.

Plötzlich hatte Shelly eine klare Vorstellung – davon, was Aaron sagen konnte und wie sie diese Sache für sie beide wieder in Ordnung bringen konnten. „Du hast meinen Wagen geborgt", sagte er und löste sich aus Aarons betörender Berührung, „um den Tag mit deiner Freundin zu verbringen."

Aaron schüttelte bereits den Kopf. „Hast du das Video nicht gesehen?"

„Es könnte ein Mädchen sein."

„Mit diesen kurzen Haaren?", spottete Aaron. „Und zufällig mit deiner Größe und deinem Gewicht?"

„Auf diese Geschichte legen wir uns fest", beharrte Shel. Wenn du nicht … *Er sprach die Worte nicht aus, aber sie standen zwischen ihnen. Seine Augen füllten sich mit Tränen. „Bitte, Air. Versuch doch wenigstens, dich zu retten."*

„Mich retten", wiederholte Aaron, dessen Augen im Mondlicht ebenfalls verdächtig schimmerten. „Indem ich mich verstecke. Indem ich lüge. Indem ich alles auf Sex reduziere, wo ich doch in Wahrheit für dich sterben würde."

Sheldon küsste ihn. Er konnte einfach nicht anders. „Bitte", flüsterte er.

Aaron nickte und wischte sich das Gesicht ab. Gott bewahre, dass ihn jemand weinen sah, Shel eingeschlossen. „Diese Welt ist beschissen", murmelte er und deutete in seiner unnachahmlichen Art mit dem Kopf Richtung Stadt. „Komm, ich bringe dich nach Hause."

„Das musst du nicht", erwiderte Shel. „Ich kann sehr gut …" Auf mich allein aufpassen, hatte er sagen wollen, ließ es aber.

„Ich weiß", gab Aaron zurück. „Darum geht es nicht. Ich mache mir bloß Sorgen, dass uns dieser Mist doch noch um die Ohren fliegt und dies für lange Zeit das letzte Mal gewesen sein könnte, dass wir uns sehen."

Shel wollte ihm versichern, dass das nicht passieren würde und, falls doch, dass er Aaron finden würde, eines Tages, irgendwie, und dass Aaron sich darauf verlassen konnte. Er brachte jedoch kein Wort heraus.

„Na, komm schon", forderte Aaron ihn auf und machte sich auf den Weg, die Straße entlang Richtung Stadt. Er schaute sich um, ob Shel ihm auch folgte.

Shel joggte, um ihn einzuholen, und als er bei ihm war, sang Aaron mit hoher komischer Stimme den Marvin-Gaye-Song Ain't No Mountain High Enough.

„... to keep me from getting to you, babe", vervollständigte Shel den Vers.

Ihre Blicke trafen sich, und Sheldon wusste, dass sie beide das Gleiche dachten.

Immer du. Nur du. Für immer und ewig.

Aarons Hände steckten wieder in seinen Jeanstaschen, und Shel hatte seine in die Jacke geschoben. Gern hätte er die Hand seines Freundes gehalten, auf diesem möglicherweise letzten gemeinsamen Gang.

Aber er wagte es nicht.

Sobald Ian zugestimmt hatte, seine Seele an die dunkle Regierungsmacht zu verkaufen, der Martell diente, ging alles ganz schnell.

Hauptsächlich deshalb, weil die Antwort auf die meisten seiner Forderungen ein klares Nein war.

Nein, die Mitarbeiter, die er verlangte, konnte er nicht bekommen.

Nein, er würde nicht unbegrenzt Ausrüstung, Fahrzeuge und Waffen erhalten, um das Konsulat beobachten und die Befreiungsaktion vernünftig durchführen zu können. Es blieb nicht genug Zeit, um ihm Material zu beschaffen, das nicht auf die US-Regierung zurückgeführt werden konnte.

Stattdessen würde er einen Koffer bekommen – einen kleinen –, mit Bargeld, mit dem er Kleidung, Waffen und sein Team bezahlen musste. Er würde außerdem Hilfe von einem Undercover-FBI-Agenten erhalten, um nicht zurückverfolgbare Bargeldkäufe tätigen zu können. Aber Achtung: Bodenlos würde dieser Koffer nicht sein. Und wenn er es nicht schaffte, die Kinder zu befreien? Dann würde er die Summe zurückzahlen müssen.

Und zwar vollständig.

Ein weiteres Nein bekam Ian auf seinen Wunsch nach völliger Eigenständigkeit. Er wollte mit Aaron und Phoebe in einem Zivilfahrzeug einfach in die Nacht davonbrausen. Er würde tun, was zur Befreiung der Kids nötig wäre, und erst wieder auftauchen, wenn sie sich in seiner Obhut befanden.

Martell lachte ihm ins Gesicht.

Oh, natürlich, das FBI stellte Ian ein Zivilfahrzeug zur Verfügung, und es hatte auch keine Probleme damit, dass Phoebe fahren würde. Aber einer der Agenten – die sexy Gothic-Domina Deb Erlanger – würde mit Aaron hinten sitzen, während Martell ihnen in einem zweiten Fahrzeug folgte.

Und Phoebe würde auch nicht zu einem Unterschlupf fahren, den Ian ausgesucht hatte, um sich dort auf seine Mission vorzubereiten. Stattdessen würden sie ein von der Regierung gestelltes Haus ansteuern, was gerade von einem anderen FBI-Agenten in die Wege geleitet wurde – zunächst hier in Sarasota, später in Miami.

Martell, Deb sowie einer ihrer FBI-Kollegen würden also Ians Babysitter spielen. Oder Wächter. Oder Einkaufsgehilfen. Wie auch immer ihre offiziellen Titel lauteten: Sie waren da, um notfalls einzugreifen. Die Rettungsaktion hingegen würde er ohne sie durchführen müssen – und ausgerechnet da könnte er den Beistand am besten gebrauchen.

Na, vielen Dank, Uncle Sam.

Es war in jeder Hinsicht schlecht: keine richtige Unterstützung, keine topmoderne Ausrüstung, dafür ständige Beobachtung jeder seiner Bewegungen.

Und als wäre das nicht genug, gab es ein weiteres dickes Nein, dem die Ehre zukam, Ian wirklich am meisten zu ärgern. Es folgte dem einzigen Ja, das er erhalten hatte, und er musste zugeben, dass es das einzige Ja war, das ihm am Herzen lag, denn es betraf die Amnestie und/oder Immunität für Aaron, Shelly und Francine. Auch die für ihn selbst.

Wenn Ian diesen Auftrag erfolgreich ausführte und die Kids aus den Fängen ihrer Entführer befreite, konnten alle einen Neuanfang machen und die Vergangenheit hinter sich lassen.

Genau das brauchte sein Bruder. Es würde Aaron, Shel und ihrem Kind ermöglichen, das Land zu verlassen, wenn sie wollten.

Aber natürlich gab es einen Haken, denn schließlich verhandelte Ian hier mit dem FBI.

Amnestie und Immunität würden nicht mehr garantiert sein, wenn die Aktion beendet war und die Kinder sich in Sicherheit befanden.

Das bedeutete also, Ian würde einen sehr riskanten, brandgefährlichen Job angehen müssen, bei dem ihm nicht nur die Dellarosas im Nacken saßen, die ihn und Aaron aufspüren und umbringen wollten, sondern auch die gesamte Polizei.

Na klasse.

Im Lauf des Gesprächs hatte Phoebe für eine Weile die Mithörfunktion aktiviert, weil Martell wissen wollte, wie genau Ian sich die Befreiung der Kids vorstellte.

Ian hatte nur gelacht, als Martell danach gefragt hatte, bis ihm klar geworden war, dass der Anwalt es vollkommen ernst meinte. Also hatte Ian gefordert, erst einmal Zugang zu den FBI-Informationen über das Konsulat zu erhalten. Denn wenn er zugegeben hätte, dass er sich darüber noch keinen einzigen Gedanken gemacht hatte, wäre das kaum gut aufgenommen worden.

Seit er das Gefängnis in North Port verlassen hatte, war ihm hinsichtlich der Befreiung der Kids wirklich noch keine Idee gekommen. Er hatte sich voll darauf konzentrieren müssen, für das Wohlergehen seines Bruders und dessen Familie zu sorgen. Außerdem verspürte er keinerlei Verlangen danach, sich ein auswegloses Szenario auszumalen. Auf keinen Fall würde er sich unter Druck setzen oder dazu erpressen lassen, diese Aktion durchzuführen. Er hatte seine eigenen Kämpfe auszufechten. Das FBI würde sich jemand anderen suchen müssen. Jemanden, der fähiger war.

Das zumindest hatte Ian sich eingeredet, wohl wissend, dass er – nachdem er Aaron und dessen Familie in Sicherheit gebracht hatte – doch seine Hilfe anbieten würde.

Nur seine Hilfe. Ein wenig. Denn immerhin kannte er den angeblichen Kidnapper, einen Dreckskerl, der bekannt war unter dem Namen „der Holländer".

Der Gedanke an den Holländer alias Georg Vanderzee weckte stets die schmerzliche, extrem unangenehme Erinnerung an die verzierte Tapete im Esszimmer des Palastes dieses Mannes, hoch oben in den Bergen Kazbekistans. Diese Tapete war eine Mischung aus verschiedenen Stoffen gewesen – eine Art samtiges waldgrünes Muster auf einem metallisch glänzenden goldfarbenen Grund. Für Ians Geschmack zu verschnörkelt und irgendwie zügellos. Aber das war nicht der Punkt. Unerträglich war es erst durch die hellen Blutspritzer geworden …

Ian verdrängte die Bilder ebenso wie die schwere Schuld, die er mit sich herumtrug, weil er den Bastard nicht getötet hatte, als die Chance dazu da gewesen war.

Er würde noch Zeit genug haben, um über den Holländer nachzudenken und sich zu überlegen, wie er diese Kids am besten retten konnte. Zuerst mussten Aaron und er hier herauskommen. Danach würde er sich etwas einfallen lassen, wie er Shel aus dem Kerker befreien konnte, in dem Dellarosa ihn schmoren ließ.

Das waren weitere Informationen, die er vor seinen neuen FBI-Bossen geheim halten musste.

Nachdem Ian dem Deal zugestimmt hatte, bekam er vom Schicksal einen weiteren Hieb mit: Ein lokaler TV-Sender zeigte Aufnahmen, die ein über dem Haus kreisender Hubschrauber gefilmt hatte.

Darauf waren die massive Zerstörung zu sehen sowie das Polizeiaufgebot und die Rettungsfahrzeuge.

Es sah wirklich schlimm aus.

So schlimm, dass Ian die Funkstille brechen musste. Er musste Francine anrufen, die mit dem kleinen Rory zum Contact Point Charlie gefahren war. Sie war die Einzige, die seinem ursprünglichen Plan gefolgt war und sich ein Zimmer im Ocean Breeze Motel genommen hatte, nahe dem Flughafen, unter dem Decknamen Charles.

Ian rief dort an und wurde in Miss Charles' Zimmer durchgestellt. Sie meldete sich und erklärte, dass auch sie die Fernsehbilder gesehen hatte. Sie war drauf und dran, zurückzukehren, um irgendwie zu helfen. Ach, wäre es nicht einfach fantastisch, wenn sie und das Baby von Davio Dellarosas Männern geschnappt würden, die trotz der enormen Polizeipräsenz bestimmt noch in der Gegend lauerten?

Da die Verhandlungen vorbei waren, hatte man Martell mit der unangenehmen Aufgabe betraut, sich um Francine zu kümmern. Er sollte sie zum FBI-Haus bringen, wo sich alle unter Uncle Sams wachsamem Auge treffen würden.

Ja, diese ganze Sache würde keinen Spaß machen.

Phoebe schaute Ian an, und als er das Gespräch mit Francine beendete, fragte er deshalb: „Ja?“ Es war offensichtlich, dass ihr eine Frage unter den Nägeln brannte.

„Ich fürchte, das funktioniert alles nicht so, wie wir gehofft haben“, meinte sie, und prompt klingelte das Telefon von Neuem.

Diesmal ging Aaron ran. Wahrscheinlich war es der Anruf, der ihnen mitteilte, dass der Wagen endlich eingetroffen war.

„Tja“, wandte Ian sich an Phoebe. Was hätte er sonst sagen sollen? In ihren zu großen geborgten Jeans und dem T-Shirt, die Haare noch feucht vom Sturz in den Pool, das Make-up abgewaschen und diese klobige Brille auf der Nase, sah sie unfassbar jung und hinreißend aus.

„Wenn Sie wollen“, sagte sie, „kann ich versuchen, Kontakt zu den Dellarosas aufzunehmen, nachdem ich Sie wohin auch immer gefahren habe. Ich weiß, ich habe gesagt, das könne ich nicht, aber inzwischen habe ich darüber nachgedacht und … Jerry Bryant ist eigentlich gar nicht Ihr Onkel.“

Ian schüttelte den Kopf und bestätigte es, obwohl sie das nicht als Frage formuliert hatte. „Nein."

„Es ist ziemlich offensichtlich, dass Mr Bryant von Manny Dellarosa engagiert wurde, als Kontakt, während Sie …" Phoebe blickte zu Aaron, der noch telefonierte. Während Sie im Gefängnis saßen, wollte sie wohl sagen, ließ es aber. Stattdessen räusperte sie sich. „Wie dem auch sei: Jemand aus der Kanzlei weiß möglicherweise, wie man ihn erreichen kann. Manny, meine ich. Wenn ich ihn erreichen kann – *falls* ich ihn erreichen kann, könnte ich ihm erklären, was los ist. Gemeinsam mit Ihnen. Selbstverständlich ohne bis in die Details zu gehen, die für die nationale Sicherheit von Bedeutung sind."

„Das wird nicht funktionieren."

„Es könnte funktionieren", widersprach sie.

„Nein", sagte Ian. „Das wird es nicht."

„Der Wagen ist da", verkündete Aaron. „Es wird Zeit, aufzubrechen."

Aarons Verlangen danach, seinen Lebensgefährten Shelly zu finden, war größer als die Angst, beim Verlassen des Panikraumes verhaftet zu werden.

„Ich muss Ihnen noch einen Crashkurs zum Thema Mafia-Moral geben. In Ihrem Jurastudium haben Sie die Sprache eines Dellarosas sicher nicht gelernt", meinte Ian und schulterte Shellys Reisetasche. „Manny ist ein übler Bursche. Sein Bruder Davio ist noch schlimmer, weil er obendrein verrückt ist. Wenn Manny im Krankenhaus ist, und wir wissen ja, dass das so ist, werden Sie es mit Davio zu tun bekommen, der – sprechen Sie mir nach – ein übler verrückter Gangster ist."

„Ich rede davon, einen simplen Anruf zu tätigen", erwiderte Phoebe genervt, während sie ihre nassen Sachen einsammelte und die Handtasche nahm. „Schlimmstenfalls ein Treffen im Konferenzraum der Kanzlei."

Wow, sie hatte wirklich keine Ahnung. Sie glaubte, in einer Welt zu leben, in der Anwälte ein unangreifbarer Teil des Rechtssystems waren, in dem sie von allen respektiert wurden.

Vielleicht tat sie aber auch nur so, als ob sie das glaubte – ein hübscher Zusatz zur Rolle der staunenden jungen Anwältin –, während sie in Wahrheit eine knallharte FBI-Agentin war.

„Spielen wir mal das Konferenzraum-Szenario durch“, schlug Ian vor. „Davio kommt also rein und will wissen: ‚Wo ist Dunn?‘ Darauf antworten Sie: ‚Ich versichere Ihnen, er stellt keinerlei Gefahr für Sie dar, Mr Dellarosa, blablabla.‘“ Er sprach mit Fistelstimme, eine absichtlich schreckliche Imitation.

Phoebe lachte geringschätzig. „Ich höre mich nicht mal annähernd so an.“

„Handtuch“, meldete Aaron sich zu Wort und gab Ian eines, während er sich selbst eins um den Kopf wickelte.

Ian war noch nicht fertig mit seiner Geschichte. „Na ja, dann geht er, und Sie stecken sich ein Sternchen an die Bluse für Ihre grandiosen Verhandlungskünste. Nur warten seine Schläger schon auf dem Parkplatz darauf, dass Sie nach Hause fahren. Die folgen Ihnen ein paar Stunden, aber wenn Sie sie nicht zu mir oder Aaron führen, werden sie aggressiv. Mal sehen, ob Sie mein Versteck für sich behalten können, wenn die Ihnen die Scheiße aus dem Leib prügeln.“ Er wickelte sich das Handtuch um den Kopf, sodass man sein Gesicht nicht erkennen konnte.

Phoebe gab einen verächtlichen Laut von sich. „Ich arbeite bereits seit einigen Jahren als Strafverteidigerin. Und dabei habe ich eines gelernt.“ Diesmal imitierte sie Ian, indem sie die Stimme senkte und ein bisschen Tumbheit hinzufügte: „Nämlich dass sogar ‚üble verrückte Gangster‘ Anwälte brauchen. Sie brauchen sie sogar dringender als vernünftige brave Bürger. Aber wenn sie den Anwälten ‚die Scheiße aus dem Leib prügeln‘, werden sie niemanden mehr finden, der sie vor Gericht vertritt.“

Du meine Güte. „Na fabelhaft“, gab Ian zurück. „Großartig. Glauben Sie ruhig weiter an Ihre Märchen, damit Sie nachts ruhig schlafen können. Aber ich sage Nein. Danke, aber nein. Ich habe meine Meinung geändert. Ich will nicht mehr, dass Sie versuchen, Kontakt zu den Dellarosas herzustellen. Jedenfalls momentan nicht. Ich werde Sie informieren, sollte sich meine Einstellung zu diesen Dingen doch noch mal ändern.“

„Können wir das jetzt bitte hinter uns bringen?“, drängte Aaron.

„Ja“, erwiderte Ian, und gemeinsam entriegelten sie die Tür und traten zurück, als sie sich nach innen öffnete.

An diesem Punkt hätte die gesamte Aktion drastisch scheitern können. Ein SWAT-Team hätte hereingestürmt kommen können, um die beiden Männer zu verhaften und Phoebe zu retten.

Stattdessen wurden sie von Stille empfangen. Nichts rührte sich.

Phoebe ging voran. Sie verließ als Erste den begehbaren Schrank und betrat Aarons in Trümmern liegendes Wohnzimmer. Niemand stoppte sie. Aaron trug seine Reisetasche, in der er seine Waffe verstaut hatte. Phoebe hatte ihre Glock in ihrer nassen übergroßen Umhängetasche versteckt. Ian trug Shels Tasche, die so groß wie schwer war.

Eine Gruppe uniformierter Polizisten, die Hände auf den Waffen in ihren Halftern, war zu sehen. Aber außer dieser aggressiven Zurschaustellung … nichts. Niemand sprach ein Wort zu ihnen. Andererseits waren die um Ians und Aarons Kopf gewickelten Tücher nicht gerade eine Einladung zu freundlicher Kommunikation.

Agent Gothic erwartete sie schweigend in Aarons Garage, wo eine unscheinbare dunkle Limousine stand. Das Garagentor war geschlossen.

Es war ziemlich dunkel, obwohl Lichtstrahlen durch die nicht wenigen Einschusslöcher hereinfielen.

„Mist, verdammter“, murmelte Aaron angesichts des Ausmaßes der Zerstörung. Ian lud unterdessen Shellys schweres Gepäck in den Kofferraum. Aaron gab seine Tasche nicht aus der Hand – guter Mann – und stieg hinten ein.

Bei dem Wagen handelte es sich um ein älteres Modell, das sich niemand genauer anschauen würde.

Ian setzte sich auf den Beifahrersitz, während Phoebe hinter dem Steuer Platz nahm. Die FBI-Agentin stieg ebenfalls ein, und dann öffnete sich ratternd das Garagentor.

„Die Handtücher, Gentlemen“, sagte Phoebe und startete den Wagen.

Ian richtete sein Handtuch, als das Tor geräuschvoll einrastete und Phoebe vorsichtig rückwärts aus der Garage und die Auffahrt hinunterfuhr.

Sie seufzte leise beim Anblick des Schadens an ihrem Auto.

„Ich werde dafür sorgen, dass es repariert wird“, versprach Ian.

„Klar, dafür haben Sie momentan ja auch jede Menge Zeit“, erwiderte sie spöttisch.

Er grinste. „Gutes Argument.“

„Ich habe schon einen Abschleppdienst angerufen“, erklärte sie brüsk. „Wenn wir unser Versteck erreicht haben, werde ich diesen Wagen behalten. Es sei denn, Sie wollen ihn ...“

„Das geht nicht, tut mir leid“, unterbrach er sie.

„Auf der Clark links“, dirigierte Gothic vom Rücksitz, und Ian hörte den Blinker ticken.

Phoebe hatte ihn offenbar missverstanden. „Sie wollen ihn also behalten?“

„Nein, das Auto muss verschwinden. Wir besorgen uns ein anderes. Eins, das nicht fünfzig Cops gesehen haben.“ Nach hinten gewandt sagte Ian: „Ich hoffe doch stark, Sie sorgen dafür, dass wir nicht verfolgt werden.“

„Ich bin dabei“, versicherte die FBI-Agentin. „So weit, so gut.“

Mittlerweile dämmerte Phoebe, was er gemeint hatte. „O nein, Ian. Das können Sie vergessen. Sie wollten mich bloß als Fahrerin, nicht als ...“

„Schätzchen, ich sage Ihnen das nur ungern, aber Sie können nicht einfach gehen. Ich weiß, Sie sehen das anders, doch es ist zu riskant. Außerdem hat Ihre Arbeit hier gerade erst begonnen.“

„An Ihren Worten stimmt so vieles nicht“, meinte sie genervt.

„Phoebe“, verbesserte er sich. „Ich sage es Ihnen nur ungern ...“

„Brauchen Sie mich etwa für Ihr Team, das Sheldon von den Dellarosas befreit, bevor die Kinder an der Reihe sind?“

Die FBI-Agentin beugte sich nach vorn. „Wie bitte?“

„Selbstverständlich nicht“, antwortete Ian auf Phoebes Frage und ignorierte Gothic. „Ich habe bloß darüber nachgedacht, was Sie vorgeschlagen haben: dass jemand aus Ihrer Kanzlei weiß, wie man mit den Dellarosas in Kontakt treten kann. Und da kam mir in den Sinn, dass es keine schlechte Option wäre, wenn Sie den Anruf machen – nur für den Fall, dass ich tatsächlich nicht an Manny herankomme. Sie rufen ihn von unserem Versteck aus an und tun so, als würden Sie mit dem verrückten Davio verhandeln, ihn ablenken …“

Phoebe fiel ihm ins Wort: „Aufgrund meiner unglaublichen Fähigkeit, an … an der Fassade eines zwölfstöckigen Gebäudes hochzuklettern oder …“

„… während ich Shelly befreie“, beendete Ian seinen Satz.

„Wen befreien?“, fragte Gothic von hinten mit gequälter Miene.

„… es zu entern“, fuhr Phoebe, beide ignorierend, fort. „Wo ich doch nicht einmal weiß, wie so was funktioniert, aber was soll's.“

„Meine Fresse“, brummte Aaron vom Rücksitz. „Würdet ihr bitte rechts ranfahren und losknutschen, damit ihr es hinter euch habt? Danach werdet ihr euch beide besser fühlen.“

Phoebes Fassungslosigkeit richtete sich für einen Moment auf Ians Bruder, während Ian sein Handtuch vom Kopf nahm und ihm einen verstörten Blick im Rückspiegel zuwarf. Den Aaron natürlich nicht bemerkte, weil er sein Tuch immer noch vor dem Gesicht hatte.

„Verzeihung“, sagte Phoebe schließlich eisig. „Was haben Sie eben gesagt?“

„Mein Bruder fährt anscheinend auf Sie ab, und offenbar beruht das auf Gegenseitigkeit“, erklärte Aaron langsam und deutlich, als wäre sie schwer von Begriff.

Jetzt wurde Ian wütend. „Hör auf damit. Lass es nicht an ihr aus. Mir ist klar, dass du sauer auf mich bist und dass du dir Sorgen um Shel machst, aber sei kein Idiot.“ Er riskierte es, kurz zu Phoebe zu schauen, die weiterhin konzentriert in westlicher Richtung auf der Clark fuhr.

„*Wen* befreien?“, wiederholte Gothic ihre Frage, diesmal lauter.

Aaron schob sein Handtuch zurück und sah die FBI-Agentin an. „Mein Mann Sheldon ist von einem Lakaien seines durchgeknallten Vaters gekidnappt worden, der mich hasst und tot sehen will. Vielleicht haben Sie von meinem Gangster-Schwiegervater schon gehört? Sein Name ist Davio Dellarosa.“

Agent Gothic fing an zu lachen und versuchte, sich wieder einzukriegen. „Sorry“, sagte sie. „Das ist natürlich nicht lustig. Nein, wirklich nicht, aber, ach, du meine Güte!“

„Ja, wissen wir“, konterte Ian und nahm das Handtuch ganz herunter, denn genug war genug.

Phoebe hielt den Blick weiterhin auf die Straße gerichtet, ihre Fingerknöchel traten beinah weiß hervor, so fest umklammerte sie das Lenkrad. „Hier fährt niemand auf irgendwen ab“, erklärte sie, während Ian seinen Bruder mit angewiderter Miene musterte. „Vergessen Sie's. Sollte ich irgendetwas getan haben, das den Eindruck erweckt hat …“

Aaron verdrehte die Augen, eine halbherzige Entschuldigung an Ian, als wäre er wieder vierzehn. „Tut mir leid, alles bestens. Nein, Sie haben nichts falsch gemacht. Bestimmt habe ich mir das alles nur eingebildet. Aber ich drehe hier langsam durch. Ich habe keine Ahnung, wo Shel steckt oder was dieser Dreckskerl Berto mit ihm macht.“ Seine Stimme brach.

„Ihm passiert schon nichts“, versuchte Ian, ihn zu beruhigen.

„Das behauptest du ständig“, schoss Aaron zurück. „Wenn du etwas weißt, was du mir bisher verschwiegen hast …“

„Du wirst mir vertrauen müssen. Ich bringe ihn dir zurück.“ Ian war sich nicht sicher, doch er vermutete zumindest, dass Shel nichts passieren würde, solange er bei Berto war. Jedenfalls war er dort weniger gefährdet, als wenn er anderswo wäre.

„Dir vertrauen.“ Aaron ließ sich in den Sitz zurücksinken und schüttelte angewidert den Kopf. „Weil du es am besten weißt. Hast du immer. Wirst du immer. Aber wenn du glaubst, dass du Shel alleine befreien wirst, ohne mich, dann hast du dich geschnitten. Und zwar ganz gewaltig.“

„Im Gegensatz zu dir gehe ich die Sache mit Verstand an", konterte Ian. „Vielleicht solltest du dir mal überlegen, dass Rory schon vorübergehend einen Elternteil verloren hat, der jetzt in Gefahr schwebt. Sollten wir nicht verhindern, dass es zwei werden?"

„Als würde Rory dich interessieren", erwiderte Aaron hitzig. „Du kennst ihn ja nicht einmal. Sicher, für Manny zu arbeiten muss hart gewesen sein. Trotzdem hättest du dir bestimmt wenigstens ein paar Tage freinehmen können, um meinen Sohn kennenzulernen."

„Na schön", schaltete Phoebe sich wieder ein und legte die Strenge einer zugeknöpften Bibliothekarin in ihre Stimme, was Ian beunruhigend aufregend fand. Dazu sah sie im Rückspiegel Aaron an. „Es reicht." Danach bedachte sie Ian mit diesem vernichtenden Blick. „Wenn Sie es ihm nicht sagen, dann tue ich es."

„Mir was sagen?", wollte Aaron wissen.

Zuerst fuhr Francine zu Starbucks.

Sie stellte Aarons Wagen im hintersten Winkel des Parkplatzes ab, mit der Front ohne Nummernschild nach vorn.

Rory ließ sie in seinem Baby-Safe angeschnallt sitzen und trug ihn mitsamt Windeltasche und ihrem Notgepäck zum Coffeeshop. Dort bestellte sie sich irgendeinen kleinen Kaffee, bezahlte bar, um sich an einen Tisch in der Ecke setzen zu können.

Rory benahm sich wie ein Vorzeigebaby, schaute sich staunend mit großen Augen um und strahlte jeden an, der ihm ins Blickfeld kam.

Leider war das problematisch, wenn man vollkommen unauffällig bleiben wollte. Ein so süßes Baby fiel auf, man erinnerte sich daran später.

Francie befreite Rory aus seinem fallschirmartigen Gurtsystem, in der Hoffnung, dass er die Augen schließen und etwas durchschnittlicher wirken würde, wenn sie ihn auf dem Schoß hielt und ihm leise ein Lied vorsang.

Zumindest präsentierte er den anderen Leuten im Lokal jetzt seinen weniger hinreißenden Hinterkopf und …

Martell Griffin war hereingekommen, während sie sich über das Baby gebeugt hatte.

Ian hatte ihr ein Bildschirmfoto des Mannes geschickt, den sie treffen sollte, damit er sie und das Baby zu einem sicheren FBI-Unterschlupf brachte. Und dort würde sie Kontakt zu Ian, Aaron und Shel herstellen können und hoffentlich endlich eine Antwort auf die Frage bekommen, was zur Hölle eigentlich los war.

Griffin war groß, dunkelhaarig und gut aussehend, und irgendwann zwischen der Aufnahme des Bildschirmfotos und jetzt war es ihm sogar gelungen, ein Hemd aufzutreiben.

Er näherte sich gerade einer anderen Frau mit Baby in dem Lokal. Die Frau bemühte sich sichtlich, keinen eingeschüchterten Eindruck zu machen, als der große Mann vor ihr aufragte.

Die Fremde schüttelte mit Nachdruck den Kopf, woraufhin Griffin sofort ein paar Schritte zurückwich und entschuldigend die Hände hob. Irgendwie behielt er sein Lächeln im Gesicht.

Francine konnte von seinen Lippen lesen, was er sagte: „Verzeihen Sie, dass ich Sie belästigt habe, Ma'am. Schönen Tag noch."

Francine wusste, wie es war, misstrauisch beäugt zu werden – in ihrem Fall von jeder anderen Frau auf dem Planeten. Und was die Männer anging: Die betrachteten sie …

Auf exakt die Art und Weise, wie Martell sie in diesem Moment betrachtete.

Er hatte sich umgedreht und dabei festgestellt, dass sie ihn beobachtete. Er wirkte erleichtert, keine weiteren Vorstadtladies mehr behelligen zu müssen, die zuerst völlig überrascht waren und dann reserviert wurden.

Francine kannte diesen Ausdruck, eine typisch männliche Reaktion nach dem Motto: *Mal sehen, was so geht, wenn ich meine Karten richtig ausspiele.*

Als er näher kam, setzte sie eine Miene auf, die signalisierte: *Nicht in diesem Leben, und auch nicht im nächsten.* Sie legte Rory wieder in seinen Baby-Safe.

Genau aus diesem Grund hatte sie aufgehört, Make-up zu tragen und die Haare anders zu frisieren als zu einem nachlässig zusammengebundenen Pferdeschwanz. Trotzdem wurde sie immer wieder als Objekt betrachtet.

Ihre Hoffnung, jemanden zu finden, der sie um ihrer selbst willen liebte und nicht bloß auf ihr schönes Gesicht und ihren Traumkörper stand, war schon vor Jahren gestorben.

„Francine? Ich bin Martell." Er hielt ihr die Hand hin.

Sie ignorierte sie und deutete mit dem Kopf auf den Tisch. „Schnappen Sie sich meinen Kaffeebecher, ja? Ich bin schon viel zu lange hier."

„Ich bin so schnell wie möglich hergekommen." Er nahm auch die Windeltasche und hätte Rory ebenfalls getragen, wenn sie ihn gelassen hätte.

Aber sie ließ ihn nicht. „Danke. Tut mir leid, ich wollte nicht undankbar klingen."

„Wir stehen alle unter ziemlichem Stress", erwiderte er nachsichtig und lief voraus zu seinem Wagen.

War das nicht schlau von ihm? Indem er „wir" sagte, deutete er an, dass sie im selben Boot saßen. *Wir, die wir unter Stress stehen.* Es war der erste Schritt, ihr näherzukommen, um sie einer noch kleineren, exklusiveren Gruppe hinzuzufügen – denen, mit denen er Sex hatte.

Folglich reagierte Francine gar nicht, sondern konzentrierte sich darauf, Rorys Kindersitz hinten in seinem klapprigen Auto anzuschnallen.

Als sie sich wieder aufrichtete, tat er so, als hätte er nicht ihren Po begutachtet.

„Haben Sie was dagegen, wenn ich fahre?", fragte sie.

Martell stutzte. „Nein", antwortete er. „Sie wollen fahren? Klar können Sie fahren." Er gab ihr den Schlüssel und ging auf die Beifahrerseite.

Francie stieg ein, stellte Sitz und Rückspiegel ein und wandte sich dann wieder an Martell. „Sind Sie vom FBI?"

Er lachte. „Nein, nein." Es klang, als sei die Vermutung vollkommen abwegig. „Und Sie?", erkundigte er sich, während sie vom Parkplatz fuhr. „Ich bin mir nicht ganz sicher, wie Sie in diese Geschichte passen. Ich habe das Gefühl, dass Sie auf das Baby von Dunns Bruder aufpassen.“ Er schaute nach hinten. „Süßes Kind.“ Er sagte das mit der Unaufrichtigkeit eines Mannes, der mindestens in den nächsten zehn Jahren noch keine Kinder haben wollte. Zurück zu ihr. „Aber abgesehen davon ... es war sehr wichtig, dass ich Sie zu diesem Safe House bringe, also nehme ich mal an, dass Sie zu Dunns lustiger Truppe gehören.“

France starrte ihn perplex an. Offenbar meinte er das ernst. Er redete keinen Blödsinn, von dem er glaubte, dass sie ihn hören wollte. Doch selbst wenn das der Fall gewesen wäre, hätte das schon einen Fortschritt bedeutet. Die meisten nahmen einfach an, sie sei Dunns Freundin.

Sosehr sie sich auch gewünscht hätte, ihm die Wahrheit sagen zu können – *Ich bin Dunns Partnerin bei einem extrem gefährlichen Schwindel. Es ist ein Job, bei dem er achtzehn Monate im Gefängnis verbringt, ein Job, von dem nicht einmal sein eigener Bruder weiß* –, sie hätte nicht so lange überlebt, wenn sie so mitteilungsfreudig gewesen wäre.

Stattdessen sagte sie: „Ich bin Ians Schwägerin. In etwa. Mein Bruder Sheldon ist mit seinem Bruder Aaron verheiratet. Also ist Aaron tatsächlich mein Schwager. Ich bin mir nicht sicher, was Ian und ich dadurch sind. Offiziell, meine ich.“

Martell verdaute diese Information, dann gab er zurück: „Das Baby ist also Aarons und Sheldons Kind?“

Es war an der Zeit, dass sie anfing, Fragen zu stellen. „Was ist eigentlich los? Warum ist Ian aus dem Gefängnis heraus?“

Martell schwieg so lange, dass sie ihn erneut ansah. Er beobachtete sie unentwegt. „Das kann Dunn Ihnen beantworten, sobald wir das Safe House erreicht haben“, erklärte er. „Es ist jedenfalls interessant, dass Sie von seinem Gefängnisaufenthalt wissen. Phoebe schrieb mir eine Textnachricht, in der stand, dass Aaron, der ja immerhin sein Bruder ist, nichts von der Haft wusste. Ich soll nicht darüber sprechen, wenn wir da sind, und ich nehme an, das gilt auch für Sie.“

Verdammt.

Francine war nicht die Einzige, der gerade eine Information herausgerutscht war. „Ist Phoebe die FBI-Agentin?“, wollte sie wissen.

„Nein, die heißt Deb“, antwortete er. „Phoebe ist Dunns Anwältin.“

Francine runzelte skeptisch die Stirn. „Nein, ist sie nicht.“

„Doch, ist sie.“

„Sein Anwalt ist ein gruseliger alter und reicher Kerl, der zu viel trinkt und mich ständig anzubaggern versucht“, stellte sie klar. „Alle zwei Wochen, wenn ich ihn persönlich treffe. Inzwischen beginne ich jedes Meeting mit den Worten: ‚Nein, ich werde Ihnen nicht für fünftausend Dollar einen blasen.‘“

Martell schüttelte den Kopf. „Männer wie der glauben, dass ihnen die Welt gehört und dass alles und jeder seinen Preis hat. Ich bin übrigens auch nicht käuflich.“

Da, schon wieder tat er, als säßen sie beide im selben Boot.

„Nur zu Ihrer Information“, fuhr er fort, „der gruselige alte Mann wird angeklagt wegen fahrlässiger Tötung, weil er betrunken Auto gefahren ist und seine eigene Tochter bei einem Unfall getötet hat.“

„Ach, verdammt“, bemerkte Francine. So etwas wünschte sie nicht einmal ihrem schlimmsten Feind.

„Ja, allerdings“, stimmte Martell ihr zu. „Phoebe ist für ihn eingesprungen. Ihr Nachname lautet Kruger. Dunn ist bei ihr in guten Händen. Sie beherrscht das Spiel ziemlich gut.“

Francine warf ihm einen Blick zu, ehe sie sich wieder auf die Straße konzentrierte. Sie nahm an, dass Martell Griffin, so informiert er auch zu sein schien, keine Ahnung hatte, dass sich Ian, wenn er spielte, niemals an die Regeln hielt.

7. KAPITEL

„Mir was sagen?" Aaron beugte sich auf dem Rücksitz nach vorn und richtete die Frage erneut an Ian.

Phoebe fuhr den Fluchtwagen auf dem Weg zum Safe House des FBI. Im Grunde handelte es sich allerdings gar nicht um einen Fluchtwagen, da niemand sie verfolgte.

Ian saß vorn neben ihr und Aaron hinten, neben der FBI-Agentin, die Phoebe weiterhin dirigierte. Dafür zu sorgen, dass sie nicht verfolgt wurden, bedeutete offenbar pausenloses Abbiegen.

„Was weiß Phoebe, was ich nicht weiß?", wollte Aaron von seinem Bruder wissen und klang dabei beleidigt.

Ian wirkte tatsächlich verlegen. So hatte Phoebe ihn bisher nicht erlebt. Sagen Sie es ihm, wollte sie ihn am liebsten auffordern. *Sagen Sie ihm, warum Sie Ihren Neffen noch nie gesehen haben. Verraten Sie ihm, wo Sie die ganze Zeit gewesen sind. Und achten Sie darauf, dass er begreift, weshalb Sie in einem Hochsicherheitsgefängnis saßen – nämlich, weil Sie ihn und seine Familie schützen wollten.*

Ian erwiderte ihren Blick mit einer Mischung aus Verärgerung und Belustigung. Außerdem flackerte da kurz etwas auf, das nach süßer Sensibilität aussah …

Du meine Güte, was sollte das denn?

Süße Sensibilität, du lieber Himmel! Im Ernst. Wenn sie schon von dem ehemaligen SEAL fantasierte, sollte es doch bitte rein körperlich bleiben.

Und es gab reichlich Material für sinnliche Tagträume, nachdem er sie aus dem Pool gezogen hatte. Da war zum Beispiel die Nähe seines athletischen Körpers, als er sie an sich gepresst hatte; das Gefühl seiner breiten nackten Schultern unter ihren Fingern; ganz zu schweigen von der Art, wie er sich völlig unbekümmert nach dem Sprung in den Pool ausgezogen hatte – und damit bewiesen hatte, dass die Götter ihre Hand im Spiel gehabt haben mussten, als dieser vollkommene Körper geformt worden war.

Anstatt ausschließlich über diese Grundausstattung zu fantasieren, musste Phoebe jedoch noch Eigenschaften hineininterpretieren. Sie sah, was sie sehen wollte: diese angebliche Sensibilität. Aber in Wahrheit gab es sie nicht.

Ians Bruder hatte zumindest teilweise recht – sie fühlte sich viel zu sehr zu diesem Mann hingezogen. Ian wusste das auch und nutzte es aus. Dass er auf sehr süße Weise verletzlich oder sensibel auf sie wirkte, war nichts weiter als sein ausgeklügelter Versuch, sie zu manipulieren.

Sie betrachtete Ian erneut, und diesmal zwang sie sich, das, was sie sah, objektiv zu bewerten: Er war ein intelligenter, äußerst attraktiver Mann. „Sagen Sie es ihm. Tun Sie's einfach", forderte sie ihn auf und war stolz auf sich, weil sie ganz sachlich klang. „Machen Sie's schnell, so wie man ein Pflaster abreißt."

„Autsch." Er lächelte sie an, und der Ausdruck in seinen Augen verriet, dass er sich der Verbindung zwischen ihnen voll bewusst war.

Phoebe unterdrückte sofort alle freundlichen oder – Gott bewahre – sinnlichen Empfindungen, während sie sich selbst verzieh, dass sie auch nur ein Mensch war. Sie schaute konzentriert auf die Straße, um sich nichts anmerken zu lassen.

„Tut mir leid, kleiner Bruder", begann Ian aufrichtig. „Du wirst noch warten müssen. Diese Unterhaltung werde ich bestimmt nicht führen, solange eine FBI-Agentin mit im Wagen sitzt."

„Sie genießen Immunität", erinnerte Phoebe ihn.

„Noch nicht, also werde ich keinerlei Risiko eingehen", konterte er. „Fahren Sie rechts ran. Hier."

„Was?", rief Deb vom Rücksitz.

Da Phoebe ihn anstarrte, als hätte er den Verstand verloren, griff Ian ihr ins Lenkrad und riss es nach rechts, sodass sie hart auf die Bremse treten musste und das Auto neben der Straße zum Stehen kam. „Verdammt!"

„Moment mal, was haben Sie vor?", wollte Deb wissen, während Aaron verkündete: „Ich komme mit."

Ian wandte sich an seinen Bruder: „Nein, das wirst du nicht – es sei denn, du willst uns beide umbringen. Außerdem musst du im Unterschlupf sein, wenn Francine dort ankommt, sonst wird sie mit Rory sofort die Flucht ergreifen." Er war schon aus dem Wagen, als er sich umdrehte und zu Deb sagte: „Ich muss einen Halt einlegen. Es dauert höchstens zwei Stunden."

Die FBI-Agentin war unnachgiebig. „Auf keinen Fall werde ich …"

„Das ist nicht verhandelbar", schnitt er ihr das Wort ab, „also sparen Sie sich den Atem. Wir treffen uns im Unterschlupf."

„Sie wissen doch gar nicht, wo der ist", protestierte Deb.

„Rufen Sie mich an", sagte Ian. „Ich habe das Handy, Sie haben die Nummer. Vertrauen Sie mir, ich werde die Stadt nicht verlassen." Er beugte sich ins Auto und meinte zu Phoebe: „Ich weiß, Sie glauben, Ihr Juradiplom verleihe Ihnen Superkräfte gegen die Dellarosas und funktioniere gleichzeitig wie ein Schutzschild. Aber das stimmt nicht."

Sie wollte etwas erwidern, doch er ließ sie nicht zu Wort kommen und fügte hinzu: „Was ich hier verlange, ist eine Zumutung. Aber wenn das, was ich hier versuche, nicht klappt – womit ich rechne –, werde ich Ihre Hilfe brauchen. Halten Sie sich also bereit, bis ich wieder da bin, ja?"

„Was haben Sie vor?", wiederholte Deb, während Phoebe widerstrebend nickte. „Verraten Sie mir wenigstens, wohin Sie wollen."

Doch Ian ignorierte die FBI-Agentin einfach. „Danke", sagte er und schenkte Phoebe ein letztes Lächeln, ehe er die Tür zuwarf und verschwand.

„Mist", murmelte Deb. „‚Vertrauen Sie mir, ich werde die Stadt nicht verlassen.' Na klasse."

„Willkommen im Club", schaltete Aaron sich ein.

Phoebe fuhr weiter und betrachtete im Rückspiegel Ians Bruder, der ebenfalls ganz genau wusste, wohin Ian unterwegs war.

Sie waren nicht weit entfernt von dem Krankenhaus, in dem sich Manny Dellarosa von einem Herzinfarkt erholte.

Ian beabsichtigte zweifellos, zu Fuß geradewegs in die Höhle des Löwen zu marschieren.

Wieder einmal passte er auf seinen Bruder auf.

Sheldon träumte. Es musste ein Traum sein.

Rory war noch winzig, ein Neugeborenes, und schrie. Er schrie ständig. Sie schafften es nicht, ihn dazu zu bringen, damit aufzuhören.

Aaron war ruhiger und geduldiger als Shel, der am liebsten auch geschrien hätte. Also tröstete er beide mit leiser, sanfter Stimme: „Ist doch gut, kleiner Mann, ist ja gut. Wir stehen das durch, gemeinsam."

Und dann plötzlich waren er und Aaron wieder Teenager und saßen vor dem Büro des Rektors an der Brentwood Highschool, in der Gewissheit, dass ihnen Ärger bevorstand und sie geoutet werden würden. Die Schule hatte eine Kopie des Sex-Videos an Aarons Bruder und an Shels Vater verschickt. Jesus, sein Vater würde ihn umbringen …

„Du musst weg von hier", erklärte Aaron mit so leiser Stimme, dass die Sekretärin des Rektors ihn nicht hören konnte. „Tu so, als müsstest du zur Toilette, aber geh stattdessen einfach weiter. Los, mach es, Shelly, geh."

„Was ist mit dir?", fragte Shel.

„Ich komme schon zurecht", versprach Aaron, doch da öffnete sich bereits die Tür zum Büro des Schuldirektors.

Und damit veränderte sich auch wieder der Traum.

Jetzt befand Aaron sich direkt neben ihm. Er hatte Shel die Hand auf den Mund gelegt und flüsterte: „Schsch!"

Sie waren nicht mehr in der Schule, sondern in ihrem Wohnzimmer. Sie saßen auf ihrem Sofa, und Rory war endlich eingeschlafen.

Aaron war keine siebzehn mehr, er war älter. Er war erwachsen und noch attraktiver, mit diesem Funkeln im Blick – halb Besitzgier, halb Verzweiflung, halb Anbetung.

Das waren zu viele Hälften, das war Shelly klar. Doch so war Aaron eben: überlebensgroß. Es war unmöglich, sein Lächeln nicht zu erwidern. Auf einmal wurde sein Grinsen jedoch zu einer Grimasse, und er kam näher und flüsterte: „Keinen Laut." Seine Stimme war harsch und klang komisch.

Shel brachte ohnehin kein Wort heraus. Er wollte fragen, warum er still sein sollte, schaffte es aber nicht. Mit der schweren Hand auf dem Mund war das unmöglich; außerdem hielt etwas seine Hände und Füße fest. Nur war das gar nicht Aaron …

Sheldon schrak aus dem Schlaf, und eine Hand lag auf seinem Mund, die definitiv nicht Aaron gehörte.

„Schsch", zischte die barsche Stimme erneut, nah an seinem Ohr. Nah genug, um den warmen Atem des Mannes zu spüren und den Knoblauch zu riechen, den er zu Mittag gegessen hatte. Oder zum Abendessen. Es war stockfinster hier – wo immer das war. Und es war schwer zu sagen, wie viel Zeit vergangen war, seit Shelly zum ersten Mal aufgewacht war, groggy, mit pochenden Schläfen und auf den Bauch gedreht, damit man ihm die Hände fesseln konnte. Wer das getan hatte, hatte auch seine Füße gefesselt, bevor die Kofferraumklappe zugeschlagen worden und er in Finsternis versunken war.

Stundenlang war er im Kofferraum eines Wagens gefangen gewesen, so viel wusste er. Manchmal war der Wagen gefahren, aber die meiste Zeit war er geparkt gewesen.

Als er wieder aufgewacht war, diesmal weniger groggy, jedoch immer noch mit hämmernden Kopfschmerzen, war ihm heiß gewesen, und er hatte Durst gehabt. Trotzdem war ihm sofort klar gewesen, dass dieser Wagen in einer Garage geparkt war, wahrscheinlich in einer Tiefgarage. Wäre der Wagen in der prallen Sonne Floridas abgestellt worden, wäre Shelly schon nicht mehr am Leben gewesen.

Er hatte versucht, sich zu befreien, doch der Kofferraum war kein gewöhnlicher Kofferraum gewesen. Er war ausbruchsicher gemacht worden. Die Kabelbinder an seinen Handgelenken waren mit einer Verankerung in der Karosserie des Wagens verbunden gewesen.

Er zerrte jetzt von Neuem daran; die Fesseln gaben jedoch nicht nach.

Nach wie vor war seine Erinnerung daran, wie er hierhergekommen war, verschwommen. Mit Sicherheit wusste er nur, dass Aaron in Gefahr gewesen war. Um das Haus herum war geschossen worden – viel. Und Berto war dort gewesen, auch daran erinnerte Sheldon sich. Es war zehn Jahre her, seit Shel seinen Halbbruder zuletzt gesehen hatte – der ihn k. o. geschlagen hatte, nachdem er …

Das war seltsam, aber Shel erinnerte sich ziemlich genau daran, dass Berto ihn in den Magen geboxt hatte. Allerdings war der Schlag eher angedeutet gewesen, sodass es nicht wehgetan hatte.

Es war Bertos Hand, die jetzt auf seinem Mund lag, das wusste Shelly genau. Er war enttäuscht, denn er hatte zwar erwartet, von einer Hand auf seinem Mund geweckt zu werden, aber er hatte gehofft, Aaron würde ihn damit überraschen, dass er ihn befreite.

Dass Aaron sich auf die Suche nach ihm machen würde, daran hatte Shel nicht den geringsten Zweifel.

„Schsch“, wiederholte Berto, und Shel nickte nachdrücklich in der Dunkelheit.

Berto war vier Jahre älter und hatte den Großteil seiner Kindheit bei seiner Mutter verbracht, Daddy Davios erster Frau. Sheldon war sieben gewesen, als ihm klar geworden war, dass der ältere mürrische Junge, der einmal im Jahr zu Besuch gekommen war, nicht bloß irgendein Cousin war, sondern sein Halbbruder.

Ihre Familie war reinstes Patchwork, da Bertos geschiedener Vater Paulines und Francines verwitwete Mutter geheiratet hatte. Gemeinsam hatten sie noch Sheldon bekommen. Er war der Halbbruder aller anderen Kinder, obwohl Pauline viel älter war und aufs Internat geschickt worden war, bevor Shelly überhaupt sprechen konnte. Er konnte sich an keine Zeit erinnern, in der sie auch zu Hause gewohnt hatte.

Doch als Shel zwölf war, wurde Berto sechzehn und zog ganz bei ihnen ein. Er war wegen Autodiebstahl in Schwierigkeiten geraten und von der Schule geflogen, deshalb schob seine Mutter ihn ab und gab ihn an seinen Vater weiter.

Trotz des Altersunterschieds wurden Berto, Shel und Francine zu sehr ungleichen Verbündeten, was teilweise darauf zurückzuführen war, dass Berto sich sofort in die vierzehnjährige Francine verliebt hatte, die blond, ätherisch und süß war. Zuerst war das ein bisschen unheimlich gewesen, weil sie ja schließlich alle zu einer Familie gehörten. Aber Berto und Francine waren nicht blutsverwandt, also hatte Shel damit letztlich kein Problem gehabt.

Wer war er denn eigentlich, über sie zu urteilen?

Alle drei hatten sich nahegestanden, bis Shelly im letzten Jahr auf der Highschool gewesen war. Bis zu dem Fiasko mit dem Video.

Berto lockerte in diesem Moment seinen Griff, und da erinnerte Shel sich auf einmal wieder, dass er unbewaffnet gewesen war und im Nachbargarten in Deckung gegangen war, als zwei der Angreifer mit Schusswaffen ihn entdeckt hatten. Statt ihn zu erschießen, hatten sie ihn auf die Füße gezerrt, und da war ihm klar geworden, dass sie ihn erkannt hatten.

„Wo ist Ian Dunn?“, hatte der eine gefragt. „Ist er im Haus?“

Es war einfach gewesen, vollkommen aufrichtig zu antworten, denn Shel hatte nicht die leiseste Ahnung gehabt, ob Ian sich im Haus befand. Allerdings hatte es ihn nicht im Geringsten überrascht, dass diese Situation mit Aarons Bruder, dem ehemaligen SEAL, zusammenhing.

Als Shel und Aaron noch mit Ian zusammengearbeitet hatten, als Teil seines privaten Informationsbeschaffungsunternehmens, hatte sich die Welt um diesen Mann gedreht. Zu Recht. Sheldon war zwar intelligent, doch Ian war intelligenter. So stark und zäh Aaron sein mochte, Eee war stärker und noch zäher. Die Dämonen, die diesen Mann antrieben, waren bösartiger und hatten schärfere Zähne – hauptsächlich deshalb, weil Ian sein Leben damit zugebracht hatte, Aaron vor ihnen zu beschützen.

Er war ein würdiger Teamleiter gewesen – bis zu dem Tag vor ungefähr einem Jahr, als er einfach verschwunden war.

„Ich wusste ehrlich nicht, dass Ian zurück ist“, erklärte Shel jetzt seinem Halbbruder Berto. Er sprach leise und schnell, da er befürchtete, Berto würde ihn als Köder benutzen, um Aaron zu töten. „Und Aaron hatte auch keine Ahnung, da bin ich mir sicher. Wahrscheinlich weiß er es immer noch nicht." Schuldgefühle meldeten sich, wie stets, wenn er an den ganzen Mist mit Francine dachte und Ian im Gefängnis, unten in North Port …

Die Worte seines Halbbruders überraschten ihn. „Ja, Shel, ich weiß … Sprich leise, hörst du? Dunn wurde heute Nachmittag aus dem Gefängnis entlassen. Davio scheißt sich in die Hose, weil er glaubt, Ian habe irgendeinen Deal mit dem FBI gemacht, und nachdem Manny im Krankenhaus liegt … Er hatte einen Herzinfarkt … einen leichten zwar …"

Du lieber Himmel, schnitt Berto da etwa …?

Tatsächlich. In der nächsten Sekunde waren Sheldons Handgelenke von den Plastikfesseln befreit, und er bewegte seine steifen, schmerzenden Arme vor der Brust, rieb sich Schultern und Bizeps, während Berto mit seinem Taschenmesser auch die Fußfesseln löste.

„Kannst du gehen?", fragte sein Bruder, klappte das Messer zusammen und half Shel aus dem Kofferraum heraus.

„Ich denke schon", antwortete Shel, musste sich jedoch erst einmal an den Wagen lehnen.

Sie befanden sich in einer Garage von unbestimmter Größe, die zu einer pseudopompösen Villa im Fertighausstil gehören musste. Es roch nach neuem Gebäude – nach Holz und Farbe und frischem Mulch. Sehen konnte er aber immer noch nichts.

Berto war nur eine schemenhafte Gestalt in der Dunkelheit. „Bist du dir sicher?"

„Ich könnte etwas Wasser gebrauchen."

Berto öffnete die Fahrertür des Wagens, ohne dass die Innenbeleuchtung ansprang. Shel hörte, wie er sie wieder mit einem fast nicht wahrnehmbaren Klicken schloss. Dann wurde ihm eine Flasche in die Hand gedrückt. Sie war bereits geöffnet und warm, aber es war besser als nichts. Allerdings bloß knapp. Er trank einen Schluck, aus Furcht, sich übergeben zu müssen, wenn er alles sofort hinunterstürzte, wie er es gern getan hätte.

Er hatte weiche Knie, und nicht allein deshalb, weil er stundenlang in einem heißen Kofferraum eingesperrt gewesen war. Seine Kopfschmerzen waren so schlimm, dass ihm schwindelig wurde.

Als hätte Berto seine Gedanken gelesen, sagte er: „Ich musste es tun. Dir eine verpassen. Es musste schnell und wirkungsvoll sein. Ohne das Einsperren ging es auch nicht. Hättest du dich gewehrt, wärst du vermutlich ernsthaft verletzt worden."

„Du verzeihst mir hoffentlich, wenn ich mich nicht überschwänglich bei dir bedanke."

Berto lachte; es war jedoch kaum mehr als ein kurzes Ausstoßen von Luft. „Glaub mir, das habe ich auch nicht erwartet."

„Wo sind wir? Ist das dein Haus?"

„Nein, Davios."

„Jesus! Wir sind in Clearwater?"

„Sei leise! Ich musste es tun", erwiderte Berto. „Dich herbringen. Ich wohne auch hier, zumindest zeitweise. Wenn ich nicht in Miami bin. Und da Manny im Krankenhaus liegt, bin ich nicht in Miami. Davio ist noch paranoider als früher. An allen Wagen sind GPS-Sender angebracht und ... Ich konnte nicht riskieren, dass er misstrauisch wird. Ich wäre schon eher hergekommen, um dich zu befreien, aber zuerst musste ich ungefähr hundert verdammte Feuer löschen."

„Und was jetzt?", fragte Sheldon. Das Wasser, so schrecklich es auch schmeckte, half ihm tatsächlich. „Was machen wir jetzt?"

„Ich weiß es nicht", gestand Berto. „Wir sollten erst mal von hier verschwinden. Du musst an einen Ort, an dem du in Sicherheit bist. Danach sehen wir weiter und überlegen uns den nächsten Schritt. Ich habe einen Wagen – ohne Peilsender –, der an der Grundstücksgrenze wartet."

Sheldons Dankbarkeit wurde umgehend von Zweifeln verdrängt. „Warum tust du das?" Er versuchte das Gesicht seines Bruders in der Dunkelheit zu erkennen. „Davio wird alles herausfinden. Diese Kerle, die mich entführt haben ..."

„Die gehören zu meinen Leuten. Die werden dichthalten." Berto wich einen Schritt zurück, um Distanz zu wahren. Er mochte bereit sein, Sheldon zu helfen. Trotzdem wollte er ihm nicht zu nah kommen. Vielleicht befürchtete er, Shellys Schwulsein könnte auf ihn abfärben.

„Du fährst mich also zurück nach Sarasota und bringst mich nach Hause?“, meinte Shelly.

„Nein, dorthin kannst du nicht“, antwortete Berto. „Dort wimmelt es noch von Polizei. Außerdem lässt Davio das Haus beobachten. Ich werde dich an den Ort bringen, an dem sich dein ... Wie-immer-du-ihn-auch-nennst aufhält.“

„Ehemann“, sagte Shelly. „Partner. Geliebter. Gatte. Liebe und Licht meines Lebens. Such dir aus, was dir am angenehmsten ist.“

Berto grinste – Shelly sah seine Zähne leuchten, gerade und weiß. Mit sechzehn hatte er Klammern getragen, als er in die Familie gekommen war. Er hatte Shel und Francine Tipps gegeben, als sie beide ebenfalls Zahnklammern bekommen hatten.

„Warum tust du das?“, fragte Shel seinen früheren großen Bruder erneut. Ein großer Bruder war Berto nicht nur ihm, sondern auch Francine gewesen. Ein Mentor, Lehrer, Beschützer und Freund.

Doch das hatte sich geändert. Dramatisch. Drastisch.

Als damals das Sex-Video an die Öffentlichkeit gelangt war, hatte es nicht nur Aarons und Francines Welt erschüttert, sondern auch Bertos.

Verdammt, erst vor wenigen Momenten hatte er wieder davon geträumt. Es verfolgte ihn immer noch, und daran würde sich wahrscheinlich nie etwas ändern.

„Gehen wir“, meinte Berto, statt ihm zu antworten. „Sei leise, wenn wir draußen sind. Du weißt doch noch, wie man sich lautlos verhält, oder?“

„Geh schon, ich bleibe direkt hinter dir.“ Ja, Berto hatte ihm im Lauf der Jahre vieles beigebracht. Aber nach seiner Zeit als Marine würde *er* Berto vermutlich das eine oder andere darüber beibringen können, wie man sich unsichtbar machte.

Gemeinsam bewegten sie sich aus der Garage heraus, durch eine Tür, die in die schwüle Abendluft hinausführte. Offenbar war Shel stundenlang in diesem Kofferraum gewesen, denn es war inzwischen dunkel draußen.

Während er Berto in das dichte Gebüsch hinein folgte, hatte Shel genug Zeit zum Nachdenken. Wo auch immer sich Davios Anwesen befinden mochte, es war groß und abgelegen. Erst in einiger Entfernung waren die Lichter des Nachbarhauses zu erkennen; sie befanden sich also weit außerhalb jeder Sicht- und Hörweite.

Man brauchte nicht viel Vorstellungskraft, um sich auszumalen, dass Berto ihn an einen sumpfigen verlassenen Ort brachte, wo er Shel umbringen und die Leiche entsorgen würde, wie in einer verdrehten Fassung von *Schneewittchen*. Wenn Shel jedoch Schneewittchen war und Berto der Jäger, dann wäre Davio die verrückte böse Königin, was sehr komisch wäre. Allerdings war das alles nicht komisch. Anstatt sich über sein eigenes Schicksal Sorgen zu machen, das womöglich aus einer Hinrichtung durch zwei Kugeln im Kopf bestand, musste Shel nämlich unentwegt an Aaron und Rory denken und daran, was aus ihnen wurde.

Dann aber erreichten sie die Lichtung, auf der ein Wagen geparkt war, genau wie Berto gesagt hatte. Er stieg zuerst ein und setzte sich hinter das Lenkrad. Jetzt hätte Sheldon fliehen können, und der Ausdruck auf Bertos Gesicht, mit dem er ihn durch die Windschutzscheibe ansah, verriet ihm, dass er genau damit auch rechnete.

Doch in einem Florida-Sumpf lauerten größere Gefahren als die, die von bewaffneten Gangstern ausgingen. Es gab Alligatoren. Giftefeu und Gifteichen. Klapperschlangen oder Wassermokassinotter oder Mokassinschlangen oder Kobras oder was zur Hölle sonst noch da draußen lebte. Braune Einsiedlerspinnen und Schwarze Witwen. Moskitos, die das West-Nil-Virus übertragen konnten …

Shelly stieg in den Wagen. Und erst als Berto den Zündschlüssel umdrehte, er die Scheinwerfer einschaltete und das Licht im Armaturenbrett das Gesicht des älteren Halbbruders beleuchtete, sprach er wieder zu Shel. Obwohl ihm die Haare ausgingen und sein Gesicht faltig und müde wirkte, waren seine braunen Augen wie eh und je. Sie blickten leicht amüsiert, ein wenig genervt und auch etwas verrückt.

„Ich schulde deiner Schwester etwas", sagte Berto mit ruhiger Stimme. „Ziemlich viel. Ich versuche verzweifelt, es wiedergutzumachen, falls das überhaupt möglich ist. Das erlebst du hier gerade."

Berto hätte ihm alle möglichen Erklärungen auftischen können, aber dieser glaubte Shel. Zumindest fast.

„Wohin fahren wir also?", wollte Berto wissen. Als würde Shel sich allein auf Bertos Wort verlassen und annehmen, dass dies kein Trick war, um die Dellarosas zu Aaron und Ian zu führen.

Trotzdem spielte er mit. „Fahren wir erst mal Richtung Sarasota und halten bei einem Copyshop", erklärte er. „Auf der Forty-One, nahe Bahia Vista, gibt es einen, der vierundzwanzig Stunden geöffnet ist. Es sei denn, du kennst einen, der näher liegt. In Tampa oder St. Petersburg?"

Berto nickte. Er wusste, was Shel wollte: Zugang zu einem Computer, um eine Nachricht an Aaron und Francine abschicken zu können. „Es gibt ein Internetcafé hier in Clearwater. Wir befinden uns ungefähr fünfzehn Minuten nördlich der Stadt und kommen direkt dran vorbei."

„Ich würde lieber nicht in Clearwater halten", hielt Sheldon dagegen.

„Du kannst mein Handy benutzen, um eine E-Mail abzuschicken", bot Berto ihm an, erwartete aber bereits Sheldons Kopfschütteln. „Na ja, ich würde es an deiner Stelle auch nicht benutzen." Er wandte sich Shel zu. „Du musst mich nicht so ansehen. Ich bin kein Idiot. Ich erwarte kein Wunder – ich weiß, dass meine Geschichte kein Happy End hat. Ich kriege das Mädchen nicht, das weiß ich. Es wird einfach nicht passieren. Sie wird mir niemals verzeihen. Verdammt, ich kann es mir ja nicht einmal selbst verzeihen."

Plötzlich erinnerte Shel sich an den Weihnachtsmorgen im vergangenen Jahr, als Aaron mit Rory auf dem Boden gesessen und ihm beim Auspacken der Geschenke geholfen hatte. Shel hatte über die Possen der beiden gelacht. Er hätte kaum sagen können, wer aufgeregter gewesen war – Rory oder Aarie. Als Shel sich dabei im Spiegel über dem Sofa gesehen hatte, sein glückliches, freudiges Strahlen, hatte er innegehalten und war auf einmal voller Dankbarkeit für sein Leben und seine wundervolle Familie gewesen.

Er war weit gekommen seit jener Nacht, in der ihm seine Welt um die Ohren geflogen war.

Aber er hatte auch Francine in dem Spiegel gesehen, an diesem Weihnachtstag. Seine Schwester hatte neben ihm gesessen, und obwohl sie gelächelt hatte, war da eine gewisse Traurigkeit in ihrer Miene gewesen, ein Kummer, den sie nicht hatte verbergen können.

Jetzt in diesem Augenblick, in diesem Wagen mit Berto, wurde Shel klar, dass er Francine zum letzten Mal wirklich glücklich erlebt hatte, kurz bevor das Desaster mit dem Video passiert war. Bevor Francine in die ganze Geschichte hineingezogen worden war und Berto sich gegen sie gewandt hatte. In einem schrecklichen, unwiderruflichen Moment sprang er in ein Leben zurück, dem er, Sheldon und Francine verbissen zu entkommen versucht hatten.

Das Beste, was Shelly ihm nun anbieten konnte, war: „Ich werde Francine von dir grüßen."

„Vielleicht solltest du mich gar nicht erwähnen", entgegnete Berto, und dann fuhren sie schweigend durch die Nacht.

Das vom FBI zur Verfügung gestellte Safe House lag in einem trendy Teil von Sarasota, relativ nah an der Bucht. Schlichte Betonbungalows, in den 1960ern gebaut, standen neben neueren imposanten Villen. Es handelte sich offensichtlich um eine bunte Nachbarschaft. Eines hatten jedoch alle Gebäude gemeinsam: Unabhängig von ihrer Größe waren sämtliche Gärten üppig bepflanzt und sehr gepflegt. Und fast jedes Haus lag am Wasser, dank des Kanalsystems, das sich durch diesen Stadtteil schlängelte.

Phoebe kannte sich hier gut aus. Tatsächlich lag das Haus, das vom FBI gemietet worden war, auf ihrer Joggingroute. Sie wohnte nur ein paar Straßen weiter südlich, in einem luxuriösen Wohnkomplex mit Blick auf einen der breiteren Tiefwasserkanäle.

Als sie aus dem Wagen stieg, den sie außer Sichtweite in einer Auffahrt geparkt hatte, die hinter das sichere Haus führte, musste sie sich erst einmal die zu großen geborgten Jeans hochziehen. Sie sehnte sich verzweifelt danach, zu Hause zu duschen und einige ihrer eigenen Kleidungsstücke anzuziehen.

Zehn Minuten, mehr Zeit würde sie nicht brauchen, so weit war sie schon. Na ja, realistisch wären fünfundzwanzig Minuten.

Es kam ihr trotzdem nicht zu viel verlangt vor, wenn man bedachte, dass sie heute beinah umgebracht worden wäre. Sogar mehrmals.

„Ich wohne gleich um die Ecke", wandte sie sich an Deb, die als Grufti verkleidete FBI-Agentin, die Martells Hemd trug. Doch Deb hob den Zeigefinger mit dem schwarz lackierten Nagel und deutete demonstrativ auf das Handy an ihrem Ohr.

Ein anderer FBI-Agent wartete bereits am Haus, ein dunkelhaariger Mann asiatisch-amerikanischer Abstammung mit einem freundlichen Gesicht, der ihnen die Hintertür aufhielt. Aaron hatte sich wieder das Handtuch um den Kopf gewickelt und trat als Erster ein, wobei er seine Tasche fest umklammert hielt.

„Sind Francine und Rory schon hier?", erkundigte er sich.

„Noch nicht", antwortete der FBI-Agent.

„Shels Tasche liegt im Kofferraum."

„Ich hole sie", sagte der Agent und nickte Phoebe zur Begrüßung kurz zu. Sie ließ sich von Deb ins Haus führen, die, das Handy nach wie vor am Ohr, Phoebe mit großen Augen signalisierte, dass sie durch die erste Tür gehen sollte.

Sobald sie sich in der Küche befanden, lief Deb in den Hauptteil des Hauses. Sie schien eine entfernte Ecke ansteuern zu wollen oder einen Raum mit einer Tür, wo sie in Ruhe weitertelefonieren konnte. „Sir, das verstehe ich, aber ... Nein, Sir, das ist nicht der Fall. Sir, es wäre viel einfacher, wenn ich selbst mit Mr Cassidy sprechen könnte, dem verantwortlichen Agenten …"

Dieses Gebäude gehörte zu den kleineren, nicht renovierten in der Gegend. Es handelte sich um einen Bungalow, sehr flach gebaut, als sollte er sich an den Boden schmiegen im Falle eines Hurrikans. Die Decken waren beinah klaustrophobisch tief. Die kleinen Zimmer waren vollgestellt mit alten, gepolsterten Korbmöbeln, die den Eindruck von Enge noch verstärkten. Die Fenster entsprachen dem altmodischen Jalousie-Stil Floridas und waren mit Rollos oder Vorhängen versehen.

Was auch der Grund war dafür, weshalb es vor den luxuriöseren Mietshäusern in der Umgebung den Vorzug bekommen hatte. Die meisten der neueren Häuser hatten halbmondförmige, sehr hohe Fenster ohne jeden Sichtschutz, weil normalerweise ohnehin niemand hineinschauen konnte.

Es sei denn, derjenige wollte es unbedingt.

Der FBI-Agent schleppte Shellys Tasche hinein, schloss die Tür hinter sich und verriegelte sie. Seine Miene blieb die ganze Zeit ausdruckslos, doch als er sprach, klang er leicht belustigt. „Einer fehlt", stellte er fest, wobei er so langsam redete, als sei jedes Wort sorgfältig gewählt. „Es sollten drei Personen sein plus Deb."

Aaron hatte seine Tasche auf den Boden gestellt, um den Kühlschrank aufzumachen und in die Küchenschränke zu schauen. Alles war leer.

„Ian – Mr Dunn – hatte noch etwas zu erledigen", erklärte Phoebe, da Aaron beharrlich schwieg.

Der FBI-Agent nickte. „Oh, gut", sagte er. „Kein Wunder, dass Debs Nerven blank liegen."

„Wenn mein Sohn eintrifft", meldete Aaron sich jetzt zu Wort. „Er wird Hunger haben. Hier gibt es allerdings nichts zu essen."

„Ich hatte bisher keine Gelegenheit, das Haus mit Vorräten auszustatten", entschuldigte sich der FBI-Agent und schaute von Aaron zu Phoebe. „Das mache ich als Nächstes. Wenn Sie etwas Bestimmtes wünschen …"

„Windeln", fiel Aaron ihm ins Wort. „Babynahrung und Babymilch, aber eine ganz spezielle. Rory hat Allergien."

„Dann schreiben Sie es bitte auf", meinte der Agent und deutete zur gelb laminierten Arbeitsfläche, auf der ein Schreibblock und ein Stift lagen. Der Mann hatte bereits eine Liste erstellt, zu der Toilettenpapier und Geschirrspülmittel gehörten. Er streckte Phoebe die Hand hin, während er sich vorstellte – einerseits, weil sie näher bei ihm stand, andererseits aber wohl auch, weil Aaron seine gesamte Feindseligkeit nun darauf richtete, die Liste zu vervollständigen. „Ich bin Yashi. Joe Hirabayashi."

Phoebe mochte ihn auf Anhieb. Sie schüttelte ihm die Hand. „Phoebe Kruger. Ich bin Ian Dunns Anwältin. Ich bin nur hier, bis er zurück ist, um sicherzugehen, dass er alles hat, was er braucht."

Yashi stutzte für einen kurzen Moment. „Hat Deb Ihnen das gesagt? Ich bin mir nämlich ziemlich sicher, dass Sie die ganze Zeit dabei sein werden. Das ist es ja, was ein sicheres Haus sicher macht. Zivilisten dürfen nicht einfach kommen und gehen."

Dürfen? Der Satz war nicht besonders glücklich formuliert, angesichts der vielen Arbeit, die auf ihrem Schreibtisch auf sie wartete. „Ich bin es gewohnt, Geheimnisse zu wahren", erklärte Phoebe. „Sie wissen schon: anwaltliche Schweigepflicht."

„Selbstverständlich", räumte Yashi ein, nur um gleich darauf hinzuzufügen: „Aber hier liegen die Dinge anders."

„Ich werde das mit Deb besprechen", sagte Phoebe.

„Tun Sie das", ermutigte er sie.

Aaron war inzwischen fertig mit der Liste. „Die Ironie bei dieser Geschichte ist, dass mein Wagen voller Einkäufe war, als der Mist losgegangen ist. Können Sie das Zeug hier besorgen? Und zwar bevor Rory hier ist? Ich habe ihn schon oft genug brüllen gehört und kann gut darauf verzichten."

„Mach ich", versprach Yashi und nahm die Liste. „Ich besorge auch ein paar Pizzas."

„Super", sagte Phoebe.

Er grinste – eine bloß knapp mehr als mikroskopisch wahrnehmbare Bewegung der Mundwinkel. Er hielt ihr den Zettel hin. „Möchten Sie noch etwas hinzufügen?"

„Nein danke." Wie sie ihm bereits mitgeteilt hatte, erwartete sie nicht, allzu lange hierzubleiben. Allerdings lag das Frühstück schon eine Weile zurück, also wäre eine Pizza nicht schlecht.

„Richten Sie Deb aus, dass ich mich auf den Weg gemacht habe", wies er sie an. „Sollte jemand zur Tür kommen, machen Sie nicht auf, sondern holen Sie die Kollegin."

„Verstanden", erwiderte Phoebe und sah zu Aaron, der schweigend seine Tasche und die von Shelly ins Wohnzimmer trug.

„Schließen Sie bitte hinter mir ab", forderte Yashi sie auf, als er in den Abend hinaustrat.

Phoebe tat, was er verlangte, und verriegelte die Tür. Was vermutlich keinen großen Effekt hätte, wenn jemand sie unbedingt eintreten wollte.

Sie drehte sich um und sah Aaron in einem dunklen Flur verschwinden, der dem gegenüberlag, in den Deb abgebogen war. „Ich gehe mal die Dusche suchen", verkündete er. „Bevor Rory hier eintrifft. Bis dahin versuche ich, nicht zu kotzen."

„Ian wird Shelly zurückbringen", versicherte Phoebe ihm.

Aaron blieb unvermittelt stehen und drehte sich langsam zu ihr um. „Sie verstehen das wirklich nicht, oder? Sie loben Ian bereits in den Himmel. Sie sind eine regelrechte Hohepriesterin, was ihn angeht. Aber keine Sorge, da sind Sie nicht die Erste. Diese Wirkung hat er auf fast alle Frauen, auf allen Kontinenten."

Phoebe überspielte ihre Verlegenheit mit einem Lachen und gab einen spöttischen Laut von sich, mit dem sie ihren Unglauben unterstrich. „Sie irren sich. Ich bin ganz bestimmt keine …"

„Ja, was auch immer", unterbrach er sie. „Auch das habe ich schon häufig genug gehört." Damit verschwand er im Flur.

Phoebe blieb zurück, ganz allein.

Deb telefonierte noch immer am anderen Ende des weitläufigen Hauses mit der sehr niedrigen Decke.

In diesem Moment wurde Phoebe klar, dass Deb sie nicht gehen lassen würde. Sie würde nicht nach Hause dürfen, um sich umzuziehen und – wie nannte Ian das? – Notfallgepäck zu holen. Sie würde hier eingesperrt bleiben, obwohl sie gar nicht in Gefahr schwebte. Anscheinend hatte Jerry Bryant für Manny Dellarosa gearbeitet, und ungeachtet dessen, was Ian glaubte, wusste Phoebe ganz genau – sie wusste es einfach –, dass jemand wie Manny einem seiner juristischen Vertreter nichts antun würde.

Und im selben Augenblick kam ihr die Erkenntnis, was sie zu tun hatte.

Verschwinden.

Sofort.

Bevor Deb fertig war mit telefonieren.

Sie würde nach Hause gehen; zu Fuß waren es höchstens fünf Minuten von hier. Sie würde duschen, das Chlor aus ihren Haaren waschen, passende Jeans anziehen, einige Kleidungsstücke und Unterlagen einpacken, die sie benötigte, und …

Sie würde wieder hier sein, bevor irgendwer sie vermisste – jedenfalls lange bevor die paar Stunden, um die Ian gebeten hatte, abgelaufen waren. Wenn Yashi hinausgehen konnte, um Besorgungen zu machen, dann konnte sie das sicher auch.

Phoebe hängte sich ihre noch feuchte Tasche über die Schulter und entriegelte die Tür. Den Riegel würde sie nicht wieder vorschieben können. Leise schloss sie die Tür hinter sich …

Es funktionierte. Nichts passierte.

Rasch lief Phoebe die Auffahrt entlang zum Gehsteig und machte sich auf den Weg zu ihrem Zuhause.

8. KAPITEL

Sie waren fast da.

„Welches ist es?"

Martell sah Francine an, die am Steuer saß. Sie war gerade links in die Straße abgebogen, in der sich das Safe House befinden sollte, und ließ den Wagen im Schritttempo rollen. „Nummer fünfhundertfünfundachtzig."

Sie spähten beide hinaus in die Dunkelheit und suchten nach dem Haus mit dieser Nummer.

„Es müsste noch ein Stück weiter sein, auf der linken Seite", meinte Martell und zeigte nach rechts, wo die Zahl 240 auf einem Briefkasten vor einem Haus aufleuchtete, das aussah wie ein Schloss, inklusive Burggraben.

Francine beschleunigte wieder ein wenig und sagte: „Wenn ich Sie wäre, hätte ich es nicht so eilig, dorthin zu gelangen."

Er wartete, ob sie eine Erklärung dazu folgen lassen würde, aber sie lachte nur. Sicher, es war ein eher geringschätziges Lachen, doch es veränderte sie. Und, wow, sie war wunderschön. Selbst ohne Make-up und in ausgewaschenen Jeans sowie schlichtem Tanktop schaffte sie es, besser auszusehen als neunundneunzig Prozent aller Frauen auf diesem Planeten. Mit ihren langen blonden Haaren, den blauen Augen und diesem sexy Körper …

Möglicherweise entging ihm hier irgendetwas, denn er war wirklich abgelenkt. Wollte sie mit ihren Worten andeuten, dass …? „Sie meinen, Dunn wird mir in den Hintern treten, oder was?"

„Das macht er bereits", versicherte sie ihm und deutete auf einen anderen Briefkasten, diesmal vor einem Gebäude, das den Eindruck machte, als sei es von Frank Lloyd Wright auf Crystal Meth erbaut worden.

Martell nickte. Sie waren fast da.

„Überlegen Sie doch mal, welchen Auftrag Sie von ihm erhalten haben", fuhr sie fort. „Sie dürfen den Chauffeur und Babysitter spielen."

„Vielleicht mag er mich ganz besonders", konterte Martell, wohl wissend, dass sie recht hatte. Er stand definitiv auf Dunns Abschussliste. „Immerhin darf ich mit einer attraktiven jungen Frau durch die Gegend fahren …"

Sie schnaubte verächtlich. „Und mit einem Baby, bei dem Dunn damit rechnen konnte, dass es die ganze Fahrt über schreit. Nein, keine Sorge, der hasst Sie. Ich frage mich, was er als Nächstes für Sie im Sinn hat. Eine Observierung aus einem Müllcontainer heraus?"

„Bitte schlagen Sie ihm das nicht vor", sagte er, als sie erneut vom Gas ging, denn auf der linken Seite kam jetzt wie erwartet die Nummer 585.

Das Haus sah nicht aus wie ein Schloss, auch nicht, als sei ein berühmter Architekt auf Droge in die Nähe der Bauzeichnung gekommen. Es handelte sich um einen flachen Kasten, der lange vor Martells Geburt gebaut worden sein musste. Es war klein und bescheiden.

„Das ist es?", fragte er, als Francine anhielt. Es wirkte altmodisch hübsch und besaß sogar den Charme alter Häuser im Florida-Stil. Er wünschte jedoch, es hätte etwas mehr von einer gut zu verteidigenden Festung gehabt, denn danach sah es absolut nicht aus.

Wenn man mal berücksichtigte, dass es sich um einen „sicheren" Unterschlupf handeln sollte.

„Vielleicht sollten Sie jetzt Ihren FBI-Kontakt anrufen", riet Francine ihm. „Um sicherzugehen, dass wir vor der richtigen Hausnummer stehen."

Martell kramte nach seinem Handy. Das war jedoch gar nicht mehr nötig: Deb, die noch immer sein Hemd trug, kam die Auffahrt entlanggelaufen, als sei sie gerade zur Hintertür des Hauses hinausgestürmt. Ehe sie den Gehsteig erreicht hatte, schaute sie hastig in beide Richtungen.

Martell öffnete das Fenster und lehnte sich hinaus. „Hallo. Was ist denn los?"

Er erschreckte sie, so sehr, dass sie beinah die Waffe gezogen hätte. Stattdessen kam sie auf den Wagen zu und beugte sich herunter, um Francine und das Baby zu betrachten. „Fahren Sie hinter das Haus“, forderte sie Martell auf und zeigte in die Richtung. „Schnell. Und macht euch gleich wieder bereit zum Aufbruch.“

„Was? Was ist passiert?“, wiederholte Martell seine Frage.

„Phoebe ist verschwunden“, berichtete Deb grimmig. „Sie ist anscheinend einfach ... gegangen.“

„Sie wohnt ganz in der Nähe“, erklärte Aaron, während er dem FBI-Agenten mit dem Spitznamen Yashi dabei half, die Lebensmitteltüten in Martells altes Auto zu verfrachten. Aaron hatte Ian mit Francines Handy angerufen, um ihn darüber zu informieren, dass Phoebe verschwunden war. Aber sein Bruder hatte sich nicht gemeldet. Hoffentlich würde er bald zurückrufen. „Das hat Phoebe jedenfalls erzählt, als wir hier ankamen. Bin ich der Einzige, der das gehört hat?“

„Ich habe es nicht gehört“, sagte Yashi mit so unbewegter Miene wie bei ihrem Eintreffen vor einer Weile.

„Ich habe telefoniert“, meinte Deb. Sie war sauer. Nicht nur, weil Phoebe verschwunden war. Sie war sauer, weil dieser große, gut aussehende schwarze Typ Martell mit Rory und Francine aufgetaucht war – und förmlich hechelte.

France hatte nun einmal diese Wirkung auf die heterosexuelle männliche Bevölkerung. Selbst Yashis Puls schien sich zu beschleunigen bei ihrem Anblick. Der Kerl hatte sogar geblinzelt, gleich zweimal hintereinander.

„Ich habe drei Kontaktnummern für Phoebe“, sagte Martell. Aaron war sich nicht sicher, welche Aufgabe Martell hatte, abgesehen davon, dass er Anwalt war und eng mit dem FBI zusammenzuarbeiten schien. Und dass sein Work-out, wie auch immer das aussehen mochte, sehr effektiv war. Während Aaron ihn beobachtete, hielt er mit dem Transport der Lebensmittel inne und zog sein Handy aus der Tasche. „Arbeit, Handy und Festnetz ...“

„Rufen Sie sie nicht an“, wies Aaron ihn im selben Moment wie Yashi und Deb an. Er war sich ziemlich sicher, dass Francine in den Chor eingestimmt hätte, wenn sie nicht sofort nach der Ankunft im Badezimmer verschwunden wäre.

„Geben Sie mir ihre Festnetznummer", bot Yashi an. „Damit werde ich ihre genaue Adresse herausfinden." Er zückte sein eigenes Handy und stellte eine Internetverbindung her.

Martell machte ein ratloses Gesicht, deshalb erläuterte Aaron: „Wenn die Dellarosas ihr Haus beobachten lassen, dann hören sie auch ihr Telefon ab. Wenn Sie anrufen und sie sich meldet, werden die wissen, dass sie zu Hause ist. Falls sie es nicht ohnehin schon wissen."

Es gab zahllose Möglichkeiten für dieses Szenario. Erstens könnte Phoebe nach Hause gegangen sein, bevor Davios Leute angefangen hatten, den Ort zu beobachten.

Zweitens: Sie könnten schon da gewesen sein, als sie angekommen war, und sie sich längst geschnappt haben …

Drittens: Sie waren zwar schon vor Ort gewesen, als Phoebe zu Hause eingetroffen war; aber sie war einfach an ihnen vorbeimarschiert, ohne erkannt zu werden, was an der zu großen Kleidung lag, die sie nach den Stürzen in den Pool trug.

Martell blieb skeptisch. „Glauben Sie ernsthaft, dass sie unter Beobachtung steht? Durch Manny Dellarosa?"

„Wahrscheinlich durch Davio", gab Aaron zurück. „Manny liegt im Krankenhaus."

„Phoebe wohnt tatsächlich bloß einen Block weit von hier entfernt. Zwei Straßen weiter, um genau zu sein", berichtete Yashi.

„Und wie sollen die Dellarosas sie so schnell identifiziert haben?", wollte Martell wissen. „Durch Osmose?" Dann fiel es ihm ein, und er beantwortete die Frage selbst: „Ihr Wagen war am Tatort geparkt. Natürlich. Sorry, wie dumm von mir. Ist schon eine Weile her, seit ich Polizeiarbeit gemacht habe. Aber wenn ich nicht daran gedacht habe, hat Phoebe das sicher auch nicht. Als Anwalt gewöhnt man sich daran, Treffen mit angeblichen Kriminellen zu haben. Man rechnet damit, dass sie einen anrufen, und nicht, dass sie einen entführen."

„Zum jetzigen Zeitpunkt müssen wir davon ausgehen, dass sie für die Dellarosas arbeitet", sagte Deb.

Aaron war perplex. Das FBI hatte keine Ahnung?

Es gab noch eine vierte Möglichkeit: nämlich, dass Phoebe für Davio arbeitete und nach Hause gegangen war, um ihn anzurufen und ihn über Aarons, Francines und Rorys derzeitigen Aufenthaltsort zu informieren.

„Vergessen Sie die restlichen Lebensmittel", meinte Aaron und schaute zu Rory, der geduldig hinten in Martells Auto wartete. „Wir müssen von hier verschwinden, und zwar sofort."

„Entschuldigt mal, aber was hat er gerade gesagt?" Francine war aus dem Badezimmer zurück und richtete ihre Aufmerksamkeit auf Deb. Sie stand im Türrahmen und wurde vom Licht der Küche hinter ihr engelhaft beleuchtet. Der Ausdruck auf ihrem Gesicht jedoch war nicht engelsgleich. Wütend wandte sie sich an Martell: „Sie haben mir erzählt, Phoebe sei Anwältin."

„Das ist sie auch", bestätigte er. „Sie arbeitet für Bryant, Hill und Stoneham."

„Es gab ein kleines Durcheinander", räumte Deb ein. „Wir hatten keine Gelegenheit mehr, sie gründlich zu überprüfen ..."

„Das war mir nun wieder nicht bekannt", sagte Yashi erstaunter, als Aaron ihn bisher erlebt hatte.

„Wir wissen einfach nicht viel über sie", fuhr Deb zerknirscht fort. „Nur, dass sie keine Strafakte hat, dass sie ihr Examen in Florida gemacht hat und letzte Woche von BH und S eingestellt wurde."

Francine kam die Stufen herunter. „Wollt ihr mich auf den Arm nehmen?" Sie sah zu Rory, der nach wie vor in seinem Kindersitz in Martells Auto saß. „Ihr habt sie einfach gehen lassen?"

„Das war meine Schuld", begann Yashi, doch Deb schnitt ihm das Wort ab.

„Nein, meine", sagte sie. „Ich hätte es Ihnen sagen müssen. Aber ich hatte angenommen, Sie würden bei ihr bleiben, bis ich mit dem Telefonieren fertig bin."

Aarons Handy klingelte, und das bewahrte ihn davor, in den Chor der Selbstbezichtigungen einzustimmen, mit seinem eigenen reuevollen Bekenntnis: *Ich hätte nicht duschen gehen und sie allein lassen sollen.* Er hatte Ian am Apparat, und anscheinend hatte er Aarons Nachricht über Phoebes Verschwinden schon gehört. Im Gegensatz zu Francine machte er sich nicht die Mühe, auf seine Ausdrucksweise zu achten.

„Wie konnte dieser Mist passieren?“, wollte er wissen.

„Übermüdung“, erklärte Aaron seinem Bruder. „Ich bin mir ziemlich sicher, dass Deb seit drei Tagen nicht geschlafen hat. Außerdem fehlt ein klares Kommando, seit du weg bist. Typisch Charlie Foxtrott.“ Das war ein Militärcode für die Buchstaben C und F; diese Kurzform stand für *clusterfuck* – große Scheiße –, was wiederum ein Synonym war für *goatfuck* – großer Murks. *Goat* bezeichnete dabei einen unfähigen Anführer, der nichts auf die Reihe bekam. Manchmal aufgrund von Schlafmangel.

„Ich brauche ihre Adresse“, sagte Ian, und mit „ihre“ meinte er Phoebe.

„Keine gute Idee“, erwiderte Aaron. „Es ist Zeitverschwendung. Wir müssen Shel finden.“

Ian seufzte schwer. „Ich lasse sie hier nicht zurück.“

„Das musst du auch gar nicht“, konterte Aaron. „Weil sie ja schon weg ist.“

„Jedenfalls arbeitet sie nicht für Davio“, sagte Ian. „Das weiß ich.“

„Sagt dir das dein Verstand oder dein kleiner Freund?“, meinte Aaron.

„Her mit ihrer Adresse.“

Aaron nannte sie ihm.

„Und jetzt verschwindet von hier. Ist Francie bei euch?“, wollte Ian wissen. „Ja, sie muss da sein, denn du hast ja ihr Handy.“

„Stimmt“, antwortete Aaron. „Wieso?“

„Sag ihr, sie soll euch zu Kontaktpunkt Zebra bringen. Sie weiß, wo das ist und was zu tun ist. Und was das Kommando angeht: Wir pfeifen auf das FBI. Sie hat ab sofort das Sagen. Ich stoße so bald wie möglich zu euch.“ Und damit beendete Ian die Verbindung.

Aaron wandte sich an seine Schwägerin und wiederholte Ians Worte. „Ich soll dir ausrichten, dass wir uns am Kontaktpunkt Zebra treffen und du ab sofort die Leitung übernimmst.“ Er baute sich vor ihr auf. „Wieso macht Eee das? Was weißt du, was ich nicht weiß?“

Francine wich nicht zurück. Stattdessen hob sie das Kinn und sagte: „Ich habe die ganze Zeit mit Ian zusammengearbeitet, von der er einen Großteil im Gefängnis in North Port verbracht hat.“

„Was?“ Aaron fühlte sich benommen und versuchte, zu verstehen, was er gerade gehört hatte. Gefängnis? Ian war im Gefängnis gewesen?

„Ich werde dir so viel verraten, wie ich kann“, bot Francine an. „Was nicht viel ist. Aber zuerst müssen wir fort von hier, also schwing deinen Hintern in den Wagen. Sofort.“

Ian war sauer.

Als Navy-SEAL war er darauf trainiert, mit Katastrophen zu rechnen.

Murphys Gesetz wurde vorausgesetzt: *Wenn etwas schiefgehen kann, dann wird es auch schiefgehen.* Deshalb war Ian nie sonderlich überrascht, wenn ihm das Schicksal mal wieder eins reinwürgte.

Aber dieser gesamte Tag heute war der reinste Witz. Die ganze Zeit konnte er nur eines denken: *Das darf doch nicht wahr sein.*

Und dank Phoebe Kruger war es noch schlimmer geworden.

Hinzu kam, dass Ian bei seiner Ankunft im Krankenhaus festgestellt hatte, dass Manny Dellarosa für eine Angiografie vorbereitet wurde. Vor morgen wäre er damit nicht mehr erreichbar. Ian hatte sich gerade mit dieser Niederlage abgefunden und war in der Tiefgarage des Krankenhauses angelangt, als ihn Aarons Nachricht wegen der verschwundenen Anwältin erreicht hatte.

Er hatte nicht lange gebraucht, sich einen Wagen zu „borgen“, um zu ihrer Rettung zu eilen – obwohl der bisherige Verlauf des Tages ihn halbwegs damit rechnen ließ, dass der Wagen nicht in Ordnung war oder sich Giftschlangen darin tummelten.

Aber nein, er parkte das Auto jetzt ungefähr einen Block entfernt von „The Dockside“, Phoebes teurem Wohnkomplex, ohne gebissen worden zu sein. Ein kleiner Sieg, den er jedoch gern für sich verbuchte. Da er keine Ahnung hatte, was auf ihn zukam, zog er es vor, zu Fuß zu gehen, damit er sich unauffällig bewegen konnte.

Während er durch den schwülen Abend lief, hoffte er, dass Phoebe nicht da wäre, in ihrer Wohnung. Aber er wusste, dass diese Hoffnung höchstwahrscheinlich nicht in Erfüllung gehen würde.

Er wusste außerdem, dass seine Achtlosigkeit zumindest teilweise zu dieser schwierigen Situation beigetragen hatte. Er hätte aggressiver vermitteln müssen, dass Phoebe durch die Dellarosas in Gefahr schwebte. Ganz offensichtlich hatte sie ihm nicht geglaubt. Anwälte, du meine Güte. Die hielten sich wirklich für unverwundbar. *Wir haben ständig mit Kriminellen zu tun,* hatte sie gesagt. *Tja, Schätzchen, aber nicht mit solchen wie den Dellarosas.*

Allerdings blieb da nach wie vor jenes Unbehagen darüber, dass Phoebes Naivität gespielt war und sie tatsächlich für das FBI arbeitete. Dieser Verdacht ließ sich nicht abschütteln. Die Glock in ihrer Tasche, ihr scharfer Verstand und ihre hohe Auffassungsgabe plus ihrer Coolness, als man auf sie geschossen hatte …

Vielleicht war sie nicht einfach ganz unschuldig nach Hause gegangen, sondern hatte im Hauptquartier der Agency vorbeigeschaut. Wo immer das sein mochte.

Und dieser Gedanke ärgerte Ian noch mehr als der Schweiß, der ihm den Rücken hinunterlief. Seltsamerweise gefiel ihm die Vorstellung überhaupt nicht, dass diese Frau verschwunden sein könnte, möglicherweise für immer, weil ihre Mission erfolgreich beendet gewesen war, als Ian sich bereit erklärt hatte, die gekidnappten Kinder zu befreien.

Er entdeckte einen Dellarosa-dunklen Wagen mit zwei Insassen, der gegenüber von Phoebes Wohngebäude geparkt war. Im selben Moment vibrierte das Telefon in seiner Tasche. Er wich ins Gebüsch zurück und schaute auf das Display. Es war Martell, also meldete er sich.

„Was gibt's?“

„Tut mir leid, dass ich der Überbringer weiterer schlechter Nachrichten sein muss“, begann Martell. „Phoebe hat mich gerade von ihrem Festnetzanschluss zu Hause auf meinem Handy angerufen.“

„Verdammt.“

„O ja“, bestätigte der Anwalt. „Sie wollte, dass ich Ihnen mitteile, sie sei ein bisschen spät dran und bräuchte noch fünfzehn Minuten, bis sie zurückkommt.“

Damit dürfte klar sein, dass sie keine erfahrene Agentin ist, dachte er. Obwohl die Tatsache interessant war, dass sie zum Safe House, dem sicheren Unterschlupf des FBI, zurückkehren wollte. Sie musste besonders naiv sein, wenn ihr nicht klar war, dass das FBI bereits Alarm geschlagen und das Haus evakuiert hatte, als ihr Verschwinden bemerkt worden war.

„Ich habe ihr gesagt, sie soll bleiben, wo sie ist“, fuhr Martell fort. „Wir hätten eine Situation, auf die ich mich zunächst einmal konzentrieren muss, und ich würde sie zurückrufen. Ich habe sie nicht weiter zu Wort kommen lassen, sondern darauf bestanden, dass sie bleibt, wo sie ist, und auf Kontakt wartet.“

Na, war das nicht schlau? „Danke“, gab Ian zurück und klang offenbar überrascht.

Denn Martell fügte hinzu: „Ich bin nicht blöd, Dunn. Rufen Sie mich an, wenn ich irgendwie helfen kann. Wir anderen sind übrigens in Sicherheit und unterwegs.“

Eine Evakuierung per Helikopter wäre nicht schlecht. Doch bisher hatten Martell und seine FBI-Kumpel es nicht einmal geschafft, Ian ein Sandwich zu besorgen – ganz zu schweigen von zusätzlichen Feuerwaffen, um sein Team auszurüsten. Da Ian seinen Bruder Aaron auf keinen Fall ohne Waffe zurücklassen wollte, war Ian momentan derjenige, der lediglich mit einem Kugelschreiber bewaffnet war.

Er näherte sich dem Gebäude und arbeitete im Stillen einen Plan B aus, da Plan A nicht länger durchführbar war. Natürlich war Plan A supersimpel gewesen: die Auffahrt hinaufmarschieren, Wohnung 204 finden, an die Tür klopfen. *He, Phoebe, packen Sie Ihre Sachen zusammen, aber flott.*

Wegen des Wagens auf der anderen Straßenseite musste er sich jetzt irgendwie anschleichen.

Und das nervte ihn.

Ian konzentrierte sich auf den Komplex – weniger auf die dekorativen Geländer als vielmehr auf die Lage und die Architektur.

The Dockside bestand aus einer Reihe kunstvoll angelegter Gebäude, die mit hübschen Stuckfassaden versehen waren. Es gab viele Fenster und verzierte schmiedeeiserne Balkone, zwischen denen man sich hin- und herschwingen konnte, sollte das nötig werden. Außerdem hatte man eine weite Aussicht auf den Hafen, und einige der Häuser standen an einem der vielen Kanäle Sarasotas. Auf der nicht dem Wasser zugewandten Seite war eine recht hohe Mauer errichtet worden, mit einer Ein- und Ausfahrt sowie einem Tor für Fußgänger am nördlichen Ende des Grundstücks.

Der entspannten Haltung der beiden Männer im Wagen nach zu urteilen, war er sich relativ sicher, dass sie Phoebe nicht erkannt hatten, als sie an ihnen vorbeigegangen war.

Ians Plan A sah vor, sie einfach aus der Wohnung zu holen und mit ihr zu verschwinden. Plan B sah exakt das Gleiche vor, jedoch ohne von den Männern im Wagen bemerkt zu werden.

Allerdings wusste er inzwischen, dass Phoebe von ihrem Festnetz aus Martells Handy angerufen hatte …

Wer auch immer ihr Telefon abhörte, würde inzwischen Alarm schlagen und die Gangster in dem Auto informieren. Die würden erfahren, dass die Zielperson soeben einen Anruf getätigt hatte und folglich zu Hause sein musste. Sie war da und konnte entführt werden.

Ian war klar, dass die Männer in dem Wagen sie kidnappen und nicht bloß beschatten würden, denn einmal war sie ihnen schon entwischt. Statt zu riskieren, dass ihnen das ein zweites Mal passierte, würden sie auf Nummer sicher gehen und Ians Aufenthaltsort auf die gute alte Methode aus ihr herauskitzeln.

Indem man sie an einen Stuhl fesselte und schlug, bis sie alles verriet.

Und tatsächlich stiegen die beiden Kerle in diesem Moment aus. Der Fahrer telefonierte noch. Da er keine Ahnung hatte, dass Ian im Gebüsch auf der Lauer lag, machte er sich nicht die Mühe, seine Stimme zu dämpfen.

„Wann werden die da sein?“, fragte er mit einem Akzent, der sehr nach South Boston und arrogant klang. Man brauchte nicht allzu helle zu sein, um zu begreifen, dass man ihn getadelt und ihm gesagt hatte, er solle auf Verstärkung warten, statt zu Phoebe hineinzugehen.

Das waren sowohl gute als auch schlechte Neuigkeiten. Gute deshalb, weil das Warten der beiden auf Verstärkung Ian die Chance bot, doch noch in Phoebes Wohnung zu gelangen, um ihr zu erklären, was los war, und sie schleunigst da herauszuholen. Schlecht war die Neuigkeit darum, weil er es nicht nur mit zwei Dellarosa-Gangstern zu tun bekommen würde, wenn es schiefging, sondern bestimmt mit einer deutlich größeren Anzahl.

Ian hielt sich im Schatten und bewegte sich lautlos näher an die Mauer um The Dockside. Der Fahrer hörte auf zu telefonieren und wirkte aufgebracht. „Behalte das andere Tor im Auge“, wies er seinen Begleiter an. „Genau, den Fußweg. Sie muss dort entlanggegangen sein. Meine Fresse, wer geht denn bei dieser Hitze zu Fuß?“

Die Stimme des anderen war nicht zu hören, erst die Antwort des Fahrers wieder. „Nein, bleib da und beobachte. Mr D. ist unterwegs.“

Rasch kletterte Ian über die Mauer und ließ sich in einen der vielen Gärten der Wohnanlage fallen. Er war sich der Tatsache voll bewusst, dass es sich bei Mr D. um Davio Dellarosa handelte. Und der würde mindestens mit einer kleinen Armee zu seinem Schutz auftauchen. Schon allein deshalb, weil Ian frei war.

Ian huschte über den Innenhof und suchte die Nummer 204. Er hoffte, es möge in dem langen flachen Haus direkt am Kanal sein, das nur drei Stockwerke hoch war. Ja, er hatte Glück, die Wohnung befand sich dort.

Die anderen Gebäude, die nicht am Kanal standen, waren mit sieben oder acht Stockwerken deutlich höher. Die oberen Eigentumswohnungen boten trotz der Entfernung zum Wasser einen ausgezeichneten Blick darauf.

Allerdings hieß das auch, dass das Dach von Phoebes Gebäude schräg angelegt und nicht schlicht war. Da man von den Balkonen der benachbarten Häuser auf dieses Dach sah, war es vermutlich mit Ziegeln gedeckt, die höllisch rutschig sein konnten.

Auf das Dach zu gelangen, um Davios Männern zu entkommen, war Ians Plan C. Vielleicht inzwischen auch nur noch Plan D. Er ging am Aufzug vorbei und nahm die Außentreppe zum zweiten Stock. Ein Schild verriet ihm, dass das Apartment Nummer 204 auf der linken Seite gelegen war. Doch er lief die Treppe weiter hinauf, um wenigstens teilweise die Straße überblicken zu können, wo Davios Schläger parkten.

Er konnte ihren Wagen nicht sehen, aber er entdeckte drei, vier, nein, verdammt, fünf weitere Autos, die mit grellen Scheinwerfern vorfuhren.

Offenbar war Davios voraussichtliche Ankunftszeit ... *jetzt*.

Ian nahm den schnellsten Weg zurück in den zweiten Stock, indem er jeden Treppenabsatz mit einem einzigen Sprung bewältigte, wobei er sich am Geländer festhielt.

Dann rannte er über den Außenflur zur Nummer 204, hielt schlitternd und hämmerte gegen die Tür, während er mit der anderen Hand auf die Klingel drückte.

„Komm schon, komm schon, komm schon“, murmelte er, und schließlich hörte er von drinnen etwas. Er trat einen Schritt zurück, damit Phoebe ihn durch den Spion sehen konnte.

Während sie die Schlösser entriegelte, registrierte er, dass sie drei davon hatte, allerdings nichts Besonderes. Davio und seine Armee würde sie damit nicht aufhalten. Aber Ian und Phoebe mussten sowieso von hier verschwinden. Und zwar sofort.

„Was machen Sie denn hier?“, fragte Phoebe verblüfft, als sie endlich öffnete. Sie hatte sich die Haare gewaschen, die nun in glänzenden Wellen ihr Gesicht umrahmten.

Ian verlor volle zwei Sekunden, in denen er sie einfach anstarrte, ehe er sich an ihr vorbeischob. „Glock", sagte er und nahm im Vorbeigehen wahr, dass sie wirklich gut duftete. „Die brauche ich. Jetzt."

„Meine Glock? Warum?"

„Ja, Ihre Glock, wessen denn sonst? Hat hier sonst noch jemand eine solche Waffe?"

Sie trug Jeans, die viel besser saßen als die, die sie von ihm in Aaron und Shels Panikraum bekommen hatte. Und die Schuhe, die sie anhatte, waren weniger blöd als die Pumps, die sie im Swimmingpool verloren hatte. Aber sie würde welche brauchen, die noch rutschfester waren.

„Turnschuhe", erklärte er, zeigte auf ihre Füße und schnippte mit den Fingern. „Holen Sie Ihre Turnschuhe."

Doch sie stand nur da und starrte ihn mit ihren großen braunen Augen hinter den Brillengläsern an. Offenbar wartete sie auf eine Erklärung.

Deshalb klatschte er in die Hände. „Bewegung! Los!" Gleichzeitig wurde ihm klar, dass ihr Verhalten der eindeutige Beweis dafür war, dass sie nicht für irgendeine Agency arbeitete oder früher beim Militär gewesen war. Diese Frau hatte keine Ahnung, wie man einen Befehl entgegennahm.

An der Art, wie sie ihn ansah, konnte er jedoch ablesen, dass sie sich nicht in Gefahr wähnte. Also setzte er hinzu: „Er hat sechs Wagen hier und mindestens doppelt so viele Männer. Diese Leute wollen sich nicht bloß mit Ihnen unterhalten. Genau genommen will Davio, dass Sie ihm etwas erzählen – nämlich, wo ich mich aufhalte und wo sich das Safe House befindet."

„Das würde ich niemals verraten", versicherte sie ihm.

„Vielleicht doch", widersprach er, „nachdem man Sie das zweite oder dritte Mal verprügelt hat."

Sie wirkte skeptisch. „Glauben Sie denn ernsthaft …?"

„Ich glaube es nicht, ich weiß es. Ich kenne Davio. Höchstwahrscheinlich nehmen seine Leute sich gerade Sheldon vor. Und ich muss mich hier mit Ihnen herumärgern", beschwerte Ian sich. „Das ist kein Spiel. Glock und Turnschuhe, und zwar schnell."

Zum Glück bewegte Phoebe sich endlich und stürmte aus dem Eingangsbereich in einen Teil ihrer Wohnung, der vollkommen unmöbliert war. Nicht ausgepackte Umzugskartons stapelten sich an der Seite. „Die Glock ist in meiner Tasche“, rief sie. „Auf der Arbeitsfläche in der Küche. Ich hole meine Geländelaufschuhe.“

„Ja, denn Badmintonschuhe sollte man zu einem solchen Anlass nicht tragen“, erwiderte er genervt. Geländelaufschuhe, du liebe Zeit.

Das große Zimmer der Wohnung, eine weitläufige Kombination im Florida-Stil aus Wohn- und Esszimmer mit hoher Decke, war lediglich durch einen Tresen mit Granitplatte abgetrennt von der ebenso großen Küche. Eine Wand des riesigen kombinierten Raumes bestand ganz aus Glas, und eine Schiebetür darin führte auf den von Fliegenfenstern geschützten Wintergartenbalkon mit drei gigantischen Deckenventilatoren.

„Ich nehme an, Sie hatten keinen Erfolg bei dem Versuch, Manny im Krankenhaus zu kontaktieren?“, fragte sie aus dem Nebenzimmer.

„Er konnte mich nicht empfangen“, antwortete Ian und trat näher an den Balkon. Wie erwartet lag er über dem Kanal, und das bedeutete, dass Ian einen Notfallplan hatte. „Beeilen Sie sich.“

Hoffentlich würde er diesen Plan nicht in die Tat umsetzen müssen.

Phoebes Küche war eines Kochprofis würdig, mit Gasherd und prächtigen Holzschränken. Ian hatte allerdings nicht mehr als einen flüchtigen Blick dafür übrig, während er zum Tresen ging, auf dem ihre Tasche lag. Es war eine andere als die große Handtasche, die sie vorher bei sich gehabt hatte; diese war aus hellbeigem Leder – was nicht so günstig war, wenn man sich in den Schatten der Nacht vor den bösen Gangstern verstecken musste, was unausweichlich passieren würde. Die andere, dunklere Tasche war vermutlich noch nass. Diese hier war auch ziemlich groß und hatte einen Reißverschluss, den er jetzt aufzog.

Du liebe Zeit, dachte er, als er darin herumwühlte. Schleppte sie wirklich all diesen Mist mit sich herum? Müsliriegel, Make-up, Tampons, zwanzigtausend Stifte in den verschiedensten Farben, ein ganzes Sortiment an Notizbüchern unterschiedlichen Formats …

Aber er war nicht hier, um Phoebe zu verurteilen. Etwas so Schweres wie die Glock musste sich ganz unten in der Tasche befinden, also tastete er dort herum. Und tatsächlich, er fand sie, zog sie samt Halfter und daran festhängendem BH heraus. Er hakte den BH los, warf ihn in die Tasche zurück und steckte die Pistole hinten in den Bund seiner Jeans. Beim Durchforsten waren auch ihre Wohnungsschlüssel an die Oberfläche gekommen. Die steckte er ebenfalls ein.

„Haben Sie Ersatzmunition?", rief Ian und öffnete gleichzeitig den Schrank unter der Spüle, auf der Suche nach Müllbeuteln. Treffer. Dummerweise waren sie weiß. „Mist."

„Nicht viel. Sie müsste in einem dieser Kartons sein", erwiderte sie, als sie in Turnschuhen aus dem Schlafzimmer kam – in ihren Geländelaufschuhen. Sie hatte außerdem ein Sweatshirt dabei, hatte sich in weiser Voraussicht für ein dunkelblaues entschieden. „Leider kann ich Ihnen nicht sagen, in welchem. Übrigens wäre ich Ihnen sehr dankbar, wenn Sie mit meiner Waffe niemanden töten würden."

Ian zog den Reißverschluss ihrer Tasche wieder zu und trug sie zu Phoebe, mit der er sich in der Mitte des großen Wohnraumes traf. „Ich werde mein Bestes tun", versprach er. Sie griff nach ihrer Tasche, doch er hielt sie außer Reichweite und nahm ihr stattdessen das Sweatshirt aus der Hand. Er wickelte die helle Tasche in den Pullover und knotete die Ärmel zusammen, sodass sie sich in ein leichter zu tragendes Bündel verwandelte. Erst dann gab er ihr beides zurück. „Draußen ist es dunkel."

Sie nickte. „Und was ist mit Ihrem T-Shirt?"

Es war weiß. Offenbar hatte sie begriffen, worum es ging.

„Das werde ich ausziehen", antwortete er. „Falls sie uns entdecken. Ich kann es benutzen, um sie in die falsche Richtung zu locken."

Er bemerkte, dass sie nicht ganz verstand, aber Ian wollte nicht über das weite Thema „Flucht und Ablenkungsmanöver“ referieren. Ein alter Trick bestand darin, das Aussehen während einer Verfolgung zu verändern. Wenn jemand Ausschau hielt nach einem großen Mann in einem weißen T-Shirt, sollte man das T-Shirt wegwerfen.

„Genau wie heute Nachmittag im Pool“, erklärte Ian auf dem Weg zum Ausgang. „Wenn ich Ihnen befehle, etwas zu tun, dann tun Sie es. Kein Zögern, keine Fragen.“

Phoebe nickte, aber dann sagte sie: „Ich verstehe nicht, wieso wir nicht einfach die Polizei rufen.“

„Weil die nicht mehr rechtzeitig hier sein wird.“ Ian öffnete die Tür einen Spaltbreit.

„Bis wann? Dellarosas Männer müssen erst mal meine Haustür eintreten und mich hinauszerren, während ich um mich schlage und trete. Das wird von meiner Nachbarschaft nicht unbemerkt bleiben …“

„Doch“, widersprach er und zog sie hinaus auf den Außenflur. „Die bekommen nichts mit. Dellarosas Männer werden es schnell und lautlos machen. Sie werden bewusstlos sein, dafür werden die sorgen. Und jetzt still.“

Für die meisten Leute war das eine klare Aufforderung, leise zu sein und das Reden einzustellen. Phoebe interpretierte es jedoch so, dass sie nicht mehr ganz so laut redete wie vorher. „Warum machen wir dann nicht sofort Lärm?“, flüsterte sie. „Warum schreien wir nicht und hämmern gegen die Türen, um möglichst viele Nachbarn aus ihren Wohnungen zu locken? Quasi als Anti-Kidnapping-Flashmob.“

Zumindest theoretisch war das eine interessante Idee. Allerdings auch sehr riskant. „Und bringen sie damit in Gefahr?“, gab Ian zu bedenken. „Falls sich überhaupt irgendwer die Mühe macht, aus seinem Apartment zu kommen, um uns zu helfen. Das ist nämlich äußerst fraglich. Die meisten Leute machen die Tür nicht mehr auf, sobald es dunkel ist. Die werden alle so tun, als hörten sie nichts.“

Ah, verdammter Mist … Dellarosas Männer waren schon unten im Innenhof. Der Fluchtweg über die Treppe war Ian und Phoebe damit versperrt. Die einzigen Möglichkeiten waren das Dach oder die Rückkehr in die Wohnung.

Ian schloss rasch wieder auf und zog Phoebe mit hinein.

„Das kann nichts Gutes bedeuten“, vermutete sie richtig.

„Tut es auch nicht“, bestätigte er und lief ins Wohnzimmer, wo er sich den erstbesten Karton schnappte. Wow, was war da drin? Andererseits war es gut, dass der Karton so schwer war. „Helfen Sie mir.“

Sie reagierte zum Glück schnell und half ihm, die Kisten vor die Tür zu stapeln und auf diese Weise eine Barrikade zu errichten.

„Das wird niemanden allzu lange aufhalten“, meinte sie, während Ian noch einen und dann einen weiteren Karton herbeischleppte. Sie war direkt hinter ihm. „Nicht, wenn die entschlossen sind. Sicher, es wird sie ein bisschen bremsen ...“

„Mehr ist gar nicht nötig“, gab Ian zurück. „Wir wollen sie nur ein wenig bremsen.“

„Ich wundere mich bloß darüber, dass wir die Polizei trotzdem noch nicht benachrichtigt haben.“

„Die schaffen es nicht rechtzeitig. Und selbst wenn sie es schaffen würden: Die Dellarosas haben überall Leute, die für sie arbeiten. Wir wären nicht in Sicherheit.“ Ian stapelte die letzten Kisten übereinander und sah Phoebe an. „Holen Sie ein Messer aus der Küche, ja? Am besten ein kleines scharfes.“

Seine Bitte riss sie aus einer vorübergehenden Benommenheit – zumindest hatte es den Anschein. Sie lief hinter die Kücheninsel und zog eine Schublade auf.

„Ach du Schande!“, rief sie. „Wir verschwinden über den Balkon, oder? Ich muss Sie warnen, ich habe nicht viel Kraft im Oberkörper. Die Vorstellung, da hinunterzuklettern ... Ich weiß nicht, ob ich das schaffe ...“

„Machen Sie sich deswegen keine Sorgen“, beruhigte er sie.

„Warum nicht? Glauben Sie vielleicht, Sie könnten mich tragen?“

„Muss ich gar nicht." Er grinste, denn ihre Miene verriet, dass sie bereits wusste, was er als Nächstes sagen würde.

„O nein, Ian ..."

Er sagte es trotzdem. „Wir werden springen."

Phoebe schaute hinunter in die trüben Tiefen des Kanals. Wellen klatschten gegen die Außenmauer des Dockside-Komplexes. Sie hatte hier große Segelboote mit langem Kiel anlegen sehen, deshalb war ihr klar, dass das Wasser für einen Sprung aus dem zweiten Stock tief genug sein würde.

Genauso klar war ihr, dass Ian als ehemaliger Navy-SEAL wirklich gut schwimmen konnte.

Das machte die Sache allerdings nicht besser.

„Besitzen Sie ein Brillenetui?", erkundigte er sich, denn die Brille würde nicht auf ihrer Nase sitzen bleiben, wenn sie dort unten eintauchte. Sie band die Ärmel ihres Pullovers auf, um das Etui aus der Handtasche zu nehmen.

Wow, sie würden es wirklich tun – *sie* würde es wirklich tun. Unwillkürlich entwich ihr ein kleiner Laut aus Schmerz und Verzweiflung, als er eines ihrer neuen Küchenmesser dazu benutzte, das Fliegengitter, das den Balkon umgab, aufzuschlitzen.

„Das lässt sich leicht wieder reparieren", versicherte er ihr.

„Im Gegensatz zu der eingetretenen Tür und dem sonstigen Schaden in der Wohnung, verursacht durch Plünderer, nachdem die Wohnung offen stand?", fragte Phoebe, nahm die Brille ab und klappte geräuschvoll das Etui zu. Unter diesen Umständen war es besser, nichts zu sehen.

„Die bewahre ich lieber in meiner Tasche auf", sagte Ian und nahm ihr das Etui ab. Auf seine subtile Art gab er ihr damit zu verstehen, dass sie vermutlich den gesamten Inhalt ihrer Handtasche im Kanal verlieren würde.

Das alles war ihre Schuld. Sie hatte sich naiv geweigert zu glauben, dass sie in Gefahr schwebte und in eine Situation geraten war, die aus einem Spionagethriller hätte stammen können. Dabei waren sie noch nicht einmal bis zum Spionageteil der Geschichte gekommen, zu der die *Mission-Impossible*-Befreiungsaktion der armen entführten Kinder gehörte. Stattdessen hingen sie hier fest – was natürlich auch ihre Schuld war – und mussten sich mit einem mörderischen Mafiaboss und seinen Gangstern herumschlagen, die da draußen nach Blut lechzten und höchstwahrscheinlich Methoden kannten, um Phoebe dazu zu bringen, den Standort des Safe House preiszugeben. Wenn nicht beim ersten Mal Prügel, dann spätestens beim zweiten Mal.

Phoebe hatte wirklich geglaubt, dass sie als Anwältin gewissermaßen unverwundbar war. Zweifellos war sie zu der Frau geworden, die idiotischerweise in den Keller ging und nach dem Sicherungskasten schaute, nachdem sämtliche Lichter ausgefallen waren, während sich ein Serienkiller auf der Flucht befand.

Um es auf den Punkt zu bringen: Sie hatte sich saudoof benommen.

Und dennoch war Ian zu ihrer Rettung herbeigeeilt.

„Ich will das nicht“, meinte Phoebe.

Ian nickte. „Ich weiß. Aber Sie haben keine andere Wahl.“

„Gott, ich hasse das. Ich hasse Sie“, sagte sie.

„Ja, auch das weiß ich. Tut mir leid. Geben Sie mir Ihre Tasche, ich werde sie nehmen. Kommen Sie, steigen Sie hier hinauf.“ Er klopfte auf das Balkongeländer.

Phoebe setzte sich darauf und wollte die Beine schwingen lassen, doch er schüttelte den Kopf. „Die Füße aufs Geländer, damit Sie sich abstoßen können. Es sieht zwar aus, als sei der Kanal direkt unter uns, aber das stimmt nicht. Da kommt noch ein ganzes Stück Mauer, und daran müssen wir vorbei. Also stoßen Sie sich ordentlich ab. Wenn Sie das nicht schaffen, halten Sie sich an mir fest. Ich werde uns dahin bringen, wohin wir müssen.“

„Du lieber Himmel“, murmelte Phoebe, während er ihr auf das Geländer half. Er zeigte ihr, wo sie sich am Rahmen des Fliegengitters festhalten musste, um das Gleichgewicht nicht zu verlieren, und stieg anschließend selbst hinauf.

„Wissen Sie, wie man einen Paketsprung macht? Das ist die beste Methode, um aus dieser Höhe ins Wasser einzutauchen.

Man umklammert dabei die Beine mit den Armen und zieht den Kopf ein."

„Ich kann es versuchen", erwiderte Phoebe.

Ians Miene war im schwachen Mondlicht nur undeutlich zu erkennen, doch als er sich zu ihr herüberbeugte, sah sie ihn klarer. „Sie werden das großartig machen", versicherte er ihr mit einem Lächeln, das seine Augen unfassbar blau wirken ließ. „Nachdem wir im Wasser gelandet sind, werden wir tauchen und uns unterhalb des in nördlicher Richtung gelegenen Anlegers verstecken." Er zeigte dorthin, doch ohne ihre Brille konnte sie nicht so weit schauen. Aber sie kannte den Anleger, deshalb nickte sie. „Wir müssen so leise wie möglich sein, wenn wir zum Luftholen auftauchen. Nicht sprechen. Absolutes Schweigen. Probieren Sie, Ihre Atemlautstärke zu reduzieren, so gut es geht. Haben Sie verstanden?"

Sie nickte erneut und flüsterte: „Tut mir leid. Ich bin diejenige, der es leidtun sollte, und das tut es auch. Wirklich. Ich …"

Völlig überraschend – daher wich sie nicht zurück, als sein Gesicht näher kam, sondern klammerte sich noch fester ans Geländer – brachte er sie mit einem Kuss zum Schweigen.

Man konnte es kaum einen Kuss nennen. Beim ersten Mal. Aber dann tat er es noch einmal, und diesmal war es eindeutig ein Kuss. Langsam, länger, leidenschaftlicher.

Und noch besser.

„Mir tut es aufrichtig leid, dass Sie mich hassen", flüsterte Ian. Was unglaublich romantisch gewesen wäre, wenn sie nicht kurz vor einem Sprung vom Balkon gestanden hätten. „Auf drei. Eins … zwei!"

Er sprang auf zwei.

Dieser verdammte Kerl sprang einfach – und zog sie mit – auf zwei!

Shelly sah zu Berto, der gedankenverloren durch die Nacht fuhr. Die Dunkelheit der stillen Orangenplantagen und Kuhweiden war endlich den Restaurantketten, Motels, Malls und Tankstellen der Vororte Sarasotas gewichen.

Ihr Ziel, ein Copy- und Versandshop, wo er einen Computer benutzen und Aaron sowie Francine eine E-Mail schicken konnte, war nicht mehr weit entfernt.

„Warum hast du ihr nicht vertraut?“, fragte Shel seinen Halbbruder.

Berto schaute ihn an. Er wusste genau, von wem Shel sprach: von Francine.

„Du hättest ihr vertrauen sollen“, sagte Shel.

„Ja“, antwortete Berto. „Ich weiß.“

„Sie hat mir das Leben gerettet“, fuhr Shel fort. „Ich erinnere mich, dass ich mit Aaron dagesessen habe, vor dem Büro des Direktors, und dachte, dass ich sterben würde. Und dass Davio mich umbringen würde.“

Das Sex-Video hatte per E-Mail seinen Weg ins Sekretariat der Privatschule gefunden. Daraufhin waren Aaron und Sheldon zum Direktor zitiert worden. Zuerst hatten sie allerdings mit der Sozialarbeiterin der Schule gesprochen. Mrs Thompson war eine ältere Dame, die ihren Job grauenhaft machte. Sie hatte die beiden darüber informiert, dass sowohl Aarons Bruder als auch Shels Vater benachrichtigt worden seien und man ihnen eine Kopie des Videos zugeschickt habe.

Diese Nachricht hatte Shel vollkommen schockiert, und das hatte Aaron gewusst. Nachdem sie von Mrs Thompson ins Wartezimmer vor dem Büro des Direktors zurückgebracht worden waren, hatte Aaron seinen Freund gedrängt, einfach zu verschwinden.

„Aber dann rief Francine mich auf meinem Handy an“, berichtete Shel nun Berto. „Sie sagte, sie habe das Video gesehen, als sie in der Vorlesung am Community College war, und sie sei nach Hause gekommen, um zu sehen, ob es mir gut gehe. Sie erzählte, dass Davio ausgerastet sei. Sie flüsterte es mir vielmehr zu; offenbar hat sie sich während des Telefonats im Badezimmer aufgehalten. Dann sagte sie – daran werde ich mich für den Rest meines Lebens erinnern. Sie sagte: ‚Ich kümmere mich darum. Alles wird gut.‘ Und dann bat sie mich, Aaron auszurichten, er solle seine Textnachrichten lesen.“

„Sie hat sich die Haare geschnitten", sagte Berto. „Ich hätte es wissen müssen, denn sie hat sich die Haare geschnitten."

Tatsächlich hatte Francine sich die Haare geschnitten, noch dazu sehr kurz. So kurz wie Shels.

Sie musste es selbst gemacht haben, denn hinten hatte es ziemlich ungleichmäßig ausgesehen. Bei ihr hatte das jedoch elegant gewirkt. Es hatte die Aufmerksamkeit auf die Form ihres Gesichts und ihre erstaunlich schönen Augen gelenkt. Mit langen Haaren war sie wunderschön gewesen, doch mit kurzen mindestens genauso schön.

„Sie hat Aaron einen Haufen Textnachrichten geschickt", fuhr Sheldon fort. *„LOL, Baby, lass uns das bald wieder machen.* Dazu Fotos."

Er wusste, dass Berto sie gesehen hatte. Pornografische Selbstporträts, die, sobald sie auf Aarons Handy gewesen waren, ihr Geständnis bekräftigt hatten: Francine war diejenige, die in dem Video mit Aaron zu sehen war.

„Sie hat mir das Leben gerettet", sagte Sheldon noch einmal. „Du weißt genau, dass Davio mich umgebracht hätte."

Berto nickte jetzt und hielt das Lenkrad fest umklammert, während die Muskeln in seinen Wangen zuckten.

„Ich habe sie nicht geschlagen", erklärte er schließlich. „Das war Davio. Aber was ich getan habe, war genauso schlimm, denn ich habe es einfach geschehen lassen. Francine brauchte meinen Schutz, mein Vertrauen. Und ich habe sie im Stich gelassen."

9. KAPITEL

Phoebe unterdrückte einen Aufschrei, der sich auf diese Weise in ein Quietschen verwandelte. Währenddessen versuchte sie sich zu einer Kugel zusammenzurollen, wie Ian es ihr geraten hatte.

Mit einem Platschen traf sie fast im selben Augenblick wie er aufs Wasser. Sie spürte ihn neben sich, als die Wogen über ihrem Kopf zusammenschlugen und sie immer weiter versank, inmitten unzähliger aufsteigender Luftblasen.

Ian hatte ihre Hand beim Sprung losgelassen – vermutlich, damit sie sich das Handgelenk beim Aufprall nicht verrenkte. Doch jetzt streckte er die Hand nach ihr aus und packte sie an der Bluse.

Und dann wurde sie nach oben gezogen. Zumindest glaubte sie, dass es aufwärtsging, denn es herrschte völlige Dunkelheit. Sie spürte, wie seine Beine sie streiften, kraftvoll und stark bei seinen unermüdlichen Beinstößen, bis sie endlich, dem Himmel sei Dank, an die Oberfläche gelangten.

Phoebe schnappte gierig nach Luft, wobei sie sich wirklich bemühte, es so leise wie möglich zu tun. Leider schmeckte das Wasser nach Benzin, denn sicher war es verschmutzt von den vielen Booten, die hier ablegten, um in den Golf hinauszufahren; ganz zu schweigen von der Tatsache, dass bewaffnete Männer hinter ihnen her waren, die höchstwahrscheinlich in diesem Moment in Phoebes Apartment einbrachen. Du liebe Zeit, und außerdem brannte ihr abgeschürftes Knie höllisch im Salzwasser.

Trotz allem und obwohl die Dusche, deretwegen sie sich nach Hause geschlichen hatte, komplett für die Katz gewesen war, musste sie einen Tick zu sehr an diesen merkwürdigen Kuss denken.

Ian hatte es vermutlich getan, um sie abzulenken. Genau aus dem Grund war er auch auf „zwei“ gesprungen.

Es hatte funktioniert. Sie war hier, mit ihm in Sicherheit.

Jedenfalls vorerst.

„Legen Sie die Arme um meinen Hals, tief einatmen, und wieder abwärts“, flüsterte Ian ihr ins Ohr. Phoebe nickte, wandte ihm das Gesicht zu und schlang die Arme um seinen Nacken.

Er wartete, bis sie ein weiteres Mal Luft geholt hatte, dann tauchten sie erneut unter. Phoebe klammerte sich verzweifelt an ihn, während sie gleichzeitig Beinschläge machte, damit sie vorwärtskamen. Als sie zwischendurch noch einmal auftauchten, wusste sie, dass es nur ihretwegen geschah: Ian hätte sicher noch viel weiter schwimmen können, ohne eine Pause einlegen zu müssen.

„Noch mal“, befahl er, und sie kam seiner Aufforderung nach.

Und als sie beim nächsten Mal an die Oberfläche kamen, war Phoebe ein wenig beunruhigt wegen der Dunkelheit, bis ihr klar wurde, dass sie sich unter einem der hölzernen Anlegestege der Marina befanden. Es gab gerade genug Platz, um sich darunter versteckt zu halten, Köpfe aus dem Wasser, die Nasen in die stehende, nach Fisch riechende Luft gehoben. Ian hielt sich an einem der von Seepocken übersäten Balken fest, während sie sich weiter an ihn krallte.

Schwache Lichtstrahlen fielen durch die Ritzen zwischen den Holzplanken und bewegten sich mit den Wellen.

Das war sowohl beunruhigend als auch peinlich, denn sie war gewissermaßen gezwungen, Ian anzusehen, und zwar aus nächster Nähe, während ihre Körper aneinandergepresst waren und ihre Beine sich durch den Wellengang versehentlich ineinander verschränkten.

Zum Glück hatten sie noch ihre Kleidung an.

Ein Lichtstrahl traf auf ihre Gesichter und erhellte die Tatsache, dass Ian ihr in die Augen sah. In diesem Moment hätte Phoebe schwören können, dass er ganz genau wusste, was sie dachte.

Sie kniff die Augen zusammen und versuchte trotz der erzwungenen Stille, ihre Missbilligung über den total unangebrachten Kuss zum Ausdruck zu bringen.

Ian fand das natürlich wieder amüsant und grinste. Er zuckte kaum merklich die Schultern, als wollte er erwidern: *Hat doch funktioniert, oder nicht?*

Phoebe schüttelte ebenso kaum merklich den Kopf, was seine Belustigung nur zu steigern schien.

Dieser Mistkerl hatte seinen Spaß an der ganzen Sache! Sie versteckten sich hier unter einem übel riechenden Anlegesteg, nachdem sie vom Balkon gesprungen waren, um nicht von Gangstern geschnappt zu werden, die seinen Tod wollten.

Und er amüsierte sich.

„*Ich hasse Sie!*" Sie formte es mit den Lippen, wobei sie jedes einzelne der unausgesprochenen Wörter deutlich betonte, damit er es auch wirklich verstand.

Das breite Grinsen wurde zu einem trockenen Lächeln. „*Ich weiß, tut mir leid.*" Er formte diese Antwort seinerseits lautlos mit den Lippen, während der Lichtstrahl erneut über ihre Köpfe strich. „*Ehrlich.*"

Die Wellenbewegungen hatten einen vagen musikalischen Rhythmus – nicht immer ganz präzise, manchmal wiederholte sich das Muster nach dem vierten, dann nach dem fünften oder sechsten Mal. Das Licht schien kurz herein, verschwand, schien wieder herein, verschwand.

Kurz bevor das Licht erneut weiterzog, schaute Phoebe in Ians Augen und schließlich auf seinen Mund, seine Lippen. Während sie das tat, während sie gezwungen war, das zu tun, weil sie keinen Laut von sich geben durften, war es einfach unmöglich, nicht an den Kuss zu denken.

Als von Neuem alles dunkel wurde, schloss sie die Augen, froh, dass er sie nicht sehen und somit auch ihre Gedanken nicht lesen konnte. Es gelang ihr, sich zusammenzunehmen, und als der Lichtschein zurückkehrte, hatte sie sich so weit im Griff, dass sie fragen konnte: „*Wie lange noch?*"

Mit anderen Worten: Wie lange mussten sie sich hier unten verstecken? Aber Phoebe war sicher, dass er die Kurzversion bereits verstanden hatte, und auf diese Weise würde sie nicht ertragen müssen, dass er länger als ein paar Sekunden so intensiv ihren Mund betrachtete.

Sie hob die Brauen, um zu unterstreichen, dass sie eine Frage gestellt hatte, und er nickte. Danach beugte er sich zu ihr vor. Diesmal wich sie rasch zurück und gab ihm durch einen Blick zu verstehen, dass er sich eindeutig zu viel herausnahm. Das brachte ihr ein weiteres Grinsen ein, unmittelbar bevor es wieder dunkel wurde.

In ihrer derzeitigen Situation gab es kein Entrinnen vor ihm. Allerdings war sie dankbar für die Dunkelheit, als er seinen Mund nahe an ihr Ohr brachte und flüsterte: „Entspannen Sie sich."

Na klar, toller Vorschlag. Sie verdrehte nur die Augen und verlieh ihrem Spott mit einem lautlosen Lachen Ausdruck. Erneut las er ihre Gedanken, denn sie spürte seinen warmen Atem dicht an ihrem Ohr, als er ebenso lautlos lachte. Und als der Lichtstrahl zurückkam, konnte sie sein breites Lächeln sehen.

Vielleicht hörte er aber auch einfach niemals mit dem Grinsen auf, weil dieses ganze Dilemma für ihn so unterhaltsam war.

„Wenn es okay für Sie ist, dass ich verschwinde, erkunde ich mal die Lage und überlege mir unseren nächsten Schritt", flüsterte er.

Phoebe nickte und schaute ihn dabei fest an, damit er begriff, dass sie verstanden hatte. Sein Fluchtplan hatte sie bis jetzt nur hierhergeführt. Sie waren vor Davio Dellarosas Männern verborgen, aber ewig konnten sie nicht im Wasser bleiben.

Der Gedanke, dass Ian sie hier allein lassen würde, war kein angenehmer, doch sie sah die Notwendigkeit ein.

Phoebe beobachtete, wie Ian sich am Anleger festhielt, und natürlich musste genau in diesem Moment das Licht wieder verschwinden. Trotzdem lockerte sie den Griff ihrer rechten Hand, mit der sie sich an ihn klammerte, und tastete sich nach oben. Zuerst erwischte sie seine angespannten Unterarmmuskeln, dann seine Hand. Sie konnte fühlen, wie er sich festhielt, und sie tat das Gleiche, indem sie ihn auch mit der anderen Hand losließ. Als das Licht sie von Neuem erfasste, befanden sie sich zwar immer noch in einer Haltung von Angesicht zu Angesicht, nur hing sie nicht mehr an ihm.

Mit einer Geste gab sie ihm zu verstehen, dass sie ihre Tasche haben wollte. Er gab sie ihr, stoppte Phoebe jedoch, als sie sich die Tasche um den Hals hängen wollte.

„Nicht", sagte er laut und zuckte sofort zusammen, als er seinen Fehler erkannte. Murmelnd fuhr er fort: „Wenn Sie Schwierigkeiten bekommen, lassen Sie sie los. Die ist ersetzbar. Verstanden?"

Phoebe nickte. Sich die Tasche um den Hals zu hängen konnte tödlich enden, wenn es ihr im Notfall nicht gelang, sich davon zu befreien, und das Gewicht sie in die Tiefe zog. Das allerdings setzte voraus, dass sie sich nicht mehr halten konnte und untertauchte. Was höchstens dann wahrscheinlich wäre, wenn ein Tsunami die Küste treffen würde. Oder im Falle eines Angriffs von Aliens …

Oder wenn ein großes Boot vorbeifuhr und heftigen Wellengang erzeugte. Na schön, das war nicht so unwahrscheinlich. Ian hatte recht.

„Bleiben Sie hier", wies er sie an. „Sollte ich wider Erwarten nicht zurückkommen, gehen Sie nicht zur Polizei. Und benutzen Sie Ihre Kreditkarte nicht, um sich ein Hotelzimmer zu nehmen. Holen Sie sich lieber Bargeld vom Automaten. Es gibt billige Motels in Flughafennähe, wo Sie unter falschem Namen absteigen können …"

Als sie ihn diesmal ansah, spielte das Licht mit, sodass er ihre entsetzte Miene erkennen konnte. Wollen Sie mich loswerden? dachte sie.

Statt ihm diese Frage geräuschlos zu stellen, flüsterte sie: „Haben Sie vor, mich loszuwerden?" Eine leichte Welle warf sie gegen ihn, und sie wurde mit dem Mund gegen sein Ohr gedrückt. „Verzeihung."

Ian schüttelte vehement den Kopf. „*Nein, ganz bestimmt nicht.*" Er formte die Worte mit den Lippen. Wieder einmal las er ihre Gedanken, denn jetzt sagte er leise: „Ja, ja, ich weiß. Genau das würde ich antworten, wenn ich Sie tatsächlich loswerden wollte. Aber das will ich nicht. Ich verspreche es. Ich werde gleich zurück sein."

Und damit verschwand er, glitt ins Wasser und ließ Phoebe in der Dunkelheit unter dem Anleger zurück.

Allein und verwirrt.

Phoebe hatte damit gerechnet, dass er die Situation ausnutzen und sie küssen würde. Aber weil er es nicht getan hatte, glaubte sie daran, dass er sein Versprechen halten würde.

Francines Handy summte, und auf dem Display erschien der Hinweis, dass sie eine E-Mail erhalten hatte. Von Sheldon. Noch ehe sie die Nachricht öffnete und las, wusste sie, dass Berto schon wieder die Lage gerettet hatte.

Sie und Aaron saßen hinten in Martells Wagen. Zwischen ihnen befand sich Rorys Kindersitz. Martell fuhr, und die FBI-Agentin namens Deb hockte auf dem Beifahrersitz, während sie unterwegs zur Interstate waren. Das Baby umklammerte schläfrig sein Nuckelfläschchen, bis seine Lider herabsanken und es satt von der Milchnahrung einschlummerte.

„Shelly ist in Sicherheit, zumindest vorübergehend", berichtete Francine Aaron leise, aus Rücksicht auf Rory. Sie reichte ihm das Handy, um ihm die E-Mail zu zeigen.

Er las die Nachricht vor, wegen des Babys allerdings ebenfalls mit gedämpfter Stimme. „*Es geht mir gut.* Dem Himmel sei Dank. *Bin mit Berto unterwegs. Seid ihr in Sicherheit? Haltet euch vom Haus fern, Davios Männer beobachten es. Erwarte Anweisungen. Shel.*"

In ihrer Eile, das nach Phoebes Verschwinden nicht länger sichere Haus des FBI zu verlassen, hatten sie sich in Martells alten klapprigen Wagen gequetscht. Der FBI-Mann namens Yashi hatte sich in die entgegengesetzte Richtung auf den Weg gemacht und war nach Tampa gefahren. Dort wollte er die nötigen Dokumente und Gelder für Ians geplante Befreiungsaktion der im Konsulat gefangenen Kinder besorgen.

Als Martell Francine davon erzählt hatte – dass sie Ian für eine heimliche Rettungsaktion aus dem Gefängnis in North Port geholt hatten –, hatte sie gelacht. Sie hatte es für einen Scherz gehalten.

Allerdings war es kein Scherz. Das FBI hatte Ian aus der Haft befreit, damit er in das kazbekische Konsulat in Miami eindringen und die entführten Kinder einer Atomphysikerin retten konnte.

Natürlich gab es einen Haken an der Sache, denn das FBI glaubte offenbar, Ian sei tatsächlich ein international erfolgreicher Juwelendieb der Extraklasse.

In Wahrheit war es Jahre her, seit Ians privates Spionageteam zuletzt einen Geheimauftrag ausgeführt hatte. Francines Fähigkeiten als Einbrecherin waren eingerostet. Und was Ian betraf: Klar, er kam an allen Sicherheitsbarrieren vorbei, wenn er wollte. Aber wegen seiner hünenhaften Gestalt fiel es ihm schwer, für längere Zeit unbemerkt zu bleiben.

Was Shelly und Aaron anging, so war keiner von beiden besonders geübt in irgendwelchen Ninja-Techniken. Sie waren nicht schlecht, doch ihre Stärke war das nicht. Shels Talent lag eher bei Computern. Er war der Hacker des Teams und ließ seinen Plug-in-Zauber für gewöhnlich von einem getarnten Observierungsfahrzeug wirken. Aarons Rolle bestand darin, unterdessen für Shels Sicherheit zu sorgen, was er wirklich gut beherrschte.

Die einzige Hoffnung, diesen *Mission-Impossible*-Auftrag erfolgreich durchzuführen, bestand darin, dass Ians ehemaliger SEAL-Chef John Murray wieder aktiv wurde. Aber da Johnny noch nicht aufgetaucht war, wusste Francine, dass der Ex-SEAL nicht mitmachen würde.

Somit war die Mission völlig aussichtslos. Ian würde sich etwas einfallen lassen müssen. Zum Glück war er darin ziemlich gut.

„Er sagte: *Erwarte Anweisungen*", wiederholte Aaron, während er rasch eine Antwort an Shelly schrieb: *Sind okay, pass auf dich auf und halt durch, mehr später.* Dann gab er Francine das Telefon zurück. „Jetzt wissen wir also, dass er Berto nicht vertraut."

Seine Bemerkung veranlasste Deb vom FBI, sich umzudrehen. Martell warf ihnen ebenfalls einen Blick im Rückspiegel zu.

Daher erklärte Francine: „Das ist ein Code, für genauso eine Situation wie diese. Wenn man während eines Telefonats oder in einer E-Mail diese Worte benutzt – *Erwarte Anweisungen* –, ist das eine Warnung. Sei auf der Hut, heißt das. Shel gibt uns zu verstehen, dass er nicht davon überzeugt ist, dass Berto ihm aus reiner Bruderliebe hilft."

Aaron schnaubte verächtlich. „Ach was. Berto ist ein Arschloch", wandte er sich an Deb und Martell. „Er arbeitet für Davio, sein Oberarschloch von Vater. Er hofft, dass Shel ihn und Davio direkt zu mir führen wird."

„Dann ist Berto Ihr Bruder", stellte Deb fest und sah dabei Francine an. „Ihrer und Sheldons."

„Berto ist nicht mein Bruder, sondern Sheldons", korrigierte Francine die FBI-Agentin. „Und sie sind nur Halbbrüder. Sie haben denselben Vater, aber verschiedene Mütter." Sie bemerkte, dass Deb Mühe hatte, ihr zu folgen. „Wir sind eine moderne Patchworkfamilie", erläuterte sie. „Meine Mutter hat Bertos Vater Davio geheiratet, weil sie von ihm schwanger war mit Sheldon. Wir hätten alle ein glückliches Leben führen können, wenn Davio nicht der Ansicht gewesen wäre, Autodiebstahl sowie Drogen- und Frauenhandel seien eine vernünftige Art, seinen Lebensunterhalt zu verdienen. Shel und ich türmten, Berto blieb."

„Weil er ein Arsch ist", bekräftigte Aaron. „Es gefällt mir nicht, dass Shel bei ihm ist. Ich will ihn da herausholen."

„Das machen wir auch", versprach Francine ihm. „Aber wir müssen es richtig anfangen. Warte auf Ian …"

„Warte auf Ian", wiederholte Aaron genervt. „Woher wusste ich bloß, dass du das sagen würdest?"

Francine sah in die Augen des Mannes, der nicht nur ihr Schwager war, sondern auch einer der besten Freunde, die sie je gehabt hatte. Und ihr war klar, dass er nach wie vor stocksauer auf sie war. Wozu er auch jedes Recht hatte. Ein Jahr lang hatte sie die Wahrheit vor ihm geheim gehalten.

Aaron würde noch verbitterter sein, wenn er herausfand, dass Sheldon ebenfalls gewusst hatte, dass Ian die ganze Zeit im Gefängnis gewesen war – dass Shel über diese Tatsache gestolpert war und Francine ihm das Versprechen abgenommen hatte, nichts zu verraten.

Doch sie würde Ian die Konsequenzen allein tragen lassen. Schließlich war er derjenige gewesen, der all die Monate hindurch darauf bestanden hatte, Aaron seinen Aufenthaltsort zu verschweigen.

„Überleg doch mal“, meinte Francine zu Aaron. „Wir wollen Shelly zurückhaben, aber wir wollen nicht, dass ihm etwas passiert. Und dir ebenso wenig.“

„Es wäre mir ganz lieb, wenn ich auch unversehrt bleiben würde“, meldete Martell sich von vorn.

„Auch wenn Shel mit Berto zusammen ist“, fügte Francine hinzu, „heißt das nicht, dass Shel nicht in Sicherheit ist. Im Augenblick ist er das nämlich, selbst wenn Berto ihm nur vorspielen sollte, ihm helfen zu wollen. Denn das muss Berto ihm verkaufen, verstehst du? Wenn er Shel davon überzeugen will, dass er ein Freund ist, muss er sich wie einer benehmen. Und solange Berto sich wie ein Freund verhält, kann Shel nichts passieren.“

Aaron nickte mürrisch.

„Also werde ich Shel eine E-Mail schicken“, sagte Francine, „und ihm mitteilen, dass er sich zu dem Safe House begeben soll, das wir gerade verlassen haben. Haus Nummer fünfhundertfünfundachtzig. Falls Phoebe diese Information bereits an die Dellarosas weitergegeben hat, erfahren sie dadurch nichts, was sie nicht ohnehin schon wissen.“

Deb nickte. „Das ist ein guter Plan. Aber warten Sie, ich muss das erst mit Yashi klären.“

Aaron war darüber keineswegs glücklich. Er traute Berto nicht; andererseits wollte er ihm auch nicht misstrauen. „Wenn Phoebe für die Dellarosas arbeitet, riskieren wir, dass Shelly wieder in Davios Fänge gerät. Was ist, wenn Berto ihm wirklich hilft, ohne dass Davio davon weiß?“

Francine machte ein skeptisches Gesicht. „Das sind viele Was-wäre-wenns.“ Sie beugte sich vor zu Martell. „Fahren Sie auf die Fünfundsiebzig Richtung Norden. Wir nehmen die Abfahrt

University und fahren dann in östlicher Richtung weiter." Daraufhin setzte sie ihre Analyse der Lage fort. „Shelly wird im Haus fünf-fünfundachtzig sicher genug sein. Es ist zentral gelegen, und wir können ein Auge auf ihn haben und dafür sorgen, dass Berto sich benimmt." Ihre nächsten Worte richtete sie an Deb. „Es stimmt doch? Sie lassen das Haus überwachen, oder? Mit Kameras und Mikrofonen und allem Drum und Dran."

Die kleine Debbie schien sich unbehaglich zu fühlen – besonders, als Martell sie überrascht ansah.

„Im Ernst?", fragte er die FBI-Agentin. „Auf diese Weise haben Sie sich mit Ian Dunn angefreundet? Indem Sie jeden seiner Schritte beobachtet haben? Wie er ein Sandwich isst und aufs Klo geht ...?"

„Das ist nun mal die übliche Prozedur", verteidigte sie sich.

„Neue Theorie", meinte Martell und schaute im Rückspiegel Francine an. Er hatte tatsächlich Ian geglaubt, als er die Nachricht hinterlassen hatte, dass Francine nun das Kommando habe. „Was, wenn Phoebe mit Dunn zusammenarbeitet, und zwar enger, als wir dachten? Was, wenn ihr Verschwinden aus dem sicheren Unterschlupf zu seinem Plan gehörte, um uns aus dem Fokus des FBI herauszubringen?" Er schaute erneut mit erhobenen Brauen in den Spiegel, als erwarte er irgendeine Information vom Rücksitz.

Doch Francine zuckte nur die Schultern. „Ich kenne Phoebe überhaupt nicht. Ich bin ihr nie begegnet. Falls sie mit Ian zusammenarbeitet, so hat er es jedenfalls nicht für nötig gehalten, es mir mitzuteilen."

„Willkommen im Club", meinte Aaron genervt. „Ganz schön ärgerlich, was?"

Selbst ohne Fernglas konnte Ian erkennen, wie Dellarosas Männer in der Marina ausschwärmten. Entgegen seinem Wunschdenken hatten sie noch nicht aufgegeben und suchten stattdessen anderswo nach ihm.

Davio Dellarosa wusste, dass Ian ein SEAL gewesen war, und er hatte Ians Wahl des Wassers als Fluchtweg vorausgesehen.

Offenbar hatte er auch damit gerechnet, dass Ian deutlich langsamer vorankommen würde mit Phoebe im Schlepptau.

Und so war es. Ohne Phoebe wäre er schon längst auf und davon.

Der Kanal unterhalb ihrer Wohnung öffnete sich westlich dieser Marina zur Bucht hin. Wäre Ian allein gewesen, wäre er einfach in die Bucht hinausgeschwommen und irgendwo an Land gegangen, wo keiner von Dellarosas Männern herumlief. Fertig, aus.

Stattdessen schwamm er zur Mündung des Kanals, wo die größeren Jachten und Segelboote vor Anker lagen; Boote, die groß genug waren, um Schiffe genannt zu werden. Die meisten waren leer, die Kabinen sicher verschlossen.

Schließlich fand er eine Jacht, umgeben von anderen, die dunkel und verlassen dalag. Die Kajütentür hatte ein Schloss, das er leicht aufbekommen würde. So leicht, dass er es schon im Voraus öffnete. Es wäre besser, nicht zu viel Zeit mit Phoebe auf dem strahlend weißen Deck zu verbringen. Er musste sie schnell an Bord schaffen, was schwierig genug werden würde, und dann rasch unter Deck.

Denn er an Davios Stelle hätte die meisten Männer auf dem Dach der Hafenverwaltung postiert, damit sie mithilfe ihrer Nachtsichtgläser die gesamte Marina absuchen konnten. Sollte Davio das noch nicht veranlasst haben, so würde er es bald tun.

Eines hatte Ian in seiner Zeit vor dem Gefängnis, die er mit Manny Dellarosa verbracht hatte, gelernt: Dem Familienunternehmen Dellarosa mangelte es nicht an Hightech-Equipment und modernen Waffen.

Ian tauchte erneut auf halbem Weg zurück zu Phoebe auf, Kopf und Schultern verborgen hinter einer teuren Luxusjacht. In Gedanken ging er die Strecke zu dem Segelboot durch, auf dem sie Schutz suchen würden. Er prägte sich jeden Haltepunkt genau ein; wenn er mit Phoebe zurückschwamm, musste er öfter anhalten.

Von hier aus konnte er ihr Ziel kaum noch sehen, aber er hatte auch kein Nachtsichtgerät.

Er tauchte wieder, in dem Bewusstsein, dass seine Muskeln ernsthaft untrainiert waren. Es war fast ein Jahr her, seit er zuletzt richtig geschwommen war. Im Knast gab es keine Swimmingpools zum Entspannen.

Er holte noch einmal Luft, bevor er das restliche Stück bis zu Phoebe unter dem Anleger zurücklegte. Es war nicht seine Absicht, sie zu erschrecken, doch er streifte sie unter Wasser, weil es so verdammt dunkel war.

Sie atmete schwer, als er sich ihr näherte. Zweifellos hatte sie an Haie oder Stachelrochen gedacht, als er sie berührt hatte. Oder an eine Qualle. Vielleicht die häufig in diesen Gewässern anzutreffende Portugiesische Galeere, deren Tentakel schmerzhafte Verbrennungen auslösten. Zumindest gab sie sich große Mühe, kein Geräusch zu machen.

„Tut mir leid“, sagte er leise, wobei er ihr so nahe kam, dass er ihr ins Ohr flüstern konnte. Mit einer Hand hielt er sich am Gebälk über ihnen fest.

Zu seiner Überraschung ließ Phoebe los, schlang die Arme um seinen Nacken und klammerte sich an ihn wie an einen lange verschollen geglaubten Liebhaber. Erst als sie ihm ihrerseits ins Ohr flüsterte, begriff er, dass sie sich ihm nur aus diesem Grund so genähert hatte. „Ich habe Schritte über mir gehört, danach Rufen und Gerenne. Ich hatte Angst, man hätte Sie entdeckt.“

In dem Licht, das durch die Ritzen der Holzplanken fiel und immer wieder verschwand, sah sie ihm ins Gesicht. Ian bemerkte ihre Besorgnis. Sie hatte sich weniger vor Haien gefürchtet als davor, dass er nicht zurückkommen könnte, obwohl er das doch versprochen hatte.

„Alles klar bei mir“, teilte er ihr lautlos mit und ließ seinen Blick auf ihrem Mund verweilen.

Sofort wurde er sich ihres Körpers bewusst, der sich auf faszinierende Weise einerseits straff und zugleich weich an ihn schmiegte. Seine Hände lagen auf ihrer Taille. Da ihr Shirt ein wenig hochgerutscht war, berührten seine Finger ihre glatte nackte Haut.

Es war schwer, in diesem Moment nicht an Aarons herablassende Bemerkung zu denken. *Würdet ihr bitte rechts ranfahren und losknutschen, damit ihr es hinter euch habt? Danach werdet ihr euch beide besser fühlen …*

Ja, es stimmte, in Wahrheit wollte Ian diese Frau nicht bloß kurz küssen; es täte sicher gut, ein wenig Druck abzubauen, nachdem er gleich zweimal an einem Tag knapp dem Tod entronnen war. Mal abgesehen davon, dass es viel zu lange her war, seit er zuletzt mit einer Frau geschlafen hatte. Noch dazu mit einer, zu der er sich wirklich hingezogen fühlte.

Die Art, wie Phoebes Augen aufleuchteten, wenn sie lachte, war ein Bonus, ebenso wie die Tatsache, dass sie einen scharfen Verstand besaß sowie die etwas unheimliche Gabe, gelegentlich seine Gedanken lesen zu können.

Als Ian sie betrachtete, sich dabei jedes Zentimeters ihres Körpers, der seinen berührte, nur allzu bewusst, erwiderte sie seinen Blick.

Und da erkannte er, dass die Anziehung tatsächlich auf Gegenseitigkeit beruhte. Sein Bruder hatte vollkommen recht gehabt.

Der Anleger bewegte sich im Wasser, und plötzlich war es, als hätte jemand einen Lichtschalter umgelegt. Es wurde stockdunkel.

Auch in Ian wurde ein Schalter umgelegt. Er schloss die Augen – nicht, dass es in der Dunkelheit darauf ankam – und küsste Phoebe.

Ihr Mund fühlte sich warm und wundervoll an, und sie schmeckte ein wenig salzig von dem Wasser, das ihr ins Gesicht gespritzt war. Ian wusste sofort, dass sie zurückweichen würde. Er erwartete es, rechnete jede Sekunde damit …

Allerdings tat sie es nicht.

Es gab einen Moment des Überraschtseins, in den sich kurzes Zögern hineinmischte, doch dann erwiderte sie seinen Kuss ziemlich stürmisch und umarmte ihn.

Ian krallte sich an den Balken über ihnen, um nicht abzurutschen. Er nahm es in Kauf, sich dabei einen bis zwanzig Holzsplitter einzuhandeln, denn er wollte sich dieser Situation vollauf hingeben. Fünfzehn Sekunden gönnte er sich den Genuss, anschließend fünfzehn weitere, als sie auch noch die Beine um ihn schlang.

Nannte man es wirklich noch Trockensex, wenn er im Wasser stattfand? Wahrscheinlich eher nicht.

Es war jedenfalls eine Schande, dass sie beide noch ihre Jeans anhatten, denn das hier war eindeutig einer dieser adrenalinbefeuerten Momente der Leidenschaft, in denen man jede Hemmung verlor und die Begierde den Verstand ausschaltete.

Aber solchen Augenblicken folgte nahezu immer die große Verlegenheit – und in diesem Fall ganz bestimmt, da Ian die Wahrheit kannte. Die meisten Menschen verspürten ein heftiges Verlangen nach Sex, wenn sie ein Nahtoderlebnis oder ein Beinah-Nahtoderlebnis gehabt hatten, indem sie von einem Balkon im zweiten Stock sprangen. Dass Phoebe seine Zärtlichkeiten erwiderte, war deshalb eine normale menschliche Reaktion auf Gefahr.

Ian gönnte sich die dritten und letzten fünfzehn Sekunden und wartete noch ein bisschen, bis das Licht wieder verschwand, ehe er den Kuss unterbrach. Insgeheim hoffte er darauf, dass Phoebe in der Dunkelheit weniger verlegen sein würde.

Er wusste auch genau, was er ihr sagen sollte, deshalb brachte er seinen Mund nah an ihr Ohr. „Atme und schweig. Sprich jetzt nicht. Wir werden nun schwimmen, und du wirst jede Menge Gelegenheit zum Reden haben, sobald wir in Sicherheit sind. Verstanden?" Er fand, dass seine Stimme seltsam und eigenartigerweise atemlos klang.

Als der Lichtschein zurückkehrte, erkannte er, dass sie nickte. Allerdings hielt sie das Gesicht abgewandt, selbst als sie die Beine von ihm löste.

Ian schloss erneut die Augen und spürte erst jetzt die Splitter in seiner Hand. Außerdem tat sein rechter Arm weh, weil er damit nach der langen Schwimmstrecke auch noch ihres und sein Gewicht hatte halten müssen.

Er rechnete nicht wirklich damit, dass sie still blieb, und sie enttäuschte ihn nicht. Sie drehte den Kopf und flüsterte ihm ins Ohr: „Tut mir leid."

Genau das war das Problem. Es tat ihr leid.

Ihm nicht.

„Tief Luft holen, und dann runter, ja?“, murmelte Ian ihr zu.

Phoebe nickte wieder, und er fühlte, wie sie einatmete, um ihre Lungen mit Sauerstoff zu füllen.

Gemeinsam ließen sie sich sinken und tauchten vom Anleger weg.

10. KAPITEL

Nasse Sachen ausziehen. Leg alles hier hinein", sagte Ian und zeigte auf einen Plastikmüllsack auf dem Boden. Er hielt Phoebe ein Badehandtuch hin und schüttelte es ein wenig ungeduldig, bis sie es endlich von ihm annahm. „Bleib an Deck – betritt nicht den Teppich, bevor du abgetrocknet bist. Falls sie an Bord kommen und nach uns suchen, würden nasse Fußspuren uns sofort verraten."

Phoebe stand da, tropfnass und erschöpft vom langen Schwimmen sowie dem absurd schwierigen Hinaufklettern an der rutschigen Bordwand der Jacht. Außerdem war sie nach wie vor schockiert von dem leidenschaftlichen Kuss zwischen ihnen. Sie war nicht ganz sicher, was Ian jetzt von ihr erwartete. Sollte sie ihre Sachen ausziehen …? Und wohin damit? Und wieso?

Er zog sein nasses T-Shirt jedenfalls aus und warf es in die Mülltüte. Anscheinend merkte er, dass Phoebe mehr Informationen benötigte. „Wenn Davio Dellarosa ein Team in einem Boot losschickt, und ich bin mir ziemlich sicher, dass er das tun wird, werden die nicht jedes in der Bucht vor Anker liegende Schiff durchsuchen können", erklärte er und knöpfte seine Jeans auf. „Es sind einfach zu viele. Aber wenn die einen Hinweis darauf entdecken, dass wir uns auf einem der Boote aufhalten, werden sie mit Sicherheit an Bord kommen. Wasser oder feuchte Spuren an Deck könnten da auffallend sein wie eine Neonreklame. Und damit wären wir geliefert. Also versuchen wir lieber, das zu verhindern, klar?"

Phoebe nickte, faltete das Handtuch auseinander und begann, ihre Haare zu trocknen.

„Braves Mädchen", sagte Ian.

Sie sah ihn scharf an. „Wie bitte?"

Sein Lachen war warm und leise. „Ich wollte nur sichergehen, dass du auch wirklich zuhörst. Schön zu wissen, dass das der Fall ist." Er streifte die Jeans von seinen langen Beinen, doch an seinen muskulösen Waden blieben sie hängen. Er musste an dem durchnässten Stoff zerren und ziehen, um die Hose loszuwerden.

Er trug noch immer keine Unterwäsche, trotzdem war er nicht im Mindesten verlegen. Als sei es keine große Sache, nackt vor Phoebe herumzulaufen.

In der Kajüte der Jacht war es relativ dunkel, jedoch nicht annähernd so dunkel wie unter Wasser in der Bucht. Das Mondlicht schien durch die Fenster, aber nicht sehr hell. Dennoch beleuchtete das bisschen Licht jetzt Ians nackte Pobacken, was es schwer machte, nicht hinzustarren. Phoebe war gebannt von dem prachtvollen Anblick, als er sich bückte, um seine Jeans sowie ihre Tasche in einen extragroßen Plastiksack zu stopfen, den er irgendwo an Bord des Schiffs organisiert hatte.

„Ich konnte bloß ein einziges Handtuch finden", meinte er, als er sich aufrichtete und zu ihr umdrehte – was bedeutete, dass sie nun auf sein ... Unwillkürlich kam ihr die Phrase „kein großes Ding" in den Sinn, obwohl das völlig unpassend war. Denn hier handelte es sich offensichtlich um ein recht großes Ding. O ja. Aber Ian sprach gerade. Was sagte er? Ah, es ging um Handtücher. Er hatte nur eins gefunden. Ein. Handtuch. Also das, welches sie sich um die Hüften gebunden hatte, um aus den nassen Jeans zu steigen. „Hoffentlich gibt es unten mehr. Du musst nach unten und nachschauen, denn ich bin immer noch zu nass."

Sie nickte und behielt den Slip an. Ihr BH war gepolstert, sodass jedes Körbchen wie ein Schwamm wirkte. Bei jeder Bewegung rann das Wasser an ihr herunter. Deshalb musste der BH weg. Verdammt.

„Wenn du keine Handtücher finden kannst", fuhr Ian unbeeindruckt fort, wie im Plauderton, als stünde er nicht splitternackt vor ihr und als hätte die Zunge, mit der er sprach, nicht vor Kurzem ihre berührt, „dann schau nach, ob es etwas anderes gibt, in das du dich einwickeln kannst. Ich brauche nämlich dieses Handtuch, um mich selbst abzutrocknen und die Bescherung hier aufzuwischen." Er zeigte auf die Pfütze zu ihren Füßen und auf die an Deck, die noch problematischer war.

„Glaubst du wirklich, die kommen hier heraus, um nach uns zu suchen?", fragte sie, während sie Jeans, Bluse und BH in den Sack stopfte, zusammen mit ihren Laufschuhen und den Socken.

Das Handtuch hatte sie sich unter die Achseln geklemmt und behielt es; es war ohnehin durchweicht.

„Davio ist in gewisser Hinsicht verrückt. Ich denke, wir sollten vorbereitet sein für den Fall, dass sie tatsächlich auftauchen."

Phoebe schaute auf den halb gefüllten Müllsack. „Meine Glock."

„Die hab ich. Aber sofern du unter Deck keine Munition dafür findest, wird sie uns keine Dienste erweisen, falls Davios Leute uns hier finden."

Sie sah, dass er ihre Waffe aus ihrer Tasche genommen und auf den Tresen einer kleinen Bar, komplett mit Spülbecken, hier im Foyer gelegt hatte. Nannte man das auf Jachten eigentlich Foyer? Wie auch immer, über das offene Achterdeck gelangte man von hier aus jedenfalls in die mehrstöckige Kajüte.

Ians Handy, das er aus dem Panikraum seines Bruders mitgenommen hatte, lag ganz in der Nähe. Es war aufgeklappt und auseinandergebaut, der Akku herausgenommen, als könnte es dadurch irgendwie wieder zum Leben erweckt werden. Was äußerst fraglich war nach dem Bad in der Bucht.

Auch Phoebes Brille lag auf dem Tresen. Ian hatte das Etui aufgeklappt, in dem sie sie aufbewahrt hatte, damit es trocknen konnte. Sehr rücksichtsvoll und nett von ihm.

„Danke", sagte Phoebe und setzte ihre Brille auf. Natürlich wurden dadurch Ians rücksichtsvolle Freundlichkeit und seine Nacktheit im Mondlicht schärfer.

„Gern geschehen."

Wahrscheinlich stimmte es, dass fast jeder gut aussah, wenn er in Mondlicht getaucht war. Trotzdem, wenn Ian lächelte …

Phoebe hielt den Kopf gesenkt, während sie sorgfältig ihre Zehen abtrocknete. Anschließend trat sie auf den pastellfarbenen Berberteppich und durchquerte einen Raum, der mit Ledersofa und Flachbildschirm an der Wand an ein Wohnzimmer erinnerte.

Mit Teppich ausgelegte Stufen führten sowohl nach oben als auch nach unten. Phoebe zögerte.

„Nach unten", ermutigte Ian sie, der anscheinend ihr Zögern bemerkte. „Wenn du nach oben gehst, kommst du auf die Brücke. Unten muss es mindestens zwei Schlafzimmer geben und ein Bordklo. Da findest du bestimmt noch weitere Handtücher."

Ja, richtig, Handtücher. Danach suchte sie.

Und außerdem Neun-Millimeter-Munition, vorzugsweise in gebrauchsfertigen Magazinen.

Die nach oben führende Treppe war vom Mondlicht etwas heller erleuchtet, denn es gab offenbar mehr Fenster. Trotzdem wählte Phoebe den Weg nach unten und tastete sich in der Dunkelheit voran.

„Mit Bordklo meine ich das Badezimmer", fügte Ian hinzu. „So sagt man auf Schiffen."

„Ich bin nicht blöd, vielen Dank", erwiderte sie.

„Das wollte ich damit auch nicht andeuten", rief er ihr hinterher, leise, aber doch hörbar. „Die meisten Leute wissen nicht, wie viele verschiedene Ausdrücke es dafür gibt. Deshalb habe ich vorsichtshalber noch mal …"

„Ich werde nicht mit dir schlafen", schnitt sie ihm das Wort ab, denn sie erkannte plötzlich, dass dies der beste Zeitpunkt für eine derartige Klarstellung war. Ian konnte ihr wegen seiner nassen Füße nicht nach unten folgen, und er konnte auch nirgendwo sonst hin, weil der Teppich ja nicht nass werden durfte.

Oben räusperte sich Ian. „Okay."

Es klang vorsichtig. Womöglich sogar erleichtert? Oder zog sie nur voreilige Schlüsse und interpretierte zu viel in die Reaktion? Sie bezweifelte es, aber … Oh, Gott. Ihr blieb nichts übrig, als ohne Umschweife weiterzumachen.

„Mir ist durchaus bewusst, dass ich dir einen falschen Eindruck vermittelt haben könnte", erklärte sie, sich zu einer geschlossenen Tür tastend, die in eine winzige Kabine mit Kojen führte, in der schwaches Dämmerlicht herrschte. Auf den beiden Matratzen befand sich jedoch keine Bettwäsche, und die ebenso winzigen Schränke und Schubfächer waren leer. „Indem ich dich unter dem Anleger praktisch angesprungen habe."

Neben der Kabine befand sich ein Klo von der Größe einer Flugzeugtoilette. Auch hier gab es kein Handtuch. Immerhin hing an der Wand noch eine halb volle Rolle Toilettenpapier.

„Du hast mich nicht angesprungen", versicherte er ihr, und es war offenkundig, dass er das Thema gern ausführlich behandeln würde. Doch sie wussten schließlich beide, dass sie ihn geradezu angefallen hatte, und deshalb unterbrach sie ihn.

„Es war eine Mischung aus Erleichterung und Furcht", gestand sie und betrat den nächsten Raum, der zugleich der letzte hier unten war. Dieser war viel weitläufiger und verfügte über größere Fenster. Bullaugen. Außerdem gehörte eine eigene Toilette mit einer Duschkabine dazu, in der zwei Leute gleichzeitig Platz finden konnten. Hier würde sie sicher Handtücher finden. „Es war eine Kurzschlussreaktion. Hinzu kommt, dass du ein echt gut aussehender Mann bist, der zufällig auch noch amüsant ist, intelligent und … na ja, süß."

„Süß?", wiederholte Ian lachend, genau wie sie erwartet hatte. Wenn man rasch ablenken wollte, musste man ein Alphamännchen nur süß nennen. Man sollte ihn erst mal darüber stolpern lassen und dann das neue Thema anschneiden. Damit war das ursprüngliche Thema ein für alle Mal erledigt.

„Wie ist es möglich, dass ich hier drin keine Handtücher finde?", rief sie, obwohl die Frage rhetorisch war. Um mehr Licht hereinzulassen, zog sie die Minijalousien vor den Bullaugen hoch.

Ian ließ sich auf den Themenwechsel ein, auch das hatte sie so erwartet. „Schnapp dir ein Bettlaken von einer der Kojen", erwiderte er.

Doch in dieser Kabine war das Bettzeug von dem sich zum Bug des Schiffes hin verjüngenden Doppelbett ebenfalls abgezogen worden. Lediglich die blanke, blau-weiße Matratze lag auf dem Bett.

„Tut mir leid, aber hier unten ist nichts. Nicht mal eine Matratzenunterlage oder ein Kissen." Sie öffnete die Schränke und sämtliche Schubladen. Alles leer. „Es ist wie in einem Hotel, als hätte das Zimmermädchen alle Bettwäsche abgezogen und sie nicht ersetzt. Hat das vielleicht mit der Luftfeuchtigkeit zu tun?" Sie kehrte zurück in den engen Durchgang. „Wo hast du den Müllsack gefunden?"

„Der war hier in der Kombüse, in einem Schrank unter der Spüle." Kombüse war der nautische Ausdruck für Küche, hoho. Diesmal verkniff er es sich jedoch, diese Erklärung hinterherzuschicken.

„*Das* ist die Kombüse?", fragte sie erstaunt, während sie die Treppe hinaufstieg. Dort oben leuchtete Ians straffer nackter Hintern immer noch im Mondlicht.

„Wenn man Besitzer einer solchen Jacht ist, legt man für gewöhnlich bei irgendeinem vornehmen, teuren Restaurant an, sobald man Hunger verspürt", meinte er. „Oder man lässt jemanden kommen, der für einen auf der Kreuzfahrt in den Sonnenuntergang kocht."

„Erzähl mir nicht, der Müllsack war der letzte", sagte Phoebe, als er sich bückte, um den fraglichen Schrank aufzumachen.

„Nein, das nicht", antwortete Ian und reichte ihr einen anderen Müllsack. „Aber dies ist der letzte."

Natürlich, was sonst? Und den würde sie für sich beanspruchen. Sie wandte sich mit dem dünnen Plastiksack in der Hand ab, band das Handtuch los und hielt es Ian hin, ohne sich umzudrehen. Das Tuch war ziemlich nass, doch er nahm es klaglos an, um sich so gut wie möglich damit abzutrocknen. Zumindest hörte es sich danach an, denn Phoebe kehrte ihm weiterhin den Rücken zu, während sie sich ganz darauf konzentrierte, aus diesem Müllsack einen Poncho für arme Leute zu machen.

Sie zog ihn über den Kopf und steckte die Arme durch die Löcher, die sie hineingerissen hatte. Der Sack reichte ihr knapp bis zu den Oberschenkeln, und wegen der schwülen Florida-Luft klebte das Plastikmaterial an ihrer Haut. Aber das war immer noch besser, als oben ohne und in ihrem durchsichtigen Slip herumzulaufen.

„Bring den Sack mit den nassen Sachen nach unten", wies Ian sie an, und sie kam seiner Aufforderung nach, froh darüber, etwas zu tun zu haben, statt ihm dabei zuzusehen, wie er mit dem Handtuch den Boden wischte. Dadurch war es allerdings zu nass, als dass er es sich noch hätte um die Hüften binden können. Du liebe Zeit.

In dem unteren großen Badezimmer wrang Phoebe in der Dusche ihre nassen Sachen aus und hängte sie anschließend auf allen möglichen Haken und Handtuchhaltern auf. Um den Inhalt ihrer Tasche stand es nicht gut. In der Dunkelheit war es nicht leicht, die Dinge auszusortieren, die noch zu retten waren.

„He, du hast nicht zufällig einen von diesen kleinen batteriebetriebenen Ventilatoren entdeckt? Oder vielleicht sogar einen Föhn …?"

Sie drehte sich zu Ian um, der ihr gefolgt war und nun hinter ihr stand, ein dunkler Schatten im schmalen Türrahmen. Zu spät merkte sie, dass sie den Blick weiter nach oben richten sollte, auf sein Gesicht. Deshalb starrte sie ungewollt direkt auf … ein weißes Geschirrhandtuch, das an diskreter Stelle platziert war?

Ja, er musste in der angeblichen Küche ein Geschirrtuch gefunden und daraus einen albernen und ein wenig gewagt aussehenden Lendenschurz gefertigt haben, und zwar mithilfe eines um die Hüften geschlungenen Bandes.

Phoebe lachte überrascht, sie konnte nicht anders.

Ian lachte auch, doch sichtlich verärgert. „He, Süße, ich mache das nur für dich. Ich habe nämlich kein Problem damit, nackt herumzulaufen. Du bist diejenige, die …"

„Nein. Ich meine, ja. Danke. Es tut mir leid." Sie stand auf und zog ihren Müllsack so weit hinunter wie möglich. Was nicht sehr weit war. „Es tut mir wirklich leid. Alles. Dass ich dich in diesen Schlamassel hineingezogen habe. Ich arbeite schon seit Jahren als Strafverteidigerin und habe einfach nicht geglaubt, dass irgendwer es auf mich abgesehen haben könnte, um an dich heranzukommen."

„Davio Dellarosa ist nicht irgendwer", gab Ian zurück.

„Langsam begreife ich das auch", gestand sie.

„Ich muss wieder nach oben, weil ich von dort aus das Ufer beobachten kann", sagte er und deutete über seine Schulter. „Ich könnte echt einen Ventilator gebrauchen – vielleicht einen kleinen, den man in der Hand hält? Meinetwegen auch einen Föhn, obwohl die für gewöhnlich Stromfresser sind. Damit killen wir die Bootsbatterie, und den Generator können wir nicht anwerfen. Also hat sich das wohl eher erledigt."

„Du willst einen Ventilator oder Föhn", wiederholte Phoebe und folgte ihm die Treppe hinauf. Dabei stellte sie fest, dass der Lendenschurz keine Rückseite hatte. „Und wieso?"

„Weil derjenige, der sich sämtliche Handtücher auf diesem Boot gekrallt hat, auch das Funkgerät mitgenommen hat." Seine Zähne leuchteten tatsächlich im Mondlicht, als er über ihre verwirrte Miene lächelte. „Wenn ich das Handy trocken föhnen kann, funktioniert es vielleicht wieder." Er zeigte auf die Einzelteile auf dem Tresen. „Dann können wir einen von deinen FBI-Freunden anrufen und um eine Mitfahrgelegenheit bitten, statt ans Ufer schwimmen zu müssen."

„Im Ernst? Ich dachte, so ein Mobiltelefon sei definitiv hinüber, sobald es nass geworden ist."

„Ich habe es ausgeschaltet, bevor wir in den Kanal gesprungen sind", erklärte er und nahm ein Fernglas vom Haken an der Wand. „Wenn der Akku nicht eingeschaltet ist, besteht die Chance – falls ich es vollständig trocken bekomme, bevor ich es wieder einzuschalten versuche. Allerdings gibt es keine Garantie, denn Salzwasser kann in der Elektrik ernsthafte Korrosion auslösen. Aber ich habe es abgespült, gleich nachdem wir an Bord kamen, also …" Er zuckte die Schultern, während er mit dem Fernglas das Ufer absuchte. „Vielleicht ist es einen Versuch wert."

„Im großen Badezimmer befindet sich einer dieser nutzlosen Wandföhne", sagte sie. „Ich habe keine Ahnung, ob er funktioniert. Ich habe ihn nicht ausprobiert, da ich mir ziemlich sicher bin, dass meine Haare fantastisch liegen."

Ian lachte und sah sie an. Sein Blick glitt über ihre nackten Beine. „Der verwahrloste Look steht dir aber sehr gut."

„Oh." Phoebe ließ sich auf eine Bank an einem Einbautischchen sinken. „Nein. Bitte. Nicht. Ehrlich. Du meine Güte. Ich dachte, von diesem Thema wären wir inzwischen weit entfernt. Ich dachte, es wäre gestrichen. Sozusagen."

„Welches Thema denn?“, erkundigte er sich und widmete sich den funkelnden Lichtern am fernen Ufer. Sie hatte keine Ahnung, wie er selbst mithilfe des Fernglases in der Dunkelheit irgendetwas erkennen wollte.

„Na schön, pass auf. Ich weiß nicht viel über dich“, begann sie. „Aber ich weiß, dass du nicht blöd bist.“

„Süß aber auch nicht“, konterte er. „Ich glaube, das war der Punkt, an dem wir das Thema gewechselt haben.“

Gut, dachte sie. „Ich meinte bloß, dass das, was du für deinen Bruder und Sheldon getan hast, ziemlich süß war. Achtzehn Monate ins Gefängnis zu gehen, um den irren Davio von der Familie deines Bruders fernzuhalten?“

Ian schüttelte den Kopf. „Das war es nicht, worüber wir gesprochen haben. Wir sprachen darüber, dass du mich – wie hast du es formuliert? – unter dem Anleger angesprungen hast.“

Phoebe verzog das Gesicht. „Also schön. Zumindest sind wir uns darüber einig, wer wen angesprungen hat. Das ist eine gute Gelegenheit, um erneut zu dem überzuleiten, was ich zu diesem peinlichen Thema zu sagen hatte: nämlich, dass es mir leidtut. Das war mein Ernst. Ich hätte dich nicht küssen sollen.“

Er schaute sie an. „Na ja, eigentlich habe ich dich zuerst geküsst.“

Er sagte das absichtlich mürrisch, als ginge es dabei um einen Wettbewerb.

„Hast du nicht …“, begann sie. „Das war kein …“

Ian wartete mit hochgezogener Braue darauf, dass sie den Satz beendete.

Phoebe seufzte. *Du hast mich zwar zuerst geküsst, auf dem Balkon, aber es diente nur der Ablenkung.* Wenn sie diese Worte jetzt sagte, würde er dagegenhalten, dass sie unmöglich wissen könne, was er sich dabei gedacht hatte. Auch wenn sie es tatsächlich bestimmt wusste.

„Du hast selbst zugeben, dass ich mich dir förmlich an den Hals geworfen habe“, behauptete sie stattdessen.

„Das habe ich nicht.“ Er spähte wieder durchs Fernglas. „Ich habe lediglich festgestellt, dass wir über deine Einschätzung, du hättest dich mir in die Arme geworfen, gesprochen haben. Ich bin mir sicher, dass ich aktiv und begeistert bei der Sache war. Also habe ich mich dir mindestens entgegengeworfen."

Phoebe stützte den Kopf in die Hände und stöhnte frustriert auf. „Meinetwegen. Warum einigen wir uns nicht darauf, dass dein monatelanger Gefängnisaufenthalt die Sache nicht gerade besser gemacht hat und dass mein Verhalten unprofessionell war?"

„Wow", entgegnete Ian. „Du willst damit andeuten, ich wäre sexuell ausgehungert und du wärst eine schlechte Anwältin? Ziemlich übel."

„Das habe ich so nicht gesagt", widersprach sie, obwohl es im Prinzip genau das war, was sie gesagt hatte. Sie setzte noch einmal an: „Das habe ich damit nicht gemeint. Na ja, nicht ganz so."

„Nur zum Mitschreiben", meinte Ian, ließ das Fernglas sinken und betrachtete sie. „Es war ein wirklich toller Kuss. Ich habe ihn sehr genossen, vielen Dank, und ich bereue ihn nicht. Deshalb werde ich mich dafür auch nicht entschuldigen, und ich finde, das solltest du ebenso wenig. Ich weiß nichts darüber, weshalb du mich geküsst hast, schließlich kann ich nicht in deinen Kopf hineinschauen. Ich kann dir jedenfalls versichern, dass ich dich geküsst habe, weil ich es wollte, weil ich dich mag und weil ich wissen wollte, wie das ist. Und damit du Bescheid weißt: Es war ungefähr fünfzigtausendmal aufregender, als ich es mir vorgestellt habe. Auf der kosmischen Kuss-Skala reiht er sich damit ein in die Kategorie ‚supersexy-großartig'."

Er machte eine Pause.

Sie war mittlerweile sprachlos, deshalb fuhr er fort: „Aber es war nur ein Kuss. Es gibt Millionen Menschen, die sich in diesem Augenblick küssen, genau in dieser Sekunde, irgendwo auf der Welt. Aber hast du eine Vorstellung davon, wie viele davon sich hinterher in einer epischen Diskussion verlieren? Ich sag's dir: vermutlich keine zehn. Die anderen sagen sich: ‚He, das war toll. Lass uns das noch mal machen, entweder jetzt oder später.' Was zufällig genau das ist, was ich zu dir sagen wollte. Also, jetzt kommt's: He, es war toll. Lass uns das wiederholen. Aber lieber später, wenn niemand hinter uns her ist, der uns umbringen will."

Phoebe fand ihre Stimme wieder. „Es sind bestimmt viel mehr als zehn …"

„Dann eben zehntausend", räumte er ein. „Zehntausend von Abermillionen küssender Menschen ist immer noch eine sehr geringe Zahl."

Phoebe startete einen neuen Versuch. „Als deine Anwältin …"

„Genau, das sind alles Anwälte", unterbrach Ian sie. „All diese Diskutierer sind Anwälte. Jeder einzelne von denen. Heiliger Strohsack."

„Du bist ein Klient", argumentierte sie. „Deshalb tut es mir leid, doch ich werde dich kein zweites Mal küssen."

„Wow, mir tut es leid, das zu hören", erwiderte er. „Tja, dann tut es wohl letztlich uns beiden leid."

Wenn das kein geeignetes Schlusswort dieser Diskussion war! Phoebe stand auf und räusperte sich. „Ich werde mal nachschauen, ob dieser Wandföhn funktioniert."

Ian sah sie nicht an. „Gute Idee. Nimm das Handy mit."

Sie nahm es vom Tresen und ging die Treppe hinunter in das sogenannte Bordklo. Dabei ertastete sie sich hauptsächlich den Weg. Sie fühlte sich eigenartig beraubt, obwohl sie eigentlich erleichtert sein sollte, dass diese peinliche Diskussion mit Ian beendet war.

Sie öffnete die Schiebetür zum Badezimmer und nahm den Föhn aus der Halterung an der Wand. Er war mit einem Spiralkabel verbunden. Sie versuchte die Aufschrift auf den Knöpfen zu entziffern, aber das gelang ihr in dem schwachen Licht nicht. Schließlich drückte sie einfach auf irgendeinen.

Nichts geschah.

Sie drückte auf einen anderen.

Stille.

Kein Strom.

Klasse.

Kontaktpunkt Zebra war eine mit Brettern zugenagelte ehemalige Tankstelle inmitten einer Einöde, ein ganzes Stück östlich der Nord-Süd-Interstate.

Martell hätte sie nie bemerkt, wenn Francine ihn nicht aufgefordert hätte, langsamer zu fahren.

Er lenkte den Wagen auf den von Schlaglöchern übersäten Parkplatz und verlangsamte auf Schritttempo, während sein Auto über den Platz rumpelte und schaukelte. Ein kaputter Stoßdämpfer fehlte ihm jetzt noch und hätte diesen mistigen Tag passend abgerundet.

„Fahren Sie nach hinten zur Rückseite und schalten Sie die Scheinwerfer aus", befahl Francine.

Martell fühlte mehr, als dass er sah, wie Deb nickte, ein stummes *Tun Sie es.* Er schaute sie an, obwohl sie beide wussten, dass sie nicht länger das Kommando über ihr kleines Team hatte. Diese Ehre hatte Dunn der zierlichen Blondine auf dem Rücksitz verliehen.

Deb war nicht die Einzige, der das ganz und gar nicht passte. Dunns Bruder schien ebenso wenig begeistert zu sein.

„Was ist das hier?" Aaron fasste in Worte, was alle dachten – alle bis auf Francine, die sie schließlich hierhergelotst hatte.

„Trautes Heim, Glück allein", meinte Francine, während sie ihre Waffe überprüfte, die sie in ihrer Handtasche aufbewahrt haben musste. „Vorläufig jedenfalls."

„Meine Fresse", sagte Aaron.

„Der Innenbereich ist in besserer Verfassung als die Fassade", versicherte sie ihm. „Es sieht absichtlich völlig heruntergekommen aus. Ihr werdet sehen, es ist gar nicht schlecht."

Es handelte sich um ein über und über mit Graffiti verschandeltes und mit Brettern zugenageltes Gebäude aus Backstein. Vielleicht waren das aber auch gar keine Backsteine, sondern Sperrholz. Und vielleicht befanden sich unter den zugenagelten Fenstern gar keine Glasscheiben mehr in den Rahmen. Es war zwei Stockwerke hoch, und als Martell langsam zur Rückseite des Gebäudes fuhr, erkannte er im Mondlicht eine wacklig aussehende Treppe, die zu einem ebenso wacklig aussehenden Balkon führte, der sich über die gesamte Länge der Rückseite hinzog. Es gab Fenster und zwei Türen auf dem Stockwerk. Eine davon war eine Glasschiebetür mit altmodischen sturmsicheren Fensterläden davor.

Wenn Martell raten sollte, würde er darauf tippen, dass sich dort oben über dem früheren Tankstellenverkaufsraum eine kleine Wohnung befand, die vielleicht aus einem oder zwei Zimmern bestand.

„Ian hat dieses Gebäude gekauft“, erzählte Francine weiter. „Ungefähr zur selben Zeit, als er das Haus in Sarasota gekauft hat. Das war ein Zwei-Fliegen-mit-einer-Klappe-Deal. Er hatte Geld, das er in Immobilien investieren musste, und er wollte einen Ort, an dem man sich im Fall einer Zombie-Apokalypse verschanzen kann.“

Wow, Zombie-Apokalypse. Blondie hatte tatsächlich einen Scherz gemacht. Martell war jedoch der Einzige, der darüber kicherte, was ihm einen Seitenblick von Deb einbrachte, aus dem er beim besten Willen nicht schlau wurde.

Martell hielt an, und Deb umfasste den Türgriff.

Doch Francine hatte sich bereits abgeschnallt, beugte sich nach vorn und legte der FBI-Agentin die Hand auf die Schulter. „Bleiben Sie bitte im Wagen. Ich werde mich rasch umsehen und prüfen, ob die Schlösser intakt sind und wir keine ungebetenen Gäste haben. Es ist schon eine Weile her, seit ich hier draußen war.“

„Seien Sie vorsichtig“, sagte Martell.

Francine schaute ihn an und nickte. Dann stieg sie aus und verschwand in der Nacht.

Es passte Deb nicht, herumkommandiert zu werden – auch nicht, wenn der Befehl mit einem „Bitte“ versehen wurde. Aaron auf dem Rücksitz war noch weniger entzückt. Aber für ihn hatte die Sicherheit seines Ehemannes absolute Priorität.

„Wie bekommen wir Bilder von den Überwachungskameras aus dem Safe House?“, fragte er Deb mit leiser Stimme, um das Baby nicht aufzuwecken.

„Yashi bringt eine Computerausrüstung mit“, antwortete Deb. „Aus Tampa.“

Yashi.

Der das gleiche Deodorant und Haarpflegemittel benutzte wie Deb. Martell hatte den Mann beobachtet, während er und Deb sich im Safe House darauf vorbereitet hatten, in verschiedene Richtungen zu verschwinden. Keiner der beiden hatte auch nur den kleinsten Hinweis darauf geliefert, dass sie etwas anderes waren als Kollegen. Es hatte weder schlecht getarnte Berührungen – genau genommen gar keine – noch längeren Blickkontakt oder ein besonderes Lächeln für den anderen gegeben. Bloß jede Menge unpersönlichen gegenseitigen Respekt.

Trotzdem hatten sie erst kürzlich die gleichen Produkte aus einer Pflegeserie für Männer benutzt.

Diese Tatsache gab Martell Rätsel auf. Zwei Leute, die supervorsichtig waren, damit eine intime Beziehung geheim blieb, hatten sehr begrenzte Möglichkeiten, um sich nach einer gemeinsamen Nacht zu pflegen. Entweder benutzte man die Produkte des Partners – und riskierte damit, dass es jemandem mit einer guten Nase, wie Martell, auffiel. Oder man hatte eine Notration eigener Produkte im Badezimmer des Partners deponiert – und riskierte, dass ein Besucher es bemerkte und die richtigen Schlüsse daraus zog.

Die dritte Möglichkeit bestand natürlich einfach darin, gar nicht zu duschen und mit den Spuren der Schande nach Hause zu gehen …

Genug.

Martell zwang sich, nicht mehr darüber nachzudenken, bevor das noch zur Obsession werden konnte.

Es genügte vollkommen, wenn er wusste, dass die attraktive FBI-Agentin trotz der gegenseitigen Sympathie, die er beim Frittenessen mit ihr und ihren gelegentlich heraushüpfenden Brüsten gespürt hatte, tatsächlich die Duschprodukte ihres Kollegen benutzt hatte.

Ding. Das Spiel endete, bevor es begann.

Wenn er ehrlich war, musste er zugeben, dass das gut war. Er hatte kein Recht, einem kleinen Techtelmechtel hinterherzuschnüffeln, während er an einem komplizierten, ernsten Fall arbeitete. Ja, die Frau war aufregend und ihr Aufzug in Grufti-Schwarz faszinierend, auch wenn ihm klar war, dass es sich bloß um eine Tarnung handelte.

Aber er hatte Arbeit zu erledigen. Leben zu retten.

Windeln zu wechseln. Allerdings, ja, das war das Baby, das er roch. Du lieber Himmel …

Francine öffnete die Wagentür, und alle erschraken – zumindest Martell.

„Wir können rein“, berichtete sie. „Puh!“

„Was hast du ihm denn zu essen gegeben?“, wollte Aaron wissen, wie immer leicht gereizt, während er das Kind aus dem Sitz befreite.

„Das Übliche“, antwortete sie. „Nichts Neues, das schwöre ich. Bring ihn ins Haus, bevor er aufwacht und anfängt zu schreien.“

„Er hat das im Schlaf gemacht?“, fragte Martell, doch Aaron war zu beschäftigt.

„Hast du was von Ian oder Shelly gehört?“, erkundigte Aaron sich bei Francine, die ihr Handy überprüfte.

„Nichts von Eee.“ Francine nahm Rorys Windeltasche. „Shel hat meine Mail erhalten. Er ist auf dem Weg zum Safe House, doch ich weiß nicht, ob Berto noch bei ihm ist. Ich vermute es.“ Sie sah Deb und Martell an. „Lasst uns die Sachen hineinbringen. Aber seid leise.“

Aaron war mit Rory bereits die Treppe hinaufgestiegen, und Francine schloss die Wagentür kaum hörbar.

Martell machte seine Tür auf. Gerade wollte er den anderen hinterhergehen, als Deb ihn am Arm festhielt und zu sich heranzog.

„Ich traue ihr nicht, dieser Francine“, flüsterte sie ihm ins Ohr. „Allerdings ist es ziemlich offensichtlich, dass sie Gefallen an Ihnen findet. Tja, das beruht wohl auf Gegenseitigkeit. Also versuchen Sie mal, näher an sie heranzukommen. Ich will wissen, ob sie Ärger machen wird. Ach ja, und finden Sie heraus, ob sie mit Ian zusammengearbeitet hat, als er mit dem Holländer zu tun hatte – mit dem angeblichen Kidnapper. Möglicherweise kann sie uns Informationen liefern.“

Und damit stieg auch sie aus dem Wagen.

Na klasse. Genau das brauchte er. Spion gegen Spion, damit der Tag noch schlimmer wurde.

Martell seufzte, holte die beiden letzten mit Einkäufen gefüllten Tüten aus dem Kofferraum und folgte dem Rest des mürrischen Teams die wacklige Außentreppe hinauf.

11. KAPITEL

„Da kommen sie."

Phoebe, die auf dem Teppichboden in der größten Kabine der Jacht saß, schaute auf. Sie wedelte mit der DVD-Hülle eines Films mit dem Titel *Jerri ist oben* und versuchte dadurch, das Handy ausreichend trocken zu bekommen, damit es wieder funktionierte, sobald der Akku eingelegt wurde.

Bei ihrer Suche nach einem kleinen batteriebetriebenen Handventilator hatte sie in sämtliche Wohnzimmerschränke gesehen und dabei eine umfangreiche Sammlung an Porno-DVDs entdeckt, zwei Kartenspiele, eine Packung unbenutzter Wachsmalstifte, einen gut ausgestatteten, aber nicht angeschlossenen Weinschrank mit verschiedenen teuren Rotweinen darin, eine Flasche *Windex*-Glasreiniger, ein paar nach Tannenbaum duftende Kerzen, eine batteriebetriebene Laterne, die tatsächlich anging, eine Schere und, halleluja, eine ungeöffnete Packung *Goldfish*-Crackers.

Allerdings gab es kein Trinkwasser an Bord, sodass Phoebe widerstrebend einen ziemlich guten Pinot noir zu den Crackern geöffnet hatte, weil ihr Mund nach dem langen Schwimmen im Salzwasser so trocken war wie die Sahara. Da sie keine Gläser gefunden hatte, trank sie aus der Flasche, jedoch nur ganz kleine Schlucke.

Gefangen auf einer Luxusjacht mit einem fast nackten ehemaligen Navy-SEAL, der sie vor Kurzem geküsst hatte, dazu ein Dutzend Flaschen Wein. Was konnte da noch schiefgehen?

Ian lehnte natürlich ab, als sie ihm Wein anbot. Er hatte oben in der Hauptkabine weiterhin Wache gehalten, kam jetzt jedoch mit einer Warnung herunter.

„Es ist ein relativ kleines Boot. Drei Mann an Bord. Wir können davon ausgehen, dass sie alle bewaffnet sind. Die sind schon eine Weile da draußen, aber nun steuern sie unseren Teil des Hafens an."

Phoebe rappelte sich auf. „Was sollen wir tun?“

„Schsch.“ Er hob beide Hände, aber da er in der einen ihre Glock hielt, war die Geste nur bedingt beruhigend. „Wir müssen uns absolut still verhalten. Bring das Boot nicht zum Schaukeln. Ich habe keine Ahnung, ob irgendeiner von Davios Leuten nautische Kenntnisse besitzt, aber falls ja, werden sie nach solchen Anzeichen Ausschau halten. Ungewöhnliche Bewegungen eines Bootes, das eigentlich leer sein sollte. Wasserspuren an Deck. Doch darauf haben wir ja geachtet, das sollte also kein Problem sein.“ Er sah zu einer der Fensterabdeckungen, die sie geöffnet hatte, damit das schwache Mondlicht hereinschien. „Es ist zu spät, um die Jalousien wieder zu schließen. Wir müssen unten bleiben, weg von den Bullaugen, für den Fall, dass die Männer an Bord kommen.“

„Glaubst du wirklich, die kommen aufs Schiff?“, fragte sie leise und zeigte zum Badezimmer – dem Bordklo. Dort gab es keine Bullaugen. Es hatte außerdem eine Schiebetür, die sie fast ganz schließen konnten. Sie nahm den Wein, die Cracker und ihr Handy und ging voran.

„Murphys Gesetz besagt, sie werden es tun“, meinte Ian leise und schob die Tür bis zur Hälfte zu, sodass es dort drinnen noch dunkler wurde. „Daher bereite ich mich innerlich darauf vor. Wenn wir Glück haben, fahren sie bloß vorbei. Wir sollten uns unbedingt hinsetzen, denn ihr Boot wird Wellengang erzeugen, und ich will kein Gepolter. Möchtest du?“ Er hielt ihr die Glock mit dem Griff voran hin.

Phoebe kannte Murphys Gesetz. *Wenn etwas schiefgehen kann, dann wird es auch schiefgehen.* Es ließ sich auch auf den Gerichtssaal anwenden. Was sie jedoch erstaunte, war, dass ihr ein Y-Chromosomträger in einer bedrohlichen Situation ihre Waffe zurückgab. Eigenartigerweise war es für sie in Ordnung gewesen, dass er die Glock gehabt hatte. Sie war eine gute Schützin, aber kein ehemaliger SEAL. Und sie hatte außerdem nie auf etwas anderes als eine Pappscheibe geschossen.

„Behalte sie ruhig“, erwiderte sie und setzte sich auf den Boden. Dann stutzte sie und musterte seine Silhouette. „Du wusstest, dass ich das sagen würde, wenn du mir dieses Angebot machst, oder?"

„Gib mir einfach Bescheid, wenn du sie wiederhaben willst", entgegnete er und nahm ebenfalls Platz – wobei er seinen improvisierten Lendenschurz richtete. „Sie gehört dir." Er legte die Handfeuerwaffe zwischen sie beide auf den Fußboden.

Phoebe ergriff sie nicht. „Wie sieht dein Plan aus, falls die Typen an Bord kommen?"

„Still sein", sagte er. „Darauf hoffen, dass sie das Schloss zur Kajüte nicht aufbekommen."

Dellarosas Suchtrupp war inzwischen nahe genug, dass man den kleinen Außenbordmotor ihres Bootes hören konnte. Das war ein gutes Zeichen, denn es bedeutete, dass sie suchten und nicht lauschten.

Trotzdem musste sie fragen: „Und wenn doch? Wenn es ihnen gelingt, das Schloss zu knacken und in die Kajüte zu gelangen?"

„Wie steht es eigentlich um das Handy?", antwortete er mit einer Gegenfrage. „Schon trocken?"

Na schön, er hatte also keinen Plan, abgesehen von der Hoffnung, dass das Telefon trocken war und wieder funktionierte, damit sie Hilfe rufen konnten. Das brachte sie zurück zu dem Punkt, bevor sie von Phoebes Balkon gesprungen waren.

„Glaubst du, die wissen, wie ich aussehe?", fragte sie und hielt ihm die zwei Teile des Handys hin.

Er nahm sie. Draußen wurde das Brummen des Motors lauter. „Ja, die werden höchstwahrscheinlich ein Foto von dir gesehen haben. Vermutlich das von der Website eurer Kanzlei."

Phoebe nickte. Wenn das so war, hatten die im Grunde keine Ahnung, wie sie aussah. „Das Foto ist grässlich." Für dieses Bild hatte sie ihr teuerstes Business-Kostüm angezogen, hatte sich für eine hochgeschlossene Bluse und ihre Brille entschieden. Es war so schrecklich geworden wie eines dieser fast schon komisch misslungenen Schulfotos. Das Haar hatte sie hochgebunden, doch auf dem Foto sah es platt und so merkwürdig aus, als trüge sie es kurz. Und der kantige Schnitt der Kostümjacke hatte sie gleich zwanzig Pfund schwerer wirken lassen. „Darauf sehe ich steif, ernst und seltsam altbacken aus." Die Frau auf dem Bild hatte überhaupt keine Ähnlichkeit mit ihr. Zumindest hoffte sie das inständig.

Ian hielt den schweren Akku des Handys in der Hand, als würde er abwägen, ob er ihn als Wurfgeschoss gegen die Gangster benutzen sollte. Er schaute Phoebe an, und seine Augen funkelten ein wenig in der Dunkelheit. „Woran denkst du?"

„Ich denke daran, dass die mich unter Umständen nicht wiedererkennen. Und damit haben wir einen Plan, falls diese Kerle an Bord kommen. Ich werde nämlich so tun, als hätten sie mich geweckt. Ich behaupte, ich hätte hier geschlafen, weil … Ich weiß auch nicht, ich lasse mir irgendeine klassische traurige Begründung einfallen, wie zum Beispiel …"

Er ließ sie nicht ausreden. „Das gefällt mir nicht. Die Chance, dass sie dich nicht wiedererkennen, ist mir zu vage. Und dass du denen gegenübertreten willst, ist absolut keine gute Idee."

Dennoch fuhr sie fort: „Wie zum Beispiel, dass ich gerade herausgefunden habe, dass mein Mann mich betrügt. Ich bin wütend und betrunken." Sie deutete auf die Weinflasche. „Und jetzt glaube ich, dass dieser Mistkerl mir Schläger auf den Hals gehetzt hat, die sich um mich kümmern sollen."

„Sobald du mit denen in Kontakt trittst, werden die heraufkommen und die Gelegenheit nutzen, das Boot zu durchsuchen. Und dann werden sie mich entdecken. Es sei denn …" Er hielt inne und spähte aus dem Bad zur Kabinendecke, wo eine kleine Luke aufs Vordeck führte.

Phoebe ließ nicht locker. „Ich werde schreien und so tun, als wollte ich die Polizei rufen. Die wissen ja nicht, dass das Telefon nicht funktioniert. Ich schreie um Hilfe. ‚Fremde auf meiner Jacht' und so weiter. Wenn ich genügend Lärm mache, verschwinden sie wieder."

Ian schüttelte den Kopf. „Nein, das gefällt mir immer noch nicht." Er betrachtete die beiden Teile vom Handy in dem schmalen Lichtstrahl des Mondes, der durch den Türspalt hereinfiel. „Ich weiß deine Kreativität wirklich zu schätzen, und ich bezweifle nicht, dass du herausragende schauspielerische Fähigkeiten besitzt …"

Phoebe lachte über seinen herablassend ironischen Ton und hob die Stimme ein wenig, damit er sie trotz des Motorengeräusches draußen verstehen konnte. „Ich bin Strafverteidigerin, also glaub mir, ich kann schauspielern. Aber was ist eigentlich dein Plan? Das magische, allmächtige Mobiltelefon wieder aktivieren und … was? Hilfe herbeitelefonieren? Erklär mir noch mal, warum wir das nicht schon getan haben, bevor wir in diesen Kanal gesprungen sind."

„Das Handy ist dazu da, medizinische Hilfe herbeizurufen", erklärte er und drückte den Akku an seinen Platz. „Nachdem ich die Kerle auf dem Boot überwältigt habe, wer immer sie auch sind, während du dich hier sicher versteckt hältst." Er sah sie an. „Ich arbeite noch an den Details, wie ich das am besten bewerkstellige. Wie es ausgeht, ist allerdings klar."

Sein Selbstbewusstsein grenzte an Arroganz, was Phoebe normalerweise nicht sehr anziehend fand. Doch in Kombination mit diesen Augen und diesem Körperbau – na schön, sie wollte sich nichts vormachen: der Lendenschurz-Look trug einiges dazu bei – war er absolut attraktiv.

Aber zu wünschen, dass etwas passierte, bedeutete noch lange nicht, dass es in Erfüllung ging. Selbst dann nicht, wenn man ein knallharter ehemaliger Navy-SEAL war.

Bei drei gegen zwei standen die Chancen nie gut, und in diesem Fall kam hinzu, dass Ian und Phoebe bloß eine Waffe besaßen. Von der begrenzten Munition ganz zu schweigen.

Das Geräusch des Außenbordmotors kam näher und näher, wurde lauter und lauter. In wenigen Sekunden würde die Barke vorbeifahren. Dann würde es allmählich leiser werden, und die Gefahr wäre vorüber. Phoebe und Ian würden vor Erleichterung lachen, und Phoebe würde einen extragroßen Schluck aus der Weinflasche trinken und so tun, als zittere ihre Hand nicht.

Als das Brummen zu richtigem Motorenlärm angeschwollen war, schaute Ian auf das Handy und probierte, es einzuschalten.

Nichts passierte.

Zumindest nichts mit dem Handy.

Draußen vor der Jacht stotterte der Motor und verstummte schließlich.

Vorsichtig legte Ian das Handy hin und griff nach der Glock, während zu hören war, wie auf dem Wasser eine Stimme sagte: „Lasst uns einen Moment treiben, damit wir besser auf Geräusche achten können."

Phoebe begegnete Ians Blick und nickte, zum Zeichen dafür, dass sie seine stumme Nachricht verstand: *„Keinen Laut."*

Eine andere Stimme meldete sich draußen zu Wort: „Das ist doch Zeitverschwendung. Die sind längst weg."

„Mr D. hat gesagt, der Typ ist fast ein Jahr in North Port gewesen. Glaubst du wirklich, da kann er noch meilenweit schwimmen, wenn er diese dicke Kuh hinter sich herschleppen muss?"

Sie riss die Augen auf und hoffte, Ian würde die Botschaft darin lesen: *„Siehst du? Die haben keine Ahnung, wie ich aussehe."* Obwohl sie eigentlich eher dachte: *He, diese Armleuchter haben mich gerade fett genannt!*

Seine Antwort bestand darin, ihr erneut die Glock hinzuhalten, mit dem Griff voran, und es war schwer zu sagen, ob er ihre Miene falsch interpretierte oder ob das bloß ein misslungener verdrehter Navy-SEAL-Insiderwitz war. So nach dem Motto: *Du weißt, dass du meine Erlaubnis hast, sie umzulegen.*

Die erste Stimme draußen meinte nun: „Na schön, lasst uns verschwinden. Hier ist niemand."

Woraufhin zwei Dinge gleichzeitig geschahen. Das Handy erwachte von den Toten und fing an zu klingeln. Schrill. Laut.

Und der Außenbordmotor wurde wieder stotternd gestartet.

Phoebe reagierte instinktiv, indem sie die Hand auf das Mobiltelefon legte und nach dem Knopf an der Seite tastete, mit dem man es stumm schalten konnte.

Erst dann sah sie auf und stellte fest, dass Ian mit Nachdruck den Kopf schüttelte. *„Nein!"*

Und sofort wurde ihr klar, warum er das tat. Ein klingelndes Telefon auf einer geankerten Jacht war eine Sache – jemand hatte sein Handy auf dem ansonsten leeren Schiff vergessen. Aber ein

Handy, dessen Klingeln plötzlich unterbrochen wurde, bedeutete, dass sich irgendwer an Bord befinden musste.

Phoebe hatte es vermasselt.

Die Männer in dem Boot hatten weiterfahren wollen, und sie hatte es vermurkst.

„O verdammt, es tut mir leid“, sagte sie.

Die Zeit schien langsamer zu vergehen. Sekunden zogen sich in die Länge, während Phoebe dort in der Dunkelheit neben Ian hockte und abwartete, ob das kurze Klingeln vom lauten Motor übertönt worden war.

Bitte, fahrt weg, dachte sie. *Bitte fahrt endlich weg.*

Der Motor hustete, stotterte und erstarb.

„Es kam von der da“, sagte eine der Stimmen, die jetzt viel näher waren.

Dann stieß etwas Festes gegen die Bordwand der Jacht, auf der Phoebe und Ian sich versteckt hielten.

„Sieht aus, als müssten wir unseren Plan B anwenden“, meinte Ian und drückte ihr die Glock in die Hand. „Tu es, aber lass dich bloß nicht anschießen. Und schieß um Himmels willen auch nicht auf mich. Ich werde aus dem Wasser kommen. Ruf die Polizei erst an, wenn es nicht anders geht. Verstanden? Gut.“

Er küsste sie. Es war nur ein flüchtiger Kuss, eine kurze Berührung der Lippen, und so schnell vorbei, dass es eigentlich nicht als echter Kuss zählte.

Danach verschwand er in die Kabine und durch die unglaublich kleine Deckenluke.

Phoebe ließ die Pistole sinken, riss sich den Plastikmüllsack vom Leib und schnappte sich Ians Shirt, das er an einen Handtuchhalter gehängt hatte. Sie streifte es über. Es war immer noch kalt und nass und klebte an ihrer Haut; dennoch zwang sie sich, es bis zu den Oberschenkeln herunterzuziehen. Sie klemmte das Telefon zwischen Kinn und Schulter, nahm die Glock in die rechte Hand und die noch fast volle Flasche Wein in die linke. Den Großteil schüttete sie in die Spüle und sagte laut genug, dass die Männer in dem Boot sie hören konnten: „*Ich* bin unvernünftig? Ich? Du hast mit meiner besten Freundin gevögelt, du arroganter Arsch! Ach nein, falsch – mit meiner ehemals besten Freundin! Also nein, ich werde dir auf keinen Fall verraten, wo ich bin!“

Sie nahm einen letzten stärkenden Schluck aus der inzwischen fast leeren Flasche, bevor sie das Badezimmer verließ, die Kabine durchquerte und die Treppe zur Kombüse hinaufstieg. Dabei rief sie aufgebracht: „Ich werde mein Telefon auf lautlos stellen, du Mistkerl! Morgen früh wirst du von meinem Anwalt hören, und wir werden dich ausbluten lassen. Fahr zur Hölle und nimm diese verlogene Schlampe Tiffany mit!“

Das sogenannte Safe House, zu dem die E-Mail von Francine sie dirigiert hatte, stellte einen deutlichen Aufstieg zu dem billigen, heruntergekommenen Stundenhotel dar, das Sheldon erwartet hatte.

Berto hatte den Wagen hinter dem Haus parken können, sodass er von der Straße nicht zu sehen war, was einen Vorteil bedeutete.

Die Hintertür war verschlossen gewesen, aber das hatte sie nicht aufgehalten.

„Bist du schon mal hier gewesen?“, fragte Berto nun, als sie durch die Küche ins Wohnzimmer gingen, das mit leicht muffig riechenden Möbeln vollgestellt war.

Es musste sich um ein Ferienhaus handeln. Trotzdem war es netter als mancher der Treffpunkte, die Shelly und Aaron während ihrer Militärzeit aufgesucht hatten.

„Nein“, antwortete Shel seinem Halbbruder aufrichtig. „Aber Francine hat gesagt, hier sollen wir warten, bis sie erneut Kontakt aufnehmen.“

Das schien Berto zufriedenzustellen – der die sorgfältig versteckten Hightech-Überwachungskameras und Mikrofone nicht bemerkte, die überall im Haus platziert waren. Es gab sogar eine Kamera im Bad, wo Sheldon gerade die Toilette benutzte und sich das mit Ruß beschmierte Gesicht wusch.

Auf seinem Kopf prangte eine Beule von dem Schlag, den Berto ihm auf der Straße verpasst hatte. Immerhin hatten die

Kopfschmerzen nachgelassen. Offenbar war er auch aufs Gesicht gefallen, als man ihn in den Kofferraum geworfen hatte: Seine Wange wies eine Schramme auf, und die Lippe war geschwollen. Außerdem hatte er sich die Innenseite der Wange aufgebissen, was das Essen in den nächsten Tagen erschweren würde.

Es hätte weitaus schlimmer kommen können.

Und das konnte es immer noch; dessen war er sich sehr wohl bewusst.

Es war sehr wahrscheinlich, dass Berto die Rolle des Helden bloß spielte und so tat, als stelle er keine Bedrohung dar.

Aber Shel wusste es besser. Natürlich war ihm klar, dass sein Halbbruder eine Waffe trug. Er hatte die Ausbuchtung unter Bertos linkem Arm bemerkt.

Obwohl es dem stillen, scheinbar sensiblen Jungen, der in ihrer Jugend Shels und Francines Beschützer gewesen war, kaum zuzutrauen war, wusste Shel, dass Berto mindestens einmal – und vermutlich seitdem noch öfter – einen Mann getötet hatte.

Das war wegen des Sex-Videos geschehen. Sehr lange hatte Shel alles, was in seinem Leben schiefgegangen war, auf jenen dummen Streich oder idiotischen Outing-Versuch eines Studienkollegen in der Brentwood Academy zurückführen können.

Als das Video damals an Davio geschickt wurde, bekam der einen Anfall.

Was Francine noch toppte, indem sie sich die Haare schneiden ließ, verfängliche Selbstporträts an Aaron schickte und ihrem Stiefvater die „Wahrheit" gestand. Nämlich, dass nicht Sheldon in dem Video zu sehen sei, sondern sie, Francie. Sie sei bereits seit Wochen heimlich mit dem toll aussehenden Aaron zusammen …

Zwar nahm ihr „Geständnis" den Druck von Shelly, doch dafür bekam Francine nun alles ab. Denn nicht nur Davio glaubte ihr und vermöbelte sie, weil sie solche Schande über die Familie gebracht hatte. Nein, auch Berto drehte durch.

Berto, in den Francine sich verliebt hatte. Berto, der mit ihr nach Europa durchbrennen wollte, sobald Sheldon seinen Abschluss in Brentwood gemacht hatte. Berto, der Francines Liebe erwiderte, von ganzem Herzen …

Allerdings glaubte er dann Francines Schwindel und schnappte sich seine Waffe, um sich auf die Suche nach Aaron zu machen.

Er brachte ihn nicht um, aber fast. Und in dem Durcheinander aus Kummer und Waffengefuchtel kam tatsächlich ein Unschuldiger – ein Obdachloser – ums Leben.

Erst nach diesem grauenhaften, nicht wieder rückgängig zu machenden Fehler hatte Berto die Wahrheit erkannt: dass Shelly derjenige gewesen war, den man in dem Video zusammen mit Aaron gesehen hatte.

Statt sich der Polizei zu stellen, hatte Berto sich an seinen Vater gewandt, damit der ihm half, das Verbrechen zu vertuschen. In jener Nacht hatte er seine Seele an den Teufel verkauft, und seither bezahlte er dafür.

Shel trocknete sich jetzt das Gesicht mit einem der im Bad hängenden Handtücher ab und fuhr sich mit den Fingern durch die zerzausten Haare. Er versuchte, den schlimmsten Staub aus seiner Kleidung zu klopfen. Sein T-Shirt und seine Hose waren schweißgetränkt und dreckig von der Reise im Kofferraum, und er wollte die Möbel nicht ruinieren. Außerdem trödelte er absichtlich, denn er hatte absolut keine Lust, herumzusitzen und mit Berto über alte Zeiten zu plaudern.

Er atmete tief durch und betrachtete sich erneut im Spiegel. Er mochte geschafft und angeschlagen sein. Trotzdem stand er noch auf den Beinen.

Und irgendwo dort draußen war Aaron. Vielleicht beobachtete er ihn sogar in diesem Augenblick und wartete nur auf den richtigen Moment, um ihn zu retten.

Shelly schaute nach oben, direkt in die Kamera, die in einem trügerisch staubigen künstlichen Farn versteckt war, der auf einem übertrieben dekorierten Bambusregal stand. „Berto hat auf dem Weg hierher Bier und Whiskey gekauft. Ich werde probieren, ihn betrunken zu machen, und dann verschwinden“, flüsterte er. „Ich weiß, ich sehe beschissen aus, aber ich verspreche dir, dass es mir gut geht. Tut nichts Übereiltes. Berto ist bewaffnet.“

Er ließ das Licht im Bad brennen und kehrte in das Wohnzimmer des sicheren Unterschlupfs zurück. Dieses sogenannte Safe House war zweifellos einer der gefährlichsten Orte, an dem er sich seit seiner letzten Tour nach Afghanistan aufgehalten hatte.

12. KAPITEL

Ian glitt von der Jacht ins Wasser, ohne dass Dellarosas Männer ihn entdeckten.

Sie waren alle abgelenkt von Phoebe, die während ihres gespielten Telefonats mit ihrem fiktiven untreuen Ehemann lautstark ihre Verachtung kundtat. Sie hoffte, die Männer dadurch zu vertreiben. Aber Ian wusste es besser.

Lautlos schwamm er zum Bug der Jacht, wo einer der Männer aus der Barke versuchte, an Bord des größeren Bootes zu gelangen.

Ihrer Unsicherheit sowie ihrem offensichtlichen mangelnden nautischen Geschick nach zu urteilen, schien es sich bei mindestens zwei der Kerle – einer ein Hüne, der andere trug eine mit dem Schirm nach hinten gedrehte Baseballkappe – um Landratten zu handeln. Der dritte, der gerade die Jacht erklomm, war zwar drahtig, schmal gebaut und offenbar der Anführer, aber höchstens ein Amateurseemann.

Bei keinem war eine Waffe zu erkennen, als sie sich in dem kontrapunktischen Auf und Ab der beiden Wasserfahrzeuge auf den Beinen zu halten versuchten. Dann gaben sie ihre Bemühungen, an Bord zu gelangen, ganz auf, denn in der Kajüte ging ein Licht an. Alle drei wirkten wie erstarrt.

Phoebe hatte die batteriebetriebene Laterne eingeschaltet und hielt sie mit der linken Hand hoch, als wollte sie nachschauen, wer da draußen war.

Vor allem aber beleuchtete sie sich selbst.

Wie hatte sie das Website-Foto von sich genannt? Altbacken?

Ihre Haare waren eine wilde, schulterlange Lockenmähne, und das T-Shirt, das sie anhatte, war viel zu groß. Trotzdem betonte es an all den richtigen Stellen ihren Körper. Es war weiß, noch feucht und beinah durchsichtig.

Sie bot jedenfalls keinen Anblick, bei dem einem der Ausdruck „altbacken“ in den Sinn kam.

„Wer ist da draußen?“, rief sie mit britisch gefärbtem Akzent, während Ian die Überraschung der Männer ausnutzte, indem er zu der von der Jacht am weitesten entfernten Seite des Boots schwamm. „John? Bist du das?“

Sie hatte gut sichtbar die offene Weinflasche auf den Tresen gestellt, um die Geschichte, die sie verkaufen wollte, zu unterstreichen: *Klar, es ist ein bisschen früh, um so fertig zu sein, aber als ich herkam, fing ich an zu trinken und schlief nach zu viel Wein und Wut ein. Mein klingelndes Handy hat mich gerade erst aufgeweckt.*

Ian hoffte, dass die Kerle zu perplex und unbedarft waren, um sich zu fragen, wie die Frau denn vom Anleger auf die Jacht gelangt war, da kein Beiboot daran vertäut war.

Phoebe stellte die Laterne auf den Tresen und öffnete die Tür zum Achterdeck. Alles mit der linken Hand.

Ian gefiel es gar nicht, dass sie die Sicherheit der Kajüte verließ, aber er konnte ihr an diesem Punkt schlecht eine Warnung zurufen. Einerseits begab sie sich in Gefahr, andererseits musste er zugeben, dass ihr Verhalten nur schlüssig war. Jeder würde nachsehen, was die Jacht in der Dunkelheit gerammt hatte. Denn in den meisten Fällen würde es sich um ein *Was* handeln und nicht um ein *Wer.*

Weil sie jedoch die linke Hand benutzte, um die Laterne wieder zu nehmen, nachdem sie die Tür geöffnet hatte, und weil sie die rechte Hand hinter sich verborgen hielt, wusste Ian, dass ihr Finger am Abzug der Glock lag. Allerdings hatte er keine Ahnung, wohin sie das Handy gesteckt hatte.

„Ach du liebe Zeit, wer sind Sie?“, schrie sie mit genau dem richtigen Maß an betrunkener Empörung und Überraschung, als das Licht auf die Gesichter von Dellarosas Männern fiel. „Was machen Sie hier draußen?“ Sie gab einen Laut der Missbilligung von sich, eher ein tiefes Einatmen, perfekt für jemanden, der angeblich nicht ganz nüchtern war. „Hat John Sie geschickt?“

Sie ließ die Männer in dem kleinen Boot gar nicht zu Wort kommen, während sie mit erhobener Laterne dastand, schwer atmend vor gerechtem Zorn. Da sie den Arm erhoben hatte, war ihr Slip zu sehen, und ihre langen, nackten, wohlgeformten Beine kamen noch besser zur Geltung.

Sie wirkte wie eine Göttin, das absolute Gegenteil von altbacken.

„Ich weiß, dass John euch geschickt hat, aber es ist meine Jacht", setzte sie ihren improvisierten Monolog fort. „Sie gehört jetzt mir! Ihr könnt John ausrichten, dass es meine Jacht ist, mein Haus, mein Porsche neunhundertneunundfünfzig, meine Absteige in der Upper West Side. Ihr könnt John ausrichten, dass ich ihn bluten lassen werde. Und jetzt verschwindet! Weg von meiner Jacht! Auf der Stelle!"

Das war der Moment der Wahrheit.

Entweder würden der Riese und Baseballkappe sowie ihr Anführer sich entschuldigen und von der Jacht abstoßen, oder …

„Wir sind von der Hafenwache, Ma'am", log der Anführer so mühelos drauflos, wie Phoebe es getan hatte. Vielleicht war er ebenfalls Anwalt. „Uns sind Berichte über Einbrüche auf einigen Booten in diesem Teil des Hafens zu Ohren gekommen. Mir ist klar, dass dies für Sie zum denkbar unpassendsten Zeitpunkt kommt, und dafür bitte ich Sie um Verzeihung. Aber ich muss Sie auffordern, sich auszuweisen."

Skinny, wie Ian den Anführer im Stillen getauft hatte, war inzwischen an der Rettungsleine hinauf an Bord geklettert.

Phoebe sah ihn kommen, wich rechtzeitig zurück und stellte die Laterne auf einen der in die Bordwand integrierten harten Plastiksitze.

Skinnys Hände waren leer, doch nachdem er stolpernd an Deck gelandet war, griff er in die Innentasche seiner Jacke. Und das war nie ein gutes Zeichen.

Das war offenbar auch Phoebe klar. „Jetzt, Ian!", schrie sie, während er gleichzeitig ein effizienteres „Los!" brüllte.

Sie hatte die Glock erhoben und zielte damit auf Skinny, in einer wütenden, entschlossenen Haltung, bei der sie die Waffe mit beiden Händen hielt. Ian schoss aus dem Wasser, packte den Riesen und schleuderte ihn über die Schulter mit einem lauten Platschen in die Bucht.

„Keine Bewegung!", rief Phoebe Skinny zu, während Ian sich in das Beiboot zog. „Behalten Sie die Hände dort, wo ich sie sehen kann! Na los! Höher! Über den Kopf, und zwar ein bisschen dalli!"

Ian hatte damit gerechnet, dass Baseballkappe sich wild zur Wehr setzen würde. Doch das Schaukeln der kleinen Barke, als Ian den Riesen über Bord warf, hatte die Sache anscheinend schon beendet: Baseballkappe war ins Wasser gefallen.

Auf der Jacht hob Skinny die Hände, als wollte er nach dem Mond greifen. Phoebe hielt ihn in *Drei-Engel-für-Charlie*-Manier weiter in Schach.

Ian musste unwillkürlich grinsen; er mochte Phoebe mit jeder Minute mehr. Ihm war jedoch durchaus klar, dass sein Jubel verfrüht war. Noch befanden sie sich nicht außerhalb der Gefahr. Es würden nicht mehr als ein paar weitere Sekunden vergehen, ehe die beiden Kerle im Wasser wieder hinaufkamen – nass, wütend und um sich schießend.

„Ins Wasser, Pheebs!", brüllte Ian und griff nach dem Starterseil des Außenbordmotors. Er zog kraftvoll daran, und der Motor sprang an.

„Was?", rief Phoebe zurück. „Ich?"

„Nein, er soll ins Wasser!", erwiderte Ian.

„Na los, Armleuchter!", befahl sie dem Gangster, der sofort seinen Kumpels im Wasser Gesellschaft leistete. Unterdessen fuhr Ian mit dem Beiboot auf die andere, gangsterfreie Seite der Jacht.

Phoebe warf ihm die Glock zu, die er auffing. Doch dann zögerte sie, denn es war eine ziemlich abschreckende Aussicht, von einem viel größeren Schiff in ein kleines Boot zu springen.

Aber Skinny war nur aus einem einzigen Grund so bereitwillig über Bord gegangen: Dadurch bot sich ihm die Gelegenheit, seine Waffe zu ziehen, ohne dass Phoebe ihm in die Brust schoss.

Skinny verfehlte Phoebe mit dem ersten Schuss, der eher Richtung Himmel ging, weil er bei dem Versuch, an der Steuerbordseite wieder auf die Jacht zu klettern, abrutschte. Es würde allerdings nicht lange dauern, bis er besser zielte.

Das wusste auch Phoebe und sprang. Sie stieß sich extra weit ab, sodass sie im Wasser landete. Es blieb nicht genug Zeit, um sie an Bord zu holen, deshalb schrie Ian: „Nimm das und wickle es um dein Handgelenk. Und lass nicht los." Er warf ihr die Leine zu, die am Bug des kleinen Beibootes befestigt war.

Sie begriff sofort. Das Nylonseil war lang genug, sodass sie nicht Gefahr lief, in die Schraube des Außenbordmotors zu geraten. „Ich hab's!", rief sie schnell. „Los!"

Ian gab Gas, und das Beiboot schoss vorwärts.

Es dauerte einen kurzen Moment, bis sich die Leine straffte, dann wurde Phoebe gezogen – wie beim Wasserski, nur ohne Ski. Sie hüpfte auf dem Bauch liegend über die Wasseroberfläche, prustend und nach Luft schnappend.

Die Reichweite der meisten Handfeuerwaffen war nicht besonders groß, deshalb stellte Ian schon bald den Motor aus und wendete das Boot. Durch den Schwung wurde Phoebe gleich an die Seite getragen, und Ian zog sie hinein, bevor sie gegen die Bordwand stoßen konnte. Sie keuchte und war außer Atem, aber ihr war klar, dass dies bloß ein kurzer Stopp war, bevor sie die Flucht entschlossen fortsetzen würden.

Sie warf ihre Brille ins Beiboot, zusammen mit einem anderen Gegenstand, der im Mondlicht schwer zu erkennen war. Anscheinend hatte sie den mit der freien Hand festgehalten, mit der sie sich jetzt an Ian klammerte. Er zerrte sie mit ihrer Hilfe ins Boot, wo sie zunächst wie ein frisch gefangener Fisch in dem brackigen Wasser liegen blieb, das durch den Boden sickerte. Sie verschnaufte, während er von Neuem Gas gab und Richtung Norden steuerte, auf die Küste zu.

„Möglicherweise arbeiten sie mit einem Team am Ufer zusammen, das rasch an ein weiteres Boot kommt. Deshalb will ich das hier so schnell wie möglich loswerden und irgendwo an Land gehen", erklärte Ian mit lauter Stimme, um das Motorengeräusch zu übertönen. Phoebe musste immer noch husten und Wasser spucken.

Trotzdem nickte sie und fand genug von ihrer Stimme wieder, um in dem Lärm zu antworten: „Gute Idee." Sie strich sich die Haare aus dem Gesicht, wrang sie aus und tastete nach ihrer

Brille. Sie fand sie und setzte sie auf. Und wandte den Blick schnell ab von Ian.

Ah, ja.

„Tut mir leid, ich habe das Geschirrhandtuch verloren, als ich unser Leben gerettet habe“, sagte er. Allerdings trug er noch das dämliche Band um die Hüften geschlungen, das jetzt völlig nutzlos war. Doch um den Knoten zu lösen, hätte er beide Hände und seine volle Konzentration gebraucht. Außerdem würde sich ein Stück Schnur dort, wo immer sie landen würden, womöglich als brauchbar erweisen.

„Na ja, ich habe unser Leben ebenfalls gerettet“, erwiderte sie. „Aber ich habe mein T-Shirt dabei anbehalten.“

„Es ist mein T-Shirt“, erinnerte er sie.

Phoebe schenkte ihm einen finsteren Blick, der ihn prompt zum Lachen brachte.

„Du darfst es als Zeichen meiner Dankbarkeit behalten“, fügte er hinzu und verlangsamte die Fahrt. Er wollte keine Aufmerksamkeit erregen, indem er mit einem zu lauten Boot zu schnell durch die Dunkelheit fuhr, noch dazu in einer so wohlhabenden Gegend.

Die langsamere Geschwindigkeit machte eine Unterhaltung möglich, ohne schreien zu müssen. Was vielleicht nicht so gut war, als sie ihm nun vorwarf: „Du amüsierst dich schon wieder.“

„Ich amüsiere mich nicht wirklich. Jedenfalls nicht, solange Shelly sich in Berto Dellarosas Gewalt befindet und Aaron weiß der Himmel was unternimmt, um ihn zu befreien. Und vergiss bitte nicht, dass ich, sobald ich diesen Schlamassel geklärt habe, irgendwie das Kunststück fertigbringen muss, zwei gekidnappte Kinder zu befreien, um auf diese Weise die Welt zu retten.“

Phoebe wurde sofort ernst. „Du hast recht. Ich habe nicht nachgedacht … Tut mir leid.“

An der Art, wie ihre Miene sich veränderte, und am Ausdruck in ihren Augen sah er, dass sie kurz davor stand, ihn erneut auf seinen vermeintlichen Heldenmut anzusprechen, nach dem Motto: *Alles, was du getan hast, galt nur deinem Bruder. Dein*

Bündnis mit Manny Dellarosa, der Gefängnisaufenthalt und die Tatsache, dass du dein Leben aufs Spiel gesetzt hast – ich weiß, es ist alles für Aaron und Shelly, und das macht dich wundervoll heldenhaft und süß.

Süß, igitt.

Ian wollte nicht, dass sie wieder damit anfing. Nicht jetzt. Deshalb entschied er sich, sie ein wenig zu sticheln. „Ich habe aber kein Problem damit, wenn du dich amüsierst und deinen Spaß hast."

Es funktionierte, denn sie erwiderte aufbrausend: „Glaubst du etwa ernsthaft, ich würde ...?"

Er ließ sie nicht ausreden. „Ach was, du machst einfach das Beste aus der Situation und siehst die Dinge nicht so negativ. Und ich muss zugeben, dass eine Bootsfahrt im Mondschein keinesfalls unerfreulich ist. Es ist lange her, seit ich auf dem offenen Wasser gewesen bin. Ja, es macht mir eindeutig Spaß."

Jetzt starrte sie ihn an, als wäre er verrückt.

„Nackt", sagte sie. „Eine Bootsfahrt, nackt, auf sehr offenem Gewässer."

„Manch einer würde darin einen negativen Aspekt sehen", räumte er ein. „Du hättest eben mehr von unseren Sachen mitnehmen sollen."

Phoebe war nicht blöd. Sie musterte ihn skeptisch und meinte: „Du gibst dir ganz schön Mühe, um mich auf die Palme zu bringen. Wozu? Damit ich hier auf meiner Seite des Bootes bleibe? Befürchtest du ernsthaft, ich finde dich in deiner nackten Pracht so unwiderstehlich?"

„Ja, ich bin ziemlich prachtvoll", erklärte er und war sich sehr wohl der Tatsache bewusst, dass er bei ihrem Anblick vorhin im Schein der Laterne Ähnliches gedacht hatte.

Und wenn er ehrlich war, traf das immer noch zu.

Phoebe bemerkte es nicht, aber ihr klatschnasses T-Shirt – sein T-Shirt – war völlig nutzlos. Es klebte an ihren sexy Rundungen, und im Mondlicht ... Sie hätte ebenso gut auch nackt sein können.

Das trug das seinige dazu bei, dass diese Bootsfahrt gar nicht so unerfreulich war – trotz seiner Sorge um Shelly und seinen Bruder und der bevorstehenden Rettungsaktion. Obwohl Ian gezwungen war, einen Großteil seiner Aufmerksamkeit darauf zu verwenden, Ausschau nach eventuellen Verfolgern zu halten, zur See oder zu Land, empfand er es geradezu als seine Pflicht, immer wieder zu Phoebe zu sehen, um sicherzugehen, dass sie nicht über Bord fiel.

Sie schüttelte lachend den Kopf. „Tut mir leid, aber ich dachte, ich hätte bereits auf der Jacht deutlich klargemacht …"

„Ich bin bloß vorsichtig. Wie lautet doch gleich dieses alte Sprichwort?", unterbrach er sie. „Springst du mich einmal an, schäm dich. Tust du's zweimal, schäm dich doppelt …"

Sie lachte spöttisch. „Das ist ja lächerlich, noch dazu von einem Mann, der überhaupt keine Scham zu kennen scheint."

Er erstaunte sie, indem er ihr zustimmte. „Ja, das ist wahr."

Der Triumph genügte ihr offenbar nicht: Es gab noch mehr, worüber sie streiten wollte. „Ich war nicht diejenige, die dich im Badezimmer geküsst hat. Falls du geglaubt hast, ich hätte das vergessen oder es wäre mir irgendwie entgangen …"

„Das dürfte auch schwer sein", meinte Ian. „Deine Lippen, meine Lippen, ein leises Kussgeräusch. Richtig, das war ich, der dich geküsst hat. Doch es war ein sehr kurzer Kuss. Ein Abschiedskuss, mit dem ich dir zu verstehen geben wollte: ‚Ich hoffe aufrichtig, wir sterben nicht, aber falls doch, war es jedenfalls nett, dich kennengelernt zu haben.' Ganz anders also als der Kuss unter dem Anleger." Er machte eine Pause. „Der, bei dem du mich angesprungen hast. Das erste Mal. Bis jetzt." Er musterte sie mit zusammengekniffenen Augen auf die gleiche Weise, wie sie es gerade getan hatte. „Natürlich bin ich deswegen misstrauisch. Hast du etwa absichtlich meine Sachen auf der Jacht zurückgelassen?"

„Wenn ich gewusst hätte, dass wir die Jacht verlassen …", begann sie in scharfem Ton, unterbrach sich dann jedoch selbst. „Genau das war deine Absicht, nachdem das Handy geklingelt hat. Du wolltest verschwinden, oder?"

Ian stritt es nicht ab. „Als wir aufgeflogen waren, bestand unsere einzige Chance darin, ihnen das Beiboot wegzuschnappen."

„Vielen Dank auch dafür, dass du mich in deine Pläne eingeweiht hast", sagte sie. „Und das meine ich nicht nur sarkastisch. Es ist mein Ernst. Du hättest es mir sagen müssen. Das wäre jedenfalls viel hilfreicher gewesen als dieser angeblich mit einer unausgesprochenen Botschaft versehene Abschiedskuss."

„Mir blieb nicht viel Zeit, ich musste wahnsinnig schnell reagieren", verteidigte er sich. „Außerdem dachte ich, es sei klar. Selbst wenn die Typen dir die wütende Ehefrau abgekauft hätten, hätten wir sie nicht einfach verschwinden lassen können. Andernfalls wären sie mit Verstärkung früher oder später zurückgekommen. Sicher, wir hätten sie natürlich ziehen lassen können, aber dann wären wir am Ende wieder schwimmend unterwegs gewesen."

„Aber wenn ich in deine Pläne eingeweiht gewesen wäre, hätte ich mehr Sachen mitnehmen können", argumentierte sie. „Und meine Handtasche, in der sich meine Brieftasche befindet, auch. Von meinen sämtlichen Kreditkarten ganz zu schweigen. Die sich jetzt in den Händen von Kriminellen befinden. O verdammt, was für ein Mist!"

„Eine kleine Unannehmlichkeit", verbesserte er sie.

Sie hielt hoch, was sie ins Boot geworfen hatte, ehe er sie an Bord gezogen hatte. Er erkannte, dass es sich um das Handy handelte. „Stattdessen habe ich das hier mitgenommen, was jetzt, herzlichen Glückwunsch, endgültig hinüber sein dürfte." Sie lachte. „Gute Arbeit übrigens, zu vergessen, es auf lautlos zu stellen."

„Es war lautlos gestellt", erwiderte Ian. „Wahrscheinlich hat es sich auf die Standardeinstellungen zurückgesetzt, als ich den Akku herausgenommen habe. Außerdem ist es zwar kaputt, aber wir haben es wenigstens nicht zurückgelassen. Ich bin froh, dass du es mitgenommen hast. Ich habe mir deswegen schon Sorgen gemacht."

Er erkannte, dass sie ihm nicht so recht glaubte.

„Es ist mein Ernst“, wiederholte er ihre Worte von vorhin. „Hättest du es dort gelassen, wären die vielleicht in der Lage gewesen, einige Informationen daraus zu bekommen. Und das hätte unter Umständen Aaron und die anderen in Gefahr gebracht. Ich bin mir ziemlich sicher, dass er der Anrufer war – Geduld ist nämlich nicht seine Stärke. Also, gut gemacht. Was deine Kreditkarten angeht, wende dich ans FBI. Du kannst Wie-heißt-sie-gleich – Deb – sicher dazu bringen, sie für dich zu sperren.“

„Zuerst müssen wir den Kontakt zu Deb wieder aufnehmen“, erinnerte Phoebe ihn.

„Das dauert nicht mehr lange“, sagte Ian.

„Wie sieht dein Plan aus?“

„Ich arbeite noch daran“, antwortete er.

„Oh, gut.“

Sie näherten sich den Lichtern von Sarasotas Hafenanlagen. Die Reihe der Privathäuser – Villen, um genau zu sein – endete, und ein öffentlicher Park reichte nun ans Ufer, gefolgt von mehreren gut besuchten Hafenrestaurants. Selbst aus der Entfernung konnte Ian sehen, dass viele Leute draußen waren. Entweder schlenderten sie durch den Skulpturengarten, aßen auf den Restaurantterrassen, saßen auf Bänken oder führten ihre Hunde spazieren …

Und wo so viele Menschen waren, gab es auch stets in der Nähe große schattige Parkplätze.

Sie fuhren einige Minuten schweigend weiter, ehe Phoebe sich erneut an ihn wandte: „Ich weiß, dass es für dich keine große Sache ist. Sicher erhältst von den Frauen oft widersprüchliche Signale, und sollte das auf mich zutreffen, so entschuldige ich mich dafür. Denn du bist wirklich großartig.“ Rasch fügte sie hinzu: „Auf deine ganz eigene arrogante, totalitäre Art natürlich.“

„Natürlich.“ Ian lenkte das Boot an den Rand mit den Parklaternen auf den hintersten privaten Anleger zu und brachte es an die Ufermauer. Dort an der Mauer, am Ende einer sanft hügeligen Rasenfläche, stand ein Haus, dessen Fenster dunkel waren.

Die Nachbarn südlich davon waren zu Hause. Der Nachbaranleger war hell beleuchtet, zusätzlich waren die meisten der Palmen im Garten mit funkelnden weißen Lichtern geschmückt. Das dunkle Haus war die beste Option, denn Ian nahm an, dass sich auf der nördlichen Seite davon der Parkplatz für den Park befand.

„Ich respektiere dich", fuhr Phoebe fort, wobei sie offensichtlich ihre Worte sorgfältig wählte. „Und obwohl ich unfreiwillig in diese frustrierende, unangemessene und äußerst gefährliche Situation hineingezogen wurde – dank deines sehr unkonventionellen Lebensstils –, will ich wirklich dein Freund sein. Ohne befürchten zu müssen, dass einer von uns diese Grenze unbeabsichtigt überschreitet."

Freunde.

Von wegen.

Ian wusste sehr genau, dass er nicht der attraktivste Mann auf diesem Planeten war. Aber er verstand es, ein Lächeln aufzusetzen, das seine Augen zum Funkeln brachte, auf genau die richtige Art. Das in Kombination mit seinen Genen, die ihm einen beeindruckenden Körperbau beschert hatten, machte ihn für viele Frauen durchaus attraktiv. Jedenfalls war es Jahrzehnte her, dass eine Frau ihm gegenüber von bloßer Freundschaft gesprochen hatte – einerseits wegen seines Aussehens, andererseits, weil er sehr gut darin war, die Frauen zu erkennen, die bereit für eine Affäre waren.

Und daran gab es kaum einen Zweifel. Wäre er in eine Bar gekommen und hätte Phoebe allein an einem Tisch sitzen sehen, hätte er um jeden Preis einen Bogen um sie gemacht. Nicht, weil er sie nicht attraktiv fand. Nicht einmal, weil sie vermutlich juristische Unterlagen vor sich auf dem Tisch ausgebreitet hätte, zusammen mit einem aufgeklappten Laptop. Eine viel beschäftigte, hart arbeitende Frau war einem One-Night-Stand oftmals nicht abgeneigt.

Doch Phoebe strahlte einfach etwas aus, das Ärger versprach. Sie besaß eine komplexe, faszinierende Persönlichkeit. Aber sie verhieß auch viel Arbeit, schon auf den ersten Blick, denn an ihr war nichts simpel.

Ganz sicher hatte sie sich vor sich selbst erschreckt, als sie ihn auf diese Weise unter dem Anleger geküsst hatte.

Um ehrlich zu sein, ihn hatte es ebenfalls ein wenig geängstigt.

Ian wusste, dass es hier und jetzt das Richtige wäre, sie zu beruhigen und ihr zu versprechen, sich wie ein Gentleman zu benehmen. Auch wenn er keiner war.

Stattdessen konnte er es nicht lassen, sie weiter aufzuziehen. „Dann wird von jetzt an jede Übertretung dieser Freundschaftsgrenze absichtlich geschehen", stellte er fest.

„So meinte ich das nicht."

„Ja, ich weiß. Wir sind Freunde. Schon verstanden. Aber selbst Freunde haben das Recht, ihre Meinung zu ändern. Ich verspreche dir, dass wir eine fünfundvierzigminütige Unterhaltung führen werden, ehe wir uns heißem, wildem, unglaublich kreativem, animalischem, einen dreifachen Orgasmus bescherendem Sex hingeben. Denn genau das würde passieren, sollten wir uns je darauf einlassen. Das schließe ich nicht nur aus dem Kuss, sondern auch aus anderen Anzeichen."

Interessanterweise erwiderte Phoebe darauf nichts. Allerdings wandte sie den Blick ab und schaute demonstrativ auf das Wasser.

Ian räusperte sich. Vielleicht war er ein wenig zu weit gegangen. „Ich wollte bloß ehrlich sein."

Nun schaute sie ihn mit undurchdringlicher Miene an. „Nein, das wolltest du nicht. Du wolltest exakt das, was du bekommen hast, nämlich, mich …" Sie hielt inne.

Bitte sag „mich erregen", dachte er unwillkürlich.

Sie tat es nicht. „Durcheinanderbringen. Und in Verlegenheit bringen. Warum tust du das? Ich starte einen echten Versuch, mich wie eine Erwachsene zu benehmen, nach dem, was passiert ist, und du …" Sie warf die Hände in die Luft. „Weißt du, was? Vergiss es einfach. Ich habe einen Fehler gemacht und mich dafür entschuldigt. Es ist vorbei und vergessen. Wenn du mich unbedingt weiter ärgern willst, kannst du das gerne tun. Leb weiter in deiner traurigen, frauenfeindlichen kleinen Machowelt, in der du das Freundschaftsangebot einer Frau nicht annehmen kannst. Wenn du dieser Macho bist, gibt es für uns zwei ohnehin keine Chance, Freunde zu werden."

Als sie sich den Lichtern näherten, bemerkte Phoebe, dass ihr T-Shirt durchsichtig war. Sie wrang es aus und zupfte daran, in der Hoffnung, dass es dadurch nicht mehr an ihrer Haut klebte. Doch es half nicht, weshalb sie leise fluchend aufgab. Sie verschränkte die Arme vor ihren Brüsten, damit diese wenigstens nicht zu sehen waren. Leider funktionierte auch das nicht sehr gut – besonders, da es nun an der Zeit war, das Beiboot zu verlassen und an Land zu klettern. Dafür würde sie ihre Hände brauchen.

Ian fuhr nah an den Anleger und stellte den Motor aus. Leise band er die Leine an einen Poller. Auch wenn der Besitzer des privaten Anlegers sofort erkennen würde, dass es sich nicht um sein Boot handelte, war es besser, es anzubinden statt treiben zu lassen.

Nichts erregte mehr Aufmerksamkeit als ein treibendes leeres Beiboot.

Höchstens ein großer nackter Mann mit einer Pistole und eine genervte Frau, die aussah wie die Preisträgerin bei einem Wet-T-Shirt-Wettbewerb, die noch dazu auf dem Parkplatz herumschlichen und versuchten, einen Wagen kurzzuschließen.

„Es tut mir leid", begann Ian und wollte ihr beim Aussteigen aus dem Boot helfen. Doch sie schnitt ihm nicht nur das Wort ab, sondern ignorierte auch seine Hilfe, indem sie allein auf den Anleger kletterte.

„Genug darüber geredet", erklärte sie brüsk. „Verrate mir lieber, wohin du willst und wie du dorthin gelangen willst."

„Auf der anderen Seite der Büsche ist ein Zaun, und dahinter befindet sich der Parkplatz", erwiderte er. „Wir müssen uns beeilen und schnell zu den Büschen gelangen. Halte dich im Schatten und denk daran, dass dein T-Shirt weiß ist."

„Dessen bin ich mir sehr wohl bewusst, vielen Dank auch", entgegnete sie trocken. „Willst du nicht lieber das Haus dort überprüfen? Vielleicht hat jemand Handtücher oder sogar eine Badehose auf der Terrasse liegen gelassen."

„Wir wissen nicht, ob wirklich niemand zu Hause ist", warnte er sie.

„Wenn ja, umso besser", meinte sie. „Da könnte ich die verlegene Frau in Schwierigkeiten spielen. Ich war mit meinem dämlichen Freund, jetzt Exfreund, nackt baden, und er hat mir meine Sachen gestohlen und meinen Wagen. Ob ich mir wohl ein paar Handtücher borgen könnte? Bitte, ich werde mich revanchieren, das verspreche ich."

Wow, sie war echt gut, wie sie da vor ihm stand und ihn mit großen Augen hinter dieser entzückenden Brille betrachtete. Plötzlich wurde Ian sich allzu sehr bewusst, dass er nackt war. Und dass er Phoebe gerade erfolgreich dazu gebracht hatte, ihn nicht sonderlich zu mögen.

„Ich bin einfach enttäuscht", gab er zu. „Weil du wegen des Kusses so entsetzt bist. Mir hat er nämlich gefallen. Ich glaube, das habe ich inzwischen deutlich gemacht. Auch, dass ich dich mag. Sehr sogar. Mehr, als gut für dich ist."

Erneut hatte er sie überrascht, das sah er. „Sollte ich das nicht selbst entscheiden können, als erwachsene Frau?", konterte sie. „Was gut für mich ist und was nicht?"

„Da gibt es nichts zu entscheiden, denn es ist eine Tatsache", erwiderte er. „Und instinktiv weißt du das auch. Es ist eine sehr gute Idee, dass wir beide Freunde bleiben und es dabei belassen sollten. Wenn wir diese merkwürdige Sache zwischen uns auf eine rein freundschaftliche Ebene verschieben, ist das auch besser für mich. Die Komplikationen und Verwicklungen …" Er schüttelte den Kopf.

Sie nickte und streckte ihm die Hand entgegen. „Also abgemacht. Wir sind Freunde."

Ian nahm ihre Hand und schüttelte sie. Und dann hätte er sie gleich wieder loslassen sollen. Doch das tat er nicht. Er konnte nicht. Verdammt.

Er konnte auch nicht aufhören zu reden, obwohl er sich sogar räuspern musste, ehe er die Worte herausbekam. „Können wir vielleicht eine Bedingung aushandeln? Nämlich dass wir, sollten wir in eine Situation geraten, in der wir mit absoluter Sicherheit wissen, dass wir sterben werden – dass wir dann also …"

Sie zog ihre Hand zurück. „Sprich es nicht aus!"

Er sagte es trotzdem: „Sex haben können."

Fassungslos starrte sie ihn an. „Du bist solch ein Armleuchter."

„Ja, stimmt", räumte er ein. „Ich fürchte, du wirst mich so nehmen müssen, wie ich bin, wenn du meine Freundschaft willst."

„Halte dich im Schatten, Armleuchter", forderte sie ihn auf und schlich damit über den Rasen hinauf zur Terrasse.

„Vielen Dank", sagte er auf dem Weg zu den Büschen. „Ich weiß es sehr zu schätzen, dass du mich auch als Armleuchter akzeptierst."

Er war sich nicht ganz sicher, aber er hätte schwören können, dass er Phoebe leise lachen hörte.

„Das Blöde an der Sache ist", sagte Francine, während alle darauf warteten, dass sich die Software auf dem Computer installierte, den sie aus einem aufwendig gesicherten Schrank in diesem abgelegenen, verrückten Batman-Versteck geholt hatte, „dass Sheldon das Ding in vier Sekunden zum Laufen bringen könnte. Mit verbundenen Augen und hinter dem Rücken gefesselten Händen." Sie sah zu ihrem Schwager, der Rorys stinkende Windel gewechselt hatte und jetzt das Baby auf dem Arm wiegte, das beschlossen hatte, es sei an der Zeit, zu brüllen. Laut. „Was du da machst, hilft nicht."

Das tat es wirklich nicht.

Martell richtete sich auf, um anzubieten, das schreiende Kind zu übernehmen und mit ihm in einen anderen Raum zu gehen, damit Aaron hier helfen konnte. Doch Deb warf ihm einen Blick zu, der unter ihren schwarz gefärbten Strähnen hervor *Nein!* schrie.

Ach ja. Sie wollte, dass er Blondie ein bisschen in die Mangel nahm. Wie dumm von ihm, das zu vergessen.

„Ich würde meine Hilfe ja anbieten", erklärte Martell stattdessen an Aaron gewandt und machte die zu einem Loser passende Geste, um zu signalisieren, dass er von Babys leider nicht die geringste Ahnung hatte. „Aber bei so kleinen Kindern bin ich nicht besonders gut. Ich will ihm keine Angst einjagen … oder womöglich dir, indem ich ihn fallen lasse oder so." Er zuckte übertrieben die Schultern. „Tut mir echt leid."

„Sag mir Bescheid, wenn das Programm läuft", bat Aaron knapp, verschwand mit dem Kind in dem größeren der beiden Schlafzimmer und machte die Tür hinter sich zu.

Deb zog sich in den Küchenbereich zurück, das Handy am Ohr, da sie einen weiteren Anruf von ihrem Freund Yashi erhielt, der sich nach wie vor in Tampa herumtrieb.

Wie sich herausstellte, mussten sie nicht erst warten, bis der gute alte Yashi einen Computer mitbrachte, um die Überwachung des Safe House auf dem Bildschirm zu verfolgen: Hier in diesem Unterschlupf fand sich eine ganze Auswahl an Equipment.

Falls man eine reichliche Menge an C4-Sprengstoff und den Inhalt eines großen Waffenschranks als Equipment bezeichnen wollte.

Außerdem gab es ein Kurzwellenradio und einen Generator, um die Wohnung bei einem Stromausfall mit Energie zu versorgen.

Oder bei einer Zombie-Apokalypse.

Des Weiteren war da noch dieser leicht veraltete Computer, mit dessen Hilfe sie einen drahtlosen Internetzugang herstellen mussten.

Denn auf diese Weise würden sie in der Lage sein, Software herunterzuladen, die es ihnen gestattete, Sheldon und seinen Halbbruder und Entführer Berto heimlich zu beobachten. Vermutlich jedenfalls. Denn bisher war es ihnen nicht gelungen, das verdammte Ding zum Laufen zu bringen.

Einige Telefongespräche mit Deb zuvor hatte Yashi, den absolut nichts aus der Ruhe zu bringen schien, sie angewiesen, die Software zu deinstallieren und anschließend erneut zu installieren. Seiner langsamen Sprechweise über die Mithörfunktion von Debs Handy zuzuhören frustrierte Martell so sehr, dass er es kaum noch aushielt. Vielleicht lag es aber auch am Neid, der Martell diesen wie von einem Eispickel verursachten Schmerz über dem linken Auge bescherte.

Der Kerl hatte definitiv was mit Deb, und zwar so oft, wie er wollte. Wahrscheinlich sparte er sich seine lauten Temperamentsausbrüche für die Nächte auf, in denen sie ihre Handschellen und Peitschen auspackte …

Heiliger Strohsack, was war nur los mit ihm?

An das heiße, aufregende, verdorbene Sexleben zweier Menschen zu denken, die Martell kaum kannte, war in keiner Weise hilfreich.

Nicht, wenn er einen Job zu machen hatte.

„Shelly ist also der Computerspezialist, Ian das Gehirn, Aaron die Muskeln", sagte Martell zu Francine, die gerade mit finsterer Miene eine Computermeldung las, die sie darüber informierte, dass das Programm hochgeladen wurde. „Damit sind Sie die Chefin des … Einbruchsunternehmens?" Obwohl einer schönen Frau wie Francine vermutlich stets alle Türen offen standen und sie deshalb gar nicht darauf angewiesen war, irgendwo einzubrechen. Zumindest in den meisten Fällen. Es gab viele verschiedene Möglichkeiten, in ein Gebäude einzudringen; ein Schloss zu knacken, durch das Belüftungssystem zu kriechen oder sogar ein Fenster einzuschmeißen standen ganz unten auf der Liste, die mit Tricksereien oder der Bestechung des Sicherheitspersonals begann.

Francine sah ihn mit völlig ausdrucksloser Miene an, so wie sie es schon im Coffeeshop bei ihrer ersten Begegnung getan hatte. Ansonsten reagierte sie nicht.

„Es muss angenehm sein, das Vertrauen eines Mannes wie Ian Dunn zu haben", setzte er zu einem neuen Versuch an.

„Ich ziehe es vor, nicht zu sprechen, während ich hier zu tun habe."

„Es ist immer noch erst zu vierzig Prozent hochgeladen", stellte Martell fest. „Viel zu tun haben Sie da im Augenblick also nicht. Und ich dachte mir, da wir ja zusammenarbeiten werden ..."

„Na schön", schnitt sie ihm das Wort ab. „Wieso erzählen Sie mir nicht ein wenig über diese aussichtslose Mission, zu der Sie und die süße kleine Debbie Ian zwingen?"

„Diese Mission ist keineswegs aussichtslos ..."

„In das kazbekische Konsulat eindringen?" Sie gab einen spöttischen Laut von sich. „Bei dem paranoid hohen Sicherheitsaufwand, den die vermutlich betreiben?"

„Das ist komisch", sagte Martell. „Denn ich dachte, Ian würde gar nicht richtig einbrechen müssen ..."

„Was macht Sie überhaupt so sicher, dass diese Kinder dort sind?", erkundigte sich Francine. „Mit jeder Stunde, die vergeht, wird es wahrscheinlicher, dass man sie längst weggebracht hat ..."

Diesmal fiel er ihr ins Wort. „Die wurden nicht weggebracht. Das wissen wir. Wir kennen ihren Aufenthaltsort, weil wir das Konsulat beobachten und Wachposten aufgestellt haben, um sicherzustellen, dass man die Kinder nicht wegbringt, bevor wir Ian da hineinschicken können."

„Wachposten", wiederholte sie ungläubig.

„Sie wollen also wirklich ganz genau wissen, wie ..."

„Verdammt richtig, das will ich. Und Ian wird es auch wissen wollen. Also, wenn Sie keine Ahnung haben ..."

Erneut unterbrach er sie: „Der US-Geheimdienst hat die Regierung Kazbekistans gewarnt, dass ein Anschlag auf ihren Premierminister geplant sei."

Francine schnaubte. „Auf den Premierminister? Das ist ein lupenreiner Diktator."

Offenbar hatte diese Frau ein Problem mit jedem seiner Worte. Martell bemühte sich nicht mehr, seine Ungeduld zu verbergen, sondern gab ihr Kontra. „Nun ja, dieser Diktator will aber Premierminister genannt werden", erklärte er. „Deshalb nennen wir ihn auch so. Anscheinend sind diese Pläne für einen Anschlag frei erfunden. Sie beinhalten unter anderem eine Liste mit Gründen für die kazbekische Leibgarde, sämtliche diplomatischen Briefsendungen und Pakete, die zwischen den USA und Kazbekistan verschickt werden, gründlich zu durchsuchen. Da nur sehr wenige Leute im Konsulat in die Entführung der Kinder verwickelt sind und so weiter. Verstehen Sie? Die Kidnapper können die Kinder gar nicht wegbringen, solange alles ständig durchsucht wird. Die Einreisebehörde und die Küstenwache haben das Bedrohungslevel erhöht, also werden die Bösen nicht versuchen, die Kinder irgendwie anders wegzuschaffen, aus Angst, aufzufliegen. Außerdem haben wir eine Fahndung mit einer Zeichnung des Täters ohne Angaben zu seiner Identität laufen – wir wollen nicht, dass er weiß, dass wir seinen Namen kennen. Es soll ihn nur davon abschrecken, in ein Flugzeug zu steigen. Also sind die Kids nach wie vor in dem Konsulat in Miami. Das wissen wir mit Sicherheit."

„Sie haben angedeutet, Ian müsste nicht in das Konsulat eindringen, um die Kinder dort herauszuholen", meinte sie. „Das heißt, er spaziert da einfach so hinein. Und da Sie den Täter identifiziert haben, den Kidnapper …"

„Langsam begreife ich, wieso Ian Ihnen vertraut", sagte Martell. „Sie passen auf."

Sie ging über seinen Versuch hinweg, ihr ein Kompliment zu machen, und fragte mit scharfem Blick: „Also, wer ist es?"

„Haben Sie je von einem Typen gehört, dessen Spitzname ‚der Holländer' ist?"

„Der Holländer?" Sie wiederholte den Namen ein wenig zu erstaunt. Klar hatte sie von dem Kerl gehört, trotzdem tat sie, als sei ihre Antwort ein dickes großes Nein. „Im Ernst? Trägt er etwa Holzschuhe und wohnt in einer Windmühle?"

Ihre schauspielerischen Fähigkeiten waren bemerkenswert, doch Martell war klar, dass sie log.

„Georg Vanderzee." Er nannte ihr den echten Namen. „Gerüchten zufolge soll er ein Soziopath sein. Sollten Sie also irgendwelche Informationen haben, die nützlich sein könnten, damit ich Ian auf dieser Mission bessere Unterstützung zukommen lassen kann …" Er beendete den Satz nicht.

Francine hatte ihre Aufmerksamkeit wieder auf den Computerbildschirm gerichtet, wo zu lesen war, dass das Download zu fünfundneunzig Prozent abgeschlossen war. Martell wusste, dass sie versuchte, sich nichts anmerken zu lassen. In Wahrheit war sie von dieser Neuigkeit aufgewühlt. Aber dann verblüffte sie ihn, indem sie ihm fest ins Gesicht schaute.

„Ein absoluter Soziopath", bekräftigte sie. „Ich bin ihm persönlich nie begegnet, und ich bin mir ziemlich sicher, dass ich bloß einen kleinen Teil der Geschichte kenne, aus der Zeit, als Ian mit dem Holländer zu tun hatte. Bestimmt gab es da Dinge, die Ian zu schrecklich fand, um sie mir zu erzählen." Sie schüttelte den Kopf. „Aber nicht, weil ich eine Frau bin. Er ist kein Sexist. Mir hat er immer noch mehr erzählt als Aaron oder Shelly, und das weiß ich genau."

„Können Sie mir sagen, was Ian Ihnen erzählt hat?", fragte Martell.

„Das ist schon eine Weile her", erwiderte Francine. „Jahre. Ich glaube, es wäre besser und auch genauer, wenn Sie die Informationen von Ian direkt bekämen."

„Na schön." Er machte eine Pause. „Danke, dass Sie aufrichtig zu mir waren."

Sie sah ihn wieder an. „Das hat nichts mit Ihnen zu tun. Ehrlich gesagt: Ich scheiß auf Sie."

Martell musste grinsen. „Wow, Deb hatte recht. Sie mögen mich wirklich."

Jetzt lachte Francine, und der Computer piepte. Rasch änderte sich Francines Gesichtsausdruck. Ihre Miene verhärtete sich, der Blick wurde konzentriert, als nehme sie um sich herum nichts mehr wahr.

Martell sah, dass das Überwachungsprogramm lief. Der Bildschirm war in mehrere Quadrate unterteilt, in denen jeweils ein anderer Winkel des früheren Safe House zu sehen war. Einige Zimmer waren dunkel, aber in der Küche und im Wohnzimmer brannte Licht. Ein Fernseher lief. Das Badezimmer war ebenfalls erleuchtet.

Ein schlanker dunkelhaariger Mann mit Kratzern und Prellungen im Gesicht stand in dem kleinen pinkfarbenen Bad vor dem Waschbecken, während ein anderer, deutlich stämmigerer Mann mit hohen Geheimratsecken Bier in den Kühlschrank in der Küche räumte.

Francine sog scharf die Luft ein. „Holen Sie Aaron“, bat sie, weiterhin wie gebannt auf den Bildschirm starrend. „Sofort.“

13. KAPITEL

Es gibt keine Handtücher", berichtete Phoebe Ian flüsternd und reichte ihm etwas, das wie ein Liegestuhlkissen aussah. „Daher fand ich, das hier sei besser als gar nichts."

Sie hielt selbst eines schützend wie einen Schild vor sich. Das Liegestuhlkissen war weiß-rot gestreift und aus einem wasserfesten Material gefertigt, das den Polstern einen Plastikglanz verlieh und das Licht des benachbarten Anlegers reflektierte.

„Was denn, gibt es keine riesigen Flaggen, mit denen wir winken können, damit die Leute auch wirklich mitbekommen, dass wir ein Auto zu stehlen versuchen?", bemerkte Ian spöttisch.

Sie fühlte sich gleich angegriffen. „He, mehr konnte ich nicht tun! Falls uns jemand sieht, werden sie das für eine Art Strandstuhl halten. Wenn du das Kissen richtig hältst, wird man denken, du trägst eine Badehose und kommst gerade zurück vom Strand …"

„Es leuchtet im Dunkeln."

„Dein Hintern leuchtet im Dunkeln", konterte sie frustriert. „Der ist viel auffälliger als irgendeine Signalflagge."

Ian verspürte mehr denn je den Wunsch, sie zu küssen. „Weil er so wundervoll ist."

Sie seufzte, alles andere als amüsiert. „Pass auf, ich werde jetzt nach nebenan gehen, wo jemand zu Hause ist, und die Frau spielen, deren dämlicher Freund ihre Sachen geklaut hat."

Ian hielt sie am Arm fest, bevor sie losmarschieren konnte. „Schon gut, du hast ja recht. Diese Dinger hier reichen völlig. Wir haben schon viel zu lange keinen Kontakt mehr zu Aaron. Wir müssen unbedingt wieder eine Verbindung herstellen."

Sie gab nach und musterte ihn in der Dunkelheit. „Na endlich wirst du mal ernst. Danke. Das wurde auch höchste Zeit. Und nur zu deiner Information: Das Haus ist leer. Da ist niemand drin. Es gibt eine Alarmanlage, aber die sieht sehr simpel aus. Für einen internationalen Juwelendieb ein Klacks."

Ian wich diesem heiklen Thema einfach aus, indem er antwortete: „Wir müssen aus dieser Gegend verschwinden. Davio Dellarosa ist ein beharrlicher Schweinehund. Wir halten uns hier schon viel zu lange auf."

Phoebe nickte. „Na gut, vielleicht hilft das: In der Auffahrt steht ein Wagen. In der sehr schwer einzusehenden Einfahrt", präzisierte sie.

„Na bitte", erwiderte Ian. „Ich wusste, das Blatt würde sich für uns wenden."

Er ging voran über den Rasen und auf das Haus zu. Dort im Schatten stand tatsächlich ein älteres Modell, vom Hafen aus ebenso wenig zu erkennen wie von den nächsten Nachbarn. Es war möglicherweise das perfekte Auto am perfekten Ort. Ian ließ sein Liegestuhlkissen fallen und machte sich daran, die Fahrertür aufzubekommen. Phoebe hielt Wache.

Genau genommen versuchte sie überall hinzuschauen, nur nicht zu ihm. Aber ihrer Anspielung von vorhin nach zu urteilen, musste sie bereits hingeschaut haben – zumindest lange genug, um zu bemerken, dass man im Gefängnis nicht überall Körperbräune abbekam.

Als Ian das Schloss geknackt hatte und die Tür öffnete, wandte er sich an Phoebe: „Könntest du mir bitte einen großen Gefallen tun?"

Unwillkürlich machte sie einen Schritt auf ihn zu, die neue, reifere Beziehung zwischen ihnen offenbar sehr begrüßend. „Selbstverständlich."

Ian sah demonstrativ über seine Schulter und meinte: „Sag mir die Wahrheit: Sieht mein leuchtender Hintern mit diesem Wagen fett aus?"

Sie war seinem Blick gefolgt, doch nun hielt sie inne – und musste lächeln. Dann lachte sie sogar. „Du bist ein Idiot."

„Wenn es zu ernst wird, kriege ich Ausschlag."

Sie musterte gezielt seine unteren Regionen, obwohl sie dabei errötete. Trotzdem bemerkte sie cool: „Aber nicht auf deinem Hintern."

Falls Ian an die Liebe glaubte, dann wäre sie das für ihn gewesen. Prompt. Fesselnd. Ewig. Stattdessen lachte er bloß. „Dem Himmel sei Dank. Schau mal nach, ob vielleicht irgendetwas Klamottenähnliches auf dem Rücksitz oder im Kofferraum liegt." Er öffnete ihn. „Voraussichtliche Abflugzeit in dreißig."

„Minuten?", fragte sie.

„Sekunden."

„Im Ernst?"

Er betrachtete sie. „Jetzt ist sie beeindruckt. Ich muss mir merken: Stiehl mehr Autos."

„Borgen", verbesserte sie ihn. „Diese Leute sind einfach zu ordentlich. Im Kofferraum ist nichts. Gar nichts. Ebenso wenig auf dem Rücksitz."

Das passte zu diesem Tag. Während Phoebe den Kofferraum schloss, wobei sie darauf achtete, es leise zu tun – was Ian nun wiederum beeindruckte –, startete er den Motor. Zuerst sprang er stotternd an, dann schnurrte er. Phoebe stieg ein. Die Sitze waren aus Vinyl, an dem Ians noch feuchte Haut klebte. Phoebe hielt weiterhin ihr Liegestuhlkissen vor sich und hob seines auf, das heruntergefallen war.

„Nur für den Fall, dass wir es brauchen", sagte sie.

Ian nahm es, legte es auf seinen Schoß und fuhr aus der Ausfahrt.

Als Shelly aus dem Badezimmer des Safe House kam, machte Berto sich gerade in der Küche zu schaffen. Er öffnete Schränke und klapperte mit Geschirr, auf der Suche nach wer weiß was.

Er hatte den Fernseher im Wohnzimmer eingeschaltet, aus dem irgendwelche Sportnachrichten plärrten.

Shel fand die Fernbedienung und stellte den Ton ab, um es denjenigen, die sie belauschten und beobachteten, leichter zu machen. Dann setzte er sich auf das alte Sofa direkt vor die Hauptkamera, die in einer staubigen falschen Palme versteckt war. Wer immer sie dort angebracht hatte, ohne den Staub zu beseitigen, musste ein wahrer Künstler sein. Er hoffte, er würde die Gelegenheit bekommen, ihn oder sie kennenzulernen. Aber nicht halb so sehr, wie er sich wünschte, bald wieder mit Aaron und Rory vereint zu sein.

Berto kam aus der Küche mit einer unter den Arm geklemmten Schüssel mit Brezeln und einem Bier in jeder Hand. Dosenbier. Denn unter rücksichtslosen Ganoven verteilte man nie Flaschen an den Feind – auch wenn das der eigene Halbbruder war –, weil die eine potenzielle Waffe darstellten.

„Danke“, sagte Shel und nahm eine Dose.

Berto stellte die Schüssel auf den Couchtisch und setzte sich in einen Sessel, der sicher im Bereich eines anständigen Weitwinkelobjektivs stand.

Shel nahm sich ein paar Brezeln und tat, als trinke er. Berto hingegen verstellte sich ganz offensichtlich nicht. Beim Trinken.

„Rufen die dich bald an?“ Berto formulierte es nur halb als Frage.

Man konnte davon ausgehen, dass Francine die Nummer des Festanschlusses hatte. Und es stimmte, Sheldon rechnete damit, dass sie früher oder später Kontakt aufnahmen. „Falls du denkst, Aaron wird hier auftauchen, damit du ihn töten kannst, wirst du enttäuscht sein“, erklärte er.

Berto atmete schwer aus. Halb war es ein Lachen, halb Frustration. „Ich will Aaron nicht töten.“

„Was du nicht sagst“, erwiderte Shel.

„Davio hat diesen Kerl geschickt, der ihn umbringen sollte“, erklärte Berto. „Nicht ich. Ich hatte mich mit dieser ganzen Schwulengeschichte längst abgefunden.“

Shel stellte sein Bier ab. „Warte mal. Heißt das, es ging gar nicht darum, dass Aaron Zeuge war …?“

„Bei was?“, wollte Berto sofort wissen.

„Du weißt ganz genau, bei was“, entgegnete Shelly. Es war erstaunlich, wie rasch sie in den Umgangston aus ihrer Teenagerzeit zurückfielen. Dabei war es Jahre her, seit sie sich gesehen hatten. Ein ganzes Jahrzehnt.

„Aaron hat in jener Nacht überhaupt nichts gesehen“, stellte Berto klar.

Die Nacht, die ihr Leben verändert hatte. Die Nacht, in der Francine ihrem Vater einzureden versucht hatte, sie sei es, die in dem Video zu sehen war, beim Sex mit Aaron. Die Nacht, in der Berto ihr geglaubt hatte und mit einer geladenen Waffe auf Aaron losgegangen war – und dabei jemand anderen getötet hatte.

Aaron hatte Shel erzählt, er habe nicht gesehen, was passiert war. Er war im Kofferraum von Bertos Wagen eingesperrt gewesen, der vor dem angeblich verlassenen Lagerhaus geparkt gewesen war, als Berto seine Waffe abgefeuert hatte, zweimal, und einen Obdachlosen getötet hatte. Ob die Schüsse gezielt abgegeben worden waren, in mörderischem Zorn, oder versehentlich, wusste Shel bis heute nicht.

Es spielte auch keine Rolle, denn statt sich der Verantwortung zu stellen, hatte Berto seinen Vater um Hilfe gebeten. Und Davio hatte dafür gesorgt, dass die Leiche mitsamt allen Beweisen verschwunden war.

„Weiß Davio, dass Aaron im Kofferraum deines Wagens lag?", fragte Shel.

„Die Leiche ist längst weg", erwiderte Berto ausweichend und legte die Beine auf den Tisch, was zweimal hintereinander ein leises dumpfes Geräusch verursachte. „Glaub mir, wenn ich dir sage, dass Davio seit Jahren keinen Gedanken mehr an diesen Scheiß verschwendet hat."

Auf Berto traf das offenbar nicht zu.

Shel wollte nicht darüber diskutieren, weshalb sein Halbbruder diese Entscheidungen getroffen hatte, darum wechselte er das Thema. „Es ist schon seltsam, dass wir ihn Davio nennen statt Dad, oder?"

„Eigentlich nicht", antwortete Berto. „Ich meine, klar, biologisch betrachtet ist er unser Vater. Aber er ist vor allem mein Boss. Mein Besitzer. Mein Herr und Meister." Er lachte, doch es klang bitter. Dann trank er einen großen Schluck Bier, ehe er Shel mit der Dose zuprostete. „Die schlimmste Entscheidung meines Lebens – was ich in jener Nacht getan habe. Mich mit der Waffe auf die Suche nach Aaron zu begeben. Ich habe daran gedacht, mich zu stellen, alles zu gestehen, mich schuldig zu bekennen. Und sei es nur, damit Davio dich in Ruhe lässt. Denn er wäre auch ins Gefängnis gegangen. Wegen Beihilfe, Vertuschung eines Mordes, Verschwörung … und ich hab bestimmt noch was vergessen." Er lachte. „Was soll's, ich werde jedenfalls nicht für den Rest meines armseligen Lebens in den Knast gehen. Es wäre etwas anderes, wenn ich genau wüsste, dass ich die Todesstrafe kriege, denn die Nadeln würden dem Scheiß ein für alle Mal ein Ende setzen."

Sheldon lachte ungläubig. „Das meinst du nicht ernst."

„Nicht immer." Berto leerte sein Bier. „Aber manchmal schon." Er deutete auf Shels Bierdose. „Bist du bereit für noch eins?"

„Ja, klar. Hab's fast leer", log Shelly. „Danke." Er bemühte sich, die Dose so zu halten, als wäre sie leichter und nicht noch fast voll. „Also, soll das etwa heißen, dass Davio Aaron bloß deshalb umzubringen versucht hat, weil er …?"

„Wegen dieser Schwulensache", bestätigte Berto. „Nachdem du aus der Marine entlassen wurdest und dich nicht mehr verstecken musstest, konnte er nicht mehr so tun, als hätte er keine Ahnung. Und deshalb …" Er zuckte die Schultern.

Shelly begriff, dass der Zeitpunkt stimmte: Er und Aaron hatten gerade das Militär hinter sich gebracht und waren in die Vereinigten Staaten zurückgekehrt, als Francine sie gewarnt hatte, Davio habe ein Kopfgeld auf Aaron ausgesetzt.

Berto stand auf und ging in die Küche, von wo aus er rief: „Seit Neuestem behauptet er, du könntest unmöglich sein Sohn sein. Deine Mutter müsse mit anderen herumgemacht haben."

Shel konnte sich an seine Mutter kaum erinnern. Sie war gestorben, als er sehr klein gewesen war. Wenn er die Augen zumachte, sah er vage eine blonde schöne Frau vor sich. Jemanden wie Francine, nur äußerlich noch femininer und emotional labiler. Sie trug stets Kleider und Pumps. Sie duftete immer gut und weinte fast ständig. „Ich wünschte, es wäre so", sagte er und stellte seine Bierdose auf den Tisch, hinter ein gerahmtes Bild von einer Palme.

„Ich fühle mit dir. Vielleicht möchtest du einen Vaterschaftstest fälschen, der beweist, dass, keine Ahnung, Bruce Springsteen dein echter Vater ist. Den schickst du dann an Davio, zum Beweis für seine Wahnvorstellungen." Berto lachte und kam mit zwei weiteren Bierdosen zurück, von denen er eine Shel gab, bevor er sich wieder in den Sessel fallen ließ.

Es war verrückt. Davio Dellarosa hatte zwei Söhne. Einer war schwul, der andere ein Mörder. Und wegen des schwulen Sohnes schämte er sich.

Sheldon räusperte sich und tat erneut, als trinke er einen Schluck Bier.

„Du und Aaron, ihr habt also geheiratet, was? Wie lange ist das jetzt her? Fünf Jahre?"

„Fast sechs", sagte Shel und musste unwillkürlich lächeln.

„Was habt ihr gemacht? Seid ihr dafür extra nach Massachusetts gereist?", wollte Berto wissen.

„Kanada", erklärte Shel. „Ich war im Irak, Aaron in Afghanistan. Wir trafen uns in London und flogen von dort nach Montreal. Ian schaffte es nicht, aber Francine war dabei. Es war schön."

Das war eine Untertreibung. Sheldon sah Aaron noch heute vor sich, prachtvoll in seinem Smoking, übers ganze Gesicht strahlend, während sie Händchen hielten und einander ewige Liebe versprachen. Einander zu lieben, zu ehren, zu achten, zu vertrauen, aufrichtig zu sein, immer …

„Du hast mich nicht eingeladen", meinte Berto.

„Nein." Shel trank einen größeren Schluck von seinem Bier und wünschte, er könnte den Geschmack der Furcht damit wegspülen. Ihm war klar, dass Aaron wütend sein würde, wenn er die Wahrheit erfuhr: dass Shelly seit Monaten von dem Kontakt zwischen Francine und Ian gewusst hatte, als der im Gefängnis gesessen hatte.

Shel hatte es gewusst, aber Aaron nichts gesagt.

„Ich war gekränkt, als ich davon hörte", gestand Berto.

Das war der reinste Unfug, und das wussten sie beide, deshalb antwortete Sheldon gar nicht erst darauf. Er tat, als trinke er noch mehr, in der Hoffnung, dass es Berto dazu animieren würde, ebenfalls die Dose wieder zum Mund zu führen.

Doch der saß einfach da und betrachtete Shel.

„Ich freue mich, dass du glücklich bist", sagte er schließlich. „Dass ihr beide glücklich seid, du und Aaron. Was ihr habt, ist etwas ganz Besonderes. Darum beneide ich dich, Bruderherz. Und mit dem Baby, Rory? Ich wollte euch dazu gratulieren … Also, meinen scheißherzlichen Glückwunsch."

Sheldon stutzte, und ein komisches Gefühl überkam ihn. „Woher kennst du seinen Namen?"

Berto prostete ihm zu. „Hoppla. Tja, ich könnte dir auch erzählen, dass ich weiß, wo du arbeitest, Junior, und dass die Firma gerade umgezogen ist. Ich weiß, dass sie dich unter der Hand bezahlen, was ganz angenehm für dich ist, weil du ja unter einem falschen Namen existierst. Ich kenne deine Adresse, deine Telefonnummer vom Festnetzanschluss und deine Handynummer. Deine momentane E-Mail-Adresse zu hacken habe ich noch nicht geschafft. Das wird wohl auch nichts, da deine Sicherheitsvorkehrungen zu gut sind. Ich weiß allerdings, dass du manchmal zur Kirche gehst, in deine rührende Trinity-Gemeinde mit dieser Regenbogenflagge, drüben beim YMCA. Ich weiß sogar, dass du dir bei Hamilton-Ladieu in der Main Street von Robert die Haare schneiden lässt …"

„Das reicht", unterbrach Shel ihn. Ihm schwirrte der Kopf. „Meine Güte, all die Zeit über hat Davio tatsächlich …"

„Nicht Davio", sagte Berto. „Nein, nein. Bis heute hat er geglaubt, du und Aaron, ihr hättet euch vor sechs Monaten getrennt. Dass du in Kalifornien bist und im Silicon Valley für irgendein Dotcom-Unternehmen arbeitest. Und dass Aaron zuletzt in Manchester, New Hampshire, gesehen wurde, wo er in einem Elektrogeschäft arbeitet. Ich dachte, das sei eine nette Ausschmückung – ein Elektroladen."

„Wieso denkt er …?" Shelly brauchte die Frage nicht zu beenden. Er kannte die Antwort bereits, und die war unglaublich. Aber dann erinnerte er sich daran, wie Berto ihm in den Magen geboxt hatte, aber so, dass es nicht wirklich wehgetan hatte.

Berto antwortete trotzdem: „Weil ich ihm das alles erzählt habe. Jeden Monat habe ich zusätzliche dreitausend Dollar aus der Kasse genommen, um den fiktiven Privatdetektiv zu bezahlen, der euch aufspüren sollte." Bei dem Wort „aufspüren" deutete er mit den Fingern in der Luft Anführungszeichen an. „Aber ihr seid uns einfach immer wieder entwischt, ihr verrückten Mistkerle. Es stellte sich heraus, dass ihr den Privatdetektiv bezahlt hattet, damit er uns irgendeinen Blödsinn auftischt, während ihr die ganze Zeit über in Sarasota gewesen seid. Nur gut, dass der Kerl erfunden war, denn sonst hätte ich ihn mir vorknöpfen müssen." Berto beugte sich vor. „Ich bin dein verdammter Schutzengel, Sheldon. Was glaubst du wohl, wer damals Francine den Tipp gab, als Davio versucht hat, Aaron aus dem Weg zu räumen?"

Francine konnte nicht fassen, was sie da hörte.

Aaron offenbar auch nicht. Es war ihm gelungen, das Baby zum Einschlafen zu bringen, und nun stand er zusammen mit Martell und FBI-Deb hinter Francine und lauschte der Unterhaltung zwischen Sheldon und Berto, die sie vor ihnen auf dem Computerbildschirm verfolgen konnten. Sie hatten den Ausschnitt dieser Kamera – es war die aus dem Wohnzimmer – vergrößert, sodass er jetzt den Bildschirm dominierte. Die Qualität war unglaublich gut. Man sah jeden Kratzer und jede Prellung in Shels Gesicht.

Was Berto betraf …

Die vergangenen zehn Jahre hatten es nicht gut mit ihm gemeint. Zwar war seine Statur nach wie vor mächtig, doch das lag weniger an einer ausgeprägten Muskulatur. Er sollte eindeutig mehr auf seine Ernährung achten und vielleicht nicht so viel trinken.

Oder vielleicht überhaupt nicht mehr trinken, Punkt.

„Ist das wahr?", wollte Aaron wissen und berührte sanft Francines Schulter, während Berto verkündete, er sei der anonyme Absender der E-Mail gewesen, die sie vor dem Anschlag gewarnt hatte.

Sie schüttelte den Kopf. „Ich weiß nicht", gestand sie. „Ich hatte keine Ahnung, wer sie mir geschickt hat, aber …"

„Aber was?"

Sie sprach es aus. „Ich dachte, er sei es gewesen."

Zuerst hatte Francine vermutet, diese E-Mail sei ein Versuch, sie aus ihrem damaligen Versteck nahe Chicago zu locken. Dass sie dazu gebracht werden sollte, nach Boston zu reisen, wo Shel und Aaron nach ihrer Entlassung von den Marines gelebt hatten. Dass Berto dort auf sie warten würde, um sich … Was? Zu entschuldigen? Sie umzubringen? Um sie zu kidnappen und zu seinem Vater, diesem Dreckskerl, zu bringen?

Alles war möglich.

Doch sie hatte gründlich nachgeforscht und Kontakt zu einem alten Freund der Familie aufgenommen. Dadurch war sie auf ziemlich überzeugende Beweise dafür gestoßen, dass Davio ein Attentat auf Aaron befohlen hatte. Und das war der Zeitpunkt, an dem sie die Warnung ernst genommen hatte.

„Was denkst du, wer die E-Mail an Francine geschickt hat?", fragte Berto, nachdem er eine Weile auf Shels Antwort auf seine erste Frage gewartet hatte, ohne eine von ihm zu bekommen. „Die E-Mail, in der sie erfuhr, wo sie Pauline finden würde." Er drehte den Kopf und sah direkt in die versteckte Kamera.

Da begriff Francine, dass er die ganze Zeit Bescheid gewusst hatte. Über die Überwachungskameras. Und darüber, dass sie wahrscheinlich zuschaute.

„Wer zum Geier ist Pauline?", murmelte Martell, woraufhin Aaron rasch und leise ihm und der FBI-Frau eine Zusammenfassung der nötigsten Fakten lieferte:

1)Pauline war Francines viel ältere Schwester, die Davio ebenfalls adoptiert hatte, als er ihre Mutter geheiratet hatte.

2)Jahrzehnte zuvor war sie von einer Privatschule geflohen, wohin sie wegen ihres schlechten Benehmens geschickt worden war. Francine hatte sie seit Jahren gesucht, um wieder Kontakt zu ihr aufnehmen zu können.

3)Vor einem Jahr hatte Francine ihre Schwester gefunden, die im achten Monat schwanger und heroinabhängig gewesen war. Pauline hatte Rory zur Welt gebracht und war gestorben.

Im Safe House sah Berto immer noch in das Kameraobjektiv, Francine direkt in die Augen, und sagte: „Das war ich, France. Pauline suchte Davio auf, in der Hoffnung, von ihm ein bisschen Geld zu bekommen, und sei es nur, damit sie wieder verschwand. Vielleicht wollte sie auch wirklich Hilfe, ich weiß es nicht. Aber er war nicht zu Hause. Dafür war ich da. Ich schaffte sie schnell weg, denn ich wusste, er würde sie umbringen, wenn er könnte – so sehr hasste er sie. Ich war es, der dir verriet, wo sie sich aufhielt und dass sie schwanger war. Und dass sie wieder Drogen nahm."

„Stimmt das?", murmelte Aaron hinter Francine, während Berto im Safe House wieder Sheldon betrachtete.

Sie hatte Shel und Aarie nie erzählt, wie sie ihre lange verschollene, problembeladene ältere Schwester ausfindig gemacht hatte. „Ja, es stimmt", gestand sie. „Ich bekam eine anonyme E-Mail, genau wie er gesagt hat."

Francine hatte das große Risiko auf sich genommen und war den Anweisungen der E-Mail gefolgt. Dadurch hatte sie ihre Schwester endlich wiedergefunden. Mit Shels und Aarons Hilfe sowie mit Ians Kontakten hatte sie sie in eine Einrichtung gebracht, wo man ihr für die restliche Zeit ihrer Schwangerschaft Methadon gegeben hatte. Allerdings hatte diese Art von medizinischer Betreuung bedeutet, dass ihr Aufenthaltsort bekannt wurde. Davio würde in der Lage sein, sie zu finden. Und genau wie Francine hatte er schon seit Jahren nach ihr gefahndet.

Berto hatte recht: Davio hatte Pauline zutiefst gehasst. Er hatte ihr die Schuld an allem gegeben, was in seinem Leben schiefgegangen war, einschließlich – unsinnigerweise – dem frühen Tod von Francies, Paulines und Shellys Mutter.

„Rory kam als Methadonabhängiger zur Welt?", fragte Martell.

„Ja", antwortete Aaron knapp.

„Verdammt."

„Ja."

„Ihr habt Rory dank mir", erklärte Berto jetzt Sheldon. „Klar, dass ich seinen Namen kenne. Ach, und gern geschehen." Er leerte sein zweites Bier. „Spaß beiseite: Damals wusste ich nicht, dass ihr euch ein Kind wünscht. Ich wusste bloß, dass Francine immer davon geredet hatte, ihre Schwester zu finden. Und ich war im Besitz der Information, die das ermöglichen konnte. Also …"

Er stellte die Füße wieder auf den Boden und die Bierdose geräuschvoll auf den Couchtisch. Danach erhob er sich aus seinem Sessel. Er achtete darauf, so zu stehen, dass die Kamera sein Gesicht zeigte, obwohl er mit Sheldon sprach.

„Hier sind die Autoschlüssel." Er warf sie ihm zu, und Shelly hatte Mühe, sie zu fangen. „Ich weiß, du glaubst es nicht." Flüchtig blickte er direkt in die Kamera. „Aber es gibt weder einen Peilsender noch ein GPS am Wagen. Der ist sauber. Du übrigens genauso. Es ist nichts an deiner Kleidung, keine Sender oder sonst was. Ich weiß, du wirst diese Information nicht einfach so schlucken. Mir egal. Tu, was du tun musst, Bruderherz. Doch die Wahrheit lautet: Ich werde von hier verschwinden. Niemand wird dir folgen – weder ich noch sonst jemand. Niemand beobachtet dieses Haus, denn niemand weiß davon. Wie ich schon gesagt habe, ich habe Davio gegenüber nichts erwähnt. Und die beiden Männer, die dich gefunden haben, gehörten zu mir. Die werden nicht reden."

Berto fuhr fort: „Ich werde in die Bar am Hafen gehen, das Pelican Deck. Die haben so eine dämliche Spaßkamera, die Livebilder auf deren Website überträgt. Davor werde ich mich setzen." Erneut sah er in die Kamera. „Ihr wisst also, wo ich bin und wo ihr Shel abholen könnt. Oder was immer ihr tun wollt ohne meine Einmischung."

Er trat näher und schien durch das Objektiv geradewegs in Francines Seele zu schauen. „Ich weiß, wir sind nicht mal annähernd quitt. Werden wir wohl auch nie sein. Aber vielleicht hilft dir das. Wenigstens ein bisschen."

Und nach diesen Worten ging er.

Francine fing sofort an, hektisch auf der Tastatur zu tippen und die Maus zu bewegen, um die Bilder der anderen Kameras auf den Bildschirm zu holen. Man sah Shelly im Wohnzimmer stehen, während Berto die Küche durchquerte und das Haus durch die Hintertür verließ.

„Schieb den Riegel hinter mir vor!", rief Berto.

Sheldon folgte ihm in die Küche, um genau das zu tun. Eine Kamera draußen zeigte Berto als schemenhafte Gestalt, wie er am Haus entlangging und die Auffahrt hinunter zur Straße.

Sheldon schaute in die Kamera, die in der Küche versteckt war. „Ich glaube, er meinte es ernst. Der ist wirklich gegangen", sagte er.

Aaron starrte Francine ungläubig an. „Was zum Geier ist hier gerade passiert?", wollte er wissen. „Ist das echt?"

Dieselbe Frage zeichnete sich auch auf den Mienen Martells und Debs ab.

„Ich bin mir nicht sicher", musste Francine zugeben. „Ich traue ihm nicht."

Sheldon sprach diese Worte zur selben Zeit aus, via Kamera und Mikrofon. „Ich traue ihm nicht. Ich werde den Wagen nehmen und von hier verschwinden. Ich besorge mir etwas zum Anziehen, für den Fall, dass in meiner Kleidung doch irgendwo ein Sender versteckt wurde. Danach dusche ich und ziehe mich um." Nach einer Pause fügte er hinzu: „Es tut mir leid, Aaron. Alles. Ich liebe dich."

Und damit war er ebenfalls zur Tür heraus.

„Was machen wir denn jetzt? Fangen wir ihn ab?"

Francine sah Martell an und stellte fest, dass er diese Frage offenbar an sie und nicht an Deb gerichtet hatte.

Natürlich wählte Rory diesen Augenblick, um aufzuwachen und zu schreien.

Aaron wollte ins Schlafzimmer laufen, wurde jedoch vom Geräusch eines von der Straße abbiegenden und die gekieste Auffahrt entlangrollenden Autos aufgehalten. Die Überwachungskameras dieses Unterschlupfs – eine vorn, eine hinten – zeigten verschwommen einen Wagen. Eine viertürige Limousine. Ein älteres Modell. Zwei Leute schienen vorn zu sitzen.

„Das ist nicht Yashi", erklärte Deb, die bereits ihre Pistole gezogen hatte. „Das kann er unmöglich schon sein."

Auch Francine griff nach ihrer Waffe und überprüfte, ob sie gesichert und geladen war.

„Ian meldet sich noch immer nicht auf seinem Handy", berichtete Martell. „Ich schätze, er hätte uns vorher angerufen, um sich anzukündigen."

„Möglicherweise musste er das Telefon loswerden." Aaron hielt dem ehemaligen Detective Martell seine Pistole hin, ehe er sich beeilte, zu dem schreienden Baby zu kommen.

Draußen hielt der Wagen direkt unterhalb der Überwachungskamera, wie beabsichtigt. Der Fahrer öffnete die Tür und …

„Was zur Hölle …?" Martell sprach aus, was alle dachten.

„Das ist Ian!", rief Francine Aaron zu. „Es ist alles okay, keine Panik."

Martell schien sich da nicht so sicher zu sein. „Was hat das zu bedeuten?"

Ian war nackt, bis auf etwas, das nach Strand aussah und das er als eine Art Feigenblattersatz vor sich hielt. Was wiederum eher untypisch für Ian war.

Er schaute hoch in die Kamera und signalisierte, dass alles in Ordnung sei. Das hätte er niemals unter Zwang getan. Francine wusste, dass er eher sterben würde, als sie alle in Gefahr zu bringen.

Eine Frau war bei ihm, und Francine beugte sich näher zum Bildschirm herunter, um sie besser erkennen zu können. Das musste Phoebe sein, die vielleicht oder vielleicht auch nicht für Davio Dellarosa gearbeitet hatte.

Sie war groß, ihr volles gewelltes Haar fiel ihr bis auf die Schultern. Sie war lediglich mit einem T-Shirt bekleidet, ihre langen Beine und die Füße waren nackt. Sie hielt sich einen ähnlichen nach Strand aussehenden Gegenstand vor den üppigen Busen. Die Gläser ihrer betont altmodisch wirkenden Brille reflektierten das Licht, sodass Francine ihr Gesicht nicht genau ausmachen konnte. War sie hübsch? Francine vermochte es nicht zu sagen. Doch die Art, wie Ian sie ansah, war interessant.

Martell war zur Tür gegangen, hatte sie jedoch noch nicht geöffnet. Francine bemerkte, dass er sie betrachtete und auf ihr Okay wartete.

Also gab sie es ihm. „Lassen Sie die beiden herein", sagte sie und ging zum Vorratsschrank, um für Ian eine Hose herauszusuchen.

Ian hatte Phoebe versprochen, dass es in dem Haus, das Kontaktpunkt Zebra genannt wurde, Kleidung geben würde, und so war es auch.

Jeans – wieder zu groß, aber sie beschwerte sich nicht – sowie ein Overshirt, das zwar zu warm war, aber wenigstens die Tatsache kaschierte, dass sie keinen BH anhatte.

Ians Bruder Aaron, Martell und die wie ein Grufti kostümierte FBI-Agentin namens Deb hatten Gesellschaft bekommen: Bei ihnen waren das vermutlich süßeste Baby auf diesem Planeten sowie eine zierliche Blonde mit blauen Augen, die cool und hinreißend zugleich aussah – als wäre sie bereit, sich für irgendeine dieser gerade angesagten TV-Serien zu bewerben, die in einer postapokalyptischen Welt spielten. Sie war atemberaubend schön, aber völlig ungeschminkt, und sie hatte langes glänzendes Haar, für das sie nicht mehr als ein Gummiband brauchte, um es zu bändigen. Sie trug Hüftjeans und ein Tanktop, das ihre anmutigen Muskeln sehen ließ, dazu klobige, dschungeltaugliche Stiefel.

Nachdem die beiden in der gemütlichen und gut ausgestatteten Zweizimmerwohnung willkommen geheißen worden waren, hatte die Blonde Ian mit einem Kuss auf den Mund und einem Klaps auf den nackten Po begrüßt, worüber er gelacht hatte.

Rasch wurden sie einander vorgestellt. Wie Phoebe bereits vermutet hatte, handelte es sich bei der Blonden um Sheldons Schwester Francine. Doch Phoebe war hauptsächlich damit beschäftigt, die Sachen anzuziehen, die Martell ihr gab; daher musste sie sich dem herausfordernden Blick dieser Frau nicht stellen, mit dem diese zu verkünden schien: *Ich bin die Einzige, die Ian einen Klaps auf den nackten Po geben darf.*

Alle redeten gleichzeitig auf Ian ein.

Francine: „Was ist denn eigentlich los gewesen?"

Ian: „Lange Geschichte. Die Kurzversion lautet im Wesentlichen: Wir haben eine Begegnung mit Davios Gangstern überlebt."

Francine: „Oder du hast eine seiner Cracknutten mit hierher gebracht." O ja, das war ein feindseliger Blick, den sie in Phoebes Richtung sandte.

Und Phoebe konnte nicht anders: Sie lachte, während die Unterhaltung um sie herum weiterging. Man hatte sie schon allerhand genannt, aber „Cracknutte" war neu.

Ian (an Francine gewandt): „Sei nicht albern. Habt ihr was von Shel gehört?"

Aaron: „Er ist in Sicherheit. Was wir nicht dir zu verdanken haben. Dieser verdammte Berto hat ihn aus Davios Fängen befreit."

Francine: „Wir haben die beiden zum Safe House gelotst, wo Berto Shelly gerade allein gelassen hat. Er ging zu Fuß weg und hat Shel seinen Wagen dagelassen. Wir haben das Überwachungsband ihrer Unterhaltung. Das wirst du dir ansehen wollen."

Ian (zu Francine): „Du kennst Berto am besten. Ist das eine Falle?"

Francine: „Das glaube ich nicht, nein."

Aaron: „Ich will ihn abholen. Ich glaube, er wird im YMCA sein, um zu duschen und sich umzuziehen." Offenbar redete er von seinem Mann Sheldon, nicht von Berto.

Martell: „Sobald Sie sich erholt haben, Dunn, will ich mit Ihnen über Ihre Kontakte zu dem Mann sprechen, der als ‚der Holländer' bekannt ist."

Ian (zu Aaron, Martell ignorierend): „Ja, nein, du gehst nirgendwohin." Ian weiter (zu Francine): „Bist du dir sicher, dass Zebra ein sicheres Versteck ist?"

Francine: „Bis jetzt war ich das."

Aaron: „Was soll ich tun? Hier die ganze Zeit herumsitzen und warten?"

Ian (zu Francine): „Niemand ist euch hierher gefolgt? Seid ihr euch sicher?"

Francine: „Absolut."

Aaron: „Wen willst du denn losschicken? Deb? Shel ist ihr nie begegnet. Das wird nicht gut gehen. Er wird glauben, sie arbeitet für Davio."

Deb: „Ich werde nicht gehen. Nicht, nachdem Dunn eben erst zurückgekommen ist. Auf keinen Fall. Ich muss zumindest an dem Gespräch über den Holländer teilnehmen."

Ian (über Deb hinweg): „Kann jemand Phoebe bitte etwas Wasser bringen? Und etwas zu essen?"

Martell: „In der Küche ist Aufschnitt für Sandwiches. Außerdem gibt es Cornflakes und Milch, frisches Obst ..."

Francine (während Martell redete): „Es gibt einen weiteren FBI-Agenten, einen Typ namens Yashi, der nach Tampa musste. Seit wir das Safe House verlassen haben, kommunizieren wir mit ihm per verschlüsselter Verbindung. Er weiß nicht, wo wir uns aufhalten."

Martell (während Francine redete, Phoebe eine Wasserflasche reichend): „Im Tiefkühler sind auch noch ein paar Gerichte für die Mikrowelle ..."

Phoebe sagte: „Danke."

Deb: „Aber wir müssen Yashi unseren Aufenthaltsort nennen. Er gehört zu dieser Operation, und ihr seid ernsthaft unterbesetzt. Darf ich an unsere Abmachung erinnern, dass die Rettungsaktion für die Kids beginnt, sobald Sheldon frei ist? Und das scheint er eindeutig zu sein."

Francine: „Dass er es zu sein scheint, reicht nicht."

Aaron: „Die Abmachung lautete, er muss wieder bei uns sein. Und das ist er noch nicht."

Inzwischen war Ian vollständig bekleidet. In einem der bestens gefüllten Schränke in der kleinen Wohnung hatten sich sogar Stiefel in seiner Größe befunden. Jetzt hielt er die Hand hoch, während er einen großen Schluck aus der Wasserflasche trank, die Martell ihm gereicht hatte.

Es war erstaunlich, dass er allem gefolgt war. Im Nu hatte er die Rolle des Anführers wieder übernommen.

„Aaron hat recht“, wandte Ian sich an Deb. „Die Abmachung beinhaltete, dass wir Shel erst zurückhaben müssen. Und er ist noch nicht hier.“ Er sah zu Aaron. „Doch du wirst nirgendwohin gehen. Francine holt ihn ab.“ Er richtete den Blick auf Francine und ignorierte Aarons hervorsprudelnden Protest. „Aber erst nachdem du dich bei Phoebe dafür entschuldigt hast, sie als Cracknutte beschimpft zu haben. Ich brauche ein neues Handy, also sorg dafür, dass du die neue Nummer hast. Ich will einen Anruf, sobald Shel wirklich in Sicherheit ist.“

Francine verdrehte die Augen wegen der Vorstellung, sich bei irgendjemandem entschuldigen zu müssen, nickte jedoch grimmig.

„Ach, und du solltest mich nicht zu sehr hassen, France – mir ist durchaus klar, dass diese Möglichkeit besteht: Ich will, dass du nicht allein fährst. Vier Augen sehen mehr als zwei. Ich traue Berto nicht.“ Danach wandte er sich an Martell: „Es sieht ganz so aus, als würden Sie Francines Begleiter werden. Hier kommt alles, was Sie über den Holländer wissen müssen: Er ist ein Arschloch – ein sehr gefährliches. Allerdings mag er mich. Er glaubt, ich hätte ihm vor einigen Jahren das Leben gerettet.“ Jetzt ignorierte er Martell und Francine, die beide aus unterschiedlichen Gründen innerlich kochten, und sagte zu Deb: „Von *Ihnen* benötige ich die vollständigen Berichte über das Team, das in Miami das Konsulat observiert, in dem die Kinder angeblich gefangen gehalten werden.“

„Nicht angeblich“, meldete Deb sich zu Wort.

„Na ja, dafür brauche ich erst noch Beweise. Ich will außerdem alle verfügbaren Informationen über jeden der Beteiligten. Nicht nur über die Kinder, den Kidnapper und jeden Mitarbeiter im Konsulat, sondern auch über den Vater und die Mutter. Und wenn ich sage ‚alle‘, dann meine ich das auch. Ich will alles wissen. Keine Überraschungen. Aber bevor ihr mich mit Videomitschnitten und Computerdateien überfallt, will ich ein Sandwich. Außerdem muss ich meinen Neffen kennenlernen.“

Es folgte ein Moment benommenen Schweigens.

„Na los“, befahl Ian. „Sofort.“

Francine bewegte sich als Erste. Sie marschierte an Phoebe vorbei, wobei sie ein sehr unaufrichtiges „Sorry“ murmelte, und steuerte die Schränke an, um Ian ein neues Handy zu holen.

Martell folgte ihr. „Ich brauche eine Waffe, wenn ich Sie begleiten soll“, sagte er zu Francine.

Deb wich zu einem schlichten Holztisch zurück, auf dem ein Computer stand, das Telefon am Ohr.

Damit blieben Ian, Aaron, Rory und Phoebe zurück.

Ian drehte sich zu seinem Bruder um, der den Kandidaten für den Titel des süßesten Babys der Welt auf dem Arm hielt, und streckte die Hände aus. „Darf ich?“

Phoebe bemerkte, dass Ian diese Frage gar nicht an Aaron, sondern direkt an das Baby richtete, das mit einem sabbernden Lächeln antwortete.

Während sie die Szene beobachtete, wollte Phoebe sich dezent zurückziehen, denn ihr wurde plötzlich klar, dass sie einem sehr persönlichen Moment beiwohnte. Das Apartment war allerdings zu klein, und sie konnte nirgendwohin ausweichen, als Ian den kleinen Rory auf den Arm nahm.

„He, Kumpel“, flüsterte er mit einer Miene, die Phoebe bei jedem anderen Mann als ehrfürchtig beschrieben hätte. „Wow, du bist aber schon ein großer Junge, was? Ich bin dein Onkel Eee. Es ist sehr schön, dich endlich kennenzulernen.“

Ian lachte, als das Baby nach ihm griff, vielleicht nach seinen Haaren oder seiner Nase, und ihm letztlich ins Gesicht patschte. „Wieso bin ich nicht erstaunt, dass er schon recht ordentlich zuschlagen kann?“, meinte er an seinen Bruder gewandt, der seinen Zorn für einen Moment völlig vergessen zu haben schien, denn auch Aaron lächelte.

Ian schaute zu Phoebe, halb amüsiert, halb verlegen. Vermutlich, weil er nicht verbergen konnte, wie sehr das Baby ihn dahinschmelzen ließ.

Dumm wie sie war, erwiderte Phoebe sein Lächeln – wahrscheinlich wegen des wirklich hinreißenden Babys, das sich auf seinem Arm sehr wohlzufühlen schien. Prompt verspürte sie ein flaues Gefühl im Magen, während ihr Herzschlag sich beschleunigte.

Du liebe Zeit!

„Vielleicht sollten Sie wenigstens so tun, als seien Sie nicht schrecklich in ihn verliebt."

Phoebe stellte fest, dass Francine neben ihr stand und ihr mit unverhohlener Feindseligkeit ein Handy hinhielt.

„Geben Sie Eee das von mir", bat die blonde Frau. „Ich habe die Nummer und rufe ihn an, sobald ich Kontakt zu Shel habe." Sie wollte zur Tür gehen, blieb jedoch noch einmal stehen. „Es ist mit seinem üblichen Code versehen. Sie können damit also keine Anrufe tätigen", fügte sie hinzu. „Versuchen Sie es gar nicht erst. Und lassen Sie sich bloß nicht einfallen, noch einmal heimlich zu verschwinden. Sie haben uns durch Ihr Verhalten in ziemliche Schwierigkeiten gebracht."

Phoebe hatte genug von diesen Gemeinheiten. „Es war ein Fehler, und dafür entschuldige ich mich", erklärte sie Francine. „Ich werde es nicht wieder tun, Sie können Ihren Hass also getrost einstellen. Zu Ihrer Information: Ich bin keine Bedrohung, in keiner Weise."

Francine war perplex, anscheinend kannte sie eine derartige Gegenwehr nicht. Doch dann lachte sie. „Ist es möglich, dass Sie tatsächlich so dumm sind?" Ehe Phoebe darauf etwas erwidern konnte, verließ sie die Wohnung.

Martell folgte ihr, nicht ohne Phoebe einen Blick zuzuwerfen, der in etwa besagte: *Auf was haben wir uns da eigentlich eingelassen?* Dann fiel die Tür hinter ihm zu.

Deb schwebte wie ein Grufti-Geist noch immer telefonierend durch den Raum, um die vielen Türriegel wieder vorzuschieben.

Ian war nach wie vor verzückt vom kleinen Rory. „Ich habe schon so viel von dir gehört", sagte er zu dem kleinen Jungen, während Phoebe ihr Bestes versuchte, um nicht zuzuschauen.

Dennoch entging ihr nicht, wie Aarons Lächeln verschwand. „Ach ja, hast du?", fragte er seinen älteren Bruder und war sofort wieder feindlich gesinnt.

Phoebe wollte sich so unsichtbar machen wie Deb und wich in die Ecke zurück, die als Küche diente. Sie öffnete die Schränke und entdeckte mehrere Laibe Brot sowie eine Tüte mit Brötchen.

Doch Aaron senkte seine Stimme nicht, deshalb war es Phoebe unmöglich, nicht zuzuhören, während sie einen Teller fand und auf der Suche nach dem Aufschnitt den Kühlschrank aufmachte. „Weil nichts, was du gehört hast, von mir kam." Rory zuliebe bemühte Aaron sich anscheinend, so ruhig wie möglich zu sprechen.

Ein rascher Blick in ihre Richtung genügte Phoebe allerdings, um zu erkennen, dass das Baby den Tränen nahe war.

„Offenbar hat man beschlossen, mich im Dunkeln darüber zu lassen, was mit dir passiert war. So ahnungslos wie Rory", fuhr Aaron fort. Er nahm Ian das Baby ab, als Phoebe Truthahnschinken und Schweizer Käse fand. In einem Fach auf der Innenseite der Kühlschranktür gab es Senf. Sie stellte alles auf den Tresen, während Aaron Atem holte. „Anscheinend bin ich … Was, Eee? Wie lautet deine Erkenntnis? Dass ich unfähig bin, ein Geheimnis für mich zu behalten, oder zu blöd, um in alle Einzelheiten eingeweiht zu werden? Was? Ich kann es kaum erwarten, das von dir zu erfahren."

Ian seufzte. „Sieh mal, Air, ich musste das von dir fernhalten. Es war alles schon schwer genug, auch ohne deine Wut und Enttäuschung." Die nächsten Worte richtete er an Phoebe. „Lass das bitte draußen für mich, ja?"

Sie sah auf. „Ja, klar. Soll ich dir eins machen?"

„Nein danke, das mache ich selbst."

Rory stand sichtlich kurz davor, wieder loszuschreien, aber Aaron hielt ihn eng an sich gedrückt. „Ist ja gut, kleiner Mann", murmelte er und wiegte den Jungen. „Daddy ist nicht sauer auf dich. Daddy ist nicht mal richtig wütend. Ich bin bloß …" Sein Ausatmen klang verdächtig nach einem Schluchzer, und es war offenkundig, dass er mit den Tränen kämpfte. „Ich habe mich bloß sehr, sehr aufgeregt über Onkel Eee."

„Siehst du, ich wusste, du würdest dich aufregen."

„Du hättest es mir erzählen sollen, bevor du den Deal mit Manny gemacht hast“, sagte Aaron leise. Anscheinend gab es bei ihm nur zwei Lautstärken: flüstern oder herumbrüllen. „Mann, Eee, achtzehn Monate im Gefängnis? Das ist nicht okay. Ich wäre dagegen gewesen. Ich hätte mich für etwas ganz anderes entschieden.“

„Für was denn?“, fragte Ian mit fast sanfter Stimme. „Weglaufen und verstecken? Immer auf der Flucht sein?“ Er schüttelte den Kopf. „Ich wollte, dass du ein vernünftiges Leben führen kannst.“

„Und ich will, dass du das auch kannst“, konterte Aaron.

Ian gab nicht nach, er blinzelte nicht einmal. Er stand nur da und sah seinen Bruder an. „Sehe ich unglücklich aus?“

Aaron zögerte nicht mit der Antwort. „Ja, Mann.“

„Dann schau mal genauer hin, denn ich bin es nicht.“

„Nicht unglücklich“, erwiderte Aaron. „Das ist großartig, Eee. Nicht unglücklich zu sein ist ja echt erstrebenswert. Na klasse.“

Er ging davon und brachte Rory in eines der Schlafzimmer, wobei er beinah unfassbar leise die Tür hinter sich zumachte.

Ian schaute ihm nach, dann sah er zu Phoebe.

Entscheidungen für andere zu treffen scheint ein chronisches Problem von dir zu sein, dachte sie, sprach es jedoch nicht laut aus.

Als er zu ihr kam und in die Brottüte griff, um sich auf dem Teller, den sie ihm hingestellt hatte, selbst ein Sandwich zuzubereiten, sagte sie stattdessen: „Wenn du willst, kann ich mit Deb reden und volle Immunität für dich erreichen. Dann kannst du dem FBI alles über den Holländer sagen, was du weißt, ohne Konsequenzen befürchten zu müssen.“

Ian lachte und nahm sich die restlichen Truthahnscheiben, die er auf seinem Brot stapelte. „Na vielen Dank, aber nein.“

„Ich werde dafür sorgen, dass du geschützt bist“, versprach sie. „Wir können den Austausch von Fakten als Aussage werten. Wir sprechen vorher alles genau ab. Nur du, ich, Deb und Martell …“

„Nein.“ Er griff an ihr vorbei nach dem Senf und drückte ein bisschen davon auf den Schinken.

„Okay“, sagte sie. „Ich kann auch Immunität für Georg Vanderzee erwirken, falls er ein Freund von dir ist …“

Ian knallte die Plastikflasche Senf auf den Tresen und starrte Phoebe an. „Welcher Teil von ‚Er ist ein gefährliches Arschloch‘ lässt denn deiner Meinung nach darauf schließen, dass er in irgendeiner Weise ein Freund ist?“

Phoebe wollte sich nicht einschüchtern lassen oder zurückweichen, obwohl er viel zu nah bei ihr stand. „Dann eben ein wichtiger geschäftlicher Kontakt.“

„Das ist er auch nicht.“

Sie standen sich nun Auge in Auge gegenüber. Und da war es wieder, dieses Gefühl, dass sich die Erde unter Phoebe bewegte.

Auf der Fahrt hierher hatten sie nicht mehr viel miteinander gesprochen. Ian war in Gedanken versunken gewesen, und Phoebe hatte das Geräusch der Reifen auf dem Asphalt eingelullt. Zu ihrem Erstaunen war sie tatsächlich eingedöst.

Sie war noch immer erschöpft und sehnte sich nach der Behaglichkeit ihres eigenen Bettes.

Das vermutlich genau in diesem Moment von Plünderern und Dieben aus ihrer Wohnung geschafft wurde. Trotzdem war diese Vorstellung nicht so schlimm wie die Erkenntnis, zu der sie gelangt war, als Sheldons vollkommene blonde Schwester Ian auf sehr besitzergreifende Weise einen Klaps auf den nackten Po gegeben hatte.

Es war mehr als offensichtlich, dass Ian keine romantische Beziehung mit Francine hatte. Aber Francine wollte, dass sie zusammen waren.

Obwohl Phoebe ihm erst vor wenigen Stunden erklärt hatte, dass sie besser nur Freunde sein sollten, hatte der Kuss zwischen Ian und Francine eine Lawine an Emotionen in ihrem Innern losgetreten.

Sie war eifersüchtig.

Und dumm.

Denn einerseits wollte sie die Komplikationen nicht, die es mit sich bringen würde, Ian weiterhin zu küssen. Andererseits wollte sie auch nicht, dass sonst irgendjemand ihn küsste.

Das war wirklich äußerst dumm.

Es war eine irrationale, selbstsüchtige Reaktion, einer Frau absolut unwürdig, die einen Mann lediglich als guten Freund betrachtete.

Wenn man außerdem berücksichtigte, dass sie nicht nur ein flaues Gefühl im Bauch bekam, wenn dieser Mann ein Baby auf dem Arm hielt, sondern schon beim bloßen Blickkontakt …

Der Himmel möge ihr beistehen.

„Es tut mir leid", sagte Ian leise. „Dass du in die ganze Geschichte hineingezogen wurdest. Anscheinend sage ich das ziemlich oft in letzter Zeit, was?"

Seine Bemerkung brach die törichte Trance, die er bei ihr auszulösen imstande war. Phoebe widmete sich wieder ihrem Sandwich. „Na ja, aber wenn ich schon auf unbestimmte Zeit hier festsitze, wäre es doch blöd, mich nicht helfen zu lassen." Sie biss ab, um ihren Worten Nachdruck zu verleihen. „Du könntest dir von mir wenigstens ein Sandwich zubereiten lassen", fügte sie mit vollem Mund tadelnd hinzu.

„Ich wollte nur vor deinem Jurastudium Respekt zeigen", verteidigte er sich.

Sie bedachte ihn mit einem skeptischen Blick, und er lachte. Wow, wie sehr sie es mochte, diesen Mann zum Lachen zu bringen!

„Ich kann tatsächlich deine Hilfe gebrauchen", gestand er. „Bei der Sichtung all der Informationen, die mir das FBI liefern wird. Ich will, dass du recherchierst, wie die Mutter der Kinder eigentlich aus Kazbekistan herausgekommen ist, wie es um den rechtlichen Status ihrer Scheidung und ihr Sorgerecht für die Kinder bestellt ist. Kennst du dich ein bisschen mit internationalem Recht aus?"

„Nicht besonders, aber ich weiß, wie man liest und recherchiert. Ich werde alles herausfinden, was du wissen musst."

„Gut, denn ich will wissen, welche Rechte der Vater zu haben glaubt. Ich will außerdem wissen, wer genau das überhaupt ist und wie viele Feinde ich mir mache. Der Holländer ist nicht der Einzige, mit dem ich es zu tun bekomme, wenn ich diese Befreiungsaktion durchziehe."

Wenn, nicht falls. Möglicherweise gehörte das Wort „falls" nicht zum Wortschatz dieses Mannes. Wieder einmal bewunderte Phoebe seine Überzeugung und seine Entschlossenheit.

Erneut biss sie ab und sprach mit vollem Mund, wobei sie mit dem Ellbogen auf das Handy auf dem Tresen deutete. „Das soll ich dir von Francine geben. Sie hat es sogar geschafft, es mir nicht in die Brust zu rammen – obwohl es knapp war. Dir ist schon klar, dass sie in dich verliebt ist, oder?"

Darüber musste Ian wieder lachen. „Nein, sie triezt dich bloß. Sie will, dass du das denkst. Du machst ihr Angst, weil sie dich noch nicht seit fünfundzwanzig Jahren kennt. Sie ist supermisstrauisch." Er seufzte. „Das hat sie sich hart erworben."

„Seit wann arbeitet sie mit dir zusammen?", wollte Phoebe wissen.

„Schon ziemlich lange", räumte Ian ein.

Zum ersten Mal gab er zu, dass es hinter ihm dieses erstklassige Team gab, nach dem sie ihn ständig löcherte. Doch sie verkniff sich ein lautes „Ha, hab ich's doch gewusst!" Stattdessen fragte sie: „Ist dir denn nie in den Sinn gekommen, dass sie nur deshalb so lange bei dir geblieben ist, weil sie dich tatsächlich liebt?"

„Das tut sie nicht", versicherte Ian ihr und trug seinen inzwischen leeren Teller zur Spüle. Irgendwie hatte er sein riesiges Sandwich hinuntergeschlungen, noch ehe sie die Hälfte von ihrem gegessen hatte. „Aber ich weiß es zu schätzen, dass du es für möglich hältst. So als *gute Freundin,* die du ja für mich bist." Er nahm sein Handy vom Tresen und hob seine Stimme. „Ich bin jetzt bereit, mir das Video aus dem Safe House anzusehen."

Deb, die noch immer telefonierte, zeigte zum Computer auf dem Tisch. Ian ging hin und rief Phoebe über die Schulter zu: „Das willst du dir vielleicht auch ansehen."

Da war er wieder, dieser kurze Blickkontakt. Und damit einhergehend jenes Kribbeln, das sie sich lieber nicht eingestehen wollte.

Phoebe gab sich sachlich und kühl und trat mit ihrem restlichen Sandwich vor den Computer. „Wenn Berto wirklich ein Freund ist, könnte er ein Weg sein, um mit Manny in Kontakt zu treten und Davio davon zu überzeugen, sich zurückzuhalten."

„Ich bin mir ziemlich sicher, dass Manny ihn momentan von gar nichts überzeugen kann", entgegnete Ian. „Ich fürchte, Mannys Gesundheitszustand ist ernster, als die Dellarosas zugeben. Und was Davio betrifft, der ist völlig unfähig zu Verhandlungen."

„Wie lautet also dein Plan?", wollte Phoebe wissen, und ihr Mut sank, da sie die Antwort im Grunde bereits kannte. Ein Waffenstillstand mit den Dellarosas würde es ihr ermöglichen, in ihr normales Leben und ihren Job zurückzukehren. Kam ein solcher Waffenstillstand allerdings nicht zustande …

Ian drückte auf dem Bildschirm die Play-Taste für das Video, das auf ihn wartete. „Ich werde diese Fehde mit den Dellarosas benutzen, um in das kazbekische Konsulat in Miami zu gelangen", erklärte er, als ein sehr attraktiver dunkelhaariger Mann – Sheldon Dellarosa – sich auf ein Sofa direkt vor die Überwachungskameras setzte. Er nahm eine Fernbedienung und schaltete die männlichen Stimmen einer Sportsendung im Fernsehen stumm.

Käme ein Waffenstillstand nicht zustande, würde Phoebe zu ihrer eigenen Sicherheit in Ians Nähe bleiben müssen. Das wusste Ian.

Er sah sie mit einer betont entschuldigenden Miene an. „Das ist der schnellste Weg hinein. Schneller, als sich irgendeine dämliche Story zur Tarnung auszudenken. Vanderzee, der Holländer, wird ohnehin alles überprüfen lassen – egal, was ich ihm erzähle. Und es wird nicht lange dauern, bis er weiß, dass ich auf der Abschussliste der Dellarosas stehe. Eine bessere Geschichte kannst du dir auch nicht ausdenken." Damit brachte er sein entscheidendes Argument an. „Das wird den Kindern die Freiheit ein paar Tage früher bringen, wahrscheinlich eine Woche. Ich weiß, das bedeutet für dich Unannehmlichkeiten, aber so sieht's aus."

„Ich werde es überstehen", erwiderte Phoebe knapp. Auf dem Monitor war ein weiterer Mann zu sehen, schwerer und älter, auch nicht unattraktiv – die Familienähnlichkeit war offensichtlich –, der eine Schale mit Brezeln und zwei Dosen Bier brachte.

„Gut."

Sie schaute zu Ian, der sie anlächelte.

Und wieder bewegte sich die Welt, wenn auch nur ein kleines bisschen. Gerade genug, um Phoebe klarzumachen, dass sie in echten Schwierigkeiten steckte.

14. KAPITEL

Sie hat keine Ahnung“, sagte Francine, nachdem sie sich hinter das Lenkrad von Martells altem Wagen gesetzt hatte.

Sie hatte nicht gefragt, sondern einfach angenommen, dass es für Martell in Ordnung war, wenn sie fuhr.

Er war auf der Beifahrerseite eingestiegen, und dann war Francine Richtung Westen gefahren, zurück in die Stadt und zum Hafen. Sie wollte, das wusste er, zum Pelican Deck, einer Touristenbar, die direkt am Wasser lag. Dort würde es Martells Aufgabe sein, Berto Dellarosa im Auge zu behalten, während sie zum YMCA fuhr, um ihren Bruder abzuholen.

„Wer sie?“, fragte er. „Welche Sie hat keine Ahnung wovon?“

„Phoebe“, antwortete Francine. „Sie hat keine Ahnung, wie verrückt es war, dass Ian sein Leben riskiert hat, um sie zu retten.“

„War es wirklich so verrückt?“, gab Martell zu bedenken. „Trotz seines üblen Rufs scheint Ian Dunn mir eher der edle Ritter zu sein. Eben ganz der ehemalige Navy-SEAL.“

Francine lachte spöttisch und verdrehte auf die für sie typische Weise die Augen.

„Wieso kümmert es Sie eigentlich, was Phoebe denkt?“, wollte Martell wissen.

„Tut es nicht“, log Francine. „Ich kommentiere es nur.“

„Tut es nicht“, äffte er sie nach. „So ein Stuss. Ich merke übrigens sehr wohl, wie Ihre Anspannung zunimmt, je näher wir Ihrem ehemaligen Freund kommen.“

Martell war sofort klar, dass er zu weit gegangen war, denn sie wurde buchstäblich zu Eis. Mit dieser Frau warm zu werden war von Anfang an schwierig gewesen, doch jetzt … Er hatte das Gefühl, als würde ihm in dem tödlichen Schweigen die Nasenspitze abfrieren.

Dann überraschte Francine ihn. „Mein ehemaliger Freund“, sagte sie in aufgekratztem Plauderton, der ihre weiß hervortretenden Fingerknöchel am Lenkrad kontrastierte, „ließ mich durch seinen Vater vergewaltigen.“

Aha.

Damit hatte Martell nicht gerechnet, und sie lachte – es handelte sich eher um einen spröden Laut – über seine Unfähigkeit, etwas dazu zu sagen. „Nett, was?"

„Ließ?", brachte er nur heraus.

„Er sah, dass Davio mich schlug", erzählte Francine, „und er ging einfach weg. Er wusste, was passieren würde. Ich wurde bestraft, und das ist nun mal die Art, wie Davio Frauen bestraft. Oder Mädchen. Das Alter spielt für ihn keine Rolle."

„Ich weiß nicht, was ich dazu sagen soll", gestand Martell.

„Gut", meinte sie. „Dann halten Sie doch einfach die Klappe."

Sie war diejenige, die diese Unterhaltung begonnen hatte, aber er zog es vor, sie nicht daran zu erinnern.

Schließlich sah sie ihn erneut an und flüsterte: „Erwähnen Sie das bloß nicht Shel oder Aaron gegenüber. Die wissen nichts davon. Sie glauben, er hätte mich bloß verprügelt. Verraten Sie es überhaupt niemandem."

„Das werde ich nicht", versprach er. Verdammt, dachte er bei sich.

Den Rest der Fahrt brachten sie in seltsam kühlem Schweigen hinter sich. Martell überlegte die ganze Zeit, wie er am besten formulieren sollte, dass es vielleicht besser für sie wäre, wenn sie mit jemandem über diesen Vorfall sprach. Mit einem Therapeuten zum Beispiel oder einer Beratungsstelle für Vergewaltigungsopfer, wenn sie schon nicht mit ihrer Familie darüber reden wollte. Aber am Ende wagte er es nicht.

Erst als Francine am Straßenrand anhielt, um ihn eine Viertelmeile vor der Hafenbar aussteigen zu lassen, ergriff er wieder das Wort.

„Ist alles in Ordnung mit Ihnen?", erkundigte er sich.

Sie betrachtete ihn mit ihren seltsam ausdruckslosen blauen Augen. „Schicken Sie mir eine Textnachricht, sobald Sie selbst gesehen haben, dass er an der Bar sitzt."

Martell nickte und stieg aus. Dann beugte er sich noch einmal zum offenen Fenster hinunter. „Ihnen ist hoffentlich klar, dass Berto in dieser Sache möglicherweise nicht allein arbeitet."

„Ist mir durchaus bewusst", meinte sie. „Ich werde dafür sorgen, dass wir nicht verfolgt werden."

„Hierher verfolgt werden? Oder …?"

„Nein, Sie müssen Ihren eigenen Weg zur kleinen Debbie und dem Heldenteam zurück finden."

„Das ist mein Wagen, in dem Sie da fahren", erinnerte er sie.

„Na und?"

Stimmte auch wieder.

Sie trat aufs Gas, sodass er zurückspringen musste, damit ihm die Reifen nicht über die Füße rollten.

Martell schaute ihr hinterher. Als die Rücklichter in der Dunkelheit verschwanden, ging er zur Bar. Er war sich durchaus bewusst, dass die gesamte Truppe – das Heldenteam, wie Francine es genannt hatte – unmittelbar nach Sheldons Ankunft den Kontaktpunkt Zebra räumen würde.

Zweifellos würden sich alle sofort nach Miami begeben, um die nächste Phase dieser desaströsen Operation einzuleiten. Martell musste sich etwas einfallen lassen, um ein geeignetes Auto für die gut dreistündige Fahrt aufzutreiben.

Damit hatte er sich abgefunden, als er den gekiesten Parkplatz vor dem Pelican Deck erreichte. Er lief über den Holzsteg und durch die Bar und betrat das sogenannte Partydeck, das einen Ausblick aufs Wasser bot.

Die Party war jedoch eher eine trostlose Angelegenheit. Die Leute gingen bereits, obwohl es noch längst nicht Zeit für die Sperrstunde war. Die Gäste waren deutsche Strandurlauber, ältere Jachtbesitzer und schläfrige Betrunkene.

Aber Berto, der Mann vom Überwachungsvideo, war tatsächlich dort. Er trank ein großes Bier vom Fass und saß, wie angekündigt, allein an einem Tisch, unterhalb der sogenannten „Spaßkamera".

Und jetzt?

Berto sah müde und traurig aus, und es schien nicht das erste Bier zu sein, das er bei der sehr lässigen, tätowierten Bedienung in diesem Laden bestellt hatte.

Martell schlenderte an ihm vorbei, um sicher zu sein, ehe er

Francine eine Textnachricht sandte. Er tat, als sei er auf der Suche nach der Herrentoilette. Dann textete er: *Er ist hier. Was immer das heißen mag.*

Als er die Nachricht abschickte, wurde der Tisch neben Berto frei. Vermutlich wollten die Gäste, die dort gesessen hatten, zurück in ihre Strandapartments. Martell setzte sich auf einen der noch warmen Hocker und machte es sich bequem. Er versuchte sich seine Abneigung gegen Berto nicht anmerken zu lassen, während er mit dem Daumen durch seine Kontaktliste im Handy scrollte, um herauszufinden, wessen Wagen er erbetteln, leihen oder stehlen sollte, um nach Miami zu kommen.

„Du bist ihr echt nie begegnet?“ Francine, die in Bertos Arm lag, drehte den Kopf an seiner breiten Schulter und schaute ihn an.

Statt ihr zu antworten, küsste er sie sanft und zärtlich. Wie immer, wenn er sie küsste, rührte sich etwas tief in ihrem Innern. Etwas Heißes und Schweres und Mächtiges und Überwältigendes und …

Sie wich abrupt zurück und sah, dass er lächelte. Seine braunen Augen unter den schweren Lidern blickten amüsiert. „Wäre es denn wirklich so schlecht, wenn du mich …?“, murmelte er.

„Ja“, erwiderte sie, ohne zu zögern. Sie löste sich von ihm und setzte sich auf dem alten, zerschlissenen Sofa auf, das sie in das leere Lagerhaus gestellt hatten, in dem sie sich trafen, seit Berto sich als Sechzehnjähriger entschlossen hatte, bei seinem Vater zu wohnen.

Sie waren diese Frage wieder und wieder durchgegangen, etliche Male. Und es hörte einfach nicht auf.

Francine wollte warten.

Sie war noch nicht bereit, bis zum Äußersten zu gehen.

Sie wollte nicht enden wie ihre Mutter, die die Schule verlassen musste, um einen Verlierer zu heiraten, noch ehe sie zwanzig gewesen war.

„He.“ Jetzt setzte Berto sich ebenfalls auf und strich ihr das Haar aus dem Gesicht. „Du weißt, dass ich ewig auf dich warten würde, oder?“

Sie erkannte in seinen Augen, dass er es ernst meinte. „Ja", hauchte sie. „Das weiß ich." Sie wusste auch, wie viel Glück sie hatte. Und wie unglücklich Pauline, ihre ältere Schwester, gewesen war.

Darüber hatte sie zuletzt häufig nachgedacht. Irgendwo in der großen weiten Welt bereitete ihre Schwester sich darauf vor, einen weiteren Geburtstag zu begehen.

Francine brachte die Unterhaltung wieder auf die Frage, die Berto noch nicht beantwortet hatte. „Du bist Pauline also echt nie begegnet? Kein einziges Mal?"

Berto kratzte sich durch seine dicken dunklen Locken hindurch den Kopf. „Ich glaube nicht."

„Sie war auf der Hochzeit." Als Davio Francines und Paulines Mutter geheiratet hatte und alles sich von „einigermaßen erträglich" zu „schrecklich" gewandelt hatte.

„Ja, aber ich war nicht da. Machst du Witze? Meine Mutter ist durchgedreht, weil Davio so schnell wieder geheiratet hat. Deine Mutter war schon schwanger mit Shelly, und das machte es noch schlimmer. Den größten Teil des Sommers haben wir in Long Island bei meinen Großeltern verbracht und uns betrunken. Na ja, ich nicht. Zumindest nicht dauernd."

Er scherzte, denn schließlich war er damals noch ein Kind gewesen. Oder, um Himmels willen, scherzte er womöglich nicht …?

Berto lachte über ihren Gesichtsausdruck. „Ich mache nur Spaß. Sie ist eine furchtbare Mutter gewesen, aber trinken ließ sie mich nicht."

„Und wie war das an diesem einen Weihnachtsfest?", fragte Francine. „Als wir nach San Francisco gefahren sind?"

Er schüttelte den Kopf. „Ich war nie in Kalifornien."

„Ich weiß, dass Pauline fort war, bevor du bei uns eingezogen bist", sagte sie. Es war seltsam, dass Bertos Besuche vorher nie, kein einziges Mal, mit dem unregelmäßigen Auftauchen ihrer älteren Schwester zusammengefallen waren.

Pauline hatte Davio von Anfang an gehasst. Sie und Francine waren regelmäßig zu ihren Großeltern geschickt worden. In dem

Jahr, als Francine sechs geworden war, hatte man Pauline wegen ihres „schlechten Benehmens“ ins Internat geschickt. Und als sie weggelaufen war, hatte man das als eine ermüdende Unausweichlichkeit betrachtet.

Doch Francine hatte ihre große Schwester sehr geliebt.

„Sie war ... brillant und wunderschön und ... ich wollte so sein wie sie“, gestand sie Berto.

„Du musst nicht wie sie sein, denn du bist du. Du hast all diese Dinge und noch viel mehr“, erwiderte er und küsste sie erneut.

„Ich will sie finden“, erklärte sie, noch atemlos von dem Kuss. „Das wollte ich immer. Herausfinden, ob es ihr gut geht.“

„Es geht ihr bestimmt gut“, versicherte Berto ihr. „Vielleicht ist sie in Paris. Vielleicht werden wir Nachbarn sein, wenn wir endlich nach Europa gehen.“

Francine lachte. „Das wäre toll. Höchst unwahrscheinlich, aber ...“

Sobald Sheldon die Highschool beenden würde, wollten sie ihre Sachen packen und nach Übersee fliehen – auf Reisen gehen, weit weg von Davio und dem Dellarosa-Clan.

„Wir finden sie“, versprach Berto. „Wo auch immer sie ist. Ich werde dir dabei helfen. Das weißt du, oder?“

„Ja.“ Francine lächelte ihn an und gab sich einem weiteren sinnlichen Kuss hin.

Als Francine jetzt auf dem Weg zum YMCA war, wo sie ihren kleinen Bruder zu treffen hoffte, fiel es ihr schwer, nicht an jenen idyllischen Nachmittag vor zehn Jahren zu denken. Es war einer der letzten gewesen, die sie mit Berto verbracht hatte, ehe er sich gegen sie gewandt hatte.

Seitdem hatte Francine viel Zeit damit zugebracht, nach ihrer verschollenen Schwester zu suchen. Erst im letzten Jahr hatte sie endlich eine anonyme E-Mail erhalten, die sie auf Paulines Spur gebracht hatte.

Ihr war klar gewesen, dass Berto diese Mail geschickt hatte. Das hatte sie bereits vor dem heutigen Tag gewusst, als er es in dem Gespräch mit Sheldon, das sie per Überwachungskamera auf dem Bildschirm verfolgt hatte, gestand.

Die Mail hatte nur von Berto sein können. Niemand sonst kannte Francines Wunsch, ihre Schwester ausfindig zu machen.

Und als Francine dann in eine der finstersten Gegenden Tampas gefahren war, zu einer heruntergekommenen Wohnung hinter einem der Stripclubs, hatte sie das beunruhigende Gefühl gehabt, beobachtet zu werden.

Nicht von einem unheimlichen Stalker, der es auf sie abgesehen hatte, sondern eher von einem unerkannten Schutzengel, einer Art Batman, der zu ihrer Rettung herbeieilen würde, sollte ihr etwas passieren.

Obwohl sie sich darauf eingestellt hatte, ihre Schwester auch gegen alle Widerstände dort herauszuholen, wurde ihr beim Betreten des Crack-Hauses – oder der Opiumhöhle, wie immer man es nennen wollte – bewusst, dass die Bewohner sie bereits erwarteten.

Sie waren auf ihre Ankunft vorbereitet. Begrüßten sie höflich, nannten sie sogar Ma'am. Halfen ihr dabei, ihre Schwester, die kaum bei Bewusstsein war, nach draußen zum Auto zu tragen. Sie waren zahm und vermutlich völlig verängstigt durch denjenigen, der sie vor Francines Erscheinen gewarnt hatte.

Auch das musste Berto gewesen sein.

In seiner E-Mail hatte er geschrieben, Pauline sei in einem schlechten Zustand. Trotz dieser Warnung hatte sie damit nicht gerechnet. Pauline war erst in den Dreißigern, doch sie sah deutlich älter aus, mit schon ergrauendem Haar, beinah leblos. Ihre Haut spannte über ihrem immer noch irgendwie schönen Gesicht. Sie war klapperdürr, bis auf den dicken Schwangerschaftsbauch …

In der E-Mail hatte es geheißen, Pauline sei schwanger, doch Francine hatte keine Ahnung gehabt, im wievielten Monat.

Als sie schließlich mit ihrer bewusstlosen Schwester auf dem Rücksitz losfuhr, war sie gedanklich mit der Notwendigkeit beschäftigt, medizinische Hilfe für die Mutter und ihr ungeborenes Kind zu organisieren. Dabei dachte sie keine Sekunde darüber nach, mit welcher erstaunlichen Leichtigkeit ihr die Rettung gelungen war.

Die nächsten Tage waren ausgefüllt mit dem medizinischen Notfall, bei dem ihr Shelly, Aaron und Ian zur Seite standen.

Pauline wurde auf Methadon gesetzt, mit der Gewissheit, dass das Baby abhängig zur Welt kommen und eine Entgiftung brauchen würde.

Die schlechte Nachricht lautete, dass es dem Baby in den ersten Monaten nicht gut gehen würde; die gute dagegen war, dass Opiate auf seine Entwicklung weniger zerstörerisch wirken würden als Alkohol oder andere Drogen. Nach der Entgiftung würde es mit dem Kleinen mit viel Liebe und Pflege rasch bergauf gehen.

Francine stellte außerdem fest, dass ihre Schwester bis zum Ende ihrer Schwangerschaft drogenfrei blieb, was die Überlebenschance des Babys weiter erhöhte.

Pauline hingegen hatte jeden Lebenswillen verloren. Sie wollte das Baby nicht, und nachdem sie Shelly und Aaron das Sorgerecht übertragen hatte, gab sie endgültig auf. Niemand war daher überrascht, als sie ihren letzten Atemzug tat.

Erst nach Paulines Beerdigung hatte Francine Kontakt zum Absender der anonymen E-Mail aufgenommen; sie hatte schlicht *Danke* geschrieben.

Doch ihre Antwort war zurückgekommen, der Empfänger hatte seinen Account geschlossen.

Du weißt, dass ich ewig auf dich warten würde, oder?

Francine erinnerte sich noch sehr gut an Bertos Versicherung, als sei es erst gestern gewesen.

Doch diese Erinnerung beschwor auch die schrecklichen Bilder jenes Tages herauf, an dem sie vorgegeben hatte, in dem Sex-Video mit Aaron zu sehen zu sein – Bertos Hass auf sie, der seine Augen verdunkelt hatte, um dann einer kalten Gleichgültigkeit zu weichen, als er nur gesagt hatte: „Was soll's." Danach hatte er sich abgewandt und war verschwunden. Er hatte sie Davio überlassen, der nicht einmal gewartet hatte, bis die Tür zugefallen war, ehe er sie erneut geschlagen hatte. Hart, direkt ins Gesicht.

Wie jedes Mal verdrängte Francine das Geschehene auch jetzt. Sie hatte einen Job zu erledigen: Sheldon zu finden und nach Hause zu bringen. Und danach Ian davon zu überzeugen, dass dieser *Mission-Impossible*-Bullshit in Miami das Risiko einfach nicht wert war. Sicher, er hatte sein Wort gegeben und versprochen, den Auftrag zu übernehmen. Aber scheiß drauf. Es wäre nicht schwer für sie fünf, zu verschwinden, völlig unterzutauchen und nie mehr von sich hören zu lassen.

„Das ist lächerlich wirkungslos."

Ian schaute vom Computer auf und merkte, dass Phoebe ihn von der anderen Seite des Tisches ansah. Da es im Kontaktpunkt Zebra bloß einen Computer gab, hatte er einen Drucker sowie Papier aus dem Vorratsschrank genommen und mehrere der FBI-Akten ausgedruckt, die inzwischen auf den Laptop heruntergeladen worden waren. Auf diese Weise konnte Phoebe schon mit der Lektüre beginnen, während er auf dem Monitor weitere Dokumente prüfte.

„In diesem Bericht steht alles über den Vater der gekidnappten Kinder", stellte sie fest. „Der Typ heißt Sulislaw Taman Hamad, und ich lese hier, dass er Yale besucht und viel Zeit im Westen verbracht hat, unter dem Namen Steve Hamad. Er lernte Lusa Vaszko kennen und heiratete sie noch während des Studiums. Vor ungefähr fünf Jahren besann er sich plötzlich auf seinen Stand als eine Art Prinz vom sogenannten Stamm der Kazaken und brach die Brücken nach Amerika ab. Aber ohne Internetzugang kann ich Kazaken nicht googeln und weiß deshalb nicht, was das bedeutet."

„Es bedeutet, dass ich geliefert bin", sagte Ian trocken. „Es bedeutet, der Typ ist ein Fundamentalist mit Vermögen und westlichem Wissen. Ich kann mich also schon mal darauf einstellen, dass er es auf mich abgesehen hat, sobald ich die Sache durchgezogen habe. Es bedeutet außerdem, dass wir uns auf keinen Fall auf das amerikanische – oder das internationale – Recht verlassen können. Was die Scheidung von seiner Frau angeht, so existiert sie für diesen Typ nicht. Sie ist vollkommen unwirksam. Das Gleiche gilt für das Sorgerecht der Frau für die Kinder. In seiner Welt ist das ein Unding. Die Frau ist sein Besitz, und somit sind seine Kinder es auch. Er hat sich lediglich das zurückgeholt, was ihm gehört."

„Hamad mag sich nicht an die amerikanischen oder internationalen Gesetze halten", meinte Phoebe, „aber die kazbekische Regierung hat doch sicher …"

„Sie hat wenig bis gar keine Kontrolle über die Region Kazak", unterbrach Ian sie. „Allerdings hat sie ein großes Interesse an der Wiedereinbürgerung einer Atomphysikerin vom Rang seiner Exfrau."

„Wird ein solch tyrannischer Ehemann seine Frau wirklich für irgendwen arbeiten lassen – noch dazu für eine Regierung, die er vermutlich gar nicht anerkennt?", gab Phoebe zu bedenken.

„Exmann", berichtigte Ian sie. „Er ist ihr Exmann."

„Na ja, das sieht er offenbar anders", konterte sie. „Wir sollten uns auf das Schlimmste gefasst machen."

„Das schlimmste Szenario sähe demnach so aus, dass Dr. Vaszko nach Kazbekistan zurückkehrt, um ihre Kinder zurückzubekommen, und er bringt sie auf der Stelle um. Hält ihr eine Pistole an den Kopf. Sie ist tot, sobald sie das Flugzeug verlässt."

Phoebe blinzelte einmal hinter ihren Brillengläsern, ansonsten ließ sie sich nichts anmerken. „Es gibt noch ein anderes Schreckensszenario von internationaler Tragweite", meinte sie. „Sie kehrt nach Kazbekistan zurück, baut die Atombombe und wird erst anschließend von ihm umgebracht." Sie beugte sich ein wenig über den Tisch. „Aber mal ehrlich, wie wahrscheinlich ist das im Vergleich zu ihrem ganz persönlichen Schreckensszenario, das du entworfen hast? Wie gesagt, da ich Kazak nicht googeln oder mehr über die Zeit in Yale herausfinden kann, um abzuschätzen, ob er seine Frau arbeiten lassen würde oder nicht …"

„Vielleicht würde er sie arbeiten lassen im Austausch für die Hilfe der kazbekischen Regierung im Kampf um seine Kinder."

Phoebe schüttelte den Kopf. „Man hat uns versichert, dass der Botschafter nicht in die Sache verwickelt ist."

„Das heißt nicht, dass die Regierung nicht trotzdem beteiligt ist“, erklärte Ian. „Und die Art, wie wir uns auf Zehenspitzen dieser Mission nähern, weist eher darauf hin, dass unsere Regierung weiß, dass deren Regierung in irgendeiner Form beteiligt ist.“

Ian wusste, dass Phoebe begriffen hatte: Sie durften bei dem Versuch, diese Kinder zu befreien und die Mutter aus Kazbekistan fernzuhalten, nicht versagen.

„Ich könnte wirklich einen Computer gebrauchen“, seufzte sie.

„In Miami werden wir mehr als bloß einen haben“, gab Ian zurück.

„Gut, denn ich habe auch noch Fragen zum diplomatischen Status der Mitarbeiter des kazbekischen Konsulats. Soweit ich das beurteilen kann, gilt die Immunität nämlich nur für den Botschafter und seine oder ihre Familie. Die Vorstellung, eine Botschaft oder ein Konsulat seien unantastbar, ist ein Märchen aus den Zeiten des Kalten Krieges. Ja, es gibt Ausnahmen, und ich vereinfache hier natürlich etwas.“

„Natürlich“, murmelte Ian.

Sie musterte ihn skeptisch. „Das liegt weit außerhalb meines Fachgebietes, also sieh mir bitte nach, wenn ich etwas Offensichtliches übersehe. Doch aus allem, was ich gelesen habe, schließe ich eines: Wenn ein entführtes Kind an ein Handy gelangt und Hilfe ruft, weil es im Konsulat festgehalten wird, darf die Polizei dort ermitteln.“

„Meines Wissens hast du recht“, stimmte Ian ihr zu.

Sie beugte sich erneut zu ihm vor. „Warum hacken wir uns nicht einfach in ihr Sicherheitssystem und lösen Feueralarm aus? Mit den ersten eintreffenden Rettern marschieren wir dann dort hinein und …“

„Wenn die Kidnapper Verdacht schöpfen, könnten sie den Kindern etwas antun. Möglicherweise lautet Hamads Anweisung: ‚Wenn ich sie nicht haben kann, kriegt niemand sie.‘“

„Gütiger Himmel“, murmelte Phoebe und lehnte sich zurück.

„Du wirst nicht glücklicher werden, wenn du in der Lage bist, Kazak zu googeln“, meinte Ian.

Sie setzte sich wieder gerade hin. „Na schön. Nehmen wir an, du brichst auf herkömmliche Weise nachts ein. Du findest die Kinder, verbarrikadierst dich mit ihnen und löst anschließend den Feueralarm aus. Gleichzeitig gibst du den Kindern dein Handy, damit sie Hilfe rufen können."

Rein theoretisch war das gar keine schlechte Idee. Trotzdem … „So einfach ist das nicht", argumentierte er. „Eine solche Vorgehensweise würde unsere diplomatischen Beziehungen gefährden."

„Wir reden hier von Kidnappern", hielt sie dagegen. „Das sind diplomatische Beziehungen zu einem Land, dessen Botschaftspersonal aus gesetzlosen Mördern und Entführern besteht. Die kazbekische Regierung würde sofort leugnen, etwas mit denen zu tun zu haben, wenn die ganze Sache auffliegt."

Auch damit hatte sie wahrscheinlich recht. „Es ist trotzdem nicht so einfach", wiederholte er.

„Warum nicht? Ich habe eine Weile darüber nachgedacht, und ich komme jedes Mal auf die Tatsache zurück, dass ein Einbruch gegenüber einer Kontaktaufnahme mit dem Holländer, den du im Übrigen seit Jahren nicht gesehen hast … Was ich sagen will: Ein Einbruch geht definitiv schneller."

„Das stimmt nicht", widersprach er. „Wir bräuchten eine Menge Vorbereitungszeit."

„Aber mit deinem Können und deiner Erfahrung mit solchen Dingen … Immerhin bist du ein international erfolgreicher Juwelendieb", erinnerte sie ihn. „Na gut, angeblich", schränkte sie sofort ein. „Du weist diesen Verdacht von dir, allerdings wenig überzeugend. Gleichzeitig propagierst du, wie berüchtigt du bist. Sehr wirkungsvoll übrigens, wie ich hinzufügen darf. Je länger ich dich kenne, desto mehr ergibt das für mich auch einen Sinn."

Ian nahm aus dem Augenwinkel Deb auf der anderen Seite des Raumes wahr. Die FBI-Agentin saß auf dem Sofa und blätterte durch eine weitere ausgedruckte Akte. „Komm zum Punkt", forderte er Phoebe auf. „Es sieht dir gar nicht ähnlich, so um den heißen Brei herumzureden."

Auch sie sah zu Deb, beugte sich weit über den Tisch und senkte die Stimme. „Der Punkt ist, dass du ein Lügner bist, Ian Dunn. Ein professioneller. Du bist gar kein echter Juwelendieb, jedenfalls nicht im klassischen Sinn. Ich wette, es ist Jahre her, seit du irgendein Alarmsystem überwunden hast. Und ich vermute, der Grund liegt darin, dass du das gar nicht musst, solange du dich an den Wachen vorbeiquatschen kannst. Tja, denn darin bist du sehr, sehr gut. Ein begnadeter Betrüger."

Seine Miene verriet nichts. „Deine unbedarfte, aufgrund von Actionfilmen gebildete Meinung sei dir gegönnt."

„Oder vielmehr meine auf Erfahrung, Beobachtung und Bildung beruhende Meinung", schoss Phoebe zurück. „Es ergibt jetzt wirklich alles einen Sinn. Dein Widerwille, dieses alberne Alarmsystem von diesem Haus nahe dem Hafen zu überwinden, obwohl du nackt warst und wusstest, dass niemand darin war und es dort Kleidung oder zumindest Bettlaken geben würde."

„Auf der Jacht gab es auch kein Bettzeug", betonte er.

„Du bist nicht blöd", fuhr sie fort. „Wie standen die Chancen, dass wir zweimal hintereinander in diese Situation geraten würden und das Ferienhaus im Hafen genauso leer sein würde wie das Boot?"

„Das ist gar nicht so unwahrscheinlich", sagte er. „In diesen ökonomisch schwierigen Zeiten stehen viele Häuser hier in Sarasota zum Verkauf, viele sind vermutlich schon länger unbewohnt."

„Wieso sollte jemand, der die Polster der Liegestühle dalässt, alles andere mitnehmen? Nein, du bist nicht eingebrochen, weil du es nicht konntest. Du bist mir vielleicht ein Juwelendieb."

Deb hielt den Kopf nach wie vor gesenkt – Ian beobachtete sie weiterhin verstohlen, während er Phoebe breit angrinste. „Du hast eine lebhafte Fantasie."

„Stimmt", pflichtete sie ihm bei. „Und einen ausgezeichneten Verstand mit kombinatorischen Fähigkeiten. Fällt dir echt nichts Besseres ein als diese herablassende Bemerkung? Das ist doch kein Argument."

„Ich muss weder dir noch sonst wem irgendetwas beweisen“, meinte Ian. „Wenn du glauben möchtest, dass ich nicht imstande bin, ein einfaches Alarmsystem zu überwinden, dann tu das ruhig.“

„Jetzt versuchst du, das Ganze herunterzuspielen“, warf sie ihm vor. „Was ist denn zum Beispiel mit deiner jüngsten Entscheidung, sowohl auf deine Bekanntschaft mit dem Holländer zurückzugreifen als auch die Drohung der Dellarosas zu benutzen, um in das Konsulat zu gelangen – ohne abzuwarten, welche Informationen das FBI über das Sicherheitssystem beschaffen kann?“

Ian lachte nur. „Mein Wunsch, den einfachsten und schnellsten Weg zu gehen, weckt bei dir also den Verdacht auf Hintergedanken? Mal im Ernst, Pheebs …“

„Ja, mal im Ernst, Eee“, äffte sie ihn nach. „Ich bin deine Anwältin und werde es keinem verraten.“

„Nein“, erwiderte er. „Denn jeder, dem du das zu verkaufen versuchst, wird dich für verrückt halten. Was du wohl auch bist.“

„Vergiss meine lebhafte Fantasie nicht“, konterte sie. „Schätzchen.“

Ian seufzte dramatisch.

„Bevor dir weitere Ausreden einfallen – zum Beispiel, dass du noch ein Sandwich brauchst, zur Toilette oder nach deinem Bruder schauen musst –, nimm dir ein paar Sekunden Zeit, um dir Folgendes anzuhören. Während du deinen tollen Plan ausgeklügelt hast, habe ich mir überlegt, dass wir auch ein wenig vorausdenken sollten, für die Zeit nach der Befreiung der Kids. Falls es dir gelingt, sie zu befreien“, fügte sie hinzu. „Vielleicht sollten wir uns etwas einfallen lassen, was den Holländer und seinen Kumpel Steve glauben lässt, dass die Kinder und die Mutter tot sind. Denn nach dem zu urteilen, was ich bisher über den Vater gehört habe, wird er es wieder versuchen. Das nötige Geld scheint er ja zu haben. Das bedeutet, diese Bedrohung der nationalen Sicherheit besteht, solange er …“ Sie räusperte sich. „Solange er lebt. Oder solange sie und die Kinder leben. Und ich wette, es ist leichter, einen Mord an ihnen vorzutäuschen, als seinen Tod zu inszenieren oder tatsächlich herbeizuführen."

Ian betrachtete sie über den Tisch hinweg. Wieder einmal argumentierte sie sehr scharfsinnig.

Sie wartete nicht, bis er einen weiteren Kommentar zu ihrer „lebhaften Fantasie" abgab. „Das wär's", erklärte sie. „Diskussion beendet. Du weißt jetzt, wie ich darüber denke, und hast meine Vorschläge gehört. Wenn du irgendetwas davon verwenden kannst, um diese Kinder zu schützen, dann gut. Wenn nicht, dann ist es auch gut. Wichtig ist, sie dort herauszuholen." Ihre braunen Augen hinter der Brille strahlten eine besondere Wärme aus. „Das allein genügt schon. Damit wäre viel erreicht. Ich wollte nicht andeuten, dass du mehr tun müsstest als das. Ich dachte bloß …"

„Na, nun werd mal nicht nachsichtig mit mir", sagte er. „Es ist aufregend, wenn du mich anfährst und herumkommandierst, wenn du mich im Würgegriff hast und zudrückst und meinst, du wüsstest ganz genau, wie ich am besten mein Leben, das meiner Teammitglieder und das der Kinder riskiere. Deines übrigens auch, Süße, sollte unser böser Freund Steve herausfinden, dass du geholfen hast."

Sie erwiderte nichts, sondern sah ihn nur mit dieser Wärme im Blick an.

Ian konnte nicht anders, er schaltete in den totalen Armleuchtermodus um. Er holte tief Luft. „Hm", fuhr er fort. „Könntest du deine Hand ein bisschen höher halten und …? Oh, ja, so ist es gut."

„Hör auf damit", warnte sie ihn leise. „Lass es."

Ian sprach mit ebenso leiser Stimme weiter. „Sei doch nicht so naiv und zieh voreilige Schlüsse über meine vermeintlichen Fähigkeiten."

Phoebe stutzte. „Na schön, das ist nur fair. Trotzdem wünschte ich, du wärst ehrlich mir gegenüber. Es muss anstrengend sein, nie man selbst sein zu können, nicht einmal vor dem eigenen Bruder. Oder besonders nicht vor dem eigenen Bruder …"

„Du willst meine Geheimnisse erfahren?", fragte Ian. „Dann musst du vorher mit mir schlafen."

„Wow, da war ich anscheinend sehr nah dran an der Wahrheit", entgegnete sie. „Und damit du es weißt: Ich respektiere und bewundere dich sehr. Zufällig halte ich dich für mutig, äußerst intelligent und überhaupt für ziemlich … na ja, wundervoll. Und ich weiß, dass du mich nicht kennst und mir deshalb nicht traust. Aber ich bin auf deiner Seite, und zwar nicht nur deshalb, weil ich dafür bezahlt werde."

Die Zeit schien für einen Moment stillzustehen, während sie einander anschauten.

In dem Moment klingelte zum Glück das Telefon. „Es ist Francine", sagte er.

Als er nach dem Handy griff, trat Deb zu ihnen. Was bedeutete, dass diese Unterhaltung vorbei war, dem Himmel sei Dank. Aaron kam aus dem Schlafzimmer dazu.

„Seven Charlie", meldete Ian sich.

„Oscar five alpha", erwiderte Francine. „Ich hab ihn."

Ian sah zu seinem Bruder und sprach die Worte aus, weil er wusste, wie dringend Aaron sie hören musste. „Shel ist in Sicherheit."

„Gott sei Dank", hauchte Phoebe.

Aaron nickte bloß und verschwand wieder im Schlafzimmer, um Rory reisefertig zu machen. „Ist euch wer gefolgt?", fragte Ian Francine.

„Nein", antwortete sie, und Ian schüttelte den Kopf, damit Phoebe und Deb verstanden, dass sie und Shelly sich frei und ungehindert bewegen konnten.

„Macht euch auf den Weg nach Miami", befahl Ian. „Wir bleiben in Kontakt." Er beendete das Telefonat. „Na schön, verschwinden wir von hier."

Doch ehe er anfangen konnte, zu sortieren, was er an Vorräten und Ausrüstung mitnehmen wollte – was alles war, denn sein Budget war begrenzt, und wer wusste schon, was sie brauchen würden –, stellte Phoebe sich ihm in den Weg.

„Soll ich dir noch ein Sandwich machen?", fragte sie. „Eines, das du diesmal wirklich genießen kannst?"

Ian wurde klar, dass sie ihn durchschaut hatte. Sie wusste, wie sehr er sich wegen seines Schwagers gesorgt hatte und wie sehr es ihn nun erleichterte, dass Sheldon in Sicherheit war.

Allerdings war er absolut nicht bereit dazu, das zuzugeben. Nichts von alldem. Zumindest noch nicht. In Gedanken ohrfeigte er sich und korrigierte: *Niemals.* In ein paar Tagen war dieser Auftrag erledigt, und sie beide konnten in ihr früheres Leben zurückkehren.

Phoebe jedenfalls.

Dafür würde Ian sorgen.

„Nein danke", sagte er und begab sich an die Arbeit.

„Da sind sie." Aaron beugte sich nach vorn und zeigte in die Richtung, während Ian den geborgten Wagen auf den hinteren Teil des fast leeren Parkplatzes der Raststätte lenkte.

Tatsächlich, da waren sie, Francine und Shel. Sie saßen auf der Motorhaube von Martell Griffins Auto. Ihre Körpersprache war nicht nur leicht zu deuten, sondern entsprach ganz ihren jeweiligen Persönlichkeiten. Francine lehnte sich zurück, die Hände auf die Motorhaube gestützt, Stärke und Offenheit demonstrierend. Ian wusste, dass das täuschte. Nicht, was ihre Stärke betraf, denn stark war sie. Doch die entspannte, offene Haltung war bloß gespielt. Francine war innerlich so angespannt und verschlossen wie kaum jemand, den er kannte, mal abgesehen von ihm selbst.

Und was Shel betraf ... Er hatte die Schultern hochgezogen, als friere er – oder als sei er kürzlich von jemandem k. o. geschlagen worden, von dem er eigentlich eine herzliche Umarmung erwartet hatte.

Shel richtete sich auf, als er sie kommen sah, und Aaron atmete erleichtert auf. „Es geht ihm gut. Er sieht jedenfalls gut aus." Er legte die Hand auf Ians Schulter und drückte sie. „Danke, dass du hier gehalten hast. Dafür, dass du das arrangiert hast."

Deb hatte durchfahren und Francine und Sheldon erst in Miami treffen wollen. Ian hatte jedoch darauf bestanden, bei diesem die ganze Nacht geöffneten, an die 1970er erinnernden Restaurant, knapp zehn Meilen südlich von Fort Myers, anzuhalten. Nicht nur, weil er wusste, dass Aaron es kaum erwarten konnte, Shel endlich wiederzusehen – und anfassen zu können. Es war außerdem ein guter Ort, um sich mit Yashi, dem anderen FBI-Agenten, zu treffen.

Allerdings konnte es nicht schaden, Aaron in dem Glauben zu lassen, er habe das alles wegen ihm getan. „Gern geschehen. Ich mache alles, damit es so angenehm wie möglich ist."

„Ja, klar", spottete Aaron und gab Ian einen Klaps auf den Kopf, nicht gerade sanft.

„Autsch!"

„Ich weiß genau, dass es eher darum geht, diesen Wagen loszuwerden, und nicht darum, irgendetwas für irgendwen leichter zu machen", sagte Aaron mit gesenkter Stimme und imitierte dabei Ians Tonfall – falls Ian denn wie ein Idiot klang. „Ich bin nach wie vor sauer auf dich."

Ian schaute in den Rückspiegel und stellte fest, dass Phoebe ihn mit gerunzelter Stirn beobachtete. Er war sich nicht sicher, was dieser Blick zu bedeuten hatte, aber er verhieß nichts Gutes.

„Yashi wird in etwa fünf bis zehn Minuten hier eintreffen", berichtete Deb, die neben ihm auf dem Beifahrersitz saß.

Das war gut, denn Aaron hatte recht. Yashis Ankunft bedeutete, dass sie in seinen Wagen umsteigen konnten. Das Auto, das Ian und Phoebe „geborgt" hatten, brauchten sie dann nicht mehr. Ein Gefährt loszuwerden, das die Datenbanken Tausender Polizisten aufleuchten lassen konnte, war eine gute Idee, wenn eine Verhaftung nicht in den straffen Terminplan passte.

Aaron hatte seine Tür schon geöffnet und war draußen, bevor Ian neben Martell anhielt.

„Ich geh mal kurz pinkeln", verkündete Ian, während sein Bruder sich in die Arme seines Ehemannes warf. Ian konnte nicht hinsehen, denn es war zu intensiv, zu aufrichtig, zu echt.

Er hatte immer gefunden, Aaron und Shel zusammen zu sehen sei wahrscheinlich so ähnlich, wie Gott zu sehen. Besonders in solchen emotionalen Momenten wie diesem. Man konnte einfach nicht direkt hinschauen, weil man andernfalls blind werden würde von dem Anblick schierer Vollkommenheit.

Ian wandte sich an Deb: „Ich kann mich doch darauf verlassen, dass Sie nicht ohne mich wegfahren, oder?"

„Mir wäre es lieber, Sie würden im Wagen warten, bis Yashi hier ist", erwiderte die FBI-Agentin angespannt.

„Was denn? Glauben Sie etwa, *ich* würde mich aus dem Staub machen?"

Deb hüstelte. „Ich halte grundsätzlich alles für möglich, nachdem Sie jetzt Ihren Schwager wiederhaben."

„Ich werde ihn begleiten", bot Phoebe an. „Und auf ihn aufpassen."

Ian warf ihr im Rückspiegel einen genervten Blick zu, doch sie grinste bloß.

„Na, das ist auch nicht viel besser", meinte Deb skeptisch.

„Pech." Ian trennte die Drähte, mit denen er den Wagen kurzgeschlossen hatte, und der Motor erstarb. „Ich muss eben."

„Bleiben Sie in der Nähe des schlafenden Babys", riet Phoebe Deb, als Ian ausstieg und sich streckte. „Wenn Sie Rory haben, haben Sie auch Aaron und Shel. Und wenn Sie Aaron und Shel haben, dann haben Sie Ian. Und ja, es ist hinreißend."

Ian schüttelte den Kopf und wartete nicht länger. Er steuerte das entfernte Gebäude an und nahm dabei den gesamten offenen Parkplatz genau ins Visier, um sicherzugehen, dass sie wirklich allein waren. Er verlangsamte sein Tempo nicht, selbst als er Phoebes seltsame, schlurfende Schritte hinter sich vernahm, die ihn einzuholen versuchte. „Hinreißend", wiederholte er.

„Ja, stimmt aber doch", beharrte sie. Alles, was sie anhatte, nicht nur die Schuhe, war zu groß. Trotzdem vergaß er ihren Anblick auf dem Boot nicht, als sie nur mit seinem T-Shirt und ihrem Slip bekleidet gewesen war und ihre Haare offen auf die Schultern herabgefallen waren. Wundervoll.

Im Kontaktpunkt Zebra hatte sie eine Art Haarband gefunden, um den Pferdeschwanz zusammenzuhalten. Das war eine Schande.

Ian konzentrierte sich nun auf einen einzelnen Lastwagen, der mit laufendem Motor auf dem Abschnitt des Parkplatzes stand, der für Trucks reserviert war. Ansonsten herrschte völlige Stille, die Zapfsäulen für Benzin und Diesel waren verlassen.

„Vor wenigen Stunden erst hast du mir vorgeworfen, ich würde mich zu gut amüsieren“, erinnerte er sie. „Jetzt finde ich, dir macht die Sache ein bisschen zu viel Spaß.“

Phoebe gab einen verächtlichen Laut von sich. „Ja, weil ich in dieser apokalyptischen Bude ein bisschen mit Deb geplaudert habe, während du und Aaron euer Waffenarsenal zusammengepackt habt. Die ließ mich wissen, dass ich meine Mom nicht anrufen und ihr Bescheid sagen darf, dass es mir gut geht. Ebenso wenig darf ich meinen neuen Bossen in der Anwaltskanzlei den Grund nennen, weshalb ich in den nächsten Tagen meinem fantastischen Job nicht nachgehen werde. Meine Mutter wird also glauben, ich sei ermordet worden, und meine Chefs werden mich feuern. Auf meinem persönlichen Spaßometer ist das eher eine Fünf minus, vielen Dank auch.“

Phoebe hatte also eine Mutter. Darüber hatte Ian nie nachgedacht. Die meisten Leute, mit denen er es zu tun bekam, hatten keine Mütter oder auch nur ein annähernd normales Familienleben. Und falls sie eines hatten, sprachen sie nicht darüber.

„Das tut mir leid“, sagte er. Eine rundliche Frau mittleren Alters, offenbar die Lastwagenfahrerin, kam aus dem Gebäude und ging auf ihren Lastzug zu.

„Ich weiß“, erwiderte Phoebe. „Sobald das hier vorbei ist, werde ich Deb veranlassen, die Kanzlei anzurufen und mir meinen Job wiederzubeschaffen. Und sich bei meiner Mutter zu entschuldigen. Das wird Deb machen, sie ist nett.“

Er sah sie an, doch sie bat ihn nicht, einen Anruf zu tätigen. Entweder glaubte sie, er würde damit mehr Schaden anrichten, als ihr zu helfen. Oder sie war überzeugt davon, dass er sich aus dem Staub machen würde, sobald diese Mission erfüllt war.

„Was wirst du mit deiner neuen Freiheit anfangen?“, erkundigte Phoebe sich, als hätte sie gerade das Gleiche gedacht. „Wenn Aarons Strafakte gelöscht ist, könntest du endlich das

Land verlassen. Du könntest ein für alle Mal wegkommen von Davio Dellarosa. Neuseeland soll ganz schön sein. Ein paar Juwelen kann man sich dort bestimmt auch unter den Nagel reißen. War nur ein Scherz", fügte sie schnell hinzu, als Ian sie erneut musterte.

„Wenn wir Miami erreichen, kannst du mir bei der Recherche helfen, wenn du noch willst …", begann er.

„Will ich", sagte sie.

„Gut", gab er zurück, öffnete die Tür und trat zuerst ein. Manieren zählten nicht, wenn verrückte Gangster es auf ihn abgesehen hatten. Aber der Tankstellenshop war bis auf einen langhaarigen Jugendlichen mit Batik-Shirt hinter der Kasse leer. „Danke. Aber abgesehen davon besteht deine vorrangige Aufgabe darin, den Kopf unten zu halten, still zu sein und nicht in die Schusslinie zu geraten."

„Darin bin ich gut", antwortete sie.

Er warf ihr einen Blick zu.

„Bin ich wirklich. Entschuldigen Sie", rief sie dem Angestellten zu, mit echtem Südstaatenakzent, als sei sie die Tochter eines Minenarbeiters. „Hat Ihre Herrentoilette Fenster oder …?"

„Ach, komm schon", unterbrach Ian sie. „Das nennst du still und unauffällig sein?"

„Du hast nicht gesagt, dass ich jetzt schon damit anfangen soll", konterte sie mit ihrer normalen Stimme, um gleich darauf erneut mit dem breiten Südstaatenakzent zu rufen: „Oder sonst 'nen Ausgang? Vielleicht 'ne Hintertür …?"

Tü-ar. Bei ihr hatte das Wort zwei Silben.

„Äh, nein", erwiderte der Junge hinter dem Tresen. „Ich meine, doch, da gibt es ein Fenster, aber das lässt sich nicht öffnen."

„Danke", rief Phoebe. „Wahrscheinlich lässt es sich doch öffnen, also lass dir gesagt sein, dass ich direkt im Türrahmen stehe. Die Tür bleibt offen. Keine Sorge, hier geht nichts Komisches ab." Sie brachte es sogar fertig, mit Südstaatenakzent zu lachen. „Sie wissen ja, wie das ist. Ich behalte meinen Mann nur gern im Auge."

„Im Ernst?“, fragte Ian, als sie sich gegen die offene *Tü-ar* zur Herrentoilette lehnte und fröhlich dem staunenden Angestellten zuwinkte. „Du misstraust mir so sehr? Was ist aus deinem Wenn-Sie-Rory-haben-haben-Sie-Aaron-und-Shel-Spruch geworden?“

Sie lächelte ihn süßlich an. „Rory könnte ebenso gut darauf trainiert sein, aus seinem Kindersitz zu krabbeln, nachdem er seinen Aufpasser hypnotisiert hat, um anschließend mit Aaron, Sheldon und Francine zum Kontaktpunkt Aquarius zu fliehen, wo du dich mit ihnen triffst, nachdem du durchs Toilettenfenster entwischt bist. Vermutlich fliehst du auf einem Fahrrad, das du vor vier Jahren hier hinter dem Gebäude in Erwartung ebendieses Szenarios deponiert hast.“

„Wenn deine Theorie stimmt und ich bloß ein Betrüger bin, hätte ich das alles doch gar nicht nötig. Stattdessen würde ich es nur behaupten.“

„Aus einer sehr verlässlichen Quelle weiß ich, dass man dich niemals unterschätzen sollte“, meinte Phoebe. „Wenn ich dich an deine eigenen Worte erinnern darf: ‚Glaub nicht, du wüsstest, was ich kann und was nicht.‘“ Sie imitierte ihn dabei weitaus besser als Aaron. „Und ja, ich weiß, ich habe dich nicht ganz wörtlich zitiert, aber dem Sinn nach. Also, ich werde kein Risiko eingehen. Du hast mich selbst gewarnt.“ Sie bedeutete ihm, die Toilette zu betreten. „Falls du Angst hast, dass ich zuschaue, darfst du gern eine Kabine benutzen.“

Ian lachte. „Du bist echt sehr komisch.“

„Trotzdem kam mein Scherz mit dem Fahrrad nicht gut an.“

„Ach, verdammt“, murmelte er. „Ich weiß, wir hatten eine Abmachung, aber …“

Und dann küsste er sie.

Das war keine Wiederholung des hastigen kurzen Kusses auf der Segeljacht, sondern echte Leidenschaft mit Zungeneinsatz und vollem Körperkontakt. Vermutlich berührten sich sogar ihre Seelen, als er die Arme um sie schlang und sein Knie zwischen ihre Oberschenkel schob. Zumindest hoffte er, dass es von der Kasse aus so wirkte.

Leider gab Phoebe sich nicht dem Kuss hin, was schade war, denn zu gern hätte er den Kuss unter dem Anleger wiederholt. Stattdessen flüsterte sie: „Warte! Nicht! Gaah!"

Doch er küsste sie von Neuem und erstickte damit ihren Protest. Er hob sie an, sodass sie ihre Beine auf ziemlich eindeutige Weise um ihn legte, während er sie mit in die Herrentoilette zog. Die Tür fiel mit einem solide klingenden Geräusch hinter ihnen zu.

Erst dann ließ er Phoebe wieder herunter, allerdings widerstrebend, denn sie fühlte sich warm und weich an. Obwohl sie überdurchschnittlich groß war, schmiegte sich ihr nahezu perfekter Po in seine überdurchschnittlich großen Hände.

Außerdem trug sie keinen BH, weshalb sie an sich zu drücken ganz genau so fantastisch war, wie er es sich vorgestellt hatte.

„Du Armleuchter", fuhr sie ihn an, doch alles Weitere ging unter, da der Angestellte an die Tür hämmerte.

„Kein Sex auf den Toiletten! Kein Sex auf den Toiletten!", schrie der Junge. „Kommen Sie sofort raus, sonst rufe ich die Polizei!"

Phoebe bedachte Ian mit einem ärgerlichen Blick – sie hatte offenbar von Anfang an gewusst, dass er sie nur deshalb mit in die Toilette geschleppt und geküsst hatte – und riss die Tür auf. „Niemand hat hier drin Sex", erklärte sie dem jungen Mann.

„Verdammt richtig!", erwiderte der. „Denn ihr fliegt raus! Alle beide! Auf der Stelle!"

Phoebe verließ mit erhobenen Händen die Toilette. „Schon gut, schon gut. Beruhigen Sie sich. Es war wirklich nicht das, was Sie dachten." Sie drehte sich um und rief: „Was? Nein!"

Zweifellos hatte sie Ian direkt hinter sich erwartet. Stattdessen hatte er sich vor einem Urinal aufgebaut und leerte seine Blase. Anscheinend war es tatsächlich dringend gewesen.

„Tut mir leid, ich kann nicht aufhören, wenn ich erst mal angefangen habe", sagte er. „Und ich will schließlich nicht auf Ihren Fußboden pinkeln. Wäre doch schlimm, wenn Sie von hier bis zum Eingang alles aufwischen müssten."

„Wage es ja nicht, ohne mich zu gehen", riet sie ihm.

Als Ian sie über die Schulter hinweg anschaute, entdeckte er echte Angst in ihren Augen. Kurz bevor die Tür zuschwang, fügte sie noch hinzu: „Bitte, Ian …“

Verdammt, er war zu weit gegangen. „Ich verschwinde nirgendwohin!“, rief er, obwohl der Angestellte bereits mit ihr schimpfte.

„Das hier ist ein Familienbetrieb“, klagte der junge Mann, der in Wirklichkeit älter war, als er aus der Distanz gewirkt hatte.

„Ich bin immer noch da!“ Während Ian spülte, den Reißverschluss hochzog und zum Händewaschen ging, pfiff er laut, sodass sie ihn hören konnte.

„Bewegen Sie Ihren verlotterten Hintern von diesem Grundstück!“ Der junge Mann ließ nicht locker. „Ich will Sie hier nicht wiedersehen.“

„Wieso bin ich die Verlotterte?“, wollte Phoebe wissen, durch Ians Pfeifen anscheinend so weit beruhigt, dass sie an der Bemerkung des Angestellten Anstoß nahm. „Wieso sagen Sie *mir* das? Kriegt der da die gleiche Warnung zu hören?“

„Allerdings“, versprach der Mann.

Tatsächlich musterte er Ian giftig, als dieser seine Hände trocken schüttelte – es gab keine Papierhandtücher – und die Tür mit der Schulter aufstieß. Ian ließ das Pfeifen sein und erwiderte den Blick mit hochgezogenen Brauen.

„Bewegen Sie Ihren verlotterten Hintern von diesem Grundstück“, forderte der junge Angestellte ihn auf. „Sir.“

„He“, protestierte Phoebe. „Warum bekommt der ein Sir?“

Ian packte ihren Arm und zog sie mit sich nach draußen. „Das nennen wir in unserem Business ‚eine Schau abziehen‘. Lass uns versuchen, das in Zukunft zu vermeiden.“

„Nur dass Davios Leute, sollten sie hier auftauchen, nach einem Riesen, zwei Schwulen, einem Baby und einer scharfen Blondine suchen. Mr Kein-Sex-auf-der-Toilette wird ihnen allerdings wahrscheinlich bloß zwei Betrunkene beschreiben, die hier hereingetorkelt sind. Und er hält mich für eine Prostituierte. Das kann uns doppelt nutzen …“ Sie stoppte ihn und sah zurück zu dem großen Fenster des Tankstellenshops. Ian drehte sich ebenfalls um, und tatsächlich, der Angestellte beobachtete sie nach wie vor wachsam.

„Perfekt", meinte sie und machte mit beiden Händen die international verständliche Geste für Sex. Diese ergänzte sie mit einigen übertriebenen Hüftstößen und erklärte Ian dazu: „Ich will ganz sichergehen, dass der Kerl es verstanden hat, denn der Hellste ist er nicht." Danach rieb sie Daumen und Zeigefinger aneinander und hielt Ian die offene Handfläche hin, als Aufforderung, sie zu bezahlen.

Ian grinste. „Das ist beängstigend. Sex mit einer Pantomimin. Muss ich extra dafür zahlen, dass du nicht so herumzappelst, während wir es tun?"

„Er sieht uns noch immer zu", murmelte sie. „Vielleicht sollten wir den Deal besiegeln, indem wir uns die Hände schütteln."

„Hände schütteln? Da weiß ich was Besseres." Und damit warf er sie sich über die Schulter und legte seine Hand auf ihren Po, um sie festzuhalten.

Phoebe schrie überrascht auf, aber dann lachte sie, als er sie um das Gebäude herumtrug.

Vorsichtig stellte er sie wieder auf die Füße, wobei ihr Oberkörper an seiner muskulösen Brust hinunterglitt und ihr T-Shirt hochrutschte. Das wiederum hatte zur Folge, dass seine starken Hände über ihre nackte Taille und ihren ebenso entblößten Rücken strichen.

Ian bekam einen trockenen Mund, als sie daraufhin die Arme um seinen Nacken schlang, statt zurückzuweichen und eine dem Anstand entsprechende Distanz zu wahren.

„Danke, dass du nicht abgehauen bist", flüsterte sie.

„Damit hätte ich dich nur in Gefahr gebracht. Du bist schließlich nicht freiwillig hier. Ich, ehrlich gesagt, auch nicht", fügte er hinzu. „Aber wir müssen uns mit der Situation abfinden. Ich werde jedenfalls nicht zulassen, dass irgendwer dir wehtut."

Ihr Gesicht lag im Schatten, trotzdem konnte er irgendwie ihre Augen hinter den Brillengläsern erkennen. Und er sah, dass sie ihm glaubte und vertraute und …

Vielleicht wollte sie ihn sogar – entgegen ihrer mehrfachen Beteuerungen an diesem langen Tag und der ebenso langen gemeinsamen Nacht – küssen.

Doch Ian konnte sie nicht küssen. Er wollte es, aber es ging einfach nicht. Nicht nach allem, was er gerade zu ihr gesagt hatte. Stattdessen erklärte er: „Außerdem fand ich, dass ich das Fahrrad lieber für einen echten Notfall hinter der Tankstelle liegen lasse."

Sie stutzte, dann verstand sie und lachte. Endlich löste sie sich von ihm. Sie bemerkte, dass ihr T-Shirt hochgerutscht war, und zog es rasch herunter, sodass der Streifen nackter Haut verschwand.

Der Scherz, den er gemacht hatte, reichte jedoch nicht aus, um die Wirkung seines Macho-Versprechens zu dämpfen.

Und als sie zurück zu den Wagen gingen – Yashi war inzwischen eingetroffen, und das Team lud das Gepäck aus dem gestohlenen Auto in seinen SUV –, schien Phoebe seine Unruhe zu spüren. Sie schaute ihn an und fragte: „Ausschlag?"

Er begegnete ihrem Blick nur kurz und nickte. Denn die Dinge waren tatsächlich viel zu ernst geworden. „Ein bisschen", log er.

Phoebe vertiefte das Thema nicht weiter. Allerdings ertappte Ian sie dabei, wie sie ihn verstohlen beobachtete, während alle besprachen, wer mit wem fahren würde. Yashi sollte den gestohlenen Wagen zurück nach Sarasota bringen, dort einen anderen besorgen und Martell abholen. Ian hatte den Eindruck, dass Phoebe sehr genau wusste, was mit ihm los war.

Er selbst fuhr mit Aaron, Shel und Rory nach Miami und sorgte dafür, dass Phoebe zu Deb und Francine in das andere Auto stieg.

Als würde das irgendwie helfen.

TEIL ZWEI

CHARLIE FOXTROTT

15. KAPITEL

Donnerstag (drei Tage später)

Ian saß immer noch vor seinem Computer, als Phoebe die Treppe herunterkam.

„Guten Morgen“, sagte sie.

Er sah kaum auf. Seine gesamte Aufmerksamkeit war auf den Bildschirm gerichtet. „Wir haben schon Nachmittag.“

Er hatte recht.

„Hast du geschlafen?“, fragte sie. „Ich meine, überhaupt, seit wir hier sind?“

Er trug noch dieselben Sachen, die er angehabt hatte, als sie im Morgengrauen endlich zu Bett gegangen war.

Es war Tag drei dieses kleinen, von Lagerkoller geprägten Safe-House-Abenteuers. Seit sie hier in Miami eingetroffen waren, ging Ian ihr aus dem Weg. Er achtete nicht nur sorgfältig darauf, nicht mit ihr allein zu sein, sondern wich auch jedem ihrer Versuche aus, ein vernünftiges Gespräch mit ihm zu führen.

Seine Konversation beschränkte sich auf die Bitte, Akten zu überprüfen, und sich dafür bei ihr zu bedanken.

Phoebe wusste inzwischen mehr über den Stamm der Kazaken und darüber, wie das internationale Recht mit denen verfuhr, die keine anderen Gesetze als ihre eigenen anerkannten.

Sie hatte außerdem viel Zeit damit verbracht, Recherchen über den „Stamm“ der Dellarosas anzustellen. Dabei hatte sie entdeckt, dass sowohl Manny als auch Davio wahre Meister darin waren, Strafverfahren abzubiegen. Die Staatsanwälte fanden nie jemanden, der bereit war, gegen sie auszusagen. Selbst Verurteilte, die Jahrzehnten im Gefängnis entgegensahen, konnten nicht zu Aussagen bewegt werden. Welches System die Dellarosas auch installiert haben mochten, damit diese Art von Loyalität und Stillschweigen gewährleistet blieb: Es schien unerschütterlich.

Als Ian nun schließlich aufschaute, zuerst Phoebe musterte und sich danach umsah, registrierte er offenbar, dass sie allein waren. Sein kurzes Erschrecken überspielte er schnell mit jenem höflichen Lächeln, das sie inzwischen hasste.

„Tut mir leid", erwiderte er, auf den Computer deutend. „Ich bin gerade mitten in einer …"

„Natürlich", entgegnete sie und lief in die Küche, um sich Kaffee zu holen. Die Uhrzeit spielte dafür nie eine Rolle, denn es gab stets frischen Kaffee. „Entschuldige, mach ruhig weiter."

Sie konnte sich wirklich nicht beklagen. Immerhin war sie diejenige, die darauf gedrängt hatte, dass ihre Beziehung rein freundschaftlicher Natur blieb. Und Ian war sicher nicht unfreundlich.

Er nutzte bloß seine volle Konzentration für die bevorstehende Aufgabe, um Phoebe auf Distanz zu halten.

Sicherheitsabstand im sicheren Unterschlupf.

Phoebe war nach drei Tagen des Eingesperrtseins ziemlich überzeugt davon, dass es in einem Safe House des FBI in Miami nicht anders war als in einem Safe House des FBI sonst wo auf der Welt.

Das Haus an sich war komfortabel eingerichtet. Es hatte genügend Betten, eine Küche zum Kochen sowie ein großes kombiniertes Wohn- und Esszimmer, das Ian zu seiner Kommandozentrale gemacht hatte.

Es gab darüber hinaus reichlich Vorräte und Computer, zusätzlich zu den Waffen und der Ausrüstung, die Ian aus dem Kontaktpunkt Zebra mitgenommen hatte.

Die Jalousien und Vorhänge waren fest geschlossen, sodass im Haus ständig Licht brannte und kein Sonnenstrahl hereinfiel. Dadurch entstand eine Atmosphäre, die vage an ein Kasino in Las Vegas erinnerte. Miamis legendäre Luftfeuchtigkeit und die Hitze stellten wegen der gut funktionierenden Klimaanlage kein Problem dar. Tatsächlich war die Anlage so hoch eingestellt, dass Phoebe stets einen Pullover griffbereit hielt.

Wenigstens hatte sie einen Pullover. Und nicht nur das, sondern auch noch einen Armvoll anderer Sachen, wie Jeans, T-Shirts, Shorts und Unterwäsche in ihrer Größe. Sogar ein Paar Flipflops war dabei.

Falls sie noch etwas benötigte, würde Yashi es ihr besorgen.

Der FBI-Agent war die Verbindung der Hausbewohner zur Außenwelt. Yashi – und zwar er allein – besorgte, was irgendwer der Liste hinzufügte, die auf der Küchenarbeitsfläche auslag. Er hatte ihnen Kleidung und Essen gebracht, außerdem sogar noch zwei strahlend weiße Kleintransporter aufgetrieben sowie eine ganze Sammlung teuer aussehender Überwachungsgeräte.

Obwohl Phoebe heute in Versuchung war, *Diamantarmband* oder *Ryan Gosling* unten auf die Liste zu setzen, um zu sehen, womit Yashi zurückkommen würde, begnügte sie sich mit weniger schwierig zu beschaffenden Dingen: Deodorant, Waschmittel und, last, but not least, etwas Make-up.

Denn um die Wahrheit zu sagen, war es irgendwie einschüchternd, unter demselben Dach zu wohnen wie die makellos schöne Francine. Sogar Deb machte sich die Mühe, Lippenstift aufzutragen, sobald die Blonde die Kommandozentrale betrat.

Was jedoch nicht allzu oft vorkam. Francine verbrachte nicht viel Zeit im Hauptteil des Hauses. Seit ihrer Ankunft spätnachts verwendeten sie und ihr Bruder, der Computerexperte Sheldon, jede Minute in der riesigen Fünffach-Garage damit, die beiden neu erworbenen Vans in Hightech-Überwachungsfahrzeuge zu verwandeln. Die Transporter wurden mit Kameras ausgestattet, einige davon Infrarotkameras, und angeblich supergenauen Hochleistungsmikrofonen.

Shel und Francine hatten diese teuren Mikrofone installiert, weil Ian sich strikt geweigert hatte, sich verkabeln zu lassen, ehe er sich mit dem Holländer traf. Diese Weigerung hatte einen heftigen Streit zwischen ihm und Deb nach sich gezogen.

„Das ist die beste Methode, um draufzugehen“, hatte Ian argumentiert. „Arbeite niemals verkabelt undercover, oder du bist schon so gut wie tot.“

„Die technischen Möglichkeiten sind heutzutage sehr weit fortgeschritten“, hatte Deb dagegengehalten. „Die Mikrofone sind mittlerweile so winzig …“

„Ich mache mir auch keine Sorgen darüber, dass Vanderzee

das verdammte kleine Ding sieht", schoss Ian zurück. „Ich denke da eher an Elektronikdetektoren, mit denen man Abhörgeräte aufspürt. Wenn er so eines benutzt, bin ich erledigt."

„Tja, und ich mache mir Sorgen, dass ich keine Chance haben werde, Sie zu überwachen."

„Sie werden mir eben vertrauen müssen", sagte Ian.

„Ich mache mir Sorgen, Sie nicht beschützen zu können."

„Ich kann mich selbst beschützen, solange ich kein verdammtes verstecktes Mikrofon am Leib tragen muss." Ian fuhr fort: „Ja, es stimmt, die Technik ist weit fortgeschritten. Die Mikrofone, die wir benutzen werden, sind sehr empfindlich. Es sind Richtmikrofone, das bedeutet, man richtet sie auf das abzuhörende Objekt aus – in diesem Fall mich – und nimmt die Unterhaltung auf. Das funktioniert."

Deb war nicht überzeugt. „Das Team im Van steht also auf dem Parkplatz und zielt mit dem Mikrofon auf eine lärmende Bar und hört auf wundersame Weise Sie heraus?"

Ians momentaner Plan sah vor, dem Holländer „zufällig" im Henrietta's, einem gut besuchten Stripclub, über den Weg zu laufen. Deb hatte recht: Es konnte dort drinnen sehr laut sein, wegen der Musik und den sabbernden, johlenden Horden männlicher Gäste. Zumindest, wenn es in diesem Stripclub so zuging wie in denen, die Phoebe aus dem Fernsehen kannte.

Sheldon meldete sich zu Wort und wandte sich an Deb: „Das ist keine Zauberei und auch kein Wunder. Wir werden FLIR-Wärmebildtechnologie verwenden – Spezialkameras, die Körperwärme aufspüren."

„Ich weiß, was FLIR ist", erwiderte Deb verärgert. „Aber wenn in dem Club Hochbetrieb herrscht, sind dort sehr viele Körper, die Wärme abgeben."

„Ich werde einen Handwärmer bei mir tragen", erklärte Ian. „Ein kleines chemisches Ding, das man in Läden für Campingausrüstung kaufen kann. Yashi hat das gerade für uns besorgt. Sobald ich in dem Club bin, breche ich die Packung auf, wodurch der Handwärmer aktiviert wird. Dann stecke ich ihn in die Tasche. Die Infrarotsensoren der Kameras werden diesen Temperaturanstieg registrieren, sodass Shel genau wissen wird, wie er die Richtmikrofone zu positionieren hat."

Und dadurch würden sie in der Lage sein, die Unterhaltung mitzuhören und aufzuzeichnen.

Für Phoebe klang das alles sehr nach Science-Fiction, doch Ian versicherte Deb, dass sie einen Test absolvieren würden, um die Garantie zu haben, dass die Ausrüstung einwandfrei funktionierte.

Falls nicht, hatte Deb ihn gewarnt, würde Ian nachgeben und sich doch verkabeln lassen müssen.

Als Deb das gesagt hatte, war Phoebe unwillkürlich ein Lächeln über das Gesicht gehuscht. Wenn die FBI-Agentin wirklich glaubte, sie könne diesen Kampf gewinnen, war sie bedauernswert uninformiert. Das Wort „nachgeben" gehörte nicht zu Ians Vokabular.

Während sie jetzt Milch über ihre Cornflakes goss, hörte Phoebe Martell die Treppe herunterkommen. Sie konnte ihn durch den Durchgang sehen, der die Küche und den Esszimmerbereich im Wohnraum miteinander verband. Er beugte sich über Ians Schulter.

„Wonach suchen Sie?", erkundigte er sich.

„Nach Fotos von Mitarbeitern des kazbekischen Konsulats", antwortete Ian.

„Einschließlich der Hausmeistertruppe?" Martell klang verblüfft. „Im Ernst?"

Ian drehte sich zu ihm um. „Ja, im Ernst. Ich habe nicht wenig Zeit in Kazbekistan verbracht. Sollte ich jemandem über den Weg laufen, der mich von einer früheren Mission wiedererkennen könnte, will ich das lieber vorher wissen."

Auch Aaron war inzwischen dazugestoßen und mischte sich auf dem Weg in die Küche ein: „Heißer Tipp: Die Hausmeister im Konsulat sind gar keine richtigen Hausmeister."

„Entschuldigung, Sir", sagte Sheldon, der von der Garage hereinkam. „Wir sind bereit für den Probelauf mit den Überwachungsvans." Er zog seine Arbeitshandschuhe aus und wischte sich die Stirn mit dem Ärmel seines ölverschmierten T-Shirts ab.

Die Garage war nicht klimatisiert, doch weder Francine noch Shel hatten sich wegen der Hitze beklagt.

„Es ist Zeit, unsere Technik zu testen?", meinte Ian.

„Ja, Sir."

Aaron lächelte Shelly auf dem Weg zur Kaffeemaschine zu. „Du musst ihn nicht Sir nennen", zog er ihn auf und schenkte sich einen Becher voll.

„Habe ich das getan?", fragte Shel. „Wow, alte Gewohnheiten legt man nur schwer ab." Er sah wieder zu Ian. „Tut mir leid, Sir. Mist!" Lachend fügte er hinzu: „Sobald du bereit bist, kann es losgehen. Ian."

„Danke", sagte Ian, noch immer auf die Fotos auf dem Bildschirm konzentriert. „Ich brauche bloß noch eine Sekunde ... Nein, doch ein bisschen länger", verbesserte er sich. „Hol dir was zu essen, und duschen kannst du auch gleich. Danach melde dich wieder."

„Wie lautet Ihr offizieller Plan?", fragte Martell Ian, während Shel und Aaron den Inhalt des Kühlschranks unter die Lupe nahmen.

Phoebe setzte sich mit ihrer Schale Cornflakes und dem Kaffee an den Tisch, als Deb nach unten kam, die Haare noch nass vom Duschen.

„Das Equipment heute Nachmittag testen", antwortete Ian. „Heute Abend versuchen, Kontakt zu Vanderzee aufzunehmen."

In der Küche war Klappern zu hören, als jemand die Pfanne aus einem der Schränke holte. „Möchte noch jemand ein Omelett?", rief Aaron.

„Oh, ich!", meldete sich Phoebe.

„Ich auch", rief Deb und sah überrascht zu Phoebe. Sie waren sich vollkommen einig. Sowohl Martell als auch Aaron konnten in der Küche zaubern, und in den vergangenen Tagen lautete die einhellige Antwort, wenn sie Essen anboten: „Oh, ja!" Und wenn sie erst gemeinsam kochten ...

Genau wie Deb warf Phoebe einen hoffnungsvollen Blick in Martells Richtung, doch der winkte ab und richtete seine Aufmerksamkeit weiter auf Ian.

„Noch immer keine Idee, wie es anschließend weitergeht?" Martell war besonders unzufrieden, seit Ian entschieden hatte, *nicht* zu entscheiden, wie die Kids am besten aus dem Konsulat zu befreien waren. Ian wollte zuerst Kontakt zu dem Holländer aufnehmen. Er hatte den anderen mitgeteilt, seine besten Pläne seien stets organisch gewesen – was immer das heißen mochte.

Martell schien überzeugt davon zu sein, dass Ian keine Ahnung hatte und nur ihre Zeit vergeudete.

„Nö", bestätigte Ian. „Ich warte immer noch ab."

„Sie wissen, dass wir das alle unerträglich finden", konterte Martell. „Stimmt's? Bis auf Yashi vermutlich, der zu zenmäßig drauf ist, um irgendetwas unerträglich zu finden. Allerdings bin ich der Einzige, der mutig genug ist, es auszusprechen. Die Zeit läuft, Mann. Langsam frage ich mich, wieso Sie sich nicht eine Skimaske schnappen und durch eines der Fenster im Konsulat einsteigen, damit wir es hinter uns haben. Sie haben die FBI-Dateien jetzt schon seit Tagen."

Ian schaute nicht zu Phoebe, nicht einmal annähernd, sondern wandte sich direkt wieder an Martell. „Ihr Sicherheitssystem ist zu engmaschig. Und soweit ich weiß, habe ich keine Befugnis erhalten, Unschuldige zu töten. Denn genau das müsste ich tun, wenn ich da einfach so reinginge. Unsere bisherigen Informationen zeigen, dass die meisten Wachleute über diese entführten Kids nicht im Bilde sind. Müssen wir das tatsächlich noch einmal durchkauen?"

„Können Sie nicht … ich weiß nicht … Betäubungspfeile verwenden oder so was?"

„Betäubungspfeile", wiederholte Ian und rief dann: „Würde bitte mal jemand die offenkundigen Nachteile eines solchen Plans erläutern, damit ich hier fertig werde und wir das Equipment testen können?"

Deb nahm Martell beiseite. „Das größte Problem dabei ist, dass die Wachleute im Konsulat mit echten Kugeln auf Ian schießen würden. Ein Betäubungsgewehr ist eine Option, wenn das Ziel ein unbewaffneter Berglöwe ist."

„Betäubungsgewehre haben auch jeweils nur einen Schuss“, meldete Phoebe sich zu Wort. „Es ist aufwendig, sie nachzuladen.“

„Ja, ja, ich weiß“, sagte Martell. „Wie blöd von mir ...“

„Soll das ein verdammter Witz sein?“

Alle drehten sich um – Phoebe, Martell, Deb, Ian, sogar Yashi, der eben von einer Besorgungstour zurückkam – und sahen Aaron an, der diese laut gesprochenen Worte an Shel richtete. Sheldon wirkte perplex und drückte einen Karton Eier an sich.

Francine war ebenfalls aus der Garage gekommen und machte ein Gesicht, als wünschte sie sich, irgendwo anders zu sein.

„Du hast es gewusst?“, schrie Aaron seinen Mann an, und es war nicht als Frage gedacht. Dann wandte er sich an Ian: „Du hast Shel darüber informiert, dass du im Gefängnis bist? Er wusste es die ganze Zeit, und ich nicht?“

„Ich habe es nicht die ganze Zeit gewusst“, verteidigte Shel sich. „Ich habe es im Juni herausgefunden.“

„Ach verdammt“, sagte Aaron. „Da du mich ja nur acht Monate angelogen hast statt neun ...“

„Ich habe nicht gelogen“, unterbrach Sheldon ihn. „Ich habe es dir bloß nicht erzählt. Ich konnte es nicht. Aaron, ich schwöre es. Ich hatte es Francie versprochen.“

Francine hob beide Hände und wich zurück. „He, schieb das nicht alles auf mich. Ich habe nur Eees dämliche Befehle befolgt.“

Aaron war außer sich vor Wut. „‚Was ist denn los, Air? Du scheinst ein wenig bedrückt zu sein.‘ Na ja, Shel, ich weiß auch nicht, wahrscheinlich mache ich mir Sorgen wegen Ian. Ich wünschte, er würde mich anrufen. Und ich werde das Gefühl nicht los, er könnte tot sein. Es ist schon so lange her, seit ich zuletzt von ihm gehört habe. Mal abgesehen von den Postkarten. Die hätte jeder verschicken können. ‚Aber nein, Aaron, zufällig weiß ich genau, dass Ian nicht tot ist, denn Francine hat mir verraten, dass er im Gefängnis sitzt.‘“ Er wurde wieder laut. „Aber das hast du nicht gesagt! Das nennt man Lügen durch Auslassen von Informationen. Wie oft haben wir in den vergangenen Monaten über Ian gesprochen? Was? Wie oft?“

„Ich hatte es ihr versprochen", wiederholte Sheldon mit leiser Stimme.

„Verdammt noch mal, Shel, du bist mit mir verheiratet!"

Ian drehte sich um und sagte zu den anderen: „Überlassen wir den beiden das Haus. Wir machen uns auf den Weg und testen das Equipment."

Vom oberen Schlafzimmer war nun Rory zu hören, der in diesem Moment aus seinem Mittagsschlaf erwachte.

Francine lief geduckt an ihrem Bruder vorbei – offenbar, um sich dem jammernden Baby zu widmen.

Ian stoppte sie. „Kannst du hierbleiben und auf Rory aufpassen?"

Ihre Antwort bestand darin, sich einen der Laptops zu schnappen und ihn mit nach oben zu nehmen. Sie würde arbeiten, während sie sich mit dem Baby einschloss und die Eltern ihre Probleme aus der Welt schafften.

„Spar dir die Mühe." Aarons Stimme klang harsch. „Das wird nichts ändern."

Phoebe nahm ihr Sweatshirt, ein weißes Kapuzenshirt mit Reißverschluss und der Aufschrift *Siesta Key* in pinkfarbenen Buchstaben auf der Brust, und folgte rasch Deb, Martell und Yashi zur Tür hinaus.

Ian brauchte Schlaf.

Er hatte ein kurzes erfrischendes Nickerchen machen wollen, nachdem er die Akten über die Angestellten des kazbekischen Konsulats ein weiteres Mal studiert hatte. Er hatte gedacht, eine halbe Stunde sei möglich, während Sheldon aß und duschte.

Doch dann war der Streit zwischen Aaron und Sheldon ausgebrochen.

Jetzt saß er auf dem Beifahrersitz von einem der Überwachungsvans, den Joe Hirabayashi fuhr. Hinten saß angeschnallt Phoebe. Deb steuerte den zweiten Van, mit Martell als Beifahrer.

Es mochte ein Fehler gewesen sein, das Safe House zu verlassen. Ian konnte nicht aufhören, an Aaron zu denken und daran, wie wütend er gewesen war. Vielleicht hätte er Francine nicht dort lassen sollen. Wenn Air wusste, dass Francine sich um Rory kümmerte, tat er möglicherweise etwas Dummes. Zum Beispiel aus dem Haus stürmen und sich dadurch in Gefahr bringen. Aber wenn Francine nicht da wäre, um auf das Kind aufzupassen, hätten Aaron und Sheldon keine Chance, sich auszusprechen. Jedenfalls nicht offen und notfalls lautstark und ...

Etwas Eisiges streifte seinen Arm, und er erschrak. Er drehte sich um und sah, dass Phoebe sich nach vorn lehnte. Hatte sie ihn wirklich berührt? War es möglich, dass ihre Finger so kalt waren? Er hielt ihre Hand fest, und tatsächlich, sie war eiskalt. Das Sweatshirt hatte sie bis oben zugemacht, denn die Klimaanlage im Van arbeitete auf Hochtouren, und das schon seit einer Weile.

„Tut mir leid", sagte er und ließ ihre Finger los, um den Temperaturregler neu einzustellen.

Doch das war gar nicht der Grund, weshalb sie seine Aufmerksamkeit gesucht hatte. „Yashi will wissen, wohin du fahren willst", meinte sie mit einem ernsten Ausdruck in den dunklen Augen in ihrem hübschen Gesicht. Ihm war klar, dass diese Frage nicht zum ersten Mal gestellt worden war. „Wir wollen nicht länger rätseln."

„Mist, stimmt. Sorry", erwiderte er – das schien sein neuer Refrain zu werden. Danach wandte er sich an den FBI-Agenten, der den Transporter über die Hauptstraße Richtung Norden lenkte. „Wir fahren zum Henrietta's, drüben beim Flughafen."

Das FBI war dem Holländer gefolgt und hatte in Erfahrung gebracht, dass der Verdächtige abends einen Stripclub aufsuchte. Er hielt sich nicht jeden Abend dort auf, aber häufig genug, dass Ian ihm scheinbar zufällig über den Weg laufen konnte.

Der vollständige Name des Clubs lautete Henrietta's Wild West Emporium. Nach allem, was Ian in den Akten gelesen hatte, trugen die Kellnerinnen Cowboyhüte und Stiefel und sonst kaum etwas.

Yashi nickte und zog auf die linke Spur, um bei nächster Gelegenheit zu wenden. Er musste via Bluetooth mit Deb verbunden sein, denn er gab die Information weiter, noch während er sein GPS konsultierte. Ruhig arrangierte er für die zwei Vans zwei verschiedene Routen, damit sie nicht gleichzeitig bei dem Club eintrafen, in einem möglicherweise verdächtig wirkenden Konvoi. Stattdessen würde Yashi von Süden her kommen, während Deb sich aus Westen dem Ziel näherte.

„Wir können jetzt ebenso gut den Probelauf absolvieren", verkündete Ian, und auch das gab der FBI-Agent weiter. „Haltet Ausschau nach irgendwelchen toten Zonen oder Stellen, die vielleicht zu laut sein könnten für die Richtmikrofone. Ich werde umhergehen, mir etwas zu trinken bestellen und mit mir selber sprechen, damit ihr mich hören könnt."

„Ich könnte dich begleiten", bot Phoebe an.

Er lachte. Klar. Er schaute sie an. In ihren Jeans und dem bunten Sweatshirt, den Flipflops an den Füßen und den zum Pferdeschwanz zurückgebundenen Haaren sah sie wie ein hinreißendes College-Girl im Urlaub aus. In einem zwielichtigen Schuppen wie dem Henrietta's könnte sie in diesem Outfit kaum mehr auffallen, wenn sie ein Neonschild mit der Aufschrift *Ich gehöre nicht hierher* und einem auf sie gerichteten Pfeil hochgehalten hätte.

Aber anscheinend meinte sie den Vorschlag ernst, deshalb antwortete er: „Das ist keine gute Idee." Und das war eine Untertreibung.

„Damit du jemanden hast, mit dem du dich unterhalten kannst", ließ sie nicht locker. „Sonst halten die Leute dich noch für einen Spinner, der mit sich selbst quatscht …"

„Nein, du bleibst im Van. Du hättest nicht mal das Haus verlassen, wenn mein Bruder nicht so ein verwöhnter Rotzlümmel wäre."

„Na, da bin ich aber froh, dass er diese Bemerkung nicht hört", sagte sie trocken.

„Ja, ich auch", seufzte Ian. Sein Zorn verpuffte. Das alles war tatsächlich seine Schuld. Er hatte keine Ahnung gehabt, dass Sheldon bereits vor Monaten die Wahrheit aus Francine herausbekommen hatte. Im Nachhinein ärgerte ihn vielleicht am meisten, dass er vermutlich nicht damit umzugehen gewusst hätte, wenn er das früher erfahren hätte.

Doch auch als leicht beziehungsgestörter Mensch begriff er, dass das Verschweigen der Wahrheit selbst die stärkste Partnerschaft belasten konnte.

Phoebe berührte ihn erneut, diesmal an der Schulter, als wüsste sie genau, wohin seine Gedanken abgeschweift waren. „Die kriegen das schon hin. Aaron ist klug genug, um zu begreifen, dass Shelly nicht vollkommen ist. Menschen machen Fehler. Man muss verzeihen. Das gehört zum Leben, man lernt und wird stärker."

„Die Ironie an der Sache besteht darin, dass ich es für ihn getan habe. Für sie beide." Die Worte waren heraus, ehe er sie aufhalten konnte.

„Das weiß ich", erwiderte sie leise. „Und ich bin mir ziemlich sicher, Aaron weiß das auch."

Was tat er da eigentlich? Mit ihr auf diese Weise zu reden war genau das, was er nicht tun wollte. Dieses Gefühl der Nähe, dieses Knistern half ihm nicht weiter. Die Erfahrung hatte ihn gelehrt, dass ihn so etwas im Gegenteil erst recht behindern und langsamer machen konnte.

Oder ihn umbringen.

Die bittere Wahrheit lautete jedoch, dass er diese Frau wirklich mochte. Und was die körperliche Anziehung zwischen ihnen betraf, so fühlte er sich dadurch inzwischen schwer abgelenkt.

Ian nahm sich vor, mit Deb darüber zu sprechen, für Phoebe für die restliche Dauer dieser Mission eine andere sichere Unterkunft zu finden. Das FBI würde sich ein Hotelzimmer sowie Wachposten rund um die Uhr in den nächsten Tagen locker leisten können. Maximal würde es sich um einige Wochen handeln …

„Die kriegen das hin", wiederholte Phoebe und drückte seine Schulter.

Ian wollte, dass sie ihre Hand dort liegen ließ. Er musste sich zusammennehmen, um ihre Finger nicht zu ergreifen und ein bisschen zu wärmen. Da er es nicht tat, ließ sie ihn los und lehnte sich zurück.

Tja.

Wenn das FBI für die Hotelkosten nicht aufkam, würde er Phoebe eben ein Zimmer aus eigener Tasche zahlen.

Denn das war inzwischen dringend nötig.

Ein paar Monate vor dem Abschluss von der Privatschule geworfen zu werden war deutlich besser, als vom Freund des Bruders erschossen zu werden.

Aaron musste sich das immer wieder einreden – besonders, als sein eigener Bruder den Flur zum Direktor von Brentwood entlanggeschlendert kam. Ian musste einen Notfall vorgeschoben haben, um gehen und sich um seinen kleinen obdachlosen Bruder kümmern zu können.

Er trug eine Kampfhose mit dezentem Tarnmuster, und seine Haare waren deutlich unmilitärisch lang. Ein Vollbart rundete sein Aussehen ab. Sein Gesicht war angespannt vor Zorn.

Ian versuchte gar nicht erst, mit dem Direktor der Schule zu diskutieren. Er unterschrieb einfach alle nötigen Papiere, sammelte Aaron ein und ging. Natürlich glaubte Eee, das „sexuelle Fehlverhalten", dessentwegen Aaron der Schule verwiesen wurde, sei klar auf die Orientierung seines kleinen Bruders zurückzuführen.

Wie sich herausstellte, diskriminierte die konservative Schule aber niemanden. Ein Sex-Video war nun einmal ein Sex-Video; wenn man in einem auftauchte, wurde man unweigerlich der Schule verwiesen.

Trotzdem schaffte Aaron es erst, Ian zu berichten, was wirklich geschehen war, nachdem sie seine Sachen in Ians Mietwagen verfrachtet hatten. Dazu gehörte auch, dass Francine sich geopfert hatte, um Sheldon vor seinem verrückten Vater zu beschützen, und dass Berto daraufhin vor Eifersucht um ein Haar Aaron getötet hätte.

Er erzählte Ian, dass er wegen Shelly besorgt sei. Seit Tagen hatte er weder von ihm gehört noch ihn gesehen – allerdings war Aaron in dieser Zeit auch in seinem Zimmer eingesperrt gewesen, ohne Internetzugang oder Telefon.

„Berto ist genauso verrückt wie sein Vater, und jetzt weiß er Bescheid“, erklärte Aaron, während er Eees Blackberry benutzte, um seine E-Mails abzurufen.

Tatsächlich hatte Shel ihm geschrieben. Er öffnete die Mail. Es handelte sich nur um wenige Zeilen. Kein Lieber Aaron *und kein* In Liebe Shel.

Wir können keinen Kontakt haben. Es ist zu gefährlich, für Dich und für mich.
Ich wurde auf eine neue Schule geschickt. Ich kann Dir nicht sagen, wo.
Ruf nicht an, schreib auch keine E-Mail. Ich werde meine Adresse ändern, sobald ich diese Nachricht an Dich abgeschickt habe. Ich werde also keine Antwort von Dir erhalten.
Ich wünschte bei Gott, ich wäre Dir nie begegnet.

Aarons Augen brannten. Shel meinte das nicht ernst. Er konnte es nicht ernst meinen.

Ian deutete den gequälten Ausdruck auf Aarons Gesicht richtig. „Hat er mit dir Schluss gemacht?“

„Nein“, antwortete Aaron und kämpfte gegen die Tränen. „Er hat bloß Angst.“

Ian nahm ihm das Telefon ab und las die Nachricht. Dann seufzte er. „Angst genug, um mit dir Schluss zu machen. Armleuchter.“

„Das ist er nicht. Nenn ihn nicht so.“

Ian seufzte erneut. „Wahrscheinlich musst du es erst verdrängen, bevor du wütend wirst. Ich habe das mit Nadia durchgemacht, damals, als sie mich hintergangen hat.“

„Shel ist kein bisschen wie Nadia …“

„Er ist auch nur ein Mensch, und Menschen tun einander nun mal weh, schon seit Anbeginn der Zeit. Du bist nicht der Erste, und du wirst ganz sicher nicht der Letzte sein. Pass auf, wir holen uns etwas zu essen und machen uns auf den Weg nach Tampa. Ich kenne ein paar Typen im Rekrutierungsbüro …“

„Nein, das werde ich nicht machen", unterbrach Aaron ihn. „Mich freiwillig melden? Vergiss es. Ich gehe nach Boston. Nach Cambridge, um genau zu sein. Nächsten Herbst wird Shel das MIT besuchen …"

„Aaron", sagte Ian.

„Ich werde mir einen Job besorgen", fuhr Aaron unbeirrt fort. „Wir haben schon ausführlich darüber gesprochen. Ich arbeite, er studiert. Wenn er fertig ist, studiere ich. Es macht mir nichts aus, zu warten. Ganz bestimmt nicht."

„Aaron."

„Ich weiß, dass Wohnungen in Cambridge teuer sind, aber vielleicht finden wir etwas in Somerville und pendeln. Das öffentliche Verkehrsnetz ist in Boston sehr gut. Das haben wir schon recherchiert."

„Aarie. Es gibt kein ‚Wir'. Dein Freund hat sich aus dem Staub gemacht." Ian hielt sein Handy hoch. „Der Junge wünscht, er wäre dir nie begegnet."

„Ach was", widersprach Aaron und musste von Neuem gegen die Tränen ankämpfen. „Das hat er doch nur geschrieben, weil *er mich kennengelernt hat." Er holte tief Luft und atmete schwer wieder aus. „Ich gehe ohnehin in den Norden."*

„Wozu? Hoffst du, ihm irgendwie über den Weg zu laufen, wenn das Semester beginnt? Zehn zu eins, dass er dann mit seiner neuen Freundin aus Harvard zusammen ist. Das wird hart."

Allein die Vorstellung machte Aaron ganz krank. „Ich kann nirgendwo anders hin!"

„Genau deshalb ist die einzige Möglichkeit, dass du dich freiwillig meldest. Bei der Army bekommst du eine Ausbildung …"

„Hallo, Eee! Falls du es noch nicht mitbekommen hast, ich bin schwul. Die nehmen mich gar nicht."

„Du irrst dich", sagte Ian. „Sie wollen dich – sie wissen es bloß noch nicht. Du bist stark, klug, und du bist der geborene Anführer …"

„Dann soll ich wohl lügen."

„Es ist keine echte Lüge, wenn die Regeln Mist sind. Was wäre, wenn dir jemand eine Kanone an den Kopf hält und droht, ab-

zudrücken, wenn du nicht sofort behauptest, deine Lieblingsfarbe sei Rot. Selbst wenn du auf Blau stündest, würdest du sicher Rot sagen. Im Prinzip ist es mit der Army das Gleiche." Er senkte die Stimme. „Wir haben keine andere Wahl. Mir bleiben weniger als vierzig Stunden …"

Das war mehr, als Aaron erwartet hatte. „Das ist genügend Zeit, um nach Boston zu fahren, eine Wohnung zu suchen …"

„Und womit willst du sie bezahlen? Allein die Spritkosten für diese Reise von tausend Meilen liegen bei über hundert Dollar. Wie viel hast du gespart? Denn dieser Mietwagen ist schon mein Ruin."

Aaron starrte seinen Bruder an. „Kriegst du wirklich so wenig Geld?"

„Ich habe für deine Schule bezahlt."

Aaron stutzte. „Ich hatte ein Stipendium."

„Für das Schulgeld. Aber das schloss Unterkunft und Verpflegung nicht mit ein. Ebenso wenig Bücher, Trainingsgebühren und Ausrüstung. Nicht einmal die Schuluniform. Für den ganzen Mist habe ich bezahlt, und das hat mich fast meinen gesamten Verdienst gekostet. Ich habe nichts gespart und werde auch für eine Weile nichts mehr verdienen."

Aaron war völlig perplex. „Ich habe dich nicht darum gebeten."

Ian seufzte. „Ich weiß."

„Ich werde mir einen Job suchen", versprach Aaron. „Dann eben in Tampa. Ich werde genug verdienen, um im August Richtung Norden ziehen zu können."

„Und wo wirst du bis dahin wohnen?", fragte Ian.

„Das weiß ich noch nicht. Ich werde mir eine Wohnung besorgen."

„Was ist mit der Mietkaution?", gab Ian zu bedenken. „Meinst du, man gibt dir mal eben so einen Wohnungsschlüssel, weil du in Aussicht stellst, demnächst einen Job in einer Tankstelle in der Nachtschicht zu bekommen? Du musst eine Kaution stellen und einen Job nachweisen, mit dem du dir die überteuerte Miete auch wirklich leisten kannst."

Du meine Güte, dachte Aaron. „Na schön, was soll ich machen? Das mit der Kaution wusste ich nicht. Dann suche ich mir einen Job und wohne irgendwo zur Untermiete."

„Mann, du könntest Cowboy werden", riet Ian ihm. „Such dir eine Zeitmaschine, die dich zurück in den Wilden Westen transportiert. Das wäre doch lustig …"

„Ich gebe mir Mühe!", schrie Aaron seinen Bruder an. „Ich versuche hier eine Lösung zu finden für dieses beschissen aussichtslose Problem!"

Ian riss das Steuer herum und lenkte den Wagen auf das Gelände einer Tankstelle, wo er weitab von den anderen Autos hart bremste.

„Du hast schon verloren", sagte er in schroffem und zugleich sanftem Ton, während um sie herum eine Staubwolke vom Schotter aufstieg. „So ist das nämlich in einer aussichtslosen Lage. Aus und vorbei. Die einzige Lösung besteht darin, es zu akzeptieren und nach vorn zu schauen."

„Das kann ich nicht. Ich liebe ihn. Und er liebt mich."

„Mag ja sein, dass er dich liebt", räumte Ian ein. „Aber anscheinend nicht genug."

Aaron merkte, dass er nicht mehr konnte. Die Tränen ließen sich nicht länger aufhalten, sosehr er sich auch bemühte. Und als er erst einmal angefangen hatte, konnte er nicht mehr aufhören.

Ian schloss ihn in die Arme und drückte ihn fest an sich. „Ist schon gut, Kumpel. Lass es raus. Eines Tages, das verspreche ich dir, wirst du jemanden finden, der deine Liebe erwidert."

Aaron weinte und weinte, bis er keine Tränen mehr in sich hatte.

Ich wünschte bei Gott, ich wäre Dir nie begegnet.

Er saß da, erschöpft, von Schmerz geplagt, mit gebrochenem Herzen und völlig am Boden zerstört.

Dankbar jedoch – und das würde er immer bleiben – für die Zeit, so flüchtig sie auch gewesen sein mochte, in der Sheldon Dellarosa ein Teil seines Lebens gewesen war.

Er wischte sich das Gesicht mit dem Saum seines T-Shirts ab, und Ian ließ ihn wieder los.

„Marines", sagte Aaron, nachdem er sich geräuspert hatte und seinen Bruder wieder ansehen konnte. Ians Augen waren voller Mitgefühl, aber nicht Mitleid, zum Glück. „Scheiß auf die Navy und die SEALs. Ich werde ein Marine."

„Lassen Sie mich hier raus", meinte Ian, und Yashi fuhr auf den Parkplatz eines kleinen heruntergekommen wirkenden Einkaufszentrums.

Sie befanden sich in einer Welt aus billigen Motels, Secondhandshops, Massagesalons und Schaufenstern, auf denen *Bargeld für Gold!* stand. Phoebe sah, dass die Schilder sich die ganze belebte Straße entlangzogen.

„Henrietta's ist noch ein paar Blocks entfernt", erklärte Ian. „Es liegt auf dieser Straßenseite."

„Deb und Martell stecken im Verkehr fest", berichtete der FBI-Mann. „Sie sind noch zwanzig Minuten von uns entfernt."

„Das macht nichts. Es dauert sowieso ein wenig, bis ihr den besten Beobachtungspunkt für den Van gefunden habt", sagte Ian. „Es gibt nur begrenzte Parkmöglichkeiten davor. Hinten ist ein größerer Parkplatz – das behauptet zumindest die Website des Clubs. Ich werde reingehen und mir einen möglichst mittigen Platz suchen. Danach aktiviere ich den Handwärmer …", er hielt ein kleines orangefarbenes Päckchen hoch, „… damit ihr mich orten könnt. Ich werde *Row, Row, Row Your Boat* singen, dann könnt ihr mich mit den Mikrofonen aufspüren."

„Ein Klassiker", bemerkte Yashi anerkennend. „Sehr unwahrscheinlich, dass es im Club gespielt oder von irgendwem als Handy-Klingelton benutzt wird."

„Sollte ich aus irgendeinem Grund nicht singen oder summen können, klopfe ich den Song", fügte Ian hinzu, öffnete die Tür und stieg aus.

„*Merrily, merrily, merrily, merrily*", sang Yashi einen Teil des Refrains und beantwortete dabei mit einem Nicken Phoebes stumme Frage: *Darf ich?* „Vier Triolen hintereinander fallen in einer Welt simpler Rhythmen und Melodien schon auf."

Als Phoebe nach vorn kletterte, sagte Ian: „Verdammt." Gleich darauf machte er die Tür wieder auf. „Habe ich mein …?" Er suchte auf dem Boden vor dem Sitz und klopfte mit dem Handrücken gegen ihr Bein. „Heb mal deinen Hintern kurz an."

Sie drückte die Schultern gegen den Sitz und hob den Po, doch unter ihr befand sich nichts. „Was hast du denn verloren?" Sie schaute auf der anderen Seite unter dem Beifahrersitz nach, fand allerdings nichts.

„Ich muss es im Haus gelassen haben", murmelte Ian. „Mein Handy." Er klang genervt. „Als ich im Gefängnis war, habe ich mich ein bisschen zu sehr an meine Taschenlampe gewöhnt."

„Vielleicht hat Shel eine im Kofferraum?", schlug Yashi vor, und Phoebe sah sofort nach.

Auf beiden Seiten des fensterlosen Laderaums waren Regale angebracht, die beeindruckendes Equipment enthielten – einschließlich zweier Großbildmonitore sowie Batterien und Geräte, damit alles funktionierte.

Es gab einen festgeschnallten Werkzeugkasten und eine Kiste mit einem roten Kreuz darauf, in der sich tatsächlich Erste-Hilfe-Utensilien befanden. Des Weiteren war dort eine Tasche mit Kabeln für USB-Anschlüsse, QIC-Laufwerke, Cinchstecker und einige, die Phoebe nicht identifizieren konnte. Unten in dieser Tasche entdeckte sie eine ungeöffnete Packung mit USB-Sticks, aber kein Ersatzhandy.

„Hier ist nichts", sagte sie.

„Ist nicht so wichtig", meinte Ian. „Ich habe schon viele Aufträge ohne erledigt."

Einschließlich seines jüngsten im Gefängnis von North Port, Phoebes Theorie zufolge. Dort hatte er irgendetwas im Schilde geführt und nicht bloß eine Strafe abgesessen für ein Verbrechen, das er nicht begangen hatte. Und dort war er in deutlich größerer Gefahr gewesen, als er es in einem Western-Saloon-Stripclub in Miami an einem sonnigen Nachmittag mitten in der Woche sein würde.

Yashi war nicht zufrieden. „Wir sollten das ein andermal machen. Oder zumindest warten, bis Deb und Martell hier sind.“ Er berührte sein Ohrteil. „Ja, Deb meint, wir sollen auf sie warten. Sie sagt, Sie können dann mit Martells Handy hineingehen.“

„Richten Sie ihr aus, Martell kann es mir reinbringen, sobald sie hier sind.“ Ian zog sich aus dem Van zurück, als Phoebe auf den Vordersitz zurückkehrte.

„Na toll“, beschwerte sie sich. „Er darf rein, aber ich nicht.“ Noch während sie sprach, wurde ihr klar, dass Ians Entscheidung natürlich nichts mit Diskriminierung wegen des Geschlechts zu tun hatte. Daher fügte sie hinzu: „Was ja durchaus sinnvoll ist. Immerhin ist er ein ehemaliger Polizist, und ich war bloß Pfadfinderin in der sechsten Klasse, für gerade mal fünfzehn Minuten.“

Ian lächelte sie tatsächlich an. „Siehst du, so arbeiten wir im Team.“

„Sollten wir ein paar Kekse verkaufen müssen, bin ich unschlagbar.“

Er lachte – bis ihm anscheinend einfiel, dass er über ihre Scherze nicht mehr lachen wollte. Jedenfalls nicht mit einem solchen Strahlen im Gesicht und den beinah unerträglich attraktiven kleinen Fältchen um die viel zu blauen Augen.

Viel zu schnell wurde er wieder sachlich. „Richte Martell aus, er soll bloß keine Agentennummer abziehen. Keine Heimlichtuerei. Er soll mir das Handy ganz offen übergeben und danach verschwinden. ‚Hallo, wie geht's?‘, dann Händeschütteln und ‚Sie haben Ihr Handy auf meinen Schreibtisch liegen lassen.‘ Anschließend geht er einfach, aber nicht zum Van. Lasst ihn Kaffee holen oder Lunch und sammelt ihn später wieder ein.“

Phoebe nickte, aber dann bemerkte sie, dass er mit Yashi sprach.

Als Ian sie nun ansah, veränderte sich der Ausdruck in seinen Augen. Erst jetzt wurde ihr klar, dass es ihm Sorgen bereitete, sie hier zu haben.

„Ich werde im Van bleiben“, versprach sie ihm, als Yashi bereits den Gang einlegte und sie an ihm vorbeirollten.

Ian erwiderte nichts mehr. Als sie sich in den Verkehr einfädelten, konnte Phoebe im Rückspiegel sehen, wie er ihnen hinterherschaute. Dann war er außer Sicht.

„Würdest du mich bitte wenigstens erklären lassen, warum ich so gehandelt habe?"

Aaron öffnete die Augen und sah Shel, der gerade aus der Dusche kam. Aus seinen Haaren tropfte das Wasser auf seine nackten Schultern, um die Hüften hatte er sich ein Handtuch geschlungen.

„Leck mich", erwiderte er. „Mit Sex wirst du das nicht wieder in Ordnung bringen. Diesmal nicht."

Matt lächelnd trat Shel ins Zimmer, wo sein Notgepäck offen auf einem Sessel stand. „Das war gar nicht meine Absicht. Es tut mir leid." Er nahm einen frischen Slip aus der Tasche und tat etwas, was Aaron ihn noch nie hatte tun sehen: Er zog seinen Slip unter dem Handtuch an.

„Ich bin ihr etwas schuldig, Aarie", sagte Shel, während er in seine Cargohose schlüpfte und dabei weiterhin dieses Sommercamp-Ding mit dem Handtuch veranstaltete. „Francine, meine ich." Er zog ein sauberes T-Shirt über und trocknete sich mit dem Handtuch die Haare. Erst dann schaute er Aaron direkt an. „Wir schulden ihr beide etwas. Zu viel, um es ihr jemals angemessen zurückzuzahlen."

„Ich würde ihn am liebsten umbringen", meinte Aaron. „Davio. Ich will ihn …" Er konnte nicht verhindern, dass ihm Tränen in die Augen stiegen, als er daran dachte – wieder einmal –, was Sheldon vor Jahren in dieser E-Mail geschrieben hatte. Damals hatte er Aaron nur von Shels Vater fernhalten wollen, damit er am Leben und unversehrt blieb.

Dieser Versuch war ihm ein bisschen zu gut geglückt, denn der Erfolg hatte darin bestanden, dass sie für einige Jahre getrennt gewesen waren.

Ich wünschte bei Gott, ich wäre Dir nie begegnet.

„Es war am achtzehnten Juni", begann Sheldon. „Da fand ich heraus, dass Ian im Gefängnis ist. Es war zwölf Minuten nach acht Uhr morgens – falls du denkst, ich hätte diesen Moment nicht als bedeutsam empfunden. Ich wollte Rory von Francine abholen, nach unserem freien Abend. Erinnerst du dich?“

Aaron erinnerte sich. Es war der erste Abend in neun Monaten gewesen, an dem sich keiner von ihnen rund um die Uhr um Rory kümmern musste. Sie hatten ausgehen wollen, ins Kino, essen …

Stattdessen waren sie zu Hause geblieben. Hatten sich geliebt. Geschlafen. Zusammen. Zum ersten Mal seit einer gefühlten Ewigkeit.

Ja, Aaron erinnerte sich noch gut. Da Aaron in der schlimmsten Zeit des Entzuges am meisten für Rory da gewesen war, hatte Shel ihm diese zusätzliche Zeit für sich allein schenken wollen und war zu Francine gefahren, um das Baby abzuholen.

„Ich bin also in Francines Apartment. Ich klingele nicht, denn ich habe ja einen Schlüssel. Sie schläft auf dem Sofa, das Baby auf dem Bauch und … Da liegt das Handy auf dem Couchtisch. Es ist stumm geschaltet, doch es fängt an zu vibrieren. Und weil ich Angst habe, dass es die beiden aufweckt, gehe ich ran. Es folgt ein eigenartiges Schweigen, dann wird die Verbindung unterbrochen. Ich sehe die Nummer auf dem Display und drücke die Wahlwiederholung. Am anderen Ende höre ich eine komische Nachricht aus dem Gefängnis von North Port. Und plötzlich wird mir alles klar. Ich wusste auf einmal, wo Ian steckt. Als Francine aufwachte, hielt ich das Handy hoch und sagte, Ian hätte angerufen, und ihr Gesichtsausdruck verriet mir, dass ich richtiglag. Sie kapitulierte, bat mich jedoch, dir auf gar keinen Fall etwas zu verraten. Sie flehte mich regelrecht an.“

„Francine?“, fragte Aaron. „Sie hat dich angefleht?“

„Ich weiß. Es war heftig. Sie meinte, sie wisse nicht, was los ist – nur, dass Eee sich bei ihr per Handy melde, alle zwei Wochen, um ihr zu sagen, dass ihm nichts fehlt. Sie erwähnte es nicht, und ich fragte nicht weiter, aber ich nahm an, dass es etwas mit Davio zu tun hatte. Und danach, das schwöre ich, haben wir nie mehr darüber geredet. Es war nicht so, als hätten wir jedes Mal, wenn wir uns trafen, die Köpfe zusammengesteckt und geflüstert, sobald du das Zimmer verlassen hast." Sheldon schüttelte den Kopf. „Ich weiß, dass du genau das denkst. Doch wir haben wirklich nur dieses eine Mal darüber gesprochen."

„Soll mich das trösten?", konterte Aaron. „Du hättest mich nicht belügen dürfen, und Francine hätte dich weiß Gott nicht darum bitten dürfen."

„Ich weiß", räumte Shel mit Tränen in den Augen ein. „Aber sie hat es getan. Was sollte ich denn machen?"

„Es mir trotzdem sagen", meinte Aaron. „*Das* hättest du tun sollen."

Es war der perfekte Schlusssatz vor dem Abgang, doch Sheldon blockierte die Tür. „Du siehst immer alles nur schwarz oder weiß", warf er seinem Partner mit bebender Stimme vor. „Francine ist für uns gestorben, Aaron. Vielleicht kannst du das nicht verstehen, weil du sie früher nicht gekannt hast. Du weißt nicht, wie sie war. Eine glückliche junge Frau, die herumalberte. Ganz anders als heute. Jetzt ist sie hart und verbittert."

Das alles hatte Sheldon ihm schon oft erzählt: dass seine geliebte ältere Schwester sich an jenem schrecklichen Tag geändert hatte, an dem Berto geglaubt hatte, sie habe ihn betrogen. Allerdings hatte Sheldon nie diese Worte gewählt: *Sie ist für uns gestorben.*

„Es tut mir leid, dass ich dich angelogen habe", fuhr Sheldon fort. „Du hast recht: Auch das Verschweigen der Wahrheit ist eine Lüge. Ich erinnere mich an jede einzelne grässliche Gelegenheit, bei der ich es tat. Ich hasste mich selbst dafür. Damals jedoch hat Francine mir das Leben gerettet. Und deines auch, denn Davio hätte dich ebenfalls umgebracht. Vielleicht hätte er mich sogar verschont. Aber eine Welt ohne dich ist keine Welt, in der ich leben möchte."

Sheldon verließ nach diesen Worten das Zimmer und schloss die Tür hinter sich.

Was Schlussworte anbetraf, so hatte er gewonnen.

Doch dann verdarb er seine Rede, indem er zurückkam. Nur dass er diesmal Rory auf dem Arm hielt und Francine bei ihm war.

„Ich habe eben eine weitere E-Mail von Berto erhalten“, berichtete sie. „Ich war online, zum Glück, sodass ich sie gleich lesen konnte. Anscheinend hat Davio ein Kopfgeld von einer Million Dollar auf Ian ausgesetzt. Alle, einschließlich ihrer Stripper-Freundinnen, suchen jetzt nach ihm, überall im Land. Jemand hat ihn gerade ins Henrietta’s beim Flughafen gehen sehen. Berto schreibt, Davio habe ein Killerteam aus Oakland Park zusammengerufen, das inzwischen zu Ian unterwegs ist.“

„Wo zur Hölle ist denn Oakland Park?“, fragte Aaron.

„Nördlich von Fort Lauderdale“, antwortete Francine. „Ungefähr zwanzig Minuten vom Henrietta’s entfernt. Kommt auf den Verkehr an.“

Bitte lass dichten Verkehr herrschen.

„Ich habe versucht, Eee zu erreichen, danach Deb und Yashi“, erklärte Francine weiter. „Aber niemand meldet sich.“

16. KAPITEL

Ian hatte Striplokale nie besonders gemocht. Es hatte etwas von Natur aus Unangenehmes, verzweifelten Frauen dabei zuzusehen, wie sie sich für Geld auszogen. Und selbst wenn sie nicht verzweifelt waren, wenn sie unwahrscheinlicherweise dort in dem Club sein wollten, kam ihm das Zuschauen geschmacklos vor.

Es war, als würde man für Sex bezahlen.

Oder als würde man der dummen Meinung von jemandem über Politik, einen Film oder ein Buch zustimmen, nur um mit dieser Person Sex zu haben.

Es war ganz einfach nicht Ians Stil.

Das Henrietta's war in doppelter Hinsicht unerfreulich: Es war ein großer, weitläufiger, höhlenartiger Raum, dessen Einrichtung wirkte, als hätte sich das Management nicht entscheiden können, ob der Stripclub aussehen sollte wie ein Steakhaus oder wie ein Bordell aus dem Wilden Westen. Es gab jede Menge roter und schwarzer Samtvorhänge mit Goldborten, dazu Bilder und antike Farmgeräte an den Wänden.

Die Bar machte einen rustikalen Eindruck, der Tresen verfügte über eine Fußstange aus Messing. Ian trat heran und bestellte einen Arnold Palmer bei einer müde aussehenden Frau, die einen Bikinislip trug sowie kleine sternförmige Brustwarzenbedeckungen aus blauen Pailletten.

Ian hatte den Handwärmer bereits auf dem Parkplatz aktiviert und in seine T-Shirt-Tasche geschoben, wo das Ding jetzt warm wurde wie ein Schinken. Prompt wünschte er, im Club gäbe es eine stärkere Klimaanlage.

Er drehte sich mit dem Barhocker herum, stützte rücklings die Ellbogen auf die Theke und schaute sich in dem Laden um, während er den ersten Vers und den Refrain summte. *Row, row, row your boat ...* Die Hauptbühne in dem großen Raum war momentan in Dunkelheit getaucht. Auf dem halben Dutzend kleinerer Bühnen an den Seiten spulten jedoch die Tänzerinnen ihr Programm an den Stangen ohne jede Begeisterung ab.

Auf dem Teppichboden standen kleine runde Tische, und es gab eine erhöhte Ebene mit Logenplätzen wie in Theatern aus alter Zeit. Von der Decke hängende Schilder wiesen den Weg nach oben, wo sich offenbar private Partyräume und – *merrily, merrily, merrily, merrily* – eine VIP-Lounge befanden.

Endlich kam sein Drink. Die erschöpfte Barkeeperin hatte anscheinend erst in einem Buch nachschlagen müssen, um herauszufinden, dass ein Arnold Palmer halb aus Limonade und halb aus Eistee bestand, ohne Alkohol. In dem dämmrigen Licht konnte sie wohl auch nicht so gut lesen. Ian bezahlte und gab ihr ein üppiges Trinkgeld, das sie für ihre spätere Brille zurücklegen konnte oder für ein T-Shirt. Dann ging er auf die Treppe zu. „Das Erdgeschoss besteht hauptsächlich aus einem einzigen großen Raum. Hinter der Theke geht es zu den Toiletten, und wahrscheinlich gibt es einen weitläufigen Bereich hinter der Bühne, weiß ich aber nicht genau“, sagte er in seinen Drink und hoffte, dass die teuren Mikrofone seine Stimme weitertrugen. „Ich schaue mich gleich mal um, aber vorher gehe ich nach oben, solange sich die Chance dazu bietet.“

Der Weg wurde ihm versperrt von einer dunkelroten Samtkordel mit Messingenden, die auf beiden Seiten des Treppenaufgangs eingehakt waren. Offensichtlich war die obere Ebene um diese Tageszeit noch nicht geöffnet.

Aber die Barkeeperin machte sich gerade für eine Siesta bereit, und der Rausschmeißer neben dem Eingang hatte den Kopf gesenkt und beschäftigte sich mit den Twitter-Nachrichten auf seinem Handy. Ian mit seiner Hitze abstrahlenden Brust überwand daher rasch die Kordel. Der Handwärmer verbrannte ihn fast, deshalb zog er an dem T-Shirt, damit es nicht mehr auf seiner Haut auflag. „*Row, row, row your boat,* langsam die Treppe hinauf …“

Schwarz gerahmte Reproduktionen von Daguerreotypien, auf denen Cowboys mit versteinerten Mienen und Pionierfrauen mit verkniffenen Mündern zu sehen waren, bedeckten die rot gestrichenen Wände. Die grimmigen Gesichter und vorwurfsvollen Blicke schienen eine seltsame Wahl zu sein für den Weg zu den Privaträumen – es sei denn, man stand darauf, einen Lapdance oder mehr in einem Museum für amerikanische Kulturgeschichte zu bekommen. Vielleicht war das bei mehr Männern der Fall, als Ian sich vorstellen konnte.

Auf beiden Seiten des Aufgangs verlief ein schmiedeeisernes Geländer, und obwohl dem Teppich mit dem rot-goldenen Muster das Alter deutlich anzusehen war, hatte das Management auf jeder Stufe Gummileisten angebracht, damit die betrunkenen Gäste nicht stürzten und womöglich noch den letzten Rest Würde verloren.

Es gab viele Stufen. Die Treppe, lang genug für zwei Aufgänge, folgte einer Biegung. Was immer sich dahinter verbergen mochte: Ian konnte es nicht erkennen. Bevor er diese Abbiegung erreichte, blieb er jedoch stehen und hörte auf zu singen – jemand kam. Ganz oben musste eine Tür sein; er konnte hören, wie sie geöffnet wurde. Mit einem Grunzen trat er oder sie hinaus. Wer das auch sein mochte: Die Person musste entweder stark übergewichtig sein, oder sie trug etwas Schweres.

Ein Murmeln war deutlich zu vernehmen.

Möglicherweise trug die Person dort oben auch *jemanden*.

Es war ein Mann. Er sprach mit derselben tiefen Stimme wie zuvor, die Worte waren allerdings nicht zu verstehen. Selbst die Sprache konnte Ian nicht bestimmen, doch an dem aufmunternden Tonfall bestand kein Zweifel. *Noch ein bisschen, wir sind gleich da. Bitte kotz nicht auf meine Schuhe …*

Danach folgte ein Geräusch wie von einem Stolpern. Ian nahm den Handwärmer schnell aus der Brusttasche und schob ihn in die Gesäßtasche seiner Jeans. Er stellte seinen Drink auf eine Stufe, da eine Kollision mit der herunterkommenden Person unvermeidlich schien. Vorsichtshalber ging er ihr entgegen, um aufzufangen, was immer auch herunterfallen mochte.

Aber der Mann, der bei Bewusstsein war – er konnte gehen und reden –, brauchte keine Hilfe. Er benutzte den dreieckigen Treppenabsatz an der Biegung der Treppe, um den anderen Mann, den er schleppte, gegen die Wand zu lehnen. Er kehrte Ian den Rücken zu und schwankte leicht unter dem Gewicht seines betrunkenen Begleiters.

Mindestens einer der beiden war definitiv sturzbesoffen. Seine Augen waren geschlossen, und sein kahler Kopf rollte auf dem dicken Hals hin und her, während sein Kumpel ihn davon abzuhalten versuchte, die Treppe hinunterzustürzen. Er war klein, aber stämmig und offenbar ziemlich schwer, hatte einen dunklen Schnurrbart und beinah komische buschige Brauen.

Der andere Mann – der bei Bewusstsein – war größer, mit von der Sonne gebleichtem braunen Haar und breiten Schultern unter einem dunklen, gut geschnittenen Jackett.

Etwas an ihm kam Ian vertraut vor … Die Art, wie er stand oder sich bewegte …

Der Größere der beiden hob den Kopf, während er sich umdrehte, als er plötzlich merkte, dass er und sein fassförmiger Freund nicht allein in dem Treppenhaus waren.

Und weil Ian näher gekommen war, um eventuell helfen zu können, standen er und der Größere sich nun von Angesicht zu Angesicht gegenüber.

Und dieser Mann war niemand anders als …

Georg Vanderzee.

Alias der Holländer.

Ian erstarrte. Vanderzee ebenfalls. Ian gelang es genauso wenig wie dem Holländer, sich seine Überraschung nicht anmerken zu lassen.

In Wahrheit war Ian mehr als nur überrascht: Er war schockiert. Diesem Mann ausgerechnet hier und jetzt über den Weg zu laufen war das Letzte, womit er gerechnet hatte. Aber Ian schaltete schnell genug, um zu erkennen, dass diese Reaktion mit der entsprechenden Miene in dieser Situation absolut angemessen war. Deshalb beging er nicht den Fehler, seine Verblüffung verbergen zu wollen. Im Gegenteil, er machte keinen Hehl daraus.

Er teilte sie sogar mit, indem er Yashi simultan am Geschehen teilhaben ließ. Vorausgesetzt, dass er und die anderen die Überwachungsmikrofone eingeschaltet hatten – und diese korrekt arbeiteten. Aber verdammt, da fiel ihm ein, dass Martell ja hereinkommen sollte, um Ian ein Handy zu bringen. Hoffentlich würde ihn die Information, die Ian jetzt weitergab, stoppen. „Mein alter Freund aus Holland.“ Er wollte Vanderzees Namen nicht nennen, um nicht eventuell seine Tarnung auffliegen zu lassen. „Nicht möglich“, fügte er hinzu.

Doch dann ging er in die Offensive. Ian musterte den Mann genauer und legte sowohl Vorwurf als auch Misstrauen in seine Stimme. „Wer zur Hölle hat dir erzählt, dass ich in Miami bin?“

„Ach du Schande“, sagte Martell, während der Van, in dem er mit Deb saß, noch ein Stück rollte, ehe er in dem dichten Verkehr endgültig zum Stehen kam.

Yashi und Phoebe parkten hinter einem Dunkin' Donuts, der an den hinteren Parkplatz des Stripclubs grenzte. Sie benutzten erfolgreich ihre Hightech-Superspion-Mikrofone, um Ian zu folgen, als dieser sich in dem Club bewegte. Yashi hatte eine Art gebündeltes Funksignal eingerichtet, damit Deb und Martell auch zuhören konnten.

Folglich hatten alle gerade mitgehört, wie Ian Kontakt zum Holländer bekam.

„Niemand hat mir erzählt, dass du in Miami bist“, erwiderte die andere Stimme, die Vanderzee gehören musste. „Ich hatte absolut keine Ahnung, dass du dich überhaupt in den Staaten aufhältst.“

„Erwartest du etwa, dass ich dir das glaube?“, gab Ian zurück. „Du und wer auch immer der Typ da ist, ihr taucht hier exakt an dem Tag auf, an dem ich mich mit … Nun, du weißt wahrscheinlich, mit wem ich mich treffe, oder? Denn an Zufälle glaube ich nicht.“

„Okay“, sagte Deb und ließ den Van ein paar Schritte weiterrollen. Sie hatte das tiefe Schwarz aus ihren Haaren gewaschen, sodass jetzt ein unauffälliges Hellbraun daraus geworden war. Gegen die ultrakurzen Strähnen konnte sie nichts machen. Sie verliehen ihr ein europäisches Aussehen, das Martell sehr anziehend fand. „Wir wissen also, dass der Holländer nicht allein ist.“

Martells Handy klingelte, und er stellte es rasch stumm, während er gleichzeitig auf das Display schaute. „Francine“, meldete er sich. „Was geht ab, Baby?“ Deb warf ihm einen skeptischen Blick zu.

„Ist Ian bei euch?“, wollte Francine wissen, ohne ihn für das eigenmächtige „Baby“ zu tadeln. Das allein hätte ihn schon warnen müssen, dass irgendetwas ganz und gar nicht in Ordnung war. „Sag mir, dass er von seinem kleinen Ausflug in den Club zurückgekehrt und bei euch ist. Und dann verschwindet von dort, so schnell wie möglich.“

„Nein, ich bin im zweiten Van mit Deb“, erklärte er, senkte die Stimme und wandte sich ab, da Deb ihm ein Zeichen gab, dass sie Ian nicht mehr hören konnte. „Wir stehen auf der Autobahn. Irgendwo vor uns hat es einen heftigen Unfall gegeben. Wir befinden uns auf der Standspur, aber da geht auch nichts mehr vorwärts. Ian ist im Henrietta's, wo er gerade unplanmäßig auf unseren Mann getroffen ist.“

„Soll das ein Scherz sein?“, fragte sie. „Mist! Deshalb meldet er sich nicht auf seinem Handy.“

„Nein, er meldet sich nicht, weil er sein Handy im Haus vergessen hat“, sagte Martell. Soweit er wusste, wollte Ian weiter nach oben gehen, während der Holländer und der andere Mann hinunter ins Erdgeschoss stolperten, wo der Holländer seinen geheimnisvollen Freund in ein Taxi setzen wollte. Anschließend würde er hinaufgehen und zu Ian stoßen. Zumindest hatte er so etwas in der Art versprochen. Und entweder war das verdammt gut, oder es war verdammt schlecht. „Ich sollte eigentlich zu ihm in den Club gehen und ihm meins bringen, sobald ich da bin. Aber wir stecken immer noch im Stau. Was ist denn los?“

„Wo ist Van Nummer eins?“, erkundigte sie sich. „Und wer sitzt drin? Yashi und diese, wie hieß sie noch, Phoebe? Sind die in der Nähe des Clubs?“

„Hast du das mitbekommen, als ich erwähnt habe, er hätte Kontakt?“

„Ja“, antwortete sie. „Shit. Martell, schalte die Mithörfunktion ein, damit Deb und Yashi mich auch hören können.“

„Ich glaube nicht ...“

„SCHALTE. DIE. MITHÖRFUNKTION. EIN!“

Aua. Möglicherweise war er jetzt taub auf dem rechten Ohr. Martell räusperte sich. „Tut mir leid, wenn ich diese unglaublich wichtige, lebensrettende Mission unterbrechen muss. Aber hier ist Francine. Über Lautsprecher. Leg los."

„Ich habe eine E-Mail von Berto erhalten", berichtete sie mit lauter, klarer Stimme. „Und ich habe ihn eben zurückgerufen, um Folgendes zu bestätigen: Davio Dellarosa weiß, dass Ian im Henrietta's ist, und er hat eine vierköpfige Killereinheit losgeschickt, um ihn auszuschalten. Voraussichtliche Ankunftszeit in zehn Minuten."

Beep. Beep. Beep-a-beep! Bee-bee-beep, bee-bee-beep, bee-bee-beep, bee-bee-beep …

„Das ist brillant", sagte Phoebe zu Yashi, der die Hupe zur Melodie von *Row, Row, Row Your Boat* drückte. „*Sie* sind brillant, wirklich. Aber Ian kann Sie im Club nicht hören. Sie müssen mich hineingehen lassen, um ihn zu warnen."

„Das kann ich nicht zulassen", erwiderte Yashi.

„Und ich kann nicht zulassen, dass Sie mich nicht gehen lassen", konterte sie. „Irgendwer muss es tun. Wenn Sie das selbst übernehmen, ist die Mission gescheitert." Wenn ein FBI-Mann – in diesem Fall also er selbst – dem Holländer so nah kam, würde man annehmen, dass Ians Tarnung aufgeflogen sei. Das hatte Yashi ihr eben erst erläutert. „Ich dagegen bin keine FBI-Agentin", erinnerte sie ihn.

Er hob seine linke Hand. „Mission abblasen", sagte er und stützte sie mit der rechten Hand. „Dunn bringt mich um, wenn ich Sie in Gefahr bringe …"

„Ich werde nicht in Gefahr geraten", erklärte sie. „Ian wird ja da sein. Er wird für meine Sicherheit sorgen."

„Er soll Sie vor dem Holländer beschützen?", meinte Yashi. „Oder vor dem vierköpfigen Killerkommando Dellarosas?"

„Lassen Sie sie doch einfach gehen." Francines Stimme klang verzerrt. Sie kam durch Martells Handy und musste noch per Funk zwischen den beiden Vans übertragen werden. „Shelly hat im Henrietta's angerufen, aber es meldete sich nur eine automatische Ansage vom Band. Auf dem Weg erreichen wir Ian also nicht.“

„Der zweite Van ist zu weit weg“, verkündete Deb. „Selbst wenn Martell eine Meile in fünf Minuten laufen könnte, wäre er jetzt nicht mehr rechtzeitig da.“

„Wenn ich eine Meile in fünf Minuten laufen könnte, wäre ich nicht hier“, stellte Martell fest. „Dann würde ich für Olympia trainieren.“

„Wenn diese Mission gescheitert ist, was wird aus den gekidnappten Kindern?“, wollte Phoebe wissen.

Die Antwort auf diese Frage war allgemeines Schweigen – sowohl in dem Van, in dem sie saß, als auch in dem, der im Verkehr feststeckte.

„Tja, das dachte ich mir“, sagte sie schließlich und stieg aus.

„Voraussichtliche Ankunftszeit: siebeneinhalb Minuten!“, rief Yashi ihr hinterher, als sie losrannte. Quer über den Parkplatz zur Hintertür des Clubs. Siebeneinhalb Minuten, bis vier bewaffnete Männer auf der Suche nach Ian eintrafen, um ihn zu töten.

Sie riss die Tür auf und trat aus der hellen Nachmittagssonne in die schummrige, muffige Dunkelheit.

Ein gigantischer Mann stand drinnen, der nur aus Muskeln zu bestehen schien. Glänzender rasierter Schädel. Kleiner Ziegenbart. Tätowierungen, die aus dem Kragen seines T-Shirts schauten und sich seinen nicht vorhandenen Hals hinaufschlängelten. Phoebe betrachtete den Hünen blinzelnd, bei dem es sich offenbar um den Türsteher handelte, während sie sich orientierte. Ian hatte berichtet, dass er auf dem Weg nach oben war.

Der Riese musterte sie ebenfalls, verlangte jedoch glücklicherweise keinen Ausweis. Den hatte sie nämlich auf der Jacht gelassen, Montagnacht, als bewaffnete Männer das letzte Mal versucht hatten, Ian zu töten.

„Bist du eins von den neuen Mädchen?“, erkundigte sich der Türsteher stattdessen.

„Ja“, antwortete sie. „Ja, klar, bin ich.“ Sie schaute sich um. Als sie den Van verlassen hatte, war der Holländer noch nicht zu Ian zurückgekommen. Allerdings konnte sie niemanden in der Nähe des Haupteingangs entdecken, der auch nur entfernt Ähnlichkeit mit dem Holländer hatte. Was natürlich nichts zu bedeuten hatte. Der Mann konnte sich ebenso gut draußen befinden. Möglicherweise war er geflohen. Oder er war längst zurückgekehrt und die Treppe hinaufgegangen, als sie den Parkplatz überquert hatte. Vielleicht sah er nicht einmal holländisch aus – was hieß das überhaupt genau? Etwa, dass er Tulpen bei sich trug?

„Du musst den Bühneneingang benutzen“, meinte der Türsteher tadelnd. „Und zwar immer, ohne Ausnahme. Sogar, wenn du bloß den Gehaltsscheck abholst.“

„Wirst du's mir diesmal durchgehen lassen?“, fragte sie in bester Marilyn-Monroe-Manier, hinter jedes Wort ein gehauchtes Ausrufezeichen setzend. „Ich sollte zu einer spontanen Party kommen! Und sofort nach oben gehen! Sonst wird Mr Mrrph-Rff wütend auf mich! Bitte!“

Und schließlich entdeckte sie einen Pfeil, der Richtung Treppe zeigte. Phoebe deutete mit beiden Händen darauf – wie die Stripperversion eines Models bei einer Autoausstellung. Der Türsteher zögerte, und mehr brauchte sie nicht.

„Danke!“ Sie stürmte an ihm vorbei, durchquerte die Lobby und duckte sich unter der dekorativen Absperrung hindurch, die den Zugang zum zweiten Stock verhindern sollte. Sie nahm zwei Stufen auf einmal, wobei sie sich am Geländer festhielt, bog um eine Ecke und gelangte durch eine Tür in einen langen schmalen Flur, von dem drei geschlossene Türen abgingen. Was einst ein Eingangsbereich im ersten Stock gewesen war, hatte man billig zu sogenannten privaten Partyräumen umgebaut. Und in einem davon befand sich Ian.

Phoebe hatte keine Ahnung, was sich eigentlich in einem privaten Partyraum eines Stripclubs abspielte, obwohl sie so ihre Vermutungen hatte. Dieses Seil unten an der Treppe gab ihr Hoffnung, dass zwei der drei Räume leer waren. Die Logik sagte ihr allerdings, dass ebenso gut alle drei Zimmer belegt sein konnten, wenn eines in Benutzung war.

Aber die Uhr tickte, als sie zur ersten Tür ging und vorsichtig lauschte.

Sie hörte nichts.

Auch hinter der zweiten Tür war vernahm sie nichts. Möglicherweise waren die Zimmer schalldicht. Doch bei eingehender Betrachtung erkannte Phoebe, dass es sich um nachlässig errichtete Gipswände handelte und die Türrahmen nicht einmal gerade waren. Diese Theorie konnte sie also getrost verwerfen. Sie näherte sich der dritten Tür.

Und dahinter hörte sie sein Summen. „*... gently down the stream ...*"

Phoebe drehte den Knauf und öffnete, noch während sie anklopfte.

Ian befand sich allein in einem Raum, dessen Einrichtung dem Western-Thema der Bar widersprach, denn hier stand ein riesiges Ecksofa aus dunklem Lederimitat. An der einen Wand befand sich eine Bar. In der hinteren Ecke war eine Duschgelegenheit installiert worden, mit Toilette und Waschbecken. Phoebe schaute genau hin, aber die Tür war offen, und das kleine Bad leer. Der Holländer war also noch nicht zurückgekehrt.

Ian stand in der Nähe des Fensters, das nicht nur aus Gründen der Diskretion abgeklebt war: Es ging auf den wenig glamourösen hinteren Parkplatz hinaus. Ians schockierte Miene wäre ganz amüsant gewesen, hätte Phoebe ihn nicht aufgesucht, um ihn über die unmittelbar bevorstehende Ankunft einer Killerschwadron zu informieren.

„Schlechtes Timing", sagte er. „Sehr, sehr schlecht ..."

Sie ließ ihn nicht zu Wort kommen, denn offenbar nahm er an, dass das Equipment nicht richtig arbeitete und sie keine Ahnung von dem Kontakt zwischen ihm und Vanderzee hatte. „Wir wissen Bescheid", erklärte sie daher. „Über alles. Wir haben mitgehört. Die anderen hören auch in diesem Moment mit."

„Scht!" Er wollte sie zum Schweigen bringen, und ihr wurde klar, dass ihr Instinkt sie nicht getäuscht hatte: Diese Zimmer waren keineswegs schalldicht. Und der Holländer konnte längst auf dem Rückweg sein.

„Das Problem ist Folgendes“, fuhr sie fort, schloss die Tür und senkte ihre Stimme. „In ungefähr fünf Minuten trifft hier ein Killerkommando ein. Eher vier Minuten. Vielleicht sind es auch nur noch drei.“

Ian rührte sich nicht und wirkte so perplex, wie sie ihn nie zuvor erlebt hatte. Das waren Informationen, die es erst einmal zu verarbeiten galt.

Deshalb gab sie sich Mühe, so exakt wie möglich wiederzugeben, was sie wusste. „Berto hat Francine per E-Mail gewarnt, dass jemand dich beim Betreten der Bar erkannt hat. Wer immer das war: Er hat Davio benachrichtigt. Francine hat Berto angerufen, um es sich bestätigen zu lassen, und er sagte ihr, Davio habe vier Männer hergeschickt, um dich zu töten. Von irgendeinem Ort namens Oakland Park …“

Oakland Park schien die Information zu sein, die ihn überzeugte, denn endlich bewegte er sich. Und zwar auf sie zu, mit den Worten: „Verdammt! Du hast mir versprochen, im Van zu bleiben!“

Deswegen regte er sich jetzt auf …?

„Wir haben ja nicht allzu viele Möglichkeiten gehabt, da du dein Handy vergessen hast. Und Martell und Deb stecken nach wie vor im Verkehr fest. So blieben bloß ich und Yashi übrig, und Yashi konnte es nicht machen.“

Er packte ihren Arm. „Du musst sofort wieder nach unten gehen, zurück in den Van, und so schnell wie möglich verschwinden …“

„Ich soll wegfahren und dich hier allein lassen?“, fragte sie, während er sie zur Tür schob. „Hast du nicht gehört, was ich gerade …?“

„Ich werde die Information nutzen“, entgegnete er. „Wirklich. Genau genommen ist es perfekt. Aber du darfst nicht hierbleiben.“ Er öffnete die Tür und spähte links und rechts in den Flur, ehe er Phoebe hinauszog. „Es muss eine Hintertreppe geben. Die nimmst du und verschwindest.“

„Ich soll dich zu Fuß und unbewaffnet zurücklassen, gegen vier Killer mit einem Wagen? Ian …“

„Phoebe, überleg doch mal. Wenn ich hier und jetzt keinen Kontakt mit Vanderzee aufnehme, wird es nie passieren. Denn Davio wird mich weiterhin suchen, nicht nur im Henrietta's, sondern überall in Miami."

„Das macht er bereits", erklärte sie, während er sie hinter sich her zu einer Linksabbiegung am Ende des Flurs zerrte. Aber die war eine Sackgasse und führte nur zum Rang und zu einer Reihe von Boxen mit Spezialsitzen.

„Du meine Güte. Dieses Gebäude ist in Sachen Brandschutz der reinste Albtraum. Wieso ist hier keine Feuertreppe?" Ian eilte mit Phoebe den Weg zurück. „Na schön, pass auf. Ich gehe jetzt in dieses Zimmer und werde warten. Aber du läufst immer weiter. Die Treppe hinunter, über die du gekommen bist, und direkt zur Tür hinaus. Hast du verstanden? Bleib nicht stehen, um mit irgendjemandem zu reden. Brich in Tränen aus und renn los, falls jemand dich anspricht."

Wieso Tränen? „Du musst mich für eine ziemlich gute Schauspielerin halten."

„Ich weiß, das bist du. Streite nicht mit mir. Tu es einfach. Geh." Sie erreichten die offene Tür des Partyraumes, in dem sie Ian gefunden hatte. Dort ließ er ihren Arm los, doch sie blieb ebenfalls stehen.

„Bitte", flehte Phoebe, und es fiel ihr gar nicht mehr so schwer, sich vorzustellen, loszuheulen, sollte es nötig sein. Genau genommen spürte sie schon, wie sich ihre Augen mit Tränen füllten.

„Mist", fluchte Ian, und dann küsste er sie.

Er umfasste ihr Gesicht mit beiden Händen, nicht grob, aber auch nicht so ganz zärtlich, und presste seine Lippen auf ihre. Vollkommen. Sanft.

„Ich kann auf mich selbst aufpassen", sagte er und schaute ihr in die Augen, ehe er sie erneut küsste und dann noch ein letztes Mal. Es war viel zu schnell vorbei, noch ehe sie die Chance erhielt, seinen Kuss zu erwidern. Ian wich bereits zurück. „Geh", forderte er sie von Neuem auf.

Na fabelhaft, jetzt weinte sie tatsächlich. Eine Träne lief ihre

Wange hinunter, und sie wischte sie ungeduldig fort. „Gott steh mir bei, Ian, wenn du getötet wirst …"

„Hallo. Wer ist das?"

Phoebe schloss die Augen, denn auch ohne sich umzudrehen, verriet ihr Ians Miene, dass Georg Vanderzee alias der Holländer zurückgekehrt war. Außerdem war ihr klar, dass er gehört hatte, wie sie Ian mit seinem Namen angesprochen hatte. In Ians Blick erkannte sie, dass ihm die Tragweite dieser Situation voll bewusst wurde. Da sie sehr vertraulich mit ihm gesprochen hatte, konnten sie nicht mehr so tun, als gehöre sie zu den Frauen, die hier arbeiteten. Mal abgesehen davon: Wer würde Phoebe, bei klarem Verstand und hellem Tageslicht betrachtet, für eine Stripperin halten?

Also tat sie das Einzige, was ihr einfiel, um Ian aus diesem Laden herauszulotsen, fort von dem sich nähernden Killerkommando – das Einzige, was ihr einfiel, um gleichzeitig den Kontakt zum Holländer nicht abreißen zu lassen.

Sie drehte sich zu Vanderzee um, wischte sich die Wangen trocken und sagte: „Ich bin Phoebe, Ians Frau." Damit ergriff sie Ians Hand, auch wenn dieser nicht gerade glücklich dabei wirkte. „Und ich sollte eigentlich nicht hier sein, deshalb ist er sauer auf mich. Aber er hatte sein blödes Handy verloren, und ich konnte ihn darum nicht erreichen, um ihn zu warnen, dass Davio Dellarosa, der ihn abgrundtief hasst, seinen Aufenthaltsort kennt. Davio hat ein Killerteam losgeschickt, um Ian zu töten. Ian erzählte mir, Sie seien ein alter Freund, ein guter Freund, und ich hoffe, das stimmt und Sie helfen uns bitte, bitte. Wir müssen von hier verschwinden. Sofort."

Phoebe hätte kein besseres Timing haben können, wenn ihre Worte das Dialogstichwort in einem Actionfilm gewesen wären.

Kaum hatte sie „sofort" gesagt, hörte Ian draußen auf dem Parkplatz vor dem Henrietta's Reifen quietschen.

Er ging zurück in den Privatraum und dort ans Fenster, das mit blickdichter Plastikfolie zugeklebt war. Er zog eine Ecke ab und spähte hinaus. Eine schwarze Limousine, bei der alle vier Türen offen standen, parkte direkt vor dem Hintereingang des Clubs. Vier Männer, alle mit Skimasken vor den Gesichtern und langen Mänteln trotz der Nachmittagshitze, stürmten ins Gebäude.

Vanderzee stand direkt hinter Ian und sah die Männer ebenfalls. „*Merde*, in was für Schwierigkeiten steckst du?“, fragte er.

„Ach, nur dies und das“, antwortete Ian. Und siehe da, nun wurde klar, wie der Stripclub die Sicherheitsinspektion bestanden hatte: Dort draußen befand sich eine Feuerleiter aus Metall. Ian öffnete das Fenster und trat das Fliegengitter heraus. „Phoebe, komm. Na los.“

Sie nahm seine Hand, und gemeinsam stiegen sie die Leiter hinunter, dicht gefolgt von Vanderzee, der in einem Mix aus Französisch, Holländisch, Deutsch und Englisch vor sich hin fluchte.

„Mein Wagen steht dort drüben“, sagte er und sprintete voran über den Parkplatz.

Ian wusste, dass Vanderzee ihnen nicht aus alter Freundschaft oder aus purer Großherzigkeit half. Er half ihnen, weil man sie sonst niederschießen würde, hier mitten auf dem Parkplatz, am helllichten Tag. Und das würde bedeuten, dass irgendwer oder auch nur eine Überwachungskamera alles mitbekam, einschließlich seines eilig davonfahrenden Autos. Ehe er sich versah, würde er wegen Mordes gesucht werden. Da er ohnehin schon in eine Entführung und einen Mord verwickelt war, konnte Vanderzee sich das kaum erlauben.

Durch ihre billigen Plastiksandalen war Phoebe sehr langsam. Daher legte Ian den Arm um ihre Taille und trug sie halb, als er dem Holländer hinterherjagte, vorbei an dem Wagen, den Davios Killer vor dem Hintereingang hatten stehen lassen. Wäre es nicht lebenswichtig gewesen, Vanderzee auf den Fersen zu bleiben, wäre Ian hineingesprungen und losgefahren. Denn was er gar nicht gebrauchen konnte, war eine Autoverfolgungsjagd durch Miami. Und den Killern ihren Wagen zu stehlen, war ein guter Weg, das zu verhindern.

Stattdessen schleppte er Phoebe zu Vanderzees seriösem Botschaftsfahrzeug.

„Lass mich fahren, lass mich fahren, lass mich fahren“, bat Ian, aber der andere ignorierte ihn, setzte sich hinters Steuer und duckte sich, denn, verdammt, ein Schütze hatte das Feuer bereits eröffnet.

Plötzlich lief alles wie in Zeitlupe ab.

Ian nahm ohnehin bereits alles um ihn herum mit geschärften Sinnen wahr, seit Phoebe sich dem Holländer als seine Ehefrau vorgestellt hatte. Der Himmel war von einem unnatürlichen Blau, und das Sonnenlicht tanzte auf den wenigen Fahrzeugen auf dem Parkplatz. Er entdeckte den weißen Van auf dem benachbarten Parkplatz, der im sich verändernden Schatten einer Palme stand. Hinter dem Lenkrad war vage die Gestalt Yashis auszumachen. Ian sah Hochspannungsdrähte über ihm und Schlaglöcher im Asphalt, Phoebes Gesicht zwischen ihm und dem Holländer, als sie die Schüsse hörte. Ihre weit aufgerissenen Augen, die bebenden Nasenflügel, während sie versuchte, schneller zu rennen, dieser wundervolle Mund, den er eben erst geküsst hatte …

Was zur Hölle war denn los mit ihm? Er hätte sie nicht schon wieder küssen dürfen. Was hatte er sich nur dabei gedacht?

Ian riss die hintere Tür auf und schob Phoebe ins Innere, als eine Kugel in den glänzenden schwarzen Lack der Limousine einschlug.

Der Holländer drehte sich hastig zum Club um. Tatsächlich, der erste Killer war durch das Fenster gestiegen, das Vanderzee, dieser dämliche Amateur, leichtsinnigerweise offen gelassen hatte. Der Mann befand sich auf der Feuerleiter, von wo aus er sie gesichtet hatte. Aber er verfügte bloß über eine Handfeuerwaffe. Auf diese Distanz würde damit nicht einmal ein Scharfschütze einen Treffer landen können. Trotzdem schrie Phoebe irgendetwas, und ihr Kopf war noch oben, deshalb hechtete Ian in den Wagen, drückte sie auf den Boden und rief: „Fahr! Fahr!“, während der Holländer genau das tat und auf die nächste Parkplatzausfahrt zuraste.

Phoebe schrie noch etwas, es klang dringend, und Ians Name kam darin vor. Er versuchte, etwas von seinem Gewicht von ihr zu nehmen. Doch Vanderzee bog scharf links ab und danach scharf rechts, um einigen geparkten Autos auszuweichen, sodass Ian hin- und hergeworfen wurde und Mühe hatte, die Balance zu halten.

Wenn er gefahren wäre, hätte er lieber den Vorderausgang angesteuert. Dadurch wären sie zwar vorübergehend unter Feuer geraten, aber er hätte den Wagen der Killer mit diesem Straßenkreuzer gerammt und auf diese Weise sichergestellt, dass sie nicht verfolgt wurden.

Als er vorsichtig aus dem Heckfenster spähte, beobachtete er, wie die Killer die Feuertreppe zu ihrem Wagen hinunterrannten. Eins, zwei, drei ... Sie würden die Verfolgung aufnehmen.

Der vierte Mann bewegte sich nicht. Ian stellte fest, dass der etwas erhöht stand und mit etwas zielte, das nach einem Gewehr aussah. Im nächsten Moment zersplitterte die Heckscheibe des Wagens. Ian konnte sich gerade noch rechtzeitig ducken.

Er spürte, wie die Kugel an seinem Gesicht vorbeizischte, hörte den Schuss und den knirschenden Einschlag in die gepolsterte Armlehne in der Tür. Unter ihm schrie Phoebe in Panik.

„Die folgen uns“, verkündete Ian dem Holländer grimmig, der mit weiteren vielsprachigen Flüchen antwortete, während er auf eine Nebenstraße abbog. „Sieh zu, dass sie uns nicht folgen!“

Die letzten Worte waren an Yashi gerichtet; hoffentlich hatte der FBI-Mann seine Mikrofone in Richtung der Botschaftslimousine ausgerichtet. Ian brauchte Unterstützung, und zwar sofort, selbst wenn es bedeutete, einen der Vans zu opfern. Denn diese Mission konnte nicht durchgeführt werden, und somit würde Ian auch keine Immunität für Aaron bekommen, wenn einer der Killer einen genauen Blick auf das Nummernschild warf und anschließend vor dem kazbekischen Konsulat Posten bezog, um das Kopfgeld für Ian zu kassieren, das Davio Dellarosa ausgesetzt hatte.

Und das war noch nicht mal das schlimmste Szenario.

Im schlimmsten Fall würde die Verfolgung durch die Killer nicht nur Ian das Leben kosten, sondern auch Phoebe.

Eine weitere Kugel traf den Wagen, irgendwo hinten an der Seite – was gut war, denn das hieß, dass die Typen ihnen noch nicht folgten. Entweder das, oder sie hatten den Scharfschützen auf der Feuertreppe zurückgelassen.

„Versuch mal ein paar Gebäude, am besten hohe, zwischen den Schützen und uns zu bringen", befahl Ian Vanderzee, während er sich hochstemmte und sich auf diese Weise Nase an Nase mit Phoebe wiederfand.

„Glaubst du, ich weiß das nicht? Hier gibt's aber bloß so mickrige kleine Häuschen. Und ich kann nirgendwo umdrehen!"

Na klasse.

Ian zog sich auf den Sitz hinauf und riskierte einen weiteren Blick aus dem Heckfenster.

„Du lieber Himmel, Ian", meinte Phoebe, die sich ebenfalls aufsetzen wollte.

„Bleib unten." Er streckte die Hand nach ihr aus – und musste feststellen, dass Blut daran herabtropfte. Er hätte nicht gedacht, dass die Welt um ihn herum noch hellere, schärfere Konturen bekommen könnte, doch genau das passierte. „Bist du getroffen?", wollte er wissen und entdeckte Blut auf ihrem Sweatshirt. Das Rot hob sich grell ab von dem weißen Stoff. Sein Verstand arbeitete sofort fieberhaft an der Frage, wie er Phoebe schnellstmöglich in ein Krankenhaus bringen konnte. Zur Hölle mit der Mission, zur Hölle mit dem Holländer, zur Hölle mit allem. Jetzt zählte nur, dafür zu sorgen, dass diese Frau nicht starb …

Aber sie schien ihn gar nicht zu hören. „Ian, du bist derjenige, der angeschossen wurde! Du!"

Er atmete vor Erleichterung auf. Nicht sie war angeschossen worden, sondern er. Phoebe wollte sich erneut aufsetzen und griff nach dem Ärmel seines T-Shirts. Der war blutgetränkt, und das Blut lief ihm den Arm hinunter.

Ian drückte Phoebe wieder nach unten. „Ich bin okay", versicherte er ihr, obwohl viel zu viel Adrenalin durch seine Adern strömte, als dass er es wirklich beurteilen konnte. Immerhin sprudelte das Blut nicht, was für eine Schusswunde kein schlechtes Zeichen war. Außerdem hatte er den verletzten Arm benutzt, um sich abzustützen, daher wusste Ian, dass er nicht gebrochen war. „Bleib unten!"

Noch einmal stützte er sich auf seinen verletzten Arm, um einen raschen Blick aus dem Rückfenster zu riskieren. Natürlich war der Wagen der Killertruppe hinter ihnen, und zwei Schützen lehnten sich aus den Fenstern. Sie warteten darauf, dass sie nahe genug waren, um schießen zu können. Lange würde es nicht mehr dauern ...

„Die sind hinter uns!", rief Ian. „Mist, die sind so nah, dass sie dein Nummernschild lesen können!"

„Nein, können sie nicht", widersprach der Holländer. „Ich bin ja nicht blöd: Es ist mit Schlamm eingeschmiert. Dafür habe ich gesorgt, bevor ich herkam."

Nun, das war ein Pluspunkt. Eine Sorge weniger. Jetzt mussten sie Davios Männer bloß davon abhalten, auf die Reifen zu schießen und sie alle umzubringen. „Hast du eine Waffe?", fragte Ian.

Phoebe dachte, er meine sie. „Die ist im Schrank, schon vergessen?"

„Vanderzee", sagte Ian. „Bist du bewaffnet?"

Der andere antwortete nicht gleich.

„Hast du eine Waffe?", wiederholte Ian.

Der Holländer fluchte von Neuem, diesmal auf Farsi. Aber er reichte Ian seine Waffe, eine kompakte SIG Sauer, die die Falten seines Anzugs nicht ruinierte.

Somit war auch ein Vertrauen zwischen ihnen hergestellt. „Danke, Bruder", erwiderte Ian. Jetzt mussten sie nur noch heil davonkommen.

Wäre dies ein Hollywoodfilm, würde Ian die Reifen des Verfolgerfahrzeugs zerschießen, sie alle retten und anschließend die SIG Sauer mit dem Griff voran an Vanderzee zurückgeben. Dann würden sie beide lächeln, und das Publikum würde zufrieden nicken, denn es wäre klar, dass sich die beiden Hauptcharaktere auf dem besten Weg befanden, wahre Freunde zu werden.

Allerdings war Vanderzee eben ein widerlicher Soziopath, den Ian niemals und unter gar keinen Umständen zu seinen Freunden zählen würde.

Er lehnte sich in seinem Sitz zurück und prüfte, ob Patronen in der Kammer waren und die Waffe einsatzbereit war. Sobald er den Kopf hob, um zu zielen, wollte er Vanderzee zurufen, auf die Bremse zu treten, damit die Gegner in Schussweite kamen. Doch dadurch wären die anderen ebenfalls in Schussweite, und es würden zwei, vielleicht drei Männer sein, die auf Vanderzees Wagen schossen.

„Sind das jetzt zwei, die hinter uns her sind?“, wollte Vanderzee wissen. „Der weiße Van hinter der Limousine?“

Was? Ian spähte erneut hinaus. Tatsächlich, da war Yashi, im weißen Van hinter den Gangstern, und er ließ den Motor aufheulen, für den Ian extra bezahlt hatte. Und bang! Der Van rammte mit voller Kraft das Heck der Limousine.

„Wer zum Geier ist das?“, fragte Vanderzee und beschleunigte das Auto noch mehr auf der scheinbar endlosen schmalen Wohnstraße.

Während sie die Szene beobachteten, wiederholte Yashi sein Manöver. Diesmal traf er das Hinterteil der Gangster-Limousine in einem leichten Winkel und schob sie auf eine Reihe von geparkten Wagen zu.

„Das ist mein Schutzengel“, meinte Ian, die gleichen Worte benutzend, die Berto Shelly gegenüber ein paar Abende zuvor benutzt hatte. Und auf einmal sah er den Plan für seine Rettungsmission klar und deutlich vor sich – so wie das mit seinen besten Plänen oft passierte. Zack, und plötzlich war alles da, als sei es via Download in sein Gehirn geliefert worden. In diesem Moment wusste er genau, was er tun musste, um die Kinder zu befreien, und wie die Aktion am besten durchzuführen war.

Er würde nicht nur Davios grenzenlosen Hass auf ihn und seine Familie benutzen, sondern auch Davios Sohn Berto, der sich gerade als Ians neuer bester Freund erwies. Das hatte er zweifellos Francine zu verdanken. Natürlich war es riskant, aber ihm war instinktiv klar, dass es funktionieren würde.

„Sein Name ist Berto Dellarosa – der Typ im Van“, erklärte Ian Vanderzee, während der Wagen der Gangster die Reihe der geparkten Autos streifte. „Er ist es gewesen, der Phoebe angerufen hat, um sie wegen dieser Killer zu warnen. Er dachte, er würde nicht rechtzeitig hier sein, um mich herauszuholen; anscheinend hat er es doch geschafft. Ich werde dir alles darüber erzählen, den Deal, den ich mit ihm geschlossen habe und mit dem er seinen Vater hintergeht. Es besteht die Chance auf viel Geld – aber zuerst müssen wir davonkommen.“

Die Limousine der Gangster hatte ein solches Tempo drauf, dass sie eine Drehung vollführte, als eines der Vorderräder hängen blieb. Ein entgegenkommender Lastwagen – der einzige Verkehr auf dieser Straße – musste eine Vollbremsung machen und kam mit quietschenden Reifen in einem staubigen Vorgarten zum Stehen.

Yashi fuhr mittlerweile wie ein Profi beim Crash-Car-Rennen. Er hatte gebremst, trat nun wieder aufs Gas und rammte den anderen Wagen ein letztes Mal. Dieser raste daraufhin gegen einen Telefonmast. Die Motorhaube zerbeulte, die Airbags wurden ausgelöst.

Ian sah noch, wie Yashi eine harte Kehrtwende hinlegte und dann in die Richtung zurückraste, aus der er gekommen war. Der Holländer fand endlich eine Kreuzung und bog ab.

Festhalten! Das hätte Vanderzee rufen müssen, ehe er scharf rechts abbog. Er tat es nicht, und so landete Ian ein weiteres Mal auf Phoebe.

„Fahr langsamer!“, rief Ian dem Holländer zu. Er befand sich wieder Nase an Nase mit Phoebe, sodass er ihr direkt in die Augen sehen konnte. „Und bleib nicht zu lange auf derselben Straße.“

Ian konnte die Fragen in Phoebes Augen lesen: *Berto Dellarosa? In einem weißen Van?*

„Wir sind in Sicherheit", sagte er und formte mit den Lippen lautlos den Namen Yashi. „Berto muss einen Weg gefunden haben, den dichten Verkehr zu umgehen. Er hat Davios Killer gegen einen Telefonmast geschubst, sodass die Airbags aktiviert wurden. Damit dürften sie fürs Erste außer Gefecht sein." Er stemmte sich von Phoebe hoch und auf den Rücksitz, während er sich etwas lauter an Vanderzee wandte: „Das war verdammt gut gefahren, Mann. Halt nicht an, wir müssen weiter. Allerdings wollen wir auch nicht wegen Geschwindigkeitsübertretung herausgewinkt werden. Ich weiß nicht, wie's bei dir aussieht, aber ich kann es absolut nicht gebrauchen, der Polizei die Einschusslöcher im Wagen erklären zu müssen." Ian lachte, als hätte er einen guten Witz gerissen.

Vorn lachte auch Vanderzee. „Das war vielleicht … Shit, Dunn. Du bist ein verrückter Bastard."

„Ja, bin ich", stimmte Ian zu und half Phoebe, sich neben ihn auf die Rückbank zu setzen.

„Was ist mit deiner Schusswunde am Arm?", erkundigte sie sich spitz. „Können wir uns darum kümmern, bevor wir die der Polizei erklären müssen?"

„Mir geht's gut." Er warf ihr einen warnenden Blick zu – sie sollte ihn seine Story weiterspinnen lassen. Sie hatte schon genug getan, vielen Dank.

Sie ignorierte ihn. „Er blutet Ihren schönen Wagen voll", sagte sie zu Vanderzee und lehnte sich dabei zu ihm nach vorn. „Ist bei Ihnen alles klar? Wurden Sie auch getroffen?"

Es war eigentlich eine nette Idee – die realistische Reaktion einer Ehefrau auf Ians Streifschuss. Denn es handelte sich nur um einen solchen, wie er feststellte, als er den Ärmel hochschob. Sicher, ein Streifen Haut fehlte dort jetzt, aber es war bloß ein kleiner Streifen. In einer perfekten Welt würde er sich die Wunde in der Unfallstation eines Krankenhauses nähen lassen. In seiner derzeitigen Lage musste er sich jedoch selbst darum kümmern und würde eben eine Narbe davontragen.

Falls er überhaupt so lange am Leben blieb, um das Verheilen der Wunde zu sehen.

„Ich bin unverletzt“, informierte Vanderzee Phoebe.

„Dem Himmel sei Dank“, erwiderte sie. „Und Dank auch Ihnen. Sie haben uns das Leben gerettet. Ich weiß nicht, wie wir das jemals, jemals wiedergutmachen können.“

Ian stieß ihr Bein an. Das zweite „jemals“ war seiner Meinung nach etwas zu dick aufgetragen.

„Ihr Mann hat mir einmal das Leben gerettet“, gab der Holländer zurück. „Ich denke, wir sind nun quitt.“ Er schaute in den Rückspiegel und sah Ian in die Augen. „Ich kann es gar nicht glauben, dass du verheiratet bist.“

„Manchmal glaube ich es selbst nicht“, bemerkte Ian trocken. „Es ging alles so schnell. Ach, hier, danke. Ich bin froh, dass ich sie nicht gebraucht habe.“ Er gab die SIG zurück, so schwer es ihm auch fiel. Aber es war besser, als darauf zu warten, dass der Holländer die Waffe zurückverlangte. „Wir müssten in Sicherheit sein.“

„Danke, mein Freund.“

Na, waren sie alle nicht geradezu genial? Nachdem sie die Verfolger abgeschüttelt hatten, wollte Ian Phoebe möglichst rasch zurück ins Safe House des FBI bringen.

„Im Ernst, Mann, ich habe dir deinen Wagen eingesaut“, meinte Ian. „Lass ihn uns auf einem der Dauerparkplätze im Parkhaus am Flughafen abstellen. Am besten rückwärts eingeparkt, damit man die zerschossene Heckscheibe nicht sieht. Sobald ich ein Telefon habe, lasse ich Leute kommen, die das Glas ersetzen, die Einschusslöcher beseitigen und den Innenbereich reinigen, bis das Auto aussieht wie neu. Die werden keine Fragen stellen.“

„Sollen wir etwa so, wie wir aussehen, durch den Flughafen marschieren?“, wandte Phoebe ein.

Wollte sie die Situation für ihn noch schwieriger machen? Oder ging sie in ihrer Rolle auf? Nun, das konnte Ian auch. Wären sie tatsächlich verheiratet, wäre er nun ziemlich wütend, dass sie sich an einem Ort herumtrieb, an dem die Kugeln nur so geflogen waren. „Ich muss dich an einen sicheren Ort bringen“, sagte er und machte sich nicht die Mühe, seine Anspannung zu verbergen. „Also, nein, wir werden nicht durch den Flughafen marschieren, sondern im Parkhaus bleiben. Dort suchen wir uns ein Auto und borgen es aus. Bringen dich von dort weg."

Phoebe blinzelte mehrmals hintereinander, was ihre Version von *SOS* oder *Was zur Hölle?* sein mochte. „Aber du wolltest doch mit deinem, hm, Freund Vanderzee reden. Mr Vanderzee? Wegen dieses Deals, ja? Mit Berto?"

Ian stutzte, und sie fügte rasch hinzu: „Oder vielleicht auch nicht mit Berto. Möglicherweise habe ich das falsch verstanden und … Es tut mir wirklich leid." Zu Vanderzee sagte sie: „Das ist echt peinlich, wir sind uns ja noch gar nicht richtig vorgestellt worden, weil wir um unser Leben rennen mussten. Also, ich bin Phoebe. Dunn. Ich habe gehört, dass Eee Sie Vanderzee nennt, aber ist das Ihr Vor- oder Nachname? Ich weiß bloß, dass Sie Ian schon länger kennen als ich und Sie früher Freunde waren. Ach ja, und dass Sie ein echter Held sind."

Der Holländer lachte und grinste Ian im Rückspiegel an.

Ian begriff genau, worauf das hinauslief. Er war sich absolut im Klaren darüber, was hier passierte – und er konnte nichts dagegen tun, um es aufzuhalten. Georg Vanderzee war dabei, sich in seine Frau zu verlieben.

„Sie gefällt mir", verkündete der Holländer, genau wie Ian es vorhergesehen hatte. „Bitte nennen Sie mich Georg. Und um ehrlich zu sein, wir sind nicht weit von meinem Haus entfernt. Ich werde den Wagen in meine Garage fahren; ich habe Leute, die sich darum kümmern. Das ist kein Problem. Es wäre mir sogar lieber, wenn meine Leute sich der Sache annehmen würden. Du und Phoebe – ein sehr hübscher Name übrigens für eine so reizende Dame –, ihr könnt euch frisch machen. Anschließend trinken wir einen auf unser Abenteuer und die erneuerte Freundschaft. Und dann können wir über dieses lukrative Geschäft sprechen, das du erwähnt hast. Zufällig habe ich selbst gerade ein Projekt laufen, das eine nette Summe abwirft. Leider ist es vorübergehend auf Eis gelegt, deshalb kommt kein Geld rein. Je nachdem, wie dein Zeitplan aussieht, könnte sich das für uns alle lohnen."

Ian sah das anders. Offenbar hatte er nicht verhindern können, dass ein Muskel in seinem Gesicht zuckte, denn Vanderzee beobachtete ihn im Rückspiegel und fuhr fort: „Mein Haus hat ein erstklassiges Sicherheitssystem. Deine Frau wird dort sicher sein."

„Tja, das hört sich doch toll an", meinte Phoebe.

Ian musste nicken und zwang sich zu einem Lächeln, während er ihr gleichzeitig einen vernichtenden Blick zuwarf. „O ja, das hört sich ganz großartig an."

17. KAPITEL

Es war Ende Dezember, und die üppige Weihnachtsbeleuchtung und -dekoration tauchte Wiens elegante Schönheit in ein unnötig grelles Licht. Das natürliche Funkeln und Glitzern des frisch gefallenen Schnees auf den Dächern hätte vollauf genügt.

Aaron hatte seinen Bruder hier schon einmal getroffen, im Sommer, und obwohl er es jetzt vermisste, an einem warmen Abend durch die Kopfsteingassen schlendern zu können, war die Stadt doch immer noch fußgängerfreundlich. Mit hochgeklapptem Kragen, den Schal um den Hals geschlungen, war er bereit für alles.

Nun, beinah für alles.

„Aaron. Hallo. Ja, ich bin es, Shel." Der gut aussehende junge Mann nannte seinen Namen, als sei er derjenige, der es nicht ganz fassen konnte, während Aaron ihn benommen anstarrte.

Es war fast vier Jahre her, seit er Sheldon Dellarosa zum letzten Mal gesehen hatte. Drei Jahre, zehn Monate und neunundzwanzig Tage, um präzise zu sein.

Shelly sah größer, breiter und fast vier Jahre älter aus. Aus dem Jungen von damals war ein Mann geworden.

Er trug eine Militäruniform unter seinem Mantel. Genau wie Aaron war Shelly inzwischen ein Marine. Aber im Gegensatz zu Aaron war Shel Offizier. Ein Oberleutnant.

Aaron war unsicher, ob er salutieren sollte – oder sich in die Hose machen.

„Ach, verdammt, ich wusste, dass das ein Fehler ist", sagte Sheldon. „Aber als ich sah, wie du dein Hotel verlassen hast, dachte ich … wozu warten? Das hätte ich wohl besser tun sollen, denn jetzt stehen wir hier auf der Straße, im Schnee, und sind beide verlegen. Du bist sicher irgendwohin unterwegs …"

„Zum Abendessen", erwiderte Aaron. „Sir. Ich gehe zum Abendessen. Ian – das ist mein Bruder. Ich sollte ihn hier treffen, doch er hat sich verspätet."

„Ich weiß, dass Ian dein Bruder ist", meinte Shel. „Hast du wirklich gedacht, ich hätte das vergessen?"

„Ich weiß es nicht, Sir", antwortete Aaron.

„Hör auf, mich so zu nennen."

„Du musst sagen: ‚Rühren, Sergeant!' Und selbst dann muss ich dich noch Sir nennen."

„Du bist immer noch sauer auf mich", stellte Shelly fest. „Richtig sauer. Wegen der E-Mail. Du lieber Himmel." Er fing an zu lachen.

„Du hältst das für witzig? Scheiß auf dich, Sir!" Aaron wandte sich ab und marschierte zurück zum Hotel, denn ihm war der Appetit vergangen.

Doch Shelly folgte ihm. „Nein, warte. Ich finde das überhaupt nicht witzig. Ich finde, es ist … Ach, Aaron, am schlimmsten wäre es gewesen, wenn ich all die Zeit mit der Suche nach dir verbracht hätte und du mich nicht einmal wiedererkannt hättest. Wenn du immer noch so wütend bist, heißt das, du bist vielleicht noch gar nicht über mich hinweg, und das wiederum bedeutet …"

Aaron blieb unvermittelt stehen und wirbelte herum, sodass Sheldon fast mit ihm zusammengestoßen wäre. „Ich bin über dich hinweg, du Armleuchter", erklärte er mit bedrohlich leiser Stimme. „Das ging ganz schnell – als ich nämlich herausfand, was für ein beschissener Feigling du bist …"

„Das war ziemlich gut, was?", erwiderte Shel, ohne sich einschüchtern zu lassen. Er hob trotzig das Kinn, eine Haltung, die Aaron noch sehr vertraut war. „Was ich in dieser E-Mail geschrieben habe, meine ich. Es musste ja schließlich überzeugend sein. Wenn du versucht hättest, mit mir in Kontakt zu treten, wärst du tot gewesen. Berto sagte mir, wenn ich noch einmal mit dir spreche oder du mich zu erreichen oder zu sehen versuchst, würde er es meinem Vater erzählen. Und der würde dich umbringen. Es war ihm ernst damit. Wenn ich ein Feigling sein soll, weil ich deinen Tod verhindern wollte, dann bin ich eben einer. Du hast recht."

Aaron konnte das nicht ertragen. Insgeheim hatte er stets gehofft, diese Worte von Sheldon zu hören, während des ersten Jahres seiner Militärausbildung und seines Kriegseinsatzes. Er hatte sogar seine Highschool-E-Mail-Adresse nicht deaktiviert – es gab sie noch immer. Es war die Adresse, an die Sheldon immer geschrieben hatte. Erst gestern hatte er nachgeschaut, aber es waren nur Spamnachrichten gekommen. Falls Sheldon wirklich nach ihm gesucht hatte, dann nicht sehr intensiv.

Aaron tat das Einzige, was er in diesem Moment tun konnte: Er wandte sich ab und ging davon.

Doch Sheldon folgte ihm und musste erneut schnell laufen, um Schritt halten zu können. „Könntest du mir wenigstens drei Minuten lang zuhören? Nur drei Minuten, mehr nicht."

„Ich dachte, wir wären uns einig, dass du ein Feigling bist", sagte Aaron. „Ich wüsste nicht, was du sonst noch sagen oder tun könntest in drei Minuten ..."

„Ich habe dir keine E-Mail geschickt", erklärte Sheldon, „denn Berto hatte deinen E-Mail-Account gehackt – doubleadoublen@zoomail.net. Mir war klar, dass er es herausfinden würde, wenn ich versuche, dich unter dieser Adresse zu erreichen. Ich durfte nicht riskieren, dass er dir etwas tut, bloß um mir eins auszuwischen."

Aaron eilte am Hoteleingang vorbei. Statt hineinzugehen, lief er einfach weiter und wartete, bis sie an dem uniformierten Portier vorbei waren. Dann erst drehte er sich zu Shel um. „Ich soll dir also glauben, dass einer der schlausten Leute, die ich kenne, vier verdammte Jahre gebraucht hat ..."

„Ja!", schnitt Sheldon ihm das Wort ab. „Ich habe vier verdammte Jahre gebraucht!"

Sheldon, der nur äußerst selten seine Stimme erhob, geschweige denn fluchte, bebte vor Zorn. Möglicherweise war es auch nicht Zorn, der ihn zittern ließ, sondern der Schmerz, den ein gebrochenes Herz verursacht hatte. Jahrelang hatte er sich vorgemacht, dass die Wunden verheilt seien, doch nun musste Aaron sich eingestehen, dass es ihm genauso ging.

„Du hast mich ebenso im Stich gelassen", meinte Sheldon. Seine Stimme war kaum mehr als ein Flüstern, und seine Augen füllten sich mit Tränen. Dennoch sah er Aaron an, während er weitersprach. „Ich ging nach Cambridge, obwohl mein Vater mir

verboten hat, das Stipendium vom MIT anzunehmen. Er wollte, dass ich in Tampa studiere, und Berto deichselte es so, dass ich dort gelandet bin. Zumindest auf dem Papier. Die brachten mich zum Studentenwohnheim, wo ich so tat, als würde ich meine Sachen auspacken. Aber sobald sie weg waren, nahm ich den Bus nach Boston." Er atmete hörbar aus. „Denn ich hatte gehofft, du würdest dort auf mich warten. Ich hatte gehofft, dir wäre klar, dass ich diese E-Mail unter Zwang verfasst habe. Einen Monat hing ich auf dem Campus herum, schlief in Obdachlosenasylen, wenn ich konnte, manchmal auch auf der Straße. Obwohl ich wusste, dass du nicht dort warst, nachdem ich dich am ersten Tag nicht gefunden hatte. Trotzdem habe ich dir einen Monat Zeit gegeben, für den Fall, dass ich mich geirrt hatte."

Gütiger Himmel. Und Aaron hatte Shel nach dieser E-Mail noch zehn Minuten gegeben.

„Ich wusste, du würdest zu den Marines gehen", fuhr Shel fort. „Also meldete ich mich ebenfalls dort. Mittlerweile suchten Berto und mein Vater nach mir. Doch nachdem ich mich freiwillig gemeldet hatte, konnten sie nichts mehr tun. Sie kamen nicht an mich heran. In dieser Hinsicht war es fabelhaft. Endlich war ich sicher vor ihnen. Und ich dachte, wenn ich erst bei den Marines bin, wäre es leicht, die Computer zu hacken und dich zu finden … Tja, da habe ich mich geirrt. Als ich dich dann doch fand, bekamen wir nie zur selben Zeit Urlaub. Bis jetzt. Deshalb hat es so lange gedauert. Aber ich habe nie aufgegeben."

Und da standen sie nun einander gegenüber und sahen sich an.

„Mir ist nicht ganz klar, was du eigentlich willst", sagte Aaron schließlich. „Eine Entschuldigung? Oder soll ich dir einfach in die Arme fallen?"

„Ich hatte gehofft, wir könnten mit einem Abendessen beginnen", antwortete Sheldon. „Obwohl es ehrlich gesagt auch zu meiner Fantasie gehörte, dass du dich in meine Arme wirfst. Es sei denn, du bist mit jemand anderem zusammen …"

„Bin ich nicht", gab Aaron zurück. „Ich war es für eine Weile, aber ich habe Schluss gemacht. Denn er war nicht du."

Shelly versuchte gar nicht, die aufkeimende Hoffnung zu verbergen. Im Gegenteil, Aaron konnte sie in seinen Augen leuchten sehen, wie damals, als sie noch Jugendliche gewesen waren.

Und dann gab es nichts anderes mehr zu tun, als sich ihm in die Arme zu werfen. Sie befanden sich hier zwar auf dem Gehsteig an einer belebten Straße mitten in der Stadt. Trotzdem streckte Aaron die Arme nach ihm aus, und Shel sprang beinah auf ihn zu. Und wow, es war besser als alles, was er sich hätte ausmalen können.

Aaron versuchte die Umarmung so männlich wie möglich aussehen zu lassen, da er sich der neugierigen Blicke der Passanten sehr wohl bewusst war. Doch der Gletscher in seinem Innern begann zu schmelzen, als Shelly flüsterte: „Aaron, es tut mir so leid."

Aaron hob den Kopf und schaute ihn an. „Mir auch."

Diese ganze unwirkliche Begegnung war so voller Überraschungen gewesen, dass er völlig benommen war. Besonders, wenn Shel lächelte. Sein Lächeln war genauso aufregend und süß wie damals, und Aaron hatte es geliebt. „Ich verzeihe dir", flüsterte Shel und pfiff auf die Leute, indem er Aaron küsste, auf den Mund, mitten in Wien.

Als er sich wieder von Aaron löste, war Shel außer Atem. Aber er grinste. Es kümmerte ihn kaum, ob irgendwer sie beobachtet hatte. „Es ist lange her, und wir haben uns beide verändert. Wie sollte es auch anders sein", erklärte Shel und strich seinen Mantel glatt, als sei es für ihn etwas Alltägliches, einen Marine-Kameraden zu küssen. „Ich meine, es ist kalt, und du trägst immer noch keine Handschuhe ... Dennoch bist du anders, das weiß ich, und ich habe mich bestimmt auch verändert. Ich glaube allerdings, du wirst mich mögen, vielleicht sogar noch mehr. Ich will dich neu kennenlernen. Also komm, Sergeant Dunn, gehen wir essen und fangen wir es richtig an."

„Sir, jawohl, Sir", erwiderte Aaron und folgte Sheldon.

Der sah ihn aus dem Augenwinkel an. „Hm, na schön, das wird heiß."

Aaron lachte und schob die Hände in die Manteltaschen. Am liebsten hätte er Sheldons Hand gehalten. Neben ihm zu gehen war jedoch allein schon mehr, als er sich je erhofft hatte. „Ja, stimmt."

Nach drei Jahren, zehn Monaten und neunundzwanzig Tagen, in denen es erkaltet und erstarrt gewesen war, fing Aarons Herz wieder an zu schlagen, und sein Leben begann von Neuem.

Der Holländer wohnte in einem großen gemieteten Haus auf einem weitläufigen umzäunten Grundstück in einer Siedlung, die auf dem Gelände einer ehemaligen Grapefruitplantage gebaut worden war. Die meisten Bäume standen noch in Reihen, was eigentlich nicht sonderlich anziehend hätte wirken dürfen, es aber eigenartigerweise tat. Wahrscheinlich hätte für Phoebe alles toll ausgesehen, nachdem sie einen Killer-Angriff und eine Autoverfolgungsjagd überlebt hatte.

Die Angst, die sie verspürt hatte, als sie Ians Wunde bemerkt hatte, war schließlich einer tiefen Erleichterung gewichen – die beinah genauso lähmend gewesen war. Als sie erkannt hatte, dass er nicht verbluten würde, hatte sie tiefe Dankbarkeit empfunden.

Doch jetzt wurden sie in der Garage des Holländers von einer kleinen Armee von Bodyguards empfangen, die nicht gerade glücklich waren über die Einschusslöcher in Vanderzees Wagen – oder über die Tatsache, dass ihr Arbeitgeber in Gefahr geraten war. Trotzdem gab er ihnen durch ein Winken zu verstehen, dass sie sich zurückziehen sollten, und führte Phoebe und Ian ins Haus.

Phoebe folgte auf wackligen Beinen, als der Holländer sie in sein riesiges, tadellos sauberes Zuhause führte. In der Küche sprach er in einer anderen Sprache, Farsi vielleicht, mit zwei weiblichen Haushaltshilfen, die sich sofort eifrig an die Arbeit machten, um jeden Blickkontakt zu vermeiden. Eine der beiden Frauen lief eilig eine Treppe hinauf, wo sich laut Vanderzee die Gästezimmer befanden.

Er ging mit Phoebe und Ian weiter in ein Wohnzimmer mit angrenzendem Schlafzimmer.

Wie das offen gestaltete Erdgeschoss waren die Zimmer oben im Stil einer ausgeflippten Florida-Grandma dekoriert: viel Aquamarin und Pink, dazu jede Menge verrückte Delfinstatuen. Phoebe war hingerissen davon und betrachtete sie nur mit einem kleinen Schuss Ironie. Und warum sollte in ihrem gerade erst neu geschenkten Leben kein Platz sein für einen weißen Delfin auf dem Beistelltisch, der zwinkerte, während er auf der Schwanzflosse schwamm?

Die stille Haushälterin brachte einen Stapel flauschiger weißer Handtücher. Sie schlüpfte lautlos ins Schlafzimmer und steuerte das angrenzende Bad an.

„Unter dem Waschbecken findet ihr einen Erste-Hilfe-Kasten“, erklärte der Holländer. „Im Schrank hängen Bademäntel.“

Phoebe sah ihn nun an. Gemeinsam hatten sie zwar erst vor Kurzem eine lebensbedrohliche Situation überstanden; alles war jedoch so schnell gegangen, dass sie Vanderzee bei einer polizeilichen Gegenüberstellung wohl nicht wiedererkannt hätte.

„Wie wäre es mit ein paar Lappen oder älteren Handtüchern?“, fragte Ian und lächelte der Frau dankbar zu, während er den Raum durchquerte, um einen Blick ins Bad zu werfen. Phoebe vernahm das vertraute Quietschen von Metall auf Metall, als er den Duschvorhang zurückzog. „Ich fürchte, ich werde alles einsauen.“

„Mach dir deswegen keine Sorgen“, sagte der Holländer und entließ die Haushälterin mit einem Kopfnicken.

Georg Vanderzee war nicht einmal annähernd so groß wie Ian und weniger breit gebaut. Seine Statur ähnelte eher der Aarons. Wenn Ian nicht danebenstand, würde Phoebe beide, Aaron und Vanderzee, als muskulös bezeichnen. Das waren sie auch. Nur eben nicht so wie Ian. Das Gleiche galt für die Haare des Holländers. Genau wie Ians waren sie voll und gewellt – aber eben nicht so wie Ians. Das braune Haar des Holländers wies einen rötlichen Schimmer auf, und es sah aus, als hätte er Strähnchen hineinfärben lassen, damit es heller wirkte. Er mochte attraktiv sein, mit seiner geraden Nase, dem markanten Kinn, der schönen olivfarbenen Haut und den exotischen grün-braun-goldenen

Augen. Und doch verliehen ihm sein Mund und der seltsam unbeteiligte Ausdruck in seinen Augen eine unangenehme Ausstrahlung.

„Dass du hier eine Sauerei anrichten könntest, ist die geringste meiner Sorgen", fuhr er fort.

Vielleicht war der Mann auch in Ordnung – natürlich nicht so in Ordnung wie Ian. Vielleicht war Phoebes Fantasie lediglich ein bisschen mit ihr durchgegangen, da sie wusste, dass Ian Vanderzee nicht mochte; dem FBI gegenüber hatte er nicht einmal Angaben zu ihrer früheren Begegnung machen wollen. Das nährte ihren Verdacht, dass Ian keine schrecklichen Erinnerungen heraufbeschwören wollte, zum Beispiel, wie er gezwungen gewesen war, dem Holländer beim Foltern kleiner Hundewelpen zuzuschauen.

Oder noch Schlimmeres.

Vanderzee wandte sich jetzt an Phoebe und lächelte. Nein, er war nicht in Ordnung, sondern definitiv unheimlich. „Ich verlasse mich auf Sie, dass Sie mich informieren, falls Ihr Mann zusätzliche medizinische Versorgung benötigt."

Ihr Mann. Ian war aus dem Bad zurückgekehrt, und ein kurzer Blick bestätigte ihr, dass er wegen dieses kleinen Details nach wie vor verärgert war. „Ich glaube ihm, wenn er sagt, es sei alles in Ordnung", erwiderte sie.

„Freut mich, das zu hören", gab der Holländer zurück. „Vertrauen ist von höchster Wichtigkeit in jeder dauerhaften Beziehung." Phoebe hatte Vanderzee in verschiedenen Sprachen reden gehört, als er ihr Fluchtfahrzeug gefahren hatte. Er beherrschte sie nahezu perfekt, sprach mit nur einem Hauch eines nordeuropäischen Akzents. Das hätte eigentlich sexy sein müssen, aber bei ihm klang auch das eher beunruhigend. „Ich werde euch allein lassen, damit ihr euch frisch machen könnt", verkündete er. „Fühlt euch wie zu Hause."

Phoebe meinte es jedoch aufrichtig, als sie sagte: „Vielen Dank für alles." Wer immer dieser Mann war, was immer er in der Vergangenheit getan hatte, was immer sein öliges Lächeln und der seltsame Ausdruck in seinen Augen zu bedeuten hatten:

Heute hatte er ihr und Ian geholfen, vier Männern zu entkommen, die Ian unbedingt hatten umbringen wollen. Und dafür war sie in der Tat dankbar.

Lächelnd verbeugte er sich ein wenig – wow! – und schloss die Tür hinter sich.

Phoebe drehte sich um und stellte fest, dass Ian sich bewegt hatte. Er stand nun genau neben ihr. „Wenn ich ihn nicht im Sonnenlicht gesehen hätte, würde ich ihn glatt für einen Vampir halten“, sagte sie.

Ian ignorierte ihren Versuch, die Stimmung ein wenig aufzulockern. „Willst du zuerst duschen?“ Er zog sie mit sich ins Schlafzimmer, in dem es nicht so viele dekorative Delfine gab, dafür mehr Topfpalmen und – Doppel-Wow – finster aussehende Affen.

„Ich bin mir nicht sicher, ob ich eine Dusche brauche“, erwiderte sie. Im angesichts der Größe des übrigen Hauses überraschend kleinen und altmodisch eingerichteten Bad fand das Delfin-Motiv seine Fortsetzung. Es gab ein einzelnes Waschbecken sowie einen kleinen Schrank mit einem Spiegel an der Wand darüber. Ein Arzneischränkchen hing heikel über der Toilette, deren Deckel mit einem fusseligen Bezug versehen war. Die Badewanne verfügte über einen Vorhang mit Delfinen, und an der Wand waren noch mehr Delfine zu sehen. „Ich glaube, das Blut ist nur auf meinem Sweatshirt …“

Er schnitt ihr einfach das Wort ab. „Es ist auch in deinen Haaren.“

„Wirklich?“ Phoebe beugte sich vor, um sich im Spiegel zu betrachten, aber natürlich konnte sie ihren Hinterkopf nicht sehen. Was sie allerdings sehen konnte, war, dass Ian denselben Spiegel benutzte, um seine Schulterwunde zu begutachten. „Ich bin keine gute Sanitäterin“, sagte sie, und er schaute sie an. Der Ausdruck in seinen Augen war so intensiv, dass ihre Stimme zitterte. „Aber wenn du mir erklärst, was ich tun soll, kann ich versuchen, die Wunde zu verbinden …“

Allein seine Miene verriet Phoebe, dass er per Telepathie zu kommunizieren versuchte. Doch was wollte er ihr mitteilen?

Dass Vanderzee tatsächlich ein Vampir war? Nein, das war beinah so absurd wie die Vorstellung, dass dieses luxuriös ausgestattete Mietshaus irgendwie verwanzt war …

Oder?

Sie kniff die Augen zusammen und antwortete mit einem fragenden Blick.

„Geh ruhig duschen“, forderte er sie erneut auf. „Mrs Dunn.“

Aha, genau das hatte er ihr also sagen wollen, oder? Indem er sie so nannte, obwohl der Holländer gar nicht da war, um es zu hören …

Möglicherweise wurde sie aber langsam auch völlig paranoid, und es gab gar keine verborgene Botschaft in der Art, wie Ian sie ansah. Vielleicht roch sie schlecht, und er war einfach wütend, sonst nichts. Immerhin wusste sie sehr wohl, dass sie ihn sehr verärgert hatte, als sie trotz ihres Versprechens, im Van zu bleiben, kurz darauf im Henrietta's aufgetaucht war. Die Krone hatte sie dem Ganzen jedoch aufgesetzt, indem sie dem Holländer erzählt hatte, sie sei Ians Frau …

Für den Fall, dass hier doch Kameras und Mikrofone versteckt waren, wählte sie ihre Worte äußerst vorsichtig. „Ich weiß, dass du sauer auf mich bist, aber es gab keine andere Option …“

Ian küsste sie.

Phoebe hatte es überhaupt nicht kommen sehen. Es musste passiert sein, als sie gerade geblinzelt hatte: In der einen Sekunde sah Ian sie im Spiegel an, in der nächsten verschloss er ihren Mund mit seinen Lippen und hinderte sie daran, noch irgendetwas zu sagen. Er drückte sie an sich und hielt sie so fest, dass sie nicht wegkonnte. Nicht, dass sie sich gegen ihn gewehrt hätte. Im Gegenteil.

Dies musste ein Beweis dafür sein, dass Ian glaubte, hier gebe es Kameras und Mikrofone.

Und sie wollte es gut aussehen lassen.

Ja, genau. Deshalb hatte sie die Arme um seinen Nacken geschlungen und erwiderte den Kuss, als hinge ihr Leben davon ab. Deshalb legte sie den Kopf schräg, um den Kuss noch zu vertiefen. Und nur deshalb stöhnte sie, als er seine Hand nach unten gleiten ließ und ihren Po massierte, sie an sich presste, sodass sie seine harte Männlichkeit spürte.

Und ... na schön, wem wollte sie etwas vormachen? Sich selbst? Ian wusste verdammt gut, dass sie ihn begehrte. Den Beweis hatte sie ihm geliefert, als sie ihn unter dem Anleger geküsst hatte.

Während sie ihn jetzt küsste, hörte sie die Tür zufallen und fühlte sie hart und kalt an ihrem Rücken, als er sie sanft dagegendrängte. Erst da hielt er inne. Er hob den Kopf und sagte: „Nicht reden, nicht bewegen.“ Nach wie vor war Ian ihr so nah, dass sie seinen Atem, seine Lippen an ihren spürte.

Er zog eine Augenbraue hoch, nur ein klein wenig, und Phoebe begriff, dass er auf ihre Zustimmung wartete, daher nickte sie.

Dann löste er sich von ihr, behielt sie jedoch im Auge, als könne er nicht ganz glauben, dass sie nicht doch irgendetwas plapperte und sie beide damit verriet. Den Blick weiterhin auf sie gerichtet, lehnte er sich über den Badewannenrand und drehte den Hahn auf. Anschließend betätigte er den Hebel, und das Wasser kam stotternd aus dem Duschkopf.

Das Geräusch des strömenden Wassers erfüllte den Raum. Ian näherte sich ihr von Neuem. „Wir warten, bis es warm ist“, sagte er und küsste sie erneut. Sacht diesmal, die Hände in ihren Haaren vergraben, und dann verteilte er Küsse auf ihrem Kinn, ihren Wangen, ihrem Hals ...

Im Flur im Henrietta's, vor dem Privatraum, hatte er sie auf die gleiche Weise geküsst. Seine Finger hatten sich warm angefühlt, beinah züchtig hatte er ihr Gesicht umfasst und einen gewissen Abstand zu ihr gehalten. Dort hatte es keine Kameras gegeben, keinen Grund zu schauspielern. Also war dies hier womöglich gar kein Spiel ...

„O Ian“, hauchte sie, während er ihren Hals küsste, ihr Ohr ...

„Kamera und Mikrofon in dem Bilderrahmen gegenüber vom Waschbecken“, raunte er, und damit war das geklärt. Kein Vielleicht mehr.

Er presste die Lippen wieder auf ihren Mund, und im Geiste ohrfeigte und beschimpfte sie sich. Und erwiderte den Kuss trotzdem.

Für die Kamera.

Ach, tatsächlich? Hatte sie wirklich geglaubt, an irgendeinem Punkt, dass irgendetwas von dem, was dieser Mann zu ihr sagte oder mit ihr tat, echt war?

Die Antwort lautete: Ja.

Sie war selbst schuld, wenn sie so naiv und bemitleidenswert war.

Ian arbeitete sich küssend von ihrem einen Ohr zum anderen vor und murmelte: „Mehr gibt's hier drin jedoch nicht, deshalb können wir unter der Dusche reden."

Phoebe machte die Augen auf.

Selbstverständlich konnten sie in der Dusche reden. Das Rauschen des Wassers würde ihre Worte übertönen, der Vorhang sie vor der Kamera verstecken.

Aber …

Ian richtete sich auf und öffnete dabei den Reißverschluss ihres Sweatshirts. Er betrachtete ihren Körper, ihre Brüste unter dem T-Shirt, und die Glut in seinen Augen genügte, um ihr heiße Träume für die nächsten zwei Wochen zu bescheren.

Phoebe sah von dem fraglichen Bild – einer gerahmten Darstellung hellblauer, orange- und pinkfarbener Muscheln, die einen herumtollenden, im Sprung begriffenen Delfin umgaben – zum Spiegel über dem Waschbecken, dann weiter zur Badewanne, in der die Dusche lief. Hinter dem Duschvorhang wären sie ungestört.

Dort hätte Phoebe Ruhe vor den Kameras. Allerdings nicht vor Ian.

Er zog bereits sein Shirt aus und kickte seine Stiefel fort. Er hatte ihr den Rücken zugedreht – doch das war nur eine Illusion. Er musste bloß in den Spiegel schauen, damit er alles in diesem kleinen Badezimmer sehen konnte.

Trotzdem streifte Phoebe die Flipflops ab und ließ ihr Sweatshirt auf den Boden fallen. Sie schlüpfte aus den Jeans und dem

T-Shirt, stieg unter die Dusche und zog quietschend den Vorhang zu.

Vermutlich war es ein Fehler, ihre Unterwäsche nass werden zu lassen; immerhin hatte sie auf all das erst kürzlich stundenlang verzichten müssen. Aber auf keinen Fall wollte sie nackt eine Unterhaltung mit Ian Dunn führen. Also stellte sie sich einfach unter den Duschkopf und ließ das Wasser auf sich herabprasseln. Ihre Brille hatte sie ebenfalls aufbehalten. Sorgfältig achtete sie darauf, dass ihr keine Tropfen ins Gesicht spritzten, während sie vorsichtig ihren Hinterkopf wusch. Doch nicht die kleinste Spur Blut rann in den Abfluss. Offenbar hatte sie gar keins im Haar gehabt. Sie nahm das als gute Nachricht, denn, igitt, das wäre nicht so schön gewesen.

Das Wasser wurde zu heiß, daher drehte sie sich, um die Temperatur zu regeln. Als sie aus dem Duschstrahl heraustrat, stieß sie prompt mit Ian zusammen, der sich zu ihr gesellt hatte, während sie mit ihren Haaren beschäftigt gewesen war.

Er war stark und fest und … sehr erregt. Sie hatte seine Erektion bereits bei der Umarmung deutlich gespürt. Da er auch nur ein Mensch war und biologischen Gesetzen unterworfen, wäre es unsinnig gewesen, zu glauben, er hätte sie irgendwie zum Verschwinden bringen können. Aber … du liebe Güte!

Ian hatte außerdem ein eingeschweißtes Kondom dabei. Das musste er im Arzneischränkchen gefunden haben. Er warf das kleine rote Viereck in die Seifenschale in der gefliesten Wand.

„Du liebe Zeit“, sagte sie laut und drehte sich ganz zu ihm um, entschlossen, nicht nach unten zu schauen. Natürlich gelang ihr das nicht. Keine Frau hätte das geschafft, und *du liebe Zeit.*

„Tut mir leid“, flüsterte er, klang jedoch nicht so, als täte ihm irgendetwas leid. „Behältst du die Brille immer auf unter der Dusche?“

„Für gewöhnlich nicht“, entgegnete sie leise. Im Bad bildete sich allmählich Dampf, deshalb setzte sie die Brille schließlich ab und legte sie auf den Fenstersims neben eine Reihe von Shampooflaschen und Duschgels. Sie konnte Ian nur noch verschwommen sehen, aber nicht verschwommen genug. „Mir tut es übrigens auch leid, denn ich werde *keinen* Sex mit dir haben."

„Nein", erwiderte Ian. „*Ich* werde keinen Sex mit *dir* haben."

„Ich sollte vermutlich beleidigt sein, weil du das sagst, weil du damit andeutest, dass du keinen Sex mit mir haben *willst*. Das ist absolut in Ordnung ..."

„Das ist nicht mal annähernd das, was ich gesagt habe", unterbrach er sie.

„... trotzdem steigst du zu mir unter die Dusche, mit diesem Kilimandscharo, wirfst mit Kondomen um dich wie mit Perlenketten beim Mardi Gras ..."

„Ein Kondom", korrigierte er sie lachend. „Ich nehme deine Worte mal als Kompliment, aber das hier ..." Er deutete auf seine Erektion. „Das hier ist pures Adrenalin. Na ja, und es liegt daran, wie du mich geküsst hast."

„Entschuldige mal, du hast mich geküsst."

„Meine Güte, ja", räumte er ein. „Dann habe ich eben dich geküsst. Aber nur, weil du diesem verdammten Georg Vanderzee erzählt hast, du seist meine Frau. Jetzt müssen wir bei der Geschichte bleiben. Also, was sollte ich tun? Meine aufregende Frau nicht küssen, nachdem sie wegen mir fast ums Leben gekommen wäre?"

„*Ding, ding, ding, ding, ding*", konterte Phoebe. „Bis zu der ‚aufregenden Frau' war das gar nicht schlecht, aber dann bist ganz oben auf der Bullshit-Skala gelandet."

„Willst du ernsthaft behaupten, du hättest nicht gemerkt, dass Vanderzee ein bisschen zu begeistert von dir ist?", gab er zurück. „Ich habe nur meine Besitzansprüche geltend gemacht. Und zu deiner Information: Wenn wir schon von Skalen sprechen, hast du die für Übertreibung mit ‚Kilimandscharo' und ‚Perlenketten wie beim Mardi Gras' gesprengt."

„Ja", sagte Phoebe scharfzüngig. „Kommen wir doch zurück auf die Größe deines Penis. Ist ja nicht so, als hätten wir irgendwelche anderen Themen zu besprechen. Zum Beispiel, wie ich Vanderzee am besten ablenke, während du dich im Haus umsiehst, um nach Hinweisen auf die entführten Kinder zu suchen."

Ian schüttelte den Kopf. „Selbst wenn das nicht höchst unwahrscheinlich wäre, würde ich dich nicht mit ihm allein lassen."

„Das klingt, als würdest du mich zusammen mit einem ausgehungerten Löwen in einen Käfig sperren", entgegnete sie. „Ich rede davon, ein paar Minuten vor dir hinunter in die Küche zu gehen. Wir sollten die Gelegenheit nutzen, wenn wir schon mal hier sind …"

„Nein."

Da standen sie nun, während das Wasser auf ihre Schultern prasselte und die Luft sich mit Dampf füllte.

„Sieh mal", setzte sie von Neuem an. „Ich weiß, du bist wütend, weil ich den Van verlassen habe, obwohl ich versprochen hatte, es nicht zu tun. Du bist wütend, weil ich hier bin. Schon verstanden. Und es tut mir leid, nur gab es wirklich keine andere Möglichkeit. Davio Dellarosa hat diese Männer zu dem Club geschickt, um dich zu töten, und das wollte ich nicht zulassen. Ich wollte außerdem Yashi nicht hineingehen lassen, weil wir daraufhin gezwungen gewesen wären, die Mission abzubrechen. Was wäre dann aus den entführten Kindern geworden? Und ihrer Mutter, der Atomphysikerin? Ja, es war ungünstig, dass Vanderzee uns zusammen in diesem Flur gesehen hat …"

„Eigentlich war es gut. Wärst du bereits die Treppe hinuntergegangen, wärst du den Killern, die zur Hintertür hereinkamen, direkt in die Arme gelaufen. Und wenn die dich erkannt hätten, was sicher passiert wäre … Ich bin überzeugt davon, dass Davio denen dein Bild gegeben hat. Das hätte übel enden können. Schlimmer als das hier." Er atmete schwer aus. „Mir wird heiß und kalt, wenn ich bloß dran denke … Ich muss dich unbedingt hier rausbringen, und zwar so schnell wie möglich."

„Na, ihm zu erzählen, dass ich seit Kurzem schwanger bin, wird höchstwahrscheinlich nicht ziehen", meinte Phoebe. „Schade, denn es ist eine klassische Ausrede. ‚Oh, ich bin so müde wegen der ständigen Morgenübelkeit …'"

Ian schaute auf das Kondom, das er mitgebracht hatte. „Mist."

„Ich nehme an, das soll als anschauliche Erklärung dafür dienen, warum wir so lange unter der Dusche sind, oder?"

„Allerdings“, erwiderte Ian. „Aber es stimmt natürlich: Eine Schwangerschaft kommt dadurch als Ausrede nicht mehr infrage, um dich in Watte zu packen und an einen sicheren Ort zu bringen.“

„Es sei denn, du hättest neben dir gestanden und hättest es vergessen?“

Ian winkte ab. „Das würde nicht passieren.“

„Ausgeschlossen wäre es nicht.“

„Doch“, widersprach er. „Völlig ausgeschlossen.“

„Ich könnte es dir gerade erst erzählt haben. ‚Überraschung! Es ist ein Mädchen!‘“

„Das ist nach wie vor unglaubwürdig, da du Feuertreppen hinuntergeklettert und über Parkplätze gerannt bist.“

„Schwangere Frauen haben weiterhin Arme und Beine“, argumentierte sie, doch er schüttelte den Kopf.

„Das ist zu weit hergeholt – besonders angesichts der kulturellen Unterschiede. In Kazbekistan rennen die Frauen nicht, selbst wenn sie nicht schwanger sind. Ich will Vanderzee nicht anregen, zu viel nachzudenken, denn wir müssen schon diese Merkwürdigkeit erklären.“ Tatsächlich deutete er bei dem Ausdruck Merkwürdigkeit auf sie.

Offenbar machte sie ein empörtes Gesicht, denn er fügte hinzu: „Ich meine, wer trägt denn Unterwäsche unter der Dusche?“

„Ich offensichtlich. Weil es sexy ist und dich anmacht.“

„Kennst du den Spruch ‚Der Teufel steckt im Detail‘?“, fragte Ian. „Der trifft nämlich zu, allerdings auf andere Weise, wenn man undercover arbeitet. Wir müssen dafür sorgen, dass es realistisch aussieht, bis ins kleinste Detail. Andernfalls wird der Holländer uns durchschauen und uns entweder rauswerfen oder umlegen. Der Teufel darf nicht im Detail stecken. Also, nein, wir können ihm nicht verkaufen, dass du schwanger bist und rasch nach Hause musst, um die nächsten sechs Monate strikte Bettruhe zu halten. Nicht, nachdem ich ein Kondom mit in die Dusche genommen habe – unter der du deine Unterwäsche anbehalten hast. Das ist einfach zu viel.“

„Es könnte sich um essbare Unterwäsche handeln", meinte Phoebe.

Ian starrte sie an.

„Na schön, dann … Vielleicht bin ich gar nicht so blöd", schlug sie weiter vor. „Weil ich weiß, was für einen Mann ich geheiratet habe – einen, dessen zweiter Name ‚Gefahr' ist und so weiter –, ist mir voll bewusst, in welcher Gesellschaft du dich zeitweise bewegst. Ich weiß, dass der Holländer überall Überwachungskameras installiert hat, und deshalb will ich nicht nackt hier herumlaufen. Das werde ich sagen, sobald wir das Wasser abgestellt haben."

Jetzt nickte Ian. „Das könnte funktionieren."

„Und wieso müssen wir so etwas wie strikte Bettruhe als Grund dafür vorschieben, dass wir verschwinden wollen?", fragte sie. „Das ist sein Haus, wir sind seine Gäste. Nachdem wir seinen Wäscheraum benutzt haben, um unsere Klamotten zu waschen und zu trocknen … Du könntest dir übrigens ein T-Shirt borgen, weil die Blutflecken nicht mehr rausgehen … Wie dem auch sei, sobald wir uns nach der wilden Verfolgungsjagd beruhigt haben, können wir doch gehen. Wir bedanken uns für seine Hilfe und die Gastfreundschaft, und ihr zwei verabredet euch für später." Sie senkte die Stimme und imitierte Ian mehr schlecht als recht, als sie hinzufügte: „Du weißt schon, ich will Geschäftliches nicht vor der kleinen Lady besprechen."

„Ich habe in meinem ganzen Leben noch nicht den Ausdruck ‚kleine Lady' benutzt", verteidigte er sich.

„Mensch, immerhin etwas", sagte Phoebe. „Soll das also unser Plan sein? Darf ich dann bitte gehen?" Die Enge, der Dampf und die Nacktheit machten sie ein wenig benommen. „Es sei denn, du möchtest, dass ich dir die Schultern einseife."

„Nee, das kriege ich schon hin", antwortete er. „Aber wir sind noch nicht fertig. Du musst begreifen, dass Vanderzee ein Soziopath ist, der nur sich selbst verpflichtet ist. Andere Leute interessieren ihn nicht; Kinder und Frauen schon gar nicht." Er sah sie jetzt so durchdringend an wie vorhin im Spiegel. Wieder war ihr sofort klar, dass sie seine Gedanken lesen sollte.

„Was hat er mit dir gemacht?“, fragte sie, doch er schüttelte den Kopf.

„Nicht mit mir“, sagte er. „Mit einer seiner Ehefrauen. Er hat Dutzende. Und dieser ... er schoss ihr in den Kopf. Es war ... Ich stand direkt daneben und ...“

„Ich konnte ihn nicht aufhalten.“ Oder vielleicht wollte er sagen: *Ich habe ihn nicht aufgehalten.* Ian sprach die Worte nicht aus, aber Phoebe musste nicht über telepathische Fähigkeiten verfügen, um zu wissen, was er dachte. Wären sie vollständig bekleidet gewesen, hätte sie ihn in diesem Moment in den Arm genommen. Stattdessen stand sie da, während das Wasser auf ihren Rücken prasselte, unsicher, was sie erwidern sollte.

„Es ist besser, wenn du nicht zu viele Einzelheiten kennst, denn du musst dieses Schwein weiterhin anlächeln können“, erklärte Ian. „Trotzdem musst du wissen, dass er gnadenlos und grausam ist. Mann, was kann ich dir sonst erzählen? Seine Einstellung ist eher konservativ, also bring Aaron nicht zur Sprache. Er ist nicht religiös, hält sich jedoch strikt an die religiösen Gesetze Kazbekistans. Er ist abergläubisch, möglicherweise sogar ein wenig zwangsneurotisch in dieser Hinsicht. Jedenfalls will ich nicht, dass du mit ihm allein bist.“

Phoebe nickte. „Einverstanden.“

„Ein paar weitere Punkte“, sagte Ian. „Erstens: Ich habe Informationen darüber, dass das FBI das Überwachungssystem des Holländers hier bereits angezapft hat.“

„Oh, gut“, meinte sie. „Das bedeutet, die sehen mich ebenfalls in Unterwäsche.“

„Nein, es bedeutet, wir können mit ihnen kommunizieren“, korrigierte er sie. „Zweitens: Überlass mir das meiste Reden. Mit Vanderzee. Folge meinem Beispiel. Wir sind immer noch Frischvermählte, und du bist ganz hingerissen von mir, klar?“

Phoebe nickte erneut, da sie es nicht wagte, zu sprechen.

„Eine letzte Sache noch. Du kannst nicht in deiner Unterwäsche aus der Dusche kommen. Du kannst dich hier in ein Handtuch wickeln, aber ...“

Er hatte recht. Die nasse Unterwäsche anzubehalten, nachdem sie unter der Dusche Sex mit ihrem Angetrauten gehabt hatte, wirkte überzogen und außerdem total verdächtig. „Drehst du dich wenigstens um?"

„Ich mache die Augen zu. Komm, tausch den Platz mit mir", bot Ian an. Daraufhin schoben sie sich aneinander vorbei, sodass nun er unter dem Duschkopf stand, wobei er ihre Taille umfasste, damit sie nicht das Gleichgewicht verlor. Er zuckte zusammen, als das Wasser auf seine Wunde traf. „Au. Da ist doch noch eine Sache."

Phoebe wandte sich wieder zu ihm um, bereit, zu helfen, wenn es nötig sein sollte.

„Mach nicht so ein ernstes Gesicht, wenn du aus der Dusche kommst. Versuch mal auszusehen wie eine Frau, die drei oder vier Orgasmen erlebt hat."

Sie lachte verblüfft. „Drei oder vier?"

„Wir waren ziemlich lange unter der Dusche", erinnerte er sie. „Du darfst den Mythos, den ich mir mühsam aufgebaut habe, nicht einfach zerstören. Nein, guck nicht so ungläubig, das ist ganz falsch. Mach ein verträumtes Gesicht. Als wärst du eben Gott begegnet."

„Ich gucke so ungläubig wegen der Dinge, die du von dir gibst", erwiderte Phoebe, auf ihre Miene zeigend. „Muss ich jetzt im Ernst mein verträumtes Drei-Orgasmen-Gesicht mit dir proben?"

„Vier", verbesserte er sie. „Ich bin mir ziemlich sicher, es waren vier. Weil ich nämlich so gut bin. Und ja, genau dieses Gesicht würde ich gern sehen."

„Tja, Pech gehabt. Mach die Augen zu." Phoebe wartete nicht, ob er ihrer Aufforderung nachkam. Sie kehrte ihm den Rücken zu, streifte ihre nasse Unterwäsche ab und nahm sich ein Handtuch aus dem Regal an der Wand. Dann wickelte sie das Handtuch um sich und stieg aus der Dusche.

Der Teufel steckte im Detail.

Ja, deshalb hatte Ian sich das Kondom unter der Dusche übergerollt, während er das warme Wasser auf seinen Kopf und seinen Rücken prasseln ließ. Er hatte es übergestreift, damit er es anschließend in Toilettenpapier wickeln und in den Mülleimer im Badezimmer schmeißen konnte. Und da es benutzt sein musste …

Es kam auf die Details an.

Er wollte die Dusche ebenfalls mit einem verträumten Ausdruck im Gesicht verlassen, genauso wie er es Phoebe empfohlen hatte.

Der Gedanke an sie brachte ihn zum Lächeln, doch dann dachte er daran, wie sie sich an ihn geschmiegt hatte, als er sie geküsst hatte. An die kehligen Laute, die sie von sich gegeben hatte, als er …

„Ian?"

Er riss die Augen auf und erstarrte, denn, wow, er stand kurz davor. Und Phoebe hatte die Badezimmertür geöffnet.

„Ja?", stieß er mühsam hervor, und seine Stimme war nur geringfügig höher als sonst. „Ich, äh, wasche noch die Wunde aus."

„Oh", meinte sie. „Okay. Ich habe meine Brille hier vergessen."

Hatte sie wirklich. Sie lag auf dem gefliesten Fenstersims vor den blickdichten Glasbausteinen. Da lag sie, die Bügel auseinandergeklappt, und Wasser tropfte von den Gläsern und dem dicken dunklen Gestell.

„Ich bringe sie mit, wenn ich fertig bin", versprach er.

„Na schön", erwiderte Phoebe. „Danke." Sie ging jedoch nicht, er hörte die Tür nicht, deshalb wartete er und horchte … „Ist alles in Ordnung bei dir? Brauchst du Hilfe?"

Sie hatte keine Ahnung, wie sehr.

Vielleicht doch. Schließlich war sie eine ziemlich kluge Frau.

„Nein", antwortete er, was nicht ganz gelogen war. Liebend gern hätte er ihre Hilfe in Anspruch genommen. Aber er brauchte sie nicht. Nicht hier und jetzt. Wahrscheinlich nie, was ein seltsam deprimierender Gedanke war. „Alles klar."

„Gut." Endlich wurde die Tür mit einem Klick geschlossen, und er war allein.

Und sich dessen sehr bewusst.

Das war doppelt seltsam, denn eigentlich hätte es ihn freuen müssen, allein zu sein, besonders nach all den Monaten im Gefängnis. Doch ausgerechnet jetzt lastete es irgendwie schwer auf ihm, bedrückte ihn. Es musste an seiner Müdigkeit liegen.

Ja, das war vermutlich der Grund. Müdigkeit fühlte sich oft an wie Traurigkeit und Sehnsucht und … Ian verdrängte das alles und konzentrierte sich auf das hier … seinen aktuellen Plan.

Die Worte von Lord Tennyson kamen ihm, leicht abgewandelt, in den Sinn: *Du musst nicht fragen, warum, sondern es tun oder sterben …*

Er musste lachen. Wenn Phoebe wüsste, dass er das dachte, während er etwas ganz anderes tat, würde sie es vermutlich auch ziemlich lustig finden.

Er schaute noch einmal zu ihrer Brille. Die passte einmalig zu ihr – ohne sie kam es ihm vor, als hätte sie etwas Lebenswichtiges vergessen. Es war fast, als würde sie ihn damit ansehen.

Wow, er wünschte, sie würde ihn ansehen, ihn streicheln, berühren, küssen und sich dann für ihn öffnen, ihn willkommen heißen, sich an ihn klammern …

Er stellte sich ihre Augen hinter diesen Brillengläsern vor, das humorvolle Leuchten darin, ihr Lächeln. Er hörte sie seufzen, seinen Namen flüstern, während sie sich im Einklang mit ihm bewegte …

Schwer atmend kam er – so heftig, dass er weiche Knie kriegte und ihm ein wenig schwindelig wurde. Verdammt.

Er nahm das Kondom ab und legte es auf den Beckenrand. Genau das hätte er getan, wenn das Ding bei Phoebe zum Einsatz gekommen wäre. Anschließend wusch er sich und stellte das Wasser ab.

Ian zog den Duschvorhang zurück, trocknete sich ab und suchte die Sachen zusammen, die in den Müll gehörten. Er wickelte sich das Handtuch um die Hüften, griff nach Phoebes Brille und wischte sie sauber.

Als er die Badezimmertür aufmachte, saß Phoebe auf der Bettkante. Sie trug einen weißen Bademantel und das Handtuch wie einen Turban um den Kopf.

Sie stand auf und ging auf ihn zu. „Danke", meinte sie, nahm die Brille von ihm entgegen und setzte sie auf. „Es war vielleicht ganz gut, dass ich dieses Böse-Affen-Dekor nicht so klar erkennen konnte. Sonst hätte ich mich noch vor Angst in der Ecke zusammengekauert. Kannst du dir vorstellen, wie man hier drin schlafen soll?"

Böse Affen? Ian schaute sich in dem Zimmer um, das in sattem Grün und Gold gestaltet war. Er sah zu viele Palmen, und ja, Affen. Prompt musste er lachen. Tatsächlich, es waren viele. „Ich glaube, die sind eher übermütig, nicht böse."

„Was dem einen übermütig erscheint, ist für den anderen böse", konterte Phoebe ernst. „Ich stecke die Sachen, die gewaschen werden müssen, in die Waschmaschine. Danach helfe ich dir, deine Wunde zu verbinden."

„Es ist nicht weiter schlimm", gab er zurück und versuchte, auf seine Schulter zu schauen. Es sickerte noch Blut heraus, aber nur wenig.

„Bloß weil du dich im letzten Moment bewegt hast", erinnerte sie ihn. „Wenn du richtig getroffen worden wärst ..."

Ian küsste sie – wegen der Kameras. Das hätte er zweifellos auch getan, wenn sie ihn auf diese Weise angesehen hätte, mit diesen Augen und diesem sinnlichen Mund, wenn sie tatsächlich verheiratet gewesen wären.

Eigentlich sollte es ein flüchtiger Kuss werden. Herablassend. Im Sinne von: *Ja, schon gut, Liebes.* Stattdessen konnte er nicht aufhören und küsste sie immer weiter, länger, leidenschaftlicher. Er musste sich dazu zwingen, sich von ihr zu lösen. „Fang nicht wieder an", warnte er sie, obwohl er nicht sicher war, wen er damit eigentlich meinte, Phoebe oder doch eher sich selbst.

„Ich möchte aber wirklich gern nach Hause", erklärte sie, und das war der perfekte Satz in diesem Augenblick, falls Vanderzee oder seine Helfer gerade mithörten. In ihrer Stimme lag genau das richtige Maß an Emotion. Das passte ausgezeichnet, wenn sie das Angebot ihres Gastgebers, die Nacht in seinem Haus zu verbringen, ablehnen und sicher sein wollten vor den Männern, die Ian töten wollten. *Tut mir leid, Mann, aber meine Frau will unbedingt nach Hause ...*

Es war mehr als genug.

Aber schließlich trat Phoebe auf Ian zu und schlang die Arme um seinen Nacken. Laut genug, sodass die Mikrofone es aufnehmen würden – was sie ebenso gut wusste wie er –, flüsterte sie ihm ins Ohr: „Dann kann ich dich also endlich um den Verstand vögeln, ohne mir wegen all der Kameras und Mikrofone Sorgen machen zu müssen?"

Auf diese Weise lieferte sie außerdem die Erklärung dafür, weshalb sie in Unterwäsche unter die Dusche gestiegen war.

Und natürlich brachte sie Ian mit diesen Worten fast um den Verstand, weil sie derartig überzeugend klang. Beweise dafür waren sein ungläubiges Lachen und die Art, wie er den Kopf schüttelte, während er ihr nachschaute, als sie im Badezimmer verschwand und die Sachen einsammelte, die gewaschen werden mussten.

In dieser Sekunde erkannte Ian die Wahrheit.

Er war längst verloren. Denn er wünschte sich nicht bloß, dass Phoebe diese Worte ernst meinte, statt sie nur zur Tarnung zu sagen.

Er wollte es unbedingt.

Und der Teufel steckte genau in diesem kleinen Detail.

Yashi hatte den beschädigten Van hinter einem Einkaufszentrum in einem vornehmen Teil der Stadt versteckt. Die Läden und Restaurants dort gehörten alle zu landesweiten Ketten. Martell fand den Ort beunruhigend leblos.

Sie hätten ebenso gut in Ohio sein können.

Nein, das stimmte nicht. Die Ratten neben dem Müllcontainer waren eindeutig Florida-Ratten: groß und hässlich und dreist. Die waren schon vor Sonnenuntergang unterwegs.

Deb rollte in Van Nummer zwei an dem Müllcontainer und den Ratten vorbei. „Wo bist du? Ich bin jetzt hinter dem Steakhaus ..."

„Fahr weiter." Yashis Stimme war über die Lautsprecher zu hören. „Ich stehe ganz hinten."

Martell entdeckte den anderen Lieferwagen im selben Moment wie Deb. Er parkte nahe einer Baustelle, die längst aufgegeben aussah, ein gutes Stück von dem Müllcontainer entfernt.

„Wow", meinte Deb.

Martell drückte es etwas anders aus. „Heilige Scheiße."

Während sie im Verkehr festgesteckt hatten, waren sie Zeugen geworden, wie Davio Dellarosas Killer im Henrietta's eingetroffen waren. Per Funk hatten sie mitbekommen, dass Dunn und Phoebe den Angriff überlebt hatten, indem sie im Auto des Holländers entkommen waren. Wie versteinert hatten sie all das mit angehört, frustriert und ungeduldig, weil sie nicht hatten helfen können, während Yashi versucht hatte, die Killer an der Verfolgung zu hindern. Sie hatten das Geräusch von Metall auf Metall vernommen, als er den Wagen der Schützen von der Straße gedrängt hatte, um anschließend in seinem typischen emotionslosen Stil zu verkünden: „Hab sie getroffen. Und noch mal. Die sind erst mal außer Gefecht. Ich verschwinde."

Danach hatte er gesagt, der Van sei „nicht mehr ganz in Ordnung", und er müsse sich erst einmal irgendwo verstecken. Er bat darum, dass Deb sich meldete, sobald sie weiterfahren konnten.

Aber sie traten bereits früher in Kontakt und gaben die Information von Francine weiter, dass Dunn und Phoebe das vom Holländer gemietete Haus heil erreicht hatten. Da Vanderzee das Gebäude mit modernsten Überwachungsgeräten ausgestattet *und* das FBI diese schon gehackt hatte, konnten Francine und die anderen sie vom Safe House aus beobachten.

So weit, so gut, berichtete Francine. Offenbar kamen Mr und Mrs Dunn – ihre Tarnung – gut zurecht mit dem mutmaßlichen Kidnapper. Alle konnten also letztlich damit zufrieden sein, dass dieser Teil von Ians Plan funktionierte.

Immer vorausgesetzt natürlich, dass Dunn endlich einen Plan hatte und nicht bloß weiterhin improvisierte. Und das würde Martell erst glauben, wenn Dunn ihm Details darüber verriet.

Nachdem sie auf den neuesten Stand gebracht worden waren, hatten Deb und Martell sich schließlich wieder auf ihr Verkehrschaos konzentriert. Martell hatte sich bemüht, Debs düstere Stimmung zu heben, indem er ein bisschen mit ihr geflirtet hatte. Doch als sie ihn zum fünften oder sechsten Mal aufgefordert hatte, den Mund zu halten, hatte er es aufgegeben.

Irgendwann war der Verkehr wieder geflossen, Deb hatte Yashi angerufen und … da waren sie jetzt.

Sie rollten auf den Van zu, der aussah, als hätte er einen Frontalzusammenstoß mit einem Lastwagen hinter sich.

„Die Airbags hätten zum Einsatz kommen müssen", bemerkte Martell. „Mit Konfetti und Tröten und kleinen Schildern, auf denen steht ‚Herzlichen Glückwunsch, Sie haben das Fahrzeug geschrottet!' Er muss die Airbags deaktiviert haben."

Deb stimmte ihm zu. „Es wäre ja auch der Horror gewesen, einen Wagen mit vier Killern außer Gefecht zu setzen und dann nicht wegfahren zu können."

Yashi steckte den Kopf aus dem Laderaum des demolierten Vans. „He."

„Ist das sein Ernst?", wandte Martell sich an Deb. „Wir nähern uns dieser blechernen Todesfalle, und er sagt nur ‚He'?"

Sie parkte rückwärts neben dem anderen Lieferwagen. „Wir müssen uns beeilen und die Ausrüstung so weit wie möglich umladen. Alles andere wird vernichtet." Sie sprang aus dem Wagen, ging an Yashi vorbei und machte sich gleich an die Arbeit.

Na schön. Wenn sie miteinander schliefen – und da war Martell sich zu 99 Prozent sicher –, verdienten sie einen Mitarbeiterpreis dafür, dass sie das so gut vor den anderen verbargen.

Tatsächlich war Martell derjenige, der fragen musste: „Mensch, ist wirklich alles in Ordnung mit Ihnen?"

„Die Gurte", antwortete Yashi. „Damit funktioniert's. Außerdem saß ich ja am Steuer, also wusste ich, wann ich mich festhalten musste. Helfen Sie mir mal, ja?"

Martell stieg hinten in den Van und half, den Hauptbildschirm umzuladen. Während Yashi darauf gewartet hatte, dass sie aus dem Stau kamen, hatte er offenbar die Zeit genutzt und sämtliche Schrauben gelöst, mit der die Überwachungsgeräte installiert worden waren.

Zu dritt schafften sie rasch alles in den anderen Wagen – einschließlich einiger Motorteile, der Nummernschilder und sogar einem kleinen Stück von der Windschutzscheibe, das Aufkleberinformationen enthielt.

Während der gesamten Aktion wechselten Deb und Yashi vielleicht fünf Sätze miteinander. Und dazu gehörten solche wie: „Hat Jules angerufen?"

„Nein, dich?"

„Nö."

Möglicherweise war dies ihr Geheimcode für: *„Du hast mir echt Angst gemacht."*

„Ja, es war ziemlich heftig. Ich kann es kaum erwarten, heißen, wilden Sex mit dir zu haben."

„Ich auch, Baby."

Aber wahrscheinlich nicht.

Es wurde schließlich Zeit, den Wagen zu reinigen. Martell wollte helfen, doch er schien bloß im Weg zu sein, also begnügte er sich damit, zuzusehen. Es war offensichtlich, dass Yashi und Deb diese gründliche Beseitigung von Fingerabdrücken nicht zum ersten Mal machten. Es hatte also keinen Sinn, ihnen dazwischenzufunken.

Trotzdem war er neugierig. „Warum fackeln wir ihn nicht einfach ab?", wollte er wissen.

„Schlecht für die Umwelt", erklärte Yashi, als er in den Überwachungsvan Nummer zwei einstieg – den sie jetzt wohl besser Van Nummer eins nennen sollten. Oder nur *Van*.

„Außerdem tun Feuer nicht immer das, was sie tun sollen", meinte Deb, die den Motor startete und wieder an den Müllcontainern vorbeifuhr. Sie machte aus ihrem Ärger keinen Hehl. „Das ist wie mit Aufträgen oder Leuten."

„Und dem Wetter", fügte Martell hinzu. „Und wie mit dem Leben im Allgemeinen. Wissen Sie, ich habe einen Neffen. Zehn Jahre alt. Macht eine Chemotherapie wegen einer Krebserkrankung. Läuft nicht so gut."

Deb sah ihn voller Mitgefühl an. „Das wusste ich nicht", sagte sie mit sanfter Stimme. „Das tut mir leid."

Jetzt kam er sich wie ein Idiot vor. „Ich habe das nicht erzählt, damit Sie sich schlecht fühlen. Nach dem Motto: Meine Probleme sind schlimmer als deine. Ich wollte damit bloß zum Ausdruck bringen, dass wir alle uns so durch dieses bisweilen sehr chaotische Leben schlagen. Ich sehe, dass Sie sich Mühe geben, die Fäden in der Hand zu behalten, aber es gibt zu viele Unwägbarkeiten, die sich nicht kontrollieren lassen. Denken Sie mal an Ian Dunn. Also ehrlich."

„Beten Sie für etwas Gelassenheit", meldete sich Yashi von hinten. „Wütend zu werden hilft nie."

„Er wird niemals wütend", wandte Deb sich an Martell. „Das macht mich wahnsinnig."

„Das stimmt nicht", widersprach Yashi. „Ich werde durchaus wütend. Aber ich lasse mich davon nicht leiten."

„Soll ich fahren?", bot Martell Deb an. „Sie wollen ja bestimmt nicht angehalten werden wegen Wahnsinn am Steuer."

Sie lachte, doch ihre Antwort überraschte ihn. „Ja", erwiderte sie und hielt an der Seite an. „Sie können ruhig fahren. Es waren lange Monate und … ich wäre Ihnen tatsächlich dankbar."

18. KAPITEL

Zunächst ließ Phoebe Ian reden.

Doch dann fand sie ihr Schweigen merkwürdig und unnatürlich. Als er eine sehr überzeugende Geschichte erzählte über ihre erste Begegnung, in der ein Hund, ein Gewitter und ein Stromausfall vorkamen, ergänzte sie seine Schilderung um ein paar lebhafte Details.

„Es war ein Boston Terrier!"

„Solche Hagelkörner habe ich noch nie gesehen!"

„Aber dann sah man einen Regenbogen am Himmel, direkt über Ians Kopf, wie ein Zeichen von oben!"

Irgendwann im Verlauf der Erzählung zog er sie auf seinen Schoß, was viel zu angenehm war.

Und schließlich, weil sie nicht so linkisch und verkrampft dasitzen wollte, fing sie an, mit seinen Haaren zu spielen, die sich wunderbar weich und voll anfühlten. Sein Seufzen und die Art, wie er sich an sie schmiegte, waren vollkommen.

Ian ging von ihrem Kennenlernen über zum Ort ihrer Hochzeit – Las Vegas.

„Oh, erzähl bloß nicht die Geschichte mit dem weich gekochten Ei." Sie sah ihn mit großen Augen an. Die Sache fing an, ihr Spaß zu machen, denn er beherrschte dieses Spiel sehr gut.

Er lächelte sie an. „Das würde ich nie wagen", erwiderte er. „Ich habe versprochen, alle unglücklichen und peinlichen Vorfälle mit dem Zimmerservice auszulassen."

„Das Schlagsahne-Fiasko war allerdings sehr lustig", erinnerte sie ihn und wackelte dabei mit den Augenbrauen.

Darüber musste Ian lachen. „Ja, stimmt", meinte er, weiter der Improvisationsregel folgend, dem anderen in allem beizupflichten.

„Wir hatten uns Erdbeeren und Schlagsahne bestellt", erklärte Phoebe Vanderzee, „und der Zimmerkellner kam und wollte den Tisch decken und alles. Allerdings hatten wir es eilig, deshalb unterschrieb Ian schnell an der Tür und nahm das Tablett entgegen. Erst später, als wir zum Abendessen gingen, entdeckten wir die sorgfältig abgedeckte Schale mit den Erdbeeren vor unserem Zimmer. Keiner von uns hatte bemerkt, dass sich gar keine Erdbeeren auf dem Tablett befanden, weil wir, na ja, so mit der Schlagsahne beschäftigt gewesen waren. Der arme Kerl muss zurückgekommen sein und geklopft und geklopft haben …"

„Ich habe kein Klopfen gehört", warf Ian grinsend ein.

Lachfältchen, funkelnde Augen, strahlendes Lächeln – wenn dieser Mann sie jemals so ansehen würde, würde sie vermutlich auch kein Klopfen an der Tür mehr hören. Phoebe küsste ihn und musste sich räuspern, ehe sie sich an den Holländer wandte: „Irgendwann muss er es aufgegeben und die Schale vor die Tür gestellt haben."

Man brauchte nicht viel Fantasie, um sich vorzustellen, wie sie mit Ian und einer Schüssel voll Schlagsahne in einem Hotelzimmer eingesperrt war. Und wie sie beide Stunden damit zubrachten, sich gegenseitig die Sahne von aufregenden Körperpartien zu schlecken …

Auch Ian musste sich nun räuspern.

„Ihr habt also in Las Vegas geheiratet", bemerkte der Holländer, der offenbar mehr Details erfahren wollte. Als Ian Phoebe anschaute, wurde ihr klar, dass er ein wenig aufgeschmissen war.

Dieser Mann gehörte nicht zu der Sorte, die sich schon allzu viele Gedanken über ihren Hochzeitstag gemacht hatten.

Phoebe hingegen konnte sich ein faszinierendes Szenario für einen eleganten, attraktiven Gauner und die Frau seines Herzens ausmalen.

„Die Hochzeit selbst war eine totale Überraschung. Ian hatte alles geplant", berichtete sie dem Holländer, der lächelnd von seinem Wein trank. Er hatte einen guten Merlot geöffnet, aus einem Weingut in Napa, und auch Phoebe ein Glas eingeschenkt. Ian trank Selters, was wenig überraschend war – und andererseits doch. Seine Reaktion darauf, dass sie ein Glas Wein trank, kam ihr eigenartig vor, deshalb tat sie lediglich so, als würde sie trinken. „Er hat sämtliche Reservierungen vorgenommen: Hotels, Restaurants, die romantische Hochzeitskapelle. Man denkt ja immer, eine Hochzeit in Las Vegas sei kitschig, mit einem Elvis-Imitator, der die Trauung vornimmt. ‚Und jetzt ernenne ich Sie zu Mann und Frau. Danke. Vielen Dank.'"

Plötzlich, während sie gekonnt Elvis imitierte und alle lachten, fiel ihr siedend heiß ein, dass weder sie noch Ian einen Ehering trugen. Das Fehlen des Ringes war eines dieser Details, in denen der Teufel steckte, wie Ian das unter der Dusche genannt hatte. Eines jener Details, die ihnen zum Verhängnis werden konnten. Hatte Ian daran gedacht? Wahrscheinlich nicht. Vielleicht achtete der Holländer gar nicht darauf. Vielleicht aber doch. Manche Männer trugen natürlich keinen Ehering. Aber warum sollte eine Frau keinen Ring tragen – besonders, wenn sie so offenkundig in ihren Mann verliebt war, wie Phoebe es hier vorspielte?

Während sie eine weitere Anekdote zum Besten gab, arbeitete ihr Verstand auf Hochtouren. „Oder man zieht sich an wie … Sonny und Cher oder Spock und Uhura …" Sie plapperte einfach drauflos und sah zu Ian. „Ehrlich, es war sehr schön. Und natürlich auch deshalb, weil ich überhaupt nicht damit gerechnet hatte. Ian sagte nur: ‚He, wir fliegen nach Vegas. Pack nur wenig ein, aber etwas Hübsches.' Also nahm ich einen Badeanzug mit, ein Paar Shorts und sexy Unterwäsche."

„Die echt hübsch war", ergänzte Ian wie aufs Stichwort, als hätten sie das vorher geübt.

„Allerdings nicht für das, was er im Sinn hatte", beendete Phoebe die Story. „Am Ende hat er mir ein wunderschönes Kleid gekauft. Ach, und der Ring? Der war absolut hinreißend, ein riesiger Diamant in einer schlichten Fassung. Der liegt in unserem Bankschließfach. Dort bleibt er bei Undercover-Aufträgen wie diesem."

Sicher, das war eine schlüssige Antwort auf die Frage nach dem Ehering. Es war jedoch nicht die einzige Antwort. Konnte es nicht sein. Trotzdem fiel ihr außer Malerarbeiten zu Hause kein weiterer Grund ein. Und selbst in dem Fall würde sie den Ring nach Feierabend wieder auf den Finger stecken.

Vielleicht würde der Holländer nicht weiter darauf eingehen. Vielleicht hatte er gar nicht richtig hingehört …

„Sie arbeiten mit Ian zusammen?“, fragte er und sah zwischen den beiden interessiert hin und her. „Na ja, eigentlich ist das keine so große Überraschung.“

Ians Lächeln war angespannt. „Oh, für mich schon. Ich war sehr überrascht.“

„Dabei passen wir perfekt zusammen“, behauptete Phoebe, obwohl sie wusste, dass sie längst genug gesagt hatte. Sie redete weiter, in der Hoffnung, alles in Ordnung bringen zu können – zum Beispiel, indem sie Ians und ihre angebliche Zusammenarbeit glaubwürdiger darstellte. „Es gibt Dinge, die kann eine Frau tun und ein Mann nicht.“ Ihr kam ein Einfall. „Außerdem meint Ian immer, wenn ich bei ihm bin, bringe ich ihm Glück. Ich bin sozusagen sein Talisman. Klasse, oder?“

„O ja“, bestätigte Ian und warf ihr einen vernichtenden Blick zu. „Ich kann mich so glücklich schätzen.“ Er nahm ihr das Weinglas aus der Hand – ja, das Weintrinken bekam ihr eindeutig nicht – und stellte es auf den Beistelltisch neben ihnen, ehe er sie auf die Füße zog. „Warum erkundigst du dich nicht mal bei der Haushälterin, ob unsere Wäsche schon fertig ist?“

„Oh, du willst mich loswerden, um ungestört ein paar Dinge zu besprechen“, stellte sie fest und kniff die Augen zusammen, während sie gleichzeitig stumm um Verzeihung bat.

„Bitte geh“, forderte Ian sie auf.

Also ging sie.

Die Treppe hinauf nach oben. Sie würde selbst nach der Wäsche sehen. Das war besser, als sich auf die Suche nach einer der Frauen zu machen, die wie Geister durch das große Anwesen zu schweben schienen.

Sie konnte Ians gedämpfte Stimme hören, als sie das Licht im Wäscheraum einschaltete und den Trockner öffnete, in dem sich noch die Trommel drehte.

Es gab genau genommen ein Dutzend Gründe, wieso eine Frau ihren Ehering nicht trug – mal abgesehen von dem, dass sie einen illegalen Undercover-Einsatz mit ihrem Mann durchführte oder ihr Heim renovierte. Sie hätte den Ring ebenso gut aus Sicherheitsgründen abnehmen können, bevor sie einen Schuppen wie das Henrietta's betrat. Das hätte als Erklärung völlig ausgereicht. Oder der Ring war so groß, dass sie ihn bloß trug, wenn sie ausgingen. Oder abends. Sie könnte Töpferin sein und den ganzen Tag mit den Händen im Ton arbeiten. Oder eine Malerin – keine Handwerkerin. Oder Zahnhygienikerin, die ständig Latexhandschuhe tragen musste.

Nur, warum trug sie dann nicht wenigstens einen schlichten Goldring? Es sei denn, sie wollte den Eindruck erwecken, sie sei unverheiratet, während sie irgendeinen Betrug mit ihrem verschlagenen Ehemann beging …

Vielleicht hatte Phoebe doch genau das Richtige gesagt.

Die Kleidungsstücke waren fast trocken. Ians Jeans waren noch ein bisschen feucht, deshalb ließ sie sie im Trockner. Mit ihrer Unterwäsche ging sie in das Gästebad, um sie unter dem Bademantel anzuziehen. Ihre Jeans und ihr T-Shirt waren nicht blutbefleckt gewesen, deshalb hatte sie beides an die Innenseite der Tür gehängt. Jetzt zog sie die Sachen an. Ian hatte wirklich deutlich weniger geblutet, als sie im ersten Moment im Wagen angenommen hatte.

Wow, hatte sie Angst gehabt.

In diesen Sekunden war Phoebe überzeugt gewesen, dass Ian das Ausmaß seiner Verwundung einfach nicht klar gewesen war. Sie hatte sich vorgestellt, wie er in ihren Armen starb, während sie unfähig war, ihm irgendwie zu helfen.

Und es machte ihr Angst, zu wissen, dass Davio Dellarosas Männer weiter auf der Jagd nach ihm waren.

Wenn sie ihn das nächste Mal aufspürten, kam er vielleicht nicht mehr mit einem Streifschuss davon.

Plötzlich musste sie sich dringend hinsetzen und den Kopf zwischen die Knie klemmen: Allein bei der Vorstellung wurde ihr schwindelig.

Aber sie durfte keinerlei Zeichen von Schwäche zeigen. Sie war gerade unten gewesen, wo sie gelacht und geredet und sich als Ians Frau ausgegeben hatte.

Ians Frau würde nicht einfach einen mädchenhaften Schwindelanfall bekommen.

Ians Frau, die in Las Vegas den Mann ihrer Träume geheiratet hatte, war aus anderem Holz geschnitzt.

Nur war sie nicht Ians Frau.

Phoebe musste dringend auf die Toilette.

Sie sah zu dem grellbunten Bilderrahmen, in dem Ians Auffassung nach das Überwachungsgerät versteckt war, und verwandelte sich erneut in Ians Frau, indem sie der Kamera erst den Mittelfinger zeigte und ihr anschließend eine Kusshand zuwarf.

Danach hob sie den Bademantel über den Kopf, sodass sie in eine Art Frotteezelt eingehüllt war, zog Jeans und Slip herunter und setzte sich auf die Toilette.

„Ich komme mit", verkündete Aaron.

Francine, die mit der Sichtung des FBI-Überwachungsvideos aus dem Haus des Holländers beschäftigt war, schaute auf. Ian hatte dem Verdächtigen gerade erzählt, er habe seinem Stellvertreter den Auftrag erteilt, ihn zwischen acht Uhr und Mitternacht in einer Bowlingbahn in Miami Gardens abzuholen, falls er je so wie jetzt untertauchen würde. Da Vanderzee über einen zweiten Botschaftswagen verfügte, würde er sie dorthin fahren. Nur dass diesmal sein kahlköpfiger Bodyguard mit von der Partie wäre.

Francine wandte sich an Shel, und er erwiderte ihren Blick, ehe sie beide zu Aaron sahen.

Francine ergriff zuerst das Wort. „Ian hat mir eben zu verstehen gegeben, dass *ich* die beiden abholen soll …"

„Er hat aber nicht gesagt, dass ich nicht mitkommen soll", konterte Aaron.

„Wie sollte er denn während einer Unterhaltung mit dem Holländer einflechten, dass du nicht mitfahren sollst?", gab

Shelly zu bedenken, während er Rory beruhigend auf dem Arm wiegte und dabei von einem Fuß auf den anderen trat. „Wir können getrost davon ausgehen, dass er nicht will, dass sonst noch jemand von uns das Haus verlässt, solange Davio dich und Ian jagt."

„Ach, und was ist damit, was *ich* nicht will?", entgegnete Aaron. „Ich will zum Beispiel nicht, dass Francine auch nur in die Nähe von Berto kommt. Es schockiert mich übrigens ein bisschen, dass du das tatsächlich als Möglichkeit in Betracht ziehst."

„Was denn?", meinte Shel. „Soll ich mich hier wie Ian aufführen und ihr sagen, was sie tun darf und was nicht? Sie ist erwachsen, und wenn sie es machen will …"

„Sie will es auf keinen Fall", unterbrach Aaron ihn. „Aber nimmst du ernsthaft an, sie würde das zugeben?"

„Hallo, diejenige, über die ihr redet, steht hier", schaltete Francine sich ein, doch keiner der beiden schenkte ihr Beachtung, weil sie viel zu sehr auf den entstehenden Zwist zwischen ihnen konzentriert waren. Einen Zwist, zu dem Francine selbst ihren Beitrag geleistet hatte.

Ich arbeite an einem Deal mit Berto Dellarosa. Ich kann keine Einzelheiten nennen, solange ich mir mit ihm noch nicht einig geworden bin, aber unser Käufer ist abgesprungen. Wir haben da also ein Produkt, das schnell bewegt werden muss. Bei deinen Kontakten kannst du uns doch sicher mit jemandem zusammenbringen, der das will, was wir haben – noch dazu zu einem sehr niedrigen Preis. Du erhältst selbstverständlich ein Vermittlungshonorar.

Nachdem Francine diese Worte gehört hatte, wusste sie, dass Ian sie – sobald er heil wieder hier wäre – bitten würde, Kontakt zu Berto herzustellen und ein Treffen zu arrangieren. Er wollte ihn zu einer Schlüsselfigur in diesem Schwindel aufbauen.

Und Berto würde Ja sagen.

Sie war sich nicht sicher, wie sie dazu stehen sollte. Im Augenblick fehlten ihr jedoch die Zeit und die Energie, sich näher mit ihren Gefühlen zu befassen. Fürs Erste musste sie sich damit begnügen, sich einzugestehen, dass es übel werden würde, Berto wiederzusehen. Anderseits war fast alles in ihrem Leben übel. Wie sollte es da noch viel schlimmer werden?

„Ich werde Eee abholen“, erklärte sie ihrem Bruder und Aaron. Sie nahm Martells Autoschlüssel aus der Schale auf dem Küchentresen und ging zum Schrank mit der Ausrüstung, um den Wanzendetektor zu suchen. So wie sie Ian kannte, würde er nicht mehr sagen als „He, wie läuft's?“, bis er und die Anwältin in Sicherheit waren und niemand ihnen folgte. Daher würde ihr eine ziemlich angespannte Fahrt bevorstehen. „Ich werde mich zum Kontaktpunkt begeben, der Bowlingbahn, und gleich zurückkommen. Wenn du unbedingt mitkommen willst, dann bitte.“

„Ich werde jedenfalls nicht mitfahren, weil einer sich ja schließlich um Rory kümmern muss“, bemerkte Sheldon spitz.

Aaron war schon auf dem Weg zur Tür, durch die man in die Garage gelangte, in der Martells Wagen stand.

„Verabschiede dich wenigstens von mir!“, rief Shel ihm hinterher. „Aaron!“

Doch Aaron blieb nicht stehen, sondern schloss die Tür hinter sich.

„Tut mir leid“, meinte Francine. „Ich werde dafür sorgen, dass ihm nichts zustößt, und ihn in einem Stück zurückbringen.“

„Mir doch egal“, gab Shelly zurück und marschierte davon. Dann aber blieb er stehen und drehte sich noch einmal um. Er gab dem Baby einen Kuss auf den Kopf. „Das habe ich nicht so gemeint.“

„Ich weiß“, sagte sie leise.

„Und du brauchst keinen Kontakt mit Berto zu haben“, fügte er hinzu. „Nicht, wenn du es nicht willst. Ich würde es nicht wollen, und ich bin immerhin verwandt mit ihm.“

„Vielleicht will ich es doch“, erwiderte Francine. „Ist das irgendwie seltsam?“ Ohne auf eine Antwort ihres Halbbruders zu warten, ging sie zur Tür hinaus. „Ich rufe an, sobald wir auf dem Rückweg sind. Schließ hinter mir ab.“

„Sag Aaron, ich liebe ihn.“

Francie schaute zurück zu ihrem kleinen Bruder. „Er hat dich nicht verdient.“

„Du hast recht, das hat er nicht. Er hat nichts von diesem ganzen Mist verdient“, erklärte Shel und schloss die Tür hinter ihr mit einem Klicken ab.

19. KAPITEL

Ians Laune war Mist.
Absoluter.
Mist.

„Du weißt, wie es läuft", sagte er zu Phoebe, nachdem Vanderzee und sein Gorilla sie im Schatten des Parkplatzes vom Bowl-a-Rama abgesetzt hatten. „Nicht reden, überhaupt nicht, bis ich dir ein Zeichen gebe, dass alles in Ordnung ist."

Sie nickte und befolgte seine Anweisung zur Abwechslung tatsächlich mal. Ihr war klar, dass sie es vermurkst hatte, nur nicht, wie schlimm.

Nachdem der Holländer den Parkplatz vor dem Bowlingzentrum verlassen hatte, blinkte ein Scheinwerferpaar auf der anderen Seite, wo die meisten Autos geparkt waren. Und dann rollte wirklich Martells alte Karre auf sie zu. Francine saß am Steuer, mit diesem durchgeknallten Aaron als Beifahrer.

Ian öffnete die hintere Tür, und Phoebe stieg rasch ein, ohne seine Hilfe. Er setzte sich neben sie.

Francine fuhr schon wieder los, noch ehe Ian die Tür zugeworfen hatte. Sie schaute in den Rückspiegel und nahm kurz Blickkontakt zu ihm auf. Ian schüttelte den Kopf, zum Zeichen dafür, dass er später alles erklären würde, soweit er dazu in der Lage war, und ihm ansonsten das Ganze genauso spanisch vorkam wie ihr.

Aaron aktivierte den Wanzendetektor und gab ihn zurück an Ian, damit er eine gründlichere Prüfung durchführen konnte. Es war höchst unwahrscheinlich, dass der Holländer den Wagen mit einem Peilsender versehen hatte. Trotzdem wollte Ian lieber vorsichtig sein.

„Sauber", verkündete er und fügte vorsichtshalber hinzu: „Aber noch nicht alles in Ordnung." Denn Phoebe holte bereits Atem, um all die tausend Dinge loszuwerden, die ihr auf der Seele lagen.

Doch in Ordnung war die Situation erst, wenn feststand, dass keiner von Vanderzees Leuten hinter ihnen her war – oder sonst jemand.

Francine war gut vorbereitet, wie üblich. Sie hatte die Wartezeit genutzt, um eine Route zu planen, der sie nun geschickt folgte. Immer wieder bog sie links und rechts ab, nahm Nebenstraßen, die für gewöhnlich nur alteingesessene Bewohner Miamis nutzten.

Und sie sagte es zuerst. „Alles in Ordnung."

Phoebe sah Ian an. Offenbar hatte sie endlich begriffen, dass diese Worte von ihm kommen mussten. Also sagte er, was er stets sagte. „Fahr noch mal um den Block."

Das taten sie.

Anschließend tauschte er mit Francine erneut einen Blick im Rückspiegel und nickte.

„Es ist alles in Ordnung, aber sprich trotzdem nicht", warnte er Phoebe. „Sitz einfach da, während ich meinen Bruder frage, was zur Hölle er in diesem Wagen macht."

„Er ist nicht wütend auf Sie", meinte Phoebe zu Aaron und beugte sich leicht vor. „Er ist sauer auf mich."

„O nein", widersprach Ian. „Im Augenblick bin ich stinksauer auf euch beide. Und ich bin mir ziemlich sicher, dass ich es schaffe, gleichzeitig wütend auf Francine zu sein. Also komm schon, Francine. Womit hast du dich zuletzt in tödliche Gefahr begeben oder die Mission gefährdet? Oder hast du's wie Phoebe gemacht und beides zugleich hinbekommen?"

Phoebe holte empört tief Luft. „Ich habe die Mission gerettet", erklärte sie, und er wusste, dass sie das tatsächlich glaubte. Dies war nicht bloß ein Versuch, die Schuld von sich zu weisen. „Ich habe deine Geschichte zur Tarnung untermauert. Na schön, nicht besonders gut, aber ich bin ja auch noch neu darin. Und alles, was ich denken konnte, war: ‚Ich muss ihm einen Grund nennen, weshalb ich keinen Ehering trage.' Immerhin habe ich den Fehler wieder ausgebügelt. Du hast ja nicht mal gemerkt, dass es ein Problem war."

„Es war kein Problem", sagte er. „Manche Leute tragen eben keinen Ring. Ich zum Beispiel. Ich habe noch nie einen getragen und werde es auch nie tun."

„Nun, der Charakter, den ich spiele, die glückliche, lebensfrohe Ehefrau von Ian, trägt sehr wohl einen Ring“, verkündete sie. „Und tut mir leid, der Charakter, den du spielst, auch.“

„Der Charakter, den ich spiele?“, fragte Ian. „Ich spiele niemanden. Ich bin ich. Ich bin immer ich.“

Phoebe ging gar nicht darauf ein. „Ein Mann, der all das auf sich nimmt, um die Frau, die er liebt, mit einer Hochzeit in Las Vegas zu überraschen? Ein solcher Mann muss einen Ring tragen. Also, wo ist deiner, Ian? Ach ja, der ist im Bankschließfach, zusammen mit meinem. Natürlich. Detail geklärt. Gern geschehen.“

„Gern geschehen?“

„Nun, das war nicht die perfekte Lösung“, räumte sie ein. „Das weiß ich. Und ich übernehme die volle Verantwortung. Aber wenigstens wird Vanderzee nicht heute Nacht wach liegen, über den fehlenden Ring grübeln und womöglich daraus schließen, dass wir gar nicht verheiratet sind, sondern ihm bloß etwas vorgemacht haben. Dann wird er dich nämlich bei der nächsten Begegnung garantiert aus dem Weg räumen.“

Aaron meldete sich vom Beifahrersitz zu Wort: „Da hat sie nicht ganz unrecht.“

„Kann schon sein, Klugscheißer“, fuhr Ian seinen Bruder an. „Aber was ist deine Entschuldigung dafür, Francine in solche Gefahr gebracht zu haben? Wolltest du Shelly bestrafen? Gute Arbeit.“

Aaron wollte eindeutig an diesem Streit teilhaben. „Du bringst Francine andauernd in Gefahr.“

„Nicht aus unsinnigen Gründen“, konterte Ian.

„Begreifst du denn nicht?“, mischte Phoebe sich ein. „Als ich das tat, hatte ich sehr gute Gründe für mein Handeln. Ich wollte, dass du sicher bist …“

„Und was hast du getan?“, wandte Ian sich wieder an sie. „Ist dir die Tragweite deines Handelns überhaupt bewusst? Ist dir klar, wie sehr du es vermurkst hast?“ Doch Ian wusste, dass es ihr nicht klar war. Sie meinte ernsthaft, dass sie alles richtig gemacht hatte. Himmel, vielleicht hatte Aaron recht, und es stimmte sogar. Ein Ring war ein Detail, an das er nicht gedacht hätte, denn bis zu diesem Nachmittag hatte sich noch nie jemand als seine Frau ausgegeben, nicht einmal Francine. Eheringe ... So ein Mist. „Warum zählst du's nicht mal auf? Und fang bitte am Anfang an, als du aus dem verdammten Van ausgestiegen bist."

Phoebe blieb unbeeindruckt. „Ich bin aus dem Van gestiegen, obwohl ich versprochen hatte, es nicht zu tun. Das gebe ich zu. Aber ich musste es tun. Entweder ich oder Yashi, also musste ich es machen. Tja, und ich habe behauptet, wir seien verheiratet, was die Dinge nun kompliziert macht ..."

„Oh, red ruhig weiter", ermutigte Ian sie.

„Na ja, und wegen des fehlenden Eherings habe ich gesagt, dass ich mit dir zusammenarbeiten würde ..."

„Einfach fabelhaft", unterbrach Ian sie. „Nicht zu fassen. Jetzt denkt Georg Vanderzee, dass du mit mir zusammenarbeitest, weil du es ihm gesagt hast. Leider bedeutet das, dass du jetzt tatsächlich mit mir zusammenarbeiten musst – und mit diesem Psychopathen, in dessen Nähe ich dich am liebsten gar nicht erst lassen würde. Denn du hast ihm nicht bloß erzählt, dass wir zusammenarbeiten. Du musstest ihm außerdem erzählen, du seist mein Talisman. Dabei habe ich dir doch erklärt, wie abergläubisch er ist!"

„Ich weiß", meinte Phoebe. „Genau deshalb habe ich es ja gesagt. Ich hielt es für die perfekte Lösung. Ich dachte, andernfalls würde er nicht glauben, dass jemand wie ich mit einem wie dir zusammenarbeitet ..."

„Keine Sorge, das glaubt er jetzt bestimmt", fuhr Ian sie an. „Ab sofort kannst du nicht mehr spontan deine Mutter besuchen oder zu Hause bleiben, um deine süßen kleinen Welpen zu trainieren. Oder um auszuschlafen, falls du plötzlich schwanger geworden bist und dich nicht so gut fühlst. All diese angenehmen Ausreden können wir jetzt nicht mehr benutzen, um dich schön aus der Schusslinie zu halten. Denn wenn ich meinen verdammten Talisman bei diesem Job nicht dabeihabe, traue ich mich nicht und suche das Weite!"

Phoebe schaute ihn mit großen Augen hinter ihren Brillengläsern an und war zum ersten Mal sprachlos. Zumindest dachte Ian das. Es war ein Irrtum.

Ihr Schweigen war nur vorübergehend. Und als sie nun etwas sagte, besaß sie doch tatsächlich die Dreistigkeit, gereizt zu klingen. „Hättest du mir erklärt, dass er *so* abergläubisch ist … Ich meine, gefährlich krankhaft abergläubisch. Aus deinem Mund klang es wie eine kleine Macke, so als würde er vierblättrige Kleeblätter sammeln oder sich Hufeisen aufhängen …“

„Du solltest gar nicht erst in seine Nähe kommen!“, schrie Ian. „Du solltest im Van bleiben! Herr im Himmel! Ich hätte bloß ein paar Stunden gebraucht, um dich an einen sicheren Ort zu bringen, in ein anderes sicheres Haus in einem anderen Bundesstaat! Ich wollte dich von mir fernhalten und dich nicht direkt in der Gefahrenzone dieses beschissenen Schwindels aus der Scheißhölle haben, verdammt noch mal! Du machst mich verrückt!“

Na schön, nun war Phoebe wirklich sprachlos. Vorn im Wagen wagten auch Aaron und Francine kaum zu atmen.

Wahrscheinlich, weil Ian mit seiner wilden Flucherei den ganzen Sauerstoff im Wagen für sich beanspruchte. In der abrupten Stille hörte er sich an wie ein wütender Stier.

Heiliger Strohsack, so heftig hatte er noch nie die Kontrolle verloren. Nie.

Ja, möglicherweise war er zu weit gegangen und hatte zu viel gesagt, war zu brutal gewesen.

Aber falls Phoebe etwas zustieß, falls er nicht für ihre Sicherheit sorgen konnte … Bei der bloßen Vorstellung drehte sich ihm der Magen um.

Phoebe hatte sich abgewandt und sah aus dem Fenster auf ein vorbeifahrendes Auto. Im Licht der näher kommenden Scheinwerfer schimmerten Tränen in ihren Augen.

Während Ian sich allmählich wieder beruhigte, wurde das Schweigen im Wagen immer bedrückender.

Doch dann überraschte Phoebe ihn, indem sie das Wort ergriff. „Ich würde ja sagen, dass es mir leidtut, aber das ist nicht wahr. Ich meine, ja, es tut mir leid, dass ich dich verrückt mache. Dass es so unangenehm war, mich ständig mitzuschleppen. Das war mir nicht klar.“ Sie räusperte sich. „Aber ich bereue nicht, dass ich aus dem Van gestiegen bin. Und es tut mir ganz sicher nicht leid, dass du noch am Leben bist, weil ich das getan habe." Sie drehte sich um und starrte ihn an, das Kinn leicht vorgereckt, die personifizierte Trotzigkeit. Dennoch hielt sie seinem immer noch aufgebrachten Blick nicht lange stand und schaute stattdessen hinaus in die Dunkelheit hinter dem anderen Wagenfenster.

Vorn räusperte Francine sich vorsichtig. „Nachdem das jetzt geklärt wäre, könntest du mir ja mal einen Vorschlag machen, was ich zu Berto sagen soll."

Martell war bereit zum Aufbruch.

Er stand in der Garage, als das Tor aufging. Seit seiner Kindheit erinnerten ihn automatische Garagentore an *Star Trek* und die Landebucht für den Shuttle. Er sah zu, wie Francine den Wagen hineinfuhr und das Tor sich wieder schloss. Die *Galileo* ist sicher gelandet, Captain, dachte er, als Ian, Phoebe und Aaron ausstiegen.

Phoebe lief gleich an ihm vorbei zur Haustür und nickte ihm nicht einmal zur Begrüßung zu.

„Fahren Sie mit Francine?", wollte Ian von Martell wissen und fügte ein „Gut" hinzu, nachdem dieser bestätigt hatte. Der ehemalige SEAL wirkte erschöpft. „Ich fahre im Van mit Yashi und Deb."

„Ich bin nach wie vor der Ansicht, Francine sollte das nicht tun", meinte Aaron in herausforderndem Ton.

„Und ich finde, Berto hat sich als Freund erwiesen", konterte Ian.

Aaron hörte die Erwiderung seines Bruders schon nicht mehr, denn er war bereits auf dem Weg ins Haus, ein „Wie auch immer" über die Schulter murmelnd.

„Bei allem gebührenden Respekt", sagte Martell zu Ian. „Wenn der Plan nur vorsieht, dass Francine sich mit Berto Dellarosa trifft, müssen Sie sichergehen, dass er kein verstecktes Mikrofon bei sich trägt. Sie müssen ihn herbringen, und vielleicht sollten Sie uns das machen lassen. Halten Sie sich im Hintergrund und machen Sie eins von diesen Navy-SEAL-Kampfnickerchen, statt eine Aufgabe zu erledigen, die Yashi oder Deb allein bewältigen können."

„Ich fahre im Van mit", wiederholte Ian. „Aber erst hole ich mein Handy und eine Waffe."

„Wie Sie meinen, Mr Crazy Man", murmelte Martell, ging zum Wagen und stieg neben Francine ein.

Sie war übersprudelnd wie eh und je. „Sie sind also mein neuer Freund", begrüßte sie ihn.

„Ah-ha."

Demonstrativ verdrehte sie die Augen. „Nicht wirklich. Was Berto betrifft, sind wir zwei allerdings ein Traumpaar."

Ja, dieses Spiel verstand Martell. „Na schön. Sind wir auch zärtlich miteinander? Zuneigungsbekundungen in der Öffentlichkeit?"

„Wie *Sie* meinen", erwiderte sie. „Fummeln Sie, so viel Sie mögen. Es geht darum, dass er sich unbehaglich fühlt. Und dass wir zwei zusammen sind, wird ihm gar nicht schmecken. Er ist ein rassistischer Arsch."

„Ah." Jetzt verstand Martell wirklich. „Wird er dann versuchen, mich umzubringen?"

„Falls er das versucht, ist es ein Hinweis darauf, dass er keine ehrlichen Absichten hat", sagte Francine.

„Wow, das ist gut zu wissen."

„Machen Sie sich keine Sorgen", beruhigte sie ihn. „Selbst wenn er es versucht, werde ich nicht zulassen, dass er Sie umbringt. Wir treffen ihn übrigens im Pelican Deck. Ich habe ihm aufgetragen, unbewaffnet zu erscheinen und Brieftasche sowie Handy ebenfalls zu Hause zu lassen."

„Sie haben schon mit ihm gesprochen?", fragte Martell. „Am Telefon?"

„Ja."

„Das muss seltsam gewesen sein."

„War es auch."

Francine schaute an Martell vorbei, und als er sich umdrehte, sah er Ian auf den Wagen zukommen. Er kurbelte das Fenster herunter, damit Ian mit ihnen reden konnte.

„Sie hatten recht", meinte er zu Martell. „Ich werde im Hintergrund bleiben. Sollen doch Yashi und Deb den Van fahren. Es sei denn, du brauchst mich hier." Die letzten Worte waren an Francine gerichtet.

Etwas an ihrer Miene hatte sich kaum merklich verändert – die war ohnehin stets sehr schwer zu deuten. Doch diesmal entging es Martell nicht. Für den Bruchteil einer Sekunde wirkte sie ein wenig verloren, allein und beflissen, sich mutig zu zeigen. Am liebsten hätte Martell Ian erklärt, dass er unrecht gehabt habe, dass Francine Ian jetzt brauche und er deshalb unbedingt mitkommen müsse.

Aber da hatte Francine schon geantwortet: „Ich komme klar."

Ian glaubte ihr. „Falls ich bei eurer Rückkehr schlafen sollte, weckt mich auf", wies er sie an.

Sie versprach es, und er ging zurück ins Haus.

Martell und Francine saßen noch einige verlegene Sekunden schweigend da und warteten darauf, dass Yashi und Deb das Zeichen gaben, loszufahren.

„Ich war früher ein Cop", sagte Martell schließlich. „Zivilfahnder. Ich habe die Abendschule besucht und mein Juraexamen gemacht. Meine Lieblingsfarbe ist Blau. Mein Lieblingsessen: alles aus der Cajun-Küche. Wenn's aus dem Backofen kommt, bin ich im siebten Himmel. Solche Sachen sollte eine Traumpartnerin wissen."

Francine schaute ihn mit ihren ausdruckslosen blauen Augen an. Im Licht der Armaturenbrettbeleuchtung erschienen sie beinah farblos. „Bertos biologischer Vater, Davio, hat mich und meine ältere Schwester Pauline adoptiert, als er unsere Mutter heiratete", erzählte sie ihm und startete den Motor, als das Garagentor endlich aufging. „Ich weiß nicht mit Sicherheit, ob er Pauline missbraucht hat, aber ich bin davon überzeugt. Als ich sechs war, wurde sie aufs Internat geschickt, angeblich wegen ihres Verhaltens. Bevor sie ging, baute sie einen Riegel an meine Zimmertür und nahm mir das Versprechen ab, jede Nacht abzuschließen. Das habe ich auch gemacht. Was ich mit Sicherheit weiß, ist, dass Davio sie gehasst hat und mich ebenso. Und Shel hat er wirklich gehasst, als er herausfand, dass er schwul ist. Er hat versucht, Aaron umzubringen, nachdem sie von den Marines entlassen worden waren. Er schickte einen Killer, aber Aaron tötete den Kerl in Notwehr. Daraufhin tauchten wir alle unter, bis Pauline ein Jahr später wieder da war. Sie war schwanger und heroinsüchtig. Um ihr Baby zu retten, brachten wir sie ins Krankenhaus. Dadurch lieferten wir uns natürlich Davio aus. Das war der Punkt, an dem Ian auf den Plan trat, um uns durch seinen Deal mit Manny zu retten. Nur mussten Sie ja alles versauen, indem Sie ihn aus dem Gefängnis in North Port herausholten. So viel zu den Dingen, die ein Traumpartner über *mich* wissen sollte."

Sie fuhr rückwärts aus der Garage und bog auf die Straße. Im Abstand von einigen Wagenlängen folgte ihnen der übrig gebliebene Überwachungsvan.

Martell räusperte sich. „Wie steht's mit der Lieblingsfarbe? Dem Lieblingssong?"

Francine betrachtete ihn. „Mein Lieblings-Alles ist Rory. Danach kommen Shelly und Aaron. Ach ja, und kommen Sie bloß nicht auf die Idee, mich ‚Schätzchen' oder ‚Baby' zu nennen", warnte sie ihn. „Ich hasse Kosenamen. Falls Sie einen benutzen, wird Berto sofort wissen, dass wir ihn zum Narren halten. Oh, und da der Plan vorsieht, ihn mit zum Safe House zu nehmen, werden wir zwei uns heute ein Zimmer teilen und laut vernehmbar Sex haben."

Martell wusste darauf nichts zu erwidern.

Francine verdrehte erneut die Augen. „Natürlich nur gespielten Sex. Nun kommen Sie schon."

„Ja, klar", antwortete er, war insgeheim jedoch hin- und hergerissen zwischen Bedauern und Erleichterung. „Um ehrlich zu sein, finde ich das ein wenig gemein ihm gegenüber. Es ihm so unter die Nase zu reiben, meine ich."

„Klar", sagte sie.

Schweigend fuhren sie einige Meilen, und Martell dachte bereits, die Unterhaltung sei vorbei. Doch dann fing Francine wieder an.

„Ich habe ihn mal für meinen Traumpartner gehalten. Berto. Er wusste über Pauline Bescheid. Er wusste auch, was für eine Sorte Mensch sein Vater war. Und trotzdem hat er … Jetzt will ich, dass er mich glücklich sieht.“

„Das ist nur allzu verständlich“, gab Martell zurück. Sie darauf hinzuweisen, dass Berto den Schwindel vermutlich rasch durchschauen würde, wäre wohl wenig sinnvoll. Genauso gut könnte er versuchen, ihr klarzumachen, dass niemand je auf die Idee käme, sie für eine glückliche junge Frau zu halten. Sie war alles Mögliche, aber glücklich ganz sicher nicht. Sie war grimmig entschlossen, chronisch angespannt, hart und stark sowie unaufhaltsam und besessen davon, ihre Familie zu schützen.

Sie hatte selbst zugegeben, ihr Ein und Alles seien ihr Neffe, ihr Bruder und sein halbwegs nervtötender Ehemann. Ohne die Gefahren, die Intrigen und die Risiken, die sie zum Schutz ihrer Familie auf sich nahm, ohne die Wut, die ununterbrochen in ihrem Innern brodelte, hätte sie nichts. Ohne das alles *wäre* sie nichts.

Außer vollkommen leer und klinisch depressiv.

Shelly schaute von seinem Buch auf, als Aaron ins Schlafzimmer kam, doch Aaron gab ihm deutlich zu verstehen, dass er bloß gekommen war, um Rory Gute Nacht zu sagen.

Er begrüßte Shelly nicht einmal, sondern ging einfach an ihm vorbei. Dabei durchquerte er das große Bad und steuerte den riesigen begehbaren Wandschrank auf der anderen Seite des Raumes an, in dem sie die Wiege aufgestellt hatten, die Yashi besorgt hatte. Der zimmergroße Schrank war mit Gitterregalen und Kleiderstangen ausgestattet, verfügte jedoch über ein Fenster und war klimatisiert. Da sie nur vier Ersatz-T-Shirts und fünf Paar Socken und Slips dabeihatten, war er kurzerhand zum Kinderzimmer umgewandelt worden.

Shelly beobachtete, wie Aaron sich über ihren friedlich schlummernden Sohn beugte.

„Es hat eine Weile gedauert, ihn zum Einschlafen zu bringen“, berichtete Shel leise, um den kleinen Jungen nicht aufzuwecken.

„Weil du nicht da warst. Er wollte, dass du ihn ins Bett bringst. Er war ziemlich wütend auf mich.“ Shel zwang sich zu einem Lächeln, als Aaron durch das Bad zurückkam und die Tür nur einen Spaltbreit offen ließ. „Ich habe ihm erklärt, er und du, ihr könntet einen Club gründen.“

Aaron ging zu seiner Reisetasche und wühlte darin herum. Er holte einen iPod hervor und die alle Geräusche ausblendenden Ohrstöpsel. Diese Kopfhörer waren das international bekannte Signal für *Sprich mich nicht an.*

Doch Aaron trieb es noch ein Stückchen weiter, indem er nicht auf die andere Seite des Bettes ging, sondern zur Tür.

Wenn das nicht das krasse Gegenteil von hilfreich und produktiv war! Dennoch schaffte Shel es, ruhig zu bleiben. „Geh nicht“, bat er ihn.

Aaron blieb stehen, drehte sich jedoch nicht um. „Francine und Martell bringen Berto hierher. Ich wollte ein wenig Achtsamkeitsmeditation machen, bevor sie hier eintreffen.“

Das war vermutlich eine sehr gute Idee. „Das kannst du auch hier machen.“

„Nein, kann ich nicht.“

„Doch, das kannst du.“ Sheldon ließ nicht locker. Er merkte, wie seine Geduld allmählich nachließ. „Mensch, Air …“

Endlich wandte Aaron sich zu ihm um. „Tut mir leid, aber ich kann einfach nicht darüber hinwegsehen. Ich bin nicht bloß sauer; ich bin wütend und verletzt und … Du solltest mir verdammt noch mal wenigstens ein bisschen Zeit geben.“

„Was, wenn wir diese Zeit nicht haben?“, gab Shel zu bedenken. „Was ist, wenn du da rausgehst – und vergessen wir mal die Diskussion über dein plötzliches kindisches Bedürfnis, unnötige Risiken einzugehen …“

Aaron zuckte förmlich zurück. „Na, das ist ja toll. ‚Vergessen wir mal die Diskussion.‘ Echt großzügig von dir!“

Shel legte sein Buch beiseite, heftiger als nötig. „Ich versuche hier mein Bestes, aber ich bin auch sauer! Du bist von hier verschwunden, als würdest du nie wiederkommen. Und weißt du was, Aaron? Es hätte durchaus sein können, dass du tatsächlich nicht mehr wiederkommst. Mein Vater hat eine ganze verdammte Armee da draußen, die dich umlegen will. Also solltest du wenigstens den Anstand besitzen, dich vernünftig zu verabschieden, wenn du das nächste Mal unnötig dein Leben aufs Spiel setzt. Es könnte nämlich sein, dass ich dich dann zum letzten Mal gesehen habe!"

Eine schreckliche Sekunde lang sah Aaron aus, als wollte er Sheldon erwidern, es sei ihm völlig schnurz, ob er ihn je wiedersehe und er ihm nichts mehr zu sagen habe. Sheldon hatte Angst, all das hätte schon in dem Schweigen gelegen, ehe Aaron beim letzten Mal aus dem Haus marschiert war.

Doch dann schien ihn die Kampfeslust zu verlassen. Aaron ließ sich in einen der dick gepolsterten Sessel in der Ecke sinken, als könnten seine Beine ihn nicht länger tragen. Er schüttelte den Kopf, hielt den Blick jedoch auf die Ornamentfliesen am Fußboden gerichtet. „Du hättest mir erzählen müssen, dass Ian im Gefängnis ist."

„Es tut mir leid, dass ich das nicht getan habe. Dass ich es nicht konnte."

Bei diesen Worten sah Aaron auf. Shel hatte nicht gesagt: *Du hast recht, ich hätte es dir erzählen sollen, und es tut mir leid, dass ich das nicht getan habe.*

„Ich kann dich nicht wieder anlügen", erklärte Shel dem Mann, den er über alles liebte. „Ich kann es nicht. Ich tat, was ich tun musste. Ich tat, was richtig war, ja, obwohl ich wusste, dass es dich verletzen würde. Und ich kann nicht so tun, als würde ich es nicht ganz genauso machen, wenn ich erneut vor der Entscheidung stünde. Mir blieb einfach keine andere Wahl."

„Du findest mich kindisch, weil ich kein Verständnis dafür habe? Kindisch, weil ich mit der Wahl deiner Prioritäten nicht einverstanden bin? Gut zu wissen. Vielen Dank. Bisher hatte ich dummerweise angenommen, Rory und ich stünden an erster Stelle in deinem Leben."

„Da steht ihr auch", erwiderte Shel.

„Das behauptest du, aber dadurch wird es nicht wahr." Aaron stand unvermittelt auf. „Ich muss das jetzt nicht haben."

„Ich liebe dich", erklärte Shel. „Und Rory. Ich liebe euch beide so sehr. Ich würde alles für euch tun." Seine Stimme brach, trotz seiner Bemühungen, sich nichts anmerken zu lassen. „Bitte vergiss das nie."

Doch Aaron sah ihn nicht an. „Ja, sicher", sagte er und schloss die Tür hinter sich.

In den vergangenen Nächten hatte Phoebe in dem Zimmer mit den zwei Etagenbetten geschlafen und versucht, möglichst wenig Platz einzunehmen. Aber nun schnappte sie sich die Sachen und Toilettenartikel, die Yashi mitgebracht hatte, und beanspruchte den kleinen Raum mit dem, wie sie es bei sich nannte, Großmutterbett.

Es handelte sich um ein herkömmliches Doppelbett mit weißer Baumwolltagesdecke, die mit Tausenden winziger Pompons bedeckt war, jeweils im Abstand von vielleicht zwei Zentimetern, in hübsch altmodischem Muster.

Die Nachtschränke und Kommoden waren mit Deckchen versehen, und in einer Ecke stand ein Schaukelstuhl, der zur antiken Atmosphäre beitrug.

Zu diesem Zimmer gehörte kein angrenzendes Bad, deshalb benutzte Phoebe das Gemeinschaftsbad im ersten Stock, um sich die Zähne zu putzen und das Gesicht zu waschen. Sie trug bereits ihre Schlafsachen: eine Flanellhose und ein weites T-Shirt, über das sie ein Sweatshirt gezogen hatte. Das war auch nötig, weil die Klimaanlage ständig arktische Temperaturen erzeugte.

Ihr weißes Sweatshirt war gewaschen, aber ruiniert: Die Blutflecken von Ian waren nicht mehr herauszubekommen. Irgendwie schien es ihr jedoch passend zu sein, es trotzdem zu tragen. Sie stand einige Sekunden da und betrachtete im Badezimmerspiegel den rostbraunen Fleck mitten auf ihrer Brust.

Als sie sich schließlich rührte, nahm sie ein paar Kosmetiktücher aus der Packung auf der Ablage neben dem Waschbecken, da sie vermutlich nicht gleich einschlafen würde, so erschöpft sie auch war. Zwar hasste sie es, über blödsinnige Sachen in Tränen auszubrechen. Noch mehr hasste sie es jedoch, in Tränen auszubrechen und hinterher keine Taschentücher zur Hand zu haben, um sich die Nase zu putzen.

Phoebe ging mit den Kosmetiktüchern und ihren Kleidern zurück in ihr neues Zimmer. Vor Müdigkeit bewegte sie sich so, als würde sie durch dicken Sirup waten. Der Lichtschalter hatte keinerlei Wirkung, als sie ihn betätigte – morgen würde sie Glühbirnen auf Yashis aktuelle Einkaufsliste schreiben. Da es keine andere Lampe gab, machte sie einfach die Tür zu.

Die Jalousien verdunkelten den Raum nicht vollständig. Von draußen schien Licht herein und warf ein gestreiftes Muster an die Decke. Es war gerade hell genug, dass Phoebe ihre Brille auf das Zierdeckchen auf dem Nachttisch legen konnte. Sie schlug die Decke zurück und legte sich hin …

„Um Himmels willen!"

Eine große, kräftige Gestalt saß im Schaukelstuhl in der Ecke, und als sie aufschrie, sprang die Gestalt hoch und warf sich auf sie.

Es war Ian.

„Was zur …? Uff!" Phoebe schnappte nach Luft, als er sie mit seinem gesamten Gewicht aufs Bett drückte.

„Bleib unten! Halte den Kopf unten", befahl er mit leiser, drängender Stimme. Phoebe begriff, dass er in dem unbequemen Sessel eingeschlafen sein musste und sie ihn mit ihrem Aufschrei erschreckt haben musste.

„Ist schon gut, wir sind hier sicher, Eee", beruhigte sie ihn. Ihr Mund befand sich nah an seinem Ohr. Ihr rechter Arm war gefangen, aber der linke war frei, und sie schlang ihn um Ian. Er war ihr so nah, dass sie das Hämmern seines Herzens fühlen konnte. Sie streichelte seinen Hinterkopf, fuhr mit gespreizten Fingern durch seine Haare.

Ein klein wenig wich er zurück, damit er ihr in die Augen schauen konnte. „Oh, verdammt", flüsterte er, als es ihm dämmerte. „Ich habe dir doch nicht wehgetan, oder?"

Phoebe schüttelte den Kopf. „Nein. Ich glaube, du wolltest mich beschützen und …"

Ian küsste sie.

Presste seine Lippen auf ihre in einem leidenschaftlichen Kuss, der so überraschend und atemberaubend war wie kurz zuvor sein Sprung aus dem Schaukelstuhl.

Nein, noch überraschender.

Er lag bereits zwischen ihren Oberschenkeln und drängte sich an sie. Für einen Moment schien die Zeit stillzustehen, und dann konnte Phoebe nicht anders, als darauf zu reagieren. Sie schmiegte sich an ihn, öffnete den Mund und vergrub die Finger in seinem erstaunlich weichen Haar …

Ah, wie sehr sie das wollte, wie sehr sie ihn begehrte – nur …

„Du Armleuchter!" Sie löste sich von ihm. „Armleuchter!" Phoebe wand sich und wollte unter ihm hervorkriechen, wobei sie ihn mit der freien Hand schlug, damit er von ihr herunterging. „Was ist denn in dich gefahren?"

„Au!" Ian hielt sie fest, ließ sich allerdings von ihr herunter auf die andere Seite des Bettes fallen.

Sie befreite sich aus seinem Griff, richtete sich auf und setzte die Brille auf ihre Nase, um ihn richtig wütend anstarren zu können. „Was zur Hölle war das?"

„Ich weiß nicht", gestand er und warf sich auf den Rücken. „Ich wollte bloß … Du meine Güte, ich habe keine Ahnung."

„Ich dachte, du wolltest mich so weit weg wie möglich von dir fernhalten. In einem anderen Bundesstaat. Und jetzt fällst du über mich her, drückst deine lüsternen Teile an mich und schiebst mir deine Zunge in den Hals. Wie passt das bitte schön zusammen? Es sei denn, mit weit weg meintest du nicht Georgia, sondern das Nirwana. Aber ich bin mir ziemlich sicher, das ist nicht der Fall!"

Er drehte den Kopf in ihre Richtung. „Lüsterne Teile?"

„Ich mache dich verrückt", erinnerte sie ihn an seine Worte. Kaum hatte sie das ausgesprochen, wurde ihr jedoch klar, dass es mehrere Definitionen von „verrückt" gab. Alles, was er gesagt hatte, und die Art, wie er es gesagt hatte – wie untypisch wütend er auf sie gewesen war –, schossen ihr plötzlich durch den Kopf. Gleichzeitig stellte sich sehr deutlich die Erinnerung daran ein, wie er sie im Haus des Holländers angeschaut und geküsst hatte.

Wie er sie überhaupt all die Male geküsst hatte, angefangen auf ihrem Balkon …

„Du lieber Himmel", presste sie hervor. „So hast du das also gemeint!"

Ian betrachtete sie in dem schwachen Licht mit einer Mischung aus Belustigung und Verdruss und …

Verlangen.

„Ich sagte doch, du machst mich verrückt", flüsterte er. „Tja, das ist mir wohl herausgerutscht. Jetzt bin ich geliefert, was?"

„Na ja, ich auch", gab Phoebe leise zurück, und dann beugte sie sich langsam zu ihm herüber und küsste ihn.

Sie wusste, dass er es kommen sah. Immer wieder ließ er den Blick zwischen ihren Augen und ihrem Mund hin- und herwandern, während sie sich ihm näherte, doch er bewegte sich nicht. Er lief nicht davon. Er hielt sie nicht auf.

Er schloss einfach die Augen, und sie tat dasselbe, unmittelbar bevor sie ihre Lippen sanft auf seine drückte. Sein Mund fühlte sich so weich an. Phoebe spürte und hörte sein Seufzen, das sie erwiderte, als sie den Kuss vertiefte.

Seine Nase stieß gegen ihr Brillenglas. Phoebe setzte die Brille ab, klappte sie zusammen und schob sie unter das weit entfernt liegende Kissen, während sie Ian unablässig küsste und ein Bein über ihn warf, um sich rittlings auf ihn zu hocken.

Das war ziemlich gewagt von ihr, aber sie verschwendete gar keinen Gedanken daran – weil sie überhaupt nicht mehr dachte. Sie wollte bloß besser an seinen sinnlichen Mund herankommen. Erst nachdem sie auf ihm saß, wurde ihr klar, dass sie ihn regelrecht ansprang, dass sie ihre lüsternen Teile an seine lüsternen Teile schmiegte, die so perfekt zusammenpassten. Nur dass die einzelnen Teile frustrierenderweise verpackt waren. Ian umfasste ihren Po, um sie noch enger an sich zu drücken, während er mit seiner Zunge ein feurig wildes Spiel in ihrem Mund begann.

Das Haarband löste sich aus ihrem Haar; in ihrer Wut hatte sie es nicht mehr zur Nacht geflochten. Sie unterbrach den Kuss, damit sie sich kurz aufrichten und sich die Haare aus dem Gesicht streichen konnte. Und um ihr Sweatshirt auszuziehen.

Ian schaute ihr dabei zu und musterte ihre Lippen, als könnte er es nicht erwarten, sie erneut zu küssen. „Ich bin hergekommen, um mich zu entschuldigen“, erklärte er. „Ich hätte die Beherrschung nicht verlieren dürfen, schon gar nicht im Beisein von Francine und Aaron. Das war nicht in Ordnung.“

„Wolltest du mich wirklich wegschicken?“, fragte sie.

„Ja“, gestand er aufrichtig und wirkte gequält. „Wir sollten das hier nicht tun.“

„Das hier?“ Sie beugte sich herunter und küsste ihn.

Von Neuem seufzte Ian auf und lachte sogar ein wenig, was sie ebenfalls zum Lächeln brachte.

„Willst du mich die ganze Nacht lang küssen? Das wäre okay“, meinte er. „Aber vielleicht sollten wir es dabei belassen.“

„Wer sagt denn, dass du die Regeln aufstellst?“, entgegnete sie und streifte ihr Shirt ab, um ihren Worten Nachdruck zu verleihen.

Bis zu diesem Moment war sie sich noch nicht ganz sicher gewesen, was sie hier tatsächlich machten, in diesem Großmutter-Schlafzimmer, in der Dunkelheit. Küssen? Ja. Sich die gegenseitige sexuelle Anziehung eingestehen? Absolut. Einander streicheln? Ganz bestimmt.

Aber miteinander schlafen?

Wenn es nach Phoebe ginge, dann unbedingt.

Kaum hatte sie ihr T-Shirt ausgezogen und die kühle Luft an ihren nackten Brüsten gespürt, wurde sie jedoch unsicher. Denn Ian erstarrte förmlich. Vorher hatte er sich bewegt, beständig und leicht unter ihr. Jetzt hingegen lag er völlig still da.

„Wir sollten das nicht tun“, wiederholte er und schaute ihr in die Augen. „Aber ich will es so sehr …“ Er senkte die Lider und atmete schwer aus. „Pheeb. Es hat keinen Sinn, auf mich zu setzen. Das hier hat keine Zukunft. Ich weiß, es fühlt sich großartig an, das zwischen uns, riesig sogar – mach jetzt keinen Penis-Witz, denn es ist mein Ernst. Morgen wird es sich nämlich ganz anders anfühlen, vielleicht sogar schon später heute Abend. Sicher, du fühlst dich gut bei dem, was ich mache. Und umgekehrt gilt das erst recht … Ich meine, wow, du bist so wunderschön. Nur …“

Sie brachte ihn an dieser Stelle mit einem Kuss zum Schweigen, und plötzlich war es, als würde ein Schalter umgelegt werden. Nicht nur bei ihr, sondern auch bei Ian. Phoebe stöhnte, da er seine starken Hände über ihren Rücken gleiten ließ und sie unter den elastischen Bund ihrer Pyjamahose schob.

Und schließlich schob er ihr die Hose ungeduldig herunter. Phoebe ließ sich aufs Bett fallen, um ihm dabei zu helfen. Gleichzeitig griff sie nach seinem Shirt und zog es ihm über den Kopf, während Ian seine Jeans öffnete und ununterbrochen dabei murmelte: „Mist, Mist, Mist …“

„Ich habe gehört, was du gesagt hast“, erklärte Phoebe, wobei sie ihm aus den Stiefeln und den Socken half. „Ich habe keinerlei Erwartungen, also sei mal unbesorgt.“

Sie zerrte an seinen Hosenbeinen, während er sich schon ein Kondom überrollte, das er wer weiß woher hatte. Aber dann entdeckte sie die gleiche rote Verpackung, in der sich auch das Präservativ befunden hatte, das er im Haus des Holländers mit unter die Dusche genommen hatte. Anscheinend hatte er sich beim Anziehen noch eines eingesteckt.

„Ich wünsche mir nicht insgeheim, dass du mich heiratest“, fuhr sie fort, als seine Jeans zu Boden fielen. „Ich will nicht einmal, dass du mein Freund bist … Na schön, das vielleicht, aber nicht auf Dauer.“

Ian presste sie wieder an sich und küsste sie. Der Schock angesichts der vielen nackten Haut ließ sie nach Luft schnappen. Es war genauso wundervoll, ihn zu berühren, wie sie es sich ausgemalt hatte. Sie wollte sich Zeit nehmen, seinen Körper überall abzulecken, langsam und ausgiebig. Allerdings hatte sie gerade von einer Art Beziehung gesprochen, und sie wollte verhindern, dass er gleich wieder anfing zu fluchen. Deshalb hob sie den Kopf und fügte hinzu: „Aber nur, weil ich mir vorstellen kann, dass ich das hier noch öfter tun will.“ Noch während sie sprach, hob er sie hoch, sodass sie erneut rittlings auf ihm saß.

„Sagen wir, fünfmal noch. Okay, realistischerweise wohl eher fünfzehnmal …"

Er streichelte ihre Brüste, was aufregend war. Noch aufregender wurde es jedoch, sowie er sich aufrichtete, um seine Zunge über sie gleiten zu lassen und an ihnen zu saugen. Es fühlte sich unglaublich gut an, doch sie wollte …

Was sie wollte, war genau zwischen ihnen, an ihren Bauch gedrückt. Groß, verfügbar, benutzerfreundlich, bereit zum Einsatz. So bereit, wie sie es ebenfalls war.

Also hielt sie sich an Ian fest, damit er sie führte, während sie sich aufsetzte und wieder herabsank. Er drang tief in sie ein, füllte sie ganz und gar aus. Phoebe drückte seine Schultern herunter auf die Matratze, damit sie ihn noch intensiver spüren konnte.

„Gah", stieß er hervor, was sie zum Lachen gebracht hätte, wenn sie nicht verzweifelt versucht hätte, keinen Lärm zu verursachen.

Ian lachte allerdings, als sie ihn ritt, in einem sinnlichen, gleichmäßigen, langsamen Rhythmus. Sie schaute hinunter in sein Gesicht und bemerkte, wie gebannt er ihre Bewegungen verfolgte, ehe ihre Blicke sich trafen. Er lächelte, und sie liebte ohne das geringste Zögern das Glühen in seinen Augen.

„Du machst mich fertig", erklärte er stöhnend. „Komm her und küss mich."

Sie beugte sich herunter und tat es. Er legte den Arm um sie und rollte mit ihr herum, sodass er anschließend oben war.

Jetzt lachte Phoebe. „Wow, du hättest ruhig sagen können, dass dir die Stellung nicht gefällt."

„Das Problem war eher, dass es mir ein bisschen zu sehr gefiel", meinte Ian und hauchte eine Spur von Küssen auf ihren Mund, ihre Wangen, ihren Hals, ohne sich dabei zu rühren. „Ich wollte nicht, dass die Party endet, bevor sie richtig angefangen hat."

„Woher wusstest du, dass ich nicht auch kurz davor stand?", fragte sie. „Weißt du, wenn du gefragt hättest …"

„Wieso überrascht es mich kein bisschen, dass du beim Sex redest?" Endlich fing er an, sich zu bewegen, bedächtiger und hingebungsvoller als zuvor, als sie das Kommando gehabt hatte.

„Ist das so schlimm?", erwiderte sie und beantwortete sich die Frage gleich selbst. „Wie könnte das schlimm sein? Möchtest du nicht, dass ich dir Sachen sage wie: ‚Ja! Ja, genau da! So ist es gut! O wow, mach das noch mal! Mach … es …'"

„He, das will ich ja tun, aber wenn ich es tue … Ah, Mist …"

„Schon wieder fluchst du. Wie kannst du nur?", wollte Phoebe wissen, doch diesmal hielt er nicht inne, tauchte immer wieder in sie ein, um sich im nächsten Moment fast ganz zurückzuziehen. „Na schön, mach weiter damit." Sie hörte seinen Atem, und es klang fast so angestrengt wie bei ihr. „Ja! Ja! Genau so!"

Ian lachte. „Ah, verdammt, bitte sei kurz davor …"

„Hör mal, wie kann dir nicht klar sein, dass ich …?" Phoebe schlug die Augen auf, damit sie ihn anschauen konnte und blickte direkt in diese unfassbar blauen Augen, während er sie anlächelte und … „O wow, ja!"

Ian kam im selben Moment wie sie. Sie beobachtete es und fühlte es zugleich, als er tief und noch tiefer in sie eindrang, wobei sie sich beinah verzweifelt an ihn klammerte.

Phoebe musste schließlich lachen, aber gleichzeitig war ihr nach Weinen zumute, so überwältigt war sie von ihren Gefühlen. Sex sollte nicht so vollkommen sein – schon gar nicht beim ersten Mal mit einem neuen Partner.

Ian sank auf sie herab, und wieder fühlte sie das Pochen seines Herzens.

„Gütiger Himmel", presste er keuchend hervor. „Das war … verdammt unglaublich."

Das stimmte. Er hatte recht, doch alles, was sie antworten konnte, war ein schwaches „Ja, wow".

Ian lachte leise. Noch immer war er in ihr. Er schien dort zufrieden zu sein, wo er sich befand – mehr als zufrieden sogar, denn er stützte sich auf einen Ellbogen, um ihr Gesicht zu betrachten.

„Ah, Phoebe", flüsterte er und küsste sie, langsam, zärtlich.

Alles wäre in bester Ordnung gewesen. Es war ihr gelungen, sich einzureden, dass alles in Ordnung war. Bis zu diesem Punkt. Der Sex war das, worauf sie sich geeinigt hatten. Etwas Vorübergehendes. Ein flüchtiges Vergnügen ohne Verpflichtungen. Zwei Schiffe, die sich in der Nacht auf dem Meer begegneten.

Ganz einfach.

Bis er ihren Namen hauchte und sie auf diese Weise küsste.

Und nun dachte sie genau dasselbe, was er vorhin gesagt hatte, als sie ihm eilig aus seiner Kleidung geholfen hatte.

Mist, Mist, Mist.

20. KAPITEL

Sogar miese Pizza schmeckte klasse, wenn man nur hungrig genug war. Oder wenn man schon sehr lange keine Pizza mehr gegessen hatte.

Ian wusste, dass das eine Tatsache war.

Das menschliche Gehirn war ein merkwürdiges Ding. Es verzerrte und beeinflusste ständig die Wahrnehmung. Auch das wusste Ian.

Trotzdem wurde er das Gefühl nicht los, dass er mit Phoebe gerade den besten Sex seines Lebens gehabt hatte. Obwohl der eigentliche Akt gar nicht so lange gedauert hatte.

Allerdings war es durchaus möglich, dass das Vorspiel schon begonnen hatte, als sie ihn im Henrietta's aufgesucht hatte. Das würde in Zukunft wohl schwer zu wiederholen sein, oder? Der Angriff eines Teams von Profikillern, eine Autoverfolgungsjagd, der Nervenkitzel, der entstand, wenn man einen gefährlichen Schwindel einfädelte … Wenn Ian jemals wieder mit ihr schlafen wollte – und er war sich bereits im Klaren darüber, dass er es wollte –, würde ein Abendessen bei Kerzenschein möglicherweise nicht reichen.

Denn es gefiel ihr, dieses Spiel.

Und trotz der Fehler, die sie gemacht hatte und für die er wegen mangelnder Kommunikation zumindest zum Teil die Verantwortung trug, war Phoebe einfach großartig gewesen. Einschließlich dieser letzten Episode, in der sie seine Welt komplett auf den Kopf gestellt hatte.

Sie war immer noch außer Atem und klammerte sich an ihn. Er wartete, ließ den Blickkontakt zu, doch sie sprach kein Wort. Schließlich löste er sich von ihr und rechnete schon halbwegs mit einer Lektion über die richtige Benutzung von Kondomen: dass der Mann sich sofort zurückziehen musste, damit kein Unglück geschah, und so weiter. Aber sie blieb, untypisch für sie, sehr still, selbst als er sich auf die Bettkante setzte und sich reinigte – angenehmerweise hatte sie einen Stapel Kosmetiktücher mit ins Zimmer gebracht.

Als hätte sie das, was passiert war, irgendwie vorausgesehen. Nein, das konnte nicht sein. Ihr Erstaunen war echt gewesen. Verdammt, er hatte es ja selbst nicht kommen sehen. Er hatte das Zimmer betreten, um sich für seinen Ausbruch zu entschuldigen und zu erklären, dass er sie nur aus Sorge um ihre Sicherheit wegschicken wollte. Denn diese Sorge nahm bereits viel zu viel Platz in seinen Gedanken ein. Und dabei hätte er taktvoll unterschlagen, dass ein mindestens ebenso großer Teil seiner Gedanken sich um das Verlangen drehte, das zu tun, was sie eben getan hatten.

Doch, irgendwie hatte er es geahnt, dass es geschehen würde. Immerhin war das Kondom aus dem Badezimmer des Holländers nicht in seine Tasche gewandert, damit er im Notfall ein Ballontier daraus formen konnte.

Endlich sagte Phoebe etwas. „Wann erwartest du Francine mit Berto zurück?"

Ian drehte sich um und sah, dass sie die Decke bis zum Kinn hochgezogen hatte, was eine regelrechte Schande war.

„Ich habe keine Ahnung", gestand er und warf den Müll in einen weißen Behälter, dessen Seiten an Blumenblüten erinnerten. „Bald. Sie wird uns eine Nachricht schreiben, sobald sie unterwegs sind."

„Und du bist dir sicher, dass er nicht gefährlich ist?"

„Oh, Berto ist durchaus gefährlich." Ian fand sein Handy in seiner Jeanstasche, als er die Hose wieder anzog. Bislang noch nichts von Francine. „Aber ich glaube nicht, dass er für uns gefährlich ist."

„Obwohl sein Vater deinen Bruder umbringen und Sheldon am liebsten umpolen lassen will?"

„Berto ist anders als sein Vater. Dieser ganze Mythos, ‚Wie der Vater, so der Sohn' – das ist völliger Unsinn." Ian merkte selbst, wie er die Stimme hob, und musste über sich lachen. Er setzte sich wieder am Fußende auf die Bettkante. „Tut mir leid. Anscheinend ist das wirklich ein wunder Punkt bei mir, der Abkömmling eines widerlichen Drecksacks zu sein."

„Allerdings war es sicher hilfreich, um die Legende vom Bad Boy zu verfestigen", meinte sie.

Er missverstand sie absichtlich. „Für Berto? Ganz bestimmt."

„Für dich auch", sagte sie, doch er ignorierte die Bemerkung, als hätte er sie gar nicht gehört. Denn auf keinen Fall würden sie darüber reden.

„Ich höre seit Jahren Geschichten über Berto", erklärte er. „Was er getan hat. Wer er war und zu wem er wurde. Wie sehr er sich verändert hat. Eine plötzliche Verwandlung wie bei Dr. Jekyll und Mr Hyde – als hätte er mit einem Mal seine wahre üble Seite offenbart. Als hätte er sich vor Francine und Shelly ihre ganze Jugend hindurch verstellt. Das glaube ich nicht. Francine hat ihn verdammt, und doch fürchte ich, dass sie sich zumindest teilweise irrt. Nur um das klarzustellen: Ich verurteile sie nicht für ihre Einstellung zu diesen Dingen. Was der Scheißkerl mit ihr gemacht hat, war schrecklich, ja, unverzeihlich. Aber ich denke, er war einfach ein überforderter Jugendlicher, der es völlig vermurkst hat und es später nicht mehr rückgängig machen konnte. Manche Fehler kann man eben nicht wiedergutmachen."

Phoebe setzte sich bei diesen Worten ebenfalls auf, hielt die Decke jedoch weiterhin sittsam unter die Arme geklemmt. Sie fand ihre Brille und setzte sie auf. Ihr Haar hatte sich fast vollständig aus dem Pferdeschwanz gelöst, und sie löste das Band ganz, sodass es auf ihre Schultern fiel.

Ian betrachtete sie, und etwas regte sich tief in ihm. Dieser innere Druck wurde von einem prickelnden Triumphgefühl und von Zufriedenheit begleitet, von Stolz und klarem Besitzanspruch. Es war, als wäre in ihm der Höhlenmensch erwacht, der im Zimmer umherrennen, in den Ecken schnüffeln und aggressiv sein Revier markieren wollte.

Dabei war ihm klar, dass solche Empfindungen auf ein hormonelles Durcheinander zurückzuführen waren. Er hatte lange nicht mehr mit einer Frau geschlafen, schon gar nicht mit einer Frau, die er so sehr mochte wie diese. Tatsächlich hatte er noch nie Sex mit einer gehabt, die er so aufrichtig mochte wie Phoebe.

Am liebsten wäre er wieder zu ihr ins Bett gekrochen, unter ihre Decke …

„Darfst du es mir verraten?“, wollte sie wissen. „Was genau Berto getan hat?“

Ian räusperte sich. „Ja“, erwiderte er zögernd. „Entschuldige, ich habe in Gedanken bloß eine Liste der Dinge gemacht, die noch zu erledigen sind.“ Erneut räusperte er sich. „Darauf sollte stehen, dass ich mit Berto reden muss ... Wenn wir das richtig angehen wollen, solltest du alles über den Holländer erfahren, was ich weiß. Aber das ist übles Zeug. Ich muss die Geschichte auch den anderen erzählen, und ich würde es gern nur ein einziges Mal tun, wenn das okay für dich ist.“

„Selbstverständlich“, murmelte sie.

„In der Zwischenzeit überlege ich nach wie vor, wie ich diesen Job ohne dich erledigen kann. Und wenn das nicht möglich sein sollte, wie garantiere ich dann für deine Sicherheit? Oder wie verwandle ich dich innerhalb von gerade mal zwölf Stunden in eine Agentin mit den Fähigkeiten eines Navy-SEAL?“

Sie grinste. „Ich fürchte, darauf brauchst du keine geistige Energie mehr zu verwenden.“

„Ja, vermutlich.“ Er fuhr sich durch die Haare. „Ich muss auch mit Aaron sprechen. Der ist am Boden zerstört. Ich muss mich entschuldigen und die Dinge zwischen uns irgendwie in Ordnung bringen.“

„Vielleicht solltest du mal für eine Weile die Augen zumachen“, schlug sie vor. „Aber vielleicht besser nicht hier. Nicht, dass ich dich hier nicht haben will. Das tue ich. Ich fürchte nur, ich lenke dich ab.“

Du lieber Himmel, dachte Ian. *Hör bitte auf, so absolut vollkommen zu sein.*

„Wenn wir mit dem Holländer zusammen sind“, fuhr er fort, „und ihm dieses Theater vorspielen, dann tust du so, als wärst du so verliebt in mich, dass du nicht von meiner Seite weichen willst. Hast du verstanden?“

Phoebe nickte mit ernster Miene. „Das kann ich spielen.“

„Er wird dich wollen“, warnte er sie. „Denn er glaubt, du bist mein, und er ist ein verquerer Schweinehund. Also wird er versuchen, dich allein anzutreffen. Das darf nicht passieren.“

Sie nickte wieder. „Ich hatte also recht, als ich dich für einen professionellen Schwindler gehalten habe."

Ah. „Na ja, nicht ganz", gab Ian zurück und zog sich sein T-Shirt an. „Mein Team und ich, wir kommen an beinah jedem Sicherheitssystem vorbei, wenn es sein muss. Zumindest konnten wir das vor einem Jahr von uns behaupten, als wir aktiv gewesen sind. Aber wozu die Mühe auf sich nehmen, wenn ich mich hineinquatschen kann?"

„Trotzdem." Sie ließ nicht locker.

Schließlich gab Ian nach. „Ja, du hattest recht."

Phoebe führte keinen Freudentanz auf. Es gab auch kein „Ja! Ich hab's gewusst!" Nicht mal ein Lächeln.

Sie saß einfach da, nickte noch einmal und nahm den Triumph wie ein reifer Erwachsener. „Geh und sprich mit deinem Bruder", forderte sie ihn auf. „Und dann schlaf."

Ian küsste sie. Wie hätte er es nicht tun können?

Offenbar sah er sie auf eigenartige Weise an, denn Phoebe lachte ein wenig und fragte: „Was?"

Also erzählte er es ihr. „Ich wäre nicht in der Lage gewesen, meine hämische Freude zu verbergen."

„Ich wette, du hättest darauf verzichtet, wenn *ich* mich gleich *meinem* wütenden Bruder stellen müsste. Wenn ich einen hätte. Also geh", wies Phoebe ihn an. „Na geh schon und bring es hinter dich."

Ian schnappte sich seine Socken und Stiefel und verschwand. Er drehte sich ein letztes Mal zu ihr um, ehe er die Tür leise hinter sich schloss.

Erst als er draußen auf dem Flur stand, hörte er Phoebe sagen: „Ja! Ich *wusste* doch, dass ich recht habe!"

Ian grinste. Ihm war klar, sie hatte es extra laut genug gesagt, damit er es mitbekam.

Berto saß im Pelican Deck am selben Tisch und trank anscheinend dieselbe Biersorte wie beim letzten Mal, als Martell hier gewesen war. Vermutlich trug er sogar dieselben Sachen.

Francine zögerte, als sie ihn entdeckte, und Martell berührte sie kurz am Arm. „Wenn Sie lieber im Wagen warten wollen, kann ich auch allein Kontakt aufnehmen“, bot er an. Doch sie schüttelte den Kopf und ging weiter.

Wahrscheinlich, weil Berto sie schon gesehen hatte.

Martell war vermutlich der Einzige in der Bar, der die erschütternde Wirkung des ersten Blickkontaktes seit zehn Jahren zwischen den beiden registrierte. Für einen Moment gab Berto sogar sein finsteres Starren auf, und seine ansonsten unterforderten Gesichtsmuskeln zeigten eine Regung.

Der Mann liebte sie noch immer, daran hatte Martell nicht den geringsten Zweifel.

Doch diese menschliche Regung verschwand, als Berto Martell entdeckte.

„Ich Idiot. Ich hätte wissen müssen, dass dein Junge zu Ians Team gehört“, sagte er und fing an, den alten Song aus der *Sesamstraße* zu singen: „Eins von diesen Dingen gehört nicht zu den anderen …“

Martell sah Francine an. „Wow, du hattest recht, er ist wirklich ein Rassist. So viel zu meiner Hoffnung, mich mit deinem Ex anfreunden zu können.“

„Er gehört nicht zu Ians Team“, erklärte sie Berto. „Er gehört zu mir.“

Berto musterte ihn erneut, und Martell schenkte ihm sein bestes Mona-Lisa-Lächeln – vorausgesetzt, Mona Lisas wissende Miene war das Resultat glücklicher Erinnerungen an eine wunderschöne aufregende Blondine.

„Nenn ihn nicht mehr Junge“, warnte Francine ihn.

„Tu dies nicht, tu das nicht“, meinte Berto nur. „Ich soll unbewaffnet kommen und keinen Ausweis mitbringen. Ziemlich dreist, wenn man bedenkt, dass Dunn derjenige ist, der meine Hilfe will.“

„Sparen wir uns den Blödsinn“, meinte Martell. „Wir alle wissen, dass Sie Francine wiedersehen wollten. Wozu eigentlich? Um Erlösung zu finden? Sie wollen das hier mehr als wir, das ist Fakt. Also lassen Sie uns einen kleinen Spaziergang auf den Parkplatz machen. Dort werden wir überprüfen, ob Sie sich auch brav an alles gehalten haben, was Sie nicht tun sollten. Einverstanden?"

Berto hob sein Glas Bier. Leerte es. Stellte es wieder hin. Rutschte von seinem Hocker. „Geht voran."

„Keine schnellen Bewegungen", ermahnte Francine ihn. „Behalte die Hände dort, wo ich sie sehen kann." Sie nickte Martell zu, der zum Hintereingang voranging.

Er hielt Berto und Francine die Tür auf. Draußen war es dunkel, doch er konnte den weißen Van an der Straße erkennen, in dem Yashi und Deb saßen. Sie hatten das Lokal schon eine Weile vorher beobachtet und schließlich verkündet, Berto sei wirklich allein gekommen.

Francine hatte Martells Wagen auf dem schlecht beleuchteten Teil des halb leeren Parkplatzes abgestellt. Martell schritt jetzt voran. Francine zog ihre Waffe und richtete sie auf Berto. Dabei hielt sie die Pistole außerdem nah am Körper, damit sich das Licht darin nicht spiegelte oder sie sonst irgendwie auffiel.

Den Autoschlüssel hatte sie Martell zurückgegeben, nachdem sie sichergestellt hatte, dass der Kofferraum leer war. Er schloss auf und öffnete ihn. Berto seufzte.

„Soll das ein verdammter Witz sein?", fragte er.

„Nein." Francine lächelte angespannt. „Entweder das oder ein Sack über den Kopf. Tja, leider konnte ich keinen Sack finden."

Ein weiterer Seufzer. „Großartig." Berto wollte hineinklettern, doch sie stoppte ihn.

„Nicht so schnell", sagte sie. „Zieh dich zuerst aus."

Die schweren Lider hoben sich wieder, und Berto schaute kurz zu Martell, ehe er sich auf Francine konzentrierte.

„Keiner von uns hat Lust, Sie abzutasten", mischte Martell sich ein. „Darum geht's. Also ziehen Sie sich bis auf die Unterhose aus. Falls Sie keinen Slip tragen, müssen die Boxershorts auch runter, tut mir leid."

„Heiliger Strohsack." Berto zog seine Jacke aus und hielt sie am ausgestreckten Arm, als wäre er ein Lord und Martell sein Diener. Martell nahm sie – und ließ sie auf den Gehsteig fallen.

Berto war darüber nicht gerade erfreut. „He, das ist ein teures Sportsakko."

„Ich bin sicher, irgendein dankbarer Obdachloser wird sich daran erfreuen, bevor er es vollkotzt", erwiderte Martell.

Kopfschüttelnd reichte Berto ihm sein T-Shirt gar nicht erst, sondern warf es auf das Sakko, während er Martell finster betrachtete. Die Schuhe folgten, zusammen mit den Socken.

Der Mann hätte in der Vergangenheit öfter mal Nein sagen sollen, als ihm eine extragroße Portion Pommes angeboten worden war. Er schleppte gut fünfzehn Kilo zu viel mit sich herum, was ihn verständlicherweise verlegen machte. Er war nicht begeistert, sein T-Shirt und die Hose ablegen zu müssen. Die Hose machte den Anfang. Er trug darunter seidene Boxershorts, und wie viele übergewichtige Männer hatte er starke, muskulöse Beine. Da gab es nichts, wofür er sich schämen musste.

„Mann, ihr seht doch, dass ich keine Waffe oder sonst was bei mir habe", meinte Berto und fuhr sich mit der Hand über die Brust und hinunter zu den Shorts.

„Tut mir leid, Bruder", sagte Martell. „Aber schon allein die Tatsache, dass Sie die Sachen lieber anbehalten wollen, bedeutet, dass Sie sie ausziehen müssen."

„Nein, es ist okay", erklärte Francine plötzlich und gab Martell ihre Waffe. „Ich werde … Na los, dreh dich um. An den Wagen."

Berto drehte sich um und nahm die klassische Haltung des Verhafteten ein, indem er die Hände auf den Wagen legte und die Beine spreizte.

Es war ein wenig merkwürdig, Francine dabei zuzuschauen, wie sie Berto abtastete. Doch Martell hielt die Waffe bereit, während sie ihre Finger über die Brust des Mannes gleiten ließ, unter seine Männerbrüste und Achseln, dann abwärts und um den elastischen Bund seiner Shorts herum und … oookay. Sie untersuchte schnell, aber gründlich seine Pofalte und die Geschlechtsteile. Dabei biss sie die Zähne so fest zusammen, dass Martell glaubte, sie knirschen zu hören.

„Hände hinter den Rücken", wies sie Berto an, der sie über die Schulter hinweg ansah und gehorchte.

Sie hatte ein Paar Handschellen dabei, die sie aus der Jeanstasche zog und wie in einer dieser Cop-Serien um seine Handgelenke zuschnappen ließ. Es war jedenfalls offensichtlich, dass sie das nicht zum ersten Mal machte.

„Einsteigen", befahl sie, und Berto rollte sich im Kofferraum zusammen, mit einem letzten bösen Blick zu Martell.

Francine achtete nicht darauf, ob alle seine Finger und Zehen in Sicherheit waren, sondern knallte einfach den Kofferraumdeckel zu. Danach nahm sie Martell die Waffe wieder ab und verstaute sie dort, wo sie sie üblicherweise trug. „Ich würde ihn gern mit dem Detektor absuchen, obwohl ich mir ziemlich sicher bin, dass er sauber ist", sagte sie forsch, während Martell Bertos Sachen einsammelte. Auch wenn er das über den Obdachlosen gesagt hatte, war das Sakko doch schick, und die Schuhe waren aus teurem italienischen Leder gefertigt. Und nach dem wenigen zu urteilen, was er über Ians Plan wusste, würde Berto wie Berto aussehen müssen. Vorausgesetzt, die Kleidung war nicht verkabelt, würde er sie also zurückbekommen. „Das können wir unterwegs machen. Fahren wir."

Sie stieg in den Wagen. Allerdings setzte sie sich auf den Beifahrersitz, was eigenartig war, aber in Ordnung. Martell würde fahren. Vielleicht war sie genauso müde wie Deb. Die ganze Begegnung war sicher nicht leicht für sie gewesen.

Als er am Steuer Platz nahm, erklärte Francine in demselben forschen Ton: „Es sei denn, du willst mich zuerst flachlegen, hier auf dem Parkplatz."

Martell warf einen Blick über die Schulter zur Rückbank, die einzige Trennung zwischen ihnen und dem Kofferraum. Zweifellos konnte Berto jedes einzelne Wort hören. Besonders, da sie sehr deutlich sprach.

„So verlockend das auch klingt", sagte Martell, „aber Dunn wartet auf uns."

Als er Francine ansah, hatte sie die zitternden Hände vors Gesicht gelegt.

Verdammt. „Aber wenn du darauf bestehst“, fügte er hinzu und startete den Motor. Er behielt den Fuß leicht auf dem Gaspedal, sodass seine Kiste noch lauter als sonst war. Nur um sicher zu sein, schaltete er außerdem das Radio ein. Es war eingestellt auf einen Lokalsender, der fröhliche Salsamusik spielte, die jetzt aus den alten Lautsprechern schallte.

Das war gut, denn hinten klang es bestimmt ohrenbetäubend. Und der spanische Text war ein Extrahieb für Berto. Das fühlte sich ganz gut an.

„Es tut mir leid“, flüsterte Francie mit Tränen in den Augen.

„Was denn? Dass Sie auch nur ein Mensch sind? Das passiert doch jedem mal“, gab Martell leise zurück, legte den Arm um sie und ließ sie weinen.

Aaron wollte mit niemandem sprechen.

Als Ian ihn im dunklen Wohnzimmer sitzend fand, mit den Ohrstöpseln in den Ohren, setzte er sich dazu.

Aaron beschränkte sich auf das, was er beim Militär gelernt hatte: Anweisungen knapp und simpel zu halten. Deshalb war ein einziger Satz alles, was er von sich gab. „Lass mich verdammt noch mal in Ruhe.“

Es hatte Zeiten gegeben, da hatte Aaron so etwas gesagt, ohne es zu meinen. Diesmal war es anders.

Ian ließ nicht locker. „Ich weiß, du bist sauer auf mich. Aber es tut mir nicht leid, dass ich alles in meiner Macht Stehende getan habe, um dafür zu sorgen, dass du, Shel und Rory sicher seid.“

Aaron zupfte die Ohrstöpsel heraus. „Shel und Rory sind dir doch völlig wurst. Du hast getan, was du meinetwegen für nötig hieltest. Mit ihnen hatte das nichts zu tun. Die sind für dich bloß Anhängsel, mit denen du dich irgendwie auseinandersetzen musst. Anhängsel, die ich mit mir herumschleppe. So siehst du sie, und so behandelst du sie auch. Du hast überhaupt keine Ahnung, was es heißt, in einer Beziehung zu leben und Teil einer richtigen Familie zu sein. Deshalb weißt du auch nicht, was das Beste für mich ist. Genau genommen betrachtest du mich als *dein* Anhängsel, für das du widerwillig die Verantwortung übernimmst."

„Das ist nicht wahr", erwiderte Ian.

„Und ob das wahr ist", schoss Aaron zurück. „Sieh dich mal an, wie du hier sitzt. Wolltest du mir einen Rat geben und mich an deiner Weisheit teilhaben lassen? Mir erklären, dass das Leben zu kurz ist, um Shels Entschuldigung nicht anzunehmen? Was weißt du schon von der Beziehung, die ich mit meinem Mann führe? Es handelt sich um eine Partnerschaft; so etwas hattest du ja in deinem ganzen Leben noch nicht. Hier geht es nicht um König und Untertan oder um eine Vaterfigur mit Kind. Oder um Gläubiger und Schuldner oder was auch immer du denken magst. Es ist fifty-fifty – nein, hundert-hundert, weil man alles gibt und alles zurückbekommt. Man verschweigt dem anderen nicht solche Dinge wie die, die Sheldon auf deinen Wunsch vor mir geheim gehalten hat. Das tut man einfach nicht, verdammt noch mal!"

„Es tut mir leid", sagte Ian leise. „Meine Möglichkeiten waren …"

„Ganz genau, deine Möglichkeiten", unterbrach Aaron ihn. „Hör dir selbst mal zu. Du sprichst von *deinen* Möglichkeiten, nicht von *unseren*. Letztes Jahr hatten *wir* Möglichkeiten, als Francine ihre Schwester gefunden hat. *Wir* haben beschlossen, sie ins Krankenhaus zu bringen, obwohl wir wussten, dass Davio durch ihre Krankenakte auf meine Spur kommen würde. *Wir* haben beschlossen, ihr Leben zu retten und damit auch Rorys, obwohl wir wussten, dass Davio dann wieder hinter mir her sein würde. Hinter *mir.* Mich will er nämlich beseitigen. Aber du schließt mich einfach aus. Du hast das Kommando übernommen und gemeint, alles besser zu wissen. Also hast du alle weiteren Entscheidungen allein getroffen, denn dir war sehr wohl klar, dass ich niemals zugelassen hätte, dass du in den Knast gehst …"

„Mir blieb keine Zeit …"

„Redest du dir das ein? Willst du wissen, was ich denke?", fragte Aaron seinen Bruder. „Ich glaube, es gefiel dir, ins Gefängnis zu gehen und dieses Theater zu spielen. Und ich schätze, du hast nicht bloß diesen Deal erfüllt und für Manny gesessen. Du hast daran gearbeitet, den Dellarosa-Clan von innen heraus zu zerschlagen, denn du bist der verdammte Ian Dunn, und genauso gehst du die Dinge an."

Ian schwieg, was einem Eingeständnis ziemlich nahekam.

„Ich vermute außerdem, dass du diesen Gefängnisaufenthalt als Sühne für deine Vergehen betrachtet hast", fuhr Aaron fort. „Was für ein großartiges Opfer, nicht wahr? Du gewinnst dabei in jedem Fall, denn darüber hinaus bist du da drin auch noch sicher. Wie auf einer deiner Missionen. Da brauchst du nämlich nie du selbst zu sein. Es ist nicht echt, selbst wenn du Menschen nahe an dich herankommen lässt. Und so etwas Ähnliches ziehst du gerade mit Phoebe ab."

Ian sah auf, und Aaron lachte.

„Ja, glaubst du denn, ich wüsste das nicht?", meinte Aaron. „Das Dumme an der Sache ist nur, dass du leider keine Ahnung hast, nicht die leiseste, wie viel dir diese Frau bedeutet. Oder vielleicht weißt du es doch, und das macht dir Angst. Deshalb hältst du dich ihr gegenüber an dein gewohntes altes Muster. Erst benutzt du sie, dann schubst du sie weg. Elender Feigling."

Endlich ergriff Ian das Wort. „Bist du fertig?"

„Ja, ich bin fertig", erwiderte Aaron, stopfte sich die Stöpsel wieder in die Ohren, während er aufstand und das Zimmer verließ. „Und jetzt lass mich in Ruhe."

Nachdem Aaron ihn gründlich zusammengestaucht hatte, ging Ian in die Küche. Zumindest wollte er eigentlich dorthin, um rasch ein paar Proteine in Form von Aufschnitt zu sich zu nehmen, damit sein Magen aufhörte zu knurren und er für einen Moment die Augen zumachen konnte. Denn nach diesem verbalen Schlagabtausch musste er unbedingt für eine Weile abschalten.

Stattdessen stutzte er, als er sich im ersten Stock vor Phoebes Tür wiederfand. Klopfend. Leise. Für den Fall, dass sie schlief.

„Es ist offen", ertönte es drinnen, daher machte er die Tür auf und spähte hinein.

Phoebe setzte sich auf und spähte zurück.

„Ist alles in Ordnung?", erkundigte sie sich ehrlich besorgt, und ihre Stimme klang voll und warm. Die Erinnerung daran, sie zu küssen und ihren wundervollen Körper nah und sanft zu spüren, durchzuckte ihn unwillkürlich.

Nein, überhaupt nichts ist in Ordnung. Mein Bruder hat mir gerade eine Wahrheit um die Ohren gehauen, die ich seit Jahren kenne: nämlich, dass ich irreparabel kaputt bin. Alles, was ich tue, tue ich für ihn. Einerseits aus Schuldgefühlen, weil ich glaube, ihn als Kind im Stich gelassen zu haben. Andererseits, weil er mit seiner Liebe zu Sheldon und Rory etwas Wunderbares und Wertvolles hat, das ich nie haben werde. Eben weil ich irreparabel kaputt bin.

„Ja", erwiderte er. „Noch immer nichts von Francine. Shel ist zu Bett gegangen, und Aaron ist immer noch wütend und aufgebracht. Tja, und ich …"

Bin ein elender Feigling.

„Komm rein", forderte sie ihn auf.

Er trat ein und lehnte sich gegen die Tür, um sie zuzumachen.

„Ich bin nicht hier, um mit dir zu schlafen", erklärte er, aber kaum waren die Worte heraus, kamen sie ihm furchtbar dumm vor.

Phoebe lachte. „Ich wäre beeindruckt gewesen, wenn es anders wäre. So lange bist du schließlich noch nicht weg."

Er ging auf sie zu, denn er brauchte ihre Nähe. „Hast du etwas dagegen, wenn ich …?"

Statt zu antworten, rutschte sie zur Seite und schlug die Decke zurück.

Er hatte zwar Socken und Stiefel mitgenommen, als er Aaron gesucht hatte, beides jedoch nicht angezogen. Deshalb dauerte es jetzt nicht lange, die Jeans auszuziehen. Auch das Shirt legte er ab und kroch anschließend zu ihr unter die Decke.

Und da war Phoebe. Warm und weich. Genau das, was er wollte und brauchte. Er schlang die Arme um sie und presste sie an sich. Sie lagen in der Löffelchenstellung da, die Beine miteinander verschränkt. Er legte eine Hand auf ihren Bauch, mit der anderen umfasste er ihre vollen Brüste. Ihr Po war eng an ihn geschmiegt, und Phoebe blickte ihn belustigt über die Schulter hinweg an.

„Wie jugendlich von dir", neckte sie ihn.

„Ich hab dir ja gesagt, du machst mich verrückt", gestand er. „Ich bin scharf auf dich seit … Soll ich ehrlich sein?"

Sie reagierte prompt so, wie er es erwartet hatte. „Nein, denn Frauen lieben es bekanntlich, wenn Männer lügen."

Ian küsste ihren Nacken. Das tat er nicht nur, weil er es wollte. Es war außerdem der nächste Schritt in diesem Spiel – das, wenn sein Bruder recht hatte, damit enden würde, dass er Phoebe von sich stieß. In diesem Moment jedoch wollte er sie so intensiv wie möglich spüren. Sie fühlte sich wunderbar aufregend an, weich und fest zugleich, und sie duftete unglaublich gut. „Seit ich den Befragungsraum im Gefängnis betreten habe und dich dabei ertappt habe, wie du mich interessiert mustertest. Das war ziemlich aufregend."

„Aber dann hast du mich besser kennengelernt und mich wegen meines brillanten Verstandes und meines schlagfertigen Humors begehrt", ergänzte sie. „Und das war noch aufregender."

Sie lächelte, und Ian war klar, dass sie mit einer unbeschwerten, lockeren Erwiderung rechnete. Vielleicht, dass er antwortete: *Oh, klar, viel aufregender.* Und dann würde er sie küssen und seine Hände über ihre seidenweiche Haut gleiten lassen.

Es war das, was er hätte tun sollen. Doch Aarons Worte hallten in seinem Kopf nach, und deshalb hielt er sich stattdessen an die Wahrheit. „Ich hätte dir widerstehen können, wenn du bloß irgendeine schöne Frau mit einem sexy Körper wärst. Nicht, dass ich das nicht zu schätzen gewusst hätte, aber so etwas konnte ich immer schnell vergessen. Gegen die Gefühle, die du in mir weckst, bin ich allerdings anscheinend machtlos."

Phoebe schien nicht recht zu wissen, was sie mit seiner Offenheit anfangen sollte. Sie war so perplex, dass sie zunächst schwieg. Was gut war – er war selbst ein wenig erschrocken über sein Bekenntnis. Was meinte er mit Gefühlen? Welche Gefühle denn? Und mal ehrlich, um was ging es hier eigentlich? Aaron hatte vollkommen recht. Ian wusste genau, wie diese Geschichte enden würde.

Doch Phoebe drehte sich zu ihm um und küsste ihn, lange und innig. Als Ian den Kuss erwiderte, versuchte er, die Vorwürfe seines Bruders auszublenden. Er dachte an Berto. An Francine, die in diesem Moment vermutlich mit Berto sprach. An Phoebe, die sowohl sein Leben gerettet als auch seinen Plan vereitelt hatte, indem sie dem Holländer erzählt hatte, sie seien verheiratet. Verheiratet! *Du elender Feigling*. Er dachte daran, wo er sich ein Luxusschnellboot mieten könnte – ein großes, mit Laderaum – für möglichst wenig Geld. Er dachte daran, ob der Holländer den Köder schlucken und Ian morgen anrufen würde. Und er dachte daran, wie er am besten für Phoebes Sicherheit sorgen konnte, wenn es so weit war …

Phoebe unterbrach den Kuss. „Ich kann förmlich hören, wie du grübelst."

Ian seufzte und zwang sich zu einem Lächeln. „Ja, tut mir leid."

Sie rutschte ein bisschen weiter auf ihre Seite, sodass sie ihn besser ansehen konnte. „Möchtest du reden?"

Ian lachte.

Auch sie lachte, bevor sie ihn erneut küsste, doch dann hörte sie auf. „Na schön, ich verstehe schon. Du hast zu viel Testosteron im Blut, um reden zu wollen. Wir können auch bloß hier liegen, wach …" Sie strich ihm die Haare aus dem Gesicht und fuhr mit den Fingern hindurch. „Erzähl mir von Berto. Und von Francine. Was ist zwischen den beiden passiert? Ich meine, du sollst nicht denken, dass du mir alles erzählen müsstest, was nicht wichtig ist, aber …"

„Nein", unterbrach Ian sie. „Du solltest es wissen. Du steckst jetzt auch in dieser Mission mit drin, ob es dir nun gefällt oder nicht, und er ist ebenfalls ein Teil davon. Also wirst du die ganze Zeit mit dieser verzwickten Beziehung zwischen den beiden konfrontiert sein." Er holte tief Luft. „Mal gucken, ob ich das in wenigen Worten erklären kann. Bist du bereit?"

„Ja, bin ich", antwortete sie und spielte mit seinem Brusthaar, was sich wundervoll anfühlte.

Er schilderte ihr alles in einer Version, die sich strikt auf die Fakten beschränkte.

Da war einmal Aaron und Shels heimliche Beziehung, die auf der Highschool begonnen hatte.

Dann das Sex-Video, das für sie beide zur Bedrohung geworden war.

Francines Opfer.

Bertos Wut und Eifersucht, denn er hatte ihrer offensichtlichen, selbstlosen Lüge geglaubt – nämlich, dass sie diejenige sei, die in dem Video beim Sex mit Aaron zu sehen war.

„Berto nahm eine geladene Waffe mit", erklärte Ian, „als er Aaron zur Rede stellen wollte. Aaron landete am Ende im Kofferraum von Bertos Wagen, vor einem der Lagerhäuser der Dellarosas. Er war sich nicht sicher, was eigentlich passiert war. Er meinte, Berto habe ihn dorthin gebracht, um ihn zu töten, doch bevor er aus dem Kofferraum entkam, hörte er Schreie und Schüsse. Wir wissen bis heute nicht, was passiert ist, ob es sich um einen Unfall handelte oder Absicht. Oder was auch immer. Aber es war Bertos Waffe, aus der gefeuert wurde. Shel und Francine suchten nach Berto, um ihm die Wahrheit zu sagen, ehe er eine Dummheit begehen konnte. Zu spät, wie sich zeigte: Als die beiden auftauchten, versuchte er gerade, einen Obdachlosen zu retten, der am Verbluten war."

„O mein Gott", murmelte Phoebe.

„Der Mann starb an seinen Schussverletzungen", berichtete Ian weiter. „Danach geriet Berto noch weiter auf die andere Seite des Gesetzes. Statt der Polizei rief er seinen Vater an. Und Davio kam, um die Leiche zu entsorgen und die ganze Angelegenheit zu vertuschen. Im Gegenzug fing Berto an, für seine Familie zu arbeiten."

Sie schwiegen beide für einen Moment.

Ian hätte es dabei belassen können. Er hatte ihr erzählt, was Berto getan hatte, und ihr klargemacht, dass er seine Taten unmöglich rückgängig machen konnte. Was Berto angerichtet hatte, war nicht wiedergutzumachen.

Trotzdem fuhr Ian fort: „Die Sache ist die … Das, was Berto mit Francine gemacht hat, indem er ihr nicht vertraute … Ich habe Aaron dazu gebracht, sich Shel gegenüber genauso zu verhalten."

Phoebe sah ihm in die Augen. „Streiten sie sich deshalb?"

„Nein", antwortete Ian. „Sie streiten sich, weil ich es ständig weiter vermassle." Du lieber Himmel. Er rollte sich auf den Rücken, um ihrem Blick auszuweichen. „Was damals passiert ist, nach dem Sex-Video … Aaron wurde wegen sexuellem Fehlverhalten der Schule verwiesen. Es ging nicht darum, ob er schwul war oder heterosexuell. Die Regel besagte: kein Sex. Überhaupt keinen. Wie sich herausstellte, war sein Stipendium an eine Sittlichkeitsklausel gebunden. Über die hätte ich gleich stolpern müssen. Aaron gehörte nicht nach Brentwood, und ich weiß nicht, was ich mir dabei gedacht habe, als ich ihn dazu überredet habe, das Stipendium anzunehmen."

Phoebe stützte den Kopf auf den Ellbogen, sodass sie ihn wieder ansehen konnte. „Du hast dir gedacht, dass es toll ist für ihn, ein Stipendium für ein gutes Internat zu bekommen. Dadurch konntest du in der Navy bleiben, nachdem deine ältere Tante gestorben war, oder? Die, bei der Aaron gelebt hatte …"

Das stimmte. Er hatte es fast schon vergessen. Phoebe hatte ja seine Akte gelesen. „Susan Bergeron war keine Verwandte. Jedenfalls waren wir nicht blutsverwandt", erklärte Ian und zog Phoebe an sich, sodass sie sich in seine Armbeuge schmiegen konnte, den Kopf an seine Schulter gelegt. Er schaute jetzt über sie hinweg und spürte ihre Brüste an seiner Seite und seinem Oberkörper. Er wollte nie mehr aufhören, sie zu berühren. Niemals. „Sie war eine Freundin." Er lachte. „Eine Retterin, um genau zu sein. Sie nahm Aaron zu sich, damit ich ein selbstsüchtiger Arsch sein und zur Navy gehen konnte."

Ein paar Jahre lang hatte dieses Arrangement ausgezeichnet funktioniert. Ian hatte gerade die knallharte SEAL-Ausbildung absolviert, als er telefonisch über Susans tödlichen Schlaganfall informiert worden war. Er hatte Urlaub genommen, sowohl wegen der Beerdigung als auch wegen Aaron. Er hatte für seinen Bruder da sein wollen, der die Person verloren hatte, die für sie beide wie eine echte Mutter gewesen war.

„Es muss hart gewesen sein, als sie starb", meinte Phoebe.

„Das war es", sagte Ian. „Aaron war am Boden zerstört."

„Ich meinte, hart für dich", präzisierte sie und setzte sich auf, um ihm wieder in die Augen schauen zu können. „Du musst doch auch am Boden zerstört gewesen sein. Immerhin hattest du jemanden verloren, den du als Retter betrachtet hast."

Richtig, dieses Wort hatte er benutzt, oder? „Ich konnte es mir nicht leisten, mich meiner Trauer hinzugeben", erklärte er. „Ich musste mich um Aaron kümmern."

„Na ja, aber so funktioniert das nicht", wandte Phoebe ein. „Gefühle sind nun mal da – ob es einem passt oder nicht. Ob man darüber redet oder nicht."

„Wenn man sie nicht zeigt und nicht darüber redet, lassen sie sich leichter verdrängen", gestand er. „Das war ein hartes Jahr. Vielleicht das härteste."

„War es schwerer, als im Gefängnis zu sein?"

Ian lachte. „O ja. Verglichen damit war North Port ein Spaziergang. Die Situation war sehr schlimm. Ich hatte nicht nur Susans Tod zu verkraften; es sah auch noch so aus, als würde ich die Teams verlassen müssen, um für Aaron da zu sein." Erklärend fügte er hinzu: „Die SEAL-Teams. Ich hatte es bis dorthin geschafft und empfand es als Ehre. Das wollte ich nicht aufgeben. Ich hatte mich bewiesen." Du liebe Zeit, was erzählte er denn da? Rasch fuhr er fort: „Wie dem auch sei, ich war mir sicher, zumindest vorübergehend den Job ruhen lassen zu müssen. Aber dann fand mein befehlshabender Offizier dieses Stipendium für Brentwood. Aaron meinte, er wolle dorthin, aber ich wusste, dass das nicht stimmte. Für einen Jungen wie ihn war das nicht die richtige Schule."

„Wenn er nicht hingegangen wäre, hätte er Sheldon nie getroffen", erinnerte Phoebe ihn.

Das stimmte natürlich. Es wurde höchste Zeit, diese Unterhaltung zu beenden.

Allerdings rutschte sie auf einmal näher, legte ihr Bein auf ihn, sodass er ihre seidige Haut an seinem nackten Oberschenkel spürte und dann noch weiter oben, während sie sagte: „Kommen wir zurück zu Berto." Sie hatte außerdem angefangen, die Hand über seine Brust- und Bauchmuskeln gleiten zu lassen, und das fühlte sich alles viel zu gut an, um sie zum Aufhören aufzufordern. Zumindest jetzt schon. „Ich bin mir nach wie vor nicht sicher, ob man ihm wirklich vorwerfen kann, dass er Francine geglaubt hat, als sie ihm sagte, sie hätte etwas mit Aaron gehabt. Was hätte er tun sollen? Ihre Gedanken lesen, um herauszufinden, dass es eine Lüge war?"

„Nein", erwiderte Ian. „Ja. Vielleicht. Na schön, ich weiß, das klingt verrückt, aber ich entscheide mich für Ja. Berto hat Francine verlassen, weil er kein Vertrauen zu ihr hatte. Sie hatte ihm so oft gesagt, dass sie ihn liebt. Hatte es ihm gesagt und gezeigt. Genauso sollte es doch laufen, oder? Man öffnet sich für den anderen, zeigt sich ihm, wie man wirklich ist, ohne die Schutzmauern, die sonst immer da sind ..."

Plötzlich fiel ihm auf, wie aufmerksam Phoebe ihn beobachtete. Ihre Miene war ernst, mitfühlend und verständnisvoll. Doch diesmal sagte sie nichts. Keine Kommentare, keine Fragen, keine spitzen Bemerkungen. Sie sah ihn bloß an und wartete.

Also redete er weiter, denn schließlich galt es, hier etwas zu verdeutlichen. „Berto kannte sie. Sie riskierte viel, indem sie zuließ, dass er ihr wahres Ich kennenlernte. Sie ist ein wundervoller Mensch, witzig und klug. Aber sie ist die meiste Zeit ihres Lebens in Gefahr gewesen, das hat sie misstrauisch und vorsichtig gemacht. Vollkommen unsinnig, dass sie sich auf einmal mit einem anderen Jungen von der Highschool eingelassen haben sollte. Noch dazu mit einem Freund von Sheldon? Komm schon, es gehört nicht viel Fantasie dazu, um das zu durchschauen. Aber als es hart auf hart kam, hat Berto an ihr gezweifelt und stattdessen diesen Blödsinn geglaubt."

Für einen Moment suchte er nach den richtigen Worten, bevor er hinzufügte: „Natürlich hört sich das verrückt an, wenn man sagt, er hätte ihre Gedanken lesen sollen. Das behauptet auch niemand ernsthaft. Aber ihm stand eine Unmenge an Fakten zur Verfügung, als er mit diesem Szenario konfrontiert wurde. Trotzdem hat er sich entschieden: Er hat lieber die total abwegige, unstimmige Geschichte geglaubt, die Francine seinem Vater aufgetischt hat. Dabei widersprach das allem, was er über sie wusste. Er hatte einfach kein Vertrauen in sie", wiederholte Ian. „Und bloß deswegen hat er alles verloren."

Phoebe nickte. „Ich verstehe", sagte sie leise. „Doch ich verstehe auch, dass man sich manchmal sehr dumm verhält, wenn Liebe im Spiel ist."

„Was du nicht sagst."

Eine Weile lagen sie schweigend da.

„Und was hat Aaron Shel Schreckliches angetan?", wollte Phoebe wissen. „Du erwähntest …"

„Okay, Teil zwei dieser völlig vermurksten Geschichte." Ian atmete hörbar aus. „Während ich mich darauf vorbereitete, nach Afghanistan zu gehen, wurde Aaron der Schule verwiesen. Plötzlich hatte ich genau achtundvierzig Stunden, um nach Florida zu reisen, ihn von der Schule abzuholen und mir etwas einfallen zu lassen, was ich mit ihm machen sollte. In der Zwischenzeit musste Sheldon sich mit den Auswirkungen von Bertos Ausraster herumplagen. Als Berto endlich begriff, dass Francine gelogen hatte, um ihren schwulen Bruder zu schützen – als er erkannte, dass er es gründlich vermasselt hatte, drehte er durch und ließ es an Sheldon aus. Daraufhin schrieb Shel eine E-Mail an Aaron, in der er ihn wissen ließ, es sei vorbei mit ihnen. Er tat das, damit Aaron vor Berto sicher war."

„Was in gewisser Hinsicht der Lüge glich, die Francine sich ausgedacht hatte?"

„Die E-Mail war genau der gleiche Blödsinn", bestätigte Ian. *„Halt dich von mir fern. Ich wünschte, ich wäre dir nie begegnet.* Das war genau so ein Humbug. Tja, aber nachdem Aaron die Mail erhalten hatte, wandte er sich von Shel ab, wie Berto es zuvor mit Francine gemacht hatte. Es war der gleiche Grund: Er hatte kein Vertrauen. Nun, ein bisschen schon noch. Allerdings brachte ich es fertig, ihm diesen Rest an Vertrauen auszureden. Sehr genial von mir."

Er hielt inne, denn er merkte, dass seine Stimme brach und seine Augen sich mit Tränen füllten. *Du hast keine Ahnung, was es heißt, eine Beziehung zu haben und Teil einer richtigen Familie zu sein …* Aaron hatte vollkommen recht. Ian wusste es nicht und hatte es auch seinem kleinen Bruder gründlich verdorben.

Wortlos wartete Phoebe darauf, dass er es ihr erklärte.

Ian schluckte, räusperte sich. Er hielt die Augen geschlossen und bemühte sich, seine Emotionen unter Kontrolle zu halten. „Die beiden hatten Zukunftspläne. Sie wollten gemeinsam in den Norden, nach Boston. Sie wollten sich eine Wohnung nehmen, und Aaron wollte arbeiten, während Sheldon studierte. Auf dem MIT, dem Massachusetts Institute of Technology. Er hatte ein Stipendium."

„Das ist erstaunlich", meinte Phoebe. „Dass sie erkannten, wie gut sie zusammenpassten, und dass sie zusammenbleiben wollten, schon als Teenager."

„Ja, das war erstaunlich – bis ich auf den Plan trat und alles gründlich vermasselte", sagte Ian. „Aaron wusste, dass die E-Mail, in der Shel mit ihm Schluss gemacht hatte, Blödsinn war. Er wollte nach Massachusetts, um dort auf Shel zu warten. Aber ich hielt ihn auf und überredete ihn, sich freiwillig zu melden. Ich brachte ihn dazu, die Lüge zu glauben und sich geschlagen zu geben. Ich habe ihn dazu bewegt, zu den Marines zu gehen, weil alles andere unpraktisch gewesen wäre – für mich."

„Der Fairness halber sollten wir aber nicht vergessen, dass er noch sehr jung war und du für seine Sicherheit verantwortlich warst."

„Es waren bloß noch wenige Tage bis zu seinem achtzehnten Geburtstag", widersprach Ian. „Hättest du gedacht, dass Shellys Liebe zu Aaron so weit ging, dass er vier Jahre lang nach ihm suchte? Wenn ich mich nicht eingeschaltet und Air davon überzeugt hätte, dass ein gebrochenes Herz nun mal zum Leben gehört, hätte Aaron gewartet, und Sheldon hätte ihn schon damals an jenem ersten August gefunden. Aber nein, ich war ein ungeduldiger Mistkerl, der wegwollte."

Sie lachte. „Tut mir leid, aber nach Afghanistan wollen die meisten Leute nicht so eilig. Und ursprünglich nanntest du dich einen ‚selbstsüchtigen Arsch'."

Oh-oh. Ja, so hatte er sich genannt, oder?

„Obwohl ich nicht weiß, ob man das wirklich so sehen kann", fügte sie hinzu. „Immerhin hast du Jahre damit verbracht, deinen Bruder großzuziehen. Und dabei warst du selbst fast noch ein Kind."

Heiliger Strohsack, er wollte nicht darüber reden. Ian schloss die Augen, und sie lagen wieder einen Moment da, in dem nichts als ihr Atmen zu vernehmen war.

Nach einer Weile lachte Phoebe, wenn auch verhalten. „Deinem Schweigen entnehme ich, dass du vermutlich inständig hoffst, dass ich nichts von mir gebe wie: ‚Wow, bei einem so ausgeprägten Verantwortungsbewusstsein ist es wirklich kaum überraschend, dass du dein Leben opferst und ins Gefängnis gehst, um Aaron und Sheldon zu schützen.'"

Ian machte die Augen nicht auf, denn sie hatte recht. Das wollte er tatsächlich nicht hören.

„‚Es gibt Fehler, die kann man nicht wiedergutmachen.' Ich glaube, ich zitiere dich ziemlich frei, doch das ist im Kern, was du gesagt hast, nicht wahr? Über Berto. Es trifft jedoch ebenso auf dich zu, oder? Und weil du die vier verlorenen Jahre nicht zurückholen kannst, tust du was? Du versuchst stattdessen, auf eine andere, beinah unmögliche Art Erlösung von deiner Schuld zu finden." Sie küsste ihn. „Keine Panik. Ich weiß, dass das zwischen uns nur vorübergehend ist und du irgendwann nicht mehr verrückt nach mir sein wirst. Vielleicht ist es schon so weit." Sie lachte schwach. „Vermutlich treibe ich es sogar voran. Aber du bist ein kluger Mann mit einem scharfen Verstand. Es erscheint mir idiotisch, mich vorübergehend als Freundin zu nehmen und dann bloß zum Sex zu benutzen."

Während Phoebe sprach, ließ sie ihre Hand – die, mit der sie seine Brust und seinen Bauch gestreichelt hatte – tiefer gleiten.

Sie bewegte ihr Bein, bemerkte seine Erregung und strich mit ihren warmen, zarten Fingern darüber.

„Es ist schön, jemanden zum Reden zu haben", murmelte sie. „Jedenfalls hin und wieder. Vor ein paar Tagen hast du mich gefragt, warum ich eine Waffe bei mir trage."

Bei diesen Worten schlug Ian die Augen auf. „Du musst es mir nicht …"

„Ich weiß", unterbrach sie ihn. „An diesem Punkt unserer Beziehung wirst du mich deshalb sicher nicht mehr verurteilen. Also, ich hatte mal eine Zimmergenossin auf dem College, eine wirklich gute Freundin namens Emma. Im ersten Studienjahr wurde sie Opfer eines sexuellen Übergriffs. Ohne zu sehr auf die Details einzugehen: Es war schlimm, und es hat sie verändert. Sie wurde ängstlich, was man ihr kaum verübeln konnte. Allerdings hat es von da an ihr ganzes Leben bestimmt. Ich besuchte mit ihr lauter Selbsthilfegruppen … die leider überhaupt nicht helfen konnten. Am Ende trug ich uns beide für eine Schießausbildung an einem Schießstand ein. Ich dachte, das würde ihr Selbstbewusstsein wieder stärken, aber auch das half nicht. Nach der zweiten Woche brach sie den Kurs ab. Letztlich verließ sie das College und versteckte sich zu Hause. Vermutlich macht sie das noch immer. Ich habe keine Ahnung, wir haben keinen Kontakt mehr."

„Warum sollte ich dich verurteilen? Weil du wusstest, wann es Zeit war, sie loszulassen?", meinte Ian.

„Es wurde richtig schwer, noch mit ihr befreundet zu sein", gestand Phoebe. „Es stimmt, ich gab sie auf, aber ich blieb bei dem Schießtraining. Ich war ziemlich gut, und es gefiel mir. Ich machte weiter, belegte Anschlusskurse, in denen ich alles über Waffensicherheit lernte, einen Waffenschein machte … Ich hatte eigentlich bloß damit angefangen, um sie zu unterstützen, aber am Ende profitierte ich davon."

„Das ist doch nicht schlecht", gab Ian zurück.

„Trotzdem habe ich das Gefühl, ich hätte mehr für sie tun sollen", sagte sie.

„Das Gefühl kenne ich", entgegnete er – doch dank ihres Einfühlungsvermögens war ihr das bestimmt längst klar.

„Danke, dass du mich erzählen lässt“, meinte sie mit unschuldigem Lächeln.

Ian erwiderte ihr Lächeln, denn sie wussten beide sehr genau, dass er stundenlang so mit ihr „reden“ würde, vorausgesetzt, sie hörte nicht auf, ihn auf diese Weise zu streicheln.

„Wenn du dich lieber nicht unterhalten möchtest“, fügte Phoebe hinzu, „weißt du ja, wie du mich zum Schweigen bringen kannst.“

Ian lachte und sah ihr ins Gesicht. „Tragischerweise habe ich keine Kondome mehr“, erklärte er und verlor sich ein wenig in ihren Augen und ihren Liebkosungen.

„Meinst du, Yashi würde sich zu einer Bemerkung hinreißen lassen, wenn wir sie auf die Liste setzen? Oder würden sie einfach auftauchen?“

„Ich wette, die werden dann einfach kommentarlos auftauchen“, antwortete Ian.

„Hm“, sagte sie. „Da sprechen wir von der Zukunft. Hier und jetzt aber … Na ja, wir sind beide kreativ. Natürlich können wir auch weiter quatschen …“

Ian fühlte ihr Lächeln, als er sie küsste, und ließ seine Hände über ihren sexy Körper gleiten. Und dann, während er auf Francines Anruf und Bertos Ankunft wartete, gab er sein Bestes, um Phoebes weitere Äußerungen auf Liebesgeflüster zu beschränken – und Aarons Stimme zu ignorieren, die nicht aufhörte, in seinem Kopf nachzuhallen.

Du elender Feigling.

Er brauchte sich gar keine Gedanken darüber zu machen, dass das zwischen ihm und Phoebe keine Zukunft hatte.

Dafür würde das Leben schon sorgen.

21. KAPITEL

Warten Sie auf mein Signal, dass die Luft rein ist, bevor Sie zulassen, dass irgendwer Berto aus dem Kofferraum holt", erklärte Francine flüsternd, während Martell seinen Wagen in die Garage des vom FBI zur Verfügung gestellten Safe House fuhr.

Er sah sie mit einem freundlichen Ausdruck in den Augen an. „Verstanden. Lassen Sie sich Zeit."

Na klasse. Damit bestätigte er ihre schlimmsten Befürchtungen: nämlich, dass sie grauenhaft aussah. Francine weinte nicht auf eine schöne Art, das wusste sie. Sie bekam davon eine rote Nase und verquollene Augen. Und es dauerte sehr lange, bis das wieder verschwand.

Martell verstand offenbar, dass Francine Berto so nicht gegenübertreten wollte.

Der Überwachungsvan hielt neben ihnen, und kaum hatte sich das Garagentor hinter beiden Fahrzeugen geschlossen, stieg Francine aus und eilte zur Tür, die ins Haus führte. Sie hoffte, sich ins Badezimmer flüchten zu können, ohne mit jemandem reden zu müssen.

Sie hatte absichtlich damit gewartet, Ian eine Nachricht zu schicken, deren Inhalt *10* gelautet hatte. Da waren sie nur noch zwei Minuten entfernt gewesen. Sie hatte gehofft, dadurch die Chance zu bekommen, sich kaltes Wasser ins Gesicht zu spritzen, ehe sie sich ihm stellen musste.

Doch anscheinend hatte er die elektrischen Garagentore gehört, denn er wartete schon direkt hinter der Tür.

Offensichtlich hatte er sich ausgeruht, während sie unterwegs gewesen waren. Seine Füße waren nackt, sein Haar war zerzaust. Sein Blick war jedoch scharf, deshalb registrierte er sofort, dass sie geweint hatte.

„Leck mich", sagte sie vorsorglich, ehe er eine Bemerkung machen konnte, und lief einfach an ihm vorbei.

Martell war unmittelbar hinter ihr, und sie hörte ihn mit leiser Stimme zu Ian sagen: „Sie braucht ein paar Minuten für sich. Das war schwerer für uns alle, als wir gedacht haben."

Na, ganz klasse, die Tür zum Bad war geschlossen. Francine ging trotzdem darauf zu und fuhr dabei Martell scharf an: „Warum tun Sie nicht etwas Nützliches, statt über mich zu reden? Zum Beispiel könnten Sie Ihr Zeug in das leere Zimmer bringen."

„Es ist nicht mehr leer", erwiderte Ian. „Phoebe ist dort eingezogen."

Klar, was denn sonst? dachte Francine. „Tja, dann wird sie ihren großen Hintern da rausbewegen müssen." Sie drehte am Knauf der Badezimmertür, die sich zu ihrem Erstaunen öffnen ließ. Und dahinter stand die Frau, über deren Hinterteil sie gerade gelästert hatte. Laut genug, sodass Phoebe alles gehört haben musste.

Aber die Verärgerung der anderen wich einer mitfühlenden Miene, als sie Francines verweintes Gesicht sah.

Francine kümmerte sich nicht weiter darum. Phoebe räumte rasch das Bad.

„Sie werden Ihre Sachen aus dem Zimmer räumen müssen", erklärte Francine ihr, als sie das Bad betrat und die Tür hinter sich zumachen wollte.

„Nein", meldete Ian sich zu Wort. „Das wird sie nicht."

„Berto wird nicht glauben …", begann Francine, hielt jedoch inne, als sie die beiden genauer in Augenschein nahm: Ian trug sein T-Shirt auf links, und Phoebe war barfuß und sah zerzaust aus, als hätte auch sie sich hastig angezogen. Sie errötete sogar, ein zartes Pink unter dieser Nerd-Brille. Es war nicht schwer, eins und eins zusammenzuzählen – besonders, da jeder mit Augen im Kopf es längst hatte kommen sehen. „Oh, wie süß. Eine Romanze während einer Mission. Wow, das wird sicher lange halten."

„Es ist nicht …" Phoebe verstummte sofort wieder. Wahrscheinlich war sie sich selbst nicht sicher, was das zwischen ihnen eigentlich war. Ganz zu schweigen davon, was es nicht war. Ian besaß diese Art von Macht über Frauen durch seinen gebündelten Charme, der eine Schneise der Verwüstung hinterlassen konnte. Phoebe räusperte sich und sagte mit gesenkter Stimme zu Francine: „Wenn wir den Holländer davon überzeugen wollen, dass wir zusammen sind, müssen wir …"

Sie bedachte Phoebe mit einem mitfühlenden Blick. „Hat Ian das gesagt? Ach Schätzchen. Und Sie fallen auf diesen Blödsinn herein?"

„Nein", erwiderte Phoebe. „Das haben wir nicht … Er hat nicht …" Erneut unterbrach sie sich, denn auf der anderen Seite des Raumes wandte Ian sich nun an Yashi, der aus dem Überwachungsvan gestiegen war.

„Nein, ich glaube, ich werde zuerst in der Garage mit ihm sprechen", sagte Ian über Berto. „Nur wir zwei, er und ich."

„Das ist nicht in Ordnung", warf Francine ein, während Phoebe fragte: „Ist das eine gute Idee?" Sie ging zu Ians Seite, wieder einmal seinem Charme erlegen.

„Ja, mir ist auch nicht ganz wohl dabei", schaltete Martell sich ein und stellte sich zu Francine. Offenbar wunderte er sich darüber, dass sie dort stehen geblieben war, sodass jeder ihre Schande sehen konnte. „Ist alles in Ordnung mit Ihnen?"

Er meinte es ernst. Seine Besorgnis war aufrichtig.

Möglicherweise hatte sie ihn falsch eingeschätzt, und er gehörte tatsächlich zur äußerst seltenen Spezies netter Männer. Sicher, er strahlte eine gewisse Arroganz und männliche Allwissenheit aus, die teilweise von seinem guten Aussehen und dem Zugang zu einem Spiegel herrührten. Aber vielleicht hatte ihr Eindruck getäuscht, dass er wie alle anderen war und nur das eine von ihr wollte. Sein gesamtes Bemühen könnte wirklich darauf ausgerichtet gewesen sein, ein guter Teamplayer zu sein. Er sagte auch dauernd „wir" und „uns", wenn er mit Yashi und Ian sprach. Und genauso hatte er gesprochen, als er eben das Haus betreten hatte: *Das war schwerer für uns alle, als wir gedacht haben.* Auf diese Weise teilte er das Leid, anstatt Francine damit alleinzulassen.

Obwohl es nur ihres war.

Seit Martell sie im Coffeeshop abgeholt hatte, benahm er sich ausnahmslos respektvoll und freundlich ihr gegenüber.

Im Wagen, als sie in Tränen ausgebrochen war, hätte er die Situation ausnutzen können.

Damit hatte sie eigentlich gerechnet.

Aber er hatte es nicht getan.

Francine beobachtete, wie auf der anderen Seite des Zimmers die kleine Debbie vom FBI in die Küche kam und sie und Martell musterte. Als sich ihre Blicke begegneten, wandte die Polizistin sich rasch ab.

„Haben Sie genug Handtücher?“, erkundigte Martell sich.

Sie schaute ins Bad hinein und stellte fest, dass ein ganzer Stapel hinter der Toilette lag. „Ja, ich bin versorgt“, antwortete sie. „Ich komme zurecht.“

Die Art, wie er sie ansah, verriet ihr, dass er ihr nicht recht glaubte. Und um ehrlich zu sein, glaubte sie sich selbst nicht. Trotzdem nickte er und akzeptierte ihre Version der Realität. „Falls Sie irgendetwas brauchen, lassen Sie es mich wissen.“

Erneut war das nicht einfach nur dahergesagt. Er meinte, was er sagte.

„Sorgen Sie dafür, dass Berto es schluckt“, bat sie ihn. „Das zwischen Ihnen und mir. Es ist wichtig, dass er es glaubt.“

Martell nickte so ernst und entschlossen, als hätte sie ihn gebeten, ihr den Heiligen Gral zu bringen. „Geht klar.“

„Sie können gleich damit anfangen, indem Sie Kondome auf Yashis Liste schreiben“, schlug sie vor.

„Gute Idee“, meinte er. „Stichwort extragroß.“ Er lächelte. „Vertrauen Sie mir, ich kümmere mich darum.“

„Danke“, sagte Francine und schloss die Tür. Als sie in den Spiegel schaute, lag noch immer ein Lächeln auf ihrem Gesicht. Und obwohl ihre Augen nach wie vor gerötet waren, sah sie nicht halb so schrecklich aus, wie sie vermutet hatte.

Ian öffnete vorsichtig den Kofferraum. Soweit er informiert war, hatten Francine und Martell keine Waffe bei Berto gefunden. Der Mann war ausgezogen bis auf die Unterhose und gefesselt. Er bedachte Ian nur mit einem bösen Blick.

„Ich habe das Gefühl, ich sollte an dieser Stelle etwas Markiges sagen“, meinte Ian. „Wie zum Beispiel: ‚Monsieur Dellarosa, endlich lernen wir uns einmal kennen.‘“

„Soll das ein Scheißwitz sein?“, fuhr Berto ihn an.

„‚Soll das ein Scheißwitz sein?‘ ist auch nicht schlecht“, erklärte Ian und schloss die Handschellen auf. „Es fasst die Situation ziemlich gut zusammen. Das FBI sowie deren verrückte Brüder und Schwestern, die im Agenten-Alphabet näher am A sind, haben mich mit einem Himmelfahrtskommando aus dem Gefängnis geholt, damit ich ihnen bei der Suche nach zwei sehr wichtigen vermissten Kindern helfe. Ich will nicht und habe ganz bestimmt keinen Deal abgeschlossen, aber so liegen die Dinge. Meine unerwartete Freiheit hat nichts mit dir oder deiner Familie zu tun. Wie geht es übrigens Manny?“

Berto stutzte angesichts des plötzlichen Themenwechsels. „Es geht ihm gut.“

„Ach ja? Es wäre nützlich, zu wissen, ob schon ein Priester an seinem Bett steht und lebenserhaltende Maßnahmen eingeleitet wurden. Meinen Deal habe ich nämlich mit Manny gemacht, nicht mit Davio.“

„Nein, es geht ihm wirklich gut“, versicherte Berto ihm und rieb sich die Handgelenke. „Er ist bloß wegen ein paar Tests im Krankenhaus.“

„Das hört sich für mich nach totalem Schwachsinn an“, stellte Ian fest. „Ich werde dich wieder nach ihm fragen, sobald die Lage zwischen uns entspannter ist.“

„Ob das passiert, hängt ganz von deinen Bedingungen ab“, gab Berto zurück.

Ian bot ihm die Hand und half ihm aus dem Kofferraum. „Meine Bedingungen sind ziemlich simpel. Du hilfst mir bei diesem Job, verdienst ein bisschen Geld und gewinnst einige gute Karmapunkte. Wenn es vorbei ist, drücken wir die Rückstelltaste: Ich gehe zurück ins Gefängnis, um meine Strafe abzusitzen, so wie ich es mit Manny vereinbart hatte.“

Dieses Detail musste er noch mit den FBI-Leuten klären. Er hegte jedoch keinen Zweifel, dass die einen plausiblen Grund konstruieren konnten, damit er zurück nach North Port konnte, wenn alles vorbei war.

Erst vor wenigen Stunden war ihm klar geworden, dass Manny und Berto gar nicht wussten, weshalb Ian nicht mehr in Haft war. Und da sie keine Ahnung hatten, dass er endgültig entlassen worden war, musste es ja nicht unbedingt so sein.

Wenn das FBI ihn aus dem Knast herausholen konnte, dann konnte es ihn sicher auch wieder hineinbringen. Dadurch würde sein Deal mit den Dellarosas wieder gelten. Manny und Berto würden Davio zurückpfeifen.

Zumindest hoffte er das.

„Ich weiß, dass du eng mit Manny zusammengearbeitet hast", sagte Ian. „Und dass du und dein Onkel alle Hände voll zu tun hattet, um die schlechten Entscheidungen deines Vaters auszubügeln."

Berto erwiderte nichts, doch Ian wusste, dass er zuhörte.

Er gab Berto seine Schuhe zurück und seine Kleidung, während er rasch den FBI-Auftrag zusammenfasste, bei dem es um die Befreiung der Kinder aus den Fängen des Holländers ging.

„Ihr verfügt sowohl über eine Lastwagenflotte als auch über eine Menge von Lagerhäusern überall im Bundesstaat", meinte Ian, während Berto sich anzog. „Ich werde dich bezahlen, um beides nutzen zu können. Außerdem verleiht deine Anwesenheit dem Ganzen Glaubwürdigkeit. Der Holländer weiß bereits, dass Davio hinter mir her ist."

„Und woher willst du wissen, dass ich deinen Bruder nicht einfach umbringe, sobald sich die Gelegenheit ergibt?", konterte Berto.

„Das weiß ich nicht", räumte Ian ein. „Aber ich nehme an, du stellst keine Bedrohung dar, denn in den vergangenen Jahren hast du ziemlich viel Ärger mit deinem Vater riskiert, um Aaron und Sheldon zu schützen. Obwohl es eigentlich ja eher um Francine ging, stimmt's?"

Berto zuckte nicht einmal mit der Wimper. Doch dann stellte er die Frage, auf die Ian gehofft hatte. „Wie viel zahlst du mir?"

„Genug, damit du einschlägst", antwortete Ian, und tatsächlich, als Berto die Summe vernommen hatte, schüttelten sie sich die Hand. Noch während er die Hand des anderen hielt, wiederholte Ian seine Frage von vorhin. „Wie geht es Manny?"

„Es geht ihm gut", erwiderte Berto. „Ich war heute Morgen bei ihm im Krankenhaus. Er ist wieder auf den Beinen. Er ist zwar alt, aber auch zäh."

„Gut", sagte Ian.

Danach war der Rest einfach.

Jedenfalls hätte es einfach sein sollen. Wäre es auch gewesen.

Bevor die amüsante, eigensinnige, perfekte Phoebe in sein Leben getreten war und die Sehnsucht nach dem Unmöglichen in ihm geweckt hatte.

„Ich brauche eine Hochgeschwindigkeits-Luxusjacht", erklärte Ian. „Mit wenigstens drei Kabinen und einem Frachtraum. Sie muss mindestens fünfunddreißig Knoten machen. Ich brauche einen einsamen Anleger südlich von Miami, den ein Lastzug befahren kann. Oh, und sowohl die Verkehrssicherheitsbehörde als auch die Küstenwache müssen sich für gut zwölf Stunden rarmachen."

Yashi lachte laut.

Phoebe hielt sich im Wohnzimmer des Safe House in Miami auf, zusammen mit der bunten Truppe, die sich aus einem Exschwindler und Navy-SEAL, zwei FBI-Agenten, zwei Anwälten und einem Mafioso zusammensetzte. Es wirkte beinah wie die Besetzung für eine schlechte Komödie. Nur dass diese Individuen zusammen an einer, wie Ian es nannte, „kurzfristigen, relativ risikoarmen, profitablen Mission" arbeiteten, die in der Befreiung zweier entführter Kinder gipfeln würde. Ohne Einbruch, ohne Geheimaktion, ohne Gewalt, selbst ohne Schüsse abzugeben.

Jedenfalls keine echten. Das hatte Ian versprochen.

Sein Plan sah vor, Georg Vanderzee alias den Holländer davon zu überzeugen, dass Ian einen leichten Weg kannte, Sachen ebenso wie Menschen schnell aus dem Land zu schmuggeln.

Daraufhin würde der Holländer – so die Theorie – Ian einspannen, um die Kinder außer Landes zu schaffen. Vanderzee würde Ian die Kinder buchstäblich übergeben.

Doch der Trick würde nur funktionieren, wenn alles echt wirkte, und zwar bis ins kleinste Detail.

Weil das gesamte Unternehmen mit äußerster Präzision durchgeführt werden musste, waren alle trotz der späten Stunde zu diesem Meeting versammelt.

Sogar Sheldon war geweckt und aus dem Bett gezerrt worden. Jetzt hockte er in seiner blauen Pyjamahose auf dem Sofa. Die Haare standen ihm zu Berge, und die Arme hatte er vor seinem muskulösen Filmstar-Brustkorb verschränkt.

Daneben war Francine, die Martell so nah war, dass sie fast auf seinem Schoß saß. Er hatte den Arm um ihre Schultern gelegt, und sie schmiegten die Beine aneinander. Offenbar waren die beiden zusammengekommen. Oder das Ganze war nur Show, wegen Berto. Phoebe war sich nicht sicher. Der sanfte Ausdruck in Martells Augen, sobald er Francine anlächelte, schien jedoch nicht gespielt zu sein.

Sie selbst hatte auf der anderen Seite von Martell Platz genommen. In den Sessel neben ihr hatte sich Aaron gelümmelt, der absichtlich nicht seinen halb nackten Ehemann anschaute. Das wiederum war ein sicherer Hinweis darauf, dass die Situation zwischen ihnen keineswegs gelöst war.

Yashi und Deb teilten sich das Zweiersofa – das perfekte Bild zweier Profis.

Berto, der anscheinend mit Ian abgemacht hatte, ihm bei der Mission zu helfen, saß ihnen gegenüber und wirkte wegen der Anwesenheit des FBI nervös.

Ian hatte sich neben Berto auf einen Hocker gesetzt, den er vom Küchentresen herangezogen hatte. Dadurch überragte er alle anderen.

Phoebe war sich ziemlich sicher, dass das kein Zufall war.

Ian ließ sich von Yashis Lachen nicht beirren. „Ich weiß, dass Sie das hinbekommen können, also tun Sie nicht so, als sei das unmöglich." Er sah zu Sheldon. „Mit dem Boot dauert es ungefähr vier Stunden, um von Florida nach Kuba zu gelangen. Natürlich werden wir nicht dorthin fahren. Vanderzee soll es nur glauben. Wir brauchen daher eine festgelegte nautische Route, die zuerst Richtung Süden führt, aber letztlich bei einem ruhigen Anleger endet. An irgendeinem Ort in Florida, der leicht mit dem Überwachungsvan zu erreichen ist. Allerdings werden wir fast vier volle Stunden auf dem offenen Meer sein."

Sheldon richtete sich lebhaft auf. „Wir müssen den Kompass der Jacht so manipulieren, dass er die ganze Zeit eine südliche Fahrtrichtung anzeigt. Das kriege ich hin, kein Problem. Und nördliche Richtung für die Rückfahrt. Ich nehme doch an, es geht wieder zurück?"

„Auf jeden Fall", versprach Ian. „Wir werden Vanderzee vorgaukeln, dass wir ihn nach Kuba bringen und dann zurück zu dem Anleger, von dem wir gestartet sind."

„Wir werden auch Smartphones mit GPS brauchen", meinte Sheldon.

Yashi fertigte eine Besorgungsliste an und schaute Ian fragend an.

Ian nickte. „Lassen Sie sich von Shel erklären, was er alles benötigt", wandte er sich an den FBI-Agenten.

„Wenn wir bloß vier Stunden auf dem Meer dümpeln, wird sich weder die Küstenwache noch die Verkehrssicherheit für uns interessieren", sagte Yashi und machte sich eine Notiz. „Ich werde trotzdem dafür sorgen, dass wir ungestört sind."

„Sobald wir am zweiten Anleger sind, unserem angeblichen Kuba ...", begann Ian.

„... wollen wir keine US-Agenten in der Nähe haben", vervollständigte Yashi den Satz. „Schon verstanden. Auch keinen Hinweis darauf, dass wir noch in den Staaten sind. Wir werden die entsprechenden Schilder beseitigen und den Flughafen informieren, damit nicht zufällig eine Cessna mit einem Werbebanner von Miami Jack's Shrimp Shack über unsere Köpfe hinwegfliegt."

„Hoffentlich kriegen wir es zeitlich so hin, dass wir im Dunkeln dort sind", fügte Ian hinzu. „Sowohl bei der Ankunft als auch bei der Abreise. Aber sicher, es muss vorbereitet werden.

Wir brauchen einen Last- oder Lieferwagen; besser noch zwei, die ramponiert aussehen müssen, mit kubanischen Kennzeichen." Er betrachtete alle nacheinander, als zähle er sie. „Ich brauche schwarze Kleidung für alle im Team Ian, das aus mir, Phoebe und Aaron bestehen wird."

Aaron setzte sich auf. „Heiliger Strohsack. Ich darf mitmachen?"

„Ja", bestätigte sein Bruder. „Es gefällt mir nicht, aber da Pheeb auch mitmacht ..." Er sah zu ihr. „Mit Bertos Hilfe wird das Risiko der Mission so niedrig wie möglich sein. Niemand wird allein mit dem Holländer sein, nicht einmal für eine Sekunde. Wir werden in Teams arbeiten. Alle bleiben bei ihren Gruppen und halten sich ans Drehbuch. Keine Improvisationen, keine Einzelaktionen." Erneut musterte er Phoebe. „Da du die unerfahrenste Person hier bist, werden wir zwei deine Rolle noch einmal in Ruhe und ganz ausführlich durchgehen, später am Abend."

Francine räusperte sich deutlich vernehmbar, und Phoebe warf ihr einen Blick zu, während ihr Hitze in die Wangen schoss. Ian kniff die Augen zusammen; er hatte nicht gehört, dass Francine sich längst ihren Reim darauf gemacht hatte, was ihn und Phoebe betraf. Oder doch? Es war schwer vorstellbar, dass ihm irgendetwas entging.

Doch er wandte sich bereits an Yashi und fuhr mit der Aufzählung fort: „Schwarze Sachen für mich, Phoebe, Aaron. Die müssen federleicht sein, einschließlich der Masken. Ich will nicht, dass irgendwer überhitzt – wir werden Kartons schleppen, und dabei wird einem heiß. Außerdem brauchen Phoebe und ich noch ein paar andere Dinge. Segelzeug, zum Beispiel, was immer das auch ist. Nichts zu Schickes, aber es soll schon nett aussehen. Und eine Reisetasche, um alles zu verstauen. Aus Leder. Nicht vergessen", betonte er und schaute ein weiteres Mal zu Phoebe. „Der, den ich spiele, hat Geld."

„Kapiert", erwiderte Yashi.

„Ich brauche eine Uniform für Wachleute für Martell und für Sie, Yashi. Und zwei Leinensäcke, die wir euch über den Kopf ziehen können."

„Oh, das wird lustig", murmelte Martell. „Ich kann es kaum erwarten, den Grund dafür herauszufinden."

„Wir werden Munition brauchen. Und Platzpatronen", fuhr Ian fort. „Dazu Spezialeffekt-Blutkissen und künstliches Blut, um sie damit zu befüllen."

Francine horchte auf. „Bitte sag mir, dass wir Phoebe umbringen."

„Was?", fragte Phoebe, halb amüsiert, halb perplex.

„Nicht in Wirklichkeit", beschwichtigte Francine sie in ihrem typischen abschätzigen Ton. „Aber wenn wir die Blutkissen, die wir verwenden, zum Zerplatzen bringen, sieht es so aus, als sei jemand getötet worden. Da Ian nicht will, dass Sie bei dem Job mitmachen, und ich ihm zustimme – Ihre Unerfahrenheit könnte uns schließlich alle das Leben kosten –, dachte ich …"

Doch Ian schüttelte den Kopf. „Daran habe ich auch gedacht, aber nein. Wenn Phoebe tot wäre, hätte die Figur, die ich spiele, keinen Grund mehr, in Kuba zu bleiben. Wir müssen ein Gleichgewicht herstellen. Es muss eine gewisse Dringlichkeit haben, darf aber nicht zu tragisch werden.

Folgendes wird also passieren: Berto wird schon schwer verwundet sein, wenn Phoebe, Aaron und ich zusammen mit dem Holländer beim Lagerhaus eintreffen. Wir sind dort, um die Beute zu holen, und entdecken dabei, dass Berto einen Überfall vereitelt hat. Das unterstreicht unsere Behauptung, dass die Ladung heiß ist und wir sie sofort aus Miami wegbringen müssen, denn andernfalls ist sie verloren. Zwei von Bertos Gorillas werden gefesselt sein, einer ist bereits tot, von den Räubern umgebracht. Die sind inzwischen geflohen, können aber jederzeit mit Verstärkung zurückkommen. Daher müssen wir uns beeilen und schnell die Kisten in den Lastwagen laden. Ich werde den überlebenden Bodyguard töten, weil er Berto nicht beschützt hat; das ist zugleich der Beweis dafür, dass ich gefährlich bin und es mir ernst ist. Außerdem macht es Vanderzee zum Mordkomplizen – einfach, weil er dabei ist. Jemanden mit seinem psychologischen Profil wird die Tatsache, dass Blut vergossen wurde, loyaler machen. Gut. Wir hauen mit der Ware ab – Drogen oder

Waffen –, fahren zum Anleger, wo die Jacht liegt, mit der wir Richtung Kuba aufbrechen. Berto müssen wir zurücklassen, damit er medizinische Versorgung bekommt. Wenn wir wieder in den Staaten sind, erhalte ich die schreckliche Nachricht, dass er seinen Verletzungen erlegen ist. Und das bedeutet, dass Davio mir jetzt erst recht im Nacken sitzt. Das wiederum liefert uns den notwendigen Grund, Vanderzee davon zu überzeugen, dass er die Kinder sofort aus dem Konsulat wegschaffen muss, wenn er das vorhat. Denn Phoebe und ich haben beschlossen, aus dem Land zu fliehen, und zwar mit unserer Jacht nach Kuba, wo wir endgültig bleiben wollen."

„Wir spielen Georg Vanderzee also ein ziemliches Theater vor", fasste Phoebe zusammen.

„So könnte man es ausdrücken." Ian wandte sich an Yashi: „Martell braucht Tropenkleidung. Freizeitsachen, aber nicht zu billig; Hawaiihemd und Leinenhose. Und Militärkluft für das restliche Team Martell."

„O wow, ich kriege auch ein Team", jubelte Martell. „Deshalb trage ich einen Sack über dem Kopf als Security-Mann – damit Vanderzee mich nicht erkennt, wenn wir im falschen Kuba sind."

„Ja, Sie sind mein kubanischer Partner", erklärte Ian. „Amerikanischer Auswanderer, also versuchen Sie sich gar nicht erst an einem Akzent – so was funktioniert nie. Genau wie ich sind Sie stinkreich. Sie haben einen ausgezeichneten Draht zur Regierung Ihres neuen Heimatlandes, und alle schauen weg, wenn amerikanische Jachten mit Fracht an Ihrem Anleger festmachen und wieder abfahren. Ihre Helfer sind Francine, Sheldon, Yashi." Er zeigte bei der Aufzählung auf die drei. „France, du bist seine hervorragende Sicherheitschefin." Damit richtete er sich wieder an Yashi. „Deshalb muss sie besonders gut mit Waffen ausgestattet werden. Allerdings will ich, dass alle bewaffnet sind."

Lächelnd sah Ian nun zu der FBI-Agentin und sagte: „Deb, tut mir leid, aber Sie will ich bei uns auf der Jacht haben. Für den Fall, dass es Probleme mit der Küstenwache gibt. Sie sind unsere Stewardess."

„Selbstverständlich bin ich das“, gab sie seufzend zurück. „Darf ich nicht Kapitänin sein?“

„Sorry, das geht nicht“, antwortete Ian. An Yashi gewandt fuhr er fort: „Bei der Kleidung für sie wählen Sie bitte etwas, das zu einem Edel-Callgirl passt.“ Als Deb einen verärgerten Laut von sich gab, setzte er hinzu: „Vanderzee wird nicht damit rechnen, dass Sie den schwarzen Gürtel haben, wenn Sie High Heels tragen.“

„Ich weiß, ich weiß.“ Deb überflog Yashis ausführliche Notizen und machte ein ungläubiges Gesicht. „Hast du tatsächlich gerade *Dinger raus* geschrieben?“

„Ja, habe ich“, bestätigte dieser und sah zu Ian. „Was sonst noch?“

„Bargeld“, erwiderte Ian. „Ein Bündel mit zwanzigtausend, eins mit zehntausend und einen Koffer mit fünf Millionen – darin kann sich natürlich hauptsächlich Zeitungspapier befinden. Er muss allerdings das entsprechende Gewicht haben, also nicht bloß die Kurzmeldungen. Dollar oder Euro, das spielt keine Rolle. Das überlasse ich Ihnen. Und Drogen oder Waffen als Schmuggelware. Mir wären Drogen lieber, speziell Crystal Meth: Das ist heiß, und es gibt in Osteuropa einen Markt für amerikanische Produkte. Außerdem wiegt es nicht so viel wie Sturmgewehre. Bedenken Sie, dass wir den Mist schleppen müssen – und dass die Ladung unser Schnellboot langsamer machen wird. Wenn wir Gewehre nehmen, müssen sie in Kisten verpackt sein und vor morgen Abend in Bertos Lagerhaus eintreffen, was sich als problematisch erweisen könnte.“

„Ach, glaubst du?“, meldete Berto sich zu Wort.

„Wenn es Drogen sind“, meinte Ian, „verstecken wir sie in der Elektronik; im Gehäuse der Computer, die sich schon in der Dellarosa-Halle befinden. Ich brauche also bloß ein Päckchen, das für Meth groß genug ist und das ich dem Holländer präsentieren kann. Aber das überlasse ich ebenfalls Ihnen. Oxycontin ginge auch. Allerdings muss ich rechtzeitig wissen, spätestens morgen früh, was unsere Schmuggelware sein wird.“

„Ja", sagte Yashi. „Und ich habe auch ‚morgen Abend' aufgeschnappt."

„Das Ganze muss morgen Abend über die Bühne gehen", bestätigte Ian. „Bertos Vater Davio wird in Sarasota auftauchen; er hat ein Treffen mit Manny im Krankenhaus. Ich will ihn nicht in der Nähe haben, wenn wir die Sache durchziehen. Deshalb machen wir es dann. Und abgesehen davon will ich die Geschichte endlich erledigt haben. Ich bin sicher, diese Kinder wollen auch möglichst schnell wieder bei ihrer Mutter sein."

„Wir können es schaffen", erklärte Deb zuversichtlich. „Und ich bin mir sicher, dass wir Ihnen das Material besorgen können – also einigen wir uns auf Drogen, nicht auf Waffen." Sie schaute skeptisch auf Yashis Notizblock. „Wie wäre es mit einem Lastwagen oder irgendeinem Fahrzeug hier? Um die illegale Ware von Bertos Lagerhaus zur Startbahn zu bringen."

„Die elektronischen Geräte sind nicht illegal", versicherte Berto schnell. „Die habe ich legal von einer Ladenkette gekauft, die sich verkleinern musste …"

„Aber das weiß der Holländer nicht", warf Francine ein. „Entspann dich. Wir ziehen hier alle am selben Strang. Niemand wird dich festnehmen."

„Ich miete einen Lastwagen von Berto", sagte Ian. „Der hat eine Flotte von Sattelschleppern …"

„Alles legal", schwor Berto auch diesmal, weshalb Francine die Augen verdrehte.

„Es muss ein großer Laster sein, der zum Lagerhaus in Miami fährt", stellte Ian klar. „Nicht bloß ein Van oder ein Lieferwagen. Der Lastwagen ist Teil der Story, die wir dem Holländer verkaufen."

Was sie dem Holländer „verkauften", war eine sichere Sache: nämlich einen Weg, die Kinder unentdeckt aus dem Konsulat in Miami zu bekommen und außer Landes zu schaffen.

Wenn sie es richtig anstellten, würde Georg Vanderzee Ian sogar dafür bezahlen, dass er die zwei in einem von Bertos riesigen Lkws versteckte. Der Holländer würde glauben, dass die Kinder zu einem Boot gebracht wurden, das sie nach Kuba transportierte. Dort würden Vanderzee oder seine Leute die beiden übernehmen und einen Flug nach Kazbekistan chartern, wo die Kinder ihrem Vater übergeben werden sollten, im Austausch gegen einige Millionen Dollar.

In Wahrheit würde der Lastwagen die Kinder zu ihrer wartenden Mutter bringen, während Vanderzees Leute sie vergeblich in Kuba suchten.

Es war brillant.

Allerdings sollte es bereits morgen Abend losgehen, und der Holländer würde aus nächster Nähe mitverfolgen, wie Ians Schmuggelaktion funktionierte.

„Und das“, meinte Ian nun, „bringt uns zum Holländer.“

Er sah zu Phoebe, und ihr zog sich der Magen zusammen. Sie wusste, dass er den anderen jetzt seine Begegnung mit Georg Vanderzee schildern würde. Und sie wusste, dass das keine schöne Geschichte war.

„Unser Zielobjekt“, erklärte Ian mit ernster Miene, „ist ein Soziopath.“

Ian spürte, dass Phoebe ihn beobachtete. Die Augen hinter dieser Brille, die er inzwischen lieb gewonnen hatte, sahen ihn ernst an.

„Georg Vanderzee. Sein Vater war Tulpenbauer aus Holland, seine Mutter eine Frauenrechtlerin und die einzige Tochter eines reichen Kazbeken, der nach wie vor die rechte Hand eines mächtigen Warlords ist. Irgendwie entkam sie und floh nach Paris, wo sie seinen Vater kennenlernte, der viel älter war und in einer Art Midlife-Crisis steckte. Georg war ihr einziges Kind.

Als er sechs Jahre alt war, überfielen bewaffnete Rebellen einen gut besuchten Marktplatz im Jemen, und seine Eltern wurden getötet. Er war damals dabei, aber sein Leben blieb verschont.“

„Du lieber Himmel“, stieß Phoebe erschrocken hervor.

„Er wuchs bei seinem Großvater mütterlicherseits in Kazbekistan auf, was nicht dem Wunsch seiner Eltern entsprochen hätte. Genau genommen kannte er bis dahin seine Verwandten in Kazbekistan nicht; seine Mutter hatte sich ja vor ihnen versteckt. Er ist heute überzeugt davon, dass der Überfall im Jemen von Männern ausgeführt wurde, die von seinem Großvater beschäftigt wurden. Und er betrachtet den brutalen Mord an seinen Eltern anscheinend als akzeptablen Ausdruck seiner Liebe zur Familie."

„Im Ernst?", schaltete Francine sich ein.

„Allerdings", bestätigte Ian. „Er ist kein religiöser Mann, aber er ist beinah albern abergläubisch. Den Grund dafür habe ich nie herausgefunden, doch so ist es. Ich habe das in der Vergangenheit zu meinem Vorteil genutzt. Er bewegt sich auf der Trennlinie zwischen seinem Land und dem Westen: Er sieht europäisch aus, hat andererseits jedoch die Stammesbräuche seines Großvaters verinnerlicht. Im Alter von fünfzehn Jahren war er bereits verheiratet und hatte zwei Ehefrauen. Offenbar müssen minderjährige Ehemänner in Kazbekistan auch minderjährige Bräute haben. Wie dem auch sei, er macht so weiter, obwohl er inzwischen in den Vierzigern ist. Seine neueste Frau ist gerade zwölf geworden."

„Mit anderen Worten", meinte Francine, „wenn etwas schiefgeht und wir uns ein Feuergefecht mit diesem Abschaum liefern müssen, dürfen wir ihn töten?"

„Da wird nichts schiefgehen", versicherte Ian ihr.

„Wie viele Ehefrauen hat er?", wollte Shelly wissen. „Ich meine, wenn er als Teenager angefangen hat? Wo hält er die alle?"

„Er behält sie nicht alle", antwortete Ian. „Als er Mitte zwanzig war, begannen seine Frauen, auf mysteriöse Weise zu sterben. Heute ist das nicht mehr so mysteriös. Als ich mal zum Abendessen bei ihm zu Hause war, stieß seine angebliche Lieblingsfrau ein Weinglas um. Ich bekam nicht einmal etwas ab, weil ich zurückwich. Trotzdem schlug er sie."

Ian musste für eine kurze Weile innehalten. Wie sehr er es hasste, es ihnen erzählen zu müssen. Aber es gab keine Alternative. Sie mussten es erfahren. Er konnte Phoebe nicht ansehen, während er sich auf die Fakten besann. Die reinen Fakten.

„Er schlägt sie also mit dem Handrücken, sodass sie vom Stuhl kippt – sie ist sechzehn Jahre alt und wiegt etwa fünfundvierzig Kilo. Höchstens. Ich versuche, diplomatisch zu bleiben und ihn zu beruhigen. Mein Ziel ist es, ihn daran zu hindern, ihr weiterhin wehzutun. Tatsächlich gelingt es mir, dass er von ihr ablässt, und schließlich scheint er sich wirklich beruhigt zu haben. Allerdings ist es ein bisschen seltsam, denn jetzt weint sie erst und kauert sich zusammen, und ich begreife, dass sie mich anfleht, ich solle ihn schlagen lassen …"

„Großer Gott", hauchte Phoebe, weshalb Ian den Fehler beging, sie anzuschauen.

Offensichtlich war ihr klar, worauf diese Geschichte hinauslief. Er musste den Blick wieder abwenden.

Ian räusperte sich. „Er geht zurück zum Tisch und setzt sich. Ich rede weiter mit der Frau, sage ihr, dass alles in Ordnung ist. Und in diesem Moment schießt er ihr in den Kopf. Einfach so, zack. Ich brauchte eine Sekunde, bis ich begriff, was da passiert war. Sie sank lautlos zu Boden und war tot. Ihr Blut spritzte auf meine Hose, so nah saß ich bei ihr. Es spritzte an die Wand hinter ihr und muss mich dabei auch irgendwie getroffen haben. Und alles, was er sagte, als er das sah, war: ‚Hoppla.'"

„Ich wusste nicht einmal, dass er bewaffnet war", fügte Ian hinzu. „Er legte die Waffe einfach aus der Hand und widmete sich seinem Essen. Bedienstete kamen hereingeeilt und beseitigten diskret die Sauerei. Sie brachten die Leiche weg, als sei ein Mord im Esszimmer etwas Alltägliches." Er musste sich kurz sammeln, ehe er fortfuhr: „Später erfuhr ich, dass er sie nicht getötet hätte, wenn ich zugelassen hätte, dass er sie schlug. Das war sein Muster. Entweder Schläge oder die Kugel."

„Das konntest du zu dem Zeitpunkt unmöglich wissen", meldete Phoebe sich zu seiner Verteidigung zu Wort.

„Ich weiß es jetzt", sagte Ian. „Die Ironie an der Sache ist, dass ich ihm am Tag vorher das Leben gerettet habe. Diesmal wirklich. Eine Woche davor tat ich bloß so, als würde ich sein Leben retten, um sein Vertrauen zu gewinnen. Das bekam ich. Ich erhielt die Informationen, die ich brauchte, und gab sie weiter an die internationale Taskforce, die … Na ja, wie auch immer. Die Mission war vorbei, und ich stand vor der Wahl, den Kontakt abzubrechen oder aufrechtzuerhalten. Ich entschied mich, noch ein paar Tage zu bleiben. Tja, und das kostete dieses Mädchen das Leben."

Phoebe betrachtete ihn so mitfühlend, als wären sie allein im Zimmer.

„Er kam damit durch?", fragte Martell. „Er hat einfach regelmäßig seine Frauen umgebracht?"

„Das ist nicht verboten", beantwortete Francine seine Frage. „Nicht nach den lokalen Gesetzen. Die Frauen gehören ihm, sind sein Eigentum. Er kann mit ihnen tun, was immer er will."

„Man sollte meinen, es gibt bald keine Mädchen mehr, die ihn heiraten wollen", wandte Martell ein.

„Die Mädchen haben da nicht mitzureden", erklärte Francine. „Die Väter wählen den Ehemann aus, und ich bin mir ziemlich sicher, dass Vanderzee gut zahlt."

„Wir haben es also mehr oder weniger mit einem pädophilen Serienmörder zu tun", fasste Martell die Situation zusammen. „Und wir spielen ihm alle nett was vor, schütteln ihm die Hand, verbrüdern uns mit ihm."

„Ja", bestätigte Ian, „genau das machen wir."

Aaron befand sich in der Küche und bereitete sich ein Sandwich zu, als Shelly aus der Garage hereinkam.

„Was hast du da draußen gemacht?", wollte Aaron wissen. Seine Neugier siegte über seine anhaltende Frustration und seinen Kummer wegen seines Ehemannes.

Shel blieb stehen. Seine Hoffnung war plötzlich deutlich spürbar – nur weil Aaron ihm eine schwach feindselige Frage gestellt hatte. „Ich habe Rorys Kindersitz in den Überwachungsvan gebracht", antwortete er. „Wenn du aufbrichst, will ich im Van sein, nicht hier im Haus. Ich dachte, das ist in deinem Sinn."

Aaron nickte. Shel hatte offenbar richtig vermutet. „Die Sache ist also sicher?"

„Ja", sagte Shel. „Solange alles nach Plan läuft."

Sie standen beide da, sahen einander an und waren sich der Bedeutung dieser Worte bewusst.

Schließlich sprachen sie beide gleichzeitig. „Hast du die Bilder davon gesehen, was Yashi mit Van Nummer eins angestellt hat?“, fragte Shel, während Aaron meinte: „Wann läuft denn bei Ian jemals etwas nach Plan? Klar, irgendwie kriegt er es immer hin, brillant sogar, aber dieser Holländer hört sich echt gefährlich an …“

Und dann sagte Shel: „Ich frage mich, ob Yashi uns wohl einen Babysitter besorgen kann …“ Wieder gleichzeitig erklärte Aaron: „Ich rede mit Eee und sage ihm, dass wir jemanden brauchen, der mal auf Rory aufpasst …“

„Damit wir beide mal rauskönnen.“

Diese letzten Worte kamen von ihnen beiden in perfektem Einklang.

Shelly grinste, in seinen Augen schimmerte noch stärker die Hoffnung und die unausgesprochene Bitte um Vergebung. „Gut zu wissen, dass wir das noch nicht verlernt haben“, sagte er.

Er war so wunderschön, innerlich wie äußerlich. Doch Aarons Liebe zu diesem Mann, die stets wie ein reiner, heller Glockenton gewesen war, kam ihm nun schwer und düster vor durch all den Kummer und Schmerz.

„Ich wünschte, du hättest ein T-Shirt angezogen“, meinte Aaron und widmete sich wieder seinem Sandwich.

„Ich wünschte, du würdest deines ausziehen und ins Bett kommen.“

„Ich übernehme die zweite Schicht“, informierte Aaron ihn. „Bei der Bewachung von Berto.“

Ians Motto lautete: vertrauen, aber kontrollieren. Und genau in diesem Stadium befanden sie sich mit Sheldons Halbbruder. Berto war die Schlafcouch im Wintergarten zugewiesen worden, direkt neben dem großen Wohnzimmer mit seinen Glasschiebetüren. Alle wechselten sich bei seiner Überwachung ab, um sicherzugehen, dass er nicht heimlich doch etwas für Davio ausheckte – zum Beispiel, Aaron im Schlaf zu ermorden.

„Du solltest ihn überhaupt nicht überwachen“, sagte Shel.

„Glaub mir, während meiner Wache werde ich nicht mal blinzeln und einschlafen schon gar nicht."

„Ich dachte da mehr an Bertos Sicherheit."

„Ha", entgegnete Aaron. „Du bist derjenige, der ihn nicht bewachen sollte." Shels anhaltendes Misstrauen gegenüber seinem Halbbruder war nicht zu leugnen.

Misstrauen und Abscheu.

„Na ja, aber ich passe nicht auf ihn auf, oder?", erinnerte Shel ihn.

Aaron, der gerade den Senf in das Türfach des Kühlschranks stellte, schaute auf. Normalerweise sahen die Leute Shel nicht als knallharten Typen, doch jetzt strahlte seine Haltung – oder vielleicht waren es auch nur die Schatten auf seinem Gesicht – eine gewisse Gefährlichkeit aus. Man vergaß eben leicht, dass dieser sanftmütig wirkende Computerfreak sich als Offizier bei den Marines bewährt hatte.

„Ich habe mich freiwillig gemeldet, doch Ian hat abgelehnt", berichtete Shel. „Manchmal sagt er auch zu mir Nein, musst du wissen."

Aaron konnte das nicht bestreiten, daher nickte er mürrisch. „Allerdings ist er nicht dein Bruder. Du hast keine Ahnung, was es heißt, immer im Schatten seiner vollkommenen Heldenhaftigkeit zu leben. Und noch schwerer ist es …"

„Nein", unterbrach Shel ihn und trat einen Schritt auf ihn zu. „Tut mir leid, aber du weißt nicht, was wirklich hart ist. Es ist nicht hart, einen Bruder wie Ian zu haben; alles, was er macht, tut er aus bedingungsloser Liebe zu dir. Hart ist es, einen Bruder zu haben, der angewidert von dir ist und dich verprügelt, um dich in jemanden zu verwandeln, der du nicht bist und sein kannst. Hart ist es, wegen seiner Drohungen in ständiger Angst zu leben. Seinen Manipulationen ausgeliefert zu sein und seinem Ekel. Hart ist es, sich zu fragen, wann dein lieber Bruder deinem Vater helfen wird, deinen Partner umzubringen – dich, Aaron –, damit der eigene Sohn weniger schwul dasteht und sie weniger wie die Verwandten eines Schwulen aussehen. Es ist ihnen herzlich egal, dass du mir alles bedeutest und ich sterben würde, um dich zu beschützen."

Nur selten verlor Sheldon die Fassung, und Aaron hatte schon ganz vergessen, wie das war.

Shelly war jedoch noch nicht fertig. „Also richte deinem Bruder aus – der dich liebt, und der ebenfalls sterben würde, um dich zu beschützen –, dass du Berto nicht bewachen wirst, sondern für die gesamte Dauer dieser Mission einen sicheren Abstand zu ihm hältst. Und dann komm gefälligst ins Bett, damit wir es nicht für den Rest unseres Lebens bereuen werden, falls bei diesem angeblich kaum riskanten Job irgendetwas schiefgeht."

Sosehr Aaron sich auch beschwerte, wenn Ian ihn herumkommandierte, sosehr liebte er es, wenn Sheldon das tat.

„Das heißt aber noch lange nicht, dass ich dir verziehen habe", stellte er klar, obwohl das Schimmern in Sheldons Augen ihm verriet, dass dieser absolut überzeugt davon war.

Und vermutlich lag Shel damit richtig.

„Himmel, es tut mir so leid, dass ich …"

„Sprich nicht weiter", fiel Aaron ihm ins Wort. „Könntest du es bitte dabei belassen? So kann ich mir wenigstens einreden, dass dir die Sache leidtut, die dir meiner Meinung nach auch leidtun sollte."

„Es tut mir leid", flüsterte Sheldon. „Ich liebe dich."

„Ja", erwiderte Aaron und bot Sheldon die Hälfte von seinem Sandwich an. „Ich liebe dich auch."

Francine kam ins Badezimmer, während Martell sich die Zähne putzte.

Das Bad hatte Familiengröße, verfügte über zwei Waschbecken, eine Toilette in einem kleinen Extraraum sowie einen blickdichten Vorhang vor der großen Duschkabine. Deshalb lautete die Regel im Safe House, dass man die Tür anlehnte, damit die Mitbewohner es zu zweit nutzen konnten. Er war daher nicht überrascht, als sie hereinkam.

„Was gibt's Neues?", erkundigte er sich, spülte den Mund aus und spuckte ins Waschbecken, ehe er die Zahnbürste in den Becher zurückstellte, den er sich aus der Küche geholt hatte. Danach spritzte er sich Wasser ins Gesicht und trocknete sich mit dem Handtuch ab, das er sich um den Nacken gelegt hatte.

Erst da bemerkte er, dass sie die Tür hinter sich zugemacht hatte. Sie lehnte sich dagegen, die Hand auf dem Knauf, dessen kleinen Knopf sie hineingedrückt hatte, sodass die Tür jetzt verriegelt war.

„Berto hat Sie hier hineingehen sehen", erklärte sie mit leiser Stimme. „Ich dachte mir, dann soll er ruhig sehen, dass ich auch ins Badezimmer gehe. Tja, und außerdem dachte ich, hm …"

Oh-oh.

Verrücktes Weib im Anmarsch.

Irgendwie zog Martell solche Frauen an wie ein Magnet. Vielleicht betrachteten sie ihn als leichte Beute. Oder wie hatte Ian das genannt? Zielobjekt. Ja, Martell war ein leichtes Ziel.

Was sagte das über ihn? Dass er sich ebenfalls von verrückten Frauen angezogen fühlte? Sicher, Sex mit ihnen war so ziemlich das Aufregendste, und es würde schwer werden, dieses Angebot abzulehnen. Schließlich lag es schon eine ganze trostlose Weile zurück, dass er sein bestes Stück für den ursprünglich vorgesehenen Zweck und die schönste Aufgabe von allen benutzt hatte.

Ganz abgesehen davon, dass Francine eine schöne, gesunde junge Frau war, mit einem attraktiven Körper und seidigen langen Haaren. Ihr Gesicht war wie das eines Engels oder einer Prinzessin, mit hellen, verrückten Augen.

Momentan wirkten ihre Augen allerdings nicht verrückt, was vermutlich bloß daran lag, dass sie zu Boden schaute oder auf ihre Stiefel – jedenfalls nicht in Martells Gesicht. Tatsächlich schien sie ein wenig verlegen zu sein, und sie errötete sogar leicht, was besonders hinreißend war. Und das wiederum half Martell nicht unbedingt, klar zu denken.

Er musste sich auf die Tatsache konzentrieren, dass es besser war, stark zu bleiben. Wenn er nachgab und Sex mit ihr hatte – hier, an die Wand gelehnt, oder nein, vielleicht würde er sie doch eher auf die Waschbeckenablage setzen –, wäre das zunächst großartig. Hinterher wäre es das jedoch nicht mehr; wenn sie ihn zum Beispiel enthauptete und sein Gehirn aß.

Selbst wenn ihre Verrücktheit, wie bei den meisten verrückten Frauen, denen er begegnet war, nicht in Psychokiller-Gewalt mündete, sprachen genug andere Gründe dagegen, sich mit ihr einzulassen.

„Ich habe mich gefragt", begann Francine von Neuem und kaute diesmal auf der Unterlippe. „Ach Mist, ich bin wirklich nicht gut darin."

Dieses Kauen auf der Unterlippe brachte Martell fast um den Verstand, der nach wie vor mit seinen Begierden im Clinch lag. Die Stimme des kleinen Engels auf der einen und die des Teufels auf der anderen Schulter ließen sich kaum noch auseinanderhalten. Wer es von den beiden auch war, der da flüsterte, sagte Dinge wie: *Wenn Deb diejenige gewesen wäre, die hereinkommt und die Tür abschließt, hättest du längst Ja gesagt.* Leider würde das nicht passieren. Deb war nicht verrückt genug.

Deshalb räusperte er sich und wollte Francine noch größere Peinlichkeiten ersparen, indem er sie nicht nur stoppte, ehe sie weiterreden konnte, sondern ihr darüber hinaus half, das Gesicht zu wahren.

„Ich mag Sie wirklich", erklärte er, und das war nicht gelogen. „Und ich helfe Ihnen gern bei dieser Sache mit Berto. Aber es würde mir falsch vorkommen, nicht bloß so zu tun. Ich hätte dann das Gefühl, die Situation schamlos auszunutzen. Denn letztlich würde ich genau das tun, oder?" Er schüttelte den Kopf. „Also kann ich es nicht."

Sie starrte ihn mit ausdrucksloser Miene an. Er hatte nicht die leiseste Ahnung, was gerade in ihr vorging.

„Sosehr ich es mir vielleicht auch wünsche", fügte er hinzu, denn irgendwer musste etwas sagen. „Aber nein … danke?"

Francine musste lachen, und ihr plötzliches Lachen veränderte sie, radierte die Verrücktheit aus. Ihre Augen leuchteten vor Belustigung. „Dachten Sie etwa, ich …?" Sie lachte erneut. „Sie dachten, ich wollte Sex mit Ihnen haben?"

„Äh …" Das war alles, was Martell dazu einfiel.

„Und Sie wollten ablehnen." Darüber schien sie sehr erfreut zu sein. „Mann, Sie sind unfassbar nett, was?"

„‚Nett‘ ist nicht das Wort, das ich unbedingt …“

„Glauben Sie mir, es ist nicht schwer, um Sex zu bitten“, unterbrach sie ihn. „Ich weiß, wie man das macht. Viel Gerede gehört allerdings nicht dazu. Ich ziehe einfach mein T-Shirt aus. Meinen BH. Meine Stiefel und meinen Slip …“

„Ah“, erwiderte Martell. „Ja, ich kann mir vorstellen, dass das sehr gut funktioniert.“

„Was ich mich gefragt habe“, sagte sie und wurde wieder ernst. „Also, ich habe mich gefragt, ob Sie vielleicht Lust hätten, mit mir essen zu gehen, wenn das hier vorbei ist. Oder ins Kino?“

„Sie wollen ein Date?“, fragte Martell erstaunt.

Francine nickte.

Er stand da und sah sie unsicher an. Ihre vermeintliche Verrücktheit wurde zu kaum mehr als einem entfernten, vagen Echo.

„Es gibt ein sehr gutes Cajun-Restaurant in Hillside“, erklärte sie, und ihm wurde bewusst, dass sie im Gegensatz zu den anderen verrückten Frauen, die er gekannt hatte, wirklich zuhörte, wenn er sprach. Sie hörte zu und vergaß nicht gleich alles, was er gesagt hatte. Er kannte Dutzende Nichtverrückte, sowohl männliche als auch weibliche, denen das nicht gelang. „Das gegrillte Hühnchen ist fantastisch, deshalb dachte ich …“

„Ja, klar“, willigte Martell ein.

„Ja?“ Sie schien ihm nicht zu glauben. Möglicherweise hatte er ein wenig zu zögerlich geantwortet.

Daher wiederholte er mit mehr Nachdruck: „Ja, gern sogar. Essen gehen. Mit Ihnen. Das klingt … wirklich toll.“

Ihr Lächeln vermittelte eine Mischung aus Erleichterung und Freude. Wieder registrierte er verblüfft, wie stark es sie veränderte.

„Na gut, also abgemacht“, meinte sie und schloss die Tür auf. „Das machen wir. Und … danke.“

Als sie schon das Badezimmer verlassen hatte, sagte Martell: „Ja, sehr gut.“ Und zu seiner Überraschung war es das.

Phoebe fand Ian im Wohnzimmer, während alle anderen im Haus sich bereit für die Nacht machten – bis auf Yashi und Deb, die hart daran arbeiteten, alles auf Ians Liste zu organisieren.

Ian übernahm die erste Schicht der Überwachung Bertos, der sich einverstanden erklärt hatte, über Nacht im Safe House zu bleiben. Was immer Ian zu dem Mann bei seiner Ankunft gesagt hatte: Es war offensichtlich, dass sie zwei sich, zumindest vorübergehend, als Kumpel betrachteten. Ob nun Geld hinter diesem Bündnis steckte oder Bertos Wunsch nach Erlösung oder möglicherweise etwas ganz anderes, wusste Phoebe nicht.

Kein Licht brannte im Wintergarten, in dem man Berto einen Schlafplatz zugewiesen hatte. Ian saß auf dem Sofa, ein gutes Stück entfernt von den Glasschiebetüren. Weit genug, dass sie reden konnten, ohne Berto zu stören. Und ohne befürchten zu müssen, dass er mithörte.

Ian hatte den Couchtisch zu sich herangezogen und reinigte nacheinander seine Waffen. Er ging methodisch und pedantisch zu Werke, und die vertraute Arbeit schien ihm willkommen zu sein.

Er fragte nicht direkt, was los war und warum sie nicht oben war und schlief, doch genau das schoss ihm zweifellos durch den Kopf, als er Phoebe ansah.

Sie setzte sich neben ihn. „Francine weiß Bescheid“, sagte sie, indem sie mit dem einfachsten Sachverhalt anfing. Zu den komplizierteren Themen würde sie sich danach vorarbeiten. „Darüber, dass wir zusammen sind, meine ich.“

Ian verzog das Gesicht. „Falls sie dir gegenüber grob war, entschuldige ich mich …“

„Nein, war sie nicht“, erwiderte Phoebe. „Nicht mehr als sonst.“

Er lächelte kurz. „Aaron ist auch schon dahintergekommen. Er meint, es ist nur eine Frage der Zeit, wann ich dich verstoße.“

Seine Offenheit überraschte sie, aber sie versuchte, gelassen zu bleiben, als sie fragte: „Ist das bei dir so üblich?“

„Ja, mehr oder weniger.“

„Aha. Tja, da alle Bescheid wissen, solltest du keinerlei Hemmungen mehr haben, in mein Zimmer zu kommen, wenn deine Schicht vorbei ist.“

Das brachte ihr immerhin ein Lachen ein. Seine Miene verriet allerdings, wie sehr es ihn verwirrte, dass sie nicht groß nachhakte, als er seine Gewohnheit Frauen gegenüber erwähnt hatte. „Mir hat noch nie jemand unterstellt, dass ich Hemmungen habe."

„Dann nennen wir es eben Diskretion", bemerkte sie trocken.

„Klingt besser und männlicher", pflichtete Ian ihr bei und setzte hinzu: „Warte nicht auf mich."

„Würde es dir etwas ausmachen, wenn ich es doch tue?"

Erneut schaute er sie an, ehe er seine Aufmerksamkeit wieder voll auf seine Waffe richtete. „Es ist spät", sagte er schließlich. „Und ich weiß, dass du müde bist."

„Stimmt, es ist spät, und ich bin müde. Trotzdem würde ich gern warten. Ist dir eigentlich bewusst, dass du diese kleine, ärgerliche, wenn auch selbstlose Angewohnheit hast, in einer bestimmten Situation zu erklären, was alle anderen empfinden? Aaron ist niedergeschlagen. Francine ist zornig. Ich bin müde. Wie fühlst du dich denn, Ian? Würde es *dir* etwas ausmachen, wenn ich auf dich warte?" Sie gab ihm keine Chance, zu antworten. „Würde es helfen, wenn ich dir mitteile, dass irgendwer anscheinend die zusätzlichen Posten auf der Liste in der Küche gesehen hat? Denn wie durch Zauberhand ist ein ganzer Stapel Kondome aufgetaucht, und die befinden sich jetzt alle im Arzneischrank oben im Badezimmer. Ich habe mir ein paar genommen."

Seine Augen funkelten. „Na, dann warte, bis ich da bin", lenkte er ein. „Falls es das ist, weshalb du warten möchtest. Solltest du jedoch reden wollen, vergiss es. Du hast die Story gehört und kennst die Fakten. Mehr gibt es dazu nicht zu sagen."

„Okay", gab sie zurück und erhob sich.

Damit überraschte sie ihn ein weiteres Mal. Allerdings verdarb sie es gleich wieder, indem sie hinzufügte: „Es war nicht deine Schuld. Als Vanderzee das Mädchen vor deinen Augen tötete. Du konntest nicht wissen, dass er das tun würde. Wenn du ihm nicht das Leben gerettet hättest, wären wir bei der Suche und der Befreiung der gekidnappten Kinder nicht so viel weiter."

„Hätte ich ihm das Leben nicht gerettet, wäre er gar nicht in der Lage gewesen, die Kinder zu entführen“, entgegnete Ian. Dann schloss er die Augen und schüttelte den Kopf. „Sag mal, was ist daran so schwer zu kapieren, wenn ich erkläre, dass ich nicht darüber sprechen will?“

„Wenn du ihm nicht das Leben gerettet hättest, wäre irgendein anderer zum Entführer der Kinder geworden“, argumentierte Phoebe. „Ich rede auch gar nicht darüber, sondern stelle bloß einige Fakten klar. Wenn du nach oben kommst …“ Mit einer Handbewegung deutete sie an, dass ihre Lippen versiegelt sein würden: Sie zog einen imaginären Reißverschluss zu, verriegelte ein Schloss und warf den Schlüssel dazu über die Schulter hinter sich.

Ian musste lachen. „Das glaube ich erst, wenn ich es sehe.“

„Dann zeig ich's dir oben. Bis nachher.“

Er seufzte. „Ich weiß nicht, Pheeb … Das kann doch nicht gut gehen mit uns …“

„Oje.“ Sie setzte sich wieder aufs Sofa. „Fängt es so an? Das Ende? Wenn du mich verstößt?“

Von Neuem seufzte er und antwortete widerstrebend: „Ich fürchte, ja.“

„Wie wäre es, wenn wir dieses Muster mal durchbrechen?“, schlug sie vor. „Indem wir uns darauf einigen, dass es vorbei ist, wenn es wirklich vorbei ist. Wann holen wir die Kinder? Übermorgen, wenn alles nach Plan läuft? Das ist ziemlich bald. Also verbringen wir nur noch diese und die nächste Nacht zusammen. Ich bin mir nicht sicher, ob das reicht.“

Wieder musste er lachen. „Mir bestimmt nicht.“

„Und wenn wir uns hinterher in ein Flugzeug setzen und nach Las Vegas fliegen?“, fügte Phoebe hinzu. „Oder irgendwo anders hin. Wir mieten uns einfach ein Zimmer für drei oder vier Tage und lassen den Zimmerservice für uns sorgen. Danach geben wir uns die Hand, sagen Goodbye, und jeder kehrt in sein altes Leben zurück.“

Das war eine schreckliche Vorstellung. Bereits als sie es aussprach, wurde ihr das klar. Aber es war erheblich besser, als sich vorzumachen, die Beziehung zwischen ihnen hätte eine Zukunft – während Ian schon anfing, sich ihr zu entziehen.

Jetzt sah er sie mit einem ganz anderen Ausdruck in den Augen an. „Um Enttäuschungen zu vermeiden, solltest du deine Erwartungen an die Zeit nach dieser Mission vielleicht überdenken. Für gewöhnlich schließt sich an eine solche Sache die Nachbearbeitung durch das FBI an. Das kann von einigen Tagen bis zu einer Woche dauern. Währenddessen werden wir uns weiterhin in einem sicheren Unterschlupf aufhalten müssen, allerdings wird man uns leider trennen. Das gehört zur Standardprozedur. Und dann wäre da noch Davio. Du kannst nicht in die Welt hinausmarschieren, solange er mich durch dich zu finden versucht. Es könnte länger als eine Woche dauern, bis ich ihn beruhigt habe."

Daran hatte Phoebe absolut nicht gedacht. „Wie willst du das machen?", wollte sie wissen.

„Durch Berto werde ich Manny erreichen können", erklärte Ian. „Manny wird Davio zurückpfeifen." Es war nicht so sehr die Art, auf die er sie ansah, als er das sagte, sondern vielmehr die Art, auf die er sie *nicht* ansah.

Plötzlich wurde Phoebe klar, was Ian Berto bei ihrer Unterhaltung in der Garage versprochen hatte.

„Um Himmels willen", meinte sie. „Du gehst ins Gefängnis zurück, nicht wahr? Obwohl du das nicht müsstest ..."

Ja, er würde zurückgehen. Das zeigte ihr der Blick, den er Richtung Wintergarten warf, in dem Berto schlief. Die Anspannung in seinem Gesicht verriet ihr, dass er den Deal erneuert hatte, den er ursprünglich mit Manny Dellarosa abgeschlossen hatte. Sobald diese Befreiungsaktion vorbei war, würde er ins Gefängnis zurückkehren, aus dem man ihn entlassen hatte. Auf die eine oder andere Weise würde er wieder hineingelangen. Wenn das FBI ihm nicht dabei half, würde er vermutlich einen Schnapsladen überfallen und sich festnehmen lassen.

„Was genau hast du eigentlich mit ihm abgemacht? Was sollst du dort im Gefängnis für ihn tun?", fragte sie und senkte die Stimme. „Welches Versprechen hast du Manny gegeben? Mal abgesehen davon, dass du statt diesem Vincent sitzt?"

Phoebe beobachtete ihn, während Ian ganz offensichtlich mit sich rang, ob er ihr alles, gar nichts oder ein bisschen erzählen sollte. Sie kannte ihn inzwischen gut genug, um zu wissen, dass er dazu neigen würde, sich dafür zu entscheiden, nichts zu sagen. Deshalb ließ sie gar nicht erst locker.

„Wen sollst du für ihn umbringen?", fragte sie.

Er winkte entschieden ab. „Nein, das ist es nicht. So etwas würde ich nicht tun."

Nun, zumindest das war tröstlich. „Warum will er dich dann unbedingt im Gefängnis haben?"

Ian schwieg, doch die Art, wie er den Kopf schüttelte, verdeutlichte ihr, dass sie die falsche Frage stellte.

„Warum willst *du* unbedingt wieder dort sein?", flüsterte sie, während sie verzweifelt versuchte, aus ihm schlau zu werden. Die Antwort lautete: *Um Aaron und seine Familie zu schützen.* So viel stand fest. Das war gewissermaßen sein Daseinszweck. Nur, wie konnte er sie von einer Zelle aus beschützen?

Indem er ein für alle Mal die Dellarosas zu Fall bringt. „Ach du Schande ..."

Offenbar begriff er, dass sie verstanden hatte und ihn nicht weiter bedrängen würde. Denn jetzt beugte er sich zu ihr herüber und erklärte leise: „Es gibt demnächst eine Urteilsverkündung für einen Mann, der angeblich für Manny und Davio Dellarosa gearbeitet hat. Es geht um Geldwäsche."

„Darüber habe ich gelesen", sagte sie. „Der Buchhalter."

Ian nickte.

In den vergangenen Tagen hatte sie nachgeforscht und viel über die Dellarosas erfahren, doch dieser noch nicht abgeschlossene Fall ragte heraus. Sie konnte sich nicht an den Namen des Mannes erinnern. Allerdings hatte es laut den Akten einige Aufregung im Büro des Bezirksstaatsanwaltes in Tampa gegeben, als man herausgefunden hatte, dass er Geldwäsche betrieb. Im großen Stil. Man war von einer Verbindung zur Dellarosa-Familie ausgegangen, und im gesamten Bundesstaat hatte Erleichterung geherrscht, nach dem Motto: *Endlich haben wir sie.* Aber es waren keine Beweise aufgetaucht, um einen Zusammenhang zwischen dem Verbrechen und den Dellarosas herzustellen, und der Buchhalter weigerte sich, gegen seine mutmaßlichen früheren Bosse auszusagen.

Der Fall des Buchhalters hatte mit seiner Niederlage geendet; man war in Berufung gegangen, die jedoch gerade von einem höheren Gericht abgewiesen worden war. Der Schuldspruch hatte weiterhin Bestand. Während der gesamten Zeit hatte sich der Angeklagte auf Kaution in Freiheit befunden, doch der Tag der Strafmaßverkündung rückte allmählich näher, und im Anschluss daran würde er sofort in den Knast wandern.

„Ich habe mit Deb gesprochen", berichtete Ian nun Phoebe. „Sie wird dafür sorgen, dass man ihn nach North Port schickt, und dort werde ich ihn überzeugen, seine Aussage zu machen."

„Obwohl nie zuvor jemand gegen die Dellarosas ausgesagt hat?", fragte sie.

„Dieser Fall liegt anders", erwiderte er und widmete sich wieder der Reinigung seiner Waffen. „Dieser Typ war noch nie im Gefängnis. Er ist Buchhalter. Ich werde ihm eine Todesangst einjagen und ihm erzählen, dass Manny mich beauftragt hätte, ihn umzubringen. Das wird ihn weichmachen. Kann sein, dass es ein Jahr dauert; eventuell muss ich irgendwem den Arm brechen, um länger drinbleiben zu können. Aber ich weiß, dass ich ihn zur Aussage bewegen kann, und damit werden Manny und Davio für immer hinter Gittern verschwinden. Jetzt tu mir den Gefallen und verhalte dich so, als hättest du mich nie danach gefragt."

Aber Phoebe war mit ihren Fragen noch nicht fertig. „Wie lange planst du, im Gefängnis zu sein?" Der Prozess lag bereits über ein Jahr zurück, die Berufung war unmittelbar nach der Urteilsverkündung eingereicht worden.

„Ich habe dazu nichts mehr zu sagen", erklärte Ian.

Er vielleicht nicht, Phoebe allerdings schon. Sie musste davon ausgehen – da er es nicht zugeben würde –, dass Ian bei seiner ersten Inhaftierung bereits gewusst hatte, dass der Buchhalter gemeinsam mit ihm hinter Gittern landen würde, irgendwann in den achtzehn Monaten, die man Ian aufgebrummt hatte.

Ein von sehr, sehr langer Hand geplanter Schwindel.

„Und wir haben dir einen Strich durch die Rechnung gemacht", meinte Phoebe. „Indem wir dich aus North Port herausgeholt haben. Du kannst nicht einfach zurück."

„Doch, das kann ich", widersprach er.

„Es ist zu gefährlich", argumentierte sie. „Wie willst du denn deine Entlassung und plötzliche Rückkehr erklären?"

„Mir wird schon etwas einfallen."

„Ian ..."

„Pheeb, ich muss es tun. Ich weiß, es wird funktionieren. Ich muss das machen, tut mir leid."

Phoebe lachte ungläubig, denn die Alternative wäre gewesen, in Tränen auszubrechen. Und in dem Moment wurde ihr klar, dass all ihr Reden keinen Zweck hatte. Sie hatte sich selbst etwas vorgemacht. Sicher, es war ihre Idee gewesen, dass sie nach drei oder vier Tagen Abschied voneinander nehmen würden. Aber wirklich geglaubt hatte sie das nicht. Stattdessen hatte sie mit einem Happy End nach Art einer romantischen Hollywoodkomödie gerechnet. Mit Ian als Held, der seinen Irrtum erkannte und durch den Flughafen rannte, um Phoebe daran zu hindern, in ihr Flugzeug nach Tibet zu steigen. Oder der in einer Stretchlimousine vor ihrem Apartment hielt, um ihr seine Liebe zu gestehen und sie auf sein Luxusanwesen zu entführen, wo sie zusammen glücklich bis ans Ende ihrer Tage leben würden.

„Tja, dann", sagte sie. „Ich schätze, wir brauchen uns keine Gedanken mehr darüber zu machen, wann es mit uns zu Ende ist."

Ian nickte. „Es tut mir leid. Falls es dir ein Trost ist: Ich meine das ernst. Sehr sogar. Ich glaube, mir hat noch nie etwas so leidgetan." Er schaute sie wieder an, als wollte er, dass sie die Wahrheit in seinen Augen las. Und das Dumme war, dass sie ihm tatsächlich glaubte – obwohl er ein Schwindler war, ein professioneller Lügner.

„Ich möchte die nächsten Tage mit dir verbringen. Mehr als alles andere", gestand er. „Aber ich will es nicht schlimmer machen, als es ohnehin schon für dich ist. Willst du wirklich wissen, wie ich mich fühle? Als müsste ich dich vor *mir* schützen."

„Das musst du nicht", flüsterte sie. „Ich bin eine erwachsene Frau, und ich weiß, was ich tue."

Er wandte den Blick ab. „Pass auf, ich werde besser hier unten schlafen."

„He", meinte Phoebe, und als er sie ansah, küsste sie ihn. Und so wie er diesen Kuss erwiderte, war sie endgültig davon überzeugt, dass dies kein Fehler war. Als der Kuss endete, gelang es ihr irgendwie, zu lächeln. „Wage es ja nicht. Es ist, was es ist. Und ich nehme es genauso. Von diesem Augenblick an bis zu dem, in dem es endet. Triff keine Entscheidungen für mich."

Nach diesen Worten ging sie die Treppe hinauf und in ihr Zimmer – ihr gemeinsames Zimmer. Erst dort ließ sie den Tränen freien Lauf.

Doch als Ian endlich nach oben kam – denn das tat er, und er schloss die Tür hinter sich mit einem Funkeln in den Augen –, konnte sie lächeln, bevor sie ihn küsste. Und während er sie in den Himmel entführte, schaffte sie es sogar, nicht zu reden.

Zumindest nicht zu viel.

22. KAPITEL

Der Morgen war wunderbar. Die Luft war nicht zu frisch, so etwas gab es nicht in Miami, nicht zu dieser Jahreszeit. Trotzdem war der Himmel blau und die Luftfeuchtigkeit erträglich. Die Wettervorhersage – Sonne den ganzen Tag – war perfekt für einen abendlichen Ausflug mit dem Auto.

Allerdings war dies Florida, wo sich innerhalb eines Augenblicks am zunächst klaren Himmel dunkle Gewitterwolken türmen konnten. Dennoch deutete Ian das funkelnde Sonnenlicht als gutes Zeichen.

Er hatte gegessen und gut geschlafen. Er trug trockene Kleidung und hatte gerade Sex gehabt. Wieder.

Er war neben Phoebe aufgewacht, die nackt in seinen Armen gelegen hatte. So hatten sie die ganze Nacht geschlafen, in der Löffelchenstellung, ihr Rücken an seiner Brust. Trotzdem hatte er sie heute Morgen nur widerstrebend gehen lassen.

Seine Atmung musste sich verändert haben. Oder vielleicht hatte sie gespürt, dass er wach war, denn sie wachte ebenfalls auf, seufzend und mit einem Lächeln. Sie strich sich die Haare aus ihrem und aus seinem Gesicht, ehe sie nach unten griff und seine Morgenlatte fand.

Die Versuchung, durch eine winzige Veränderung der Position in sie einzudringen, war übermächtig. Ian wollte noch nicht weg von ihr, nicht einmal lange genug, um die Hand nach einem der wenigen verbliebenen Kondome auszustrecken.

Eines lag unter seinem Kissen. Als er es letzte Nacht dorthin gelegt hatte, hatte Phoebe ihn aufgezogen, er erwarte wohl Besuch von der Sexfee. Er hatte gelacht und sie geküsst. Und geküsst. Und geküsst …

Es befand sich noch dort. Er konnte die Packung öffnen und es sich überstreifen. Dazu würde er weniger als eine Minute brauchen, selbst wenn er nur eine Hand benutzte.

Aber verdammt, er wollte nicht. Zum ersten Mal in seinem Leben wollte er … mehr. Und es ging nicht darum, Sex ohne

Kondom genießen zu können. Er war viel zu vernünftig, um sich und sie einem Risiko auszusetzen. Nein, es war die Vorstellung, dass er sich dieser Frau öffnen wollte und dass sie sich ihm ebenso öffnete.

Dass sie ihn in ihr Leben ließ.

Es war nicht fifty-fifty, hatte Aaron ihn belehrt. *Es ist hundert-hundert, weil man alles gibt und alles zurückbekommt.*

Genau das wollte Ian. Und ihm war klar, dass er es hatte – direkt hier, in seinen Armen.

Phoebe spielte unterdessen mit dem Feuer. Sie streichelte ihn, benutzte ihn, um sich selbst zu liebkosen, und wagte es, ihn schon ein wenig in sich aufzunehmen.

„Ian“, hauchte sie. „Ich will dich.“

Er wollte sie auch. Doch halten würde er sie nicht können. Nicht auf Dauer.

Also nahm er das Präservativ, löste sich behutsam von ihren zärtlichen Fingern und sorgte dafür, dass sie geschützt war.

Sie flüsterte seinen Namen, als er zu ihr zurückkehrte und geschmeidig in sie eindrang. Diesmal ließ er sich viel Zeit. Er berührte sie an all den richtigen Stellen, auf all die Arten, von denen er wusste, dass sie ihr Lust bereiteten, bis sie wie in Zeitlupe zum Orgasmus gelangte und er sich ebenfalls fallen ließ, während er sich weiterhin nach dem Unmöglichen sehnte …

Beinah unmittelbar danach stand er auf. Ihm war nicht mehr nach Reden, er konnte es nicht ertragen. Stattdessen murmelte er: „Ich muss los.“ Und sie ließ ihn gehen.

Er hatte geduscht, sich angezogen und war nach unten gegangen, wo Francine auf Rory aufpasste, während Martell das Frühstück zubereitete und dabei Francine beobachtete. Schwer zu sagen, ob er das wegen Berto tat oder ob Martell wirklich so fasziniert und hingerissen von ihr war. Aber dass Francine schließlich das Glück gefunden hatte, war wohl eher Ians Wunschdenken.

Nun nahm Ian seinen Kaffee mit hinaus auf die hintere überdachte Veranda, wo der Morgen wundervoll war, selbst mit noch heruntergelassenen Jalousien. Es war jedoch nicht annähernd so wundervoll wie noch vor wenigen Minuten, als Phoebe in seinen

Armen gelegen hatte. Ian verdrängte sie behutsam aus seinen Gedanken, griff nach dem Handy und wählte die Nummer, die der Holländer ihm gegeben hatte.

Vanderzee meldete sich nach dem ersten Klingeln. „Ja?"

Ian hatte eigentlich damit gerechnet, ihm eine Nachricht zu hinterlassen. Deshalb musste er sich jetzt bemühen, erfreut zu klingen, weil er sofort Kontakt bekommen hatte. Die Kunst der Verstellung war gefragt, die er glücklicherweise beherrschte. „Georg. Hier spricht Ian. Guten Morgen."

„Ja, es ist ein guter Morgen, mein Freund. Ich hatte gehofft, von dir zu hören."

Worte, die sein Herz erwärmten – immer vorausgesetzt, dass er überhaupt ein Herz besaß und ein ebenso großer Dreckskerl war wie der Holländer. „Was diese geschäftliche Situation betrifft, über die wir gestern gesprochen haben: Ich fürchte, meine Frist hat sich verschoben. Ich brauche sofort eine Entscheidung", erklärte Ian. „Hier herrscht gerade ein ziemliches Durcheinander ... Übrigens rufe ich über eine verschlüsselte Leitung an. Ist deine sicher?"

„Ja."

„Okay." Ian atmete schwer aus. „Das ist gut. Ich verstehe vollkommen, wenn du nicht einspringen kannst. Mir ist klar, dass ich da ein bisschen viel verlange. Andererseits ist es finanziell gesehen eine echte Chance. Also ..." Ein weiterer tiefer Atemzug. „Ich habe Stoff im Wert von sechseinhalb Millionen Dollar. Crystal Meth in guter Qualität. Nicht allererste Güte, aber trotzdem sehr gut. Allerdings ist mein Käufer abgesprungen. Ich muss das Zeug rasch loswerden, es ist heiß, und ich brauche Bargeld. Alles in allem keine gute Kombination, wie du dir denken kannst. Mir sitzt so ein Idiot im Nacken, der sich für die Million, die ich ihm schulde, den ganzen Batzen unter den Nagel reißen will. Ich bin ja durchaus bereit, einen Verlust hinzunehmen, aber wenn er so groß ist ..." Ian lachte. „Mann, das würde mich ruinieren."

Vanderzee murmelte tröstende Worte.

Ian fuhr fort: „Heute Nacht muss ich das Zeug außer Landes schaffen. Ich kenne einen sicheren Weg, doch ich habe in Übersee keine Lagerhäuser, deshalb brauche ich einen Zielort. Spielt keine Rolle, wo, solange es außerhalb der USA ist. Wenn du eine Verbindung zu jemandem hast, der im Ausland dafür infrage kommt, nehme ich einen Verlust hin. Ich gebe es für vier Millionen ab, vielleicht sogar für dreieinhalb. Du würdest eine Vermittlungsprovision erhalten, aber nur, wenn der Deal zustande kommt und über die Bühne geht. Das soll nicht feindselig klingen, versteh mich nicht falsch. Seit gestern verdanke ich dir mein Leben. Ich bin dir also was schuldig."

Der Holländer lachte leise. „Du schuldest mir überhaupt nichts. Nach all den Jahren sind wir endlich quitt."

„Trotzdem", sagte Ian. „Ich weiß, dass ich um eine ganze Menge bitte. Du kennst mein Unternehmen schließlich nicht. Ich dachte eigentlich, wir würden mehr Zeit haben, sodass ich dir zeigen kann, wie es funktioniert. Das tut mir leid ..."

„Ich werde sehen, was ich tun kann", versicherte der Holländer ihm, genau wie Ian es erwartet hatte.

Aus der Stimme des Mannes hörte er heraus, dass Vanderzee den Köder geschluckt hatte.

„Danke", erwiderte Ian und meinte es tatsächlich aufrichtig.

„Wir bleiben in Verbindung." Damit war das Telefonat beendet.

Ian sah auf und entdeckte Francine mit Rory im Türrahmen.

„Das lief glatt", bemerkte sie, den kleinen Jungen auf der Hüfte balancierend.

Ian nickte. „Er wird zurückrufen, innerhalb einer Stunde. Er wird drei Komma sechs bieten und sich dafür entschuldigen. Dann wird er mir den Handel versüßen, indem er mir erklärt, die Provision bekäme er vom Käufer."

„Der ist Wachs in deinen fähigen Händen", gab sie zurück. „Möchtest du Pfannkuchen?"

„Nein danke", antwortete Ian. „Ich brauche nichts."

„Hm", sagte sie bloß und ging. Vielleicht hatte das gar nichts zu bedeuten. Dennoch glaubte er, eine Botschaft herauszuhören: *Wieso bist du dann hier unten, wenn Phoebe oben ist? Und was hat es damit überhaupt auf sich?*

Oder sie meinte damit: *Warum sagst du Phoebe nicht präzise die Zukunft voraus, wenn du schon ein Hellseher bist? Du weißt, dass du das kannst …*

Francine hatte recht. Ian konnte das.

In den nächsten Tagen würde Phoebe ihm bei seinem Job helfen, die Kinder befreien und sich großartig fühlen. Anschließend würde sie versuchen, ihn zu retten. Sie würde es probieren und daran scheitern. Wahrscheinlich würde sie weinen, wütend werden, fluchen und klagen und es am Ende akzeptieren. Wenn er dann wieder im Innern des staatlichen Gefängnissystems verschwand und Tage, Wochen, Monate vergingen, würde Phoebe ihr Leben führen. Sie würde zärtliche Erinnerungen bewahren an die verrückte Beziehung zu Ian, an ihren vorübergehenden Freund, wie sie ihn selbst genannt hatte. Irgendwann würde sie einen Mann finden, der erkannte, dass sie etwas ganz Besonderes war. Und *der* würde jeden Morgen neben ihr aufwachen und wissen, wie glücklich er sich schätzen konnte.

Ian durfte sich derweil einreden, er freue sich für Phoebe, weil ihm ja schließlich nur ihr wahres Glück am Herzen lag.

Doch alles, was er in diesem Zusammenhang denken konnte, war: *Mist.*

Aaron wachte auf und stellte fest, dass Sheldon mit seinen Schuhen und seiner Kleidung auf dem Arm auf dem Weg zur Tür war. Offenbar wollte er sich hinausschleichen, im schwachen Lichtschein des Vormittags, der durch die Jalousien fiel.

„He“, sagte Aaron.

Shel drehte sich zu ihm um und wirkte ein wenig schuldbewusst. „Mist! Tut mir leid, dass ich dich geweckt habe. Ich wollte dich schlafen lassen.“

Aaron setzte sich auf und griff nach seinem Handy … Es war bereits nach neun. „Ich hätte längst aufstehen sollen.“

„Macht doch nichts. Die meisten von uns sind in Bereitschaft. Ian wartet immer noch auf den Rückruf von Vanderzee“, berichtete Shel. „Sie haben schon miteinander telefoniert, und Ian hat ihm den Köder hingeworfen. Bis der Fisch anbeißt, gibt es für uns alle nicht viel zu tun."

Dies war die Zeit während eines solchen Auftrags, in der man einfach zuversichtlich bleiben und daran glauben musste, dass das Zielobjekt den Köder schluckte. Während Yashi und Deb nach wie vor alles organisierten, was auf Ians Wunschliste stand, hatte das restliche Team längst die verschiedenen Karten und Grundrisse des Lagerhauses und des Konsulats auswendig gelernt. Jetzt hielten sie sich bereit.

„Ian ist ziemlich zuversichtlich, dass Vanderzee anruft", fuhr Shel fort. „Er ist überzeugt davon, dass der Holländer finanziell klamm ist, weil er ja anscheinend die Kinder nicht wegbringen kann. Der Sicherheitsaufwand, aktiv und passiv, für einen solchen Transport kann nicht billig sein."

Aktive Sicherheit beinhaltete den Lohn für Wachposten, die sehr genau wussten, was sie bewachten. Passive Sicherheit bedeutete, Leute dafür zu bezahlen, dass sie wegschauten oder sich die Finger in die Ohren steckten. Ian hatte vollkommen recht: Zwei Kinder über einen solchen Zeitraum zu verstecken musste äußerst kostspielig sein.

Aaron stimmte seinem Bruder darin zu, dass es nur eine Frage der Zeit war, bevor der Holländer zurückrufen würde.

Er streckte sich. Seit Tagen hatte er nicht mehr so gut geschlafen – dank Sheldons Forderung nach Vergebung. „Wann ist der kleine Brüller denn aufgewacht?"

„Wie üblich."

„Ich kann es nicht fassen, dass ich ihn nicht gehört habe."

„Ich war bereits wach", meinte Shel. „Ich habe ihn schnell aus dem Bett geholt."

„Danke."

„Er ist jetzt in der Küche bei Francine", erklärte Shel. „Martell macht Pfannkuchen. Mit Blaubeeren und echtem Ahornsirup."

„Ah." Aaron gab einen verzweifelten Laut von sich, als ihm plötzlich etwas einfiel. „Ich hätte Ian an den Babysitter erinnern sollen."

„Schon erledigt“, sagte Shelly. „Wird in ein paar Stunden hier eintreffen. Alex Murray.“

Aaron lachte. „Im Ernst? Johnny Murrays Junge.“ Murray war mit Ian zusammen bei den SEALs gewesen und hatte mit ihnen allen zahlreiche Einsätze absolviert.

„Johnny kommt auch“, entgegnete Shel. „Er macht das für Ian, weil er ohnehin keine Haftstrafe riskiert. Es läuft also alles.“

„Tja, dann wissen wir Rory jedenfalls in supersicheren Händen. Das ist gut.“ Als Aaron die Decke zurückschlug und aufstand, bewegte Sheldon den Wäschestapel auf dem Arm ein wenig, als wollte er etwas verbergen. Das war seltsam, denn heute war doch gar nicht Aarons Geburtstag.

Sheldon hielt einen Schreibblock fest, der oben auf den Schuhen und den Kleidungsstücken lag. Aaron bemerkte, dass die erste Seite vollständig mit Sheldons krakeliger Handschrift beschrieben war. Als er sich näherte, erkannte er allerdings, dass die Notizen keineswegs wie hingekritzelt aussahen. Offensichtlich hatte Shel sich extra Zeit genommen, um leserlich zu schreiben. Tatsächlich handelte es sich sogar um akkurate Blockbuchstaben.

„Was ist das?“, wollte Aaron wissen und zeigte darauf, als er auf dem Weg ins Bad an ihm vorbeischlurfte.

„Ach, nur Notizen“, antwortete Shel und folgte ihm zur Tür. „Ich konnte nicht schlafen, deshalb habe ich mal skizziert, welche Änderungen an dem Computerprogramm für den Schiffskompass vorgenommen werden müssen. Du weißt schon, für den Fall, dass Vanderzee auf die Brücke kommt; er soll ja glauben, dass wir Richtung Süden fahren. Oder Norden, je nachdem. Ich hatte meinen Laptop nicht und wollte dich nicht wecken. Darum habe ich mit der Hand geschrieben und, äh …“

„Ha, und ich dachte schon, du hättest angefangen, mir Gedichte zu schreiben“, zog Aaron ihn auf. Er betätigte die Spülung und trat ans Waschbecken, um sich die Hände zu waschen und die Zähne zu putzen.

Shelly grinste. „Das willst du ganz bestimmt nicht.“

„Vielleicht ja doch.“ Aaron drehte das Wasser in der Dusche an, damit es warm wurde. Er spuckte aus, spülte sich den Mund aus und stellte die Zahnbürste zurück, dann nahm er Sheldon im Vorbeigehen die Kleidungsstücke ab und trug sie zum Bett. Nachdem Aaron jetzt auf war, brauchte er den Raum nicht mehr zu verlassen, um zu duschen. „Ich bin gleich bei dir, ich will bloß mein Bein strecken." Eine alte Verletzung, ein verdrehtes Knie, das ihm bei Regenwetter zu schaffen machte. Es half, wenn er es bewegte und geschmeidig hielt und ... Moment mal, was war das? „Das sind deine Notizen?"

Der Block war vollgeschrieben mit klar formulierten, sehr gut lesbaren Anweisungen, die sehr wenig Ähnlichkeit mit Shels üblichen hingekritzelten Skizzen hatten. Aaron blätterte durch die Seiten; es waren etliche. Das konnten nicht bloß irgendwelche Notizen sein. Stattdessen war es eine sorgfältig verfasste Anleitung.

Die nur zu dem Zweck diente, dass jemand anders außer Sheldon den Computer der Jacht programmieren konnte. Ebenso das GPS und etwaige Handys, die Ian mit an Bord brachte.

Aaron drehte sich zu Shel um, der noch immer im Türrahmen stand und schuldbewusst dreinschaute.

Auf einmal begriff Aaron, um was es hier eigentlich ging. Warum es Shel so wichtig gewesen war, dass Aaron ihm verzieh und sie sich miteinander versöhnten – und sich wieder liebten. Seine Worte von gestern: *Ich liebe dich. Und Rory. Ich würde alles für euch tun. Bitte vergiss das nie.* Letzte Nacht hatte er diese Worte, leicht abgewandelt, wiederholt.

Sheldon nahm Abschied.

„Wenn du nicht hier sein wirst, um den Computer und die Handys zu programmieren", begann Aaron, obwohl er die Antwort bereits kannte, „wo wirst du dann sein?"

Shel versuchte gar nicht erst, ihm etwas vorzumachen, sondern sagte ihm die Wahrheit. „Ich ... ich habe mir vorgenommen, mit ihm ein Gespräch zu führen."

„Davio." Aaron lachte, obwohl er das Gefühl hatte, sein Kopf würde implodieren.

Shel bestätigte es. „Ian hat erzählt, er ist bei dem Treffen heute Abend im Krankenhaus dabei. In Sarasota. Ich dachte mir, wenn Manny da ist ..."

„Nein.“ Aaron war mit wenigen großen Schritten bei ihm. „Auf keinen Fall. Das machst du nicht.“ Er legte den Arm um Shelly, als würde es ihn irgendwie daran hindern, zu gehen. Wenn es sein musste, würde er Shelly auch anbinden. Doch zunächst einmal würde er sich damit begnügen, ihn sanft festzuhalten.

„Es ist zehn Jahre her“, meinte Shel und hielt seinerseits Aaron fest, als wollte er ihn ebenfalls nicht gehen lassen. „Mir geht das nicht aus dem Kopf. Wenn ich bloß mal versuchen würde, mit ihm zu reden ...“

„Mit ihm reden?“, wiederholte Aaron. „Mit dem Irren?“

„Ich muss es versuchen“, flüsterte Shel. „Dieser ganze Mist, das ist alles meine Schuld. Von Anfang an. Mann, du hast mehr verdient. Etwas Besseres.“

Das sagte der Mann, der vier Jahre damit zugebracht hatte, Aaron zu finden. In der harten, wilden Zeit nach der Highschool, als Sheldon und er getrennt gewesen waren, hatte Aaron andere Liebhaber gehabt. Shel nicht. Shel hatte ihn geliebt und war treu gewesen.

„Was ich verdiene“, erwiderte Aaron nun und hatte Mühe, sich zu beherrschen, damit seine Stimme nicht bebte. „Was ich verdiene, ist die Chance, weiter darüber zu diskutieren, was du mir über Ians Gefängnisaufenthalt hättest sagen müssen und was nicht. Ich verdiene die Chance, unseren Sohn aufwachsen zu sehen, und zwar mit dir zusammen. *Gott, gib mir die Kraft, die Dinge zu akzeptieren, die ich nicht ändern kann.*“ Aaron sah Shelly in die Augen. „Du weißt genau, dass dein Vater zu den Dingen gehört, die sich niemals ändern werden.“

Shel schwieg.

„Ich liebe dich“, fuhr Aaron fort. „Dich, mit deiner verkorksten Familie und deinem emotionalen Gepäck, das nicht ganz an meines heranreicht, aber fast. Ich liebe dich sogar, wenn ich verletzt und wütend bin und aufstampfe und so tue, als würde ich gleich meine Sachen packen und verschwinden.“

„Ach, du hast nur so getan?“, hakte Shel nach. „Es kam mir nämlich sehr echt vor.“

„Ich verspreche … Nein, ich schwöre dir, dass ich niemals gehen werde“, versicherte Aaron ihm. „Wenn du mir versprichst und schwörst, dass du mich auch nie verlässt. Obwohl ich mich erinnern kann, dass wir uns das damals in Kanada schon geschworen haben.“

Shel lächelte, schwach zwar, aber sichtbar. „Es tut mir leid.“

„Ich verzeihe dir“, sagte Aaron und meinte es diesmal wirklich aufrichtig.

Er wollte Shelly küssen und die Unterhaltung in die mittlerweile dampfende Dusche verlegen, als jemand mit Fäusten wie aus Stein an die Zimmertür hämmerte.

Bummbummbumm!

Das musste Francine sein. Die hatte ganz schön Kraft in den Armen.

„Shel! Aaron!“ Sie war es tatsächlich. „Schwingt eure Ärsche hier raus. Vanderzee hat Ian gerade angerufen. Wir brechen auf. Die Mission beginnt *jetzt*!“

Phoebe hielt das wunderbarste Baby der Welt auf dem Arm, während das Team um sie herum hektische Aktivität verbreitete. Sie konnte zwar nicht besonders gut mit Kindern umgehen, aber dieses hier war wie eine lebendige Werbung für die Fortpflanzung – mit seinen langen Wimpern, den kleinen Pausbäckchen, den hellen Augen und dem fröhlichen Sabbergrinsen.

Phoebe und Rory schauten zu, wie Martell und Yashi ihre Security-Uniformen anprobierten. Martell stolzierte herum wie auf dem Laufsteg, und Francine versuchte, sich ihre Belustigung nicht anmerken zu lassen. Fasziniert beobachtete Phoebe, wie die blonde Frau Yashi erklärte, wie das Kissen mit dem Kunstblut funktionierte.

Auf der anderen Seite des Zimmers hatte Berto einen Grundriss seines Lagerhauses ausgebreitet. Er diskutierte mit Ian, wo das Treffen mit dem Holländer drinnen am besten stattfinden sollte, wo die Wachleute – alias Yashi und Martell –, gefesselt und mit Sack über dem Kopf, positioniert werden sollten, und wo Francine sich mit einem Scharfschützengewehr versteckt halten sollte, für den Fall, dass etwas schiefging.

Ian forderte Phoebe auf, sich ebenfalls die Zeichnung anzuschauen. Falls tatsächlich etwas schiefging, sollte sie sich an Ian halten und nah bei ihm bleiben. Falls jedoch ihm etwas zustieß, sollte sie sich rasch ins Büro im hinteren Teil des Lagerhauses begeben. Und wenn sie nicht dorthin gelangen konnte, sollte sie hinter einem Kistenstapel Schutz suchen.

Es gefiel Phoebe nicht, sich vorzustellen, dass Ian etwas passierte.

Du lieber Himmel, sie steckte wirklich ordentlich in Schwierigkeiten, denn irgendetwas würde ihm ja letzten Endes zustoßen: Wenn das hier vorbei war, würde er im Gefängnis verschwinden. Und dort würde man ihn umbringen, sobald Manny, Davio oder auch Berto herausfanden, dass er den Deal bloß abgeschlossen hatte, um die Dellarosas zu Fall zu bringen. Daran musste sie unentwegt denken. Es musste doch noch eine bessere Möglichkeit geben …

Dummerweise blieb ihr keine Zeit mehr, um mit Ian darüber zu sprechen. Genau genommen hatten sie seit der vergangenen Nacht keine ernsthafte Unterhaltung mehr miteinander geführt. Die Kommunikation hatte sich auf „Oh, ja!“ und „Ja, bitte, mehr, ja!“ beschränkt.

Als Phoebe aufgewacht war, hatte Ian sie angesehen, und sie hatten erneut miteinander geschlafen, im fahlen Morgenlicht, zärtlich und wundervoll.

Hinterher war er beinah sofort aufgestanden, und sie hatte zugelassen, dass er den Raum verließ. Dabei hätte sie ihm gern zugerufen: *Warte. Lass mich dir dabei helfen, einen neuen Deal mit Manny und Berto auszuhandeln – einen, der keinen Gefängnisaufenthalt einschließt.*

Aber das hatte sie nicht gewagt.

Und als sie geduscht hatte und ihm nach unten gefolgt war, hatte Ian bereits mit Vanderzee telefoniert, zweimal, und intensiv an der Vorbereitung seines brandgefährlichen Täuschungsmanövers gearbeitet. Ian schien zuversichtlich zu sein, dass sie dieses Spiel gewinnen konnten.

Tatsächlich wirkte sein Optimismus ansteckend. Sein Charisma war unwiderstehlich. Und als Anführer dieser verrückten Mission wusste er genau, wo jedes Teammitglied sein würde, was es tun würde, zu jeder Minute der gesamten „verdeckten Operation“, wie er die Unternehmung nannte. Ohne Zweifel besaß er den Überblick über sämtliche Einzelheiten.

Als Ian sie nun darum bat, studierte Phoebe pflichtschuldig eine Landkarte der Gegend, in der es Lagerhäuser gab und andere Industriegebäude in einem Labyrinth aus Straßen, Auffahrten und Kanälen. Phoebe sollte mit der Umgebung vertraut sein.

„Hier wird Aaron mit dem Lastwagen vorfahren, um die Computer auszuladen“, erklärte Ian und vergrößerte den Kartenausschnitt auf dem Monitor, sodass Bertos Lagerhalle und der Bereich zum Be- und Entladen riesig wirkten. Er schob den Cursor zu einem Punkt neben dem Gebäude.

„Aaron kann einen Lastwagen fahren?“, fragte Phoebe, während Shel ihr den jetzt sich windenden und riechenden Rory abnahm. Sogleich beantwortete sie sich die Frage selbst. „Natürlich kann er.“ So etwas hätte Ian bestimmt nicht übersehen.

Neben ihnen auf dem Tisch stand einer von Bertos Computern, ausgepackt und aufgeschraubt, sodass zu sehen war, dass im Metallgehäuse reichlich Platz war. Die Hardware, die für diese Computer verwendet wurde, benötigte nicht viel Raum, weshalb sich das Gehäuse ideal für Schmuggelware eignete. Ganz in der Nähe lag eine extragroße Plastikpackung mit Reißverschluss, gefüllt mit den illegalen Drogen aus der Asservatenkammer des FBI. Sie brauchten nicht so viel, um sämtliche Computer damit zu befüllen – einer genügte. Das würde reichen, um den Holländer zu täuschen.

„Aber was ist, wenn wir das verlieren?“, gab Phoebe zu bedenken und deutete auf das Päckchen. „Was ist, wenn es über Bord fällt oder das Boot sinkt oder …?“

„Immer eine Katastrophe nach der anderen“, antwortete Ian und tippte auf den Bildschirm, um ihre Aufmerksamkeit wieder darauf zu lenken. „Hier werden wir parken, wenn wir da sind.“ Er zeigte mit dem Mauspfeil auf die entsprechende Stelle. „Und dort wird der Überwachungsvan versteckt sein.“

Sheldon würde im Van sitzen und die Lage mithilfe einer Reihe von Videokameras beobachten. Diese sollten überall auf dem Gelände platziert sein, um sicherzustellen, dass sich, wie Ian das ausdrückte, „keine ungebetenen Gäste“ einfanden.

Angesichts der geografischen Lage schien das eher unwahrscheinlich zu sein.

Berto besaß eine stattliche Anzahl von Lagerhäusern in Miami, doch das, welches er und Ian ausgesucht hatten, war das letzte Gebäude in einer Sackgasse. Das bedeutete, sie würden keinen Verkehr berücksichtigen müssen. Es verfügte außerdem über eine lange Auffahrt, und die Ladezone befand sich auf der Rückseite, die wiederum an die fensterlose Wand der benachbarten Halle grenzte. Dadurch waren sie noch geschützter.

Francine würde früh dorthin aufbrechen, um mit Yashis und Martells Hilfe die Kameras aufzubauen. Danach würde sie Berto bei den Vorbereitungen helfen. Er musste schließlich aussehen, als sei auf ihn geschossen worden. Es musste nicht nur realistisch wirken, sondern so, als hätte er bereits bei sich selbst Erste Hilfe geleistet. Der Holländer sollte nicht in Versuchung geraten, den Sanitäter zu spielen und Bertos blutgetränktes Hemd aufzureißen – um festzustellen, dass es gar keine Schusswunde gab.

In der Zwischenzeit sollte Deb am Anleger die Ankunft des luxuriösen Speedboots erwarten, das die Truppe und ihre „illegale“ Fracht ins angebliche Kuba und wieder zurück brachte. Sie hatte die Kleidung, die sie tragen sollte, vorher nicht anprobiert. Beim Blick in die Einkaufstüte, in der sich ihr gewagtes Outfit befand, hatte sie bloß das Gesicht verzogen.

Wenn die Jacht pünktlich eintraf, würde Deb dann zum Lagerhaus kommen und sich zu Shelly in den Überwachungsvan setzen.

„Wir treffen Vanderzee um sechzehnhundert, also um vier Uhr nachmittags.“ Ian übersetzte für Phoebe den Zeitpunkt aus der Militär- in die Zivilsprache. „Geplante Abfahrt vom Anleger ist siebzehn dreißig.“

Phoebe rechnete schnell im Kopf nach: Wenn sie um halb sechs losfuhren, würden sie um kurz vor zehn auf „Kuba“ sein, also lange nach Sonnenuntergang. Dadurch blieben ihnen reichlich Stunden Dunkelheit, um die Ladung zu löschen und die vierstündige Rückfahrt zu schaffen. Damit der Trick funktionierte, würde es dunkel sein müssen, denn Florida war deutlich dichter bebaut als ihr vermeintliches Ziel Kuba. Ein weiterer Punkt war die Sonne, die ja im Osten aufging. Wenn sie noch am Himmel stehen würde, wäre es ziemlich offensichtlich, ob sie sich in nördlicher oder südlicher Richtung bewegten …

„Ich werde ihn dazu überreden, in unserem Wagen zu Bertos Lagerhaus zu fahren", fügte Ian hinzu, der sich ganz in die Rolle des Holländers hineinversetzte. „Aber ich bin mir nicht sicher, dass das klappt. Möglicherweise will er sein eigenes Auto nehmen. Er wird außerdem von einigen seiner Männer begleitet werden. Ich werde versuchen, dafür zu sorgen, dass es so wenig wie möglich sind. Allerdings bezweifle ich, dass wir ihn dazu bringen können, allein zu kommen. Das können wir uns vermutlich sowieso sparen, denn wir fahren vom Lagerhaus direkt zum Anleger, und ich weiß mit Sicherheit, dass er keine vierstündige Bootstour unternehmen wird, ohne mindestens einen Bodyguard mitzunehmen."

„Eine vierstündige Bootstour", sang Sheldon zur Titelmelodie der alten Fernsehserie *Gilligans Insel* und tänzelte mit Rory an ihnen vorbei. „Eine vierstündige Bootstour!"

Das Lachen des Babys entlockte Ian ein Lächeln, und da war es wieder, dieses schreckliche Gefühl tief in Phoebes Innern, als würde die Erde beben. Diesmal wurde es begleitet von einem intensiven warmen Schauer, der ihr über den Rücken lief.

„Du solltest besser mit Francine, Martell und Yashi sprechen, bevor sie zum Lagerhaus aufbrechen", sagte sie zu Ian, während er zeitgleich bemerkte: „Ich muss mit Berto reden."

„Ja, mit dem auch", pflichtete Phoebe ihm bei. Sie stand auf, denn sie brauchte ein wenig Abstand zu ihm, damit sie nichts Dummes tat. Wie zum Beispiel, sich auf den Boden zu werfen und laut schluchzend zu rufen: *Aber ich will nicht, dass es zwischen uns endet!* „Und ich sollte die Sachen anprobieren, die Yashi für mich besorgt hat. Außerdem muss ich mir was für meine Haare einfallen lassen. Wenn wir uns schick machen sollen, ist es wohl ratsamer, wenn ich nicht wie ein Flüchtling aussehe."

„Ich liebe dein Haar." Ian schien selbst von seiner Bemerkung verblüfft zu sein.

Na schön, auch sie war etwas durcheinander – sowohl wegen der Art, wie er sie ansah, als auch aufgrund der Tatsache, dass er das Verb „lieben" in einem Satz verwendet hatte, der mit „Ich" angefangen hatte. Natürlich, es handelte sich bloß um ihr Haar, das er liebte. Trotzdem ...

Nun fügte er hinzu: „Ganz gleich, wie du es tragen willst, es wird sicher ganz ... wunderschön aussehen."

„Du wolltest ‚nett' sagen", meinte Phoebe. „Aber dir wurde rechtzeitig klar, dass niemand, weder Mann noch Frau, gerne hören möchte, er sehe nett aus. Deshalb hast du schnell ein anderes Wort gewählt. Das war echt bemerkenswert." Sie fing an, langsam zu klatschen. Allerdings tat sie das hauptsächlich, weil es sie davon abhielt, die Arme um seinen Nacken zu schlingen und ihn zu küssen. „Du bist wirklich ein hoch entwickelter Homo sapiens."

Noch während er lachte, schob Ian seinen Stuhl ein Stück vom Tisch weg, zog sie auf seinen Schoß und küsste sie. Leidenschaftlich. Vor allen anderen.

Als er den Kuss schließlich unterbrach, hatte sie ihre Hände in seinem Haar vergraben – in seinem wundervollen, dichten, gewellten Haar. Und während sie einander in die Augen schauten, wagte Phoebe es, sein Kompliment zurückzugeben. „Ich liebe dein Haar auch."

Bertos Lagerhaus in Miami war fast leer, deshalb hallten Francines Schritte, als sie es betrat.

Es war kühler dort drinnen als in der glühenden Hitze des Parkplatzes, aber nicht viel, was bedeutete, dass der Job eine elende schweißtreibende Qual werden würde. Doch irgendwie schien das ganz passend zu sein, in Anbetracht der Tatsache, dass sie in einer Lagerhalle war, mit dem Mann, von dem sie einst geglaubt hatte, er sei die Liebe ihres Lebens.

Die Kartons mit den Computern waren nahe der Laderampe aufgestapelt. Abgesehen davon gab es jedoch nur wenige Kistenstapel im hinteren Teil der riesigen Halle.

Für alle Fälle standen trotzdem eine Reihe Hubwagen bereit.

In der einen hinteren Ecke befand sich ein Büro mit einer Toilette, was gut war. Denn das hieß, Francine würde nicht irgendwo auf dem Parkplatz pinkeln müssen. Immerhin würde sie in den nächsten Stunden hierbleiben müssen, bis Ian und der Holländer aufgetaucht und wieder verschwunden waren.

Martell hatte sie und Berto hergefahren. Das war eine lustige halbe Stunde im Auto gewesen. Francine hatte einfach die Augen zugemacht und so getan, als schliefe sie auf dem Rücksitz, während Martell voller Unbehagen auf dem Fahrersitz gesessen hatte. Zuerst hatte er ein kurzes Gespräch über Musik angefangen. Stevie Wonder. Al Green. Motown. Niemand hasste Motown, also war das kein schlechter Versuch. Allerdings hatte Berto offensichtlich nicht reden wollen, weshalb sie bald in unangenehmes Schweigen verfallen waren.

Während der Fahrt hatte Berto bei dem Security-Unternehmen angerufen, das auf seiner Runde auch das Lagerhaus inspizierte. Er hatte angeordnet, dass er heute tagsüber und abends von der Liste gestrichen wurde. Als Ausrede hatte er angegeben, er wolle eine Privatparty steigen lassen und deshalb nicht gestört werden.

Offenbar war eine solche Bitte nichts Ungewöhnliches für ihn.

Berto hatte das große Doppeltor zur Laderampe geöffnet, als sie angekommen waren, und folgte Francine jetzt zusammen mit Martell, während sie sich umschaute.

Sie sah prüfend nach oben, wo es einen Metalllaufsteg gab. Mit abnehmendem Tageslicht würde er in der Dunkelheit der hohen Decke verschwinden und unsichtbar sein. Es war nicht ihre erste Wahl, um sich in Stellung zu bringen, da sie bei einem Gegenangriff verwundbar wäre. Aber vermutlich war es die einzige echte Option.

Der Vorteil wäre der Blick aus der Vogelperspektive auf das Geschehen. Wenn sie die richtige Position fand, würde sie die Auffahrt und die gut ausgeleuchtete Laderampe im Visier und damit ein günstiges Schussfeld haben.

Martell wusste, was sie vorhatte, und war besorgt. „Wir haben noch Zeit genug. Wir können die Kisten von da hinten näher heranholen", bot er an. „Damit du besseren Schutz hast."

„Sagt ausgerechnet der Mann, der gleich in einer Lache aus falschem Blut auf dem Fußboden liegen wird, mit gefesselten Händen und einem Sack über dem Kopf", entgegnete sie.

„Ja, das wird schwieriger sein, als ich gedacht hatte", räumte er ein. „Sorgen wir lieber dafür, dass Dunn wirklich bloß Platzpatronen in seiner Waffe hat. Wir könnten doch auch diese Security-Uniformen mit Stroh ausstopfen."

Francine grinste. „Na klar, das würde der Holländer gar nicht merken. Von wegen! Der Laufsteg dort oben ist in Ordnung. Selbst wenn ich meine Stärke demonstrieren muss, werde ich weit genug weg sein, dass er mein Gesicht nicht sieht."

Berto meldete sich zu Wort: „Als ich die Halle kaufte, habe ich einen Fünfjahresvertrag mit einer regionalen Apothekenkette abgeschlossen." Anscheinend fühlte er sich verpflichtet, die fehlenden Waren in dem Lager zu erklären. „Nach vier Monaten waren sie bankrott. Seitdem versuchen wir, über die Runden zu kommen, Monat für Monat."

Francine nickte, während sie sich weiter umsah. „Du könntest das Lagerhaus unterteilen. Matratzen reinlegen und es in ein Bordell verwandeln. Lagerhaus, Luderhaus – ich bin ehrlich gesagt erstaunt, dass dir das noch nicht eingefallen ist."

„Ruhig bleiben", ermahnte Martell sie.

„Ich bin kein Zuhälter", erwiderte Berto und klang dabei müde.

„Ach, leitet dein Vater diesen Zweig des Familienunternehmens?", konterte sie. „Während du was tust? Wegschaust? Das ist nicht so schlimm, oder? Oh, warte. Doch, ist es."

„Lasst uns diesen Make-up-und-Kostüm-Zirkus hinter uns bringen", mischte Martell sich ein. „Gehen wir das Szenario noch einmal durch." Er klatschte in die Hände wie ein Sprachtrainer, der die Aufmerksamkeit seiner Schüler einforderte. „Die Story geht so, dass Berto vorfährt und zwei Männer sowie einen Lastwagen hier an der Laderampe vorfindet. Die wollen seine speziellen, bewusstseinsverändernden, superkostbaren Computer klauen. Seine eigenen Wachleute sind gefesselt und tragen Säcke über den Köpfen. Einer von ihnen wurde getötet – das bin ich. Der andere ist bewusstlos."

Berto hörte gar nicht zu, sondern wandte sich an Francine: „Du hast das Recht, mich aus vielen Gründen zu hassen, aber nicht dafür."

„Ich habe das Recht, dich zu hassen, für was immer mir gefällt!", schoss sie sofort zurück und hörte Martell seufzen.

„Leute", versuchte er sie zu beschwichtigen. „Kinder. Das hier ist weder der richtige Zeitpunkt noch der geeignete Ort ..."

„Ich wollte diesen Mann nicht töten", erklärte Berto und überraschte Francine mit dieser Direktheit. „Damals, in jener Nacht."

„Ach, vielleicht ist es doch der richtige Zeitpunkt", hörte sie Martell sagen, ehe er sich zurückzog, damit sie ungestört waren. „Ich bin hier drüben, falls ihr mich braucht."

„Er war in das Lagerhaus eingebrochen – unser Lagerhaus – und kam kreischend zur Tür heraus, wie eine Fledermaus aus der Hölle", berichtete Berto. „Hat mir eine Heidenangst eingejagt. Kam direkt auf mich zu. Der war völlig high."

Der Mann, der hier mit ihr redete, wirkte müde und alterte auf würdelose Art. Er war übergewichtig, die Haare fielen ihm aus, und die Falten in seinem Gesicht rührten von Sorgen her, nicht von Lachen. Doch in seinen Augen entdeckte sie den Geist des Jungen, der er einst gewesen war. Sie konnte den Blick nicht abwenden.

„Der war total zu", fuhr Berto fort. „Und er ging sofort auf mich los, mit diesen Haaren und dem irren Ausdruck in den Augen. Er sprang mich an, wollte mich k. o. schlagen und mir die Waffe abnehmen. Dabei löste sich ein Schuss. Und dann war er tot."

„Du hast zweimal geschossen", flüsterte sie. „Aaron hat die Schüsse gehört."

Er schüttelte den Kopf. „Daran erinnere ich mich nicht. Es muss wohl so gewesen sein, wenn er das gehört hat. In meiner Erinnerung ist das alles verschwommen. Der Abzug war allerdings sehr leicht eingestellt, also ..."

Sie glaubte ihm. Trotzdem ... „Warum hast du deine Pistole überhaupt mitgenommen?", wollte sie wissen. „Wieso hattest du sie bei dir?"

„Ich wollte ihm Angst machen", gestand Berto. „Aaron."

Das wiederum nahm sie ihm nicht ab.

Bevor sie ihm vorwerfen konnte, Unfug zu reden, korrigierte er sich: „Ja, ich wollte ihn umbringen. Aber ich hätte es nicht getan."

„Ich glaube, du hättest es getan", erwiderte sie. „Du warst drauf und dran, es zu tun. Denn ich weiß, dass dir klar war, was dein Vater mir antat – wahrscheinlich in dem Moment, als du deine Scheißkanone geladen hast." Seine Miene verriet ihr, dass sie recht hatte. Es war ihm klar gewesen. „Und ich vermute, du hast Aaron dorthin gebracht, zu unserem geheimen Platz, um mich noch härter zu bestrafen."

„Kann sein", räumte er ein.

„Da kann ich mich wohl glücklich schätzen", sagte sie, „dass ich dein wahres, dein hässliches Gesicht gesehen habe, bevor ich die Riesendummheit begehen konnte, dich zu heiraten."

Noch während sie diese bitteren Worte aussprach, hatte sie das Gefühl, dass der Junge, den sie in den Augen dieses Mannes sah, der wahre Berto Dellarosa war. Selbst nach all der Zeit.

„Tja, du bist eben ein Glückspilz, was?" Er blinzelte und wandte sich ab. Der Junge verschwand. Als er sie wieder anschaute, kam er ihr vor wie ein Fremder. „Du sollst wissen, dass ich dir vergebe, Francine."

Vor Erstaunen musste sie lachen, doch es schien sein Ernst zu sein.

„Dass du mir nicht vorher gesagt hast, was du tun würdest", erklärte er. „Dass du mir nicht lange vor diesen Ereignissen verraten hast, was Sache war. Es hat mich umgehauen, als ich erfuhr, dass Shel schwul ist. Ich verzeihe dir, dass du mich in dem Glauben gelassen hast, du würdest mich wirklich lieben. Und das so überzeugend, dass ich nicht jeden verdammten Tag aufgewacht bin und mich gefragt habe, was jemand wie du bloß von einem Typen wie mir wollte."

Bei seinem Bekenntnis wurde ihr übel, und in ihr erwachte ein Mix aus Wut und Frustration, aus Traurigkeit und Verzweiflung. Sie konzentrierte sich auf die Wut, um die weniger nützlichen Emotionen zu verdrängen. „Vergibst du Davio auch?", fragte sie in scharfem Ton. „Wo du doch schon so großzügig dabei bist?"

„Vergibst du einem tollwütigen Hund, dass er sich wie ein tollwütiger Hund aufführt?", entgegnete er.

„Scheiß auf dich, Konfuzius", schleuderte sie ihm entgegen. „Einem tollwütigen Hund vergibt man nicht, den erschießt man."

„Stimmt, allerdings würde Onkel Manny das nicht gefallen", sagte Berto. „Er fühlt sich verantwortlich für Davio. Der tollwütige Hund ist immer noch Mannys Bruder. Gerade du solltest verstehen, was das heißt, nachdem du so viele Jahre nach Pauline gesucht hast."

„Was soll's", gab Francine zurück und ging über den zerschrammten, löchrigen Zementfußboden zum klimatisierten Büro, in dem Berto die blutgetränkten Bandagen angelegt werden sollten. „Wenn du meinst, man könnte ein Kind und denjenigen, der es missbraucht, miteinander vergleichen, dann nur zu. Aber du hast keine Ahnung." Sie hob die Stimme. „Martell!"

„Ja, Ma'am!" Wie versprochen, war er tatsächlich in der Nähe geblieben. Sein Blick verriet, dass er alles mit angehört hatte. „Ich stehe zur Verfügung, was immer du benötigst."

Francine musste sich abwenden. „Lass uns loslegen", sagte sie.

23. KAPITEL

Alle trugen Funk-Headsets für diese Phase der Mission. Martell und Yashi würden unter den Leinensäcken über den Köpfen solche tragen, die Wachleute verwendeten. Sogar Phoebe trug eines. Ihres und Ians sahen aus wie Bluetoothgeräte, und da Phoebe noch nie eines benutzt hatte, kam es ihr hinderlich und künstlich an ihrem Ohr vor.

Laut Ian befand Sheldon sich bereits auf seinem Posten. Er würde das gesamte Treffen in dem sicheren Überwachungsvan beobachten, und zwar mithilfe einer Anzahl strategisch platzierter Überwachungskameras. Sollte etwas schiefgehen, würde er für die anderen sehen und hören können.

Aaron hatte sich ebenfalls schon vom Lagerhaus gemeldet. Der Lastwagen befand sich in Position. Zusammen mit Shel, Francine und Yashi hatte er bereits die Hälfte der Kartons in den Anhänger geladen. Berto und Martell waren von dieser Aufgabe ausgenommen, damit ihr realistisch aussehendes Blut-Make-up nicht darunter litt.

Zumindest hoffte Phoebe, dass es realistisch aussah.

Sie versuchte, nicht nervös zu sein, während sie und Ian auf dem Weg zu Georg Vanderzees Haus waren.

„Möglicherweise brauche ich etwas Hilfe“, erklärte sie Ian. „Einen Tipp, wie ich meine Abscheu verbergen kann.“

Er schaute sie an und lächelte kurz. „Ich konzentriere mich auf das Ziel. Und das ist die Befreiung dieser Kinder. Und Aarons bereinigte Strafakte. Wenn das nicht funktioniert, denke ich an schöne Dinge. An dich und mich. Ich werde mich an den heutigen Morgen erinnern. Das wird mich zum Lächeln bringen.“

„Ich könnte mir vorstellen, dass ich glatt noch anfange, meinen Wecker zu lieben“, pflichtete Phoebe ihm bei und errötete dabei ganz leicht. „Wenn *das* jedes Mal passiert, nachdem er geklingelt hat.“

„Du meinst meinen Weckerständer?“ Er sah sie erneut an. „Sorry, aber das musste ich sagen. Ich weiß, dass du genau das gedacht hast.“

Sie lachte. „Tut mir leid, aber das habe ich nicht. Ich bin nämlich kein pubertierender Teenager, der sich als Antiheldin in den Dreißigern verkleidet hat."

„Ich habe da vielleicht etwas entdeckt, was sich wirklich gut verkaufen ließe", sagte Ian, ihren Antihelden-Kommentar vollkommen ignorierend.

„Wenn du damit meinst, dass *du* dich gut verkaufen würdest, stimme ich dir zu", entgegnete Phoebe. „Das mit dem Wecker funktioniert nicht ohne den … du weißt schon."

„Sag es. Na los. Ich wette, du sprichst es nicht aus", meinte er, leise zwar, aber natürlich laut genug, dass sie es hörte.

„Die Wette gewinnst du, großes Kind", erwiderte Phoebe lachend.

„Versprichst du mir, dass du es mir ins Ohr flüsterst, falls etwas passiert und es so aussieht, als würde ich sterben?", bat Ian sie.

Ihr Lächeln erstarb, und da erkannte er, wie wenig lustig sie seine Bemerkung fand. Es sollte ein Scherz sein, aber du lieber Himmel.

„Ständer", sagte sie. „Okay? Jetzt kannst du glücklich sterben oder was auch immer."

„Na schön, aber warte mal. Ich war nicht darauf vorbereitet. Es kam völlig unerwartet. Würde es dir sehr viel ausmachen, es noch einmal zu sagen?"

Phoebe musste unwillkürlich lachen. „Ja, das würde es."

Sie näherten sich einer roten Ampel, doch statt davor zu halten, bog Ian auf den Parkplatz vor einem Lebensmittelladen ab. Er stellte den Automatikhebel auf *Parken*, packte Phoebe und küsste sie.

Als er fertig war, hielt er ihr Gesicht zwischen den Händen, schaute ihr tief in die Augen und erklärte: „Mir wird nichts passieren, und ich werde dafür sorgen, dass dir auch nichts passiert. Wir werden diesen Mistkerl freundlich anlächeln und diesen Job erledigen. Wir befreien die Kinder, und danach werde ich dich küssen, und zwar vier Stunden am Stück. Einverstanden?"

Phoebe nickte wie benommen und bekam kein Wort heraus. Schließlich fand sie jedoch ihre Stimme wieder. „Ian, wir müssen uns wirklich unterhalten …"

„Scht." Er küsste sie erneut. „Eine Katastrophe nach der anderen. Schon vergessen?"

„Nein."

„Dann lass noch mal hören, was du sagen wirst, wenn wir das Lagerhaus betreten", forderte Ian sie auf.

Phoebe riss die Augen auf und schnappte entsetzt nach Luft. „Um Himmels willen, Berto! Was ist passiert? Bist du angeschossen worden?"

„Ich bin okay." Bertos Stimme war über die Headsets zu vernehmen, die alle aus dem Team trugen, einschließlich Sheldon.

Shel beobachtete auf dem Monitor im Überwachungsvan, wie Berto auf Phoebe zuhumpelte. Ian, der Holländer sowie der glatzköpfige, glupschäugige kleine Bodyguard befanden sich direkt hinter ihr.

Das Humpeln war eventuell leicht übertrieben; dafür hatte Francine allerdings erstklassige Arbeit bei Bertos verbundener Wunde geleistet. Aus der Wunde sickerte nur wenig „Blut", und es wirkte so echt, dass er ruhig etwas dick auftragen durfte.

Deb war bei Shel im Van und verfolgte das Geschehen am Bildschirm.

Vor wenigen Augenblicken, als Ians Wagen in die Straße eingebogen war, die zur Auffahrt des Lagerhauses führte, hatte Shel dem Team verkündet: „Hier kommen Eee und Phoebe. Vanderzee ist bei ihnen im Wagen. Der Holländer hat einen, ich wiederhole, *einen* Bodyguard bei sich. An alle: letzter Check."

„Hier Deb, im Van. Ich bin auch dabei, Leute. Hätte nicht gedacht, dass ich es rechtzeitig schaffe, aber es hat geklappt. Die Jacht ist perfekt."

„Hier Aaron, draußen am Truck." Shels Mann winkte in die Kamera, die über der Laderampe installiert war.

„Hier Martell. Ich bin tot. Also bewege ich mich nicht."

„Hier Yashi. Bewusstlos. Bewege mich ebenfalls nicht."

„Eure Kamera arbeitet hervorragend“, berichtete Shel. „Ihr seht gut aus.“

„Hier Berto.“ Shels Halbbruder wirkte angespannt und klang auch so, als er in Kamera Nummer sieben blickte.

„Hier Micky Maus, oben auf dem Laufsteg.“ Typisch Francine, in dieser Situation ein Pokerface aufzusetzen und einen Scherz zu machen.

„Ian und Phoebe, ich weiß, ihr seid inzwischen nah genug, um mitzuhören. Bestätigt nicht, aber ihr alle wisst: Ab diesem Punkt der Mission bin ich euer oberster Feldherr“, verkündete Sheldon. „Wenn ihr meine Stimme hört, tut ihr das, was ich euch sage, ohne zu fragen. Achtung jetzt, sie kommen: Ian parkt den Wagen, Phoebe steigt aus. Da kommt ihnen auch schon Berto entgegen …“

„Berto, um Himmels willen! Was ist passiert? Bist du angeschossen worden?“ Phoebe gab eine geradezu filmreife Vorstellung, als sie mit realistischem Entsetzen auf den Anblick von Bertos Bandagen reagierte.

Über sein Headset vernahm Shel, wie Berto nun die Story schilderte: „Als ich hier ankam, habe ich einen Lastwagen an der Rampe entdeckt. Die waren gerade dabei, mich auszurauben. Ich schoss, die feuerten zurück, und ich wurde getroffen. Einer meiner Wachleute ist tot, der andere bewusstlos. Ich kann mir schwer vorstellen, dass die hier ohne Tipp aufgetaucht sind. Wer wusste sonst noch, was hier lagert?“

„Dein Vater wusste es.“ Das kam von Ian.

Phoebe: „Berto, du solltest dich hinsetzen.“

Berto: „Wir müssen das Zeug wegschaffen und verschwinden. Und zwar so schnell wie möglich.“ Sie begaben sich alle in die Reichweite der Kamera an der Laderampe, und Berto sah Vanderzee an, als habe er ihn jetzt erst bemerkt. „Sind Sie der neue Käufer?“

Ian antwortete für den Holländer: „War er.“

„Was soll das denn heißen? Was ist das für ein Scheiß, Dunn?“ Berto machte seine Sache großartig. Shel hätte nicht gedacht, dass er ein so guter Schauspieler war, doch auf seine ganz eigene aggressive Art war er sehr überzeugend.

Neben ihm im Van schaltete Deb ihr Lippenmikrofon aus und zeigte auf den Teil des Monitors, auf dem die Bilder der Kamera zu sehen waren, die auf die Hauptstraße ausgerichtet war. „Fahrzeug nähert sich. Sieht nach einem Geländewagen aus."

Der Wagen war noch ein ganzes Stück entfernt; etliche Abzweigungen lagen zwischen dem Auto und der Straße, die zur Auffahrt der Lagerhalle führte. Um diese Zeit am späten Nachmittag herrschte jedoch so gut wie kein Verkehr in diesem von der Rezession gebeutelten Teil der Stadt. Deshalb war es durchaus erwähnenswert. Shel legte die Hand auf sein Mikrofon. „Behalten wir es im Auge."

Deb nickte und verfolgte, wie die Show im Lagerhaus anlief, indem Ian und Phoebe Aaron dabei halfen, die restlichen Kartons in den Lastwagen zu laden.

Ian erklärte Berto, was er offenbar Vanderzee im Wagen erzählt hatte. „Mein Freund Georg hat einen Kaufinteressenten für uns gefunden, allerdings für schlappe drei Komma sechs. Natürlich weiß ich das zu schätzen, denn das ist immer noch deutlich besser als nichts. Trotzdem habe ich ihm heute Morgen gesagt, es hinge nicht nur davon ab, dass er das Produkt testet, sondern auch davon, ob wir auf dem Weg nach Kuba eventuell doch noch einen Käufer finden. Tja, und auf der Fahrt hierher erhielt ich einen Anruf. Halleluja, der Typ, den Martell an der Hand hatte, hat sich entschlossen, zu kaufen. Wir kriegen volle fünf Millionen."

„Mann, das sind gute Nachrichten", erwiderte Berto.

Ian fuhr fort: „Ich habe Georg eine Provision versprochen, schon allein für den Zeitaufwand. Er kommt mit, um zu sehen, wie die Operation läuft. Was jetzt ein echter Vorteil ist, da du ja wohl nirgendwohin gehst, außer zum Arzt. Hast du einen Sanitäter unter deinen Leuten?"

„Ich brauche mehr als ein paar Stiche für diese Wunde, verdammter Mist", sagte Berto und verzog das Gesicht.

Deb wandte sich im Van an Shel. Ihr Mikrofon war weiterhin ausgeschaltet. „Die kommen immer näher."

Sheldon sah es. Es handelte sich um einen ziemlich großen schwarzen Geländewagen mit dunkel getönten Scheiben …

Die Sorte SUV, die Davio und seine Männer fuhren.

Shel fand die Steuerung für die Kamera, die am Ende der Straße positioniert war, von der die Querstraße zum Lagerhaus abging. Er zoomte die Windschutzscheibe des näher kommenden Geländewagens heran und betete, er möge vorbeifahren.

„Heiliger Strohsack“, murmelte er, als das Auto stattdessen tatsächlich abbog.

Es war Davio. Verdammt. Wie war das möglich, wenn Davio eigentlich bei einem Meeting mit Manny in Sarasota sein sollte?

Shel blieb keine Zeit zum Nachdenken, nur noch zum Handeln. Auf keinen Fall durfte er zulassen, dass Davio zur Laderampe fuhr, wo Aaron wie die ideale Zielscheibe direkt neben seinem Lastwagen stand.

Im Nu war er aus dem Van und rannte auf das Fahrzeug zu, in dem Ian hergekommen war; es war näher als Martells und hatte hoffentlich mehr PS unter der Haube.

„Deb übernimmt das Kommando“, verkündete Shelly über sein Headset-Mikrofon, als er an der Ecke des Lagerhauses haltmachte und die Waffe aus dem Halfter zog. Er blieb nah genug bei der Halle, um schnell in Deckung gehen zu können. Zugleich wagte er sich so weit heraus, dass die Männer in dem SUV ihn sehen würden. Zumindest hoffte er das. „Ein Geländewagen nähert sich. Ausreichend groß für mindestens sechs Männer. Und einer von ihnen ist Davio.“

Ian hörte Shels Worte, und sein erster Impuls war, Berto umzubringen. Auf der Stelle, denn nur er konnte dahinterstecken.

Aber Berto sah ihn an, und seine für gewöhnlich schweren Lider hoben sich vor Verblüffung. Als die ersten Schüsse draußen vor dem Lagerhaus ertönten, schüttelte er den Kopf.

„Was zur Hölle …? Was zur Hölle!“, schrie Aaron beim Truck, und seine Stimme war sowohl real als auch via Headset zu hören. „Sheldon, verdammt noch mal! Was machst du da?“

Phoebe setzte sich bereits in Bewegung und packte Vanderzees Arm, um ihn in den hinteren Teil der Halle zu führen, wo sich das Büro befand. „Unser Überwachungsteam hat uns gerade mitgeteilt, dass wir unangemeldete Besucher haben", erklärte sie dem Holländer. Sie blieb erstaunlich ruhig und winkte dem Bodyguard, er solle ihnen folgen. Falls das dort draußen nicht Davio gewesen wäre, hätte Ian sich über diesen Beweis gefreut, dass der Holländer sich als Teil seines „Teams" betrachtete.

„Augen, ich brauche Augen", sagte Ian in sein Headset, während er Berto schubste, damit dieser Phoebe und Vanderzee hinterherlief. „Geh mit ihnen und bleib bei ihnen", wies er ihn an. Wenn er mit Davio kämpfen musste, wollte er auf keinen Fall durch Gedanken an Phoebe abgelenkt sein, die allein mit dem Holländer war. Dummerweise war seine Waffe mit Platzpatronen geladen, während Glatzkopf, sein neuer Kumpel, echte Munition besaß. Erneut wurden Schüsse abgefeuert, während er mit Vanderzees Bodyguard auf den Fersen zur Laderampe rannte. „Deb! Shit! Wo bist du? Was zum Geier ist da los?"

„Sorry, mein Mikro war ausgeschaltet", erklang Debs Stimme in seinem Ohr. Draußen fielen weitere Schüsse. Die FBI-Agentin lieferte ihm eine kurze Zusammenfassung dessen, was sie wusste und beobachtet hatte. „Shel hat auf den SUV geschossen. Die haben angehalten und sich dann zurückgezogen. Ich glaube, der Fahrer wurde getroffen. Jetzt kommen sie wieder. Jemand anders sitzt hinterm Steuer. Shel hat Ihren Wagen und fährt auf den SUV zu. Ich glaube, er will die Gangster von hier weglocken. Sie sollen ihn verfolgen."

„Genau das ist mein Plan." Sheldon klang gestresst, seine Stimme hoch. „Und die werden mir auch folgen, denn der Kerl hasst mich. Aber vorher muss ich dafür sorgen, dass er mich sieht."

„Verdammt, Shel, tu das nicht! Du hast es mir versprochen!" Aaron eilte zur Seite des Lagerhauses, doch Ian legte an Tempo zu, um ihn abzufangen.

„Schüsse fallen", stellte Deb fest, obwohl es inzwischen allen klar war. „Sheldon steuert auf den anderen Wagen zu. Er hat sein Fenster geöffnet …"

Ian hechtete auf seinen Bruder zu wie ein Linebacker beim Football, riss ihn zu Boden und hielt ihn fest, während es schien, als eröffne eine kleine Armee das Feuer auf sie. Vanderzees Mann spähte um die Ecke des Gebäudes und zog schnell den Kopf ein.

„Mist!", hörte Ian Shelly sagen. „Oh, Mist, verdammter!" Darauf folgte statisches Rauschen, und seine Stimme verstummte.

Quietschende Reifen und aufheulende Motoren waren zu vernehmen. Aaron versuchte sich aus Ians Umklammerung zu befreien, während Phoebe, Francine, Martell und Deb sich gleichzeitig über das Headset meldeten.

Phoebe sagte zu Vanderzee: „Alles in Ordnung. Es kommt alles wieder in Ordnung. Ian wird sich darum kümmern."

Martell, der extrem eingeschüchtert klang, meinte: „Was zum Henker ist eigentlich los? Das gefällt mir alles nicht."

Francine antwortete ihm mit gedämpfter Stimme: „Wenn du dich bewegst, Martell, musst du nicht mehr den Toten spielen, weil ich dich dann nämlich kaltmache."

Deb war jedoch die Einzige, deren Worte in diesem Fall wirklich zählten: Nur sie konnte ja sehen, was vor sich ging. „Ich glaube, Shel ist nichts passiert. Ich habe den Funkkontakt verloren, aber sein Wagen fährt noch. Er entfernt sich vom Lagerhaus, und der Geländewagen … Tatsächlich, er folgt ihm. Ich wiederhole: Der SUV folgt Sheldon."

„Ruf ihn an", schaltete Yashi sich über das Headset ein. Er war laut und klar zu hören von seinem Platz auf dem Boden des Lagerhauses neben Martell. „Deb, du musst den Kontakt zu ihm via Handy wiederherstellen."

„Das versuche ich", erwiderte Deb angespannt. „Ich probiere jetzt, per Handy Kontakt herzustellen! Aber ich wünschte, du wärst hier! Ich brauche hier dringend Hilfe … Aaron, sind Sie frei?"

Ian hielt den Unterarm gegen den Hals seines Bruders gepresst und drückte kurz zu, um sicherzugehen, dass Aaron ihm auch wirklich zuhörte. „Wenn ich dich loslasse, gehst du nur zum Überwachungsvan."

Der Ausdruck auf Aarons Gesicht zeugte von reinem Schmerz. Sie wussten beide, dass es bei der Feuerkraft seiner

Verfolger nicht lange dauern würde, bis Davio und seine Leute Shel getötet hatten. Trotzdem nickte Aaron, woraufhin Ian ihn losließ.

Aaron stolperte los, als Francine sich über das Headset meldete. Ihre Stimme klang so ruhig wie Yashis. „Sobald Sie Telefonkontakt haben, verbinden Sie mich mit Shelly. Ich kenne den besten Weg hier heraus. Ich werde ihn von Davio weglotsen."

Phoebe, die mittlerweile das Büro erreicht hatte, sagte zu Vanderzee: „Wir müssen uns bereithalten, sofort aufzubrechen, wenn Ian das Signal gibt. Einer unserer Leute ist anscheinend mit dem Wagen unterwegs, in dem wir hergekommen sind, aber das ist okay. Ich werde mit Aaron im Lastwagen fahren. Sie, Hamori und Ian nehmen Bertos Wagen."

Das war ein guter Plan, nur würde er leider nicht funktionieren. Aaron würde den Lastwagen nicht lenken können, wenn Shel tot oder schwer verletzt war.

Was hatte Ian Phoebe eingetrichtert? Eine Katastrophe nach der anderen.

Und *Hamori*. Das war der Name von Vanderzees kahlköpfigem Bodyguard, der Ian jetzt anschaute, als erwarte er Anweisungen von ihm.

Und noch während Phoebe redete, war wieder die Stimme der FBI-Agentin über das Headset zu hören. Deb fragte: „Francine, wie gut kennen Sie die Umgebung?"

„Ich habe die Karte ziemlich vollständig im Kopf", antwortete Francine.

„Wenn ich an die Polizei einen Fahndungsbefehl herausgebe", meinte Deb, „nach dem SUV und den Insassen einschließlich Davio Dellarosa, könnten Sie Shel zu einem Punkt dirigieren, an dem wir sie abfangen."

„Tun Sie das", sagte Ian gleichzeitig mit Francine.

Falls die Polizei in der Gegend fähig war, falls es ihnen gelang, den Geländewagen zu stoppen, falls Sheldon unversehrt war, zumindest weitgehend, dann …

Dann würde Aarons Welt vielleicht doch nicht zusammenbrechen.

Shel blutete.

Er hatte keine Ahnung, wo genau er getroffen war und wie schlimm. Es tat nicht weh, doch aus Erfahrung wusste er, dass das zunächst immer so war, solange das Adrenalin durch seine Adern pumpte. Im Irak war er allerdings nicht von Kugeln getroffen worden, sondern von umherfliegenden Granatsplittern.

Damals war auch eine Menge Blut im Spiel gewesen. Genau wie damals versuchte er, die Hände an seinen Hosenbeinen abzuwischen. Ein glitschiges Lenkrad konnte er momentan am wenigsten gebrauchen.

Die Heckscheibe zersplitterte, und er zog den Kopf ein. Die Männer in dem Geländewagen schossen weiter auf ihn, während er viel zu schnell über eine von Schlaglöchern übersäte Straße raste.

Irgendetwas klingelte und klingelte. Als er sich erinnerte, dass sein Headset ebenfalls mit dem Handy verbunden war, hörte das Klingeln auf. Ihm blieb keine Zeit, um nach unten zu schauen und die Rückruftaste zu finden. Zum Glück musste er nicht lange warten, bis die Anruferin – Deb – es erneut probierte.

„Sorry“, sagte er. „Ich bin gerade ein bisschen beschäftigt.“

„Bist du getroffen?“ Das war Aaron, der sich Mühe gab, forsch und professionell zu klingen. Vergeblich, denn seine Besorgnis schwang in jeder einzelnen Silbe mit.

„Ich liebe dich, und es tut mir leid“, erklärte Sheldon, statt zu antworten. Er glaubte nicht, schwer verwundet zu sein. Jedenfalls noch nicht. Aber er hatte soeben versucht, seinen Vater umzubringen, und damit würde er nicht ungestraft davonkommen. Wenn er seinen Gegnern nicht schon tot in die Hände fiel, würden sie ihn sofort umbringen. Davio bliebe gar keine andere Wahl. Doch Shelly wollte, dass das Opfer sich wenigstens auszahlte. „Verschwinde von dort, solange du noch kannst. Tu es, Aarie, jetzt! Tu es Rory zuliebe!“

„Bitte, Liebster, sag mir, ob es dich schlimm erwischt hat“, bat Aaron ihn.

„Deb, schalten Sie Aarons Mikrofon mal aus. Er hilft uns nicht weiter. Shel, hier spricht France. Wo zur Hölle steckst du?“, wollte seine Schwester auf ihre übliche charmante Art wissen.

„Ich schätze, ich befinde mich auf der Hauptstraße“, erwiderte Shel. Im gleichen Augenblick schlug eine Kugel in die Kopfstütze des Beifahrersitzes ein. „Aber ich bin mir nicht sicher. Aaron, ehrlich, es tut mir leid. Ich schwöre dir, ich habe das nicht geplant.“

„Konzentriere dich“, ermahnte Francine ihn. „Sag mir, wo du überall abgebogen bist. Ich bringe dich da raus.“

„Am Ende der Auffahrt vom Lagerhaus nach rechts, dann noch mal rechts. Seitdem fahre ich geradeaus.“

„Bist du schon über die Bahnschienen gekommen?“, erkundigte sie sich.

„Nein. Auf die steuere ich im Moment zu. Mist!“ Der Außenspiegel auf seiner Seite explodierte.

„Die erste rechts nach den Bahnschienen“, forderte sie ihn auf. „Da biegst du ab. Falls die es schaffen, dir zu folgen, fahr geradeaus. Doch wenn sie die Kurve nicht kriegen und du sie abgeschüttelt hast, und sei es nur vorübergehend, nimm wieder die nächste rechts. Dort befindet sich ein Parkhaus auf der Ecke. Fahr nicht hinein, sondern bieg in die erste Straße links ab, danach die nächste rechts. Das führt dich automatisch zurück in unsere Richtung. Wenn die anderen versuchen, deine Spur zu verfolgen und dich einzuholen, werden sie auf das Parkhaus stoßen und denken, du hättest dich darin versteckt.“

Der Wagen hob mit allen vier Rädern ab, als Shel über den Bahnübergang donnerte. Bei der Landung wurde er durchgeschüttelt und … ja, nun kam der Schmerz. „Richte Aaron aus …“, begann er, doch seine Schwester schnitt ihm das Wort ab.

„Kon-zen-trie-re dich“, schärfte Francine ihm ein weiteres Mal ein. „Dann kannst du es ihm nachher selbst sagen. Gib mir Bescheid, wenn du abbiegst.“

„Ich biege ab“, informierte er sie, während er schlingernd um die Kurve fuhr. Mit dem Heck rammte er einen geparkten Lieferwagen, doch Shel riss das Steuer herum und konnte weiterfahren. Der Aufprall hatte ihn nur ein wenig langsamer gemacht.

„Sind sie noch hinter dir?"

„Nein!" Dort drüben, auf der rechten Seite, befand sich das Parkhaus, das Francine erwähnt hatte.

„Gut. Nimm die Straße rechts und fahr am Parkhaus vorbei, *nicht* hinein", warnte sie ihn, als wüsste sie, wie dunkel und einladend es wirkte – wie das perfekte Versteck, wenn man von irren Killern gehetzt wurde. „Danach biegst du direkt links ab", wies sie ihn weiter an. „Fahr langsamer. Viel langsamer. Halte an, bevor du an der nächsten Ecke rechts fährst. Fahr in normalem Tempo weiter. Deb, können Sie die Polizei zu diesem Parkhaus schicken? Davio wird denken, dass Shel dort hineingefahren ist. Die werden ebenfalls ins Parkhaus hineinfahren und es absuchen. Am besten wäre es, die Polizei erwartet sie, wenn sie herauskommen."

„Ich bin schon dabei", antwortete Deb. „Die Polizei ist unterwegs." Sie wiederholte für denjenigen, der in der Polizeizentrale am Funk saß, die Beschreibung des Wagens sowie das Kennzeichen, das sie dank des Videos entziffern konnte.

„Bleib weiter auf der Hut", meldete Ian sich. „Werde nicht achtlos, denn es ist noch nicht vorbei. Behalte den Rückspiegel im Auge."

Als Shel wieder vor einem Stoppschild hielt, sah er einen Polizeiwagen mit Blaulicht vorbeikommen, der auf das Parkhaus zusteuerte.

Erneut war Deb zu hören. „Ich kriege einen Bericht über polizeiliche Handlungen rein: Ein SUV mit kaputter Frontscheibe und Einschusslöchern hat an der Ecke …" Sie redete weiter, doch Aarons Stimme verdrängte ihre.

„Shel, bist du …?"

„Es geht mir gut", versicherte Shel ihm und fing an zu zittern. Glassplitter der zerborstenen Scheibe hatten sich in seinen Unterarm gebohrt, und in der Wange hatte er einen Schnitt. Von dort stammte das meiste Blut. Die Wunde war jedoch nur oberflächlich. Er hatte sich den Ellbogen heftig aufgeschramnt, als er bei seinem Sprint zum Wagen gestürzt war. Abgesehen davon …

„Verschwinde von dort", meldete Francine sich wieder. „Auf der linken Seite befindet sich ein Einkaufszentrum, in dem die meisten Läden mit Brettern verrammelt sind. Fahr dahinter. Wir kommen und holen dich."

Martell blieb weiterhin auf dem kalten Fußboden des Lagerhauses liegen, nachdem Deb gerufen hatte: „Alles klar."

Er hatte gehört, wie der Lastwagen mit der angeblich illegalen Fracht abgefahren war. Ian, Phoebe, der Holländer und Hamori hatten sich in Martells Auto ebenfalls auf den Weg gemacht. Es war in gewisser Hinsicht erstaunlich, wie ein Fahrzeug nach dem anderen zu Schrott gefahren wurde, während Martells alte Karre unversehrt und weiterhin funktionstüchtig blieb.

Martell zog sich den Leinensack vom Kopf und setzte sich auf. Yashi war bereits dabei, das Kissen mit dem Kunstblut von seiner Brust zu entfernen.

„Anscheinend sah Ian keine Notwendigkeit mehr, mich zu töten", bemerkte Yashi mit seiner üblichen Gelassenheit, bevor er nach draußen ging. „Vermutlich, weil ohnehin schon alles schiefgegangen war."

„Gehen wir", sagte Francine gereizt. „Wir müssen uns beeilen. Wir werden uns im Van umziehen. Wahrscheinlich hat Davio bereits ein Killerteam auf uns gehetzt."

Abgesehen davon musste Deb mit dem Überwachungsvan zum Anleger, und zwar bevor Ian und der Lastwagen dort eintrafen. Sie würden den Holländer über eine längere Route zur Jacht bringen. Aber das hieß nicht, dass der Van trödeln durfte.

Während Martell sein mit Kunstblut getränktes Hemd auszog, folgte er Francine zur Laderampe. „Das war ziemlich beeindruckend. Was du getan hast. Ich meine, du hast Shelly das Leben gerettet."

Sie schaute ihn an. „Ich bin ganz gut, was Straßenkarten angeht."

„Anscheinend hast du ein fotografisches Gedächtnis."

„Ich plane immer sechs verschiedene Fluchtrouten für den Notfall ein", erklärte sie knapp, während er ihr in den Spätnachmittag hinaus folgte. „Das solltest du auch tun, wenn du dich auf eine Situation vorbereitest, in der Leute in Gefahr geraten. Es ist wirklich keine so große Sache. Ich habe einfach meinen Job gemacht.“

„Ich wollte ja bloß sagen, dass du echt gut bist und … Was zum Henker?“ Martell blieb stehen und starrte mit offenem Mund den Überwachungsvan an, dessen Farbe sich von Weiß in ein schimmerndes Blau verwandelt hatte. Das war die schnellste und sauberste Lackierung, die er je gesehen hatte. Doch schließlich registrierte er, dass eine weiße Folie dafür verantwortlich war, unter der das Blau verborgen gewesen war. Diese Folie hatten Deb und Berto abgezogen.

„Wir sind uns nicht sicher, ob Vanderzee oder Hamori den Van genauer unter die Lupe genommen haben“, meinte Deb und wischte sich mit einer Hand den Schweiß von der Stirn, während sie mit der anderen die Drahtbürste schwang, damit der Lack nicht mehr ganz so neu aussah. „Wir müssen jedoch davon ausgehen, dass wenigstens einer von den beiden sich den Wagen angesehen hat.“

Bum!

Martell drehte sich um und beobachtete, wie Berto dem Wagen mit dem Brecheisen ein paar Beulen verpasste. „Der Glatzkopf hat jedenfalls Shel gesehen“, sagte er mit einer seltsamen Mischung aus Düsterkeit und guter Laune.

„Wir werden Shelly für Martells Team nicht mehr gebrauchen können“, stellte Francine fest. „Aber das macht nichts. Er kann den Überwachungsvan besetzen.“

„Mir gefällt es immer noch, dass ich ein Team habe“, sagte Martell. „Allerdings wird es mir nicht mehr gefallen, wenn Davio auch im falschen Kuba über uns herfällt.“

„Das wird er nicht“, entgegnete Deb. „Er und seine Männer werden festgehalten. Vermutlich jedoch nicht länger als vierundzwanzig Stunden.“

„Wird Sheldon sich wenigstens diesmal zurückhalten und im Van bleiben?“, fragte Berto Francine.

Sie sah ihm ins Gesicht. „Er hat nicht nur uns gerettet, sondern die komplette Operation. Was zum Teufel ist aus dem Treffen mit Manny im Krankenhaus geworden, das angeblich den gesamten Tag dauern sollte?"

„Ich habe ehrlich keine Ahnung", antwortete Berto.

„Was glaubt Davio denn, wo du die ganze Zeit gewesen bist?", stellte sie ihn weiter auf ihre unverblümte Art zur Rede.

„Er denkt, ich habe eine Freundin in Miami", gab Berto zurück. „Ich bin oft hier, aber nicht bei ihm, und benutze das dann als Ausrede."

Yashi stieg mit einem neuen Nummernschild in der Hand aus dem Van. Unterdessen hatte Deb das alte abmontiert. Während Yashi es festhielt, brachte Deb es mit einem Akkuschrauber an. Die zwei waren absolut auf Zack. Das Ganze kam Martell wie ein Lehrgang in Undercover-Tätigkeiten vor.

Bis auf den Teil, in dem Davio aufgetaucht war.

„Man fährt nicht mal eben schnell von Sarasota nach Miami", erklärte Martell. „Selbst wenn Davio geflogen sein sollte, dauert es wegen der vielen Sicherheitsschranken zwei bis drei Stunden. Es hat ihn also einige Mühe gekostet, hierherzukommen. Und danach musste er Sie zuerst noch finden, in einem ganz bestimmten Lagerhaus, zu einer ganz bestimmten Zeit. Wie wahrscheinlich klingt das?"

„Ich kann es nur wiederholen: Ich habe keine Ahnung, warum er nicht bei dem Treffen mit Manny war." Berto wich keinen Millimeter von seiner Antwort ab.

„Ich schon."

Alle drehten sich zu Deb um, die ein unglückliches Gesicht machte. „Yashi hat recherchiert. Die Nachricht ist gerade erst raus. Manny Dellarosa ist heute Morgen an einem Herzinfarkt gestorben."

„Unmöglich", meinte Berto. Entweder war er ein begnadeter Schauspieler oder tatsächlich völlig verblüfft. „Ich habe ihn gerade erst gesehen. Es ging ihm gut."

„Solche Dinge passieren", bemerkte Yashi. „Vielleicht hat er seinen wahren Zustand vor Ihnen verborgen."

„Nein." Berto schüttelte grimmig den Kopf. „Davio hat ihn umgebracht, weil er die Macht an sich reißen will. Ich weiß nicht, wie er es gemacht hat, aber er hat es getan. Und genau deshalb ist er hergekommen. Um sich meiner Loyalität zu vergewissern. Und wenn ich sie ihm nicht zusichere, bringt er mich bestimmt auch um."

„Du solltest deine Truppen sammeln, solange du dazu noch in der Lage bist", riet Francine ihm. „Dir bleiben vierundzwanzig Stunden, bevor er entlassen wird."

Berto nickte.

„Wir müssen los", erinnerte Deb die anderen. Sie würden sich alle in den Van quetschen und Berto zurücklassen, da seine Aufgabe erledigt war. „Seien Sie vorsichtig", fügte sie hinzu.

Berto lächelte und wirkte ehrlich amüsiert. „Worte, die ich nie erwartet hätte, vom FBI zu hören. Vielleicht haben die Idioten im Fernsehen recht, und dies ist die Endzeit."

„Auf keinen Fall", erwiderte Francine, als Martell Berto die Hand schüttelte und nach ihr in den Wagen stieg.

Yashi fuhr, während Deb sich hinten im Van umzog. Martell tat sein Bestes, um nicht hinzuschauen.

24. KAPITEL

„Wow, ich habe wirklich einen guten Geschmack“, sagte Phoebe, als Ian die Kabinentür hinter ihnen abschloss.

Sie waren nach unten gegangen, um zu duschen und sich umzuziehen. In einer Stunde würden sie sich mit dem Holländer im Speiseraum zum Abendessen treffen. Die Jacht war groß genug, um einen Speisesaal zu haben. Und ein Wohnzimmer. Und einen Salon.

Die Schlafkabine war ebenfalls riesig. Die Einrichtung war in Blau, Türkis und Meergrün gehalten, mit glänzendem, weiß lackiertem Holz. Der Raum verströmte eine wunderbare, luftige, maritime Atmosphäre. Zu der Kabine gehörte ein Badezimmer von entsprechender Größe, das über eine gläserne Duschkabine verfügte. An den Wänden waren Regale angebracht, in denen sich Handtücher in denselben tropischen Wasserfarben stapelten.

Wenn das ihre Jacht gewesen wäre – und sie taten ja so, als ob –, hätte Phoebe wenigstens einen kleinen Einfluss auf Möbel und Farben gehabt. Sie hatte die Bemerkung nur zum Spaß gemacht, um Ian aufzuheitern, denn nach einem solchen Tag war die Farbe der Vorhänge das Letzte, worauf es ankam.

Ian war genau wie sie selbst verstört von Davios unerwartetem Angriff und Sheldons unglaublich riskanter Beinah-Selbstopferung. Die düstere Vorstellung, was hätte passieren können, wenn es Shel nicht gelungen wäre, den Geländewagen mit den schwer bewaffneten Gangstern vom Lagerhaus wegzulocken, beschäftigte ihn immer noch.

Die gesamte Operation hätte ihnen um die Ohren fliegen können. Davio und seine Männer hätten nicht nur versuchen können, Ians Team auszulöschen. Der Holländer und Hamori hätten womöglich ebenfalls ihre Waffen gezogen, sobald ihnen klar geworden wäre, dass sie getäuscht worden waren. Und das hätten sie spätestens dann gemerkt, wenn der tote und der bewusstlose Wachmann aufgesprungen wären, um in den Kampf gegen Davio einzugreifen.

Es gab noch eine Reihe kleinerer Katastrophen, die hätten passieren können – einschließlich Vanderzees Rückzug aus dem Geschäft. Damit hätte die kleine Nachtfahrt auf der mit Drogen beladenen Jacht nach „Kuba“ nicht stattgefunden.

Aber der Mann hatte keinen Rückzieher gemacht.

„Ist alles in Ordnung mit dir?“, fragte Phoebe Ian und folgte ihm ins Bad, wo er die Dusche anstellte.

Ians Reaktion darauf bestand in einem Kopfschütteln.

Die Tatsache, dass er nicht mit „Ja, alles in Ordnung“ geantwortet hatte, erstaunte sie. Umso verständlicher, dass sie zunächst erstarrte, als er ihre Hand nahm und Phoebe ruckartig an seine Brust zog. Es war, als stieße sie gegen eine Wand, so hart fühlten seine Muskeln sich an. Und wenn ihr das noch nicht den Atem geraubt hatte, gelang ihm das, als er sagte: „Aber bald geht es mir wieder besser.“ Und dann küsste er sie stürmisch.

Dieser Kuss war wie ein Echo des Kusses unter dem Anleger – hungrig, verzweifelt und voll seliger Erleichterung, in die sich Reste der vorangegangenen Furcht mischten.

Dort draußen hatte er genauso viel Angst gehabt wie sie. Diese Erkenntnis verblüffte Phoebe ein weiteres Mal. Vermutlich war seine Angst sogar noch größer als ihre gewesen, denn schließlich wäre der Mann seines Bruders um ein Haar getötet worden. Und dieser Verlust wäre unerträglich gewesen.

Für jemanden, der stets alles für alle regelte, für jemanden, der ständig anscheinend mühelos mit Dutzenden Bällen gleichzeitig jonglierte, musste die durchaus realistische Möglichkeit, dass Shelly ums Leben kam, schrecklich gewesen sein.

Doch jetzt zerrte Ian an Phoebes Sachen, öffnete ihre Hose, während er zugleich seine eigene abstreifte. Phoebe half ihm dabei. Sie legte ihre Brille auf den Waschtisch, schob sie dann aber sicherheitshalber ins Becken. Danach zog sie ihr T-Shirt aus und befreite sich von ihren Stiefeln.

In seiner Ungeduld wäre Ian beinah gestolpert, zu Fall gebracht von der Hose, die um seine Knöchel hing. Er setzte sich auf den Boden, um seine Stiefel aufzuschnüren. Dadurch erhielt Phoebe die Gelegenheit, aus ihrer Unterwäsche zu schlüpfen und die Schubladen und Schränke hastig aufzumachen, auf der Suche nach …

Schon gefunden.

Phoebe riss ein Kondom von dem ziehharmonikaartig gefalteten Streifen und drehte sich zu Ian um, der sich wieder aufgerichtet hatte. Er fasste nach ihr, hob sie auf die Ablage und drängte sich zwischen Phoebes Beine. Wie gut, dass sie die Brille dort weggenommen hatte, sonst würde sie jetzt daraufsitzen. Gleichzeitig nahm er ihr das kleine quadratische Folienpäckchen ab, öffnete es, rollte sich das Kondom über und drang im nächsten Moment tief in sie ein.

„Das", meinte er, während sie Arme und Beine um ihn schlang, damit sie ihn noch besser spüren konnte. Denn so gut es sich auch anfühlte, es reichte ihr noch nicht. „O Phoebe, ja. Genau das ist es, was ich wollte … was ich gebraucht habe. Jetzt. Ich konnte es kaum aushalten. Am liebsten hätte ich auf alles gepfiffen … auf die Ladung, den Holländer, Aarie und Shel …"

„Ich weiß", erwiderte sie. „Ging mir genauso."

Nachdem die Ladung aus dem Lastwagen an Bord gebracht worden war, hatte Vanderzee Ian beiseitegenommen und ihm mitgeteilt, er fühle sich nicht wohl bei dem Gedanken, dass Aaron und Sheldon sie auf ihrer kleinen Ozeanreise begleiteten.

Kurz vorher hatte er Phoebe gefragt, ob die beiden Männer Brüder seien, woraufhin sie ihm geantwortet hatte, dass es sich um Ians Bruder und Schwager handelte. Das hätte man unterschiedlich interpretieren können. Doch als der Holländer Zeuge eines nicht gerade brüderlichen Kusses zwischen Aaron und Shel geworden war, hatte er nicht mehr spekulieren müssen.

Phoebe war klar gewesen, dass Ian die Vorurteile des Holländers nicht persönlich nehmen durfte. Sie waren schon zu weit gekommen, um die Mission in diesem Stadium noch scheitern zu lassen. Deshalb hatte Ian kaum etwas auf die Bitte Vanderzees erwidert, sondern Aaron zu Shelly zurück an Land geschickt.

Vermutlich wollte Aaron auch genau dort sein.

Allerdings hatte Phoebe sofort gewusst, dass Ian nicht sehr glücklich darüber war, ein Teammitglied weniger an Bord der

Jacht zu haben. Und als Ian zu ihr geschaut hatte, während sie darüber mit Vanderzee gesprochen hatte, konnte sie förmlich seine Gedanken lesen. Zweifellos hatte er an die Kindfrauen dieses Mannes gedacht und an die Art, wie er sich ihrer entledigte. Ausgerechnet ein solcher Mann fühlte sich unbehaglich?

Aber Phoebe hatte ebenso gewusst, dass Ian die gekidnappten Kinder nicht vergessen hatte, ebenso wenig wie die Mutter, die wahrscheinlich umkam vor Sorge …

Also hatte er getan, was getan werden musste. Er hatte Aaron an Land geschickt. Glücklich war er darüber nicht gewesen.

Inzwischen ging es Ian jedoch viel besser.

Phoebe küsste ihn, wobei sie sich im Einklang mit ihm bewegte. Was zwischen ihnen passierte, fühlte sich einfach himmlisch an.

Plötzlich hob Ian sie offenbar mühelos hoch. Wann hatte er das zum letzten Mal gemacht? Er war unfassbar stark. Obwohl sich die Muskeln in seinen Armen und Schultern anspannten, schien es ihn keineswegs anzustrengen, als er Phoebe in die Dusche trug und sich mit ihr unter die Brause stellte.

Das Wasser war ein bisschen zu kalt, weshalb sie nach Luft schnappte und anschließend lachte. Es tat gut, nach der Hitze im Lagerhaus und dem Angstschweiß, der ihr den Rücken hinuntergelaufen war, während sie den Holländer beruhigend angelächelt und insgeheim gebetet hatte, dass Ian am Leben blieb.

Er hob das Kinn und ließ das Wasser auf seinen Kopf prasseln, auf sein Gesicht. Er machte die Augen auf und schaute sie mit seinen immer noch erstaunlich blauen Augen an. Kleine Tröpfchen hingen an seinen langen Wimpern.

„Wow“, flüsterte er. „Das wollte ich schon, seit …“

Phoebe war ebenfalls ein wenig atemlos und stieß mit Mühe hervor: „Ja, ich auch.“ Seit sie rein platonisch im Haus des Holländers zusammen geduscht hatten.

Sie versuchte, mehr von dieser erregenden Reibung zu erzeugen, doch Ian hielt sie fest. Ohne entsprechenden Halt waren ihre Bewegungsmöglichkeiten eingeschränkt. Es reichte gerade für süße, sinnliche Qualen.

Ian lächelte über ihre Bemühungen und betrachtete sie mit halb geschlossenen Lidern.

„Ich muss unbedingt anfangen, mehr Sit-ups zu machen“, meinte sie.

„Nein“, widersprach er. „Musst du nicht. Du bist perfekt, so wie du bist.“

Diesen Moment ... genau diesen Moment hätte sie gern verlangsamt, damit er sich ihr für alle Zeiten einprägte.

Das Wasser, wärmer jetzt, das über ihre Brüste strömte.

Ians nasse Haut und das Gefühl, seine Hitze tief in sich zu spüren.

Der Ausdruck in seinen Augen, während sein Lächeln verschwand, damit sie erkannte, wie ernst es ihm war. *Du bist perfekt ...*

„Du auch“, erwiderte sie flüsternd, und das stimmte auch. Nicht jeder wäre dieser Ansicht gewesen. Dafür war seine Ausdrucksweise oft zu derb. Sein Sinn für Humor war eine Mischung aus kultiviert und schlicht jugendlich. Er war zugegebenermaßen ein Dieb und Lügner, ein Trickbetrüger, wenn auch einer, der über außergewöhnliche und geradezu artistische Fähigkeiten verfügte.

Doch morgen, wenn er diese beiden Kinder zurück zu ihrer Mutter brachte, würde er seine Talente nicht zum ersten Mal einsetzen, um die Welt zu einem sichereren, besseren Ort zu machen. Und ihr war klar, dass es nicht die letzte Gelegenheit sein würde.

Von makelloser Schönheit konnte bei diesem Mann sicher nicht die Rede sein. Doch Phoebe hatte nie zuvor einen Mann kennengelernt, der faszinierender gewesen wäre und den sie vollkommener gefunden hätte.

Ian stand da, hielt sie und schaute ihr in die Augen, als wollte er in ihre Seele blicken. Dann schüttelte er den Kopf. „Ich habe wirklich keine Ahnung, was ich mit dir anstellen soll.“

Behalte mich bei dir, hätte sie ihm am liebsten geantwortet. *Verstoße mich nicht. Schreib mir aus dem Gefängnis. Lass mich dich besuchen. Und bitte, bitte komm zu mir, wenn du endlich wieder draußen bist.* Aber sie hatte Angst – davor, ihn und gleichzeitig auch sich selbst mit solchen gewichtigen Worten zu erschrecken.

Also begnügte sie sich damit, sich an ihn zu pressen und ihm ins Ohr zu flüstern, was er mit ihr tun sollte, jetzt und hier, in diesem Augenblick. Dabei benutzte sie Ausdrücke, von denen sie wusste, dass sie ihm gefielen, die sie bisher jedoch selten oder nie laut ausgesprochen hatte.

„Wow“, meinte er lachend und mit vergnügter Miene. Es war gut zu wissen, dass er so leicht zufriedenzustellen war. „Du errötest. Das ist verdammt noch mal herrlich.“

Damit drückte er sie gegen die Duschwand, sodass sie plötzlich den Halt fand, den sie gesucht hatte. Mit seinem Mund, seinen Händen und jenem außergewöhnlich großen Teil seines Körpers, für den es eine ebenso große Anzahl an groben wie albernen Namen gab, die ihn sämtlich zum Lachen brachten, wenn sie Phoebe über die scheinbar keuschen Lippen kamen, ließ er ihre Wünsche in Erfüllung gehen.

Selbst eine Wurzelbehandlung endete irgendwann.

Alles Schreckliche war irgendwann auch wieder vorbei.

Daher tröstete Ian sich mit dem Gedanken daran, dass dieses Abendessen mit dem Holländer in absehbarer Zeit zu Ende sein würde.

Es half, wenn die Zeitspanne bis dahin in mehrere leichter zu bewältigende Segmente unterteilt war. Ian hatte die Drinks, die Vorspeise sowie den Hauptgang bereits überstanden, alles von Deb serviert, die als Stewardess auftrat.

Blieb zum Schluss noch das Dessert. Danach würde der Rest dieses vierstündigen Teils seines Jobs leicht sein, denn jeder würde sich zum Schlafen in seine Kabine zurückziehen. Die Ausrede – und es handelte sich um eine gute Ausrede, die für Ian auch auf der Rückfahrt funktionieren würde – lautete, dass eine Fahrt bei beeindruckenden siebenunddreißig Knoten eine ziemlich schaukelige Angelegenheit werden konnte. Hinzu kamen der laute Motor und der Wind.

Wie auf allen Booten war es tief unter Deck am ruhigsten.

Obwohl diese Super-Luxusjacht einen flachen Kiel besaß, konnte ihr Kapitän – ein ehemaliges Mitglied einer maritimen Spezialeinheit und jetzt Agent mit dem langweiligen Namen Captain Bob – das Schiff jedoch so zum Schaukeln bringen, wie Ian es gern hätte.

Während Vanderzee seinen Wein trank, gab er eine lange, selbstverliebte Geschichte seines letzten Besuchs in Paris zum Besten. Ian beobachtete Phoebe, die vorgab, fasziniert zu lauschen.

Sie saß da, das Kinn auf die Hand gestützt. Sie trug ein elegantes schwarzes Top mit tiefem Ausschnitt zu ihren Jeans und Flipflops. Die Haare fielen ihr offen auf die Schultern. Sie war wunderschön, und es fiel ihm nicht schwer, jenen Rat zu befolgen, den Ian ihr erst vor wenigen Stunden selbst gegeben hatte, während sie in dem Wagen gesessen hatten, den Shel später zerstören sollte.

Nicht an die Tatsache denken, dass Shel beinah getötet worden wäre, oder an Aarons Gesicht, als er geglaubt hatte, ihn verloren zu haben. Denk an Phoebe, ermahnte er sich. *Denk an sie unter der Dusche. Denk ans Handeln, denk ans Fühlen. Denk an das Vergnügen, nicht an den Schmerz und die Angst und den Verlust.*

Denk daran, dass ihr deinetwegen fast zu spät zum Abendessen gekommen wärt und dass Phoebe sich beeilen musste, um ihre Haare noch zu föhnen und sich anzuziehen. Denk daran, wie du sie gehalten und geküsst hast, bevor ihr gemeinsam die Kabine verlassen habt, und wie seltsam richtig es sich anfühlte, als sie ihre Hand in deine legte, während du mit ihr gemeinsam den Speiseraum betreten hast.

Mr und Mrs Dunn.

In dem Moment, als er all das dachte, schaute Phoebe ihn mit einem erwartungsvollen Lächeln an. Da erkannte Ian mit Schrecken, dass ihr Gast seine Geschichte beendet und eine Frage gestellt hatte.

Wie lange besaßen sie diese Jacht schon?

Äh …

Zur Vorbereitung hatte Ian Unmengen an Informationen erhalten, einschließlich der Art, des Modells und des Baujahrs der *Lady Mysterious*, ebenso Grundrisse und Fotos vom Inhalt der Vorratsschränke. Er erinnerte sich daran, welche Spiele es an Bord gab – Backgammon, zum Beispiel, im Wohnzimmerschrank unten links. Aber als es darum ging, wie lange sie diese Jacht schon besaßen, fiel ihm nichts ein.

Phoebe rettete ihn, indem sie lachend antwortete: „Er ist so müde, dass er gar nichts mehr mitbekommt, der arme Ian. Die *Lady Mysterious* haben wir noch nicht lange, aber Eee hat vorher bereits ähnliche Boote gehabt. Stimmt's, Liebling?" Sie wartete seine Antwort nicht ab. „Wenn wir in Florida sind, fahren wir regelmäßig weiter nach Süden. Das ist so was wie unser kleines zweites Zuhause."

Deb kam mit einem Tablett herein, auf dem sich Tee und Kaffee befanden. Wieder einmal staunte Ian darüber, dass die FBI-Agentin es geschafft hatte, so jung auszusehen. Ihre Kleidung entsprach der eines Las-Vegas-Callgirls, doch Make-up und Frisur waren bewusst so gewählt, dass sie teenagerhaft wirkte. Zweifellos hatte sie gut zugehört, als Ian von Vanderzees Vorliebe für minderjährige Mädchen erzählt hatte.

Und tatsächlich beobachtete der Mann sie in diesem Moment genau.

„Verzeihung, wo befinden sich die Toiletten?", erkundigte sich der Holländer bei Deb und erhob sich.

Lächelnd balancierte sie das Tablett, während sie in die Richtung zeigte. „Gleich dort entlang, Sir."

Hamori, Vanderzees Mann, stand ebenfalls auf. Während des Essens hatte er neben der Tür gesessen. Jetzt folgte er Deb und Vanderzee aus dem Speiseraum hinaus. Er blieb im Flur stehen und wartete, als sein Boss die Toilette betrat.

Deb kehrte zurück, um die Teller vom Tisch abzuräumen. Mit leiser Stimme sagte sie zu Ian: „Wir bekommen schlechtes Wetter. Einen ziemlichen Sturm. Warnungen für kleinere Boote, das volle Programm."

Ian erste Reaktion war: *Herrje, da kommt der nächste Ärger, wir haben auch nur Pech.* Aber dann fiel ihm ein, dass sie bisher auch einiges Glück gehabt hatten, trotz der zahlreichen kleineren und größeren Desaster, die sich in letzter Zeit gehäuft hatten. Die Tatsache, dass sie so weit gekommen waren, grenzte schon fast an ein Wunder.

„Auf dieser Etappe der Reise wird uns das nicht beeinträchtigen", erklärte Deb. „Das Unwetter wird allerdings definitiv unsere Rückreise verzögern."

Das stellte in der Tat ein Problem dar. Sie mussten das falsche Kuba spätestens zwei Stunden vor Sonnenaufgang verlassen, sonst würde diese Farce nicht funktionieren.

„Wie lange verzögern?", wollte Ian wissen und machte sich auf das Schlimmste gefasst.

„So wie es jetzt aussieht, zu lange", antwortete Deb. „Aber wir reden vom Wetter. Mit etwas Glück ändert es sich noch."

„Können wir die Schlechtwetterfront umschiffen?", fragte er. „Auch wenn es dadurch ein bisschen länger dauert, zurückzufahren. Vielleicht, wenn wir uns Miami aus östlicher Richtung nähern …?"

„Wir arbeiten dran", versicherte Deb ihm, schüttelte jedoch den Kopf. „In ein paar Minuten komme ich erneut herein und empfehle, nach unten zu gehen, da wir die Geschwindigkeit erhöhen werden. Sobald alle sich in ihren Kabinen befinden, bringe ich Ihnen frische Handtücher. Dann sprechen wir über unsere Optionen."

Ian nickte. „Einverstanden."

Als zu hören war, wie Vanderzee die Toilettentür öffnete, zog Deb sich in die Kombüse zurück. Da erst bemerkte Ian, dass Phoebe irgendwann im Laufe dieser kurzen Unterhaltung die Hand auf seine gelegt hatte.

Sie drückte kurz seine Finger und ließ ihn los, als Vanderzee sich setzte und mit seinem Kaffee beschäftigte. Hamori nahm wieder seinen Platz an der Tür des Speiseraums ein.

Diese beiden Männer waren bewaffnet und gefährlich. Man vergaß das leicht. Ian durfte gedanklich nicht mehr abschweifen.

„Ich wollte dich schon die ganze Zeit fragen", meinte der Holländer, während er Milch und Zucker in seinen Kaffee rührte, „ob du darauf bestehst, immer mit deinem Bruder zusammenzuarbeiten."

Da war sie heraus. Ian hatte gehofft, dass dieser Mann diese Frage nicht stellen würde. Er sah zu Phoebe, die ihn beobachtete, und wusste, dass sie etwas sagen würde – es fiel ihr einfach zu schwer, still zu sein. Daher schüttelte er kaum merklich den Kopf. Tatsächlich schloss sie den Mund wieder und wartete.

Vanderzee trank einen Schluck Kaffee, stellte den Becher ab und musterte Ian mit kalten Augen. „Weißt du, wenn er mein Bruder wäre und in meinem Land leben würde, hätte man ihn längst getötet."

„Das ist mir klar", erwiderte Ian. Dies war der Augenblick der Wahrheit. Ihm war durchaus bewusst, dass seine Antwort über Leben und Tod dieser zwei gekidnappten Kinder sowie deren Mutter entscheiden konnte. Und er hätte auch ohne Weiteres lügen können, um sie nicht zu gefährden. Aber sein Instinkt warnte ihn, er müsse in dieser Situation unbedingt ehrlich sein. Er war sich sicher, dass dies ein Test war. Sich Vanderzees veralteten Ansichten zu beugen würde möglicherweise das Aus in diesem Spiel bedeuten.

Also holte Ian tief Luft und wartete, bis Vanderzee ihn erneut betrachtete, ehe er antwortete: „Mein Bruder und sein Mann sind zwei der tapfersten, ehrenhaftesten Männer, mit denen ich je zusammengearbeitet habe. Ich würde ihnen nicht nur mein Leben anvertrauen, sondern auch das meiner Frau, die mir der wichtigste Mensch auf der Welt ist."

Er schaute Phoebe an, die offenbar keine Ahnung hatte, was er da tat, aber bereit war, ihn zu unterstützen. *Wenn wir mit dem Holländer zusammen sind, dann tust du so, als wärst du schwer verliebt in mich.* Diese Anweisung hatte er ihr gegeben. Bisher machte sie ihre Sache wirklich gut, einschließlich der puren Bewunderung, die er in ihren Augen las.

„Aaron und Sheldon sind beide äußerst wertvolle Mitglieder meines Teams", fuhr Ian fort. „Du musst wissen, Georg, dass ich meinen Bruder großgezogen habe."

„Das habe ich nicht gewusst“, murmelte der andere.

„Ich habe mich um ihn gekümmert. Unsere Mutter starb, und unser Vater … nun, der hatte viele Probleme. Ich war für Aaron verantwortlich, mehr oder weniger seit seiner Geburt. Ich musste dafür sorgen, dass er zu essen hat und einen Platz zum Schlafen. Schon früh habe ich begriffen, dass er etwas Besonderes ist. Dass er schwul ist, erfuhr ich erst … Jedenfalls war ich schon älter als zwölf. Denn als ich zwölf war – er war fünf –, wurde er krank. Er hatte so hohes Fieber, dass er Krämpfe bekam, was mir eine Heidenangst einjagte. Ich wusste, dass ich ihn ins Krankenhaus bringen musste, aber mein Dad war so betrunken, dass er nahezu bewusstlos war. Irgendwie gelang es mir, ihn aufzuwecken, und als der Krankenwagen kam, schaffte ich ihn mit uns zusammen in den Wagen. Gemeinsam fuhren wir zur Notaufnahme. Aaron bekam intravenös Antibiotika, die ihm das Leben retteten, während ich mich die ganze Nacht hindurch bemühte, meinen Vater wach zu halten, damit er mit den Krankenschwestern und Ärzten redete. Irgendwann gab ich es auf und tat so, als ob er unsere Sprache nicht sprechen würde, sodass er nicht länger versuchen musste, einen vernünftigen Satz herauszubekommen.“

Ian merkte, dass Phoebe ihm aufmerksam zuhörte – vermutlich mehr noch als der Holländer.

„In dieser Nacht hatte eine Krankenschwester Dienst, die meine Schauspielerei durchschaute“, berichtete er weiter. „Sie war der einzige Mensch, der mitfühlend genug war, sich zu mir zu setzen und mit mir zu reden. Ich erinnere mich daran, dass sie mir Sandwiches und Kekse brachte. Als sie sah, wie ich einiges davon einwickelte, um es später Aaron zu bringen, holte sie noch mehr und sorgte dafür, dass ich selbst aß. Sie erzählte mir, dass es während einer Reise mit dem Flugzeug eine Regel gebe. Wenn etwas Schlimmes passiere und man Sauerstoff benötige, solle man die Sauerstoffmaske zuerst selbst aufsetzen. Danach solle man sich um die anderen kümmern. Denn sorge man nicht zunächst für sich selbst, könne man sich nicht um die anderen kümmern, die möglicherweise Hilfe benötigen. Ich bin mir nicht sicher … Eigentlich hat das mit dieser Geschichte nichts zu tun, aber ich erinnere mich immer daran. Ich verstand, was sie sagte, und ich mochte die Krankenschwester dafür. Als Kind gab es nicht gerade viele Leute, die ich mochte, aber diese Frau schon. Sehr sogar. Ihr Name war Susan." Er schaute zu Phoebe. Ihm war klar, dass sie den Namen kannte: Es handelte sich um die Frau, bei der Aaron gelebt hatte, als Ian zur Navy gegangen war.

„Jedenfalls wollte sie mich dazu überreden, mit jemandem vom Jugendamt zu sprechen, aber ich wollte nicht", setzte er seine Erzählung fort. „Ich hatte Angst, sie würden mich und Aaron trennen, und das wollte ich auf keinen Fall riskieren. Ich gab vor, der Zustand meines Vaters sei eine Ausnahme, so etwas käme nur sehr selten vor. Ich bin mir sicher, dass sie mir nicht glaubte, trotzdem ließ sie mich damit durchkommen. Sie nannte mir ihre Arbeitszeiten – hauptsächlich nachts – und sagte mir, ich könne mich jederzeit an sie wenden, wenn ich jemanden zum Reden oder etwas zu essen bräuchte. Sie ermutigte mich, einfach vorbeizukommen, denn die Sandwiches seien kostenlos. Natürlich war das gelogen, aber ich war erst zwölf. Was wusste ich schon? Ich nahm ihr Angebot an, und zwar häufig in den nächsten Jahren. Und manchmal brachte ich Aaron mit, wenn ich zum Krankenhaus ging.

Eines Tages saßen wir mit Susan in der Cafeteria, und Aaron stellte sich wieder in die Schlange, um sich einen Apfel zu holen. Da sah sie mich an und fragte, ob ich wisse, dass manche Jungs sich in Jungs verlieben und dass das in Ordnung ist. Mir war zu der Zeit überhaupt nicht klar, was sie meinte und dass sie von Aaron sprach. Sie hat es damals schon gewusst. Sie hat es gesehen. Und vielleicht ein Jahr später merkte ich es endlich auch und begriff, dass Susan recht gehabt hatte. Aaron war so, wie er war – und wie könnte das falsch sein?"

Vanderzee öffnete den Mund, um es ihm zu erklären, zweifellos detailliert, aber Ian stoppte ihn, indem er die Hand hob.

„Es spielt auch gar keine Rolle", sagte er. „Du glaubst, was du glaubst, und deine Vorstellung von Wahrheit wird an meiner Einstellung nichts ändern. Doch da gibt es etwas, das du bei alldem berücksichtigen solltest: Er ist mein Bruder. Ich habe ihn immer beschützt, und das werde ich auch weiterhin tun. Und wie ich bereits sagte: Ich würde ihm mein Leben ebenso anvertrauen wie Phoebes. Du kennst mich wahrscheinlich gut genug, um zu wissen, dass ich eine solche Aussage nicht leichtfertig mache."

Vanderzee schaute zu Phoebe, danach zu Ian, und meinte schließlich: „Du bist ein Mann mit festen Überzeugungen."

„Ja, das ist er", pflichtete Phoebe ihm bei und ergriff erneut Ians Hand.

Danach sagte Vanderzee genau das, was Ian sich erhofft hatte. „Das gefällt mir an dir."

Der zweite Anleger hätte durchaus auf Kuba sein können.

Besonders im Dunkeln.

In einer einsamen Bucht gelegen, weit südlich von Miami, sah er ein bisschen heruntergekommen und überwuchert aus.

Martell hatte sich umgezogen und trug nun Kleidung, die zu einem reichen Ausländer passte: ein hübsches grün-gelbes offenes Hawaiihemd über einem engen Unterhemd und einer Browning im Lederhalfter. Zusätzlich hatte er eine Neun-Millimeter-Waffe – einen Colt, der allerdings mehr zur Zierde war – in den Bund seiner Cargoshorts geschoben. Er war froh über die kurze Hose, zu der er Sandalen trug, nachdem er in der langen Hose im Lagerhaus heftig geschwitzt hatte.

Vor allem, da die Luftfeuchtigkeit sich inzwischen einer Milliarde Prozent annäherte.

Francine und Yashi waren als seine Lakaien verkleidet. Na schön, vielleicht hatte er in seinem Leben schon zu viele Comics und Science-Fiction/Fantasy-Geschichten gelesen, aber es gefiel ihm, Lakaien zu haben. Besonders einen weiblichen, der so gekleidet war wie Francine. Ihr Outfit entsprach einer Mischung aus Lieutenant Starbuck aus der Serie *Kampfstern Galactica* und Buffy aus der achten Staffel, in der sich diejenigen, die von der Scooby Gang noch übrig waren, in eine paramilitärische Hightech-Truppe verwandelten.

Sie stellte ein wandelndes Waffenarsenal dar, mit Pistolenhalftern überall, ganz zu schweigen von ihren muskulösen Armen, die aussahen, als bräuchte sie dafür ebenfalls einen Waffenschein. Sie trug Cargohosen mit Dschungel-Tarnmuster, deren Beine sie in martialisch wirkende Kampfstiefel gestopft hatte. Zusammen mit dem blonden Cheerleader-Pferdeschwanz, ihren sehr weiblichen Brüsten, die von ihrem schlichten olivfarbenen Trägertop betont wurden, sowie einem Mund, der weich und einladend aussah, egal, wie fest sie die Zähne zusammenbiss ...

Kurz, ihr gesamtes Auftreten verfehlte seine Wirkung auf Martell nicht, der sich sofort an ihre Begegnung gestern Abend im Badezimmer erinnerte und sich ausmalte, wie sich dieses Szenario anders hätte entwickeln können.

Da es für ihn nicht viel zu tun gab, außer zu warten, stellte er sich Francine an der einen und Deb in voller Grufti-Montur an seiner anderen Seite vor – eine fähiger und schärfer als die andere ...

„Hilf mir, noch einmal den Lastwagen zu überprüfen."

Martell sah auf und entdeckte Francine über sich, die Hände in die Hüften gestemmt. „Ja, Ma'am."

Sie half ihm hinauf, und er war nicht allzu erstaunt darüber, dass sie ihn mühelos und fast ohne sein Zutun hinaufzog.

„Ich dachte, dafür ist Yashi zuständig", bemerkte er und folgte ihr über den Anleger zurück zur Lichtung, die für den zerbeulten alten Laster, an den der FBI-Agent ein kubanisches Nummernschild geschraubt hatte, gerade groß genug war.

„Das ist er, aber du hast schließlich auch Augen, also nutzen wir sie", entgegnete sie.

„Ich bin mir nicht sicher, wonach ich hier Ausschau halte", sagte Martell, während sie um den Lastwagen gingen.

„Nach allem, was schreit: *Sie sind nicht in Kuba!*"

„Schon klar", erwiderte Martell. „Aber wenn mein Kumpel mit seinem Boot regelmäßig aus Florida vorbeischaut, ist es doch nicht weit hergeholt, dass der Starbucks-Becher auf dem Boden aus einem Carepaket stammt." Doch der Truck war sauber; zumindest gab es keinen Müll, weder drinnen noch draußen. Das Einzige, was auf der Sitzbank lag, waren eine ungeöffnete Kiste kubanischer Zigarren sowie ein Stapel Hörbücher auf Kassetten – ein hübsches Detail, das besagte: *Ja, Sie befinden sich am Ende der Welt.*

„Die Zigarren sind dein Geschenk an Vanderzee", erklärte Francine. „Falls du dich dazu entscheidest, sie ihm zu geben. Hast du dir mittlerweile einen Grund dafür einfallen lassen, dass du unterbesetzt bist?"

Eigentlich hatte Sheldon einer von Martells Lakaien sein sollen. Wegen des Chaos im Lagerhaus war der Holländer ihm jedoch bereits begegnet. Das war einer der Nachteile einer solchen Operation: Wenn es nicht gut lief, fielen die Leute gleich reihenweise aus.

Genau aus diesem Grund hatte Francine im Lagerhaus darauf bestanden, dass Martell den Leinensack auf dem Kopf behielt. Wenn er ihn sich zu früh heruntergezogen und der Holländer ihn gesehen hätte, müsste Yashi Dunns reichen Partner aus dem Ausland spielen. Francine hätte allein die Rolle seiner Armee übernehmen müssen. Es sei denn, Martell hätte sich eine Rastafari-Perücke und eine Sonnenbrille aufgesetzt – aber das wäre viel zu riskant gewesen.

„Yashi hat mir geraten, alles möglichst schlicht zu halten", meinte Martell jetzt. „Ich soll sagen, der Großteil meiner Armee ist unterwegs, um die Gegend zu sichern, damit keiner meiner Nachbarn zufällig auf uns stößt. Außerdem werde ich behaupten, dass ich es für besser halte, wenn nur wenige von meinen Leuten Ian und seine Jacht zu Gesicht bekommen. Bei dieser Operation sind bloß vertrauenswürdige Leute erwünscht."

Sie nickte. „Das ist gut."

„Das ganze Ding ist wie Cosplay für Erwachsene", gab er zurück und stutzte sofort. Cosplay war ein Trend aus Japan, sich wie die Figuren aus Manga-Comics oder Anime-Filmen zu verkleiden. Aber so wie er das formuliert hatte, konnte es missverstanden werden, deshalb fügte er schnell hinzu: „Äh, bestimmt gibt es so etwas wie Cosplay für Erwachsene. Allerdings ist das dann wohl eher etwas anderes … nicht Jugendfreies, und das meinte ich überhaupt nicht …“

„Ich weiß, was du meintest“, unterbrach sie ihn lächelnd. „Ist in Ordnung. Du hast dich bereits als Nicht-Arsch qualifiziert.“

„Na ja, ich kann durchaus ein Arsch sein“, schränkte er ein. „Ist schon vorgekommen. Ehrlich gesagt finde ich es ziemlich merkwürdig, dass du so davon überzeugt zu sein scheinst, ich sei kein …“ Er bemerkte selbst, dass er drauflosplapperte, also wechselte er lieber das Thema. „Was bedeutet das eigentlich für dich, dass Manny tot ist?“

Ihr Lächeln erstarb. „Es bedeutet, dass Davio nicht mehr unter Kontrolle ist.“

„Glaubst du, Berto hat recht mit seiner Theorie, dass Davio Manny irgendwie umgebracht hat, um nach der Macht zu greifen?“

Francine seufzte. „Wenn Davio herausgefunden hat, dass es eine Art Deal gab zwischen Berto und Manny und dass er davon ausgeschlossen war – was ja den Tatsachen entspricht, denn er ist nun mal ein verdammter Irrer –, dann halte ich das durchaus für möglich. Am ehesten trifft es Ian, denn jetzt muss er sich etwas Neues einfallen lassen, um Davio zur Strecke zu bringen.“

„Zum Beispiel, ihn zu töten?“, fragte Martell.

Sie bestätigte es zwar nicht, aber sie verneinte diese Möglichkeit auch nicht. „Dinge, die er vorher nicht tun konnte, weil er Ärger mit Manny befürchten musste. Ärger für uns alle.“

„Oder Davio wegen Vergewaltigung ins Gefängnis zu schicken?“, hakte er nach.

Francine verstand nicht, worauf er hinauswollte.

„Ich habe mich gefragt, weshalb Davio noch immer frei herumläuft, nach dem, was er dir angetan hat“, erklärte Martell. „Sexuelle Straftaten verjähren nicht so schnell …“

„Glaubst du wirklich, ich hätte es nicht mit einer Anzeige versucht?“, schnitt Francine ihm das Wort ab. „Mein Fehler war, dass ich nicht in derselben Nacht noch zur Polizei und ins Krankenhaus gegangen bin. Stattdessen habe ich geduscht und abgewartet – weil ich nicht nachgedacht habe. Ich wollte, dass der

Schmerz aufhört. Als ich mich dann endlich an die Polizei wandte, gab es keine verwertbare DNA mehr, nur meine Prellungen und Platzwunden. Und meine Aussage. Was nicht genug war, denn Davio war vor mir bei der Polizei gewesen. Er hatte behauptet, ich hätte mich mit den falschen Leuten eingelassen, mit Drogen zu tun gehabt und angefangen, ihn zu bestehlen – Geld, Schmuck, Alkohol. Die Kette, die ich immer trug, gehörte meiner Mutter. Der weibliche Detective nahm sie mir weg, um sie Davio zurückzugeben. Sie riet mir, einfach zu verschwinden, da Davio keine Anzeige erstatten wolle. Wenn ich aber weiterhin auf diesen ‚Unsinn' bestünde, würde er wahrscheinlich seine Meinung ändern."

Du lieber Himmel. Martell tat das Einzige, was er tun konnte: Er legte die Arme um sie. „Es tut mir so leid, dass dir das passiert ist." Sie versteifte sich und war unnachgiebig, bis er sie auf den Kopf küsste und sagte: „Es ist so ungerecht und unfair und … du hast etwas Besseres verdient." Das schien sie aufzuwecken, denn auf einmal erwiderte sie die Umarmung, beinah stürmisch sogar, als sei sie schon sehr lange nicht mehr auf diese Weise in den Arm genommen worden.

„He, Leute?"

Yashi kam vom inzwischen blauen Überwachungsvan auf sie zu, der am Ende der Auffahrt geparkt war, sodass der unbefestigte Weg dahinter versperrt war.

„Tut mir ja leid, aber ich brauche euch im Van", fügte Yashi hinzu. „Das heraufziehende Unwetter wird stärker als befürchtet. Die Rückfahrt mit der Jacht wird sich verzögern, und das könnte Probleme bedeuten. Wir haben jetzt Ian auf einer verschlüsselten Verbindung. Er will Ideen für einen möglichen Plan B hören."

„Es gibt viele gute Gründe, warum ein amerikanisches Paar mit seinen Gästen nicht in Kuba mitten in einer Unwetternacht herumspazieren sollte", sagte Aaron im Überwachungsvan gereizt. „Es ist kein kleines Vergehen, wenn man wegen illegalen Aufenthaltes im Land erwischt wird."

Phoebe befand sich an Bord der Jacht und saß auf dem Bett in der Kabine, die sie mit Ian teilte. Er ging auf und ab, während sie über eine gesicherte Verbindung mit den anderen Teammitgliedern sprachen. Deb war bei ihnen und hatte im einzigen Sessel Platz genommen.

Statt sich über Lautsprecher zu unterhalten, lief das Gespräch wegen der lauten Motorengeräusche der Jacht über die Headsets. Auf diese Weise war es auch möglich, relativ leise zu reden.

Vanderzees Kabine war nicht weit entfernt, und Hamori war noch näher, denn er hielt im Gang vor der Tür seines Chefs Wache.

„Aber was ist, wenn es hell wird?“, gab Deb zu bedenken. Sie sah müde aus. „Es wird schwieriger werden, Vanderzee auf der Jacht zu halten. Er ist ja nicht gerade der Typ, der sich an irgendwelche Regeln hält.“

„Wir können die Rückfahrt unmöglich um vierundzwanzig Stunden verschieben“, schaltete Ian sich ein. „Bis morgen Abend zu warten kommt nicht infrage. Wenn wir uns so sehr verspäten, wird er seine Leute informieren wollen. Wie sollen wir ihn telefonieren lassen? Nein, wir müssen so rasch wie möglich zurückfahren.“

Andererseits konnten sie das angebliche Kuba auch nicht nach Tagesanbruch verlassen, denn dann würde klar ersichtlich sein, dass sie nicht in Kuba waren. Der Holländer würde es schnell merken.

Shelly rechnete wie verrückt, um den letztmöglichen Abfahrtstermin zu ermitteln: Es musste nicht nur vor Sonnenaufgang sein, sondern auch vor Beginn der Morgendämmerung, wenn das erste Licht der noch nicht aufgestiegenen Sonne den Horizont bereits erhellte. Phoebe erinnerte das an die schrecklichen mathematischen Gleichungen aus der Schule. Wie in diesen Textaufgaben: *Wenn eine Jacht mit einer Höchstgeschwindigkeit von siebenunddreißig Knoten fährt und die Gesamtfahrtzeit nicht weniger als vier Stunden beträgt …*

„Dann müssen wir ihn eben ablenken“, meldete Francine sich mit klarer, ruhiger Stimme zu Wort. „Ihn irgendwie in seiner Kabine halten.“

„Dafür sorgen, dass er schläft“, schlug Phoebe vor, denn wenn Vanderzees Augen geschlossen waren, würde er natürlich die Sonne nicht sehen können. Und wenn er in seiner Kabine blieb, würde auch Hamori weiterhin in dem Gang ohne Bullaugen Wache halten. „Können wir ihm irgendetwas verabreichen? Zum Beispiel ein Schlafmittel oder auch ein starkes Antihistaminikum, das wir in seinen Drink mixen? Wir könnten extra eine Flasche Wein öffnen, um unsere Abreise zu begießen …“

„Er wird Bescheid wissen“, wandte Ian ein. „Wenn nicht in dem Moment, dann spätestens am nächsten Morgen. Ich würde es jedenfalls merken, wenn man mich betäubt hätte.“

„Ich auch“, sagten Deb und Francine gleichzeitig.

„Er wird aufwachen und sich fragen, was wir zu verbergen haben“, erläuterte Ian. „Und das wäre nicht in unserem Interesse.“

„Dann machen wir es nicht heimlich.“ Phoebe war noch nicht bereit, ihre Idee aufzugeben. „Wegen des Unwetters gibt es hohe Wellen, daher wird es eine raue Überfahrt. Also geben wir ihm so etwas wie Dramamine, das gegen Seekrankheit hilft. Wir erklären ihm, dass er es unbedingt nehmen muss, bevor er seekrank wird, weil es sonst nicht mehr wirkt. Deshalb muss er es vor Beginn der Rückreise schlucken. Ach ja, werden wir anmerken, es macht einen schläfrig.“ Sie sah von Ian zu Deb, doch die beiden schienen wenig beeindruckt zu sein.

„Was ist, wenn er sich weigert, das Mittel zu nehmen?“, gab Deb zu bedenken. „Und abgesehen davon: Haben wir überhaupt ein solches Medikament an Bord, um es ihm zu verabreichen?“

„Ich kann Aaron und Shelly zur Apotheke schicken“, war Yashis Stimme klar und deutlich über das Headset zu hören.

Ian war gegen diesen Vorschlag. „Nein.“

„Davio stellt keine Bedrohung dar, solange er sich in Polizeigewahrsam befindet“, argumentierte Aaron, ebenfalls aus dem Van.

„Vorausgesetzt, das ist nach wie vor der Fall“, wandte Ian ein und marschierte weiter auf und ab. „Selbst wenn er vorübergehend in Polizeigewahrsam ist, bedeutet das nicht, dass seine Leute nicht Miami nach euch beiden absuchen."

„Und nach dir", ergänzte Aaron.

„Aber ich bin nicht in Miami", konterte Ian und massierte sich dabei den Nacken, als hätte er schlimme Kopfschmerzen. „Und du fährst nicht zur Apotheke."

„Dann mache ich es", bot Yashi an.

Martell protestierte sofort: „Wenn Sie nicht rechtzeitig zurück sind, habe ich für meine Sicherheit bloß Francine. Sie ist echt klasse und fähig, aber das ist kaum noch glaubwürdig."

„Möglicherweise gibt es ein Mittel gegen Seekrankheit oder Reiseübelkeit an Bord", meinte Deb. „Ich kann mal nachsehen. Aber noch einmal ..." Sie schüttelte den Kopf. „Das ist ein äußerst riskanter Plan B. Wird Vanderzee das Mittel nehmen? Wird es eine Wirkung haben bei ihm? Nicht jeder schläft davon ein."

„Wir geben ihm eben gleich drei", erwiderte Yashi. „Die werden ganz bestimmt nicht ohne Wirkung bleiben."

„Und was ist, wenn er im Gegenteil sehr empfindlich darauf reagiert?", hielt Deb dagegen. „Sodass er noch schläft, wenn wir in den Hafen einlaufen? Das könnte auch ziemlich unangenehm werden."

„Also beschränken wir uns darauf, ihn abzulenken", meldete Francine sich aus dem Van in einem Ton, der andeutete, dass sie sich ihre Meinung gebildet hatte. „Ich werde auf dem Rückweg mit euch fahren. Wenn wir den Punkt erreicht haben, an dem eine Umkehr nicht mehr möglich ist – das wird kurz vor Sonnenaufgang sein –, bringe ich ein Tablett mit einem Schlummertrunk in Vanderzees Kabine und werde ihm zu verstehen geben, dass ich ein Teil dieser Sonderzustellung bin."

„Auf gar keinen Fall", war Martells aufgebrachte Stimme zu vernehmen, womit er exakt das ausdrückte, was Phoebe dachte.

Francine klang unnachgiebig. „Ich werde dafür sorgen, dass die Jalousien heruntergelassen sind und er nicht aus der Kabine kommt, bis wir sicher auf dem Rückweg Richtung Norden sind. Wir können eine Art Signal verabreden, damit ich nicht länger als nötig bei ihm bleiben muss."

Phoebe schaute zu Ian, der schwieg, aber den Kopf schüttelte, wie sie mit Erleichterung zur Kenntnis nahm.

Doch Deb sah ebenfalls zu Ian und erklärte: „Sie hat recht. Das würde unser Problem lösen. Mit Leichtigkeit. Allerdings sollte ich gehen. Immerhin bin ich sowieso an Bord und … Na ja, genau dafür bin ich gekleidet …"

Yashi ließ sie nicht ausreden und hörte sich an, als ginge sein Puls zur Abwechslung einmal schneller. „Das war *nicht* meine Absicht."

„Meine auch nicht", versicherte Ian ihnen.

„Tut mir leid", warf Martell sich aus dem Van ein. „Aber diskutieren wir hier ernsthaft darüber …?"

„Tja, Vanderzee hat mir bereits klar zu verstehen gegeben, dass er ein äußerst großzügiger Trinkgeldgeber sein kann", berichtete Deb. „Wie hat er das formuliert? Wenn ich mich um seine persönlichen Bedürfnisse kümmere."

„Oh, igitt, ehrlich?", fragte Phoebe und fügte, nachdem Deb es bestätigt hatte, hinzu: „Das ist absolut nicht in Ordnung."

„Aber es könnte unsere einzige Chance sein", gab Deb zu bedenken. „Und ich sollte wirklich diejenige sein, die es macht. Schließlich erwartet er, dass ich an seine Tür klopfe. Hinzu kommt, dass ich im Gegensatz zu Francine momentan keine Beziehung habe."

„He, Moment mal", rief Martell, während im Hintergrund auch Yashi zu hören war.

„Es gefällt mir trotzdem nicht", sagte Ian, alle anderen übertönend. „Phoebe hat vollkommen recht, es ist nicht in Ordnung."

„Ja, ja, als hättest du Sex noch nie zur Ablenkung eingesetzt", erwiderte Francine leicht angewidert. „Wenn das Wetter nicht noch aufklart, ist das unsere einzige realistische Option, und das weißt du genau. Deb hat sich angeboten. Sie ist erwachsen, und sie ist bereit, es zu tun. Ich bin mir ziemlich sicher, es wäre nicht ihr erstes Mal."

Du lieber Himmel. Phoebe betrachtete Deb, die ihre Schuhe musterte und zustimmend nickte. Dies wäre vielleicht nicht ihr erstes Mal; das hieß jedoch nicht, dass es sie nicht anekeln würde. Jede einzelne abartige Sekunde davon.

„Shelly, welche letztmögliche Abfahrtszeit hast du errechnet?", erkundigte Ian sich.

„Ich überprüfe es gerade noch einmal", antwortete Shel und klang ein wenig vage und abgelenkt. „Es müsste so gegen … vier Uhr siebzehn sein."

„Dann hoffen wir einfach, dass das Wetter früher als vierhundertsiebzehn aufklart", meinte Ian.

Der Regen hatte gerade eingesetzt, als die *Lady Mysterious* am Anleger festmachte.

Martell ging an Bord, wo ein Durcheinander an Begrüßungen und Vorstellungen folgte, während die Ladung bereits in den alten zerbeulten Lastwagen geschafft wurde.

„Ich fühle mich schlecht, weil wir nicht helfen können", sagte Shel.

„Ich nicht", gab Aaron zurück. Er und Shelly saßen im Überwachungsvan fest und lauschten dem Trommeln des Regens, der Yashi und Francine durchnässte, die draußen waren, im angeblichen Kuba.

Nachdem die Jacht vom ersten Anleger abgefahren war, hatte Aaron Shellys ansehnliche Sammlung an Platzwunden und Kratzern versorgt. Am übelsten hatte eine Wunde über der Braue ausgesehen, die vermutlich genäht werden müsste. Da keine chirurgische Versorgung möglich gewesen war, hatte Aaron sich so gut wie möglich mit einem Klammerpflaster beholfen, während er im Stillen dankbar dafür gewesen war, das Shel nur Stein- und Glassplitter abbekommen hatte, keine Kugeln.

Trotzdem hätte es höllisch gebrannt, wenn er jetzt in den Regen hinausgemusst hätte zu Francine und Yashi. Allerdings wäre dadurch eine neue Stimmungsnuance zu der grimmigen Verzweiflung hinzugekommen, die die beiden durch die „Crew" der Jacht auszuhalten hatten.

Martell schüttelte den Regen ab und gab sich charmant wie

eh und je, als er den Holländer mit der Kiste Zigarren in der Hand begrüßte.

In den Überwachungsvan wurden sowohl die Kamerabilder als auch der Ton übertragen, sodass Aaron und Sheldon verfolgen konnten, wie Martell seine unsichtbare Armee erklärte, die angeblich irgendwo im dunklen Dschungel lauerte. Seine Leute würden die Ladung auf der nächsten Etappe ihrer Reise schützen.

Vanderzee war neugierig und wollte mehr darüber erfahren. Aaron konnte es dem Mann deutlich ansehen.

Shel erkannte es ebenfalls. „Komm schon, Baby, beiß an ...“, murmelte er.

Das tat Vanderzee, indem er fragte: „Wohin genau geht die Ladung denn von hier aus?“

„Das ist ein Geheimnis“, antwortete Martell freundlich lächelnd. „Grob gesagt wird sie mit einem meiner Lastwagen zu einer meiner Start- und Landebahnen gebracht, wo bereits ein Jet wartet. Der fliegt von hier nach ... sagen wir, Nordafrika, wo der Käufer die Ladung übernimmt und den Rest seiner Rechnung begleicht. Die Hälfte im Voraus, die andere Hälfte beim Empfang der Ware.“

„Bringen Sie auch Fracht aus den USA heraus?“, wollte Vanderzee wissen. „Zum Beispiel die eines Interessenten, der seinen eigenen Jet auf Ihrem Rollfeld landen lassen möchte und Sie dort bezahlt?“

Martells Grinsen wurde breiter. „Sehr gern sogar, denn es würde die Sache für uns erheblich leichter machen.“ An diesem Punkt wandte er sich an Ian, und Aaron verzog das Gesicht, denn jetzt klang er, als sage er gelernten Text auf. „Ich nehme an, Ihre Leute haben Sie darüber informiert, dass wir schlechtes Wetter bekommen. Es braut sich vor der Küste zusammen und wird unsere Abreise um einige Stunden verzögern. Tut mir leid.“

Ians Lächeln überspielte sein Entsetzen darüber, dass Martell sich plötzlich anhörte wie ein Schauspieler in einem schlechten Porno. Es kaschierte außerdem seine Bestürzung darüber, dass Deb sich um der Mission willen prostituieren wollte. „Wenn wir das Wetter beherrschen könnten, müssten wir nicht mehr arbeiten", meinte Ian leichthin.

„Da wir nun etwas mehr Zeit haben, würde ich sehr gern Ihr Rollfeld sehen", erklärte der Holländer. „Und vielleicht auch Ihr Haus."

Martell erstarrte.

„Komm schon", murmelte Aaron. „Es gibt genug Gründe, warum das nicht möglich ist. Das kann doch nicht so schwer sein."

Es war Phoebe, die ihn rettete, indem sie vortrat und verkündete: „Oh, bitte nicht. Martell wohnt in der Nähe seiner Startbahn. Es ist zwar ein reizendes Haus …" Sie wandte sich an Martell: „Du weißt ja, ich liebe dich sehr, Darling, aber die Tour dorthin, vier Stunden lang …" Sie sah wieder Vanderzee an. „Die Fahrt dauert vier Stunden bei gutem Wetter. Bei Regen brauchen wir sechs. Den ganzen Weg rauf in die Berge, auf tückischen Straßen – nein danke. Ian und ich bleiben jedenfalls hier."

„Wow, sie ist echt gut", murmelte Shel.

„Jap", bestätigte Aaron, während Ian sich nun zu Wort meldete.

„Es wird aufgeklart haben, lange bevor wir zurück sein können", erklärte er dem Holländer mit genau dem richtigen Maß an Bedauern in der Stimme. „Ein andermal vielleicht."

„Ja, gern", antwortete Vanderzee, dessen Blick bereits auf Deb ruhte, die mit einem Tablett mit Kaffeebechern und Whiskygläsern hereingekommen war.

„*Das* ist überhaupt nicht gruselig", meinte Sheldon.

„Stell dir vor, du wärst Deb", entgegnete Aaron, und als Shel ihm in die Augen sah, empfand er Dankbarkeit. „Ich bin übrigens sehr froh, dass du nicht tot bist."

Shelly erwiderte sein Lächeln, ehe er seine Aufmerksamkeit wieder auf den Monitor richtete. „Darüber bin ich auch ziemlich froh."

Phoebe spielte die Gastgeberin, indem sie alle in das Wohnzimmer der Jacht führte und sie aufforderte, doch bitte Platz zu nehmen.

Ian setzte sich und zog sie auf seinen Schoß. Sie strich ihm die Haare aus dem Gesicht, bevor sie ihn zärtlich küsste.

„Eee ist verliebt in sie", erklärte Aaron Shel, der zustimmend nickte. „Aber pass mal auf. Zehn zu eins, dass er es wieder versaut."

Während Deb den Kaffee servierte, versuchte Martell Blickkontakt zu ihr aufzunehmen. Er saß im Wohnzimmer der Luxusjacht in der Gesellschaft Ians, Phoebes und des pädophilen Serienkillers, mit dem Deb möglicherweise schlafen würde, um die Operation zu retten.

Seine Fassungslosigkeit und seine Missbilligung mussten ihm deutlich anzumerken sein: Wie konnte sie auch nur in Erwägung ziehen, Sex mit diesem ekelhaften Widerling zu haben? Sie mied Martells Blick, als sie mit dem Tablett vor ihm stand – selbst als er sich viel Zeit dabei nahm, einen Löffel Zucker nach dem anderen in seinen Kaffee zu schaufeln. Irgendwann ging sie einfach weiter und ließ ihn mit dem Löffel in der Hand zurück, während sie einen neuen Löffel in die Zuckerdose steckte.

Anscheinend sah sie ihn absichtlich nicht an.

Und als Francine hereinkam, tropfnass und mit dem Geldkoffer, gab Ian Deb ein Zeichen, sie solle gehen. Sie gehorchte und schaute erneut an Martell vorbei, auf einen entfernten Punkt an der Wand.

Unterdessen betrachtete Ian demonstrativ den Holländer, als erwarte er, dass dieser seinem Bodyguard ebenfalls Adieu sagte, ganz nach dem Motto: *Jetzt wird's privat.* Was auch immer.

Tatsächlich schlurfte der Bodyguard aus dem Raum, genau wie Francine, die wieder nach draußen ging, um weiter dabei zu helfen, die Kartons im strömenden Regen aus dem Boot zu hieven.

Im Gegensatz zu Deb sah Francine Martell durchaus mit ihren etwas unheimlichen blassen Augen an. Sie nickte kaum merklich, als sie an ihm vorbeilief und die Tür fest hinter sich schloss. Ihm kam ein sehr unchristlicher Gedanke: Wenn jemand in der Lage war, die Zähne zusammenzubeißen und den Sex mit einem

Psychopathen zum Wohl des Teams zu überstehen, dann war sie es. Womöglich war es eher der Holländer, der die Strafe nicht überstehen würde, die Francine ihm zweifellos verabreichen konnte.

Aber nun starrten ihn alle erwartungsvoll an, da er den Geldkoffer hatte. Martell räusperte sich und zwang sich zu einem Lächeln, ehe er das verdammte Ding Ian präsentierte – ta-da!

Ian kam ihm auf halbem Weg entgegen und schob Phoebe von seinem Schoß. Er nahm den offensichtlich verdammt schweren Aktenkoffer, trug ihn zu einem Tisch und ließ dort mit einem Klicken die beiden Schlösser aufschnappen. Ja, da war es. Lauter Reihen mit sauber gestapelten Banknoten. Ian sorgte dafür, dass Vanderzee sich das ausgiebig anschauen konnte. Er holte das Geldbündel mit den Zwanzigtausend heraus, um das er gebeten hatte. In diesem Bündel befand sich kein Zeitungspapier. Martell hatte es zweimal überprüft und sogar daran gerochen, um ganz sicherzugehen.

„Ich weiß deine Arbeit zu schätzen und die Mühen, die du auf dich genommen hast", sagte Ian zu Vanderzee und überreichte ihm schwungvoll die Scheine. „Zwar haben wir auf deinen Kontakt nicht zurückgegriffen, aber letztlich war es reines Glück, dass Martells Mann sich doch noch entschlossen hat."

„Es kam völlig unerwartet", pflichtete Martell ihm bei, während der Holländer seine Begeisterung zu bremsen versuchte, als er das Geld zählte. „Ich dachte schon, wir wären am Arsch. Es ist gut zu wissen, dass wir eine alternative Lösung gehabt hätten. Außerdem ist es immer gut, neue Freunde zu gewinnen." Er hob die Brauen und wandte sich an Ian: „Kriegst du diese Irren in Miami wieder in den Griff? Beendest du das Drama ein für alle Mal?"

„Ja, das werde ich", erwiderte Ian und fügte hinzu: „Ich möchte mich nochmals entschuldigen für dieses ... *Drama.*"

„Das Problem wurde ja schnell und entschlossen angegangen", meinte Vanderzee mit einem, wie er vermutlich glaubte, gnädigen Kopfnicken, während er das Geldbündel einsteckte.

Es folgte ein Moment des Schweigens, dann sah Martell zu Ian. Es war höchst unwahrscheinlich, dass der Holländer hier und jetzt damit herausrücken würde, dass er diese entführten Kinder aus Miami wegschaffen musste. Als Ian nickte, stand Martell daher auf. „Tja, ich mache mich mal besser auf den Weg", verkündete er. „Sechs Stunden bis nach Hause."

„Vielleicht hört der Regen ja auf, und du schaffst es in vier", warf Phoebe ein und erhob sich ebenfalls, um ihm einen Abschiedskuss zu geben. Ihre Lippen fühlten sich auf seiner Wange kühl an.

Martell beneidete sie nicht darum, noch eine unbestimmte Zeit mit diesem gruseligen Typen und seinem Lakaien verbringen zu müssen.

„Bevor Sie aufbrechen", begann der Holländer, und alle wandten sich ihm zu.

Phoebe, die ein wahnsinniges Gespür für diese Schauspielerei besaß, reagierte sofort, indem sie förmlich auf Ian zuschwebte, ihm den Geldkoffer abnahm und sagte: „Den bringe ich in unsere Kabine und schließe ihn in den Safe." Dann setzte sie hinzu: „Die Gentlemen können sich inzwischen ein bisschen geschäftlich unterhalten."

Damit verließ sie schwungvoll den Raum und schloss die Tür hinter sich.

Vanderzee räusperte sich. „Ich habe einen Freund, der eine äußerst wichtige Ladung aus Miami wegbringen muss. Es handelt sich um eine ganz besondere Fracht, die sehr spezielle Anforderungen stellt."

Ein Freund. Der Kerl sollte einen Freund haben? Würde es wirklich auf diese Weise ablaufen? Martell brachte zunächst kein Wort heraus, aus Angst, er müsste lachen oder sich übergeben, als er sich unwillkürlich erneut diese Kreatur mit Deb zusammen vorstellte. Glücklicherweise musste er gar nicht sprechen, denn Ian verhielt sich wie der Profi, der er war.

„Du hast die Jacht gesehen", meinte Ian. „Glaubst du, wir könnten den Anforderungen dieser Fracht genügen?"

„Ja, das glaube ich", antwortete Vanderzee.

„Darf ich nach dem Wert fragen?“, erkundigte Ian sich. „Womöglich lohnt sich das Geschäft für deinen … Freund nicht. Da wären die Summen, die erforderlich sind, damit die Polizei wegschaut. Wir bräuchten mindestens eine Million. Mehr, wenn die Fracht … hm, sagen wir, atmet. Das macht den Transport viel gefährlicher.“

Der Holländer zuckte nicht mit der Wimper, also riss Martell sich ebenfalls zusammen. „Die Fracht wird in Kisten verpackt sein. Gekennzeichnet als antike Möbel.“

„Was auch draufstehen mag: Bei großen zeitlichen Verzögerungen, die es nun mal geben kann, könnte die Sache schnell kompliziert werden“, gab Ian zu bedenken.

„Der Zustand, in dem die Ladung ihr Ziel erreicht, ist nicht entscheidend“, erklärte Vanderzee. Seine Worte ließen den anderen das Blut in den Adern gefrieren. Dieser Kerl gab ihnen gerade zu verstehen, dass es seinem Klienten – dem Vater dieser Kinder – mehr oder weniger egal war, ob die Kinder tot oder lebendig in seinem Palast eintrafen. Mit anderen Worten: Ihm ging es lediglich darum, sie seiner Exfrau wegzunehmen. Er hatte sie gekidnappt, um ihre Mutter zu bestrafen, und nicht aus – fehlgeleiteter – Vaterliebe. „Allerdings hat der Zustand Auswirkungen auf die Zahlung meines Freundes. Der Betrag variiert jedoch nur um eine Million. Wenn du bereit bist, das aufzuteilen, um die sichere Ankunft der Ware zu gewährleisten …“

„Wir reden also über anderthalb Millionen“, stellte Ian fest und sah zu Martell, als brauche er dessen Zustimmung. „Immer vorausgesetzt, die Fracht kommt lebend ans Ziel. Eine glatte Million, wenn nicht.“

Martell wählte seine Buddha-Miene als Antwort, die Ian natürlich als ein Ja interpretierte.

„Ich denke, darauf können wir uns einigen.“ Ian beendete das Gespräch, indem er sich erhob. „Sprich mit deinem Freund und gib uns Bescheid. Lass dir Zeit, es besteht kein Grund zur Eile. Ich gehe nirgendwohin.“ Er schüttelte Martell die Hand. „Und du, mein Freund, bringst besser deine aktuelle Fracht sicher heim.“

Vanderzee stand auch auf.

Im Stillen flehte Martell, dem Psychopathen nicht die Hand schütteln zu müssen … Vergeblich. Vanderzee nahm seine Hand.

Doch anschließend konnte Martell gehen – im Gegensatz zu Ian, Phoebe und Deb. Genau genommen musste er gehen. Er zögerte den Aufbruch noch hinaus, um nach Deb Ausschau zu halten, die er jedoch nirgends entdecken konnte. Dafür wartete Francine auf ihn, und ihm blieb nichts anderes übrig, als ihr hinaus in den Regen zu folgen und über den Anleger hastig zum Lastwagen zu laufen. Martell überließ ihr den Platz hinter dem Lenkrad und stieg auf der Beifahrerseite ein. Er schüttelte sich das Wasser vom Hemd und versuchte, seine Hand am Hosenbein abzuwischen.

„So viel Seife gibt's gar nicht auf der Welt", erklärte er.

Sie warf ihm einen amüsierten Blick zu. „Glaub mir, ich kenne das Gefühl."

Auf einmal sah er ein trauriges Bild von Francine vor sich. Jünger. Verletzlich. Zuerst mit Davio. Dann, ein zweites Mal der Demütigung ausgesetzt, als ihr die Skepsis der Polizistin entgegengeschlagen war.

Francine lenkte das Fahrzeug über den unbefestigten Weg, fort vom Anleger und in Richtung des Überwachungsvans, der bis zur Abfahrt der Jacht an seinem jetzigen Standort bleiben würde. Schließlich sagte sie: „Ich hoffe, das Wetter klart auf."

Martell nickte. „Ich auch."

Das Wetter klarte wirklich auf.

Das Unwetter zog weit genug nach Westen ab, sodass sie um kurz vor vier Uhr morgens ablegen konnten.

Phoebe war noch wach, als Ian in die Kabine kam, um ihr die Nachricht zu überbringen. Er war die ganze Zeit oben auf der Brücke gewesen, wo er anscheinend versucht hatte, das Wetter mit seinen Gedanken zu beeinflussen. Jetzt brauchte er dringend Schlaf.

Er zerrte sich die Kleider vom Leib und kroch ins Bett, wo er Phoebe an sich zog. Sie spürte deutlich seine von der Besorgnis herrührende Anspannung.

Phoebe hatte ihm kein bisschen geholfen. Nachdem Martell die Jacht verlassen hatte, war Vanderzee in seiner Kabine verschwunden, um sich hinzulegen. Ian war in ihre Kabine gekommen und hatte Phoebe geraten, dasselbe zu tun.

Sie hatte nicht anders gekonnt, als ihm weitere mögliche Lösungsvorschläge zu unterbreiten. „Wenn er schläft, weiß er nicht genau, wann wir aufgebrochen sind. Wir können ihm erzählen, wir seien schon Stunden unterwegs."

Seufzend hatte Ian sich auf die Bettkante gesetzt. „Hamori wird es wissen. Es sei denn, er glaubt, dass wir den Tarnkappen-Modus für die Maschine verwenden."

Na schön, das würde also nicht funktionieren. Trotzdem …

„Hamori kann doch nicht aus dem Fenster sehen", argumentierte Phoebe. „Wieso legen wir nicht einfach ab und fahren diese Bucht rauf und runter?"

„Und wenn Vanderzee aufwacht und aus dem Bullauge schaut?" Ian ließ sich rückwärts auf die Matratze sinken, die Füße nach wie vor auf dem Boden. „Es könnte passieren, und wir würden es nicht erfahren. Er würde auf Nimmerwiedersehen verschwinden – mit den Zwanzigtausend und den Kindern. Um seine Verluste in Grenzen zu halten, würde er die Kinder umbringen. So wären sie leichter zu verschiffen. Dadurch würde er bloß eine Million verlieren."

Das war ein schrecklicher Gedanke. Dennoch sagte sie: „Und Deb? Ich will nicht, dass sie das macht."

„Du würdest aber nicht die Kinder opfern, um es ihr zu ersparen, oder?"

„Eine solche Frage ist nicht fair."

Ian seufzte erneut. „Ich weiß."

„Würdest du zulassen, dass ich es tue?", wollte sie wissen.

Seine Antwort kam prompt. „Nein."

„Dann …"

„Sie ist eine ausgebildete Agentin", erklärte er und setzte sich wieder auf. „Du nicht. Sie ist bereit, es zu tun, für die Operation …"

„Du hast die Verantwortung", konterte Phoebe.

„Ja, stimmt", räumte Ian ein. „Ich würde es sie auch nicht tun lassen, wenn sie es nicht wollte."

„Sie will es nicht wirklich", hatte sie ihm versichert.

„Doch, Phoebe", hatte Ian widersprochen und war aufgestanden. „Sie will es. Jedenfalls will sie es mehr, als Dr. Vaszko gegenüberzutreten und ihr erklären zu müssen, dass wir ihre Kinder verloren haben. Heiliger Strohsack! Meinst du nicht, mir ist das genauso zuwider wie dir?"

Er hatte dagestanden und sie in sein Herz und seine Seele blicken lassen. Dann war er gegangen, um auf der Brücke das Radar zu beobachten, nicht ohne ihr vorher das Versprechen abzunehmen, die Tür hinter ihm gut abzuschließen.

„Du hattest recht", flüsterte Phoebe ihm jetzt ins Ohr. „Deb sollte ihre eigene Entscheidung treffen, was wichtiger ist. Ich musste nur dauernd daran denken, dass es vielleicht irgendeine andere Lösung gibt, die wir bisher übersehen haben."

„Ich weiß." Ian küsste ihre Schläfe.

„Ich lag hier wach und fragte mich, ob ich womöglich eine Sexistin bin", flüsterte sie. „Einerseits ist es ganz okay, wenn James Bond so etwas macht: mit jemandem zu schlafen, um an einen Geheimcode zu gelangen. Aber dann wurde mir klar, dass ich James Bond überhaupt nicht mag, und zwar genau aus diesem Grund."

Ians Atem streifte ihr Haar, und sie spürte ihn warm auf ihrem Gesicht in der Dunkelheit der Kabine. „Frag mich einfach."

Sie war sich nicht sicher, was sie wissen wollte. Hatte er jemals ...? Würde er je ...? Machte er gerade das Beste aus einer vertrackten Situation; hatte er bloß Sex mit ihr, um sie zu kontrollieren?

Doch während ihres Zögerns waren seine Atemzüge gleichmäßig geworden. Er war eingeschlafen.

Also schloss Phoebe ebenfalls die Augen. Und sie war sich nach wie vor der Tatsache bewusst, dass mit jeder weiteren Stunde ihre Zeit mit diesem Mann ablief.

Nachdem die Jacht endlich das falsche Kuba verlassen hatte, fuhr der Überwachungsvan zu dem anderen Anleger.

Den Insassen blieb nichts anderes zu tun, als irgendwie vier Stunden herumzubringen.

Francine hatte den Platz unter der Konsole hinten im Wagen für sich beansprucht, indem sie sich dort zusammengerollt hatte. Seit einer Weile schlief sie.

Martell saß vorn neben Yashi, der den Van fuhr. Shel arbeitete noch immer am Computer, und Aaron hatte auf der Rückbank Platz genommen.

Martell merkte Yashi die Erschöpfung an. Er hatte schwer damit zu kämpfen, wach zu bleiben.

Daher meinte Martell irgendwann: „Gott sei Dank, was?" Er wollte Yashi durch eine Unterhaltung wach halten.

„Ich bin froh, dass wir die nächste Phase eingeleitet haben", erwiderte Yashi.

„Nein, ich meinte Deb. Macht sie das wirklich?"

Yashi sah ihn kurz an. „Sie ist sehr engagiert."

„Das ist nicht engagiert", konterte Martell. „Das ist kaputt."

Yashi schwieg.

„Ich dachte, Sie und Deb wären … Na, Sie wissen schon."

Offenbar wusste Yashi wirklich, wovon er sprach, doch er antwortete knapp: „Nein."

„Und Sie wollten Deb nie …?"

Misstrauisch wartete Yashi darauf, mit welchem Verb Martell den Satz wohl beenden würde.

Vögeln. Das sprach er natürlich nicht aus, da er wusste, dass eine solche Respektlosigkeit ihm Ärger einbringen konnte. Er würde ja nicht anders reagieren, wenn das jemand zu ihm über Deb sagen würde.

Stattdessen probierte er es anders. „In ein flauschiges Handtuch wickeln und sie beschützen? Dafür sorgen, dass sie diesen Mist nicht tun muss – mit einem kranken Psychofreak Sex zu haben?"

Yashi zuckte die Schultern. „Wozu? Sie ist tougher und klüger als wir beide, und sie ist sehr gut in ihrem Job. Die meiste Zeit über sorgt sie für meine Sicherheit."

Martell ließ nicht locker. „Und Sie haben nie mit ihr geschlafen, nicht mal versehentlich?"

Das brachte ihm ein erneutes Stirnrunzeln ein. „Wie soll so etwas denn *versehentlich* passieren?“

„Keine Ahnung“, räumte Martell ein. „Ich habe schon sehr merkwürdige Dinge erlebt. Immerhin sind Sie rund um die Uhr mit ihr zusammen.“

Yashi schüttelte nur den Kopf.

Da klar war, dass er nicht mehr preisgeben würde, fragte Martell: „Wie sieht die nächste Phase der Operation aus? Die Jacht kehrt zurück an den Anleger, der Holländer und Hamori bekommen ihre Handys zurück, nehmen die zwanzig Riesen mit und fahren nach Hause.“

Selbstverständlich hatte er die weitere Planung mit angehört, daher wusste er, dass am Anleger ein Mietwagen warten würde, der Vanderzee nach Hause brachte. Ian wollte ihn nicht fahren. Der Grund dafür war nicht nur, dass Ian mal wieder Luft einatmen wollte, die nicht den Hauch des Bösen enthielt, das dieser Mann verbreitete. Es gehörte vielmehr zu diesem psychologischen Spiel, bei dem es galt, Vertrauen aufzubauen und zu stärken – zum Beispiel, indem der Holländer mit seinem Geld davonfahren durfte.

Frei nach dem Motto: *Wenn du etwas liebst, lass es frei.* Bloß dass es in diesem Fall kaum etwas mit Liebe zu tun hatte. Hier ging es um Gier.

„Sobald Vanderzee zu Hause ist, wird er seine Nachrichten checken“, erklärte Yashi. „Er wird erfahren, dass Dr. Lusa Vaszkos Name auf der Passagierliste eines Flugzeugs steht, das von Miami nach Rom fliegt.“

„Aber das macht sie nicht wirklich“, sagte Martell.

„Nein. Ian will Vanderzee nur glauben machen, dass sowohl Dr. Vaszko als auch die US-Behörden davon ausgehen, die Kinder hätten das Land bereits verlassen und seien in Kazbekistan“, erläuterte Yashi. „Es geht darum, Vanderzee davon zu überzeugen, dass er weniger unter Beobachtung steht und nicht überprüft wird. Er soll das Gefühl haben, dies sei der richtige Zeitpunkt, um die Kids fortzuschaffen.“

Genau dann würde Ian den Holländer alarmiert anrufen und ihm verkünden, er habe gerade erfahren, dass Berto seinen Verletzungen erlegen sei und dass Davio ihm deswegen noch mehr im Nacken sitze. Die Bedrohung sei für Ian so ernst, dass er und Phoebe Vorkehrungen träfen, sofort das Land zu verlassen, und zwar über ihre bewährte Route nach Kuba.

Damit würde Vanderzee unter Zugzwang stehen: Er könnte die „spezielle Fracht" seines „Freundes" nun entweder sofort mit Dunns Luxusjacht transportieren oder gar nicht.

An diesem Punkt würde Ian Bertos großen und sicher wirkenden Lastwagen nehmen und die Frachtkisten abholen, vermutlich vom kazbekischen Konsulat. Ian und sein Bruder würden die Kisten aufladen, die Türen schließen, zum Abschied noch einmal winken und statt zur Jacht zum FBI-Hauptquartier fahren, wo Dr. Mommy sie schon erwartete.

Schachmatt, du Scheißkerl.

„Der Holländer wird ziemlich sauer sein, wenn der Staub sich erst einmal gelegt hat", gab Martell zu bedenken.

„Nachdem wir den Beweis dafür haben, dass er an diesem Verbrechen beteiligt war – nämlich in Gestalt der vermissten Kinder in den Kisten –, wird er abgeschoben. Für immer."

„Er kommt nicht ins Gefängnis?"

„Man kann nicht alles haben", meinte Yashi, während sie durch die Nacht fuhren.

25. KAPITEL

Phoebe verschlief alles.

Die erneute Ankunft am Anleger.

Vanderzees Abfahrt in einem bereits wartenden Wagen, der ihn nach Hause bringen sollte.

Wie Ian und die Männer im Überwachungsvan sich abklatschten, wie er dem Team Martell, Deb und dem Kapitän der Jacht für ihre gute Arbeit dankte.

Phoebe schlief auch noch, während Ian duschte. Sie wachte nicht einmal auf, als er ihr das Frühstück ans Bett brachte.

Erst später am Vormittag – allerdings nicht allzu viel später, da alles sehr schnell zu gehen schien – weckte er sie, indem er sanft an ihrer Schulter rüttelte.

Sie öffnete die Augen, und da saß er neben ihr, bereits angezogen, ein Hinweis darauf, dass er seit Stunden auf den Beinen war.

„He", meinte er und lächelte mit seinem ganzen Sein, nicht nur mit dem Gesicht, dem Mund, den Augen.

Phoebe erwiderte sein Lächeln, es war auch unmöglich, das nicht zu tun. „Hallo." Dann richtete sie sich rasch auf. „O nein! Vanderzee!" Sie schlug die Decke zurück und wollte unter die Dusche stürzen.

„Ist schon gut", sagte Ian und hielt sie am Arm fest. „Alles in Ordnung. Er ist weg. Er lässt dir seinen Dank ausrichten für eine wunderbare blablabla." Ian hob seine Stimme ein wenig und fügte in nasalem Ton und mit dem Hauch eines nordeuropäischen Akzents hinzu: „Blödsinn, Blödsinn, Blödsinn."

Sie lachte und zog die Decke wie einen Schutzschild wieder um sich, denn er klang nicht nur wie der Holländer, sondern hatte auch den gleichen Ausdruck in den Augen. „Das war eine sehr gute Imitation."

„Ich weiß." Sein frohes Lächeln vertrieb alle Reste des Bösen. „Freut mich, dass du es gemerkt hast. So viele meiner Talente kommen überhaupt nicht zur Geltung."

Das bezweifelte Phoebe ernsthaft. Sie musste lachen, noch während sie nachfragte: „Ist er echt schon weg?" Erneut schlug sie die Decke zurück. Diesmal stand sie tatsächlich auf und ging ins Bad.

„Ja, er ist weg“, rief er ihr hinterher. „Er fuhr in einem Wagen davon, den wir ihm besorgt haben. Deshalb können wir seine Spur verfolgen. Er hat nirgendwo angehalten oder einen Umweg gemacht. Jetzt ist er fast zu Hause.“

„Dem Himmel sei Dank. Ich hatte schon befürchtet, Wangenküsschen andeuten zu müssen, wobei er die nicht angedeutet hätte, und dann hätte ich wieder duschen und mein Gesicht schrubben müssen.“ Sie errötete und wusch sich die Hände. Danach schnappte sie sich ihre Zahnbürste und schaute zur Badezimmertür hinaus zu Ian.

Er saß zurückgelehnt auf dem Bett und wirkte entspannt. Wirklich entspannt, und als ihr klar wurde, weshalb, empfand sie tiefe Erleichterung.

„Deb geht es sicher auch gut“, fügte sie hinzu und sprach damit ihre Vermutung laut aus. Sie stand im Türrahmen, während sie sich die Zähne putzte. „Bestimmt ist sie überglücklich, weil sie es diesem Kinderschänder nicht besorgen musste. Nur damit du es weißt: Ich werde mich deswegen noch eine ganze Weile schütteln, sobald ich daran denke. Wahrscheinlich noch jahrelang.“

„Mich schüttelt's auch.“ Ian konnte ihre Abscheu nachvollziehen – und ganz offensichtlich gefiel ihm, dass Phoebe dabei nackt war. Sie ging zurück ans Waschbecken, um sich den Mund auszuspülen. „Aber verrate es niemandem. Ich will meinen Ruf als herzloses Arschloch nicht ruinieren.“

Phoebe stellte ihre Zahnbürste nicht wieder in die Halterung an der Wand, sondern verstaute sie in ihrem eleganten Kulturbeutel – einer Plastiktüte aus dem Lebensmittelmarkt. Irgendwann heute würden sie packen und abreisen, damit die FBI-Leute die *Lady Mysterious* dem Jachtverleih zurückgeben konnten.

„Befinden wir uns im Wartemodus?“, fragte Phoebe, nachdem sie zu Ian zurückgekehrt war. Nachdem sie ihren Morgenatem beseitigt hatte, hinderte sie nichts mehr daran, sich ihm zu nähern. Sie rutschte rittlings auf seinen Schoß und drückte ihn herunter aufs Bett, damit sie ihn küssen konnte.

Seine Hände glitten an ihrem nackten Rücken hinauf, und als sie den Kuss leidenschaftlich vertiefte, seufzte er und brachte auf erregende Weise seine Zunge ins Spiel.

„Hm", machte sie plötzlich und hob den Kopf. „Kaffee."

„Ich habe dir welchen mitgebracht", erklärte er. „Er steht auf dem Tisch. Denn leider befinden wir uns nicht in Wartestellung. Vanderzee hat bereits angerufen. Wir brechen auf."

Phoebe richtete sich auf. „Im Ernst?" Seine Augen verrieten ihr jedoch, dass es ihm absolut ernst damit war. Dennoch wirkte er nach wie vor entspannt und erleichtert. „Also endet es heute?"

Ihr wurde klar, dass sie damit nicht nur die Befreiung der sicherlich traumatisierten Kinder meinte, für die diese Geschichte niemals ganz ausgestanden sein würde. Die Erinnerungen an die Angst würde sie vermutlich ewig begleiten.

Und Phoebe würde sich für immer an diese Zeit mit Ian erinnern.

Die – tatsächlich, er nickte – heute zu Ende gehen würde.

„Ich werde dich hier zurücklassen", meinte er. „Zusammen mit Captain Bob. Wenn du fertig zum Aufbruch bist, wird er dich zum sicheren Unterschlupf zurückbringen. Er bleibt bei dir, bis die Sache vorbei ist. Rory, Johnny Murray und sein Sohn werden auch dort sein. Das Haus wird vom FBI bewacht. Nachdem wir jetzt Gewissheit darüber haben, dass wir nicht gesetzwidrig in das Konsulat eindringen, haben wir sofort Verstärkung bekommen. Du wirst in Sicherheit sein."

„Um Himmels willen", sagte sie. „Du gehst … jetzt!" Dies war also der Abschied.

Er nickte, und da erinnerte sie sich daran, dass sie vollkommen nackt war und er nicht. Trotzdem schien sie sich nicht von der Stelle rühren zu können.

„Ich wünschte, ich müsste nicht fort", versicherte er ihr. „Aber alles geht nun sehr schnell. Ich muss den Lastwagen holen und den Rest des Teams zusammentrommeln, damit jeder seine Position einnimmt."

„Ich will im Überwachungsvan dabei sein", sagte sie.

Ian schüttelte bereits den Kopf, schob sich behutsam unter ihr hervor und stand auf. „Das hat keinen Sinn", antwortete er nicht unfreundlich. „Es gibt nichts mehr zu tun für dich. Du würdest nur Platz wegnehmen."

„Vanderzee erwartet aber, dass ich bei dir bin", argumentierte sie, während sie die Sachen anzog, die sie schon am Tag zuvor getragen hatte. Hauptsache, sie musste nicht weiter nackt vor Ian stehen. Nackt und schutzlos.

„Ich werde ihm einfach sagen, dass du da bist", entgegnete Ian. „Und zwar auf der Jacht, bereit für unsere Reise nach Kuba."

„Wenn wir uns auf eine längere Reise vorbereiten würden, dann würde ich an unserem momentanen Aufenthaltsort packen", konterte sie. „In Miami. Wo Davio angeblich nach uns sucht. Noch was: Wenn er tatsächlich auf der Suche nach uns wäre, würdest du mich erst recht nicht allein lassen. Weder im Haus noch auf der Jacht. Ich würde im Van sitzen – Vanderzee weiß, dass wir einen Überwachungsvan haben. Er würde damit rechnen, dass ich mich während der Aktion darin befinde. Nah genug, damit du mich jederzeit erreichen kannst, wenn es dazu kommen sollte, dass du mich beschützen musst. Dort wäre ich, wenn du mich wirklich lieben würdest." Bei den letzten Worten brach ihre Stimme, und da wusste sie, dass sie geliefert war. Während sie für ihn nur Teil eines ausgeklügelten Täuschungsmanövers war, das dazu diente, diese armen Kinder zu befreien, hatte sie sich dummerweise in ihn verliebt.

Phoebe sah ihm an, dass ihm absolut klar war, wie recht sie wegen des Vans hatte. Sie wandte sich ab, um ihre restlichen Sachen einzusammeln. Eilig hob sie sie vom Boden auf und stopfte sie in die Ledertasche mit seinen Initialen *IJD* darauf.

Albernerweise kam ihr in diesem Moment in den Sinn, dass sein zweiter Vorname John war. Ihr fiel ein, dass sie es in seiner Akte gelesen hatte. Sein voller Name lautete im Grunde John John Dunn – „Ian" war ja die schottische Version von „John".

„Sieh mal, ich will doch bloß, dass du in Sicherheit bist", erklärte er, als sie wieder ins Bad ging, um ihre Toilettenartikel in die Einkaufstüte zu werfen und diese anschließend in der großen Tasche zu verstauen. „Und ich weiß, dass du sicher sein wirst, wenn du …"

„Wenn ich im Van sitze", unterbrach sie ihn, warf die Ledertasche vor sich auf den Boden und band ihre Haare zu einem Pferdeschwanz zusammen. „Ich kann ihm vom Fenster aus zuwinken und den Daumen heben. Falls er fragt, wo ich bin. Falls nicht, auch gut. Aber wenn er sich nach mir erkundigt, können wir ihm jedenfalls einen sichtbaren Beweis liefern."

„Und mehr nicht", warnte er sie. „Unter gar keinen Umständen wirst du diesen Van verlassen." Er lachte bei den Worten. Seine entspannte Haltung war verschwunden, ersetzt durch Frustration, Besorgnis und Zorn. „Ach, verdammt, wem will ich denn etwas vormachen?"

„Ich verspreche dir, ich bleibe im Van", gab Phoebe zurück. „Im Lagerhaus habe ich das Richtige getan, oder? Ich bin nicht blöd. Ich habe dazugelernt. Eine Menge. Von dir. Und ich bin gut darin, das weißt du genau. Es stimmt außerdem nicht, dass es nichts für mich zu tun gibt. Ich kann Shel am Computer helfen. Ich will per Headset mithören, für den Fall, dass wir irgendein Detail übersehen haben sollten. Ich will bis zum Ende dieser Mission dabei sein."

Aaron musste zusammen mit Ian in den Lastwagen, um die Ladung des Holländers abzuladen.

Ihm war klar, dass seinem Bruder das nicht gefiel und Ian ihn lieber sicher im Überwachungsvan bei Deb, Yashi und Phoebe gewusst hätte.

Allerdings gab es sonst niemanden, der Ian dabei helfen konnte, die schweren Kisten zu bewegen.

Sie waren sich ziemlich sicher, dass die Fracht im Konsulat abgeholt werden musste, und keiner der FBI-Agenten durfte sich in der Nähe blicken lassen, um bloß keinen internationalen Zwischenfall zu provozieren. Das schränkte die Handlungsmöglichkeiten des Teams arg ein.

Und da Ian seine übliche Stellvertreterin Francine angeblich im falschen Kuba bei Martell zurückgelassen hatte, konnte auch keiner dieser beiden plötzlich hier bei Ian in Miami auftauchen. Selbst gut verkleidet wäre das zu riskant.

Blieb also nur Aaron.

Der sogar froh war, zur Abwechslung mal mit seinem Bruder allein zu sein.

Der Plan sah vor, zu Vanderzees Haus zu fahren, um dort den Bodyguard Hamori einzusammeln, der sie zu dem Ort lotsen würde, an dem sich die Ladung befand – zu dem Ort, den sie nach wie vor nicht kannten. Vanderzee hütete dieses Geheimnis noch, obwohl alle überzeugt davon waren, dass es sich um das kazbekische Konsulat handelte.

Sobald die Fracht aufgeladen war, würde Hamori ihnen zur Jacht folgen, um dafür zu sorgen, dass sie sicher an Bord gelangte. Dort am Anleger würde Vanderzee sich mit ihnen treffen, um mit ihnen allen nach Kuba zu fahren.

Nur würde es dazu nicht kommen. Vorher würde Hamori überwältigt und festgenommen werden, während das FBI den Lastwagen beschlagnahmte, die Kinder befreite und sie mit ihrer Mutter zusammenführte. Vanderzee würde auf dem leeren Anleger erscheinen, an dem keine Jacht mehr lag. Zu seiner Überraschung würde er erkennen müssen, dass man ihn hereingelegt hatte. Dann würde er ebenfalls vom FBI in Gewahrsam genommen werden.

Aaron hoffte, irgendwer würde eine Helmkamera tragen, damit er den verblüfften Gesichtsausdruck des Holländers sehen konnte.

Doch das alles lag noch vor ihnen.

Ian war reichlich angespannt, als er neben Aaron in den Lastwagen stieg und den Gang einlegte.

„Bist du dir sicher, dass ich keine Verkleidung brauche?", wollte Aaron wissen, während der lange Sattelschlepper sich dröhnend in Bewegung setzte. „Eine Baseballkappe mit eingenähtem Vokuhila und ein T-Shirt mit dem Aufdruck *I love pussy*?"

Ian verzog keine Miene. „Nein“, antwortete er knapp. „Er weiß doch, dass du für mich arbeitest und ich dir vertraue. Aus diesem Grund vertraut er dir auch.“

„Wie ungeheuer fortschrittlich von ihm“, spottete Aaron. „Apropos Fortschritt: Mir ist nicht entgangen, dass du und Pheebs heute mit der gleichen grimmigen Miene herumlauft. Bezaubernd.“

Wieder kam von Ian keine Reaktion.

Eine Weile fuhren sie schweigend, bis Aaron erneut ansetzte: „Was ist passiert? Hast du auf einmal Schiss gekriegt, weil es nach Mannys Tod keinen Grund mehr gibt, ins Gefängnis zu gehen, und du dir nun etwas anderes einfallen lassen musst, um mit ihr Schluss zu machen?“

Immerhin warf Ian ihm jetzt einen vernichtenden Blick zu. Er schien größte Lust zu haben, seinem Bruder eins auf den Schädel zu geben, und zwar nicht gerade sanft. Trotzdem hörte Aaron nicht auf, denn es musste einfach heraus.

„Shel und ich wissen inzwischen, weshalb du in den Knast gegangen bist“, erklärte er Ian. „Du hast einen Deal mit Manny gemacht und hast darum für ein Verbrechen gesessen, das Vincent begangen hat. Vincent hat sich eine Kneipenschlägerei geleistet und etliche Autos auf dem Parkplatz der Bar beschädigt. Mann, das ist sehr glaubwürdig, dass du an dem Abend mit deinem guten Kumpel Vincent Dellarosa einen heben warst. Halt, warte. Was stimmt bloß nicht an dem Bild? Fangen wir mal mit der Tatsache an, dass du gar keinen Alkohol trinkst.“

„Es war ein simpler Deal“, räumte Ian ein. Man musste ihm zugutehalten, dass er mit der Wahrheit herausrückte, sobald man ihn ertappt hatte. „Ich sollte mich für Vincents Tat schuldig bekennen. Im Gegenzug wollte Manny dafür sorgen, dass Davio dich in Ruhe lässt.“

„Aber du hast es bloß deshalb gemacht, weil die Dellarosas in dem erstklassigen Ruf stehen, diejenigen zu schützen, die für sie in den Knast gehen. Sie kümmern sich um die Familie. Geld fließt. Zeugen schweigen“, sagte Aaron. „Du hast also für Manny gearbeitet, damit wir sicher sind. Davon konntest du getrost ausgehen, denn würde uns etwas zustoßen, wäre der Ruf der Dellarosas ruiniert, und ihr ganzes System würde zusammenstürzen. Genau auf diese Weise wolltest du sie letztlich zu Fall bringen. Nur wie? Wolltest im Gefängnis jemanden finden, den du überzeugen kannst, gegen Manny und Davio auszusagen?"

„Ja", gestand Ian, doch Aaron wusste, dass er das nur zugab, weil Manny tot war.

„Ich wünschte, du hättest mich eingeweiht", meinte Aaron.

„Ja, ich weiß." Ian seufzte. „Ich muss daran arbeiten, dich endlich wie einen Erwachsenen zu behandeln."

Aaron war perplex, hatte er doch nicht damit gerechnet, solche Worte jemals von Ian zu hören.

„Und was jetzt?", erkundigte Aaron sich. „Wo Manny tot ist?"

„Das weiß ich auch nicht", gab Ian zurück.

Aber so leicht ließ Aaron seinen Bruder nicht davonkommen. „Die Antwort auf die Frage, was wir nach Mannys Tod tun, lautet schlicht und einfach: Wir suchen Davio und legen ihn um. Damit riskierst du natürlich, dass du wieder in den Knast musst, diesmal für immer und für etwas, das du wirklich getan hast. Und das willst du Phoebe nicht zumuten." Da war er – einer der Gründe für Ians grimmige Miene. „Hast du bereits mit ihr Schluss gemacht? Selbstverständlich nur zu ihrem eigenen Besten? Mann, du bist echt ein Idiot."

„Hör auf", bat Ian ihn und bog in eine noch attraktive, aber schon ältere Wohnsiedlung auf einer ehemaligen Zitronenplantage ein.

Aaron war nicht ganz klar, was er erwartet hatte, aber eine solche vor Normalität strotzende Gegend nicht.

„Schalte dein Headset ein", wies Ian ihn an, während er mit gutem Beispiel voranging. „Hier spricht Ian, kurzer Test."

„Ich bin auch da", meldete Aaron sich.

„Kann euch beide laut und deutlich im Überwachungsvan hören", erwiderte Yashi, als Ian vor einem der Häuser anhielt.

„Das Gleiche von Wagen eins." Shels Stimme war klar zu vernehmen. Er, Francine und Martell folgten dem Lastwagen in

Martells Auto, das Shel und Francine notdürftig mit einem Teil des Equipments aus dem zu Schrott gefahrenen Van Nummer eins ausgestattet hatten. Da nur dieser eine Weg in die vornehme Siedlung führte, waren sie draußen auf der Hauptstraße stehen geblieben.

„Ich gehe jetzt zum Haus", informierte Ian seinen Bruder. „Lass den Motor laufen. Es wird nicht lange dauern."

Das Grundstück sah nicht aus wie das eines bösen Herrschers. Es war sehr groß, aber nicht protzig; es verfügte über eine kreisförmige Auffahrt, von der ein Pfad hinter das Gebäude zu einer offenbar zusätzlich angebauten Garage führte. Vor dem Haus waren zwei Autos geparkt, beide groß und dunkel.

Phoebes Stimme war über das Headset zu hören. Sie fasste in Worte, was alle dachten. „Ian, sei vorsichtig."

„Bin ich immer", antwortete er, was, wie Aaron sehr wohl wusste, eine weitere Lüge in seiner reichhaltigen Sammlung war.

Es begann alles völlig harmlos.

Der Holländer begrüßte Ian überschwänglich, sogar dankbar. Höflichkeiten, Freundlichkeiten und Beileidsbekundungen wurden ausgetauscht. Phoebe hörte dank Ians Headset alles laut und deutlich im Überwachungsvan.

„Das mit Berto tut mir sehr leid", sagte Vanderzee und schien es aufrichtig zu meinen. „Falls es irgendetwas gibt, was du hier vor Ort erledigt haben willst, während du unterwegs bist …"

Ian kam sofort zur Sache. „Nein, wir müssen nur schnell aus der Stadt verschwinden. Wenn dein Mann bereit ist, würde ich gern aufbrechen und die Fracht abholen."

„Es hat eine kleine Planänderung gegeben", verkündete der Holländer.

„Da haben wir den Salat", murmelte Deb, die hinterm Steuer saß.

„Gib ihm eine Chance", meldete Yashi sich von hinten. Er hielt sein Mikrofon zu und versicherte Phoebe: „Ian ist sehr gut im Improvisieren. Er kann aus vollem Lauf eine Kehrtwende hinlegen, keine Sorge. Wenn eine Planänderung nötig ist, wird er schon damit fertig. Was immer auf ihn zukommt, er meistert die Situation."

Phoebe wusste das. Sehr gut sogar. Sie hatte das persönlich mehrmals miterlebt – zuletzt, als sie in den Überwachungsvan gestiegen war und gehört hatte, wie Deb und Yashi über den Tod Manny Dellarosas sprachen.

Nicht die Information selbst hatte Phoebe erstaunt, sondern die Tatsache, dass Ian es nicht für nötig befunden hatte, sie ihr mitzuteilen. Nicht einmal nebenbei.

Und dann hatte ihr Verstand angefangen zu arbeiten. Welche Auswirkungen würde das auf Ians Plan haben, ins Gefängnis zurückzukehren? Was bedeutete das für seine Zukunft? Egal, wie die Antworten auf diese Fragen lauteten: Ian glaubte offenbar nicht, dass Phoebe davon betroffen war.

Das tat weh. Sehr sogar.

Sie versuchte sich einzureden, es sei ein Versehen gewesen. Wie lautete Ians Devise? *Eine Katastrophe nach der anderen.*

Trotzdem … *He, weißt du, was? Jetzt, da Manny tot ist, werde ich mir wegen Davio etwas anderes einfallen lassen müssen. Vielleicht können wir noch ein bisschen länger zusammenbleiben, als wir gedacht haben.* Ian hätte wenigstens fünfzehn Sekunden erübrigen können – unter der Dusche beim Sex –, um ihr das zu sagen.

Wenn er es wirklich gewollt hätte.

Draußen in der Auffahrt erklärte Vanderzee jetzt: „Mir ist nicht ganz wohl dabei, eine solch wertvolle Fracht ohne zusätzliche Sicherheitsvorkehrungen in deine Hände zu geben."

„Hamori wird mich begleiten", meinte Ian. „Er wird direkt hinter mir sein, in deinem Wagen, auf jedem Meter. Wenn du glaubst, ich könnte ihm in meinem Lastwagen davonfahren …" Sein warmes, vertrautes Lachen war zu hören. Phoebe erkannte, wie leicht es ihm fiel, sowohl freundlich als auch vertraut zu klingen.

„Darum geht es nicht", erwiderte Vanderzee.

Ian fuhr fort: „Meinetwegen kann er auch im Anhänger mitfahren und auf einer der Kisten sitzen, wenn er will."

„Das reicht nicht", gab Vanderzee zurück.

Ian schlug einen leicht gereizten Ton an. „Ich tue dir hier einen Gefallen. Eigentlich sollte ich längst auf See sein."

„Du machst das für anderthalb Millionen", korrigierte Vanderzee ihn. „Ich verlange nicht viel. Nur etwas als zusätzliche Sicherheit, bis wir uns am Anleger treffen. Ich verspreche dir, ich werde sehr vorsichtig fahren. Phoebe wird bei mir gut aufgehoben sein."

„Ach du Schande." Phoebe begriff, was der Holländer als zusätzliche Sicherheit wollte, während Ian zum Konsulat fuhr und die Kisten abholte, in denen sich die entführten Kinder befanden.

Er wollte *sie*.

Ian klang entschlossen. „Tut mir leid, das wird nicht gehen."

„Es wird höchstens eine Stunde dauern", versuchte Vanderzee ihn zu überzeugen.

Im Van hatten Yashi und Deb bereits begonnen, hektische Betriebsamkeit zu verbreiten. Beide arbeiteten an ihren Computern und telefonierten aufgeregt. Über das Headset konnte Phoebe auch Shel hören, der in Martells Wagen saß.

Deb: „Haben wir noch den Anleger?"

Yashi: „Können wir die Jacht zurückbekommen? Schnell? Ist sie schon weg?"

Deb: „Gibt es da Stellen am Anleger, an denen Scharfschützen in Stellung gehen können?"

Shel: „Ich bin mir ziemlich sicher, es gibt welche. Aaron, was meinst du?"

Aaron, der im Lastwagen wartete: „Ich denke schon, klar. Aber das ist zwecklos. Ian wird nie und nimmer damit einverstanden sein."

Yashi: „Könnte es funktionieren?"

Deb: „Absolut." Sie war sich anscheinend sicher.

Ian sprach wieder, und seine Worte waren sowohl an Vanderzee als auch an Deb gerichtet: „Auf keinen Fall."

Phoebe sagte: „Sprechen Sie das mit ihm durch, Deb. Ian, das könnte klappen. Hör einfach zu. Deb, legen Sie los."

„Sobald die Kisten im Lastwagen sind, wird es leicht sein, Hamori auszuschalten; das können wir beinah überall machen", meinte Deb und entwarf das mögliche Szenario. „Dunn kann verlangen, dass Vanderzee Phoebe sofort zum Anleger bringt. Dort positionieren wir Scharfschützen, und sobald Vanderzee und Phoebe da sind und sie aussteigt, können wir ihn ausschalten, ebenso seine Begleiter. Die werden gar nicht wissen, wie ihnen geschieht."

Ian sprach deutlich vernehmbar. „Keine Chance."

„Das ist schade", sagte Vanderzee. „Denn eine andere Option besteht nicht. Diese Fracht ist viel zu wertvoll ..." Und so redete er weiter. *Blablabla, Blödsinn, Blödsinn, Blödsinn.* Er klang beinahe so wie Ians Imitation. Fast hätte Phoebe gelacht.

„Wir haben beides noch, den Anleger und die Jacht", berichtete Yashi. „Und die Crew kann aus FBI-Leuten bestehen."

„Es können Navy-SEALs sein", fügte Deb hinzu. „Solange wir uns nicht in der Nähe des Konsulats befinden, können wir die gesamte Marine beteiligen, wenn wir wollen. Ian, wirklich, es könnte funktionieren."

Phoebe wusste genau, was Ian dachte. Was, wenn Vanderzee sie bei der Ankunft am Anleger nicht aus dem Wagen steigen ließ? „Ich werde vorgeben, zur Toilette zu müssen. Wir haben ein freundschaftliches Verhältnis. Er wird mich gehen lassen."

„Nein", sagte Ian.

„Wir können die Kisten bis zum Anleger fahren, wenn es sein muss", erklärte Yashi und skizzierte damit ein weiteres Szenario. „Wir können sie sogar an Bord bringen. Wir warten mit der Verhaftung, bis die Jacht auf See ist, und setzen dafür das SEAL-Team ein, falls sich vorher keine sichere Gelegenheit zum Zugriff bietet."

„Pass auf", wandte Ian sich erneut an Vanderzee. „Ich muss das nicht machen. Ich brauche das Geld nicht. Ich wollte dir aus einer misslichen Lage helfen, bevor ich die Stadt verlasse. Aber unter gar keinen Umständen werde ich dir meine Frau als Sicherheit überlassen."

„Tja, dann wird unser Geschäft bedauerlicherweise nicht zustande kommen", gab der Holländer zurück. Plötzlich schien die Chance, die gekidnappten Kinder zu befreien, in weite Ferne gerückt zu sein.

Das durfte Phoebe nicht zulassen. Unmöglich.

Ihr war klar, dass Ian wütend sein würde. Er würde außer sich sein. Und dazu würde er auch allen Grund haben. Schlimmer war jedoch, dass er ihr vermutlich nie wieder vertrauen würde.

Denn ihr blieb nichts anderes übrig, als zum zweiten Mal innerhalb weniger Tage ihr Versprechen zu brechen.

Doch Ians Vertrauen zu verlieren war nicht länger von Bedeutung, da es für sie beide ohnehin keine Zukunft gab. Darin waren sie sich einig gewesen.

In fünfzig Jahren, wenn sie sich an diesen Tag erinnerte, was würde da mehr zählen? Die Tatsache, dass sie geholfen hatte, diese Kinder zu befreien? Oder die Tatsache, dass sie einen Mann verärgert hatte, mit dem sie eine kurze, stürmische Affäre verbunden hatte?

Die Antwort lag klar auf der Hand: Die Rettung der Kinder gewann um Längen.

Also tat Phoebe es.

Sie stieg aus dem Van.

26. KAPITEL

Phoebe tat es wirklich: Sie stieg tatsächlich aus diesem verdammten Van.

Und jetzt kam sie die Auffahrt entlanggelaufen, direkt auf Ian und den Holländer zu, fröhlich winkend, als wären sie Nachbarn in irgendeiner albernen Sitcom und sie käme bloß vorbei, um sich Zucker zu borgen.

„Ich saß im Van“, rief sie zur Erklärung. „Und da dein Headset an ist, habe ich gehört, was du gesagt hast. Ian, Liebling, es würde mir nichts ausmachen …“

„Oh, aber mir, Schatz“, unterbrach er sie und hoffte, dass sie seinem Blick entnahm, dass er sie unter gar keinen Umständen mit dem psychopathischen Killer allein lassen würde. Er schaute zu Vanderzee und sagte: „Ich werde deine Sicherheit sein. Aaron wird den Lastwagen fahren. Er und Sheldon werden …“

Vanderzee ließ ihn nicht ausreden. „Die Männer, bei denen sich die Kisten befinden, erwarten *dich*. Es ist zu spät, um diese Information zu ändern – es sei denn, ich würde dich begleiten. Aber wie wir bereits am Telefon besprochen haben, ist mir das nicht möglich. So wie es Leute gibt, die auf der Suche nach dir sind, so gibt es auch welche, die auf der Suche nach mir sind.“

„Und hier haben sie dich noch nicht aufgespürt?“, fragte Ian und deutete dabei auf die Umgebung, denn genau das hätte er gesagt, wäre das Szenario echt. „Soll das heißen, man wird mir bis zum Anleger folgen? Denn das ist nicht …“

„Selbstverständlich nicht“, meinte der Holländer beruhigend. „Dieser Ort hier ist sicher und meinen Feinden unbekannt.“ Das glaubte der Mann offenbar wirklich, denn er klang absolut überzeugt.

Ian verbeugte sich im Stillen vor dem FBI. Trotzdem musste er nach wie vor dieses Dilemma lösen. Ein Schritt nach dem anderen, ermahnte er sich im Geiste. Zuerst musste Phoebe ihren Hintern wieder in den Van schwingen. „Schwing deinen Hintern wieder in den Van“, sagte er daher. „Schatz.“

Sie schenkte ihm ein süßliches Lächeln. „Ich will aber nicht. Liebling."

Ian wandte sich an Vanderzee: „Nun, es ist gut zu wissen, dass dieser Ort sicher ist. Trotzdem … Kannst du nicht einfach deine Leute anrufen und ihnen mitteilen, dass es eine kleine Planänderung gibt?"

„Wenn ich das mache, werden sie glauben, man habe mich unter Druck gesetzt. Und dann werden sie Maßnahmen gegen deine Leute ergreifen. Ich kann dir versichern, das willst du nicht."

„Es ist echt okay", schaltete Phoebe sich ein. „Wir fahren direkt zur *Lady*." Auf Vanderzees kreisrunder Auffahrt standen zwei Autos, auf die sie zeigte. „Wir fahren doch sofort zum Anleger, Georg, oder?" Sie wartete nicht auf seine Antwort. „Ich steige in den Wagen. Ist doch nichts dabei. Wir fahren zum Anleger, und ich warte dort, zusammen mit Captain Bob und dem Rest der Crew."

Die komplett aus FBI-Agenten bestehen würde, die sich schon bereithielten. Außer ihnen würde ein Team von Scharfschützen da sein, die sich in diesem Augenblick in Position brachten. Phoebes unterschwellige Botschaft war klar, und Ian hatte sie empfangen. Das Problem war jedoch die Fahrt von hier nach dort.

Phoebe sah Ian an, als gehöre das Wörtchen Nein nicht mehr zu ihrem Vokabular. Sie wollte diese Kinder befreien, das wusste er, und sie war bereit, dafür alles zu riskieren. Das bewunderte Ian. Aufrichtig. Doch auf gar keinen Fall …

Dummerweise gab es nicht viele Optionen. Wenn *er* nicht als Sicherheit dienen konnte … Francine, Martell und Yashi fielen aus, denn die befanden sich bereits im falschen Kuba. Dann war da noch Deb, die als Stewardess auf Ians Boot arbeitete. Wenn sie plötzlich hier auftauchte, könnte Vanderzee misstrauisch werden.

Könnte? Nein, er würde ganz bestimmt misstrauisch werden.

Blieben noch Aaron und Shel.

Aarie dachte anscheinend dasselbe, denn er stieg aus dem Lastwagen und kam ein Stück die Auffahrt hinauf. „Ich könnte Phoebe begleiten", schlug er vor. „Ich fahre rüber zum Boot mit ihr und Mr Vanderzee."

Ian war diese Vorstellung zuwider. Aber nicht so sehr wie die, Phoebe Zeit allein mit dem Holländer verbringen zu lassen.

Unglücklicherweise war Vanderzee nicht angetan. „Das ist für mich nicht akzeptabel", murmelte er.

Natürlich, er wollte nicht, dass Aarons oder Shels Schwulsein auf ihn abfärbte.

„Bleib im Lastwagen!", rief Ian seinem Bruder zu, der widerstrebend und fluchend gehorchte.

Phoebe blieb unnachgiebig. „Ian, mir wird schon nichts passieren."

„Entschuldige uns bitte für eine Minute", bat Ian den Holländer und zog sie mit sich, bis sie außer Hörweite waren. „Erinnerst du dich noch daran, wie unser Plan lautete? Was dich betrifft, so sah er vor, dass du niemals, unter keinen Umständen mit Vanderzee allein bist."

„Hamori wird dabei sein."

Er schüttelte den Kopf. „Hamori lotst uns zu den Kisten. Du wirst mit Vanderzee und dem großen hässlichen Typen allein sein."

Sie schaute zu den beiden Männern vor dem Eingang zum Haus des Holländers. „Der mit diesem gangstermäßigen kleinen Oberlippenbärtchen?"

„Genau den meine ich", bestätigte Ian. „Tut mir leid, aber Gangster junior zählt nicht als Anstandsdame. Hamori übrigens auch nicht, nur zu deiner Information."

Phoebe blickte ihn mit ernsten Augen hinter ihren Brillengläsern an. „Ian, wenn wir jetzt aufgeben …"

„Ich schwöre dir, wir kriegen die Kinder auch anders", entgegnete er.

Sie hob das Kinn ein wenig. „Ach ja? Wie?"

„Das weiß ich noch nicht", gestand er. „Aber so wie du es dir vorstellst, werden wir es nicht machen. Wir werden abspringen.

Aus der Sache aussteigen. Alle beide. Zusammen. Und zwar sofort."

„Tut mir leid", sagte sie, und sie meinte es. „Das kann ich nicht. Andernfalls würde ich mir das nie verzeihen. So nah dran zu sein …"

Ian beschwor sie: „Das war keine Bitte. Ich habe dich nicht gefragt, ob du damit einverstanden bist." Er richtete sich zu seiner vollen beeindruckenden Größe auf. „Das war ein Befehl."

Und Phoebe lachte ihm ins Gesicht.

„Und jetzt?", fragte Phoebe Ian, der groß und imposant vor ihr aufragte. Glaubte er, er könnte sie einschüchtern? „Arbeite ich etwa wieder für dich? Passt mir gut."

Er wich nicht zurück. „Du bist ein Mitglied dieses Teams, das ich befehlige." Er schoss seine Worte ab wie Kugeln.

„Ja", sagte sie. „Ich gehöre zu diesem Team! Und schlaff auf dem Rücksitz eines Wagens zu sitzen, für eine fünfundvierzigminütige Fahrt zu einem Ort, an dem ich sehr, sehr sicher sein werde, klingt nach einer Aufgabe, der ich mit meinen beschränkten Fähigkeiten vollauf gerecht werden kann. Keine Auseinandersetzungen, keine Flüche auf Farsi, keine Bombenentschärfung, kein Tauchen. Ich schaffe das. Ich will es schaffen. Ich stelle mich freiwillig zur Verfügung. Teamführer hin oder her, du hast das nicht zu entscheiden. Ich habe das bereits mit Deb geklärt. Also sollten wir lieber keine Zeit mehr verlieren und diese Sache durchziehen."

Der SEAL-Commander vor ihr verwandelte sich plötzlich in Ian, den Liebhaber. *Ihren* Liebhaber. Sie wusste nicht, wie er das gemacht hatte, aber auf einmal war er freundlicher und ihr wieder vertrauter. Das Funkeln in seinen Augen kündete von gemeinsamen intimen Stunden.

„Phoebe", flüsterte er, umfasste ihr Gesicht mit beiden Händen und strich ihr die Haare aus der Stirn, die der Wind hineingeweht hatte. „Bitte, ich flehe dich an." Er betrachtete ihren Mund, und dann küsste er sie.

Dieser Kuss offenbarte Tiefe und Liebe auf eine so zärtliche Weise, dass Phoebe weiche Knie bekam und dahinschmolz.

Als er sich von ihr löste, konnte er nach wie vor ihre Entschlossenheit sehen. Das musste der Grund sein, weshalb er noch weiter ging, indem er sagte: „Ich kann nicht zulassen, dass du das tust, weil … ich dich liebe.“ Er platzte damit sehr realistisch heraus, einschließlich der überraschten Miene. „Du meine Güte, Phoebe, es ist wahr. Das tue ich tatsächlich.“

Ihre Augen füllten sich mit Tränen, aber dafür war nun keine Zeit.

Ian hatte diese Liebeserklärung laut genug gemacht, dass Vanderzee sie hatte hören können. Phoebe schaute zu dem Holländer und zwang sich zu einem Lächeln. „Du weißt, dass ich dich auch liebe, Baby“, erwiderte sie ebenso laut und deutlich, während sie sich aus seinem Griff befreite. „Ich komme klar. Hol die Fracht, und wir treffen uns anschließend.“

Damit wandte sie sich ab und lief zu Vanderzee, wobei sie die Augen verdrehte, um anzudeuten, dass Ian ein Dummkopf war. „Wir brauchen das Geld wirklich“, erklärte sie dem Holländer. „Wir lassen sehr viel zurück, und wer weiß, wann wir wiederkommen. Ist es in Ordnung, wenn ich im Wagen auf Sie warte?“

Sie spürte, wie Ian sie beobachtete, als Vanderzee einen der geparkten Wagen aufschloss und sie einstieg.

„In vierzig Minuten am Anleger!“, rief Ian Vanderzee zu, in einem Ton, den sie gar nicht von ihm kannte, so hart und kalt war er. „Solltest du dich ihr gegenüber in irgendeiner Weise respektlos benehmen, bekommst du es mit mir zu tun. Ich werde dir die Lungen aus der Brust reißen und sie dir in deinen Hals stopfen.“

Ian fühlte sich elend.

Als er im Laufschritt zum Lastwagen zurückeilte, schossen ihm Dutzende Schreckensszenarien durch den Kopf, in denen Phoebe tot oder vermisst endete.

Das alles war ganz und gar nicht gut. Nicht gut.

Dennoch wusste er, dass sie recht hatte. Wenn sie jetzt ausstiegen, wären die Kinder tot, ehe der Tag zu Ende war.

Ian versuchte sich einzureden, dass es funktionieren konnte. Georg Vanderzee vertraute ihm. Aus der Unterhaltung über das Headset konnte er sich außerdem sicher sein, dass Martells Wagen Phoebe folgen würde. Da Francine am Steuer saß, die Martell und Shel als zusätzliche Verstärkung herbeirufen konnte, würde Ian sie bestimmt nicht verlieren.

Aaron schwieg, während Ian in den Truck stieg. Er musste auch gar nichts sagen. Ian war vollkommen klar, dass alles, was er zu Phoebe gesagt hatte, via Headset an das gesamte Team übertragen worden war.

Und sie alle glaubten ihm, auch wenn Phoebe zweifeln mochte.

Ich liebe dich auch, Baby.

Heiliger Strohsack.

Vorsichtig wagte Aaron einen Vorstoß. „Sie schafft das schon."

In diesem Moment war Phoebes Stimme über das Headset zu hören. „Es scheint noch zehn Minuten zu dauern, bevor wir losfahren. Georg ist im Bad."

Deb meldete sich: „Phoebe, wir müssen unsere Verbindung zu Ihnen kappen."

„Absolut nicht", mischte Ian sich ein.

„Tut mir leid, Sir, aber das sollten Sie nochmals überdenken", entgegnete Deb. „Wir wollen doch nicht, dass Vanderzee etwas von unserem Geplauder mitbekommt."

„Mist", sagte Ian.

„Ich deute das als Bestätigung", kommentierte Deb. „Schalten Sie Ihr Gerät bitte nicht nur aus, Phoebe, sondern nehmen Sie es ab und verstauen Sie es in Ihrer Tasche. Sie können es als Telefon benutzen, um Kontakt zu uns aufzunehmen, wenn es nötig sein sollte. Wir können Ihren Standort außerdem per GPS verfolgen, falls wir das müssen. Was nicht passieren wird. Martell, Francine und Sheldon werden die ganze Zeit unmittelbar hinter Ihnen sein."

„Das weiß ich", erwiderte Phoebe. „Na schön, ich schalte es ab. Wir sehen uns am Anleger."

Klick.

Ian atmete schwer aus.

Unterdessen lenkte Hamori den zweiten dunklen Wagen vor den Lastwagen, um zu dem Ort vorauszufahren, an dem sich die Fracht befand. Natürlich wussten alle längst, dass es sich um das kazbekische Konsulat handelte.

„Bleib ruhig, Eee", meinte Aaron, sein Mikrofon zuhaltend. „Ich würde dir ja versichern, dass es besser wird und du dich dran gewöhnst. Aber ich habe mich nie daran gewöhnt. Ich schaffe es nicht, gelassen zu bleiben, wenn Shel sich in Gefahr begibt, selbst wenn diese Gefahr bloß in meinem Kopf existiert. Und da ich nicht so gut lügen kann wie du …"

„Das hilft mir nicht weiter", sagte Ian, rammte den Gang hinein und folgte Vanderzees Bodyguard mit dem Lastwagen.

Francine steuerte Martells Wagen. Sie hatte gerade die Auffahrt zum Highway genommen, wobei sie dicht hinter dem Fahrzeug blieb, in dem Phoebe saß, als Ian loslegte: „Was zum Geier soll das, Deb?"

Er wartete nicht auf eine Erwiderung, sondern fügte genauso aufgebracht hinzu: „Wir sind in der Gegend, in der sich das Konsulat befindet. Aber anscheinend nähern wir uns einem Privathaus."

„Das Team Martell bewegt sich in südlicher Richtung auf dem Highway", verkündete Francine, woraufhin Ian mit einem angespannten „Bleib dicht dran an ihr, France" antwortete, um gleich darauf sein Gespräch mit Deb und Yashi fortzusetzen, die in dem Überwachungsvan dem Lastwagen folgten.

„Wir sehen eine Kiste in der Garage des Gebäudes", meinte Aaron neben Ian im Truck. „Wiederhole: Große Kiste wird sichtbar bei sich öffnendem Garagentor. Zwei, ich wiederhole, zwei schwer bewaffnete männliche Erwachsene daneben."

„Sie hatten doch gesagt, die Kinder seien im Konsulat." In Ians Ton schwang ein deutlicher Vorwurf gegen Deb mit. „Sie haben es mir versichert."

„So eine Versicherung ist nie hundertprozentig", meldete Shel sich vom Rücksitz hinter Francine. „Eher so bei zweiundneunzig Komma fünf."

„Es ist sehr hilfreich, das jetzt zu klären", bemerkte Martell, der neben Francine auf dem Beifahrersitz saß.

„Ich habe auch gedacht, es sei klar, wo die Kinder sind", sagte Francine.

„Wo zum Henker sind wir eigentlich?", wollte Ian wissen. „Denn wenn wir bestätigen können, dass sich die Kinder nicht im Konsulat befinden – und danach sieht es ja momentan aus –, können wir unseren Plan komplett vergessen und müssen uns etwas Neues einfallen lassen. Mal abgesehen davon, dass Phoebe mit zwei gefährlichen und bewaffneten Männern im Wagen sitzt."

„Ihr fahrt gerade über die Thompson Avenue", erklärte Deb. Ihre Stimme veränderte sich, und Francine wusste, dass die Worte an Yashi gerichtet waren, als Deb nun fragte: „Warum kommt uns das bekannt vor?"

Yashi antwortete: „Aus den Daten, die wir zur Verfügung hatten. In der Thompson Avenue steht das Haus der Freundin des kazbekischen Botschafters."

„Wir erfahren also gerade erst, dass die Kinder die ganze Zeit über im Haus der Freundin des kazbekischen Botschafters gefangen gehalten wurden", stellte Ian fest, und seinem Ton entnahm Francine, dass er kurz davor stand, zu explodieren. „Sie sind nicht in dem unberührbaren Konsulat. Stattdessen wurden sie in dem Haus einer Zivilperson festgehalten. Das mit einem nicht schwer zu besorgenden Durchsuchungsbefehl längst vom FBI und der örtlichen Polizei hätte durchkämmt werden können. Ohne dass es zu einem diplomatischen Konflikt gekommen wäre."

Deb klang gestresst. „Ian, es tut mir leid. Ich konnte Ihnen nur die Informationen weitergeben, die ich erhalten habe. Und auf deren Grundlage ..."

„Sparen Sie sich das für später", schnitt er ihr das Wort ab. „Okay. Wir sind hier. Ich werde jetzt langsam auf diese Garage zugehen, während Aaron den Lastwagen rückwärts in die Auffahrt rangiert. Könnte mal bitte jemand klären – und wenn's geht mit hundertprozentiger Sicherheit –, ob die Kiste eine lebende Fracht enthält?"

„Das haben uns bereits die FLIR-Kameras bestätigt“, schaltete Yashi sich ein. „Zwei Wärmequellen, die der Größe nach Kinder sein müssen, befinden sich im Innern der Kiste. Zwei Erwachsene stehen draußen davor – zusätzlich zu Ian, Aaron und Hamori, der soeben aus dem Auto aussteigt.“

„Alles klar“, gab Ian zurück, und seiner Stimme entnahm Francine, dass er einen Entschluss gefasst hatte. „Machen wir weiter – aber mit einem neuen Plan, Leute. Ich bringe die Fracht direkt bis zur Jacht.“

Der ursprüngliche Plan sah vor, mit dem Lastwagen schnurstracks zum FBI-Hauptquartier zu fahren.

„Ich werde auf keinen Fall Phoebes Leben gefährden“, erklärte Ian. „Also, Deb, sorgen Sie dafür, dass das FBI auf unsere Ankunft dort vorbereitet ist. Francie, du hältst mich auf dem Laufenden. Ich will alle dreißig Sekunden einen Bericht über deine Position hören, verstanden?“

„Laut und deutlich“, antwortete Francine.

Ian war stocksauer.

Er hatte den Angaben vertraut, die er erhalten hatte. Sein Fehler. Die gesamte Planung dieser Operation hatte auf der Information basiert, dass sich die Kinder im Konsulat aufhielten. Und zu dem bekam man nicht ohne Weiteres Zugang.

Ganz im Gegensatz zum Haus der Freundin des Botschafters, in das er mit der Rückendeckung eines SEAL-Teams jederzeit eindringen konnte, indem sie mit gezückten Waffen einfach die Tür eintraten.

Ian näherte sich in diesem Moment der Kiste und den beiden Wachposten, die mit versteinerten Mienen dastanden. Derweil fuhr Aaron gekonnt den Lastwagen rückwärts in die Auffahrt. *Piep, piep, piep.*

Als er nahe genug war, blieb Ian stehen und stutzte. An der Kiste war etwas befestigt, das wie eine komplexe Hightech-Sprengfalle aussah. Heiliger Strohsack!

Das war nicht gut. Das war ganz und gar nicht gut.

Aaron brachte den Lastwagen mit einem Quietschen und einem Zischen der Druckluftbremsen zum Stehen und sprang aus der Fahrerkabine. Er ging nach hinten und öffnete mit metallischem Geklapper die Ladeluke. Mit einem weiteren metallischen Ächzen und Poltern zog er die Heckrampe heraus.

„Ich bin Ian Dunn", stellte Ian sich vor, was die beiden Wachleute allerdings nicht zu interessieren schien. Vielleicht kannten sie ihn schon von seinem Foto her. Oder es lag daran, dass Hamori mittlerweile bei ihnen war und zustimmend nickte.

Außerdem sorgte der Bodyguard dafür, dass Ian sah, was er bei sich trug: nämlich eine Art Fernbedienung, die offenbar mit dem kunstvoll an der Kiste angebrachten C4-Sprengstoff verbunden war.

„Verliert mich auf der Fahrt zum Anleger nicht aus den Augen", sagte Hamori in seinem kazbekischen Akzent.

Gemeinsam luden die beiden Männer mit Ian und Aaron die Kiste in den Lastwagen, wobei sie sorgfältig darauf achteten, dass sie aufrecht und sicher stand.

Ian schob sie an die Seite und band sie fest, während Aaron die Heckrampe wieder hinaufschob, die Türen zuwarf und verriegelte, nachdem Ian von der Ladefläche gesprungen war.

Die beiden Wachleute waren bereits fort, das Garagentor schloss sich, und Hamori war nach dieser kleinen Demonstration auf dem Weg zu seinem Wagen. Diesmal wartete er, dass der Lastwagen vorausfuhr, um Ian und Aaron zum Anleger zu folgen.

Ian setzte sich hinter das Steuer und ließ den Motor an.

Mit weit aufgerissenen Augen bemerkte Aaron neben ihm: „Ach verdammt."

„Houston", sagte Ian. „Wir haben ein Problem."

„Technisch gesehen handelt es sich nicht um einen sogenannten Totmannschalter, der den Kontakt auslöst, sobald die Person loslässt", erläuterte Yashi im Überwachungsvan, der Hamori folgte, der wiederum Ian und Aaron im Lastwagen folgte, während sie alle fröhlich durch die Vororte Miamis kutschierten. „Eine Art elektronisches Signal wird von dieser Schaltvorrichtung zur Bombe gesandt, die an der Kiste befestigt ist; ich glaube, es handelt sich hierbei um so etwas wie einen Kontrollcode, der verhindert, dass der Timer der Bombe aktiviert wird. Das Signal wird gesendet … ja, alle sechzig Sekunden."

„Das ist nicht gut", sagte Martell.

Es gab eine Bombe. Die an der Kiste angebracht war. In der sich die gekidnappten Kinder befanden. Die im Laderaum des Lastwagens stand, den Ian fuhr.

Und laut Yashi musste Vanderzees Bodyguard Hamori einen Code in ein kleines Gerät eingeben, einmal jede Minute, um den Countdown bis zur Explosion zu verhindern. Wie Yashi schon gesagt hatte, war es kein Totmannschalter, aber durchaus etwas Ähnliches. Denn sollte Hamori an einem Hähnchenflügel ersticken oder ein unentdecktes Aneurysma haben oder einfach bei einem plötzlich auftretenden Gewitter vom Blitz erschlagen werden und infolgedessen nicht in der Lage sein, den Code rechtzeitig einzugeben … dann Bumm!

Wahrscheinlich würde es einen ziemlich großen Knall geben, wie Ians Beschreibung der Bombe vermuten ließ.

Da Dunn ein ehemaliger SEAL und daher Experte dafür war, Sachen in die Luft fliegen zu lassen, verließ Martell sich auf seine Einschätzung.

Er lauschte dem aufgeregten Geschnatter über Funk, während er sich mit beiden Händen festklammerte, weil Francine gerade alles aus seiner alten Karre herausholte. Das Auto klapperte und vibrierte und ächzte, damit sie Phoebe, Vanderzee und den Mann, den Ian Gangster junior genannt hatte, nicht aus den Augen verloren.

Beide Wagen – sofern man Martells noch als Wagen bezeichnen konnte – fuhren auf der linken Spur des Highways Richtung Süden. Das war besonders schlimm, da an dieser Spur noch Bauarbeiten durchgeführt wurden und es keinen Seitenstreifen gab. Stattdessen trennten sie bloß zerschrammte Betonbarrieren zu ihrer Linken vom entgegenkommenden, nach Miami zurückfließenden Verkehr.

Es waren noch fünfzehn Meilen bis zur Ausfahrt zum Anleger – eine Information, die Francine in geradezu beschwörendem Ton weitergab.

„Wir brauchen ein Bombenentschärfungsteam vor Ort", erklärte Ian mit kühler Befehlsstimme. „Aber es wird wohl am besten sein, wenn wir das Spiel weiter mitspielen. Wir laden das verdammte Ding auf die Jacht, heißen Vanderzee an Bord willkommen und gewinnen dadurch wenigstens etwas Zeit. Sobald wir auf See sind, wird er die Sprengfalle deaktivieren, um, keine Ahnung, den Kindern zu essen zu geben?"

Deb im Van musste etwas gesagt haben, doch es war nur statisches Rauschen zu hören, sodass Martell ihre Worte nicht verstehen konnte.

Dafür vernahm er Ians Erwiderung umso deutlicher. „Wollen Sie mich verarschen?"

Francine sagte: „Bitte wiederholen. Das kam hier nicht an."

Yashi meldete sich zu Wort. „Deb hat eben einen Anruf von der Führungsebene des FBI erhalten. Von ganz weit oben. Diese Mission wird von einer anderen Behörde geleitet. Vielleicht vom CIA, vielleicht von der Agency. Wir wissen es nicht. Ian hat jedenfalls den Befehl erhalten, die Fahrt des Lastwagens zu verlangsamen."

„Das ist nicht der Deal, den ich gemacht habe", sagte Ian und gab noch mehr Gas, statt langsamer zu fahren. „Das ist meine Operation. Ich habe das Kommando."

Noch während er die Worte aussprach, wusste er jedoch, dass sie bedeutungslos waren, wenn tatsächlich einer der Geheimdienste sich sowohl über Ian als auch über das FBI hinwegsetzte und die Mission an sich riss.

Und nun fuhren sie auf einer langen, ebenen, leeren Straße, die links von Orangenhainen und rechts von dichtem Dschungel gesäumt wurde. Es war perfekt für einen Angriff.

Im Überwachungsvan telefonierte Deb mit demjenigen, der sie angewiesen hatte, Ian zu befehlen, das Tempo zu drosseln.

„Selbstverständlich bin ich besorgt", meinte sie. „Ich will genau wissen, was Sie vorhaben. Ich habe eine Zivilistin in diesem Team, die sich momentan in tödlicher Gefahr befindet. Ich bestehe darauf, dass Sie sich zurückziehen und uns die Mission nach Plan durchführen lassen!"

„Eee." Francine meldete sich. „Shel hat mich auf einen privaten Kanal gelegt. Du bist der Einzige, der mich hören kann. Er meint, du solltest Yashi bitten, dir bei der nächsten Gelegenheit die exakte Zeit nennen zu lassen, wenn Hamori den Code für die Bombe eingibt. Er glaubt, die Agency überwacht dieses Signal und wird Hamori mit einem Scharfschützen ausschalten, unmittelbar nachdem er das nächste Mal den Code eingegeben hat. Shel meint außerdem, du solltest wirklich langsamer fahren, weil sie andernfalls auch dich töten müssten."

Yashi meldete sich fast zeitgleich und gab dasselbe von sich. „Ian, ich denke, Sie sollten diesen Befehl, langsamer zu fahren, sehr ernst nehmen. Der Code für die Bombe wird gleich wieder eingegeben. In drei, zwei, eins ..."

Ian trat auf die Bremse.

Aaron hörte die Schüsse eines Scharfschützengewehrs zur gleichen Zeit, als die Druckluftbremsen des Lastwagens geräuschvoll ächzten.

Er konnte sehen, wie der schwarze Wagen hinter ihnen ins Schlingern geriet, dann fahrerlos in den sumpfigen Graben raste, der parallel zur Straße verlief, und sich überschlug.

Unterdessen kämpfte Ian damit, den Lastwagen ganz zum Stehen zu bringen – während um sie herum von überall her schwarze Geländewagen auftauchten. Es gab sogar einen dunklen, gefährlich aussehenden Hubschrauber über ihnen, der irgendwo hinter den dichten Büschen gestartet zu sein schien.

„Raus, raus, raus!", schrie Ian und zerrte Aaron aus der Fahrerkabine.

Einsatzkräfte hatten die Ladeluke bereits gewaltsam geöffnet und waren in den Frachtraum geklettert. Aaron bekam es nur bruchstückhaft mit, weil Ian ihn weiter hinter sich herzog. Sie rannten in vollem Tempo auf den Überwachungsvan zu, der sich mit aufheulendem Motor rückwärts vom Lastwagen entfernte.

Und vor allem von der Bombe.

Die Kommandotruppe war mit Schutzschilden ausgestattet, die schon aufgestellt waren, um die Männer vor der Explosion zu schützen.

Als Aaron zurückschaute, sah er schwer bewaffnete Männer in Schwarz, die ein Kind trugen, dessen kleine Beine schlaff herunterhingen. Alles, was er in diesem Moment denken konnte, war: *Heiliger Strohsack!* Wie viel Mut gehörte dazu, sich einer Bombe zu nähern, die in sechzig Sekunden oder weniger explodieren würde …

Er hätte die Sekunden zählen sollen, doch das hatte er versäumt. Stattdessen verließ er sich nun darauf, dass Ian wusste, wann sie in Deckung gehen und in den Straßengraben hechten mussten.

Ian wusste es wirklich. Im nächsten Augenblick warf er Aaron zu Boden und beschützte ihn, wie er es stets tat, während die Bombe mit Getöse explodierte.

Phoebe und Georg Vanderzee unterhielten sich über Filme, während Gangster junior sie auf dem Highway in südlicher Richtung zum Anleger fuhr.

Während einer Reise nach Europa, als sie noch auf dem College gewesen war, hatte Phoebe entdeckt, dass die meisten Leute – egal, woher sie stammten – mindestens ein paar Hollywoodfilme kannten. Sie hatte außerdem herausgefunden, dass es nur sehr wenige Männer über elf Jahre gab, die *Star Wars* nicht gesehen hatten – sofern sie zumindest eine gewisse Zeit im Westen verbracht hatten.

Und beinah jeder hatte eine Meinung zu den Ewoks und Jar Jar Binks.

Georg Vanderzee hatte da auch so einiges zu erzählen. Doch mitten im Satz hielt er inne und starrte auf sein Handy.

Phoebe konnte seine Miene nicht deuten, da er nach unten schaute. Als er nun mit dem Fahrer redete, tat er das in einer anderen Sprache. Seine Stimme klang dabei guttural.

Der Fahrer antwortete, woraufhin Vanderzee in scharfem Ton etwas erwiderte.

Phoebe beugte sich vor. „Ist alles in Ordnung?“

Plötzlich bog der Fahrer scharf links ab, sodass die Reifen quietschten und Phoebe zurück in den Sitz geschleudert wurde. Der Wagen schlüpfte durch einen äußerst schmalen Durchlass in der Fahrbahntrennung aus Beton.

Sie stieß einen Schrei aus, als das Heck des Autos mit einem grässlichen Geräusch den Beton streifte. Dann schrie sie noch einmal auf, als sie über zwei Spuren hinweg durch den hupenden Gegenverkehr rasten. Irgendwie gelang es dem Fahrer, ein Überschlagen zu verhindern und den Wagen zur gegenüberliegenden Bankette zu steuern, wo das Fahrzeug sein Gleichgewicht zurückgewann, bevor Gangster junior sich schließlich in den nach Norden fließenden Verkehr einordnete. Zurück in die Stadt.

Irgendetwas war schiefgelaufen. Irgendetwas war ganz furchtbar schiefgelaufen.

Phoebe widerstand dem Impuls, in die Tasche zu greifen und das Headset-Handy hervorzuholen. Es gab niemanden, den sie anrufen konnte. Wer konnte ihr schon zu Hilfe kommen, während sie in einem Auto über den Highway donnerte?

Nicht einmal Ian würde das zustande bringen.

Und wenn der Holländer vergaß, dass sie überhaupt ein Handy bei sich hatte, konnten Sheldon oder Yashi sie vielleicht damit aufspüren.

Oder ihre Leiche.

Sie gab sich völlig naiv. „Haben Sie etwas zu Hause vergessen, Georg?“ Sie benutzte absichtlich seinen Vornamen. „Das passiert mir auch ständig …“

Vanderzee löste seinen Gurt. Er starrte sie mit harter Miene und vor Zorn funkelnden Augen an.

Und mit einer Pistole in der Hand.

Er hob die Waffe, doch anstatt abzufeuern, benutzte er sie als Schlagwerkzeug. Phoebe schaffte es noch, den Arm zu heben, um ihren Kopf zu schützen, aber es war bereits zu spät.

Als er sie ein zweites Mal schlug, wurde alles um sie herum schwarz.

Ian rollte von seinem Bruder herunter und beobachtete die Flammen und den Rauch, der in den strahlend blauen Himmel aufstieg.

Phoebe war tot. Oder würde es bald sein. Dafür würde Vanderzee sorgen.

Aus dem Augenwinkel nahm er seinen Bruder wahr; Aaron schrie irgendetwas. Die Lautstärke der Explosion hatte Ian vorübergehend taub gemacht, und tatsächlich tropfte Blut aus seinem Ohr, wie er feststellte, als er die Hand darauflegte.

Aaron versuchte ihm auf die Beine zu helfen – als gebe es jetzt noch einen Grund zur Eile. Er zeigte und gestikulierte und sprach lautlos. Ian drehte sich gehorsam um. Und da stand der Van.

Deb und Yashi waren aus dem Wagen gesprungen. Debs Körperhaltung verriet ihre Wut, während sie auf einen der Männer in der schwarzen gepanzerten Kluft einredete. Yashi kam auf sie zugerannt und half Aaron mit Ian – als sei er nur verwundet und nicht getötet worden.

Doch wenn Phoebe tot war, war Ian auch tot. Himmel, er wollte nicht ohne sie leben …

Während es in seinen Ohren summte und rauschte, schnappte er einige Fetzen auf.

Yashi: „… bringen wir ihn in den Van."

Aaron: „Ich glaube er … hat eine Kopfverletzung. Oder wegen … Explosion. Wie dem auch sei … ausgefallen."

Ganz allmählich kehrte sein Gehör zurück, und schließlich verstand Ian alles, als Deb zu ihm ging und ihm mit grimmigem Ernst erklärte: „Das war ich nicht. Das war nicht das FBI. Es war ein Geheimdienst, der die Sache an sich gerissen hat."

Aaron: „Konnten die nicht warten? Wenigstens vierzig verdammte Minuten, bis wir beim Anleger gewesen wären?"

Deb: „Ich habe es versucht. Es tut mir so leid."

Yashi: „Die Kinder sind in Sicherheit. Beide. Obwohl ich vermute, dass das für diese Typen nur ein positiver Nebeneffekt ist, eine Art Bonus."

Ian merkte, dass sie ihn in den Van geschafft hatten. Irgendwie hatte Deb die Erlaubnis erhalten, den Tatort zu verlassen. Sie saß hinter dem Steuer und lenkte den Wagen in Richtung …

Miami.

Schlagartig wurde Ian klar, was das bedeutete. Vanderzee hatte höchstwahrscheinlich irgendein Warnsystem installiert. Er musste bereits darüber im Bilde sein, dass die Bombe explodiert war. Und deshalb fuhr er auch nicht mehr zum Anleger.

Phoebe war tot. Oder sie würde es bald sein.

Der Holländer würde sie auf gar keinen Fall am Leben lassen.

Die einzige Frage, die noch offen war, lautete: Würde er sie schnell oder langsam töten?

Ian setzte sich abrupt auf. Die Benommenheit und das Summen in seinem Kopf verschwanden, und er nahm alles wieder scharf und deutlich wahr.

Dieser Scheißkerl Vanderzee würde sie langsam umbringen. Er wusste es. Er wusste es einfach.

Aber das hieß auch, dass Phoebe nicht tot war. Noch nicht.

Ian führte einen Druckausgleich durch – er glaubte, sein Trommelfell dabei flattern zu hören – und fragte: „Francine?“ Sein Headset funktionierte nicht; vielleicht lag es aber auch an dem Ohr, das ihm noch Probleme machte. Also drehte er das Headset einfach um und probierte es mit dem anderen Ohr.

Noch während er dabei war, las er in Yashis Augen, dass ihm ganz und gar nicht gefallen würde, was er gleich von Francine zu hören bekäme.

Aaron kam ihr zuvor, indem er es zusammenfasste: „Sie haben sie verloren.“

Ian hakte nach: „Den Wagen mit Phoebe?“ Es hagelte weiter schlechte Nachrichten.

„Ja, der Holländer hat eine Kehrtwende hingelegt, indem er durch eine dieser Lücken in der Fahrbahntrennung geschlüpft ist. Du weißt schon, diese kleinen Durchlässe im Baustellenbereich, damit Polizei- und Krankenwagen wenden können.“

Ian wusste, was gemeint war.

„France“, sagte er.

„Es tut mir so unendlich leid", sagte sie über das Headset. „Er hat so schnell gewendet, dass wir ihm nicht folgen konnten. Und dann hingen wir bis zur nächsten Ausfahrt auf dem Highway fest ..."

„Du kannst dich später entschuldigen", erklärte Ian. „Habt ihr inzwischen gewendet?"

„Ja", bestätigte sie. „Wir fahren jetzt in nördlicher Richtung. Ich hoffe, es macht dir nichts aus, aber ich habe Berto informiert. Damit er uns hilft. Er wohnt ziemlich nah beim kazbekischen Konsulat ..."

„Genau dorthin wird Vanderzee sie bringen", meinte Ian und führte ihren Gedanken zu Ende. Natürlich. Dadurch würden sie sich erneut in dem gefürchteten *Das-FBI-kann-nichts-ausrichten*-Szenario befinden.

„Und dorthin fahren wir jetzt", schaltete Deb sich ein.

Yashi fügte hinzu: „Wir haben das GPS-Signal von Phoebes Headset aufgefangen. Es ist allerdings abgerissen, einige Meilen, nachdem Vanderzees Wagen die Kehrtwende gemacht hat. Anscheinend ist ihm plötzlich eingefallen, dass sie es dabeihat, und daraufhin hat er es ihr abgenommen und zerstört. Wahrscheinlich hat er es einfach aus dem Fenster geworfen. Unserer Theorie nach müssten sie sich auf dem Weg zum Konsulat befinden."

„Deb setzt alles in Bewegung, damit die Überwachung des Konsulats durch das FBI aufrechterhalten wird", verkündete Aaron.

Ians Team hatte alles getan, was er auch getan hätte.

„Na schön", wandte er sich an seine Leute. Es war noch zu früh, um sie für die gute Arbeit zu loben. „Wir müssen Vanderzee aufhalten, bevor er ins Konsulat gelangt. Denn sobald er drinnen ist ..."

Würden sie nichts mehr ausrichten können.

Francines Stimme ertönte über Ians Headset. „Berto hat gerade Martell angerufen. Außer ihm sind sechs weitere Männer in vier Wagen unterwegs, die nach Vanderzees Fahrzeug Ausschau halten. Sie haben eine Beschreibung von Marke und Modell plus Kennzeichen. Wir haben schon eine Sichtung, nicht weit vom Konsulat entfernt. Berto ist unterwegs dorthin."

Ian konnte die gespannte Erwartungshaltung spüren – nicht nur die von Deb, Yashi und Aaron im Van, sondern auch die von Francine und allen in Martells Wagen.

Sie erwarteten seine Befehle. Seine Anweisungen, um Vanderzee mit allen Mitteln am Betreten des Konsulats zu hindern. Indem sie seinen Wagen rammten, auf den Mistkerl schossen oder was sonst nötig war, um ihn zu stoppen.

Plötzlich wurde Ian jedoch klar, dass der Holländer Phoebe sofort umbringen würde, wenn er glaubte, in der Falle zu sitzen.

Wenn Bertos Männer oder das FBI ihn aufzuhalten versuchten, war sie tot.

„Wir müssen ihn eintreten lassen", erklärte Ian, während in seinem Kopf ein Plan Gestalt annahm, wie es üblicherweise bei seinen besten Plänen geschah. „Lasst ihn ziehen. Aber sorgt dafür, dass er nicht wegkann."

Er registrierte Debs und Aarons Verwirrung. Yashi ruhte zu sehr in sich selbst, um irgendwie zu reagieren. Doch auch er war offenbar neugierig.

Deb fasste schließlich in Worte, was alle dachten. „Sobald der Holländer das Konsulat betritt, können wir ihm nicht mehr folgen. Sogar der Parkplatz neben dem Gebäude ist tabu."

„*Sie* können nicht hinein", widersprach Ian. „Ich hingegen schon. Und wenn es einen Angriff auf das Konsulat gibt, dürfen Sie zu Hilfe eilen. Francine!"

„Ich bin hier."

„Wenn du vor mir dort bist …"

„Das werde ich mit ziemlicher Sicherheit sein."

„Dann reiß dich zusammen und warte in der Lobby. Shel!"

„Ja, Sir?"

„Nutz deine Ausrüstung, um das Gebäude zu scannen. Wir müssen herausfinden, wo genau Phoebe gefangen gehalten wird. Sobald wir drin sind, müssen wir sehr schnell bei ihr sein." Ian wandte sich an Deb: „Okay, passen Sie auf. Wir machen Folgendes …"

27. KAPITEL

Phoebe wachte allein in einem dunklen Raum auf, mit hämmernden Kopfschmerzen, die ihr Übelkeit verursachten.

Sie lag auf dem Boden in unbequemer Lage. Das alles ergab überhaupt keinen Sinn. Du lieber Himmel, sie fühlte sich schrecklich. Hatte sie vielleicht die Grippe? Dann fiel ihr alles wieder ein.

Sie hatte darauf bestanden, mit dem Holländer im Wagen zu fahren. Ian war wütend auf sie gewesen, hatte aber einsehen müssen, dass ihm keine andere Wahl blieb. *Ich liebe dich.* Der Wagen auf dem Highway, der quer über die Fahrspuren durch den Gegenverkehr geschlittert war. Vanderzee mit der Waffe in der Hand. Trotz des explodierenden Schmerzes ihre Erleichterung darüber, dass er sie nur schlug, statt ihr eine Kugel in den Kopf zu jagen.

Phoebe bewegte sich, um ihren schmerzenden Kopf in eine bequemere Position zu bringen. Dabei merkte sie, dass ihre Hände hinter dem Rücken gefesselt waren; allerdings war die Fessel um ihre Handgelenke locker genug, dass sie sich möglicherweise befreien konnte. Ihre Füße waren an den Knöcheln zusammengebunden, aber wenn sie ihre Hände freibekommen könnte, dann würde ihr das wahrscheinlich auch bei den Füßen gelingen.

Vorausgesetzt, der Brechreiz verschwand und der Raum hörte lange genug auf, sich zu drehen, bis sie ihre Füße erkennen konnte.

Als man sie vom Wagen hier hineingebracht hatte, wo auch immer das war, hatte sie ihre Brille verloren. Deshalb war die Welt um sie herum zusätzlich noch verschwommen.

Erst jetzt fiel ihr auf, dass sie außerdem geknebelt war. Sie war *geknebelt*, und ihr Magen rumorte vom Schlag auf den Kopf. Wenn sie sich übergeben musste, würde sie ersticken.

Diese Erkenntnis verstärkte ihre Übelkeit, und als sie an dem Seil um ihre Handgelenke zerrte, schien es enger zu werden, statt sich zu lockern.

In Panik zu geraten würde nicht helfen. Deshalb schloss sie die Augen und konzentrierte sich darauf, durch die Nase zu atmen, flach und langsam. Einatmen. Ausatmen.

Ian würde sie retten. Sie wusste einfach, dass er sie retten würde.

Es sei denn, er war bereits tot. Na schön, daran zu denken war mindestens genauso schlimm wie daran, sich übergeben zu müssen. Negative Gedanken würden ihr nicht weiterhelfen. Sie würde sich *nicht* übergeben, und Ian war *nicht* tot.

Und das bedeutete, er war schon zu ihrer Rettung unterwegs. Tja, aber zuerst musste er sie finden.

Phoebe stellte sich den Überwachungsvan vor und das Equipment darin, das Ian und sein Team bei der Suche nach ihr benutzen würden.

Sie mochte keine Ahnung haben, wo sie sich befand, doch Ian hatte es vielleicht längst herausgefunden.

Wenn er irgendwo dort draußen war, würde sie ihm helfen.

Also fing Phoebe an zu summen. Mit dem Knebel im Mund konnte sie nur einen relativ leisen Ton hinten im Hals erzeugen. Als sie zuversichtlicher wurde, dass sie sich dadurch nicht übergeben musste, wurde sie jedoch etwas lauter.

Row, row, row your boat …

Erneut schloss sie die Augen und bemühte sich, ihre Hände so schmal wie möglich zu machen, um sie aus den Fesseln zu befreien.

Der Van war noch zehn Minuten vom Konsulat entfernt, als Ians Handy klingelte.

Nachdem der Truck bei der Explosion in Flammen und Rauch aufgegangen war, hatte er mehrmals versucht, Vanderzee auf dessen Handy zu erreichen. Er hatte sogar Nachrichten hinterlassen, doch erst jetzt rief der Holländer ihn zurück.

Ian spielte den Empörten, in der Hoffnung, dass Vanderzee es ihm abkaufte. „Was zum Geier ist da los, Georg? Da waren schwarze Helikopter, gegen die ich nichts ausrichten konnte. Ich bin nur knapp mit dem Leben davongekommen. Deine Fracht ist komplett in die Luft geflogen …“

„Du kannst mit der Schauspielerei aufhören", unterbrach der Holländer ihn. „Ich weiß durch meine Quellen längst, dass die Fracht ihrer Mutter zurückgegeben wurde. Und da man dich nicht verhaftet hat, musst du mit der Polizei zusammengearbeitet haben. Streite es nicht ab."

Es gab Momente, da half es, alles abzustreiten. Dies war keine dieser Gelegenheiten, und daher probierte Ian es mit dramatischem Selbstmitleid. „Mir blieb keine andere Wahl, die hatten mich an den Eiern …"

Vanderzee schnitt ihm erneut das Wort ab: „Ich nehme mal an, dass ich etwas habe, was du zurückhaben willst, und eigentlich dachte ich, wir sollten uns einig werden …"

„Das können wir bestimmt", versicherte Ian ihm.

„Nein", widersprach der andere. „Das können wir nicht. Die Kinder und ihre Mutter verschwinden im Zeugenschutzprogramm der Regierung, während wir hier miteinander sprechen. Nicht einmal jemand wie du wird in der Lage sein, sie zu finden. Meine Hoffnung, dass du sie aufspüren und sie für mich umbringen kannst, hat sich also zerschlagen. Selbst wenn du in der Lage dazu wärst, stündest du hinterher noch in meiner Schuld. Der Vater der Kinder hätte drei Millionen für sie gezahlt, tot. Zehn, wenn sie lebend nach Hause gekommen wären."

Da waren sie – weitaus realistischere Zahlen als die eine Million extra, von der Vanderzee gesprochen hatte, sollten die Kinder lebendig ihren Zielort erreichen.

„Wenn es dir ums Geld geht …", setzte Ian an.

„Das Geld ist nur ein Teil. Aber ich werde jetzt einen langjährigen Freund enttäuschen."

„Du musst ihn nicht enttäuschen", sagte Ian schnell. „Ich kann dir helfen, ihn davon zu überzeugen, dass die Kinder bei der Explosion ums Leben gekommen sind. Die Gruppe, die meinen Lastwagen angegriffen hat, nahm nicht viel Rücksicht darauf, ob sie überleben würden oder nicht – solange Dr. Vaszko daran gehindert würde, nach Kazbekistan zurückzukehren. Es ist ein Wunder, dass sie überlebt haben, und es wäre ein Leichtes, es so darzustellen, dass sie tot sind. Ich kann dir einen unbestreitbaren Beweis ihres Todes besorgen und dir die Differenz des Betrages erstatten …"

„Nun, sie bedeutet dir wirklich etwas, ja?", meinte der Holländer, und Ian begriff, dass er die Sache ganz falsch anging.

Er zwang sich zum Lachen. „Du machst Witze, oder? Phoebe, falls das überhaupt ihr richtiger Name ist, arbeitet für die Regierung. Sie hielt mich an der Leine und hat mich die ganze Zeit kirre gemacht. Ich habe ihr ein bisschen was vorgegaukelt und ihr auf den Zahn gefühlt. Lohnt sich nicht, aber he, tu, was du tun musst. Prügel sie durch oder was auch immer. Du solltest sie allerdings nicht umbringen, ohne dir im Klaren darüber zu sein, was unsere Regierung mit Leuten anstellt, die ihre Bundesagenten umlegen. Die jagen dich mit Drohnen bis ans Ende der Welt. Und du wirst in einer Höhle in Kazbekistan hausen und dort vor Langeweile irgendwann Selbstmord begehen." Er lachte erneut. „Du willst mit dem Mord an ihr durchkommen? Dann bring sie in dein Land und heirate sie zuerst. Aber viel Glück dabei. Sie ist nämlich ein echtes Miststück. Meinen Bossen ist sie jedoch anscheinend einiges wert; wenn du also deine Meinung änderst und sie gegen die Totenscheine eintauschen willst, damit dein langjähriger Freund seinen Frieden findet und du wenigstens einen Teil deiner Verluste wieder hereinbekommst, dann lass es mich wissen. Du hast dreißig Minuten, um mich zurückzurufen, bevor der Deal nicht mehr im Angebot ist."

Mit einem Klick unterbrach Ian die Verbindung.

Der Schweiß rann in Bächen an ihm herunter. „Fahren Sie schneller", befahl er Deb.

Ian lebte!

Phoebe sah Georg Vanderzee an, der vor der jetzt wieder verriegelten Tür stand. Er war in den Raum getreten, während er mit Ian telefoniert hatte.

Und er hatte den Lautsprecher eingeschaltet, sodass sie alles mithören konnte.

Ich habe ihr ein bisschen was vorgegaukelt … Ein echtes Miststück … Lohnt sich nicht.

Na schön, das hörte sie nicht so gern, aber was hätte Ian sonst sagen sollen? Offenbar hatte er den Holländer davon überzeugen wollen, dass es zwischen ihm und ihr keinerlei emotionale Bindung gab. Dass es ihn kaltließ, ob Vanderzee sie nun umbrachte oder ihr Schmerzen zufügte.

Tu, was du tun musst. Prügel sie durch oder was auch immer.

Hatte Ian womöglich geahnt, dass sie eventuell zuhörte? Wollte er sie damit an die Geschichte erinnern, die er ihr von dem Holländer erzählt hatte? Von einer seiner minderjährigen Frauen, die Vanderzee wohl am Leben gelassen hätte, wenn Ian ihn nicht daran zu hindern versucht hätte, sie zu schlagen?

Kurz bevor Vanderzee den Raum betreten hatte, war es Phoebe gelungen, die Hände freizubekommen. Sie hatte sich auf einen Stuhl gesetzt, um ihre Füße besser erreichen zu können, die viel fester miteinander verschnürt waren, als ihre Handgelenke es gewesen waren. Sie hatte die Fesseln zwar nicht lösen können, aber immerhin war sie den Knebel losgeworden. Allerdings hatte sie ihn sich schnell wieder in den Mund gesteckt, als sie Vanderzee an der Tür gehört hatte.

Sie hatte außerdem rasch die Hände hinter dem Rücken verborgen, wo sie sie nun rieb, um besondere Wärme zu erzeugen, damit sie sich von den anderen menschlichen Wärmequellen in diesem Gebäude abhob.

Phoebe wusste, wenn sie sich bewegen würde, wäre klar, dass ihre Hände nicht mehr gefesselt waren. Andererseits vermutete der Holländer das sicher schon; als er gegangen war, hatte sie schließlich als hilfloses Bündel auf dem Boden gelegen.

Es sei denn, Gangster junior hatte sie in dieses Zimmer geschleppt, und Vanderzee glaubte, er habe sie auf diesen Stuhl gesetzt …

Bei diesem Gedanken zögerte sie, und ihre Unentschlossenheit überlagerte das Pochen in ihrem Kopf jeweils für wenige Sekunden. Sollte sie still sitzen bleiben oder handeln? Still sitzen? Handeln?

Unterdessen klopfte sie mit dem Fuß weiterhin die Melodie des Songs auf den Boden: *Gently down the stream …* Sie hoffte inständig, dass irgendwer zuhörte.

Als Francine vor dem Konsulat hielt, war der Van mit Ian an Bord noch mindestens ein paar Minuten entfernt.

Sheldon war aus dem Wagen gesprungen, ehe er ganz zum Stehen gekommen war, und rannte nun über die Straße zu einem Pizzawagen, der einfach ein Überwachungsfahrzeug des FBI sein *musste*. Sie konnte über ihr Headset hören, wie er Deb das Kennzeichen nannte und die FBI-Agentin daraufhin den Befehl gab, Sheldon hereinzulassen.

Tatsächlich wurde die Hecktür des Pizzavans geöffnet und Shel blitzschnell hineingezogen.

Seine Aufgabe bestand jetzt darin, Ian mit so vielen Informationen wie möglich zu versorgen. Das hieß, Sheldon brauchte Zugang zu Equipment, das er nicht bei sich im Wagen hatte.

Francines Job hingegen war es …

Martell schaltete sein Headset-Mikrofon aus. „Ich will mit dir hineingehen", erklärte er.

„Das geht nicht", erwiderte sie und schaute kurz zum Konsulat, während sie ihre Pistole überprüfte. Sie war gesichert und geladen. „Du musst auf Deb warten."

Das Konsulat wirkte noch unscheinbarer als auf den Fotos, die sie gesehen hatte. Es handelte sich um ein typisches floridianisches Gebäude aus der Nachkriegsära: eingeschossig, weitläufig und aus Beton, mit einem weißen schmiedeeisernen Zaun, der das Grundstück begrenzte, sowie einem dazu passenden weißen Blechdach. Einst war es ein Wohnhaus gewesen, doch man hatte es renoviert und mit einem großen Anbau nach hinten versehen. Der ehemalige Garten war zu einem gekiesten Parkplatz umfunktioniert worden, und in einer der Ecken stand ein geschlossener Carport.

Das Gebäude verfügte nur über oberflächliche Schutzvorkehrungen. Es gab keine riesigen Betonblöcke zur Abwehr von Autobomben, denn genau genommen existierte diese Vertretung bloß, damit der Botschafter in den Genuss der Vorzüge eines Miami-Urlaubs kam.

Francine vermutete, dass der Eingang schwach bewacht war. Wachleute würde es jedoch mit Sicherheit geben, und die waren bewaffnet. Außerdem wusste sie, dass Vanderzee und Gangster junior drinnen ebenfalls Waffen trugen.

„Wenn der Holländer dich sieht, wird er dich wiedererkennen.“ Martell hielt sie am Arm fest, und in seinen hübschen braunen Augen las sie tiefe Besorgnis.

„Hab sie gefunden!“, ertönte Shels Stimme über Francines Headset. Zugleich zuckte sie vor Schreck zusammen, als Berto an ihre Scheibe klopfte. Er stand auf dem Gehsteig und sah in den Wagen hinein. „Hinterer Flügel, das Zimmer am Ende des Flurs. Sie summt den Song, den Ian für Mikrofontests benutzt.“

„Sie lebt“, murmelte Francine zur selben Zeit wie Ian. Allerdings verlieh sie ihrer Erleichterung darüber Ausdruck, indem sie sich zu Martell hinüberbeugte und ihn küsste – und zwar nicht, um Berto zu ärgern.

„Warte auf Deb“, wiederholte sie. „Ich gehe mit Berto rein.“

Handeln oder nicht, handeln oder nicht …?

Vanderzee starrte wütend auf sein Handy. Vielleicht las er seine Mails, vielleicht wartete er auch auf eine Nachricht von Gangster junior. Oder er überlegte, ob er Ians verrückten Deal annehmen sollte.

Row, row, row your boat …

So verrückt war der eigentlich gar nicht: Vor ein paar Tagen hatte sie das selbst vorgeschlagen. Man sollte den Psycho-Vater glauben lassen, die Kinder seien tot, weil er sonst nie aufhören würde, sie zu verfolgen. Mit diesem Plan hätte die Sache ein für alle Mal ein Ende.

Handeln oder still sitzen bleiben …?

Das Zeugenschutzprogramm war zwar gut für die Kinder und deren Mutter. Allerdings könnte es sich als Herausforderung erweisen, eine Atomphysikerin zu verstecken, die ihr hart erworbenes Wissen sinnvoll anwenden wollte …

Gently down the stream …

Als Vanderzee sich endlich umdrehte und das Mobiltelefon in die Tasche steckte, bemerkte Phoebe die Pistole, die er im Schulterhalfter trug. Sie spürte, dass er wütend war. So wütend, dass er als Nächstes die Waffe ziehen und Phoebe töten würde.

Also riskierte sie alles, entschied sich für das Handeln und hoffte auf Prügel statt einer Kugel in den Kopf. Sie sprang auf und stürzte sich auf ihn, indem sie auf ihn zuhüpfte, da ihre Füße ja nach wie vor gefesselt waren. Dabei brüllte sie so laut, wie es ihr mit dem Knebel möglich war.

Sie rammte ihn mit der Schulter und hatte extra tief gezielt, auf sein Gleichgewichtszentrum. Und wirklich, er ging zu Boden – zu ihrer beider Erstaunen.

Er kroch weg von ihr. Der Zorn, der sich auf seinem fast attraktiven Gesicht zeigte, wuchs sich dabei zu etwas Grauenhaftem aus, als sich lustvolles Vergnügen hineinmischte.

Und da kamen sie nun, die Prügel, um die sie gebeten hatte.

Phoebe wappnete sich und summte Ians Lied weiter.

Merrily, merrily, merrily, merrily …

Er schlug sie, hart, und sie landete auf dem Boden, ebenso hart. Dann war er auf ihr und prügelte wie wild auf sie ein, während er sie mit seinem Körpergewicht unten hielt.

Doch erst als seine Hände sich um ihren Hals legten, hörte Phoebe auf zu singen.

„Heiliger Strohsack, Eee! Ich glaube, er bringt sie um!“ Shels Stimme kam über Ians Headset. Deb trat auf die Bremse, sodass der Wagen nur eine Straße entfernt vom Konsulat schlitternd zum Stehen kam.

„Steigt aus!“, rief Ian und schwenkte seine Waffe, damit Yashi und Deb das auch aussagen konnten.

„Shirt ausziehen“, wies Deb ihn an, während sie den Fahrersitz räumte. „Daran hätte ich vorher denken sollen!“

Ian wusste, warum sie das sagte. Er zerrte sich das T-Shirt über den Kopf und rutschte hinter das Steuer.

Bei einem Angriff auf ein ausländisches Konsulat tat man gut daran, deutlich zu zeigen, dass man kein Selbstmordattentäter mit einer Sprengstoffweste war. Dazu war es hilfreich, am besten mit nacktem Oberkörper zu gehen.

Außerdem würden die Chirurgen später keine Stofffetzen aus den Schusswunden entfernen müssen.

Vorausgesetzt, er überlebte.

„Los geht's", murmelte Ian, an die Teammitglieder gewandt, die noch in der Lage waren, seine Worte zu hören. „Jetzt komme ich."

Ian Dunn war verdammt noch mal übergeschnappt.

Martell sah den Van – früher weiß, jetzt blau und zerbeult – auf das Konsulat zurasen und sogar noch schneller werden. Er registrierte Ian am Steuer, der so wirkte, als würde er für ein Foto posieren, das demnächst im Lexikon neben dem Begriff „Entschlossenheit" abgedruckt werden würde.

Vielleicht repräsentierte er aber auch besser den Eintrag für „wahre Liebe".

Der Kerl schien bemerkenswert gefasst zu sein, wenn man bedachte, dass er innerhalb der nächsten Sekunden eines gewaltsamen Todes sterben würde.

Doch jetzt durchschaute Martell seine Absicht klar und deutlich.

Sobald Ian das Verbrechen begangen hatte, ein Loch in die Mauer des Konsulats von der Größe eines Vans zu schlagen, konnte das FBI hinein, um ihn festzunehmen – und dabei zu helfen, das Gebäude zu evakuieren.

Sämtliche Räume würden zu diesem Zweck durchsucht werden müssen, einschließlich der, in denen sich gekidnappte Opfer befanden.

Martell beobachtete, wie der Van abhob, als er auf den Bordstein traf, und schließlich wie eine Rakete in das linke vordere Fenster des Gebäudes krachte.

Deb rannte an ihm vorbei, dicht gefolgt von Yashi und Aaron. Martell setzte sich ebenfalls, so schnell er konnte, in Bewegung und betete im Stillen, dass sie nicht zu spät kommen würden.

Francine stand zusammen mit Berto in der Lobby des Konsulats. Sie wusste genau, was kommen würde, und glaubte eigentlich, vorbereitet zu sein.

Doch als Ian den Van durch das Fenster fuhr, wurde ihr klar, dass es unmöglich war, vollkommen für einen solch gewaltigen Moment gewappnet zu sein.

Glas splitterte, als sei eine Bombe explodiert. Staub und Betonsplitter flogen in alle Richtungen. Eine Vorhangstange flog dicht an ihrem Kopf vorbei, während die Ringe, an denen der Vorhang befestigt gewesen war, über die jetzt rissigen Bodenfliesen rollten.

Die zwei Wachleute mit identischen Uniformen und Makarow-Pistolen retteten sich mit einem Hechtsprung zur Seite und suchten Schutz hinter dem Tresen einer Sicherheitskontrollstelle.

Berto packte Francine beim Arm, um sie aus der Bahn eines heranpolternden Metallwrackteils – der Kühlergrill des Vans? – zu zerren. Doch sie riss sich los. Sie war nicht hier, um Deckung zu suchen, sondern, um anzugreifen.

„Helfen Sie meinem Mann!“, schrie sie und stellte sich zusammen mit Berto zwischen die beiden bewaffneten Wachleute und das rauchende Wrack des Vans.

Berto bedachte sie mit einem müden Blick, als wollte er sagen: *Echt?* Aber dann tat er, was sie von ihm erwartete, indem er zu Boden sank, beinah auf die Wachleute, die sich noch nicht ganz aufgerappelt hatten. Dabei hielt er sich die Hände vors Gesicht und brüllte: „Meine Augen! Meine Augen!“

In diesem Moment kam Deb durch die Tür hereingestürmt. „FBI! Auf den Boden!“ Gleichzeitig kroch Ian aus der Beifahrertür des Vans, mit nacktem Oberkörper und blutend aus diversen Schnittwunden, die er sich durch die zerborstene Windschutzscheibe zugezogen hatte. Er hob die Hände über den Kopf und ging auf dem von kleinen Trümmerteilen übersäten Fußboden in die Knie.

Yashi, Aaron und Martell tauchten direkt hinter Deb auf.

„Ich glaube, da war noch jemand im Van!“, rief Francine. „Er rannte dort entlang." Sie zeigte auf den Flur, der zum hinteren Teil des Gebäudes führte.

„Bleiben Sie bei ihm", befahl Deb Martell, der seine Waffe auf Ian richtete, während sie durch den Flur rannte und schrie: „FBI! Wir haben einen möglichen Eindringling! Alle kommen mit erhobenen Händen raus auf den Flur, zu Ihrer eigenen Sicherheit!"

Yashi folgte Deb, und Francine war auf dem Sprung, unmittelbar hinter ihm, als sie es hörte.

Sie alle hörten es.

Scharf. Laut. Unmissverständlich. Es kam aus dem hinteren Teil des Konsulats.

Ein einzelner Schuss.

Francine sah sofort zu Ian, und der Ausdruck auf seinem Gesicht war schrecklich.

Berto trat an ihre Seite. „Himmel", flüsterte er. „War das …?"

„Ich glaube schon", sagte Francine.

Ian hatte verloren.

Oder gefunden.

Als der Schuss ertönte, wusste er nur, dass es reichte. Genug war genug. Er musste wissen, ob Phoebe tot war.

Auf keinen Fall würde er hier auf dem Boden liegen und darauf warten, bis Deb mit der Nachricht zurückkehrte, dass er eine beschissene Minute zu spät gekommen war.

Allerdings war Martell nicht der Einzige, der mit einer Waffe in der Hand dastand und auf Ian zielte. Andere FBI-Agenten – Männer und Frauen, die Ian nicht kannten – waren herbeigeeilt und versuchten sich ein Bild vom Geschehen zu machen.

Als Ian aufstehen wollte, schrien alle: „Runter auf den Boden! Unten bleiben! Los!"

Ian behielt die Hände oben, doch dass er nicht auf der Stelle erschossen wurde, verdankte er der Tatsache, dass Martell, Francine, Aaron und Sheldon, ja, sogar Berto – wo war der denn hergekommen? – ihn plötzlich umringten. Schützend.

Auch das spielte jetzt jedoch keine Rolle. Sollten sie ruhig auf ihn schießen.

Ian rannte den Flur entlang, schneller und schneller, noch immer umgeben von seinem Team, das wiederum vom FBI und den kazbekischen Wachleuten verfolgt wurde. Alle schrien durcheinander, nur Ian war still.

Der Flur bog nach links ab, und er erinnerte sich daran, dass Shel gesagt hatte, Phoebe befinde sich in dem Raum ganz am Ende.

Vor ihm auf dem Boden lag ein Mann; es war Vanderzees Bodyguard, Gangster junior. Er lag auf dem Bauch, hatte die Hände auf dem Kopf. Yashi kniete auf seinem Rücken, legte ihm Handschellen an und sagte etwas, das Ian wegen des Geschreis um ihn herum nicht verstehen konnte.

„Wenn ihr mich erschießen wollt, dann bringt es doch verdammt noch mal hinter euch!“, brüllte Ian lauter als alle anderen, die überrascht verstummten. Dann stieß er die Tür zu dem Zimmer auf, in dem Deb neben einer blutüberströmten Leiche kniete. Sie breitete gerade eine Jacke oder einen Pullover über das Gesicht, aber es handelte sich nicht um eine Frau, es war nicht …

Phoebe …?

Phoebe saß ein paar Schritte entfernt. Sie lebte.

Ian rannte zu ihr, was erneutes Geschrei auslöste. Diesmal überließ er es Deb, die anderen zu übertönen. „Schon gut! Schon gut! Er ist mein Gefangener, ich habe ihn in Gewahrsam genommen. Bitte alle zurücktreten auf den Flur. Na los, Bewegung!“

Ian warf sich auf den Boden, und sie schloss ihn in die Arme.

„Ich bin hergekommen, so schnell ich konnte“, erklärte er, während sie gleichzeitig sagte: „Ich habe Georg getötet, aber das geht in Ordnung, oder? Er wollte mich umbringen. Er hat mich gewürgt, und da war seine Waffe. Ich glaube, er hat nicht gemerkt, dass ich meine Hände freibekommen hatte.“

„Du hast das großartig gemacht“, erwiderte er, ihr Gesicht in beiden Händen haltend, während ihm klar wurde, was der Schuss zu bedeuten gehabt hatte. *Sie* hatte den Holländer getötet.

Und ihr fehlte wirklich nichts. Ihre Stimme klang rau, ihre Kehle schien wund zu sein. Ihre Lippe blutete und war geschwollen, und zu seinem Entsetzen wies ihr Hals Abschürfungen auf, als sei sie gewürgt worden – was ja der Fall war. An der Brust hatte sie einen tiefen Kratzer, den er wegen des großzügigen Dekolletés gut sehen konnte. Und daran, wie sie vor Schmerz das Gesicht verzog, erkannte er, dass der Dreckskerl ihr möglicherweise mindestens eine Rippe gebrochen hatte.

Aber sie lebte.

„Deb meint, wir haben die Kinder gerettet", sagte sie mit Tränen in den Augen.

„Ja, haben wir", bestätigte er und merkte, wie auch seine Augen sich mit Tränen füllten.

„Ian, es tut mir leid. Ich hätte nicht mit ihm fahren sollen, aber … ich musste es einfach tun."

„Ich weiß", antwortete er. „Ist schon in Ordnung."

„Ist jemand verletzt worden?", erkundigte sie sich.

Ian schüttelte den Kopf. „Nur du."

„Mir fehlt nichts", versicherte sie ihm. „Obwohl dieser Scheißkerl meine Brille verloren hat."

Ian lachte. Wahrscheinlich hätte er sie nicht küssen sollen, aber er tat es dennoch. Es widerstrebte ihm, ihrem armen geschundenen Mund wehzutun, doch er konnte nicht widerstehen. Da sie seinen Kuss leidenschaftlich erwiderte, schien es ihr nichts auszumachen.

Die Gefühle, die in ihm erwachten, erschütterten ihn bis tief in seine Seele. Ians Brust war wie eingeschnürt, sodass ihm das Atmen schwerfiel. Und als er sie direkt ansah, brachte er kein Wort heraus. Stattdessen legte er die Stirn an ihre, während sie nun sein Gesicht umschloss. Mit kühlen Fingern strich sie ihm über die Haare.

Doch er musste es ihr erzählen, und mit peinlich bebender Stimme setzte er deshalb an: „Du hast mir nicht geglaubt, als ich es einmal gesagt habe, aber es ist die Wahrheit." Er schaute ihr tief in die Augen. „Ich liebe dich. Wie verrückt. Von ganzem Herzen. Zutiefst. Aufrichtig …"

„Ich weiß“, unterbrach Phoebe ihn lächelnd.

Wieder musste Ian lachen, doch ehe er etwas auf ihre Han-Solo-Imitation erwidern konnte, kehrte Deb zurück, zerknirscht und genervt. „Ian, es tut mir leid. Wenn wir mit unserem Schwindel durchkommen wollen, muss ich Ihnen Handschellen anlegen und Sie festnehmen.“

Ian nickte und wandte sich noch einmal an Phoebe: „Ich glaube, ich brauche einen guten Anwalt.“

„Ja“, pflichtete Phoebe ihm bei. „Und ein neues Shirt. Nicht, dass ich mich beschweren will, aber ich schätze, du brauchst auch ein neues Shirt.“

Als Ian die Hände auf den Rücken legte, damit Deb ihn in Handschellen abführen konnte, brachte Phoebe ihn zum Grinsen.

„Ich werde dir eines besorgen“, versprach sie. „Wenn ich dich auf Kaution raushole.“

„Danke“, meinte er.

Unsicher erwiderte sie sein Lächeln und sagte schließlich die Worte, die er wirklich hören wollte. „Ian, ich liebe dich auch.“

28. KAPITEL

Aaron und Shel saßen auf dem Kofferraum von Martells Auto, das bei den zahlreichen Krankenwagen vor dem Konsulat geparkt war, als Berto auf sie zuging.

„Hallo", begrüßte er die beiden.

Aaron sah Shelly ein wenig ratlos an. Wollte er überhaupt mit seinem Halbbruder sprechen?

Aber Shel erwiderte den Gruß bereits. „Hallo. Danke für deine Hilfe. Das war sehr außergewöhnlich."

„Na ja." Berto zuckte die Schultern. „Francine rief an, deshalb …"

„Wir schulden dir einen Lastwagen", stellte Shel fest.

Ja. Richtig. Der Lastwagen, den sie in die Luft gejagt hatten, gehörte Berto. Beides, Zugmaschine und Anhänger. „Das könnte ein bisschen dauern, ehe wir den abbezahlt haben", meinte Aaron.

„Vergesst es, der war versichert", gab Berto zurück. „Was denn?", fügte er hinzu, weil er zweifellos Aarons überraschtes Gesicht bemerkte. „Ihr glaubt nicht, dass ich versichert bin? Die meisten Geschäfte, die ich mache, sind völlig legal. Ich bin nicht wie mein verdammter Vater." Er seufzte. „Was uns zum Thema bringt. Ich habe gestern Abend mit Davio gesprochen. Ja, er hat Manny umgebracht, eindeutig, aber wir haben beide so getan, als wäre er es nicht gewesen. Um es kurz zu machen: Wir sind zu einer Einigung gekommen. Ich nahm ihm das Versprechen ab, dass er euch in Ruhe lässt. Null Kontakt. Ab sofort. Er gab mir im Beisein seiner Lieutenants sein Wort, deshalb können wir wohl darauf vertrauen." Berto lachte. „Wenn nicht, wird sich schnell herumsprechen, dass sein Wort nicht mehr viel gilt. Und ob ihr es glaubt oder nicht, das bedeutet ihm eine Menge. Ihr könnt Ian also erzählen, dass unser Deal gestorben ist. Es besteht kein Bedarf mehr. Es ist alles beglichen. Ihr seid sicher. Ihr zwei und Rory ebenso wie Ian und Francine."

Aaron starrte Sheldon an, der es nicht fassen konnte.

„Du meine Güte“, flüsterte dieser. „Was musstest du ihm dafür versprechen?“

Berto lachte, aber es klang nicht fröhlich. „Das spielt keine Rolle.“

„Und ob das eine Rolle spielt!“

„Hört zu“, sagte Berto. „Die letzten paar Tage haben mir die Augen geöffnet. Euch mit dem Kind zu sehen. Francine mit diesem … Ich hasse Martell, aber er ist ein guter Kerl. Er ist gut zu ihr, und das … macht mich froh. Das alles. Du hast eine Familie, Shel, eine gute; viel besser als die, in die du hineingeboren wurdest.“

„Was hast du ihm versprochen?“, beharrte Sheldon.

„Ich habe ihm Loyalität geschworen.“ Berto zuckte die Achseln, als sei das keine große Sache.

„Um Himmels willen“, stieß Sheldon stöhnend hervor.

„Das ist okay, kleiner Bruder“, meinte Berto und empfand es offenbar wirklich so. „Ich habe vor langer Zeit alles verloren, was mir lieb war, weil ich es vermasselt habe. Es war mein Fehler, meine Schuld. Man erntet, was man sät. Und ich freue mich, dass du nur Gutes erntest. Mach weiter so. Ich komme schon klar.“

Er hielt Aaron die Hand hin, und Aaron nahm sie und schüttelte sie. Dasselbe wiederholte Berto bei Shel, zog ihn dann jedoch vom Kofferraum herunter und umarmte ihn unbeholfen.

„Passt auf euch auf“, ermahnte Berto die beiden und ging davon.

Sheldon sah perplex aus. Aaron ergriff seine Hand und zog ihn wieder zu sich auf Martells Wagen. Er verschränkte seine Finger mit Sheldons – was die beiden normalerweise in diesem Teil Miamis nicht ohne Weiteres taten. Aber es war ein höllischer Tag gewesen.

„War es falsch von mir, ihn gehen zu lassen?“, fragte Shel schließlich.

„Nein“, antwortete Aaron.

„Ist dir klar, was das bedeutet? Dass deine Strafakte gelöscht ist und Davio uns nicht länger jagt?“ Shelly beantwortete sich die Frage gleich selbst. „Wir können ein normales Leben führen."

Aaron grinste. „Na ja, so normal wir eben sein können. So wie ich Ian kenne, wird er den Laden nämlich wieder zum Laufen bringen wollen. Weil er doch nicht mehr ins Gefängnis muss."

Shel nickte mit ernster Miene. „Wir werden ein Kindermädchen brauchen. Und das Hauptquartier dieses Unternehmens sollte unser Haus sein, damit Rory bei uns sein kann – als Entschädigung für die Male, wenn wir unterwegs sind."

„Außerdem sollten wir uns einen Generalunternehmer suchen, um das Haus reparieren zu lassen."

„Und wir schaffen uns einen Hund an", fügte Shel hinzu, und als Aaron ihm in die Augen schaute, sah er ihre ganze wundervolle Zukunft vor sich.

„Zwei Hunde", korrigierte Aaron ihn.

Shelly lächelte und küsste ihn. „Einverstanden."

Martell wartete draußen vor dem provisorischen FBI-Befehlsstand, ein Stück entfernt vom kazbekischen Konsulat.

Deb hatte mit der örtlichen Polizei gesprochen, die das Konsulat schon observiert hatte, seit die Kinder als vermisst gemeldet worden waren. Gerade hatte sie einen Anruf von einem hohen Vorgesetzten erhalten, vielleicht war es sogar das Ministerium für Innere Sicherheit der Vereinigten Staaten. Man hörte sie nur „Ja, Sir" sagen und „Danke, Sir" und „Ich habe bloß meine Arbeit gemacht, Sir."

Am liebsten wollte Martell ihr das Telefon aus der Hand reißen und verkünden: *Wenn ihr schlau seid, dann befördert ihr diese Frau!* Aber vermutlich würde sie das nicht gutheißen.

Ian war in die Innenstadt gebracht worden. Man hatte Yashi zu seiner Bewachung abgestellt, um zu gewährleisten, dass er nicht aus Versehen nach dem nicht falschen Kuba verschifft wurde.

Martell bekam mit, dass Deb sich bereit machte, um Phoebe zuerst ins Krankenhaus zu begleiten; dort musste sie sich zur

Kontrolle untersuchen lassen, denn immerhin war sie beinah ums Leben gekommen. Anschließend sollte Deb sie zu ihrer Wohnung bringen, damit sie ihre Ersatzbrille holen konnte, ehe sie gemeinsam zu Ian ins FBI-Hauptquartier fahren würden.

Endlich hörte Deb auf zu telefonieren, und Martell gelang es, Blickkontakt herzustellen. Lächelnd kam sie auf ihn zu.

„Gute Arbeit heute", meinte sie, während er gleichzeitig erklärte: „Sie haben heute einen echt guten Job gemacht."

Dann sagten beide unbeholfen wie zwei Siebtklässler: „Danke."

Martell fügte hinzu: „Ich wollte nur sichergehen, dass ich die Gelegenheit bekomme, das zu sagen, bevor ich mich auf den Rückweg nach Sarasota mache und Sie abreisen nach … tja, wohin es Sie als Nächstes verschlägt."

„Oh", erwiderte sie. „Ja. Das weiß ich nicht. Wahrscheinlich gehe ich zurück nach Boston. Oder nach Washington, D.C. Das hängt wohl davon ab, wo ich gebraucht werde."

„Nun", sagte Martell. „Wenn Sie mal wieder billige Unterstützung brauchen oder jemanden, der einen Kilt trägt, ohne wie ein katholisches Schulmädchen darin auszusehen …" Ah, verdammter Mist, hatte er das wirklich gerade gesagt? Konnte man noch etwas Dümmeres von sich geben? „Wie dem auch sei, Sie wissen ja, wo Sie mich finden können."

Sie lachte. Was hätte sie sonst auch tun können? Ihm ins Gesicht schreien, was für ein Verlierer er war, und dann schnell wegrennen?

Martell fasste sich ein Herz. Mehr blamieren konnte er sich ohnehin kaum. „Ich frage mich die ganze Zeit schon, was … Also, in dieser Nacht auf der Jacht, als der Holländer den Sonnenaufgang nicht sehen sollte … hätten Sie da wirklich Punkt, Punkt, Punkt?"

Jetzt sah sie ihn tatsächlich an wie einen Idioten. Noch dazu wie einen, der sie soeben beleidigt hatte.

Sie klang ernsthaft empört, als sie antwortete: „Ach, das haben Sie sich also gefragt, ja? Wollen Sie mich vielleicht verurteilen, obwohl Sie exakt das Gleiche …"

„He, mal langsam“, unterbrach Martell sie, als ihm schwante, worauf das hinauslief. „Warten Sie. Nein! Sie glauben im Ernst …“

Und wieder redeten sie gleichzeitig. Deb ergänzte: „… mit Francine getan haben?“, während Martell sagte: „… Francine und ich …“

Dann sprach nur er. „… hätten was miteinander gehabt? Das stimmt nicht. Das war bloß gespielt. Sie wissen schon. Um Berto hereinzulegen. Mehr steckte nicht dahinter. Ehrlich. Anscheinend haben wir Sie auch zum Narren gehalten. Aber da war nichts zwischen uns. Selbst wenn sie gewollt hätte, wäre ich nicht darauf eingegangen. Sie hat nämlich echt Schwierigkeiten, und es wäre einfach nicht fair, so etwas auszunutzen.“

Deb kaute auf ihrer Unterlippe. „Hm, dann sind Sie wohl definitiv besser als ich.“

„O wow“, entgegnete Martell. „Das wollte ich damit gar nicht andeuten …“

In dem Moment rief jemand vom Befehlsstand nach ihr, und sie zeigte mit dem Daumen hinter sich. „Es ist wirklich in Ordnung. Ich muss los.“ Sie wandte sich zum Gehen, drehte sich jedoch noch einmal um. „Falls wir uns nicht mehr sehen vor Ihrer Abreise …“ Sie hielt ihm die Hand hin.

Er ergriff sie. Wollte sie sich tatsächlich mit einem Händeschütteln verabschieden?

Ja, anscheinend.

Und dann war sie auch schon weg.

„Mist“, brummte Martell und nahm jetzt Francine wahr, die knapp außerhalb seines Sichtfeldes gestanden hatte. Und die ihn erst vor Kurzem geküsst hatte, als meine sie es ernst. „He. Verdammt. Hallo.“

„Ja“, gab sie zurück, und ihm wurde bewusst, dass sie gehört hatte, was er zu Deb über sie gesagt hatte. *Sie hat echt Schwierigkeiten.* „Ich habe darüber nachgedacht, ob wir mal zusammen essen gehen sollten … Ich glaube, das ist keine gute Idee.“

„Oh.“ Das war alles, was ihm dazu einfiel, denn er war selbst überrascht von der Enttäuschung, die er empfand. „Was?“

„Na ja", meinte Francine. „Schlechtes Timing, für mich jedenfalls. Außerdem verschwinde ich. Aarie, Shel und ich fahren in die Stadt, um nach Eee zu sehen. Tja, und ich wollte noch … Danke sagen, weil du großartig warst."

Auch sie drehte sich um und lief einfach davon. Er blieb zurück und war so ziemlich dort, wo er angefangen hatte. Ein Typ mit einer Schrottkarre, der darüber grübelte, was zum Henker eigentlich passiert war.

Martell stieg ein, startete den Motor und zog sein Handy aus der Tasche, um seinen Freund Ric anzurufen. Es meldete sich nur die Voicemail, deshalb hinterließ er eine Nachricht: „Hallo, ich habe deine Nachricht erhalten. Freut mich, dass es dir besser geht. Ich bin auf dem Weg nach Hause und schaue morgen bei dir im Krankenhaus vorbei. Dann erzähle ich dir die ganze verrückte Geschichte."

Nachdem er losgefahren war, klappte er die Sonnenblende herunter, und ein dicker Umschlag fiel ihm in den Schoß, sodass er bremsen musste.

Heiliger Strohsack!

Es waren die zwanzigtausend, die Ian Vanderzee als falsche Provision gegeben hatte. Irgendwer hatte sie gefunden, entweder bei Vanderzee, in seinem Wagen oder im Konsulat. Auf dem Umschlag stand: *Für ein neues Auto und/oder für deinen Neffen.* Darunter war ein Smiley gemalt.

Martell war sich nicht sicher, aber er vermutete, dass es Francines Handschrift war.

Er fuhr weiter, ein breites Grinsen auf dem Gesicht, denn er wusste, er würde das Geld nicht behalten können.

Ian saß im Verhörraum des FBI-Hauptquartiers in Miami, als Phoebe eintraf.

Er zuckte zusammen, als er sie erblickte, denn sie hatte sich entschlossen, zu Hause nicht nur zu duschen, sondern sich außerdem umzuziehen. Und da sie offiziell als seine Anwältin auftrat, trug sie einen Anzug und High Heels.

Nach ihrem Abschlussexamen hatte sie gelernt, dass nicht top gekleideten Anwälten weniger Respekt entgegengebracht wurde. So sollte es nicht sein, aber so war es nun einmal.

In Wahrheit hatte sie in Erwägung gezogen, das anzuziehen, was sie als ihr sexy Anwalts-Outfit betrachtete. Dazu gehörte ein Rock, der ein gutes Stück oberhalb ihrer Knie endete. Allerdings war eines dieser Knie abgeschürft, und das andere zierte ein blauer Fleck, der als Tätowierung einer seltsam geformten Schildkröte durchgehen könnte. Vielleicht aber auch nicht.

Deshalb hatte sie sich für eine Hose entschieden, dafür aber für höhere Absätze als gewöhnlich.

Sie betrat den Raum und überreichte Ian das T-Shirt, das sie ihm versprochen hatte. Aaron hatte es aus dem Safe House mitgebracht, als er nach Rory gesehen hatte.

Irgendwer hatte Ian zwar schon ein Shirt besorgt, aber es war zu klein. Er behielt es trotzdem an und legte Phoebes T-Shirt zur Seite, während sie zu dem Stuhl auf der anderen Seite des Tisches ging.

„Yashi arrangiert deine Entlassung“, erklärte sie und setzte sich. „Er sorgt außerdem dafür, dass die Regierungsleute ihren Teil des Deals einhalten, den du mit ihnen gemacht hast. Wenn du hier rausgehst, bist du frei und sauber. Das Gleiche gilt für Aaron und die anderen.“

Ian nickte. „Gut.“

„Es scheint, als würden keine tagelangen Befragungen nötig sein“, berichtete sie weiter. „Zumal das definitiv nicht die Standardprozedur ist.“

„Zumindest nicht für diese Abteilung des FBI.“ Er lächelte. „Hübsche Brille.“

Es handelte sich um eine randlose, ganz unauffällige Brille – ein echter Kontrast zu ihrer vorherigen Lieblingsbrille mit dem klobigen Gestell.

„Ich nehme an, die haben die Räuber dagelassen, zusammen mit dem heißen Anwältinnen-Outfit?“, fügte er hinzu.

„Mein Apartment befand sich in einem guten Zustand“, erwiderte sie. „Jemand hat schon die Tür ersetzt, und sie war abgeschlossen. Ich glaube nicht, dass irgendetwas gestohlen wurde."

„Sobald ich Zeit habe, repariere ich das Fliegengitter an deinem Balkon."

Als er das sagte, überkam sie eine große Erleichterung. So ganz konnte sie sich immer noch nicht vorstellen, dass er einfach verschwand, nachdem sie seine Freilassung erwirkt hatte. Sie hatte sich auch deshalb für dieses sexy Outfit entschieden, weil sie befürchtete, er könnte seine Liebeserklärung aus einem Impuls heraus gemacht haben. Und nachdem nun einige Zeit vergangen war, könnte die Realität ihn wieder eingeholt haben.

Sie war darauf vorbereitet, es ihm nicht schwer zu machen, die Beziehung zu beenden. *Ich weiß, dass du nicht wirklich Liebe meintest, als du gesagt hast …*

Doch als er sie jetzt auf diese Weise anlächelte … „Ich muss gestehen", meinte er, „dass diese Brille mir gefällt. Aber die andere fand ich besser."

„Ja." Plötzlich füllten ihre Augen sich mit Tränen. „Ich auch."

„Ist alles in Ordnung mit dir?", erkundigte er sich und streckte die Hand nach ihr aus. Als sie sie ergriff, verschränkte er ihre Finger miteinander. „Weißt du, mir ging es genauso. Ich hatte mit meinen Gefühlen zu kämpfen. So was passiert nach solchen Ereignissen – besonders, wenn man extreme Maßnahmen ergreifen musste, um sich zu verteidigen." Er sah ihr ins Gesicht. „Ich wünschte, ich wäre früher da gewesen. Mir hätte es nichts ausgemacht, ihn zu töten."

Phoebe nickte. „Ich komme einigermaßen damit zurecht, dass ich ihn getötet habe."

„Es hilft, darüber zu sprechen", sagte Ian. „Ich werde da sein, wann immer du reden willst."

Er meinte es ernst, und erneut kamen ihr die Tränen. Verdammt. Lachend wischte sie sie weg.

„Ach, komm her", forderte Ian sie auf. „Ich würde ja zu dir kommen, doch ich bin mit Handschellen an diesen Stuhl gekettet."

„Was?" Phoebe stand auf. „Bist du wirklich …?"

Tatsächlich war seine linke Hand mit einer Art Kabelbinder an das Stuhlbein gefesselt, das natürlich im Boden verankert war. Kein Wunder, dass er das mitgebrachte T-Shirt nicht angezogen hatte.

„Ich werde jemanden kommen lassen, der dich auf der Stelle losbindet", verkündete sie und war schon auf dem Weg zur Tür.

Ian hielt ihre Hand fest und zog Phoebe auf seinen Schoß. „Das hier will ich. Und schon ist das Problem gelöst."

Phoebe lachte, als er sie daraufhin küsste. Schließlich hörte sie auf zu lachen und erwiderte den Kuss.

„Mist, ich vergesse das andauernd ... Tut dein Mund noch weh?", fragte er und berührte äußerst behutsam ihre Lippen. „Du hast es ganz gut überschminkt, aber ..."

„Es geht mir ausgezeichnet", gab sie zurück, und das stimmte. „Allerdings wird man mich als deine Anwältin nicht besonders ernst nehmen, wenn ich auf deinem Schoß sitze."

„Ich nehme dich sehr ernst", konterte er.

In dieser Position war sie größer als er. Sie schaute hinunter in seine Augen und erklärte: „Nur damit du es weißt: Ich habe dir nicht eine Sekunde lang geglaubt. Die Lügen, die du Vanderzee aufgetischt hast. Da musste ich an Berto und Francine denken. Und an deinen Bruder."

„Ich dachte, er hat vielleicht den Lautsprecher eingeschaltet", meinte Ian, machte die Augen zu und legte den Kopf an ihre Brust, während er Phoebe noch enger in seine Arme schloss. „Mann, das war schrecklich."

„Aber in der Auffahrt", sagte sie. „Als du sagtest, dass du mich liebst ..."

Er betrachtete sie abwartend, als wüsste er genau, dass sie noch etwas hinzuzufügen hatte.

Daher sprach sie weiter. „Ich war mir ziemlich sicher, dass du das nur gesagt hast, um mich davon abzuhalten, mit ihm zu fahren ... sozusagen als Bestechung. Nach dem Motto: Ich liebe dich, und nun tu, was ich von dir verlange."

Er lachte darüber, doch sie vermutete, dass es gar nicht so weit von der Wahrheit entfernt war.

„Dann begriff ich, dass du mich dadurch zwar tatsächlich umstimmen wolltest, du es aber zugleich auch ernst meintest“, setzte sie hinzu.

Ian bestätigte es. „Ich war verzweifelt. Ich hätte dir alles gesagt, was du hören wolltest. Aber es stimmt – es war mir ernst. Das ist es noch, sehr sogar. Allerdings weiß ich nicht, ob ich den Mut aufgebracht hätte, es auszusprechen, wenn ich mir nicht gleichzeitig etwas davon versprochen hätte.“ Er verzog das Gesicht. „Autsch, das klang in meinem Kopf besser. Ich bin kein totaler Idiot. Ich weiß, was ich bekomme, wenn ich es sage.“

„Sex“, meinte Phoebe. „Wahrscheinlich eine Menge.“

„Das hoffe ich“, entgegnete er amüsiert. „Wir werden sehen. Oder?“

Phoebe versuchte gar nicht erst, ihre Überraschung zu verbergen, während sie einander ansahen.

Und ja, das war offensichtlich seine Art gewesen, ihr zu verstehen zu geben, dass er die Worte *Ich liebe dich* noch nie zu einer Frau gesagt hatte.

Erneut küsste sie ihn. Sie musste es tun.

„Ich kam her, halbwegs in der Erwartung … Ich weiß nicht“, gestand sie. „Dass du jetzt erst richtig anfangen würdest, mich wegzustoßen. Ich musste ständig daran denken, dass du mir nicht einmal von Mannys Tod erzählt hast. Ich dachte …“

„Ich habe es dir bloß deshalb nicht erzählt, weil ich selbst nicht zu viel hoffen wollte“, unterbrach er sie. „Ich hoffte nämlich, Berto würde sich ein Herz fassen und genau das tun, was er letztlich auch getan hat: einen Waffenstillstand mit Davio aushandeln. Oder ihn umbringen. Mir wäre beides recht gewesen, denn dann wäre ich endlich frei gewesen.“ Lächelnd fuhr er fort: „Und was deine Befürchtungen betrifft, ich könnte dich verstoßen – ich glaube, über dieses Stadium sind wir längst hinaus. Um ehrlich zu sein, ich will dich noch viel mehr und näher an mir haben.“

„Ich sitze doch schon auf deinem Schoß“, erinnerte sie ihn.

„Ja, stimmt. Das meinte ich allerdings gar nicht. Wie soll ich es ausdrücken? Du meine Güte, ich will, dass du bei mir bleibst.“

Phoebe gab ihm einen Kuss.

„Hm“, machte er. „Ich erkenne da langsam ein Muster. Lass uns experimentieren. Ich liebe dich.“

Sie küsste ihn wieder.

„Jap, eindeutig ein Muster“, stellte Ian fest und räusperte sich. „Es gibt noch so vieles, über das wir reden müssen und das geklärt werden muss. Nur damit du weißt, was mir so vorschwebt: Ich habe mir überlegt, meinen Informationsbeschaffungsservice wiederzubeleben und das alte Team um mich zu versammeln. Vielleicht übernehme ich ein bisschen Detektivarbeit, um in der Gegend zu bleiben, vielleicht bekomme ich ein paar Aufträge von dem Security-Unternehmen, zu dem Martell Kontakt hat … Kurz gesagt, ich würde gern hierbleiben und schauen, wie sich das zwischen uns beiden entwickelt.“

„Das würde ich auch gern“, versicherte Phoebe ihm.

Die Tür ging auf, und Yashi steckte den Kopf herein. „Alles in Ordnung. Sie können gehen. Hoppla! Sorry, Sie hätten mir sagen sollen …“ Er betrat den Raum und löste Ians Fessel, während Phoebe bereits aufstand.

„Ich habe mich eigentlich ganz wohlgefühlt“, erklärte Ian und wechselte rasch das T-Shirt. Das geborgte ließ er auf dem Tisch liegen.

„Soll ich Sie nach draußen begleiten?“, fragte Yashi und hielt ihnen die Tür auf.

„Ach was, das geht schon“, erwiderte Ian und nahm Phoebes Hand, während er ihr lächelnd in die Augen schaute. „Wir werden unseren Weg finden.“

– ENDE –

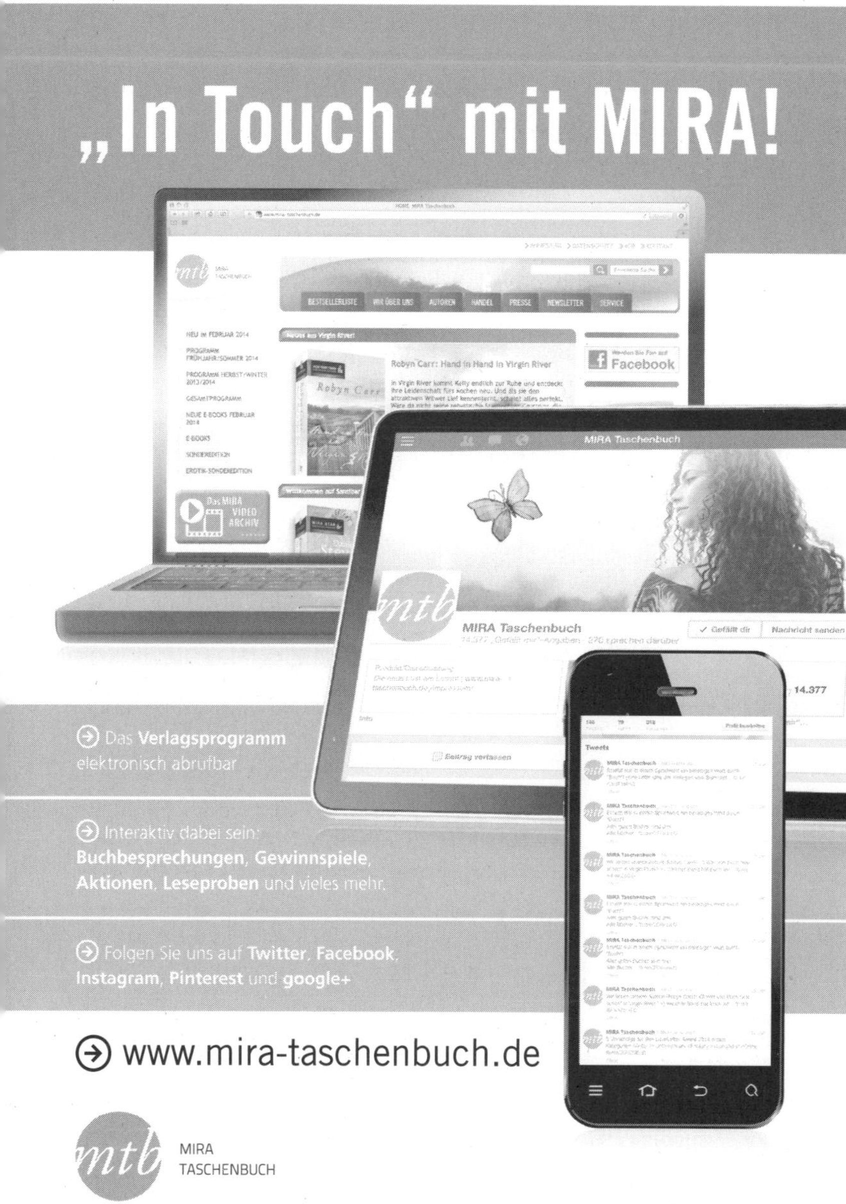
„In Touch“ mit MIRA!
Das Verlagsprogramm elektronisch abrufbar
Interaktiv dabei sein: Buchbesprechungen, Gewinnspiele, Aktionen, Leseproben und vieles mehr.
Folgen Sie uns auf Twitter, Facebook, Instagram, Pinterest und google+
www.mira-taschenbuch.de
mtb MIRA TASCHENBUCH
MIRA Taschenbuch
Robyn Carr: Hand in Hand in Virgin River
Facebook
BESTSELLERLISTE
WIR ÜBER UNS
AUTOREN
HANDEL
PRESSE
NEWSLETTER
SERVICE
Das MIRA VIDEO ARCHIV
Tweets
14.377

Lesen Sie auch von Suzanne Brockmann:

Band-Nr. 25796
9,99 € (D)
ISBN: 978-3-95649-083-5
eBook: 978-3-95576-416-6
304 Seiten

Suzanne Brockmann
Mörderische Umarmung

Ein schnelles Dinner, danach spontaner Sex in einer Stretch-Limousine: Ellens erstes Date mit Sam Schaefer ist kurz und heiß – und ganz sicher ihr einziges! Denn auch wenn der junge, sexy Detective mehr will, ist Ellen nach einer gescheiterten Ehe noch nicht bereit für einen neuen Mann. Doch als sie von einem mysteriösen Stalker verfolgt wird, braucht sie ab sofort Tag und Nacht einen Bodyguard, und das ist ausgerechnet Sam! Gegen jede Vernunft wird sie bald wieder schwach in seinen Armen. Bis der Wahnsinnige erneut zuschlägt – und ihre leidenschaftliche Affäre plötzlich zur tödlichen Bedrohung wird …

„Die perfekte Mischung aus berührender Liebesgeschichte und einer guten Dosis Spannung.“

A Romance Review

Suzanne Brockmann
Im Schutz
der Dämmerung

Band-Nr. 25748
8,99 € (D)
ISBN: 978-3-95649-013-2
eBook: 978-3-95576-417-3
384 Seiten

Eine Million – oder sie muss sterben. Fieberhaft versucht Alessandra Lamont das Geld aufzutreiben, das ihr ermordeter Mann dem Mafiaboss Frank Trotta gestohlen haben soll. Wenn sie es nicht binnen 48 Stunden zurückgibt, ist sie tot! Es sei denn, der sexy FBI-Agent Harry O'Dell kann sie rechtzeitig in Sicherheit bringen. Eine abenteuerliche Flucht beginnt, bei der es zwischen Harry und Alessandra immer stärker knistert. Doch während Alessandra bald ihr Herz an ihren Bodyguard verliert, muss sie plötzlich fürchten, dass der sie nur benutzt, um Trotta in die Falle zu locken …

„Diese intelligente, gut aufgebaute Liebesgeschichte ist nur zu empfehlen."

The Romance Reader